2016

短篇小说

中篇小说

散　文

报告文学

中国文坛纪事

2005

2010

21世纪年度小说选

2016

中篇小说

人民文学出版社编辑部／编

人民文学出版社

图书在版编目(CIP)数据

2016中篇小说/人民文学出版社编辑部编选.—北京:人民文学出版社,2017
(21世纪年度小说选)
ISBN 978-7-02-013133-4

Ⅰ.①2… Ⅱ.①人… Ⅲ.①中篇小说—小说集—中国—当代 Ⅳ.①I247.5

中国版本图书馆CIP数据核字(2017)第175924号

责任编辑 杨 柳 樊晓哲
装帧设计 刘 静
责任校对 刘光然
责任印制 王重艺

出版发行 人民文学出版社
社 址 北京市朝内大街166号
邮政编码 100705
网 址 http://www.rw-cn.com

印 刷 三河市西华印务有限公司
经 销 全国新华书店等

字 数 460千字
开 本 880毫米×1230毫米 1/32
印 张 17.25 插页3
印 数 1—4000
版 次 2017年9月北京第1版
印 次 2017年9月第1次印刷

书 号 978-7-02-013133-4
定 价 42.00元

出 版 说 明

我社自 1977 年起，即每年编选和出版年度短篇小说选和中篇小说选，两种年选曾经深得读者的喜爱，在文学界和读者中具有广泛影响。1994 年后，这项工作一度中断。21 世纪肇始，根据文学界人士和读者的建议，我社决定恢复中、短篇小说年选的编选和出版工作，以便及时总结年度中、短篇小说创作的成绩，向读者集中推荐优秀的中、短篇小说，也为新世纪的文学积累做出我们的贡献。

恢复出版的中、短篇小说年选总冠名为“21 世纪年度小说选”，以示我们一百年不动摇，长期做下去的决心。“21 世纪年度小说选”分中篇小说和短篇小说，各编一册，于次年元月出版；编选范围为当年全国各报刊上发表的中、短篇小说，入选篇目的排列以作品发表时间先后为序。

“21 世纪年度小说选”的编选工作得到许多著名文学评论家和编辑家的支持和帮助，他们应我社之邀，对当年的中、短篇小说创作状况进行深入、广泛的研讨，提出许多极有价值的选目。我们在广泛阅读的基础上，充分参考专家们的意见，严格进行编选。在此，谨向诸位专家深表谢忱。

人民文学出版社编辑部

目　录

完美的焊缝

刘 建 东

师傅环顾一周，目光在每个徒弟的脸上均稍作停顿，最后落在前方纵横交错的管线上。他郑重说道："你们当中有一个人出卖了我。"

这是在加氢装置的管廊之下，密密麻麻的管线遮住了耀眼的阳光。师傅这句话犹如晴天霹雳，让炽热的空气陡然间紧张起来，凭空多了一丝凉意，在他们的血液中奔流。午休时间，师傅把他们集中到一起。阳光中，加氢装置闪烁着银色的光芒，水泥路面快要被烤化了，看上去软软的。热气在管廊外蒸腾着，在路面上方，形成了一团炽热的气流。管线稀疏的阴影中，工具箱、焊条散落一地，他们有的站着，斜靠在塔架；有的坐在泵上；有的坐在安全帽上。师傅这句话后，大家没有面面相觑，而是不约而同地绷直了身体，木然地看着师傅的脸，想从师傅的脸上看出点内容。可是师傅随后便陷入了沉默，再不说话了。

下午四点半，郭志强坐班车离开了厂区，在疾驶的汽车上，一路上他脑子里想的都是女朋友小苏，师傅那句话和车窗外的风景一样，很快就被抛到了身后。小苏今天坐火车来，他要去接她。在温暖的回忆中，小苏还是上次见面时的样子，恋恋不舍，又有些淡淡的忧伤。他和小苏的相遇很文艺，半年前他们在火车上坐到了对面，郭志强手里拿着一本顾城的诗集《黑眼睛》，人民文学出版社 1986 年出版的。他们先是谈顾城的诗，谈舒婷和北岛，然后又谈到了电焊。郭志强说："两部分金属，管道或者钢板，就像两个不同的人，迅速地升温，飞翔到顶点，再飞速地冷却，急剧地降落。如果是两个人，这得是多么巨大的考验。而正是这种熔化，凝聚，升温，冷却，在快速的巨大落差间，才让它们完美地接合在一起。”他的话听在小苏心里，就像是一曲来自工厂的热情而有哲理的诗篇。爱好诗歌的小苏被顾城吸引，然后爱上了八方炼油厂青年焊工郭志强。郭志强同样喜欢顾城，爱好诗歌，也偷偷地写诗。这更加坚定了小苏的抉择，她让母亲的愤怒随风而去，让邢台与石家庄两座城市之间的距离变得不那么遥远，她告诉郭志强，她要让他们的爱情完美地焊接在一起。几乎每个周末，中学教师小苏都会乘坐火车赶往石家庄，然后再倒炼油厂的班车去和郭志强约会。而每次，郭志强都充满激情地带她到厂里参观，让她看看厂里的塔，球罐，油品罐区，管线，泵，以及一列列的原油罐车。每个周末，郭志强都会写好一首诗，热血沸腾地等待着赠予小苏。郭志强的诗从炼塔开始，他誓言要给每一座塔写一首诗，而每一首关于炼塔的诗都表达着他对小苏日益坚固的爱情。小苏对郭志强的师傅单鹏飞心存敬仰，有一天，她在生活区宣传栏里看到了单师傅披红戴花的照片，便对郭志强说，我想见见你师傅。她见到的单师傅和电影里、诗歌里的工人师傅一模一样，勤劳朴实，可亲可敬。她不禁赞叹道：“怪不得他能带出你们十二个徒弟呢。”

接上小苏，在返回炼油厂的路途中，小苏紧紧依偎着郭志强，仿佛郭志强随时可能离开似的。她不停地给他讲她这一周读到的诗，这一周和她一起参加培训的吴老师从她这里借走了舒婷的诗，她的母亲又和她吵了一架，小苏发誓说：“如果她再和我吵，她再抱怨老天对她不公，非要惩罚她，给她找一个当工人的女婿，我就从家里搬出来，住到学校去。”

快到厂区时，已经看到了火炬的光，小苏突然问：“你师傅怎么样啊？我给他带了一条石林烟，是我爸爸的。我听你说过，你师傅抽烟很凶的。”

“我师傅？”郭志强的回答犹豫、不自信，小苏的问话让他突然间想到了中午时分师傅那句令人有些毛骨悚然的话，所以他不知道如何回答小苏，他只能含糊其词地说：“都在忙着检修。”

住下之后，小苏收拾自己的衣物时，看到那条石林烟，便又提起了单师傅，“郭子，你师傅怎么了？”她显然觉察到了郭志强的迟疑。

郭志强不是个会说谎的人，便一五一十地把中午时分，加氢装置管廊间的事情告诉了小苏。小苏惊讶地瞪大了眼睛，“你师傅怎么会那么说？”

郭志强淡淡地说：“我也不知道。挺突然的，也挺奇怪的。”实际上他并没有把这件事完全地放在心上，就像他对所有的事都不在乎似的。除了上班，偷偷地写诗，爱上一个火车上的姑娘，这些好像都是他命中注定的事似的，而师傅的那句看似简单的话，也许就和他们必须要面对的一次次的检修和抢修一样，是必然要来临的。

小苏的反应出乎郭志强的意料，她觉得这是个天大的事，“你怎么可能不知道呢？怎么可能呢？”她瞪着郭志强，好像他做了什么伤天害理的事似的。

郭志强笑着说：“我真的不知道。难道我还能无中生有，胡乱编造一个理由吗？”

小苏意识到了自己的反应过度，她缓和一下语气问：“你那些师弟师妹们呢，他们也不知道吗？”

“谁知道呢。一下午我们都在干活，干完活我就去接你了。”他略微想了想，“你这一问，我现在觉得有些不对劲，整个下午，我都有一种怪怪的感觉，像是下雨前的那种气氛，闷，心里有什么话说不出来。干活的时候大家的话都特别少，都不敢正视对方。躲避，对，是在躲避。”

小苏显得兴奋异常，“对。这正说明，你师傅是有所指的。你们当中有一个人出卖了我。”她重复着单鹏飞师傅那句话，像是在琢磨这句话背后的深意，然后断定，“肯定是有个人出卖了他。是谁呢？谁又出卖了你师傅什么呢？”

郭志强觉得一直纠缠在师傅的那句话上，让他们难得的相聚变了味，连诗歌都退居其次，高尚让位于庸俗，浪漫让位于现实,于是他说:"也许师傅只是随口那么一说。没有人会记在心上,连师傅都会在太阳升起之后把它忘得一干二净的。"

这是郭志强的心声,可他不能代表小苏,在他们相聚的短暂时间里,不到二十四小时,诗歌与爱情真的悄悄地落在了后面,小苏在郭志强朗诵那首《分馏塔:上升或者降落》的诗时,她的倾听便有些分心。

上升是一种选择
降落,在命运的掌纹中
凋零,哭泣……

她突然打断郭志强声情并茂的朗诵,"你师傅这几天有什么反常的举动没有?"

郭志强顿时诗意全无,情绪很糟糕,他不得不重新梳理自己的记忆,让思绪回到那个中午,或者更早的时间段,"好像有一点反常。周四上午,他没有给我们开班前会。小郑那天下午神秘地说,师傅去了办公大楼的五楼,纪委监察室。他嫂子在党办,看到师傅从监察室进去。师傅在那里待了整整一上午。"

"我就说,你师傅不可能平白无故地说那样不着边际的话。他肯定是犯了错,让纪委抓到了把柄。"小苏拍了一下巴掌,像是找到了一个答案。

郭志强试探着问:"那我还读诗吗?"

小苏说:"你读,你读。我听着呢。"

事实上,朗读与倾听都变得不那么重要了,师傅的那句话,让那个周末索然无味。

上火车前,小苏叮嘱郭志强:"那句话有什么新进展,一定要先告诉我。"

第二天中午,从食堂吃完饭往回走的路上,郭志强被师妹林芳菲叫住了。她躲在检查科楼边的大树下,像是怕被别人看到似的,轻轻地叫了一声"师哥"。

郭志强拎着饭盒走过去,笑着问她:"你躲在这里干啥?"

林芳菲面露忧愁,“我在等你呢。”

郭志强说:“那走吧,我们一起回车间。”

林芳菲却一把拉着他向大树后边走去,一排茂盛的松树遮挡住了检查科的二层小楼。“怎么了,神神秘秘的。”郭志强觉得平日里怯生生的小师妹今天有些反常。站定之后,林芳菲四下望望,感觉安全了才定神说道:“师哥,我想问你一个问题,你可一定要如实回答我。”

郭志强笑着说:“菲菲,到底发生了什么。把你吓成这样?”

师妹林芳菲一脸严肃,“师哥,事儿闹大了。非常严重,所以我在这里等着你。在食堂里我就盯着你,生怕你提前走了。可食堂里人多,眼杂,没法说。所以就在这儿拦着你。师哥,我就是想问问你,你昨天去见过师傅吗?”说完,她满脸羞红,像做了一件有愧的事。

郭志强仍然一副松松垮垮的样子,“昨天我女朋友来了,我一直陪着她。没见师傅呀。怎么了?师傅怎么了?我看他今天好好的呀。”

林芳菲叹口气,“师哥,真被我猜中了。我就猜你没去师傅那儿。其他师哥,都去过了。而且是单独去的,谁也没碰到谁,像是算准时间,彼此都有默契似的。”

郭志强一头雾水,“他们去师傅那里干什么?我咋一点也不知道?师傅病了吗?”

“没有,师傅好好的。”林芳菲心事沉重地说,“你心怎么就那么大?你忘记前天中午的事了,师傅当着我们十二个徒弟的面,说,你们当中有一个人出卖了我。你以为师傅是说着玩的,跟我们开玩笑呢。师傅是那种人吗?他从来就没有开过这样的玩笑。所以他们都去找师傅了,还拿着礼物,给师傅表忠心去了。”

蝉的叫声突然间大了,刚才,郭志强根本没有意识到,除了他与师妹的谈话,还有另外一种声音。蝉的叫声连绵、轻快,却钝钝地从他的心上擦过,心头上就像长了一层铁锈。

“师哥你说话呀。”林芳菲着急地看着他,额头上还有细密的汗珠。

“你也去了吗?”郭志强问。

林芳菲低下头,停顿了一下怯怯地说:“去了。我是最后一个去的。已经是傍晚了。我思想斗争了一整天。”

郭志强说:“我知道了。谢谢你菲菲。”

林芳菲却仍旧紧追不舍,“师哥,那你到底去不去呀?”

“去干什么?”郭志强反问。

“去告诉师傅,那个人不是你呀。”林芳菲瞪着眼睛时,她的眉毛就很清晰地跳动着。

蝉的叫声更加响亮了,松树之外,夏天的光芒万马奔腾。郭志强接着问师妹:“那个人本来就不是我呀。所以我为什么要去呀。我不去。”

林芳菲拽着他的胳膊,“师哥,我知道你是个随性而为的人,你洒脱,超然物外,把一切都看得很淡。可是这件事,你可不能掉以轻心。”

郭志强说:“我知道你是好意。我心领了。算了。我不去。我不能违背我内心的意志。没事,菲菲,别替我担心。我不去向师傅表白,师傅也不会怪罪我,把我当成一个叛徒。”

本来,郭志强的包里揣着那条石林烟,他想在下班前当着大家的面送给师傅,可是当黄昏来临,当他坐在家里准备给小苏写另一首关于炼塔的诗时,那条石林烟,已经和顾城的《黑眼睛》并排躺在书柜里,书香和烟香,混合成一种奇异的味道,钻进了他飞扬的灵感之中。

整整一周,林芳菲都在做着不懈的努力,劝说郭志强去向师傅表白。又一个周末来临,她突然出现在气分车间的抽提塔前,那时候,郭志强正给小苏介绍这个塔的功能。林芳菲对郭志强说:“师哥,我能不能借用一下苏姐姐?”

和郭志强一样,小苏也很喜欢林芳菲,她觉得这个二十岁的姑娘单纯得像一杯清水。她们笑着挽着胳膊走到一边,悄悄地说了有五分钟,期间还不时地向郭志强张望。最后她们俩走到郭志强面前，师妹林芳菲对师兄抱怨："不是一家人，不进一家门。"说完，便气鼓鼓地走开了。郭志强问小苏，她们都说什么了，让师妹如此不开心。小苏说："你还问我呢，要不是她给我说，我还蒙在鼓里呢。她让我劝你去向师傅表白心迹。说你不是那个背叛者。"

郭志强叹了口气，"唉，我这个师妹！那你怎么答复她的？"

小苏反问："你说呢？"

郭志强嘿嘿笑了，"你的意见和我高度一致。"

小苏伸手，握住了他的手，说道："你手心里有虚汗，你是不是担心我不会和你站在一起？"

郭志强说："你要是那样的人，也不可能火车没到站就跟我下了火车，非要跟我来看看炼油厂什么样，看看焊接是怎么回事，看看焊花的壮观，看看我诗歌里的炼塔什么样。"

小苏说："瞧你美的。如果哪一天，我不和你站在一个战壕里了，你可不能怪我。"

"怎么可能呢？"郭志强自信地说，"我们会永远在一起，我一辈子写诗给你，直到你老了，耳朵背了，听不见了。"

郭志强的誓言在那个夏天像是一股甜甜的微风，吹走了漫漫的炎热，在她频繁地来往于邢台和石家庄两座城市之间时，感到了无比的幸福。华北平原上的这两座城市，成了她生活中必不可少的两个温暖的牵挂。

连接生活区和厂区之间的马路，被高高的白杨护佑着，路两旁绿油油的玉米已经没过了小腿，放眼望去，阳光中辽阔的玉米像是缠绵絮语的诗句，在他们的心中激荡，连缀成行。小苏情不自禁地吟出了郭小川的名句：

北方的青纱帐啊，北方的青纱帐！
你为什么那样遥远，又为什么这样亲近？
我们的青纱帐哟，跟甘蔗林一样地布满浓荫，
那随风摆动的长叶啊，也一样地鸣奏嘹亮的琴音；
我们的青纱帐哟，跟甘蔗林一样地脉脉情深，
那载着阳光的露珠啊，也一样地照亮大地的清晨。

读完郭小川，小苏的思绪立即就转回到了现实，她说：“你师傅，到底是个什么人呢？他为什么会接受徒弟们的表白，他想要什么？”

郭志强感到有点突然，“你想听什么呢？”

“我在师大上中文系时，我们的写作老师，总是提醒我们，要注意文字背后的深意。一个人也是一样。看来，你师傅不只是宣传栏里笑容可掬的那个人，他肯定还有更多的故事，是在外表之外，你从来不给我讲。”有些怨，有些不满，小苏用脸色表达着自己的内心感受。

此刻，面对他爱得如痴如醉的人，她的怨怼，仿佛突然为他打开了一扇门，那扇门通向他幽深的内心，他惊奇地发现，在那幽深之处，还有另外一个自己。他重重地舒了口气，“我不能对你有任何的隐瞒。”

小苏温柔的目光鼓励着他。她的身后，那伸向远方的玉米地，在不远的地方，与一些白杨会合到一起。它们安静，绿得明亮。它们和一个年轻得如一株正在拔节生长的玉米一样的语文教师，都是他忠实的听众。他觉得那些言语在幽深之处已经积淀太久，几乎被冰冻了。

“我是师傅的大徒弟。从技校毕业，一进厂就跟着师傅，我对师傅充满了敬重。但是从三十八岁起，师傅突然喜欢上了徒弟们给他做寿。那一年，师傅的徒弟已经有十个，师傅也成了我们检修一队的大队长，管着三十多号人，管、焊、铆、起重，每个工种都有，但最受师傅重用的当然是我们这些嫡亲徒弟们。我忘了是谁先提出要给师傅做寿，师傅略微推辞了一下就答应了。从那年起，师傅每年的生日对我们来说都是一个重大的节日，每个徒弟都争先恐后地给他买礼物，生日宴会那天还要上礼。我挺烦这些的。我觉得给师傅最大的礼物就是把工作做好，把活干漂亮，圆满完成一次次检修和抢修任务，给他长脸，别给他丢脸。可是没有人认同我的观点。这让我非常苦恼。因为我是大师兄，按理说，师傅做寿，理应有我来张罗，但是一个内心不情愿的人，根本无法指望他做成什么事的。所以，每次，积极张罗的那个人都是师弟张超民。他不停地埋怨我不积极，其实他心里乐开了花，他愿意在师傅面前表现自己。他忙前忙后，师傅都看在眼里，因此，每年的先进都是他，师傅还让他当了班长。而我，除了进厂第二年侥幸得过一次先进之外，任何奖励都和我无缘了。我乐得自在逍遥，工作，阅读，写诗，日子顺着自己的心去过，就平和而幸福。我也从不消极，师傅做寿时我从来没有缺席过，当然我已经沦为随大流的那一类人。半个月之前，师傅的寿宴刚刚结束。"郭志强停顿下来，仿佛回到那个夜晚，表情中透出一丝的忧虑。

"这一次，出了一点意外。寿宴倒是正常，也很和谐，都喝了不少酒。问题就出在寿宴之后。师傅爱打麻将，因此，喝完酒有人提议陪师傅打麻将，于是我们就来到附近的邱头村，师弟小关是这个村的，他有一处闲置的房子，是家里准备给他娶亲用的，他们经常在那打麻将。所有的人都去了，有陪师傅打的，有观战的。满满一屋子的人，师傅高兴，手气也好，不一会儿面前就堆了不少钱。我对打麻将提不起兴趣，关键也不会打，所以看了半个小时我就觉得头发胀，眼皮子打起架来，于是我就告别了师傅师弟们，踩着月色提前回家了。第二天我才知道，我走后一个小时，邱头镇派出所的人就摸了进去，抓赌抓了个现行。师傅赢的钱，包括徒弟们孝敬他的钱，都被当成赌资给没收了。据小关讲，那晚上师傅的脸色非常难看，跟从管线里漏出来的原油一样，黑黑的……"

小苏打断他，"派出所抓赌时，只有你一个不在场？"

郭志强确定地说："没错。我回到家没多久就睡着了。那天闹了一夜，我困死了。怎么了？"

"那第二天，第三天，或者第四天，你师傅都说些什么。你师弟们说些什么。"她紧张地看着郭志强。

郭志强笑着说："没有啊。那事很快就过去了。小关给我说这些的时候，也只是把那天我错过的情节补充完全。他们随后也回家睡觉，他们进入梦乡的时间会比我长一些，毕竟，被没收了钱，心情沮丧一些。"

“你师傅会不会说的是这件事？你们当中有一个出卖了我？”小苏变得焦躁不安，她在树荫下来回走动，这个寿宴的故事一点也不精彩动人，却使她的心情发生了某些细微的变化。

“不知道。”郭志强洒脱地说，“我不去想，也不想去想。就像这些玉米，一年年的，从种子到长成茂盛的青纱帐，每年都是这样，物的模样，事的原委，该是什么样，就是什么样。也不必放在心上。”

小苏伸出了手，这一次，手心里有汗的是她。“你怎么了？”郭志强问。

小苏幽幽地说：“我怎么突然间有些怕。”

郭志强说：“怕什么呀。我又没做什么亏心事。”

小苏低下头，沉默了几分钟才抬起头问：“你恨你的师傅吗？”

对这个问题，郭志强感到意外，他刚要回答，小苏伸手捂住了他的嘴，“先不要回答我这个问题。不着急，等你什么时候想明白了，想透彻了，再回答。”

实际上，这一次的相聚，小苏留给郭志强一个不大不小的问题，这个问题在郭志强的脑子里由一个小点慢慢地变大，但不是变得清晰了，而是模糊了。之后，没有小苏的那一周，仿佛有些漫长，漫长并不是因为时间，而是因为内心里凭空生长出来的一些东西，是除想念、爱、诗歌之外的东西，那东西无形之中，拉长了分离的时间。

再一个周末来临的时候，匆匆地赶往火车站的郭志强并不是去接来约会的小苏，而是要去赶火车，他要赶最近的一班火车去邢台。昨天，小苏发来电报，只有八个字：速来我被赶出家门。字里行间，郭志强看出了小苏的无助，化成了八个字。赶到市里，天还没有黑透，他走下班车，急匆匆要脱离开下车的人流向车站走时，感觉到胳膊被人挽住了，回头一看，是小师妹林芳菲。昏暗的光线中，她的微笑很迷人，她叫了一声“师哥”。班车上挤得满满的，郭志强根本没发现她也在拥挤的人群中，便纳闷地问她要去干什么。林芳菲俏皮地说:“跟你一样啊。”

“我可是去邢台,去小苏那儿。”郭志强说。

林芳菲却并没有把手松开,她的手抓得反而更紧了,“你去哪儿我就去哪儿。”

郭志强想摆脱掉小师妹的手,却没有办法,他急切地说:“你别开玩笑。我得急着赶火车。要赶不上这趟车,我就得后半夜才能到邢台。”

“赶紧吧。”林芳菲说,“别耽误工夫了。”

郭志强真是哭笑不得,“你去干什么? 邢台跟你可一点关系都没有。”

林芳菲倔强地说:“我不管,只要让我离炼油厂远远的,不管去哪儿都行。”

师妹的一意孤行,让郭志强放弃了坚持,他只能让师妹挽着他的胳膊,快速地从中华大街拐上自强路,走上五百米,来到了人流攒动的火车站。

南下的列车上,站在拥挤的车厢里,不时地躲避着来来往往的人,师妹才向郭志强说起了原委,她说:“我不是要赖着你。是因为师傅给我介绍了一个对象,我不想去见,又没有理由拒绝。我没了主意,就漫无目的地坐上了班车,后来就看到了你。这一下,我有理由了,我陪着你去邢台呀。这个理由够充分吧。”

郭志强摇摇头,“不充分。你躲过了初一,躲不过十五呀。你干脆回绝了不行吗?”

林芳菲反问:“师傅的话能回绝吗?”

两人就不说话了。不知道从什么时候起,郭志强发现以前虽然严厉但平易近人的那个师傅消失了,师傅喜欢上了众星捧月,喜欢上了高高在上的感觉。唉,他不禁叹了口气。

他们站在过道里。一百二十公里的旅程,拥挤不堪,不断地有人从身旁经过,上厕所的,打水的,无聊地挤来挤去的。车厢里什么味道都有。不一会儿,小师妹林芳菲脸色便有了变化,腿也打战了,她抱怨火车上人怎么这么多,环境怎么这么差。突然她像是想起什么似的，“我苏姐姐每次也是忍受着这样恶劣的条件来看你吗？”

一经师妹提起，郭志强也是心里一惊，“她从来没有说过呀。”看着车厢内嘈杂的情景，感受着恶劣的氛围，再想想文弱的小苏，他还真心疼起小苏来。

“我真佩服苏姐姐，不顾距离的阻隔，不顾家庭的反对。师哥，你以后可得对苏姐姐好啊，你要是变了心，连我都不答应。”林芳菲直视着他说。

不一会儿，车厢内芜杂的空气就让林芳菲疲惫不堪，昏昏欲睡，她实在坚持不住了，很自然地把身子靠在郭志强的身上，头依在他的胸前，像是睡着了。路过的人的气流把她的发丝吹起来，撩在郭志强的脸上。他低下头，看着面如土色的小师妹，感觉到，这一刻的小师妹已经忘记了她不喜欢的约会，忘记了她不喜欢的那个不知名的小伙子，此刻的林芳菲，靠在郭志强的胸前，安静，满足。

夜色中的邢台，空荡荡的，寂寥，孤独，还有些古城的凋败。据小苏说，邢台曾经短暂做过商代、赵国、东晋的都城。可是走在那低矮楼房挤压中的街道之上，郭志强一点也感受不到古代帝都的恢宏气息。

看到林芳菲，小苏还是很惊讶。她站在邢台一中的门口，像是已经在这里等了许久。“呀，菲菲，你也来了。”她说。

因为被母亲从家里赶出来，小苏不得不搬到了学校的宿舍里，宿舍在一栋三层小楼上，边上楼，小苏边给他们介绍，“这个学校抗日战争时期是日本人的一座兵营，学校西北角还保留着日本人建的碉堡呢，明天我带你们去看看。这栋楼是日本鬼子的指挥部。屋里都铺着木地板。”

听着她的介绍，郭志强悬着的一颗心渐渐地放下来了，小苏没有表现出多大的悲伤，他原以为，见到他，小苏肯定会无比的委屈，会扑在他怀里痛哭流涕。

小苏寄居的宿舍在二层，一间八平方米的小屋。那天晚上，他们不得不三个人挤在一间屋子里，屋子的中央拉了一块床单，小苏和林芳菲挤在一张单人床上，白色床单的另一边，郭志强只得睡在地上，躺在坚硬的凉席上的郭志强却感到了欣喜和宽慰。他所看到的小苏，是一个没有因为家庭的抛弃而悲伤的姑娘，如果是那样，他会无地自容，深怀自责。黑暗中的郭志强偷偷地长舒了一口气。

黑色在小屋中流淌，像是水流过他们的面颊。夜真寂静呀。没有装置的轰鸣，没有生活区四周的狗叫和鸡鸣，一个青年教师的宿舍，那深藏的疑问，在黑暗中悄无声息。这一切都是因为多了一个人，小师妹林芳菲，她也一定感觉到了自己存在的尴尬，于是率先打破沉默的那个人是她，她说："你们想说什么就说吧，就当我不存在。我困死了，躺下就睡着了。"只有一天的周末，一分一秒都是珍贵的。已经在心里积攒了一周的疑问像春节的爆竹一样已经被点燃了。小苏终究还是被自己的好奇和对郭志强的忧虑所击败，黑暗中的她轻声说："说说你的师傅吧。他一定还有更多的故事。"

郭志强犹豫了片刻，这显然不是在无边田野簇拥下的乡村公路上，听众也不仅仅是小苏和忠实的玉米，他咳嗽了一声还是开始讲述关于师傅的故事，在讲述的过程中，他惊悸地感觉到，他好像也是第一次重新认识一个人。这个讲述中的师傅，和现实中的师傅是一个人吗？和他朝夕相处的师傅是一个人吗？

"我师弟孟海军，他的生活突然跌入了万丈深渊。他刚出生的女儿得了白血病，他要去北京给女儿治病，急需一大笔钱。虽然车间里、厂工会都给了他一些救助，可这都是杯水车薪，根本解决不了问题。海军急得一下子老了许多，半个月的时间就像是过了三十年，头发都白了。那天，菲菲也在场，师傅给我们十二个徒弟开了个会。大意就是，我们要想尽一切办法，把这笔巨额的费用给凑齐了。先是师傅让我们出主意想办法，我们七嘴八舌，吵吵嚷嚷，却说不到正点上。然后师傅才说出了他的主意，很显然，他已经胸有成竹，师傅想到了我们检修时换下来的那些旧的设备，泵啊，管道啊，阀呀，甚至还有火炬顶端白金的探头。如今，它们都静静地堆在车间的仓库里。师傅说，它们待在那里真是可惜，真是浪费，虽然不能再为装置服务，不能为我们厂创造价值，如果能发挥余热，废物利用，挽救一个孩子的生命，它们也是生的伟大，死的光荣了。师傅是在打那些旧设备的主意。他想把那些旧设备弄出来，转手卖了，把钱交给海军治病。师弟们都低下头没有说话，只有我提出了反对意见，我说了我的理由，仓库里的东西都是国家财产，我们把它弄出来，转手卖掉，那就是犯罪。我说得振振有词，反应却寥寥。我说完，看到大家都看着我，像是在看一个怪物。师傅铁青着脸，问我，你能拿出那么多钱？我回答说不能，但我们可以想办法。我的声音很微弱，没有得到任何的响应，师傅说，我们投票吧。师傅喜欢投票，一遇到要大家解决的问题，师傅总是采取投票的方式。当然，在投票前，师傅会把他的意见先说出来。投票的结果就会完全按着师傅的意图产生了。这一次，师傅把决定权也交给了投票。我知道自己的反对是毫无意义的，于是我弃权了，我没有投票，而是走出了车间，来到阳光汹涌的院子里，我看到有一群麻雀落到那个巨大的旧法兰上，法兰好像在这个院子里待了有好长时间，锈迹斑斑，麻雀欢快地在那上面啄呀，叫呀，那个被热滚滚的油气泡过、被风吹雨打过的笨拙的家伙，能有什么吸引这些自由自在、无拘无束的麻雀呢？

“邢台的夜真静啊。我仿佛都能穿越时空，回到那个午后，听得到我自己心跳的声音。我不知道，在没有阳光照耀中的车间里，师傅和我的师弟们，他们能否听到自己的心跳。那之后没多久，也就是两天之后，我就听说车间仓库里的旧设备被盗了。整整一屋子的设备，竟然在人不知鬼不觉的情况下，被风刮走了，被夜色吞没了。仓库的大门、窗户安然无恙，一点也没有被撬过的痕迹。厂公安处忙活了一个月，一无所获，没得出任何结论，草草结了案。”

在郭志强讲述师傅的故事时，小师妹林芳菲一直没有插话，躺在床单那边的两个姑娘都很安静，只能听到那张破床吱吱呀呀地响着。讲完后郭志强轻声问：“菲菲，这些你都是知道的，你也是参与者，我说得对不对呀。”床单另一边，只传来一个姑娘的回答,那是小苏,她轻声说:“睡吧。”

第二天一早,林芳菲对郭志强说:“师哥,昨天晚上我好困,都没听到你讲的故事。”

那个周日,郭志强帮小苏把宿舍收拾了一下,买了一些日用品,把那张快要散架的单人床重新钉了一下,昨天晚上,郭志强是听着那张床传来的吱吱呀呀的声音入睡的。他还没有忘记给小苏读诗,这首诗的名字叫《常压塔:沸腾的生活》。显然,迷恋诗歌的小苏却没有表现出对这首新诗的更大的热情,她心事重重,看着郭志强的眼神都很特别。这眼神让郭志强有些不适应,趁林芳菲不在身边,忐忑地问小苏,我哪里做错了吗?小苏的表情仍然那么忧郁,眉宇不开朗,她说:“你没有做错。你做得很对。可我就是觉得怪怪的。心里有什么东西堵着。可又说不出来是什么。”郭志强刚想安慰她两句,林芳菲回来了,她说:“我喜欢你们校园,比我们厂子弟学校的操场大,两旁的树也多。下回来我还要在这里跑上十圈。”林芳菲喜欢跑步,每天坚持。到了这里也没懈怠。

回程的列车上,仍然是人头攒动。他们紧挨着站在车厢的一头,林芳菲问郭志强:“师哥,你打算一直这样两地奔波呀?多难呀。”

郭志强思忖了片刻,这个问题他还真的没有过多的考虑,“你知道我这个人,随波逐流,走一步看一步,从来没有过多的奢求。”

林芳菲便没有再追问。年纪轻轻的她,竟无比惆怅地说,要是我也有一个苏姐姐这样的异性朋友,我就可以有理由待在那台,永远不回去了。

郭志强笑着说:“你的大好年华才刚刚开始,别那么悲观。你要是不愿意去见那个小伙子,我去劝劝师傅。”

林芳菲摇摇头,“你别去。你觉得有用吗?”

“那你自己可以给师傅说呀。你说你不愿意。这是你自己一生的幸福呀,你不是为别人在找一生的伴侣,而是你自己。”郭志强耐心地说,他觉得这个小师妹善良,单纯,就是事事胆怯,办事犹豫，优柔寡断。

“可是，”林芳菲咬着嘴唇，“师傅也没说非要我嫁给他，只是让我去见个面，主意让我自己拿呀。”

郭志强能想得到师傅说这话的语气，那是不容置疑的。师傅，越来越无法容忍徒弟们提出哪怕一丁点的反对意见。

对于无法摆脱掉的现实，林芳菲觉得应该向师哥学习，随遇而安。没多久便依在郭志强的身上，连郭志强安慰她的那句“也许师傅给你选的那个人很好呢”都没听到，师哥身上的气息像是催眠剂似的，她靠得紧紧的，很快就迷迷糊糊地睡着了。

林芳菲约会那天是个黄昏，下午刚下班，夕阳和燃烧的火炬交相辉映，天际被分成两半，上面是重重的云彩，而下部却夕阳如血。余晖中，她骑着自行车赶上师哥郭志强，央求他跟着自己一起去，她说：“我有点害怕。”

郭志强说：“哪有约会带着师哥去的。又不是去打架。没事，见几面，你要是不喜欢，可以推掉呀。我听黄三说，那个男的是个大学生。有文化，肯定比我们没文化的好。”

林芳菲说：“我才不管他是不是大学生。我就是害怕。”

郭志强说：“男大当婚，女大当嫁。自然规律，别怕。要是那男的真欺负你了，到时你再找师哥来，我替你出气。”

令郭志强没有想到的是，他一语成谶，等需要他来替师妹出气时，事情已经无可挽回。那个夕阳无限好的黄昏，他目送着林芳菲走向她约会的翔龙酒店，他才突然发现，林芳菲竟然还穿着蓝色的工作服。

那天晚上，林芳菲的约会也成了郭志强的一件心事。因为晚饭后急促的敲门声打断了他写诗的思路，进来的是林芳菲，她的神色和分手时没什么两样，害怕与惶恐，浓重地写在脸上。她看了看铺在桌子上的稿纸：“你给苏姐姐写情书呢？”

郭志强纠正她：“不是情书，是诗歌。”

林芳菲坐下来，“反正都是一样。我真羡慕你们，你们的爱情，有诗歌这样美好的东西，有不辞辛劳的奔波，有互相之间的惦念。而我呢，我都不知道有什么？”

她怅然若失的样子令郭志强很是担忧，“那小伙子人不好吗？”

“不知道。”林芳菲摇摇头，“文质彬彬，戴着眼镜，家是张家口的。名叫魏秋声。供应处的，负责采购业务，经常要出差。话不多。可是，师哥，我怎么就快乐不起来？我看你和小苏姐，那么快乐，那么幸福，不管有没有距离的阻碍，不管有没有家庭的反对，你们对爱情的渴望都那么强烈。可我怎么就不能呢？”

那天晚上，没有化妆打扮，穿着工作服，快乐不起来的林芳菲让郭志强陪她去跑步。在小师妹面前，郭志强说不出一个“不”字，况且，诗歌可以慢慢来，不急于一时片刻。

厂子弟学校的操场上，跑步的人并不多。林芳菲跑得很快，不一会儿，她就把郭志强丢下很远，他喊道：“等等我，等等我。”他的喊声无济于事，林芳菲好像已经忘记了还有他这个师兄在陪伴着她一样，她越跑越快，渐渐地把郭志强甩得远远的。后来她超越了郭志强，没有跑步习惯的郭志强干脆停下来，他能听到自己心脏剧烈的跳动，他扶着位于操场南边看台旁的旗杆，气喘吁吁地看着林芳菲一会儿近一会儿远，一会儿大一会儿小。他觉得师妹就像是一颗愤怒的子弹，而跑道就是一杆长枪。只有在跑步的时候，小师妹林芳菲才是个意志坚定的人。

林芳菲的爱情一开始就带着明显的个人化情绪，不情愿，情不得已。她怯懦的内心，使得那个不得不到来的爱情充满着许多未知的前途。所以她要找一个信任的人，陪伴在犹豫不决的自己左右。郭志强说：“菲菲，爱情是两个人的事情。”

林芳菲说：“可是我心里不安。你不愿意帮我呀师哥？”

郭志强摇头，说：“你到底是怎么想的，如果你觉得你们之间没有任何可能，我劝你就和那个小魏摊牌吧，告诉他，你们俩不合适。”

“师傅那里我怎么答复？”林芳菲无奈地说，“昨天师傅还把我叫到一边，给我说一大通小魏的好处，说他踏实肯干，深得常副总的赏识。用不了几年就会受到重用。”

“那你是怎么想的?”郭志强对小师妹的犹豫不决很是不爽。

“不知道呀。我脑子里空空的,什么想法也没有。师傅也是对我好,师傅详细地给我分析小魏的美好前程,如果我的一生寄托在前程似锦的小魏身上,便幸福美满了。”林芳菲低下头,“师傅说,你一个工人出身,能攀上一个大学生,那是你前世修来的福分。”

郭志强恨铁不成钢,可是又爱莫能助。林芳菲不想违背师傅的意愿,对于她来说,也许算是一个生活的态度,他不能勉强任何人都和他一样,顺着自己的心愿一条路走到黑。他对自己说,也许,她的选择是一条更适合她的路呢。

“十一”来临的时候,魏秋声邀请林芳菲去爬泰山。林芳菲走之前显得心事很重,她再次邀请郭志强陪他跑步,这一次,她跑得很慢,郭志强基本上能够跟得上她的节奏。月亮挂在偏西南的天际,一直跟着他们,郭志强感觉那盏皎洁的月亮像是一个跟踪者,在时刻窥视着他们,这让他头一次对月亮产生了一丝的厌烦。他想跑快点把月光甩掉,可是他跑不快,那月光他也挣不脱,它像丝一般黏在身上。林芳菲的速度出奇的慢,好像她想让那跑步一直持续下去,她说:“师哥,你说爬泰山和爬炼塔有什么不同?”

郭志强觉得她这个问题很奇怪,“那当然不同。境界不一样啊,爬泰山你有一览众山小的宽广胸襟,爬炼塔你就只想着一件事,那就是赶快把分给你的工作干完。”

“我对泰山的风景一点也没有兴趣,我宁肯在这个假期把所有的塔都爬遍。”

林芳菲心底的真实想法永远都只能停留在那个月夜之中,把它隐藏在黑暗中,隐藏在月光中,而被动地迎合着爱情和一切。她和魏秋声去了泰山,而郭志强,迎来了同样心神不宁的小苏。

倾听,是那么迫切。

“我不能确定检修车间仓库的失窃事件是否与师傅有关,

我也不知道后来海军为什么突然有了去北京给孩子治病的底气，但是我要做我自己该做的事。他临去北京前的那个夜晚，我去了他家，口袋里装着一个信封，里面有两千块钱。我只是想尽我力所能及的一点义务。可是海军毫不留情地拒绝了我，他的脸色像猪肝一样，好像我做了什么大逆不道的事情似的。他说他不需要我的怜悯和施舍。他的话重重地伤了我。我不知道自己是怎么从他家里逃出来的，我伤透了心，平时亲密无间的师兄弟怎么会如此猜忌，如此隔膜。漫无目的地走出生活区，走上没有路灯的乡间公路，我就那么走，一直走，真想那个夜永无止境。

“黑暗对我来说可能还远远没有结束。我的师弟们都对我敬而远之，好像我是一个怪物似的。我把更多的注意力集中到工作当中，当我戴着面罩，拿起焊枪，我感觉自己就被那喷射的弧光，闪烁的焊花所吸引了，那蓝色的光，红色的光混在一起，圣洁，美丽，像是神圣的宗教仪式一样。有一天，我们在新建的二催化的塔顶作业，那是一套新建的装置，建成之后，炼油厂的生产能力会有一个大幅度的提升。那个蒸馏塔还没有完全成型，通往一层层平台的阶梯还未完工，我们是从四层的平台上踩着搭起的架子来到塔顶的。塔顶离天空更近，春天里阳光照在塔上，形成的阴阳错落的样子，再加上蓝色天空的背景，蓝色和银色，像是刚刚完成的一幅水彩画。但是高处的风畅通无阻，很轻松地就穿透衣物，抵达皮肤，就会感到塔上塔下完全是两个季节。我专注地拿着焊枪在作业，从午后一直到了阳光西斜，等我感到身体累了，乏了，直起身来，眼睛从面罩下解放出来，那浓稠的夕阳映在塔顶，映在我的身上，我觉得自己依然埋在焊花里似的。四下一看，除了夕阳，圆圆的塔顶，孤寂的平台，在散发着焊条味道的护栏之中，只余下我一个人。他们都去哪儿了？我喊了一声‘张东明’，比四野还要空旷的塔顶连回音都没有。我师弟张东明本来就在我的旁边，和我一起焊北边的护栏的，此刻他也不见了。我扶着塔壁向下张望，搭好的架子也撤了，他们为什么把架子拆了？整个蒸馏塔，只有我一个人。那是一个建设工地，收工了，地面上的工人们也早就没影了，我的喊叫声疲弱地传到地面上，起不到任何作用。美丽的夕阳转瞬即逝，天渐渐地黑下来，我坐在那里，已经放弃了会有人还记得我，记得我还孤独地待在一个孤寂的地方。我安静地坐着，旁边是早已冷却的焊枪和焊条，我茫然地看着蒸馏塔和我，一起缓慢地失去了清晰的轮廓，突然坠入了无边无际的黑暗之中。远处，气分车间装置的轰鸣声闷闷地传来，撞到我四周的黑暗之中，像是水滴进了大海。更远处的火炬，那光亮似乎比平时看上去近了许多，但光芒却小小的、怯怯的在那里闪着。春天的风也有让人揪心的时候，在离地三十多米的空中，风比黑暗更加自由，它可以肆意地蹂躏我的身体，像是把我的身体当成一个可以穿越的目标。我坐在那里，思想冷得失却了旋转的动力，它像是一台没有了电能的气泵，沦落成一个物体。你想想，如果你能够看到你的思想成了一台泵，你连绝望的机会都没有了。黑夜如此漫长。火炬的光像是静止的。那真是神奇呀，天地间黑茫茫一片，只有那一点光亮，坚定却又渺小。像是出现在遥远的过去。黑暗也是静止的。天地间万物都是静止的。那一夜，我懂得了一个道理，不要相信弹指一挥间的鬼话。我一夜未眠，直到我能看到自己和塔的轮廓，直到那火炬的红光变黯淡了，直到天光大亮，我看到塔下的人陆陆续续地来到工地上，塔下，他们的身影就如同我小时候下的军棋，他们是一个个的棋子，工兵，班长，排长。只是，操作他们的不是我，而是上苍。九点，我的工友们才从塔下慢慢地爬到三层的平台上，他们若无其事地重新搭起两层的架子，然后攀登上来，像是意外发现了被遗忘在塔顶的我。张东明呀的一声，说，师哥，你怎么来得这么早呢？”

“你怎么有那么多的秘密？有那么多的悲伤？为什么你不告诉我？”小苏伤心地说。她把他的脸捧在自己的两手中间，透过泪眼凝视着他伤感的眼睛，这还是头一次，她看到一个内心悲伤的郭志强。她以为早就把这个她深爱的男人看透，如今，她动摇了。

小苏的手温暖细润，似乎要把郭志强的心融化，“如果不是师傅的那句话，如果不是你的坚持，我是想把它永远埋藏在心里，让它腐烂变质，连我自己都把它彻底地忘掉的。”

“你应该大声疾呼，告诉他们你真实的想法。你并没有做错什么呀。”泪水在小苏的眼睛里打着转，仿佛那个被人不理解的人是她自己。

郭志强苦笑道：“如果我去辩解，去据理力争。只能说明一个问题，那就是师傅错了，他们都错了。你觉得这个可能吗？”

小苏便沉默不语了，眼泪夺眶而出。郭志强替她擦拭着眼泪，反倒是他在安慰小苏，“哭什么。我这不是好好的吗。又不缺胳膊少腿的。如果真到那天，我就去找你，在邢台安营扎寨，给你写诗，陪你变老。”

小苏破涕为笑，“一言为定。到时候我也抛开一切，什么父母，工作，都不要了，我们也不在邢台，浪迹天涯，像浮萍一样随波逐流。”说完她感觉那一天似乎已经来临，那一天像是突破阴霾的刺眼阳光，温暖地照耀着她和他，他们真的成了两个无拘无束、没有任何社会羁绊的人，一股欲望的暖流腾空而起，把她托起来，她感觉自己的脸热辣辣的，浑身燥热难耐，她的身体轻飘飘的，像是一张纸，一片云。她无法自已，娇嗔地说：“快快快，拽住我，拽住我。别让我飘起来。”郭志强也被她所感染，她潮红的脸，动人的睫毛，水波荡漾的眼神，抖动着的丰润嘴唇，柔软的身体，都在向他召唤。在那一刻，他们都暂时忘掉了师傅，忘掉了师傅的那句话，忘掉了还有许多不可知的未来，他同样颤悠悠地伸出手，剥去小苏颤抖的衣服，他触摸到的是一汪亮晶晶的温泉。他的身体拖着小苏，沿着一道明亮而狭窄的通道，在快速地沉下去，沉下去，直至跌入那万丈之光的深渊之中。

在国庆的那两天假期里，小苏完全是一个被欲望征服的女人，她不停地上升，而郭志强便不断地降落。每一次的高潮之后，她都高声地给郭志强背诵顾城的诗：

> 我需要，
> 最狂的风，
> 和最静的海。

我希望，
每一个时刻，
都像彩色蜡笔那样美丽。

我希望，
能在心爱的白纸上画画。
画出笨拙的自由，
画出一只永远不会，
流泪的眼睛。

一片天空，
一片属于天空的羽毛和树叶，
一个淡绿的夜晚和苹果。

我想画下早晨，
画下露水，
所能看见的微笑。
画下所有最年轻的，
没有痛苦的爱情。

背诵完，她的欲望再次响起，他们重新投入到飞翔和降落的过程之中。北京亚运的吉祥物熊猫盼盼不时地在电视上闪现，他们一边数着中国运动员又拿了多少块金牌，一边忘记着自己多少次地被欲望所吞没。那是没有白昼和夜晚的两个日出日落，那是让他们终生都难以忘怀的两天两夜，那是类似欲望赌注一样的国庆假期。小苏觉得，她美丽的青春，必须要在那两天挥霍一空似的。

等她踏上返程的路途，才突然想起，她此行其实想看看郭志强是如何把两个物体焊接在一起的，她觉得那同样是一件浪漫的事情。她不禁有些伤感，郭志强对他们悠长的青春有充分的自信，他说："不着急，反正有的是时间。下次吧。"

林芳菲没有看到泰山日出。这和小魏的说法不一致，小魏兴致勃勃地向郭志强描述着泰山动人的日出景观，在他有些口吃的讲述中，泰山的日出瘪瘪的，干巴巴的，秃秃的，像是从山顶向上扔出的一个大大的麻布袋。

那是在俱乐部门口，他们一起从班车上下来，郭志强刚送完小苏，而林芳菲他们刚刚从遥远的泰山归来。天已经黑透，俱乐部广场上的路灯光黄澄澄的，照到人脸上，每个人都像是刚刚经历了一场灾难似的。看到日出的兴奋还在激励着小魏，“郭师兄，你要是去泰山的话，我建议你最好多带些衣物，最好是军大衣。那上面租的军大衣，味道真不怎么样。”

“你真没看到日出？”郭志强问林芳菲时，已经是第二天的夜晚。他们奔跑在子弟学校的操场上，林芳菲说：“没有。我什么也没看到。”

郭志强问：“那你干什么去了？”

隔了一会儿，林芳菲才回答：“我在和一个人战斗。”

“谁呀？”郭志强停下来。林芳菲却没有停下来，他只好紧跑几步，跟上去。

“我自己。”林芳菲平静地说。

郭志强狠狠地吐出一口气，即使他已经习惯陪着师妹跑步，可是他的步伐总是在不断地调整之中，呼吸也是一会儿紧一会儿慢的，因为他摸不准心情变化多端的林芳菲什么时候跑得疾，什么时候跑得缓。林芳菲接着说：“师哥，我拿定主意了。我不想和小魏谈朋友了。”

郭志强大感意外，很是振奋，他感觉自己的腿上都有力了，“这可是个喜讯，你终于想通了。”

林芳菲干脆停了下来，这是从来没有过的。她停下来，站在路边，那晚，没有月光，能听到操场上秋虫的鸣叫一会儿高一会儿低。林芳菲说：“师哥，泰山之行让我不寒而栗。让我也痛下决心，做回我自己。你知道吗师哥，小魏是个不善于表达，却喜欢表白的人，一路上，他都不停地给我说他辉煌和悲惨的过去。他辉煌的学业，他在讲述自己从小学到高中时期的优秀时洋洋得意；而悲惨的命运是他的家庭，他生在农村，是个单亲家庭，母亲只身带着他和妹妹，从很年轻的时候就守寡，一直没有再嫁。他说，他看到村里的那些男人欺侮母亲，他就暗下决心，总有一天，他要让那些人尝到苦头，他要让那些人跪在地上向他求饶，他要用铁锨把他们拍在地上打滚。他把他们的名字都记在一个小本子上，把他们的面容牢牢地印在脑子里。我听着听着就起了一身的鸡皮疙瘩。师哥，我觉得他内心太阴暗了，太可怕了。所以我打定主意，要和他一拍两散。”

对于师妹林芳菲的选择，郭志强给予了大力的肯定和赞扬，那天晚上，他还鼓励师妹，不要违背自己内心的意愿，做不得已的事情，还说了人生处处有芳草之类的话。接下来的跑步就变得轻松愉悦了，连郭志强也开始从那天起喜欢上这项运动了，他感觉到身轻如燕。

可是，事与愿违，过了没两天，与厂报编辑余坚吃完饭的郭志强发现林芳菲和小魏一起从俱乐部里出来，他们一道观看了王朔小说改编的电影《一半是火焰一半是海水》。林芳菲像是做了错事，在看完电影后主动找到郭志强，邀请他一起去操场跑步。两人没有像往常那样并排跑在跑道上，而是相隔有两三米的距离，林芳菲在前，郭志强在后。跑了有两圈，郭志强就感到疲惫不堪，他停了下来，弯着腰喘着粗气，林芳菲心有灵犀地停下脚步，犹豫了片刻，便走了回来。她呼吸均匀，丝毫没有郭志强那么费力。她伸出右手，试探了几次，最后还是抓住了郭志强的胳膊，细声细语道：“师哥，对不起。”

郭志强赌气地说：“关我什么事。我不是狗拿耗子吗。你有什么错？又不是我找男朋友，又不关我的终身大事。你找个什么样的人我可管不了，我就是觉得你这种犹犹豫豫、拿不定主意的劲头，让我失望和痛心。你什么时候才能长大呀！”

按林芳菲的解释，是师傅的一番话，又让她重新回到了无所适从的轨道上。师傅说，生活就跟焊条和管道、容器的关系是一样的，什么样的材质，得用什么型号的焊条。而能不能把管道、容器、板材完美地焊接到一起，你要不断地进行摸索，不断地总结经验，要观察材质，观察厚度，要懂得运用电流的大小，要根据材质的大小、位置，采取适当的焊接方式。即使焊接好了，还可能出现裂纹呢，气孔呀。所以，你想一蹴而就，既无法焊接成功，也不能把生活搞好。

郭志强说："师傅说得对。"

他们走向看台，坐在看台的边缘，脚悬空。夜空下着绵绵秋雨，淅淅沥沥的，他们身上早就湿透了，跑道上空无一人。操场边，那棵白杨的树冠黑得浓密而巨大，细碎的雨声绵软悠长。

林芳菲说："师哥，你从来都不违背自己内心的意愿吗？"

郭志强不假思索地朗声回答："当然，我心底无私，问心无愧。"

"那你得到了什么？"林芳菲尖锐的问题在细雨中那么刺耳，一直在回响。

郭志强呆住了。他以为自己的内心始终被那炫目的焊花照耀着，他一直觉得他的心里亮堂堂的，此刻，在这个悒郁的雨夜，师妹的问话像是倾盆大雨，把他心中的焊花浇灭了，内心顿时灰暗无比。

灰暗的时刻远没有就此打住。在冬天来临之前，厂里要选派一批工人到荆门石化，帮助荆门石化建设一个新的聚丙烯装置。愿意去的人寥寥无几，据说，那里的冬天没有暖气，天气非常寒冷。任务落在了郭志强身上。接到师傅的通知后，他毫无怨言，只说了一句话："好的，我去，师傅放心，我不会给你丢脸，不会给咱厂丢脸。"

令郭志强意想不到的是，在去荆门的人员中，竟然也有林芳菲。出发上班车时，他才看到拉着皮箱的林芳菲，不免万分惊讶地说："你去干什么？不在家好好待着。"

林芳菲吐吐舌头，"我是主动要求去的，给你去打下手呀。"在火车的卧铺上，林芳菲才向他吐露真言，她说，她去荆门也是去躲清闲，躲开小魏。郭志强恨铁不成钢地说，反反复复的，你什么时候才能痛下决心呢。

荆门的工作持续了有四十天。南方的日子对于两个人来说，平淡而宁静。小苏几乎没有任何消息，而小魏却穷追不舍，林芳菲几乎两天就会收到小魏的一封信。林芳菲却从来没有回过一封。两个人似乎都忧心忡忡，郭志强担忧久没有消息的小苏，他感觉到，自从她知道了师傅那句话，知道了师傅的一些事后，他们之间明显没有以前那么快乐，不像以前那么毫无芥蒂地大胆去爱了。他们的爱变得有些谨慎，有些不平坦。在荆门的夜晚，一想到这些，郭志强便辗转反侧，睡不好觉，后来他还是利用难得的一次休息日给小苏打了一个长途。电话那头的小苏仍然表现得很快乐，笑声朗朗，但郭志强就是疑心她的快乐有些掩饰。林芳菲却怕施工的日子很快到达终点。

期间他们还登了一次圣境山。圣境山在荆门西北十公里处，据当地人讲它属于秦岭的余脉。当若干天后，他们迎接着北方那个冬天的大雪弥漫时，他们也许忘记了圣境山的青山绿水，但是郭志强和林芳菲可能都不会忘记，他们在山巅的真武观的那一番对话。在圣境山，难得他们的嗅觉中没有焊条融化时浓烈的刺鼻味道，而多了些花花草草的芳香，可是心中都知道，恐怕这一生，那带着淡淡苦涩的焊条的味道，都会伴随他们左右。

“你觉得师傅那句话说的是什么？”林芳菲一说话，焊花飞溅时的味道就能穿越时空，钻到他们的身体里。

林芳菲突然的发问让眼前的景色顿时失色，郭志强说：“不知道。”

“那师傅说的那个人，出卖他的那个人是谁？”林芳菲步步紧逼。

郭志强心烦意乱，“不知道，我怎么会知道呢。”

“师哥，在你心目中，师傅是个什么样的人？”林芳菲的目光闪避着师兄郭志强，她觉得这个问题本身对她自己来说都是压抑的，好像这个问题在心中郁积了太久，所以她偷偷地吸了口气，再长长地吐出来。

长久以来，郭志强都在回避与师傅有关的任何问题。师傅，是他心灵深处最脆弱的一点。让他为师傅说一堆的好话，把师傅捧上天，他办不到，他觉得羞愧；可是要让他贬低师傅，否定师傅，他也做不到。他说："我告诉你一件事吧。我刚进厂那一年，特别自卑，因为我突然发现，身边有那么多的大学生，中国石油大学的，抚顺石油学院的，河北化工学院的，不济的还是兰州石化中专的，他们朝气蓬勃，对前程充满自信，他们才是国家的栋梁和未来，而我一个技校生能有多大的出息。师傅看出我的想法，他把我带到一联合车间，站在主控室外面，南面就是并排而立的两座油塔，蒸馏和精制。我们抬头向上张望，塔太高了，我的脖子都酸了。师傅又领我在塔下的管廊间走了一趟，让我看那些各种各样的泵、阀门、法兰、管线，然后，当我们重新回到主控室外，再抬头看塔时，师傅问，你说塔高还是泵高？我说，当然是塔。他又问。塔大还是管线大。我说，当然是塔。师傅语重心长地说，不管塔再高，再大，它也离不了泵，离不开管线，没有这些小小的离心泵、计量泵、进料泵、回流泵……没有密密麻麻的管线，塔再高，再威武，也没有动能，装置也运转不起来。"

林芳菲说："如果师傅说你和我这样的人是泵的话，那师傅是什么？也是个泵吗？他应该是个什么泵。"她想了想，"我知道了，是原油泵。"

"我不知道。"郭志强头脑中的师傅，似乎停留在最初的阶段，当林芳菲故意要把历史拉长，要还原一个立体的师傅时，郭志强便沉默了。

林芳菲也就不再追问下去，他们并肩而坐，秀美山川尽收眼底，可却无法在心底留下任何痕迹。后来，林芳菲就把头一歪，依在他的肩头，幽幽地说，师哥，我们不回去了，永远待在这里好不好？

郭志强没有作答，他的心里，还挂念着小苏，在这一个多月的时间里，不用每个周末往返于两个城市之间的小苏，她在忙些什么，为什么，连一封信都没有。

直到援建结束，回到厂里，郭志强才知原委。小苏早从邢台赶了过来，在宿舍里等着他。天色如漆，屋内的灯光和充足的暖气让郭志强感到温暖亲切，小苏却未等他征尘落定，便急迫地说："郭志强，我都不认识你了。"

郭志强还以为她说的是分别久了，有点陌生，笑着说："我才离开四十天。又不是四十年。"

小苏说："这四十天，我每个周末都来石家庄。"

她的话让郭志强倍感惊讶，"我不在厂里，你来干什么呀？"

小苏冷静异常，"这四十天，我来了四趟，每来一次，我心中的疑惑便增加一分。"

郭志强忘记了旅途的疲劳，他凝视着小苏，不知道她看似平静的表情背后，隐藏着什么。

"我想要替你洗刷不白之屈。从你走的那天起，我就决定去拜访你的师傅。你走之后的那个周末，我从你书柜里拿了那条石林烟，它身上落满了灰尘。我先去了你师傅家，我把石林烟给了他。你师傅喜欢抽烟，这是你说的。他看到那条烟，眼里放光。他赞叹说，好烟。他没有拒绝。他问，是志强送给我的？我说，是的。你师傅就问为什么志强不亲自送给他。我说，你走之前买好的，来不及。我还说，志强临走时对我说，要从荆门给师傅买烟抽。你师傅就点点头，表示很满意。以后每个星期日我都来，而每次我都会给你师傅带一条烟，红塔山、红梅、金芙蓉……不管什么牌子的，反正我爸柜子里有什么烟我就从那里偷一条出来。他是人事局长，最不缺的就是香烟。而每次，我也会给你师傅说，这是你从荆门寄回来的。我不管你师傅相信不相信，反正他是欣然接受的。你回来之前的最后一个周末，我拿的是一条中华。我对你师傅说，那个出卖师傅的人绝对不是志强。你师傅就一乐，说，何出此言，没有的事，志强是我带的第一个徒弟。我从一个普通工人，到班长，到队长，志强都是我身边最信任的人。你师傅信誓旦旦的，不由得我不信。好像，塔顶的事，派你去荆门，都是别人所为。你师傅还说，他还想让你当焊工班的班长。看着你师傅慈祥的那张脸，我真的没法把他和你讲的那个人联系在一起。"小苏一口气把郭志强四十天来的疑惑都解开了，她看着郭志强变颜变色的脸，毫不后悔地说，"要说的话必须说出来。这就是我。"

在小苏讲述的过程中，郭志强没有插一句话，等她讲完，愤怒也就在他心中一点点地积攒起来，成了一团熊熊燃烧的烈火，他站起来，浑身颤抖着，咆哮着说："谁让你找我师傅？谁让你替我求情？谁让你给师傅送烟？你当你是谁呀？"暴跳如雷的郭志强完全变了一个人，他忘记了自己是谁，也忘记了对面的姑娘是谁，一股无名之火把他彻底吞噬了。而小苏，本能地向后退了一步，她当然知道，郭志强不可能冲上来对她拳打脚踢，但她还是惊恐万状地看着他，像是看到一头陌生而疯狂的猛兽。他在屋子里来回地走着，脚下生风，小苏明显感到，那影子像是有了分量，越来越重。十几分钟的光景，小苏才张口说话："你说完了？好吧，轮到我了，我只想对你说一句话，你当你是谁呀。"说完，小苏站起身，背上包，头也不回地走了出去。

郭志强有好几分钟才反应过来怎么回事，火气顿时烟消云散，随之而来的是巨大的恐惧，他问自己，我做了什么？当他意识到，刚才，就在几分钟前，小苏还在兴冲冲地侃侃而谈时，他发足奔了出来。一出门，却险些与一个人撞到一起，定睛一看，原来是林芳菲。他急匆匆地边下楼边说："你在这里干什么？你不是都回家了吗？"林芳菲却拽住了他，她说："我还拿着行李呢，先放你家吧。"郭志强惦记着小苏，也未及多想，待林芳菲放下行李，再次冲下楼去，向生活区外的班车站点跑去。班车点空荡荡的，只有冷风，站牌，站棚。借着路灯光，郭志强看了看手表，已经是夜里九点四十了。末班车在十分钟前就告别班车点，冲进茫茫的夜色中，向市区驶去了。小苏是不是赶上了末班车？他们之间这唯一的一次争吵是不是让她心灰意冷，连夜赶回邢台了？或者，她仅仅是一时的恼怒，没有上班车，在生活区里漫无目的地走着呢？这样想着，竟有些悲从中来，小苏，你在哪儿呢？这时，有一只手搭在了他的胳膊上，他一阵狂喜，转过头，不是小苏，而是师妹林芳菲。昏黄的路灯光下，林芳菲的脸白惨惨的，她柔声道："师哥，我和你一起去找苏姐姐。"郭志强的泪水奔涌而出，他别过脸去，立即向暗处快步走去。

他们在生活区里，在各个班车点，在通向东南西北的每条公路上都找了一遍，冬季，北方的寒冷让他们猝不及防，泪水在郭志强的脸上已经风干，他能感觉那泪痕硬邦邦的，像是从眼睛里，顺着脸颊，一直戳到他的心里。直到他们精疲力竭，被寒冷击败，他们的寻找在子弟学校操场边的看台来到了终点。他们像上次那个雨夜一样，靠在一起，互相取暖，听着对方的牙齿响亮地互相问候。还是林芳菲实在坚持不住，她说："师哥，我们回去吧。再坐一会儿，我们就成冰棍了。"他们失魂落魄地互相搀扶着，落寞地走在萧瑟而孤寂的浓浓夜色之中。

郭志强和林芳菲，坐在客厅里，面面相觑，等待着奇迹的出现。墙上的钟每隔一小时就会响一下，提醒他们，奇迹越来越远了。林芳菲的话让郭志强能暂时忘掉小苏，"我临回来前，收到小魏的一封信，他说，他要在我们回来这天在我家门口等我，最早见到我。他说他很想念我，一刻也不能忍受分别的痛苦。我怕他真的在我家门口候着，所以我慢腾腾地往家走，不知道该怎么办，我还是怕早点见到他，可是这也不是办法，后来我就想到你这儿躲躲。我刚到你门口，恰巧碰到苏姐姐跑出来，她白了我一眼，一句话也没说，就跑走了。"

下一个周末，郭志强在约定俗成的那个时间去了火车站出站口，等到夜里 11 点钟，目送了一拨拨行色匆匆的旅人，知道小苏不会来了，便买了一张开往邢台的火车票，在凌晨两点半出现在了邢台的街道上，他走过那个卧牛的雕像，走过邢台狭窄而冰冷的街道，路旁那些高高低低的房子，像是出现在梦中的中国画，全是浓墨。邢台一中，要穿过郭守敬大街，拐向一个向西的小路，学校的大门朝南。铁门紧锁，他试图翻越铁门进入学校，惊醒了看门的大爷，大爷偷偷地打了报警电话，他被赶来的警察摁在了学校里面，一簇冬青树旁，离那个日本人留下的三层楼十几米的地方，不管他如何辩解，警察还是押他到派出所，把他铐在一张硬木的长条板凳上，警告他，如果再喊叫，影响他们睡觉，就用电棍打他。郭志强这才老实下来，在坚硬的板凳上躺了一夜。

第二天跟在小苏背后走出派出所时，郭志强并没有因为在派出所待了一夜而闷闷不乐，虽然他又困又乏，却有些兴致勃勃，脚步轻快。明亮的阳光铺展在街道上，郭志强此时也觉得邢台这个城市清爽了许多，像是一个打扮得朴素的年轻姑娘。

小苏冷冷地说："你不该来。"

"我是来道歉的。这个愿望在我心里憋了一个星期，都快长毛了。"郭志强轻松愉快地说。

他们没有直接回到小苏的宿舍，而是在一中的校园里漫无目的地走着，环境幽静，树木翠绿，仿佛都在低头沉思。小苏说："让我们平心静气地面对一切吧。"

郭志强还是觉得她的语气过于沉重了，他调侃道："哪有那么复杂。"

小苏的脸上看不出任何的表情，她像是聊着家常，"不是那样了，都变了。你没有发现吗？在我们之间，有一个东西突然消失了。"

郭志强挠挠头，他觉得这种猜谜的对话太压抑，"什么呀？我怎么不知道。"

"诗歌。"小苏说，"我们是因为诗歌而结缘，然后相爱。但是你想想看，当我们见面时，我们还有多少时间在谈论诗歌，还有多少时间在朗诵和倾听诗歌。"

郭志强便低下头陷入了沉默。经小苏这么一提醒，他才猛然发现，诗歌真的消失了，他的心里凉飕飕的，不是个滋味。他说："我来给你朗诵一首吧。"

"不要朗诵顾城的诗。你有新的诗歌吗？关于炼塔，关于焊花。"小苏反唇相讥。

郭志强再次把头低下时，羞愧难当。

小苏叹了口气，"你也别难受。这一周，我想了想，不能怪别人，也不能怪自己。有些事情是命中注定的，就像当初我们俩在火车上邂逅。"

郭志强感觉小苏像是在做最后的审判似的，他抬起头来，"难道你不能原谅我吗？原谅我的粗鲁，我的无礼。"

"不是我去原谅你。而是命运能不能原谅我们。"小苏的话太有哲理，太玄奥，让郭志强摸不着边际。小苏接着说："其实我还遍访了你的师弟们，在那一周的时间里。除了林芳菲，只有她跟着你去了荆门。"

郭志强认真地听着。

"你师弟们都不拐弯抹角，他们都是快人快语。当我向他们求证我的疑虑时，他们给了我一致的答案，他们说，你是那个出卖师傅的徒弟。至于你出卖了师傅什么，他们都不肯说。挺讳莫如深的。也许他们真的不知道。我就问他们你师傅因此受到了牵连、处罚或者批评了吗？没有人能说得上来。我问他们，为什么你们一口咬定就是你们大师哥做了对不起师傅的事。他们说，那不明摆着吗。我问他们为什么是明摆着的。他们就支支吾吾地不说了。我就问他们，是不是你们觉得你师傅心里是那么想的，你们便也那么认为了。他们说，反正他们都看出来了，你不喜欢师傅，你不听师傅的话，你不想和师傅为伍，你觉得师傅做的任何事情都是不对的。他们一律对你们师傅表现出了无比的忠诚，他们说你师傅是元老，是检维修的灵魂，不管他以后还当不当队长，或者主任书记，他会一直是你们的师傅。师傅，你知道吗？师傅永远是对的。这不是最简单的道理吗？他们说，你做什么事都显得和他们格格不入，你不陪师傅打麻将，你不和他们吹牛、斗地主，你们好像不是一个师傅带出来的，你自命不凡，不可一世，好像其他师弟都那么平庸、无聊、无能似的。他们说，你忘记了自己的身份，其实你和他们一样，你是一个工人，一个再普通不过的工人，这就是你的命运，这一点永远无法改变。"小苏看着郭志强软沓沓地低着头，悲伤在他的嘴角弯曲着，"你觉得你自己是那个出卖师傅的人吗？"

郭志强没敢抬头看小苏的眼睛，他不知道，小苏的目光是什么样的，是怀疑，鄙夷，还是可怜，他听到自己的回答是那么软弱无力："在我师傅面前，我渐渐地迷失了自我。有时候，我宁愿自己还停留在刚进厂的那几年，停留在他把我们比作泵和管线的那一年。但是在我进厂的第二年，师傅突然让我去一趟南营镇。南营镇离炼油厂十五公里，是个有着二千多人的村子。村东那一家，门口立着一个用装置上的废料焊的一个类似狮子的东西，那是师傅的杰作。我觉得它有点像毕加索的作品，很抽象。那一家的主人是个与师傅年龄相仿的女人，家里还有一个男孩。我给女主人捎来了厂里发的一箱苹果。男孩管我师傅叫爹。从那以后，我每年都会数趟往返于炼油厂与南营镇之间，我把师傅的温暖送到那个家。你一定以为我说这件事毫无意义。我告诉你，它正是我迷惑的开始，每年的往返，我都在不停地问我自己，我在做什么？师傅在做什么？是的，在生活区，师傅还有另外一个家，我的师母，比乡下的那个显得年轻一些，经常会请我们去他家里吃饺子，而师傅的女儿，一天天地长大。师傅的两个家，像是两条平行的线，永远都无法有交叉点。他们相安无事，这一直让我惊讶不已。有整整三年，一直都是我在替师傅奔波于南营镇与炼厂之间，通常都是去送液化气罐，在厂里的液化气站灌好，然后骑着自行车送到南营镇，师傅的乡下妻子见到我从来都是笑呵呵的。而我，在她的笑容之中，却困惑而不安。为什么，是我在受着良心的谴责？还是师傅的形象，已经在我的心目中渐渐地产生了变化？我从来都没有去深究过。我是不敢呀。”他的声音说到最后已经越来越小，几乎他自己都听不到了，他更像是对自己在说，而不是另外一个人。

此时，他们已经回到了小苏的那间宿舍。小苏把他拉过来，两人相拥而立，他们自己都不清楚，这样的相拥是互相安慰还是互相猜忌。小苏的头靠在他的肩头，轻声说：“我受不了了，这样的生活让我感到了疲惫。”

小苏每个周末几乎是例行的到来突然就中断了。她发现，一个诗歌的男人，一个理想的男人，如今被现实的河流冲刷着，越来越远。代之而来的是书信，她暂时中断了爱情的旅行，开始写信。她的第一封信是这样写的：“你去荆门的那四十天，发生的事情太多，以至于我都无暇告诉你。除了忙碌地遍访你的师傅、师弟们。我还经历了一件恐怖而匪夷所思的事。那天晚上，我躺在你的床上，我刚刚坐最后一趟班车赶到炼油厂。生活区静寂得吓人，屋内，老是感觉有什么细微的声音在撕破这沉寂，我在每个房间都看了，什么也没有，水管关着，卫生间的马桶也关着，其他房间的灯也关着。我试图把这里，你的家，当成我的家，好把那些许的恐惧从脑海里赶走，可是我怎么也无法集中精力，我感觉到那寂静越来越大，像是一片巨大的沙漠。我读不下去诗，便关上灯，躺到床上，强迫自己快速地进入梦乡。我迷迷糊糊的，似睡非睡之间，后来便听到有人开锁的声音，门被推开了，黑暗中，有杂沓的脚步声进到了客厅，不像是一个人，两个到三个，我还听到了他们的说笑声。我以为自己是在梦中，便拼命想要从梦中爬出来，可是我的身体却不受思想的支配，它在梦境的漩涡中越陷越深。客厅里的灯光亮了，他们边说笑边翻着什么，间杂着有东西掉落的声音，还有一个人说，小心点，别碰坏了东西。然后他们进了另外一间卧室，翻找东西的声音很响亮，那声音压着我的身体，让我感觉到轻飘飘的，无声地向梦境的深渊滑去。翻箱倒柜的声音、说笑的声音、脚步声，甚至吐痰的声音，此起彼伏。最后，他们来到了我睡觉的这间卧室。有人摸索着拉亮了卧室的灯。然后，那些声音就都沉寂下来，我恍恍惚惚地在强烈的光线中，看到门口挤着三个人，他们的脸在我慢慢适应了强光的目光中浮现出来，他们惊愕地看着我，一个人手中的一本书还掉到了地上。他们都很年轻，他们年轻的面庞那一刻如此深刻地印在我的脑海中，我顿时觉得那梦境比现实还要清晰。他们不慌不忙，不羞不臊，其中的一个说，啊，这里还有人，我们走吧。他们没有羞愧，没有惊讶，没有一点点闯入者的不安，他们镇定地替我拉灭了卧室的灯，我重新被黑暗包围，重新向无边的梦境中滑去。另一间卧室的灯光灭了，客厅的灯光也消失了，越来越远的脚步声，关门声，然后，无比的寂静重新袭来，狂沙般吞没了我。我的身体直到半个小时后才从僵硬的状态下缓过来，我下了床，拉开灯，来到客厅和另一间卧室。房间里乱成一团，完全是刚刚被洗劫过。我坐在那堆乱糟糟的东西之中，仍然无法确定，我到底是在梦中还是现实中。那一夜，睡眠已经无法来到我的身体里。我坐在沙发上，等待着天光从窗户一点点地渗入,把梦境彻底从屋子中,从我的灵魂中赶走。在白日的激励下,我告别了恐惧,我把废墟一样的屋子重新收拾整齐,像你走时那样,我发现,他们没有拿走任何东西,甚至是一条香烟。后来,在我遍访你的师弟时,我印证了一个假象,那就是,他们并不是在我的梦境中出现。我看到了那天晚上挤在卧室门口的那三张脸,他们分别是你的师弟毛福林、张松涛和安振海。他们见到我,像是从来没有发生过夜间的闯入似的,他们一律笑容可掬地问我,大师哥不在,你有什么事需要我们办的尽管说。你想想,我能有什么事让他们办呢。我只不过是想从他们嘴里听到一句话,听到他们说,他们大师哥,并不是那个出卖师傅的人。可是没有。我没有听到。……”

这一封长信,小苏写的时候心情很沉重,投到邮筒前她还在犹豫是不是应该给郭志强看,但是最后,她还是在寒风中伫立了许久之后,决然地投进了邮筒,仿佛她把一丝怀疑也投进了过去美好的时光中。

但是,这封信,郭志强永远没有看到。

小苏以每两天一封的速度,不停地给郭志强写信,开始她还感觉有些不习惯和别扭,毕竟,那一周一次的奔波似乎已经成为她生命中的一种必然的方式。但渐渐地,她发现,她开始慢慢地喜欢上这种方式与郭志强交流,与他交谈,她可以更游刃有余,更畅所欲言。她可以撇开那个百里之外的小社会,那个郭志强必须要待在那里的地方。她给郭志强分析他所处的环境,分析他的师傅,他的师弟,他们之间的关系。信中,她写道,你师傅是一个权力的奴隶。我相信到现在,他也是一个非常出色的工人,是一个非常合格的师傅。但是他所习惯的环境,他要遵守的规则,让他懂得了权力的重要。任何渺小的权力都能让他满足,甚至迷失。

她渐渐地发现,她的理性已经完全超越了诗歌。她也剖析自己,我是不是一个生活在幻想的象牙塔中的人?诗意是不是蒙蔽了我的双眼?

最后,她解剖了郭志强,她写道,从各个方面分析得出的结论都要是一致的，你有可能会出卖你师傅。当她写下这句话时，大吃一惊，感觉到脊背发凉，手心冒汗。钢笔在她的手里被攥得湿湿的，滑滑的。那是一支英雄牌的钢笔，还是郭志强给她的生日礼物。现在，当她用这支笔写下对郭志强的怀疑时，她有些恶心，想呕吐。她匆忙地把那句话用蓝色的墨水抹掉，继而把那张写信的稿纸撕掉，但是躺在床上，她仍旧能看到那句话，赫然地浮现在她眼前。第二天、第三天她再次写下那句话时，恶心已经没有那么强烈。直到第四天，那句话才正式地落在纸上，成为信中的一句话，这一次那句话竟然不那么刺目，不那么令她反胃了。于是，她接着写下去：你选择了挑战权力，所以你就可能选择出卖权力。

郭志强从来没有收到过小苏的信件。他也从来不知道小苏选择的交流的方式。他焦虑，无奈，心烦意乱，不知道该如何去面对他们之间缓缓变钝的爱情。而林芳菲，却在反反复复的爱情中遇到了最艰难的抉择。那天晚上，她把郭志强拉到操场上，跑啊跑啊，不知道跑了多少圈，郭志强早就累得瘫软在跑道旁边，林芳菲仍然在跑啊跑。每次经过郭志强旁边时，郭志强都会提醒林芳菲，好了，别跑了。这是郭志强见到的林芳菲最漫长的一次长跑，直到跑道上只剩下她一个人，她仍在跑。郭志强说，你会把自己累倒的。直到她再也跑不动了，她跌倒在离郭志强二百米远的跑道上。郭志强跑过去，根本无法把她扶起来，她软成泥。郭志强只好把她抱起来，向操场外走。怀里的林芳菲突然就放声痛哭起来。郭志强只好停下脚步，可是又不能把放下来，他只好待在那里，静静地听着她的哭声漫过他们的身体，漫过他的视线，漫过他们的内心，与月光、与夜色牢牢地混在一起，不分彼此。哭完，怀中的林芳菲悲愤地说，师哥，他说要杀了我。

林芳菲说的他就是小魏。小魏终于无法忍受反复无常的爱情，他使出最卑劣的手段，四处扬言要杀掉林芳菲。没有人相信他真会那么做，连郭志强都觉得林芳菲是小题大做。他说："他怎么会做那种傻事，那么做对他有什么好处。"他劝林芳菲不要胡思乱想，要正确地对待和处理他们之间的事。林芳菲不满地说："你怎么和师傅说的一模一样。"

面对小魏的威胁，林芳菲惶惶不可终日。有一天，她没有来上班，郭志强奉师傅的命去家里找她。门响了半天，她确定是郭志强后才打开房门，她脸色憔悴，蓬头垢面，无力地说，她害怕小魏就躲在上班的路上，躲在通往检修车间的氮气站的后面，躲在每一棵树的后面，躲在她的身后。郭志强劝她不要疑神疑鬼，根本没有的事。为了印证他说的话的正确性，他拉着林芳菲去找了一趟小魏。小魏住在单身宿舍的三楼，一个人一个房间，据说，和他一个宿舍的同事忍受不了他孤僻的个性而搬了出去。因为有师哥陪着，林芳菲才能够坚持着走到小魏的宿舍，她紧紧地抓住郭志强的衣服。小魏笑眯眯的，"郭师哥，我能下得了手吗？我能那么没有人性吗？我能那么冷酷无情吗？你看我是那样的人吗？"

郭志强说："我不知道。我只知道菲菲很害怕。她怕得连工作都干不了。"

小魏不急不恼，"我不过是说说气话。我还真能杀了她，我是因为太爱她才说出过头的话。"

郭志强警告戴眼镜的小魏说："如果你敢欺负我师妹，我饶不了你。"

也许小魏只是想以恨话来博取林芳菲坚定的爱情，林芳菲却信以为真，那种惶恐不安的生活开始让她离纯真的爱情越来越远。她越来越依赖师兄郭志强的保护，她觉得有师兄在身边，她才感到安全，除了跑步，上下班她都紧紧追随着师兄的脚步，师兄走到哪儿她跟到哪儿，她说她能在任何地方看到小魏那双想要行凶的红红的眼。她成了一只惊弓之鸟。

郭志强也在内心的煎熬中无法自拔，他决定再次去一趟邢台，已经两个星期没有小苏的任何音信。她像一个断了线的风筝，让他感到六神无主。可是他已经失去了曾经拥有的自信，他请求林芳菲陪他一起去。林芳菲慨然应允。

古都邢台，在一个夏日中显得困乏而慵懒。街道在热浪之中笨拙地伸向密密麻麻的远方,像是胡乱生长的树枝。林芳菲因为远离了炼油厂而兴奋异常。

他们见到了小苏。在小苏居住的那栋日式小楼下。小苏戴着墨镜,打扮一新,正准备要出门。看到他们,小苏略微有些吃惊,她说:“你们怎么来了?”

经她这么一问郭志强反倒不知道该怎么回答了,他一下子愣住了。林芳菲急忙说:“我师哥想你了。”

小苏皱了下眉头,“今天我可能没有时间陪你们了。因为,今天,是我母亲的生日,我要回去给她过生日,同时,我也要对她说一声对不起,我想从今天起搬回家里住。那间宿舍太小了,太孤单了。”

小苏毅然决然的爱情已经开始动摇,她选择了向母亲妥协,那么,她的下一步会是什么?他们挤在返程的列车上,一副丢盔弃甲的样子。一路上,郭志强的脑子里都在回响着小苏的那句话:“我想要给你说的话,都在我写给你的七封信里,你难道没看懂我的意思吗?”

不知道为什么,郭志强没有告诉小苏,他根本没有收到她的七封信。不安、恐惧、彻骨的冰冷,让列车中的酷热都退居其次了。信,来自于小苏的信,从邢台,经过长途的奔袭,经过炎热的考验,在列车上和他们一样拥挤在一起,来到他的身边时,那会是某种的暗示,希望或者绝望。可是,信在哪里?

从邢台返回的数天之内,郭志强都在寻找应该属于他的信。按照小苏的说法,它们确切地已经离开了一个城市,来到了他的身边,却踪迹皆无,他找到厂收发室,找到车间的办事员,他们都确信有他的信,信被统一地分发到了各个队,各个班组。但是,有了信的下落,信在哪里?这成了一个谜。他问了师傅,问了师弟们,问了铆工班,起重班,钳工班,连车间值班的临时工大爷他都问了好几遍,没有人看到过给他的信件。他甚至开始怀疑小苏,怀疑自己,也许根本就没有那些信件。他不安地对林芳菲说:“真的没有一封信。”可是,就算疑虑那么强大,他也仍然没有放弃对信件的寻找。谁都知道,那些日子的郭志强为了几封莫须有的信而神不守舍，茶不思，饭不想，像一个梦游者。

信件，确切地说是其中的一封，一封残缺不全的信，在不经意间，很偶然地出现了。下午，越接近下班时分，郭志强反而越觉得焦躁，每一个特定时间段的到来，都像是对于失败一天的总结，空气异常凝固，眼中的同事们像行走在幻境中一样，动作缓慢，而且，郭志强有一个很明确的念头，同事们都在偷偷地瞄着他。这更让他心绪不宁，下腹突然下坠，带点轻微的疼痛，他四下看了看，一眼看到了工友们刚才打牌时垫的两张皱巴巴的纸，他不假思索地抓起来，跑向了卫生间。

蹲在那里，小腹的疼痛感在一丝丝地减弱，他这才徐徐地展开那两张揉得很皱的纸，是稿纸，上面有水渍，有油渍，居然还有文字，他一眼就看到了“志强”两个字，那是一封信，虽然字迹已经不甚了了，但依然能够看出那是一封信，是一封写给他的信。下腹的疼痛感瞬间就消失了。可以辨认的文字是如此地亲切，如此地温暖，他在跳跃的阅读中，在克服那些破洞，克服被油污、水渍侵略过的地方后，他读懂了信的大意，信中，小苏在给他讲一个道理，一棵小树是如何在森林里才能够长成参天大树。他蹲在那里，觉得自己是一棵即将被巨大的阴影吞没掉的小树，呼吸虚弱，阳光在遥远的天际飘荡。

从卫生间出来的郭志强怒不可遏，是一头凶猛的狮子，他看到每个人都是一个偷窃者，一个窥伺者，一个刺探者。那封残缺不全的信，此时安稳地待在他的裤兜里。他碰到的第一个人是师弟左明阳，他抓住了师弟的脖领子，咆哮着让他交出信。他根本没有给师弟说话的机会，愤怒转化成了力量，他手上的力气越来越大。左师弟的脖子出血了，他依然不放手，他开始拳打脚踢。左师弟是个瘦弱的人，根本不堪一击，他也没有解释的余地。其他的人都停下来，或坐或站，待在原地，冷漠地看着这一幕。上来劝解他的是林芳菲，她喊着哭着，“别打了别打了，再打就出人命了。”左明阳真的有些上气不接下气，他的身体软软地倒了下去，满脸是血。这时才有人走上来，说了声，赶快送厂医院。

幸运的是左明阳没有生命危险，只是皮肉伤。而小苏写给郭志强的信，除了那封被当作打扑克的垫纸而外，其他的都杳无音信。愤怒的郭志强受到了主任的批评，被扣发了一个季度的奖金。但是倔强的他拒绝去医院看望左师弟。在车间里，他彻底成了一个孤家寡人、形单影只的人，没有人和他说话，没有人和他对视。他们甚至故意地冷落他，大声地说笑，疯狂地斗地主，好像他根本就不存在似的。他被师傅派到焦化的新建工地，看护材料和设备。晚上，他觉得那些崭新的钢板、管道、阀门，都像是小苏信里的文字，变得柔软而亲切，散发的不是钢铁的腥味涩味，而是芳香的蓝色钢笔水味。

越过堆积的管道和钢板，从黑暗中慢慢地靠过来一个人，她怯怯地叫了一声“师哥”。月光中，林芳菲的脸愁云密布。郭志强的目光从钢板上挪回来，他看着林芳菲，“你又在躲避小魏？”

“不是，”林芳菲说，“我是专门来找你的。我想向你坦白。我想了好几天，看着你痛苦不堪的样子，好像在割我的心。师哥，你能原谅我吗？”

即使被发落到工地上来做看护，悲伤仍然没有水一样溢出他的身体，他只是叹惜生命在缓慢的时间中，毫无意义地流逝。而愤怒，竟然在仰望星空中，融入了茫茫的夜色之中。他说：“你说什么呢？”

林芳菲抓住了郭志强的胳膊，暗夜中，师兄的胳膊如同他看护的那些没有生命的钢材一样，坚硬，冰冷。“师哥，我再也不能继续下去了。我要向你坦白。我是一个同谋者。我和他们是一伙的。他们让我待在你的身边，尽可能地和你多接触，观察你到底是不是那个出卖师傅的人。师哥，虽然我开始时并不情愿，但是你知道，我是个意志薄弱的人，态度并不坚定，所以我不可能拒绝，我没有任何自己的主张，没有任何自己的主意。我只能顺从，只能听之任之。”

“他们是谁？是师傅吗？”

师兄郭志强出奇的冷静让林芳菲反倒感觉到了一股犀利的寒意，她觉得师哥胳膊上的坚硬传导到了她的手上，沿着她的胳膊，快速地遍布全身。她不知道如何回答，她的舌头都木木的，僵硬，说不出话来。郭志强说："算了，你是在安慰我吗？还是在可怜我？放心吧，我足够坚强。黑暗血一样漫过我的身体，我却看到了澄澈的河流。"

诗歌突然降临到郭志强的灵魂之中，如昙花般转瞬即逝。连他自己都感到惊慌。他想再找到一个合适的诗句时，却发现，它从来都没有到来过。

"我说的是真的。"林芳菲小声嘟哝道。声音如蝇声之小，连她自己仿佛都没有听到。

那个夜晚，孤独的郭志强坐在那里，仿佛忘记了身边的师妹，忘记了一个内疚而神思恍惚的姑娘，忘记了浓重的夜色如迷雾般袭来，忘记了师傅曾经的那句轻描淡写的话，忘记了友情与背叛，忘记了爱情与凋零，忘记了自己，忘记了一切。而陪着师哥的林芳菲，再也找不到任何的言语，她陷入了无边的惘然之中，不清楚到底是来谢罪的，还是来寻求自我的心理安慰的。

一旦林芳菲决定要把真相告诉给郭志强时，像是陡地放下了所有的包袱，在忏悔的路上开始狂奔。她甚至有些痛快淋漓地剖析着自己扭曲的灵魂，把自己装扮成一个可怜的怪物展示给伤心的师哥。告诉他，第一次去邢台时，她还忐忑不安，为自己的行为而羞愧。可是当她陪同师哥去荆门时，她感觉，那个谎话就像是被润滑的唾液浸泡过，就等在嘴边，一旦需要就脱口而出。她悔恨地诅咒自己："我怎么变成这样一个人！"

她不厌其烦地讲她的心灵的挣扎，讲她曾经那么近地在侵入到郭志强身边的生活，她说，她的眼睛，变成了另外一个林芳菲，她自己都不认识的林芳菲。她说当时的她根本看不到那个林芳菲，她用眼睛去捕获郭志强的工作、生活细节，捕获他的内心，捕获他思想上的漏洞。她说她就像是一个仪表盘，一个记录装置运转的登记表盘，温度、流量、压力……而师哥郭志强，就是一个装置。

而郭志强，似乎拥有的只是倾听。

"师哥,你是不是看不起我?你是不是鄙视我?"

郭志强反问:"为什么?"

泪水在林芳菲的眼边等待着,"为什么,你沉默不语,你连愤怒都没有了,我做了那么多对不起你的事,那么多背叛你的事,你却一句恨话也没有对我说,哪怕是一句埋怨。"

郭志强显得有些木讷,他说:"我在找一句诗,来表达我的心情。"

"什么诗?"

郭志强摇摇头,"我不知道,我一直在找,却找不到。"

诗歌的尽头,在深秋的萧瑟之中,袒露出来,如同收割过的田野。小苏不期而至,多少个周末,郭志强已经不抱有任何的希望。所以当小苏突然出现,他惊慌失措,不知道该如何应对了。小苏年轻的面庞光洁明亮,额头饱满莹润,目光明澈,她说:"你的状况看起来不好,脸色灰暗,目光浑浊。真让人揪心。"

郭志强勉强地笑了笑,"我很好。一切照旧。"

小苏便不再追问。她的到来,目的不言自明,两人心照不宣。那天夜晚,除去身上的衣服时,小苏娇羞扭捏,如同第一次尝试鱼水之欢。郭志强也同样慌乱、莽撞,像一个渴望而又不懂男女的愣头青。他们的激情就在这种混合着开始与结束,迷乱与冷漠的复杂情绪中,缓慢、悠长、笨拙、珍惜。两人都尽量使这一夜丰满,能给记忆一个美好而充盈的空间,然后两人都热泪长流,相拥而泣,把那一夜弄得湿润而阴冷。之后,躺在床上,小苏突然就想到了诗歌,她说:"请给我一首关于炼塔的诗吧。"

郭志强只读了一个开头:"银色的炼塔……"便卡壳了,他搜肠刮肚,苦思冥想,绞尽脑汁,想把诗歌的语言、意象、断句,拉回到他的头脑中,再通过他沙哑的语言脱口而出。他失败了,诗歌,仿佛隐藏在了黑暗之中,在冲着他发笑,嘲笑他的无能,他的自以为是。他痛苦地说,我不能,我不能了。他突然悲伤地想起,在气分车间,他答应小苏的那句誓言:"我们会永远在一起,我一辈子写诗给你,直到你老了,耳朵背了,听不见了。"

那一夜，诗歌便再也无法来到他的灵感中，而他也没有想到，那是埋藏诗歌的一个夜晚，从那夜起，一个叫诗歌的词便永远地告别了他的灵感，他的灵魂，他的思想，他的现实生活。

第二天一早，他们来到焦化装置的工地上。小苏从来没有见识过，焊工郭志强是如何把两个物体完美地焊接到一起，自她在火车上邂逅郭志强以来，“焊接”这个词就一直在她诗性的想象中，被幻化成一个美妙的意象。她要求郭志强，一定要让她的意象成为一个具象的时刻，好让它凝固在她的记忆中。

郭志强从工地上找到两截废弃不用的钢管，蹲在地上，戴上面罩，拿起焊钳，夹住焊条。刺眼的弧光喷射而出，焊花开始飞溅，刺鼻呛人的烟尘顷刻弥漫开来，包围了他们。小苏的眼睛无法承受那炫目的弧光，她戴上了墨镜，在墨镜褐色的掩护下，那弧光柔和了许多，光彩在蓝紫之间不断地变幻，红色的焊花如同儿时鞭炮释放的花朵，在那一刻，小苏真的有一种梦幻般的眩晕，她头脑中那个美妙的诗的意象，此刻，真的在现实中出现，她一度以为，她和那个制造弧光和焊花的那个人，一起回到了飞奔的列车上，回到了顾城的诗句中，回到了永恒而美妙的意象之中。她的眼睛湿润了。

在小苏从诗的意象到现实场景的涅槃之中，郭志强凝神静气，终于完成了他的焊接。他松开焊枪，摘下面罩，看到的是一个激扬并略带悲伤的小苏，肆意流淌的泪水纵横交错。他掏了半天也没找出一块手帕，最后只能无奈地说：“擦擦你的眼泪吧。”

等小苏摘下眼镜，擦干了眼泪，小苏羞涩地笑笑说：“你看看我，多没出息。看到这些焊花就流泪。你要是也这样，还怎么工作。”

郭志强点点头，“是，我早就麻木了。我倒是提防着弧光别灼伤我的眼睛，皮肤，焊花别溅到我的胳膊上、衣服上。它们像是一个朋友，又像是一个敌人。你爱它，又憎恶它。”

等焊接起来的钢管慢慢冷却下来，郭志强才让小苏来看他的成果。在小苏看来，两截钢管完整而神奇地连接在一起，这就足够了。她想要看到的也就是如此。郭志强却万分地沮丧,他说:“焊接失败了。这是个不完美的焊件,你看到的只是表面,表象,两件物体,被硬生生地连接到了一起,这很容易。可它的的确确是一个残件,废件。你看这个焊缝,焊边突起,过渡得极不自然,粗笨,歪歪扭扭,不美观,还有明显的气孔和夹渣。一看就是个新手干的。一旦这样的管道用在生产中,就是个极大的隐患。”

“为什么你会焊成这样?”小苏忧心地问,仿佛这个焊件真的即将被用在生产中。

郭志强一脸的茫然,呆呆地看着那极不完美的焊缝,沉默片刻,他说:“我尽了力。有心做好,却无力回天。我蹲在那里,腿发软,手抖得厉害,就像我刚开始当焊工学徒时一样。不管我如何用意志来控制,也无济于事。对不起。我没有办到,让你失望了。”

小苏看着懊丧不已的郭志强,她试图想要抚慰一下,可还是放弃了,她的慰藉对郭志强,还有什么意义呢。

爱情的告别,匆忙、茫然和沮丧,却没有悲伤。和列车上的邂逅相比,那个最后的时刻,就如同一道轻轻划过的铅笔印,能轻易地被橡皮擦拭掉。在以后漫长的岁月里,在偶尔的回忆闪现时,那个告别的时刻都那么脆弱,那么轻淡,那么模糊。郭志强甚至都忘记了他是如何送走小苏的,忘记了小苏最后的表情。

倒是小苏离开的第二天,却在他的记忆中永不磨灭。

清晨,深秋的阳光阴冷却透明,像是穿越冰层而来。工地上冷冷清清,林芳菲奔跑着出现在郭志强的视线中,身影越来越清晰,她大声喊着:“师哥,快救救我,快救救我!”郭志强惊愕地看着她跑到自己面前,抓住他的胳膊,摇晃着,表情惊恐万分,“师哥,小魏要杀我。”郭志强向她奔来的方向望去,没有看到小魏的影子。突然间,小苏离去后空空荡荡的思想,像是射进了一缕耀眼的阳光,与林芳菲有关的场景快速地闪过,一股厌恶、愤恨之情顿时涌上心头,他甩开林芳菲因恐惧而哆嗦的手,讥讽道:“你还在演戏。我已经受够了,受够了。你不用假惺惺的,博取我的同情,不用采取这种卑劣的手段来证明什么。你去告诉师傅,告诉他,我就是那个出卖者。我从小关家出来,深夜里到派出所举报了他们赌博;我看不惯师傅窃取仓库里的国家物资,把这个消息透露给了厂公安处;我对师傅以不同的名字,拥有两个家庭,感到困惑和不解,去了厂纪委。这一切都是我做的。你满意了吧？监视者,卑鄙的监视者。”

惊恐在林芳菲的脸上蔓延着,她脸色蜡黄,眼睛圆睁,瞪着双眼,嘴大张着,眼泪扑簌簌地掉下来,打湿了胸前的衣服。她尖叫了一声:“师哥!”然后,猛转身,奔跑着离开,安全帽掉到地上,她有些不辨东西,被一堆钢管绊了一下,钢管咕噜噜散开了,她摔倒在地。她爬起来,继续踉踉跄跄地向前方狂奔。郭志强骂完,心情反而更加糟糕,委屈、愤怒、羞耻、痛苦……潮水般淹没了他。等这些情绪缓缓地坠入他内心深处,他四下望望,各种工种的工人们,安全员、技术员、监理、焊工、起重工……已经陆陆续续地来到了工地上,工地上突然就喧闹起来,沸腾起来。各种声音此起彼伏,电焊声、吊车声、电锤声……忙碌的人群中,好像少了一个人似的,那个人是谁呢？林芳菲哭泣的面容突然分开人流,奔到他的眼前。他猛地一激灵。发足狂奔,顺着林芳菲消失的地方追去。

路上,不断地有人向一个方向跑,有人说,减压塔上有人要跳塔,可能有人要杀她。郭志强跟着人流,跑到减压塔下,惊慌地向上望,果然站在塔的第三层平台的林芳菲已经跨越了护栏,一只手抓着栏杆,向下看了看。她一定看不到郭志强悔恨交加的那张脸。郭志强喊了一声“菲菲”,他想冲上塔去阻止林芳菲愚蠢的轻生念头,可是,一切都已经晚了。林芳菲听不到任何人的喊声,她听到的只有自己内心的声音,那声音催促着她:跳下去,跳下去!她松开左手,那巨大而坚固的塔便头一次变得轻盈、飘逸,她感觉那庞然大物正快速地与她分离,向天空弹去,和白羊似的云朵亲密地拥抱在一起。她听到了塔和云朵相撞击的声音,剧烈、沉闷而没有痛苦。

林芳菲没有死。死神拒绝了她的请求。她就摔在郭志强的身边，幸亏她没有爬到塔的最高层，同时，支在塔下面的一个临时的架子担了她一下，不然，死神想拒绝她都没有任何的理由了。在开往厂医院的救护车上，郭志强抱着她，她的脸上并没见到血迹，郭志强说："你怎么会那么傻，我不过是随便发泄一下。你怎么就当真了。我从来没有怪罪过你呀。我怎么会怪你呢。你这傻师妹！"不管他怎么呼唤，林芳菲都无法听到，她的脸冰冷而灰暗。

林芳菲在厂医院抢救了一天，随后被送到了市里的省第三人民医院，那是个优秀的骨科医院，坐落在省委大院的后面。她在那里躺了半年，等她脸色红润地从那里出来时，是被郭志强用轮椅推出来的。半年的时间里，他一直守在她的身边，看到她第一次睁开眼睛，第一个用匙子喂她饭，第一个告诉她，今生你已经无法再站起来了。郭志强第一次知道，眼泪可以流干，悲痛却仍旧没有停止。

师傅在林芳菲纵身从常压塔跃下之后没多久，被提拔为检修车间的副主任。而关于他的流言也从来没有被广泛地传播，半年中他带着不同的徒弟，到医院里看望过林芳菲六次，而每一次，师傅都会叮嘱郭志强，不要过多去想车间里的事，安心地把林芳菲照顾好，就是最重要的工作。

林芳菲出院时，夏天已经来临，郭志强给她买了一身漂亮的花裙子，对天发誓，从今往后，他会陪着她，永不分离，每年的夏天，他都会给她买无数的漂亮裙子。

郭志强推着轮椅上的林芳菲，再也没有回到八方炼油厂。他们在市区里租了一间房，住下来，郭志强找到了一个新的工作，仍旧干他的老本行。时光荏苒，林芳菲的轮椅已经更换了有七个，而她也拥有了属于自己的大大的衣柜，专门盛放花裙子的衣柜，各种花色的裙子散发着丝绸、棉织物的芬芳，她时常把头埋在那些裙子之间，拼命地吸着，嗅着，她再也嗅不到，炼油厂那恣肆的油的味道，铁的味道，焊条融化呛人的味道了。

郭志强后来自己开了一家化工设备维护公司，公司的规模越来越大，业务也越做越大，遍及北方的许多石化公司，但他告诫自己,不和八方炼油厂有任何的瓜葛。因为业务,他经常要出差,但不管他去哪儿,山东、内蒙古、东北,甚至新疆,他都会带着坐在轮椅上的妻子林芳菲,他说,他不放心把她一个人丢在家里,他要时时刻刻都能看到她。

在齐鲁石化,他们待了足足有一个月。他们住在淄博市区。在任何一个地方,郭志强都会细心地让妻子远离炼油厂,远离塔,他害怕勾起她痛苦的回忆。林芳菲已经学会了上网,一个夜晚,盯着电脑的她突然喊道:"志强,你快过来看。"郭志强从卫生间出来,来到电脑前。林芳菲指着电脑屏幕,"你看,这首诗。"屏幕上的诗叫作《分馏塔:上升或者降落》。郭志强心就猛地一沉,他别过脸去想躲开那首诗。林芳菲却抓住了他的手,轻声说:"你知道这首诗的作者是谁?"郭志强惊讶地看着她。

"伊莲。"林芳菲动情地说,"这是她的笔名。她的真名你一定不陌生,苏春晓。"

郭志强一惊。林芳菲抬头看了看他,"二十年了。虽然时间那么长,你不可能忘记她。我也不能。有时候,我想想邢台,那个小城市,我还真想去看看,它现在是个什么样子。为什么邢台没有炼油厂呢?"

郭志强把目光从电脑屏幕上移开,静静地听着她说,"伊莲是个非常有名的诗人。得了很多大奖,包括鲁迅文学奖。她接受了无数次的采访,你知道她说的最多的是什么吗?不是她自己,而是你。她说,你是她所有诗歌的源头,是意象的开始。她说起你,说到一个焊工,说到她和一个焊工诗人的惊天动地的爱情,说到你们在列车上的邂逅,说到顾城的《黑眼睛》,说到每一首关于炼塔的诗,她说,她的每一首有关炼塔的诗都是与你共同完成的,她是在你的诗的基础上,饱含着对美好往事的追忆,用情用心用眼泪用血去改写的。每一次她都会读一首有关炼塔的诗,而每一次她都会热泪盈眶,激情洋溢。她在找你。她说她一直在找你,可是她找过你工作和生活过的地方,八方炼油厂,没有人知道你去了哪里。她迷茫地对记者说，你从这个世界消失了，仿佛是要考验她诗歌的神经。她发誓，这一辈子最重要的事就是要找到你。她和你的故事感动了媒体，感动了所有人，他们都在帮着她来找你，在网络上，在电台，在报纸上。”

“她还说了什么？”事隔二十年，郭志强的心仍然有一处是被师傅遮蔽住的，那一处，阴冷而疼痛。

林芳菲沉默了一会儿才说，“我不知道该不该告诉你，当记者问她，为什么要那么执着地寻找那个焊工。她的眼里泛着泪光说，因为那是她最纯真的爱，是她最想回到的爱的起点。另外，她停顿了一下，泪光似乎消失了。”她也停顿了一下，“她说，二十年了，她当年给你提过一个问题，而你没有给她答案。她提的是什么问题？”林芳菲盯着郭志强。

郭志强目光躲闪着，显得有些慌乱，他没有回答，他突然觉得大汗淋漓。林芳菲伸出手，抚摸着他的脸颊，脖颈，那冰凉的细密的汗水传导到她的手上，她和他，早就有了心灵上的默契，她再也没有去追问。

郭志强没有再看那闪来闪去的电脑屏幕，他没有去看那首《分馏塔：上升或者降落》，他也没有去找有关小苏的消息，他不知道，小苏已经变成了一个多么著名的诗人。他不知道，在未来的日子里，小苏仍然会在众多的场合，讲述一个焊工和一个女诗人感人至深的故事。那些往事，那些诗歌，早就与他没任何的关系了。在那之后的几天，那个石化城淄博，在现实的雨中，变得潮湿如水墨画，而他却失去了用欣赏的眼光去端详这个城市的心情，他奔波于石化公司的维修现场，他感觉到，自己的生活注定就是在那些装置间、塔间、管线间，而诗歌，早就走到了它的尽头。

八方炼油厂，像一匹骆驼一样，在苦撑着没有水、没有食物的日子，像走进了永远无法走出的沙漠，越来越走下坡路，很多装置已经停工，在等待着被宣判死刑的那个时刻的到来。有一天，林芳菲试探着对郭志强说：“你说，如果你那些师弟，我的师哥们，他们生活艰难，他们想要来投奔你，你该怎么办？”她看着灯光下的郭志强，她发现他的鬓角已经有了白发，她伸出手，摩挲着他的头发。

郭志强咬着牙，他看了一眼妻子，她温柔的目光仿佛能融化所有的仇恨，他说："你定吧。我都听你的。"

林芳菲含着泪说："委屈你了。他们找到我，他们的现状确实很困难，他们面临着人生中最难以渡过的难关。他们不敢直接求你。他们知道，我是那个软肋，我是你生命中最柔软的那部分。毕竟，我们曾经有过师兄弟的情谊。师哥！"

这一声师哥，把郭志强叫得伤感凄戚。他转过脸，感到自己的脸颊凉凉的。

郭志强的师弟们，纷纷地来到了他的公司，他们在他的公司里找到了自己合适的位置，他们不辞辛劳地到新疆、东北的工地上，承担了重要的工作。当他们偶尔在施工现场碰面时，他们小心翼翼的，谁也没有提到过师傅，提到过他们曾经拥有过的那段不堪回首的时光。

向郭志强提到师傅的那个人只能是林芳菲。深夜里，那是在新疆克拉玛依，狂风在窗外呼啸，像是要把整个大楼掀翻，风像疯狂的石子一样打在窗户上。林芳菲蜷在郭志强的怀里，"你为什么不停下来，让自己歇一歇。我算了算，今年一年里，我们在家里待的时间只有一个月。"

郭志强好像没考虑过这个问题，"是吗？这么多的业务，怎么能停下来。"

"任何事情都能够停下来。我不强迫你，你想让自己永远在奔波，永远在忙碌着。也许这是你最好的选择。不管你走到哪里，只要你不嫌弃我，不怕我是个累赘，我就永远跟着你。"林芳菲幽幽地说。

郭志强搂紧了妻子瘦弱的肩，"在上海的一个朋友说，有个医院能让你站起来，我想开了春，带你去试试。"

已经有过太多次的尝试，林芳菲已经不抱任何的希望，可是，只要郭志强想要这么做，她从来不拒绝。停了一会儿，她说："开了春，师傅就六十了。"

郭志强的手突然就松了，搂着妻子的力量明显地弱了，妻子从他的怀里滑开去一点，像一件往事，散落在黑暗中。

林芳菲深呼吸，她知道，要说的话总是要说出来的，“师傅退了休。可是他的儿子、儿媳、女儿、女婿，都在炼油厂工作。师傅想重新出来工作，替他们分担一下经济的压力。”

郭志强没有像上次她提到师弟们时一样，把往事轻易地放下，他心灵深处的那个幽暗之处，是那么牢固，如完美的焊缝般坚不可摧。他没有回答。

在克拉玛依，林芳菲提到了三次师傅，那个已经六十多的老人。郭志强都没有回应。每次提到师傅，他都会感觉到内心的冰凉一浪浪地涌来。

一个夜晚，林芳菲被噩梦惊醒，习惯性地摸了一下身边，空荡荡的。她爬到轮椅上，来到窗户前，这是个难得的没有狂风的深秋之夜。院子里，白炽灯光下，一个人在孤独地走来走去，拖着长长的身影，他走得急促、慌张。宾馆里那个不大的院子，像是一个庞大的古罗马的斗兽场，郭志强，她的丈夫和师哥，就像一个角斗士，他的面前，似乎有着强大而难以战胜的对手。一行清泪便打湿了林芳菲的衣襟，连续几个夜晚，她都被噩梦唤醒，她都会从窗户里看到一样的情景，那个孤独而挣扎的长长的身影，像是一条粗壮的铁链，捆住了她颤抖的心。她恍若觉得，她看到的情景其实只是一个夜晚，它们不过是反复出现在她自己的梦境中而已。

之后，林芳菲再也没有提到师傅。她悄悄地给师傅打了个电话。

三个月之后，在沧州炼油厂的工地上，他和沧炼部的周经理边谈着边在工地上走着，视线中突然出现了一个非常熟悉的身影，那个人戴着安全帽，身形笨拙苍老，看到他，急忙躲避着，想要避免和他见面，可是因为太过慌乱和匆忙，他被脚下的东西绊住了，扑倒在地，他趴在那里，不知道该怎么办。小苏想要得到答案的那个问题突然闪现在脑海中“你恨你的师傅吗?”，这个二十年前的问题重重地击打着他的神经和血液。郭志强愣了片刻，身边的周经理非常尴尬，想要解释什么，郭志强摆摆手，走过去，在泪眼蒙眬中伸出了犹豫的手，叫了一声：

“师傅！”

（原刊《山花》第11期）

李海叔叔

尹学芸

一

那个黄昏，李海叔叔毫无征兆地来了。他把电话打到我家里，让我到北外环去接他。我是骑车去的，回来时，李海叔叔是跟我走回来的，我一路几乎没怎么跟他说话。他这是第一次到我自己家来，路上絮絮地告诉我，这座县城他曾经无数次地路过，但从来没有停下脚。我懂他的意思。县城西边的那条道是国道，是山里下山时的必经之路，一直朝南走，就到我的老家罕村了。叔叔无论说什么，我都没有吭声。好在叔叔并没有减少说话的兴致，他倒背着手，优哉游哉地走，夸外环的路修得好，绿化也不错，都快赶上承德了。就是最后这句话，让我心里膈应了一下。我气鼓鼓地想，你儿女都在承德，承德的虱子就都是金眼圈。不得不承认，我当时促狭得毫无道理。原因只有一个，眼下的李海叔叔，是一个不受欢迎的客人。

叔叔打电话的时候，我正陪父母斗小牌。一岁多的女儿在摇椅里睡觉，被电话铃声惊醒，烦躁地大哭起来。听说李海叔叔已经到了城北，父亲把手里的纸牌横着丢在了桌子上，皱着眉头说："干啥来？"父亲的意思是，你没有必要来，这里没有人想你。或者，你根本就是不知趣，来得实在多余。父亲的情绪影响了我，父亲不喜欢的人也很难让我喜欢。所以陪叔叔走的这一路，我都打不起精神。

来到楼下，叔叔问我住几楼，我说住二楼。叔叔仰头往楼上看，说一楼脏，二楼乱，三楼四楼住高干。我说，有房子住已经不错了，还管他住几楼？到了我家里，母亲还有一丝热情，给叔叔沏茶，端水果。父亲则坐在床边，望着窗外，一直都没怎么正眼看叔叔。叔叔跟他找话说，父亲就一哼一哈。这种尴尬叔叔显然是心知肚明，但他毫不在意。晚饭就是棒子面粥，没有因为李海叔叔到来而稍有改善。这也是父亲授意的。叔叔一边喝粥一边说，自己的五个孩子都出息，大女儿海棠一个夏天就买了五条裙子。她工作在保安公司，属公安局管。大儿子自贡工作在政府机关，很快就要提科长了。最小的儿子自奋也顶替他去了矿上做钳工，跟煤黑子一点边儿都不沾。去苦梨峪问问，一家五个孩子都在外工作的人家有没有，一个都没有！只有我李海一家！叔叔说得激动，两只眼球按捺不住要跳出眼眶。叔叔无论说什么，都没人接下言。父亲、母亲和我，以及我的女儿，我们都在各行其是。叔叔的声音就像锯条切割木头有种撕拉声，那种声音从他抻长的鸡皮包裹的喉咙里冒出来，听着那叫一个凄切惨淡。叔叔就像独角戏演员，没人喝彩依然演得十分卖力气。孩子哭着要吃奶，我有些难为情。但我的难为情母亲不懂，把孩子往我怀里塞，孩子像小猪一样往我胸前拱，我心一横，把衣扣解开了。

房子只有二十九平方米，一大一小两间。里间我们一家三口住。外间兼作客厅，有一张折叠沙发，夜里放下来安顿父母。晚上十点叔叔也没有要走的意思，即使父亲话里话外一再暗示这里没有他的容身之地，外面不远处就有旅店，但叔叔置若罔闻。没奈何，我和爱人各奔单位，把床让给父母，父母把沙发让给了叔叔。转天早晨我来给孩子喂奶，发现叔叔已经走了。县里的医院新进了一台 CT 机器，这种机器据说只有北京上海的大医院才有。叔叔从河北的某个山村来我家，就是听说了这台新机器，他是专门来照 CT 的。

“他没有病却来照 CT，看来是钱多烧的。”父亲气哼哼地总结。

母亲说：“你桌子上的那本书有用么？你叔叔也不问价儿，

临走直接装进了包里。”

我确认了是一本青年作家的短篇小说集，书名叫《希望之星》。首篇是我的《难得浪漫》，写这些年的情感经历。还真是巧，里面的一段内容，写的是我和自贡哥似是而非的故事。

母亲唠叨说：“这么多年过去了，他还是把别人的家当成自己的家，把别人的东西当成自己的。一点变化也没有。”

我看见父亲“横”了母亲一眼。他不愿意母亲谈起这个人。

我赶紧说：“那本书我还有，他拿走就让他拿走好了，不耽误事的。”

叔叔来我家的事，我第一时间告诉了哥哥和姐姐。他们几乎不约而同地问，叔叔是空着手来的？我说，是空着手来的。哥哥说，他没有带兜子？我说，他没有带兜子。姐姐问，他没有给孩子钱？我说，他没有给孩子钱。他们就在鼻子里哼了声。我们这边的风俗，久不上门的客人是不兴空手的，就像初次遇到从未谋面的小孩子要给看钱一样。当然，哥哥姐姐所说的兜子还不是这个意义上的，这一点，我在后面专门会讲到。那个时候，叔叔大约已经有四五年没有跟我家联系了，如果不是他主动来，我们差不多都把他忘了。

他成为一个话题在我们嘴边挂了一段时间，后来，终于不再提起。

二

关于李海叔叔的故事，实在是太漫长了。

我最早的记忆，是六岁或者七岁那年害眼病，在炕上躺着。父亲上窑回来，在院子里喊，来客了！来客了！

父亲嘴里的喜气，把全家人都调动了起来。哥哥担起水桶去挑水，母亲和面，姐姐烧火。然后是咣当咣当擀面条的声音。我在屋里就能听见一家人热火朝天。我的两只眼都被药膏糊住了，父亲让我喊叔叔，我坐起来，举着脑袋睁眼瞎一样喊了声，却没看清叔叔长什么样。叔叔拍了拍我的头顶，在炕上撒了一把糖,我摸到了一颗剥开放进嘴里,真甜。

那种奶香味,一直甜了我好几年。

这顿饭,只有父亲和叔叔两个人上桌子。事后据姐姐说,母亲只下了两个人的面,多一口的富余也没有。面条是姐姐擀的。父亲和叔叔吃完,盆里就只剩下井拔凉水空空荡荡,还有寸把长的一截面条漂呀漂。姐姐说,断条了,面还是有点软。母亲说,是煮的时候绕到了笊篱上。叔叔连说捞面好吃,擀面、切面、煮面的工夫和火候都恰到好处,吃到嘴里滑溜却不失韧性,是他吃过的最好的面条,比矿里的食堂做得好。这在当时简直是最大的赞美,想想吧,姐姐擀的面条好过矿里的食堂。那可是个大矿,有两千多口人。姐姐做的面条居然能打败那么多人,想不自豪都难!叔叔还特意赞扬了那卤,炒了两个鸡蛋放到炸好的花椒油里,那种香味简直要把房盖顶了去,不好吃才怪!

母亲对姐姐说:“你叔叔夸你呢。”

姐姐的得意似乎就在脸上挂着,说:“叔叔爱吃我擀的面,以后常来。”

叔叔说:“那晚上就再擀一次吧。”

姐姐高兴地说:“好!”

晚上的面条,母亲又减了一半的面。母亲和面的时候,父亲就去菜园子里给烟叶打尖儿。不打尖儿的烟苗就往高里蹿,长得像树一样。饭熟了叔叔却不肯上桌子,说要和大哥一起吃。“大哥”就是我的父亲。母亲说,你大哥在菜园子里干活呢。叔叔问菜园子在哪里,母亲迟疑了一下,说:“在甜水井边上呢。”

叔叔说:“我去找。”

母亲说:“你不认识路。”

我从炕上爬了起来,自告奋勇说:“我认识路,我带叔叔去。”

说来也怪,叔叔没来时,我的眼睛肿得像烂桃一样,啥也看不清。这种情况已经有两三天了。叔叔来了一天,我吃了三块奶香味的糖,眼疾也大好了。叔叔牵着我的手,往菜园子方向走。我发现叔叔高身量,白皮肤,重眉大眼,大背头一根不乱,穿一身毛蓝色的中山装，完全是一副干部派头。从打看清了叔叔，我就喜欢上了他。甜水井是我们这一条街的饮用水，哥哥挑水就来这里。路过几户人家，我话痨一样介绍这家人叫多头，那家人叫二灯，都是我要好的小伙伴。还说甜水井的井壁上有麻雀窝，有一天，我亲眼看见一只小麻雀从里面飞了出来，却不敢飞回去。小麻雀在井沿上喳喳地叫，等来了它妈妈大麻雀，大麻雀张开翅膀把它抱走了。这边有甜水井，那边就有苦水井。苦水井洗头头发是黏的，用梳子都梳不开。但队里的牲口不怕苦，它们统统喝苦水井里的水，喝得咕咚咕咚的。我也不知道我说的话叔叔爱不爱听，我不太好意思看叔叔的脸。他也实在是太高了，站在我身边，像一棵树一样。

父亲从老远的地方看见我们走过来，就用握着一把烟叶的手往回轰我们，说你们先去吃饭吧，我干完了活再回去。叔叔说，我跟大哥一起吃。父亲看着一大片烟地说，你先去吃，你先去吃，我干完还得等一会儿呢。叔叔就牵着我的手回来了。桌子上他一个人吃面条，又把那只盆子吃得空空荡荡。叔叔打着饱嗝坐在炕沿上抽烟，我失望地小声对姐姐说："以为面条能剩下一些呢。"姐姐说："馋了是吧？馋了就咬嘴里子。"我愤怒地叫了一声："姐姐！""咬嘴里子"的话，差不多就相当于骂人了，意思就是吃肉，也就是自己吃自己。姐姐这话说得足够刻薄，一下子让我知道了什么叫羞臊。

果然，父亲回来天都大黑了。父亲蹲在屋檐底下吃饼子。那饼子是白薯面和棒子面的混合体，黑乎乎的，一股霉腥味。我对那个味道深恶痛绝，手里掰碎了，却不愿意往嘴里填，饼子渣落在了地上。母亲毫不张扬地打了我一巴掌，看上去是虚虚晃了一下，其实手上是用了力道的，因为母亲的嘴角使劲扯了一下。若是往常，我会气得哭一场。姐姐就管我叫"哭吧精"，说我眼窝子浅，动不动就长泪短泪。但眼下，一切看在叔叔的面子上，我忍了。父亲三口两口就吃完了一个饼子，又举起一大碗稀粥喝了个精光。我呆呆地想，父亲为啥不早回来呢，早回来就可以跟叔叔一起吃面条了。父亲喝完粥，手拿空碗又发了一会呆，暮霭像纱帐一样笼罩了他，父亲黧黑的脸孔失去了柔和，眉目逐渐变得模糊了。

我不知道父亲在想什么。

爷爷在饲养场喂牲口，常年吃住在那里。父亲把碗递给母亲，说我和李海先去饲养场。母亲应了声，把碗放到锅台边上，边走边用围裙擦手，来到了鸡窝旁。母亲蹲下身去，伸手就从里面掏出只公鸡，把两只翅膀掀起来叠在一起，给了父亲。父亲提着公鸡和叔叔先后走出了院子，到了外面，两人就肩膀并了肩膀。事后我才知道，那一晚父亲和叔叔到爷爷面前去行了跪拜礼。大礼过后，他们就成了结拜兄弟，理所应当的叔叔就成了爷爷的亲儿子。

两个人回来时，脸上的笑意都藏不住，一黑一白两张脸都冒着一种圣洁的光。若干年后我仍然想不好如何形容这种表情，我只能说，他们的那种笑容真的有些神圣。是那种羞怯的、含蓄的、隐秘的、温暖的种种元素，同时出现在两张丝毫不一样的面孔中，那种感觉，除了神圣，还是神圣！

父亲在屋里宣布：从今天开始，李海就是你们的亲叔叔！

母亲正倚在墙柜上纳鞋底，听了这话，脸上的笑容突然也变得神圣了！

母亲热切地说："那敢情好！"

我和姐姐在炕里边坐着，倚着被垛。我有些不明白，悄声问姐姐："老叔还是不是爷爷的亲儿子？"

姐姐撇着嘴说："当然不是。"

姐姐大我七岁，基本上她说什么我就信什么。父亲兄弟两个，爷爷也是兄弟两个。爷爷的弟弟我们叫二爷爷，家里没有孩子。听母亲说，二奶奶曾经生过一个丫头，起名领弟。意思是，领来一个弟弟。可领弟不仅没领来弟弟，连自己也没保住。二奶奶信鬼神，常年偷偷在卧室的里间磕头烧香。领弟从小就胆子小，有一天晚上出去解手，据说看见了通天扯地的大白人，结果把自己吓死了。二爷爷从打解放就在村里当干部，如今已经当了二十多年。二爷爷家拖累少，是我们这条街上最富裕的。

老叔和老婶不待见爷爷奶奶,总往二爷爷家里奔,后来干脆两家并成了一家。吃食堂的时候,二爷爷家的粮食吃不完,我奶奶饿死了,我爷爷饿得全身浮肿,也没能得着二爷爷和老叔的照应。埋葬奶奶时,老叔像外人一样在人圈外看热闹。他对别人说,他要养着二爷爷和二奶奶,和我们这个家没有关联了。这些历史从父母嘴里传了下来,都快成传说了。

所以姐姐说老叔不是爷爷的亲儿子,我果断相信了。

姐姐悄声说:"李海叔叔才是爷爷的亲儿子。他跪在地上磕了三个响头,又喝了滴了鸡血的酒,李海叔叔就是亲的了。"

我问:"如果不喝滴了鸡血的酒,会是亲的么?"

姐姐说:"当然不会。兄弟有相同的血,才会是亲的。否则,即便李海叔叔管爷爷叫爸爸,他也不会是亲的。"

我确实难以置信,问:"李海叔叔叫爸了么?"

姐姐说:"当然叫了。他是爷爷的亲儿子,当然叫爸了。"

我立刻热血沸腾,浑身的每一个细胞都似乎雀跃起来。我那么喜欢的李海叔叔成了爷爷的亲儿子,我的亲叔叔,世界上没有比这更美妙的事了!

我问姐姐:"你高兴么?"

姐姐说:"当然高兴!他下次来我还给他擀过水面,把面和得硬硬的!"

我想起了奶油味的糖果,心里有点沮丧。姐姐能给李海叔叔擀过水面,我能给李海叔叔做什么呢?李海叔叔的糖,让我分给了好几个小朋友,你可别以为我会一人给他们一块,我没有那么大方。我是把一块糖咬成许多瓣,最小的那一瓣,大概比芝麻大不了多少。

几年以后,李海叔叔第一次到我家来的时间,在我们家曾经引起过争论。爷爷说一样,父亲说一样,哥哥说一样,姐姐说一样。他们各有各的参照。比如,爷爷会说,队里枣红马下驹那年,枣红马喝了鸡汤么。父亲说,我那年上窑地,挣了四百五十块钱。姐姐说,一天做了两顿过水面,这样的日子从来没有过。哥哥说,我是不是那年买了上海全钢手表?没人征求我的意见,其实我也有一肚子话想说。只不过，大人说话我老也插不上言儿。一家人在那里争论不休，母亲端着簸箕进来了，把一簸箕玉米棒子“哗”地倒在了炕上，我们一齐动手，创的创，搓的搓。母亲说，那年大旱，队里每人分了十二斤麦子，我们全家才分了七十二斤。大家一下子不言语了。母亲说的是对的，那年叔叔临走时，把几斤白面刹到了自行车的后座上，怕不牢靠，找了长绳子五花大绑。

母亲是个特别能算计的人。只有那一年，我们家的麦子没有吃到年对年。

三

叔叔给父亲做过三个月的徒弟，他们是在窑厂认识的。

父亲每年春天，都要去河北那一带的窑厂做短工。父亲有打砖坯子的手艺，每月能摔出一万多块。而像他一样的手艺人，能摔出七八千块已经不错了。据说父亲在那一带有着很高的知名度。父亲每年出去务工，都要请大队会计吃饭，然后请小队队长吃饭，因为他要带着大队的介绍信和小队的请假条。这两样，都需要加盖公章。每年请人家吃饭都像过鬼门关一样，好酒好菜预备了，还唯恐人家不来。人家答应来，也不会来得痛快，要三请四叫才行。虽然父亲挣的钱大部分要交给生产队，再由生产队记工分，但毕竟还有剩余。你能用手艺挣活钱儿，这在当时，是遭嫉恨的。

有一天，窑主来找父亲，说从今天开始你带个徒弟，叫李海。是附近矿上的“右派”，来窑厂改造的。父亲问窑主啥叫“右派”。窑主说，他也说不准，反正不是什么好人。父亲问“右派”做了啥坏事。窑主说，他疯狂反对毛主席。父亲立时仇恨满腔，咬着牙说，那就让他来吧，看我怎么收拾他。

窑主有点不放心，说你就把苦的累的活计交给他干就行，还别把他累坏了。矿里说了，他是八级钳工，还得随时去矿上干特殊任务呢。

父亲与李海叔叔一见面，就觉得他不是干苦力的人。那样的高挑个儿，那样白净的皮肤，衣着那样整齐，哪能一天到晚跟泥水打交道呢？父亲听窑主说，李海这样的钳工，整个松山煤矿也没几个。所以他虽然是“右派”，却是个牛“右派”。在矿上，都敢倒背着手走路。平时这样走路的一般得是矿长级的人物。父亲佩服有本事的人，所以见了李海的面，就把他疯狂反对毛主席的事忘了。李海叔叔拿铁锹要锄泥，父亲马上把铁锹抢了过来。父亲说，你一边坐着就行，活不用你干。

坯场附近有草棚，李海坐在那里抽烟。也给父亲卷烟，点火，吸一口，然后插到父亲的嘴里。李海叔叔的卷烟纸，都是成条的，白的，寸把宽，一叠一叠的。不像父亲的卷烟纸，白报本，报纸，马粪纸，赶上啥是啥。父亲的两手都是泥，若是往常，父亲每天最多能吸两三支，洗手要跑很远的路，父亲也不愿意耽搁时间。否则那一万多块的砖坯，哪里摔得出来。砖坯是青砖没进窑烧制前的叫法，因为是纯粹的黄黏土，砖坯光亮齐整，码上去简直严丝合缝。自从李海叔叔一来，父亲多了帮手，反而降了速度。父亲有时一天能吸二十几支烟，吸得那叫一个心满意足。

李海叔叔爱说话，这也是父亲降了速度的主要原因。父亲要从草棚的方向往远处摔砖坯，一行四块，像排兵布阵一样。可如果离得远，就听不见李海叔叔说话了。为了能听见说话，父亲总是在拐过来时多耽搁一下时间。父亲听得很认真，是因为李海叔叔说的话他都觉得新鲜。李海叔叔先说自己是怎么当上“右派”的。厂里中层干部开理论学习会议，李海叔叔用一只烟头烫报纸。烟头燃尽了，李海叔叔把报纸拿了起来，被人发现报纸背面的主席像，正好被烟头烫出了个洞。父亲听得直打冷战，李海叔叔却像没事人一样。他说烫的是报纸，又不是活人，有人也许拿着报纸就去擦屁股了。厂领导找他谈话，说多亏这是在内部发现的，内部处理，你就当个“右派”算了。若是被人宣扬出去，你就得蹲大牢，吃枪子。哪有当个“右派”这么轻松简单。

松山煤矿两千多人，出了三个反革命，“右派”却只有李海一个，还是矿里自己定的。矿里的领导告诉他，按罪行，他也应该是个反革命。可当时矿里正在搞一项技术革新,事关安全生产,正干到半截上,若真把他抓起来,任务就完不成了。所以给他好歹安个名目,到窑地来避风头。李海自己也说,要不是这个安全生产的任务,他估计该戴手铐了。

李海叔叔还爱谈他的家事。他在石家庄上的技术学校,考学的时候,他是年龄最大的学员。中专毕业,顺便也把城市姑娘马爱花搞到了手。马爱花在书店卖书,李海叔叔就每天到书店看书,其实一本书也没看下去,他的眼睛,始终围着马爱花的身影转。岳父岳母都以为李海叔叔是承德市里的人。他们私下商量说,远是远了点,城市小了点,但风景还不错,皇帝都愿意到那里歇着,将来咱们也可以到那里去当皇帝。既然姑娘乐意,那就把她高高兴兴打发了吧。结了婚才知道,李海叔叔的家在山沟里,离承德还有两百多里的路程。关键是,李海叔叔被分配到了松山煤矿,离石家庄也是十万八千里。等于是,哪都不挨哪。马爱花的工作关系转不过去,叔叔给她出主意,让她辞职。结果马爱花偷偷把工作辞掉了。这下岳父岳母不干了,大姨子小姨子不干了,大舅子小舅子也不干了,他们一致认为李海叔叔把马爱花骗了。他们声势浩大地支持马爱花离婚。马爱花也动摇过,那时他们已经有了一个儿子,有一天突然来了封加急电报,上写父亲病危。马爱花忙不迭地回了家。李海叔叔等一天人不回来,又等一天人还是不回来。李海叔叔心说不好,找到石家庄才发现,岳父根本没有病,马爱花跟同学去看电影了!李海叔叔让马爱花跟他回家,马爱花说,要在娘家待上几个月,好好享受享受,那个穷山沟能憋死人了。这还了得!李海叔叔赶紧找到邮政局,给家里发了个电报,电文只有两个字:回电。转天,连着三封电报都是加急的,上面都是相同的电文:孩子病危,赶紧回家!李海叔叔看着马爱花收拾东西,假惺惺地说别着急,晚两天走没事。马爱花不满地说,孩子病了你都不着急,你还是亲爹么!两人奔波了一天来到了家门口,看见刚会走路的儿子正在追蝴蝶,孩子病危原来是李海叔叔临走之前导演好的!

李海叔叔说到得意处,笑得周围的空气哔哔啵啵直响。李海笑父亲也笑,周围干活的人不明白是怎么回事,跑过来看稀奇,李海便又当故事说了一遍,父亲在旁边默默地听着。父亲听第二遍,居然像听第一遍一样津津有味。父亲佩服李海,还在心里拉近了与李海的距离。这个晚上,父亲请李海喝酒,两人就着一个老咸菜,居然喝到了后半夜。

是李海提出要与父亲结拜的。父亲觉得自己是粗人,配不上李海叔叔。可李海叔叔说,啥粗人细人,咱哥俩感情好,就是亲人。李海叔叔运气不错,当了三个月的徒弟没怎么干活,三个月后,厂里就把他调了回去,只是降了两级工资。他就是在调回去之前跑到我家拜亲的。父亲说,这也是李海叔叔的主意。李海说,娘没了,爹还在,应该去给爹磕个头。这个爹,指的就是我爷爷。

李海叔叔第一次来我家之后的许多年,我的大脑里是空白,就像那些岁月从没在我的脑子里走过一样。相似的记忆,总是有相同的场景,年复一年几乎都没有变化。李海叔叔每年都是正月初一来我家拜年。他工作的地方,是承德西部,家则在承德东部的一个深山区,紧临那条武烈河。从家到松山煤矿,或是到我家,是同等的距离,几乎都是一两百里的路程。春节放了年假,叔叔从煤矿骑车回家,在家过了年,再骑车来我家拜年。不是三年两年,甚至不是十年八年,一晃就坚持了二十多年。这样一份情感,想不珍贵也难。

初一下午三四点钟,父亲穿着簇新的衣褂,晃着肩膀攀上了河堤。我们这一条街的人都知道,父亲是去接叔叔了。我家到河堤大约有五十米,但到远处的大桥,大约有一公里。父亲不会一直走到桥头,而是在离桥三四十米的拐弯处,来回溜达。我们猜,父亲这样做是为了掩饰内心的焦灼,他不愿意让叔叔看到他等候已久的样子。从早晨到现在,父亲都没怎么好好吃饭。他这一整天都因激动显得坐卧不宁。而这时候的家里,姐姐一准在擀面,母亲一准在烧火。大锅里的水哗哗翻滚着,不时添加,既为了暖炕,也为了耗损。因为长时间的沸腾,锅底会起一层白碱。只要李海叔叔一迈进家门,面条就得下到锅里,似乎让他多等一分钟,都是罪过。父亲接了叔叔许多年,几乎从没落空过。要知道,平时我们和叔叔几乎没有什么联络,都靠临走时的那两句对话。

父亲问,明年初一还来么?叔叔说,还来。

李海叔叔不单是我家的亲人,也是我们这条街的亲人。叔叔来的这天晚上,屋里通常没有我们的座位,炕上炕下都是人。女人爬上炕,男人排在炕沿上,挤得都只能放半个屁股。还有人在院子里打一晃,看屋里的人实在装不下,看一看,听一听,悻悻地转身往回走。逢到这个日子,我们全家人的脸上都是喜气,父亲母亲出来进去合不拢嘴。在我们的眼里,或者,在我的乡邻们的眼里,叔叔就是高门贵客,是见过大世面的人。他随便说点什么,都是我们不知道的。比如,他说煤矿的小火车,像条蛇一样在山里钻来钻去,很多人就想不明白,火车又没有腿,怎么就能走路。山上都是石头,怎么能在石头堆里掏出一条路,那些石头不会掉下来么?比如,叔叔还会说起大鼻子尼克松来中国访问,天还很冷,他吃完饭就在院子里搓煤球。有人问为啥让人家客人搓煤球,叔叔认真地说,他不能白吃中国人的饭,美国人都很自觉。

我跟小伙伴们踢毽子,因为叔叔的缘故,总是踢得心不在焉。身边不时有人凑过来问这问那,叔叔几个孩子,都叫什么名字。叔叔家待的城市大不大。婶婶是不是售货员。叔叔这次来有没有带奶香味的糖……只要是有关叔叔的话题,我什么都愿意回答。只不过,有的答案是叔叔讲过的,而有些答案,就是我编的。比如,叔叔的五个孩子中,两个女孩三个男孩,名字都让我们的耳朵起了茧子,所以这些问题回答起来一点都不费力。至于叔叔的家,我知道那是在深山区,有坡上坎下,家里的粮食,差不多就种一种大黄米,孩子们都没见过水稻和小麦。这是叔叔诉苦的时候我听来的,可听来的话,我却不愿意告诉其他小朋友。我只说,叔叔一家就住在大城市,有很高的楼,有很大的公园。旁边就是电影院。婶婶就在一个很大的商场卖点心,卖不了的点心允许统统拿回家里,家里经常都不用做饭。小伙伴的眼睛都直了，流着哈喇子看着我。她们实在想不出那样一种生活有多幸福，我们长这么大，就在代销店见过点心，实在是，指甲大的那样一块点心也没吃到嘴里过。

至于奶香味的糖，叔叔只带来过那一次。但在我的嘴里，一定是年年要带的。小伙伴多头是我的同龄人，气得哼哼说，你叔叔年年给你带糖，可你就给我们吃过一次！我解释说，糖都被母亲锁进了柜子里，我没办法啊！

小伙伴排着队跟我回家看李海叔叔。她们大多躲在门帘后，扒着门框偷偷往里看一眼。叔叔用侉侉的声音招呼说，进来啊。结果他们都是耗子胆儿，谁都不敢进，哗啦一下全跑了。多头对我说，你叔叔长得真叫俊，简直就像周总理。我很得意，那种高兴劲，就像是真的周总理到我家来了一样。

四

叔叔一般在我家里住三天，初四一大早，就要上路了。初三的这个傍晚，是我家最为忙乱的。叔叔的后车座上夹着一个青灰色的旅行包，很大，能装进一个小孩子。母亲第一次提在手里掂了掂，就说能装个小孩子。母亲提前跟父亲商量，这个旅行包里装点啥呢？父亲说，还能装啥，粮食。他们家就缺粮食。于是母亲打开缸盖看了看，用一只瓢朝下扤一通，满满一瓢白面就出缸了。母亲把装满了白面的瓢放在缸盖上，回身再拉开旅行包的拉锁，才发现硬皮的旅行包里原来有内容。拿出一个布兜，还有一个布兜。拿出一个袋子，还有一个袋子。母亲一下子就掏出来七八个。当时母亲是在后院的储藏室里，是蹲着的。而我正在门前踢毽子，我发现，母亲突然“哎呀”了一声，一屁股坐在了地上。她显然是让那些布兜、袋子吓着了。她让我把父亲喊了来，两个人头碰头摆弄那些布兜袋子，嘴里咕哝着商量了老半天。最后一致决定，哪个布兜、袋子都不能空着走。烟叶、粉条、薯干、花生、瓜子、红小豆、白爬豆、芝麻、棉花、黏面、小米……只要我们家有的，不管是啥，统统带给叔叔。于是叔叔走的时候，自行车就像是全副武装一样。车把上，后座上，绑的绑，挂的挂，都是装满了货物的布兜和袋子。最多的一次，母亲曾掏出来过十二个袋子。既有学生用的帆布兜子，又有临时用布条缝制的布袋子。母亲翻看了一下针脚，都是粗针大马线的。我说，婶婶的针线活不好，不如您的好。母亲说，别瞎说。你婶婶是干啥的，我是干啥的。你婶婶是在大城市当过工人的。在我们老家的语系中，凡是城市的、吃商品粮的人，都统称是工人。

实在没东西可装，母亲去邻家借了十个鸡蛋煮熟了，说给叔叔路上打尖用。母亲边煮鸡蛋边自责，叔叔在路上要走差不多一天的时间，过去从来没想起来过要给叔叔准备打尖的食物，叔叔这一天都要饿肚子。从那一年开始，十个煮熟的鸡蛋就成了保留曲目。为了能让叔叔满载而归，我们全家半年前就要口挪肚攒。比如队里分了花生，母亲提前会把给叔叔的一份单独放着。有时候我们嘴馋从袋子里偷着抠几粒，但会自觉不动其中的一个袋子，因为那是准备送给叔叔的。

数不清多少个正月初一，父亲在河堤上的暮霭中接到了叔叔。那个时候，父亲差不多在河堤上已经转了一两个小时。远远地看到一个骑车人过来，父亲停下了脚步，仔细辨别，觉得模样像叔叔，遂疾步往前走。叔叔戴着一顶狐皮帽子，帽子耳朵张开着，随着土路的颠簸，呼扇呼扇，从远处看，就像会飞的风筝。他一下一下紧着蹬车，看见父亲迎他，越发加快了脚下的速度。我无数次地想象，他们的相逢应该像电影，有一种激动人心的力量，让围观的人湿了眼睛。可现实总是让我失望，他们的见面平淡无奇，他们只会平淡无奇。多是叔叔跳下车来，喊一声“大哥”。父亲应一声，就没事了。既没有拥抱，也没有问候。让看热闹的人很是失望。父亲接过叔叔的自行车往回走，这一天的等待就算结束了。连我似乎都能听到父亲那颗悬着的心“咚”地落地的声音。

爷爷给我起了个外号“电报车”，是说我嘴快腿也快，总是第一时间跑回家，告诉母亲叔叔来了，然后再跑到饲养场，告诉爷爷叔叔来了，还要张扬地告诉我遇到的所有人，我叔叔来了！

不知为什么，爷爷总没有我期待的那种对叔叔的热情，他与父亲刚好相反。饲养场有一间筒子房，爷爷靠在廊柱底下搓麻绳。我旋风一样跑过去，大声喊，爷爷爷爷，叔叔来啦！爷爷一张平静的脸看我，说，慢点跑，别栽了。我的印象中，爷爷从没回家看过叔叔，除了那次行大礼，叔叔也再没张罗来看过爷爷。这段时间里，爷爷仿佛是不存在的一个人。按说这事儿有点匪夷所思，只有我在写这部小说时，才发觉这绝对是个问题。可惜当时都被叔叔带给我家的热闹掩盖了，我们甚至没人想起爷爷这个人。

爷爷是夏天去世的。我已经记不起来是哪一年的夏天，三年级，或者四年级？我提着筐拿着镰刀去采猪草，在河堤上碰到了我的老师，老师叫着我的名字打趣说："王云丫，你的眼窝没湿，不应该啊！"我不知如何应答老师的话，不好意思地笑了下。家里，爷爷直挺挺地躺在门板上，身上盖着青色的布单子。木匠在打棺材，大师傅在埋锅造饭，里外都是忙碌的人。父亲母亲得空偷偷抹一把眼泪。我很得意我的眼窝没湿，故意把脖子往上挺了挺。我刚走到河对岸，就看见有人在坡下一手推着车，一手搭着凉棚朝我看。我惊喜地对身边的伙伴二灯说："快看！这人好像是我叔叔！"二灯在风中甩了一把鼻涕，嘲讽说："拉倒，你凡是看见体面的人都以为是你叔叔。"二灯醋天寡地的话根本没有打击我，我眼睛盯着那人，拧着身子快步往前走。那人也一直在看我，往坡上走了几步，他首先说："这不是云丫么？"就听"哗"的一声，我被一股巨大的温暖包围了，叔叔出现得可太是时候了！我跑过去喊了声叔叔，告诉他爷爷去世了，家里正打棺材呢，大师傅正在埋锅造饭呢。叔叔说，那我回来得正好，怪不得这两天心里总是闹得慌。你去干啥？我说我去采猪草。家里的老母猪要下崽了，每天都会吃很多猪草。叔叔回家了，我挽着二灯的手臂往前走。我的甜蜜幸福与二灯的灰心丧气形成了鲜明对比，这一路我俩都没好好说句话，二灯始终跟我拧着脖子。爷爷去世的事并没有通知叔叔，叔叔能够赶过来磕头纯属偶然。叔叔也因为这件事声名鹊起。大家都说叔叔虽然跟爷爷没有血缘关系，却跑了这么远来让爷爷"得济"，比那个人强。

“那个人”，无疑指的是爷爷的另一个儿子，我的老叔。

关于“得济”，我稍稍解释一下。在我们老家那个地方，老人最大的“得济”，就是临死之前儿女能看一眼。或者，在灵前磕个头，送亡者上路。否则，你就是平时再孝顺，照顾得再周到，老人去世时你没在身边，这也是没得济。古语说的“父母在，不远游”，折射的可能也有这个道理。许多年里，老叔基本上与我家断绝了关系，所以爷爷去世时，根本就没见着他的身影。叔叔这次来，是来跟我家借钱的，没想到正好赶上爷爷的葬礼。

五

从打我记事起，我家就住在一个四合院里，是土改分得的胜利果实。正房的其中一间，住着二爷爷二奶奶，对面是生产队的粮库。我家跟老叔住东厢房，而西厢房住了一户外姓人。倒房里住的则是被分胜利果实的那家人，是个富农。印象中，他总揣着袄袖在院子里晃，终年挨批斗。斗争他的人让他管蒋介石叫爹，他不叫，被人打断了一条腿。

老叔和老婶就算过继给了二爷爷家，也没履行啥手续。他们只是持续地年复一年地不过来看我爷爷，我爷爷便对我父亲说，你就当没有这个兄弟吧。

二爷爷要了处宅基，要到外面盖房。某天我父母上工回来，才发现好好的房子被拆得只剩下了一半。砖瓦石料木材都被老叔扯走了。我家这一间半房子，侧面成了一个巨大的伤口，若是浇一场大雨，一准坍塌。母亲一下就哭出了声，围着房子疯了似的转来转去。父亲原本又要去河北的窑厂去上工，因为房子成了这样，不得已留了下来。父亲安慰母亲说，要不也该盖房子了，孩子眼瞅就大了，不能总挤在一起睡，该分窝了。

要想盖房，先得拆房，计算有多少建筑材料能够重复利用。房子落了架，松木檩柁一敲梆梆响，父亲在这边忙碌，富农揣着袄袖歪着肩膀远远地看着，说劈成一半也比现在的木头结实。这整个一座宅院都是富农的爷爷盖的，据说松木都是用胶皮大车从东北拉来的。富农的话让父亲茅塞顿开，如果能把这些木材劈开，一层房的材料就都有了。父亲指挥帮工的人把木材抬到了院子的一个角落，老叔来了。老叔说，这房子也有奶奶一份，既然奶奶都过世了，就应该有他的老儿子一份。说完，走向那架最粗的房柁。父亲一看急了眼，连忙站到了圆木上。怎么也没想到老叔一猫腰把圆木抬了起来，一下就把父亲撴了个仰八叉！父亲摔在地上起不来，嘴里却不停地破口大骂。父亲骂人这一生也仅有这一次。不幸的是，爷爷就在不远处听着。老叔一看父亲态度强硬，灰溜溜地走了。我家的三间房子后来盖了起来，一看就是将就的，檩条和房柁都是白生生的茬口。这是一九六九年的事。

一九七六年的秋天，父亲从大队要了宅基，在苦水井附近盖起了一层四破五。这在当时的村里也是件轰动的事。儿时的伙伴多头家里经常因为这个干吵子，多头妈说多头爸废物，一辈子挣不来活钱儿。瞧人家云丫的爸，一层四破五的大房，像气儿吹的似的眨眼就盖了起来。

但这层房命运也不长久。上梁时木材还是湿的。我们住在里面几年，房柁总像下雪一样飞一种奶茶色的粉末，有时直接就能飞到饭碗里。仔细一看才知道，原来是木头里面生了虫子。那些虫眼越来越多，房柁眼瞅着不能承重，父亲就在下面支了根木头，就像屋里长了棵树一样。后来这根木头也真发了芽，是棵柳树，顶住房柁的地方，长出了一簇绿生生的叶子。

一九八五年，父亲手里攒了些钱，决定把房子推倒重盖。这回是当作百年大计来盖的。当时我高中毕业以后在村里的服装厂上班，利用停电的时间，曾经跟父亲跑过几次木材市场。父亲选的木材，都是最贵的东北红松，每一根椽子都是红松的，俊俏笔直，连个疤痕都不带。我高中时的成绩不错，家里一直对我的高考抱着希望。可是我偷偷地学文科考了理科，是想早早步入社会体验生活写小说。写了四五年，浪费了若干纸墨和电费，却一事无成。母亲大字不识，却能从村里给我拿回退稿信——她是怕别人看见。

有一次父亲跟老叔吵架，因为什么忘记了。老叔指着父亲的鼻子说，瞧你的孩子，瞧你的孩子！老叔的意思是，你的孩子没出息。老叔主要指的是我，因为我总半宿半宿地开着电灯浪费电，成了村里人嘴里的笑话。没想到父亲理直气壮说，我的孩子怎么了，比你家的强！我的儿子当老师，我的闺女会写小说！这话简直惊世骇俗啊，大哥当的是民办老师，而我的会写小说真是不能当话说啊。我只发表过一首诗，赚了一块钱稿费，还让邮递员扣去五分钱。大喇叭一遍一遍喊我去取稿费，我不好意思去取，邮递员把稿费送到了我家里，我躲在屋里不敢出来，羞得恨不能找个地缝钻进去。可父亲不觉得我丢人，就那样骄傲地响声大气说出来，惊了一条街的人。

那层房父亲一共盖了七间。父母住一间，哥嫂住一间。姐姐出嫁了，但父亲特意给我辟出一间闺房。父亲说，我恐怕不能像多头和二灯那样早早就嫁人。只要一天不出嫁，家里就得有你住的地方。

父亲这句话，温暖了我一辈子。

六

有一年的正月初一，父亲没有接到叔叔。月亮升起来了，星星爬满了天空，河里的水因为结了冰，又被寒冷冻裂了，发出了喀啦喀啦的响声。零星的鞭炮清冷寂寥，厚重的夜色像水墨一样铺排，把村庄整个都包裹了。起初，我一直在河堤上陪父亲，后来实在冷得受不了，我先回家了。河堤与街道就是一个 T 字形，我把那条街走完，要拐弯，突然回头看了眼父亲。暗淡的星光下，父亲矗立在河堤上，像一棵长了腿的树。后来这棵树越来越矮，直至消失。我不放心，又跑回了河堤。堤上堤下河边对岸哪里有父亲的影子！我不敢大声喊，怕惊扰了这黑夜。对岸的堤上都是灌木丛，让夜色弄得鬼鬼祟祟。我跑回了家，堂屋里热气蒸腾，锅里的水也不知道添了几回，案板上的面条码放得整整齐齐，母亲和姐姐在包饺子，留待明天早晨煮。我气喘吁吁说，父亲找不着了,哪里都没有。母亲把情况听完,头也不抬地说,他一定是去大马路上接了。我恍然大悟。对岸的河堤下面是一大片高粱田,夏天我们在河里洗澡,曾经到高粱地里吃甜棒。高粱田的那边,就是新修的大马路,一端通到天津,一端通到承德。叔叔每年都是顺着这条路来我家。姐姐问,这样晚不来,叔叔还能来吗?母亲说,是家里有事?是车子坏了?是煤矿没放假?真是急死人了。我坐在灯光的暗影里嗑瓜子,想着在马路上焦急等待的父亲,有点后悔一个人先跑回来。母亲说,你爸就是死心眼儿,等不来就别等了啊,这大冷的天!我抓了把瓜子装到兜里,说我去找他。母亲斥责说,黑灯瞎火的,丫头家家瞎跑啥。冻不起他就回来了,不用你去找!

父亲在灯影下吃饭的场景充满了忧伤,父亲怔怔的,半天才动一下筷子。面条挑了起来,却没往嘴里放。筷子搭在碗上,面条搭在了筷子上,开始还冒着热气,后来便成了冻僵的蚯蚓。叔叔初一没有来,初二也没有来。不知道叔叔为什么不来,那些给叔叔准备的东西都摆放在储藏间,一样一样,笸箩、簸箕、沙斗子。凡是能用上的东西,几乎都派上了用场,就像穆桂英摆的天门阵一样。叔叔不来,我们还不止是忧伤,还惶惶不可终日,总是担心着,惦记着,恐惧着。我偷偷对姐姐说,叔叔不会是死了吧?姐姐拍了我一掌,嫌话说得不吉利。可转过脸去,她就把同样的话对母亲说了,母亲却没有拍她。母亲说,我们今年可以多吃几顿烙饼了。

天都大热了,我们接到了叔叔写来的一封信,是写给父亲的。解释他今年正月初一没来的原因,是因为生了场大病。这封信只有半页纸,在我们家每个成员手中传阅。叔叔写的是连笔字,很好看,很大气。大家一起唏嘘,总算解开了心中的疑团。大哥那年新定了对象,脸上总有一层桃色水气。他对母亲说,给叔叔留的花生和芝麻不能过夏天,过了夏天就长虫子了,不如我给丈母娘家送去吧?母亲嗔怪地看了他一眼,答应了。信到我手里时,已经是最后一站了。我读初中二年级,开始对文字和行文敏感。我上下看了一眼,说,这信是三个月之前写的。哥哥姐姐不信，抢过去看，日期果然是二月十二号，若按阴历算，那时应该是年后不久。父亲表扬了我，说哥哥姐姐都是高中毕业，却不如人家初中生能看出门道。姐姐狡辩说，我还没看完呢！事后我们问过叔叔，是不是信写得早，寄出来晚。叔叔说不是。那么这封信就是在路上或我们大队给耽搁了。大队的信箱是一个绿皮桶，各种信件经常散落得到处都是。

经过全家一致协商，由我来给叔叔回信。这是我第一次写信，而且是写如此重要的一封信，我没法不认真对待。有好几天的时间，人在教室上课，脑子里就全是信中想写的内容。信写好以后，给全家念，改了又改，抄了又抄。比《红楼梦》披删的次数都不少，我就是从那年才开始看这部大书的。母猪下崽了，哥哥订婚了，姐姐用一尺布票三尺三的面料自己裁了条裤子。父亲不能出去务工了，因为他当了生产队的队长。林林总总，杂七杂八。总是写不全面，总有新的内容需要补充和添加。信写好后，密密麻麻足足四页纸。我最后一次给全家念时，磕磕绊绊念了足有半个小时。明明是写通顺了，可一念又觉得不通顺了。我着急，父亲比我更着急，他的脸上和手上都替我使劲，我一看他，就更紧张了。信念到一半，我都要虚脱了。那个晚上村里有电影，姐姐陪着我，在看电影之前把信庄重地投到了信箱里。电影看到一半，我突然“哎呀”叫了一声，信封上光注意写地址，忘了写叔叔的名字！我和姐姐赶紧挤出人群，来到了那只邮筒旁，信就在里面，可我们却取不出来。邮筒不知什么时候被人上了锁，过去明明是不上锁的啊！转天我们再来找，发现那些信已经被邮递员老吴取走了。好在老吴是个热心人，他到邮局发现了这封没有收信人名字的信，把信退了回来。

这封信开启了我跟叔叔的通信生涯。如果说，写信也可以算创作的话，这无疑是我最早的创作经历，我跟叔叔之间天上地下无话不谈。叔叔写的信，一点也不比我写的短，而且都是鼓励鞭策的内容。看信和写信，成了我那一段生活中最幸福的事。

七

又一个正月初一，叔叔不是一个人来的，后车座上坐了个小丫头，不用问我们也知道，她叫海棠，是我的妹妹。还有另一个更小的妹妹叫腊梅，比这个叫海棠的小了十分钟，她们是双胞胎。即使是双胞胎，叔叔也一定是带海棠来，因为在叔叔的嘴里，提到海棠的次数要比提到腊梅的次数多得多。海棠从大堤上走下来，我们这一条街都轰动了。当然我这样说有点夸张，所谓轰动，是指我们差不多大的丫头和小子，都从四面飞奔来，要看海棠妹妹长什么样。这个海棠可真是漂亮啊，两条麻花辫又粗又长，刘海弯弯曲曲，她是自来卷！一双大眼睛水汪汪，嘴唇红得像点了胭脂。关键是，她的皮肤青白青白的，真的就像鸡蛋清一样。光是这一样，一下子就把我们比下去了。我们都是上树捉鸟、下河捞虾的野孩子，脸都跟红高粱一个颜色。海棠坐在炕沿上，一只出生不久的小羊羔从柜子底下战战兢兢爬了出来，海棠惊奇地说，这是小狗吧？不怪海棠认错，这只羊羔太像小狗了。身上的底色是白的，却有黑的棕的花斑点，还没长犄角，一张俊秀的小脸毛茸茸，可不就是小狗么。海棠的这个笑话，被我渲染给了很多伙伴听，大家都乐得前仰后合。要说这有什么可笑的呢？许多年以后，女儿跟我出门看见一头牛，女儿说，这是大猪吧？都没有这么好笑。那种好笑一点都不带嘲讽或蔑视，相反，带一种羡慕和景仰。瞧，海棠不认识羊，人家连羊都不认识。这说明了什么，说明了人家的生活的底子跟我们不一样，人家是城市来的！

天知道的，我给这一切打了掩埋。海棠不是不认识羊，只是没认出我家这一只。只要是山区，最不缺的就是羊，因为那里有天然牧场。

海棠不认识羊，成了她身上鲜明的特征。再加上她说话的声音就像小羊羔，更让我喜欢得不得了。我上厕所都要带着她，她实在是太有趣，太迷人了！我把所有的私藏与她分享：没头没尾的书（后来才知道是《青春之歌》，算禁书）、灯芯绒的布包、红油漆的羊骨、几块视若珍宝的手绢……海棠妹妹如果提出想要什么，我会毫不犹豫送给她，包括一件新做的花格褂子都舍得。但海棠妹妹什么要求也没提出，她仔细地替我把东西收好，放到了橱里。母亲正在做饭，喊我去后院拿一把柴火。别多拿，再有一把就够了。我应了声，拉着海棠妹妹一起去了。所谓的柴垛，早就夷为平地了，只剩下了一些碎的柴草节，一二寸长。海棠妹妹看着我把柴草节装到一只粪筐里，惊异地说，这能烧么？这能做熟饭么？我说，我们一直就烧这个啊！海棠说，我们一直以为大爷家的日子就像天堂一样，没想到烧柴都这么困难。我说，我们烧柴一直困难哪。这些柴还是我们拣来的，要跑十里八里的路呢。在饭桌上，海棠对李海叔叔说，爸，大爷家里没柴烧，你应该给他们拉些煤来。海棠直视着叔叔的眼睛，说起话来像大人一样。叔叔说，要说松山矿啥都缺，就不缺煤。新出的一种大同块比山西的煤好烧。海棠说，那就赶紧拉一车来吧。叔叔说，好，等我回去就操办。我看见爸妈兴奋地彼此看了一眼，我则崇敬地看着海棠，小丫头人不大，说起话来却丁是丁卯是卯。

过了不久，一卡车大同块就轰隆轰隆拉来了。叔叔说，他的几个徒弟挑了一晚上，保证里面一块石头也没有。母亲张罗做饭，叔叔说来不及了，他和司机都是偷着出来的，得赶紧回去。两个人连口水都没喝，又把卡车轰隆轰隆开走了。这个晚上，我家没完没了地有人串门子，他们都是来参观的。煤堆在我家院子里，真跟一座山差不多。有人问父亲这车煤有多少，需要多少钱，既然李海在煤矿工作，应该能便宜不少吧？别人无论问什么，父亲都一脸幸福地摇头说不知道。其实连我都知道这车煤是五吨，不知道为什么父亲要刻意隐瞒。许多年以后，我终于明白了这里边的机巧。我问母亲李海叔叔是不是送给咱一车煤，母亲说，他送？那车煤一共二百块钱，李海要走了二百二，说要给司机二十块好处费。我说，可大家都以为李海叔叔白送了咱一车煤。母亲说，还不是怨你爸。咱花了煤钱的事，你爸不让对别人说。

但这车煤还是给叔叔找了麻烦，他在矿里挨批判了，罪名是“倒卖能源”。挨批判的事是叔叔写信告诉我的，他说他一边写信一边写检查。叔叔的信写得很轻松，一点也没因为写检查影响心情。叔叔是个有气度的人，这一点，特别让人崇拜。我特意把那封信藏了起来。没有告诉父母，是怕他们担心。我对自己说，王云丫，你已经长大了，得能扛点事儿了。

八

高三上了多半年，转眼就要面临毕业了。原来一直想脱离学校步入社会写小说，真的要面对这一天了才知道，到哪里去找写小说的门路啊！我们这所乡办中学教育质量差，连续几年没有高考上线的，大家都惶惶不知所终，我则开始烦闷和愁肠百结。偶然在《中国青年》杂志上看到署名潘晓的文章《人生的路啊，怎么越走越窄》，我似乎醍醐灌顶。这不是说我么，我的路就是越走越窄啊！我给叔叔写了封长信，信中散发着少有的悲观甚至绝望的情绪。就好像，我还没有踏上人生旅途，所有的路就成了断头路，没有哪条路能带我走向光明。而光明的路什么样，我又不知道。班里的团支书毕业就跟男同学结了婚，男同学是我的邻居，就住在我家前院。我出来进去绕道走，不愿意碰见她。其实是不想碰触她那种生活，仿佛是，那种生活原本是跟我不相关的，一碰触，我就看见了不远处的自己。

可还是有个男同学让我心动了一下。他姓胡，是不远处的柳河套村人。他经常让一个女同学把信捎给我。信是封好的，可我拿到手里一看就知道，封口曾被启开过，因为糨糊还是湿的。这样的结果我一点都不在意，等他的信成了一种慰藉。

过去，我对那个男同学并没有好感，他多少有一点好高骛远。是他信中的一些文字感染了我，他说他希望能遇到这样一个人，和他一起去走天涯。

走天涯的想法，契合了我心底的浪漫和虚无的感觉。

我把这些信息也汇聚到了那封长信里。没想到，一向温和的叔叔突然板起了面孔，给我回了封措辞非常严厉的信，他批评了我。他说你还没有走在路上，怎么就知道路越走越窄？人生的路千条万条，你不走一走，怎么能知道哪条路适合你？叔叔说，我不知道潘晓是谁，但我知道她矫情。人有脚，就是用来走路的。你在雪地上反复沿着自己的脚印走走看，路只能越走越宽，绝不越走越窄！

他把那个男同学说得一无是处，等于兜头给我泼了一盆冷水。冷静下来我好好想了想，高中三年我从来没喜欢过这个男生，眼下对自己妥协，纯粹还是因为觉得无路可走。

信的末尾，叔叔邀请我出去散散心，说也把自贡哥哥叫过来，跟我做个伴。叔叔的这个邀请在我就像久旱甘霖，我太想出去走走了。在这之前，我从没出过远门。

自贡哥哥大我两岁。我们每天除了看电影，就是东游西逛。整座矿山坐落在山环里，附近山上的果子几乎都让我们尝遍了。我第一次知道有种苹果叫美夏，长着红艳艳的脸，个头不大，却很甜。我问自贡哥哥苹果为啥叫这样的名字，自贡哥哥说，夏天来了，它们就美了。我们在树上选最大、最圆、最红的苹果，吃够了，会偷几只装到口袋里。那里的老乡都淳朴，你若是吃，吃多少他都没意见。若是想带了果子出山，如果让他们看见，他们就不乐意了。

自贡哥哥提前走了，李海叔叔带我去城里串门子。是城市中心的一片小平房，我们拐进一条胡同，敲开了一户人家的门。出来开门的是梁叔叔，黑皮黑脸小眼睛，样子有点像马未都。我第一次看见马未都时，就吓了一大跳。叔叔介绍说，梁叔叔是剧团团长，我们今晚去看他导的戏。介绍我时叔叔的口气有一点特别，说这就是天津大哥家的二丫头。就好像，他们昨天还在谈论我。梁叔叔欠着身子往我脸上看，嘴里哦哦地应。看得出他和李海叔叔关系非常好，一句客套都没有。但我看出了别的一点什么，时隔多年，我甚至回忆不起梁家婶婶的样子，她只打一晃，就不见了踪影。但就是那一晃，让我感受到了我和李海叔叔并不受欢迎。好在叔叔不在乎，我是顾不上在乎。到城里的人家做客，我平生还是第一次。每顿饭都是梁叔叔下厨房炒菜，时隔多年我回忆，才醒悟梁家婶婶大概带着两个儿子回娘家了，因为两间小平房，根本住不下这么多人。我第一次知道鸡蛋还可以摊成饼一样装在盘子里，与盘口正好一样大。我们吃了饭匆匆去剧场，梁叔叔陪我们看戏。有个小生出场，梁叔叔说，这个丫头哪都好，就是个子矮，我给她定做了半尺高的鞋，在袍子底下遮着呢。我左看右看，也没看出这个小生是丫头。

李海叔叔做客做得很兴奋，他对我说，这都是好朋友，以后可以常来。

九

父亲当了三年的生产队长，生产队解体了。

开始是有风刮了过来，说别处早就包产到户了。我不信。我喜欢生产队，觉得生产队的集体劳动才是生活。我只是以学生的身份到生产队劳动过，大家比着赛地讲笑话，既动口又动手。比着赛地学偷懒，比着赛地占生产队的便宜。那种生活简单快乐有趣。高中毕业后一直想融入他们之中，但就是缺那么点勇气。从叔叔那里回来的路上，心一下就安静下来了。我对自己说，你没有退路了。是时候了，去参加劳动吧。即便是为了体验生活，也应该有行动了。我从大马路上下了车，一个人往家里走。走到家门口，正好碰见母亲牵着一头驴回家。是头好大的灰驴，大概不情愿被人牵着，头总往缰绳相反的方向挣脱。我帮着母亲把驴轰进了院子，问母亲要干啥活。我以为驴是从生产队借的。可母亲说，驴是咱家分的。那么多人抽勾（抓阄），一下子就让我抓着了。母亲的兴奋溢于言表，说队里一共就有五头驴，又有老，又有小，只有这头驴不老也不小。当然还有牛和马，可那是大牲畜，不适宜在家饲养。

就像倒憋了一口气，我一下就给闷住了。我刚下决心到生产队参加劳动，没想到这样的机会就永远失去了。我还有一件事百思不得其解，大片的土地被切割，机械化怎么操作？现代化怎么实现？各家各户守着自己的一亩三分地，人心就会散如沙。大家心不往一处想，劲不往一处使，要实现共产主义，还不得驴年马月！我整天瞎想，父亲却早早收拾好行囊出发了。母亲说，父亲一辈子挣的钱能压死一匹骆驼。父亲一生就对两样事有瘾，一是干活，二是挣钱。

终于不要介绍信，也不用请假条。我猜，父亲骑在那辆叮当作响的自行车上，心一定是飞起来的。村里建起了服装厂，我带着家里的缝纫机到厂里做了工人。工资不低，但我工作得不愉快。心里总像长了雾，看不清自己，也看不清别人。每天的工作时间是早晨六点到晚上十点，中间只有各半个小时的吃饭时间，要跑着家去，再跑着回来。我把那些所谓灵感的火花，都随手记录在衣服的卡片上。这年的正月初一叔叔是坐长途车来的，他把我关到了门外，说有重要的事跟我父母商量。叔叔走了以后母亲才告诉我，叔叔想跟我家结亲。我不明白，啥叫结亲？母亲戳了我一指头，“你叔叔看上你了，要你做他家的儿媳妇，你乐意不？”

我立刻心如鹿撞。这样的事，在我还是新鲜的。胡姓同学如春光乍泄，那一段很快就过去了。叔叔喜欢我，让我的心里甜丝丝的。后来我想，假如当时父母答应了叔叔，我可能也不会反对。毕竟，我喜欢叔叔，也喜欢自贡哥。自贡哥是一个漂亮的男孩子，我在他面前，甚至有点自惭形秽。他在山上给我砸野核桃，两只手都像生锈似的变了颜色。他只允许我摸白白净净的核桃仁，说女孩子要保护好自己的手。跟他玩在一起十几天，是我有生以来不一样的生活，那种生活轻松，愉悦，时尚，浪漫，我们赤着脚在小溪里蹚水，鱼儿就在趾缝间钻来钻去。如果我不想脱鞋袜而又想过小溪，自贡哥二话不说就会把我背过去。我不知道自贡哥是怎么想的，我是喜欢跟他在一起的。但这个喜欢，跟想嫁给他肯定是两层意思。

母亲告诉我，叔叔提出这个要求时，父亲斩钉截铁回绝了。叔叔显然没想到父亲会拒绝得这般彻底，伤心得落了泪。他觉得，是父亲瞧不起他。在这之前，父亲一向是有求必应，叔叔就像是被父亲宠坏了的孩子,对父亲的拒绝没有一点心理准备。我也很难过。我的难过有点莫名其妙。我对父亲拒绝叔叔没感觉,仿佛是,父亲拒绝或接受都不关我的事。我的难过是因为叔叔,叔叔的难过让我觉得不能承受。换言之,我为叔叔的难过而难过。这里面的关系,除了我大概没有谁能够捋清楚。因为我是联络两个家庭的桥梁和纽带,所以父亲郑重其事跟我谈了一次话,明确表示,我不能嫁到叔叔家,叔叔再喜欢我也不行。"那个地方太穷,太远,太偏僻。现在我们家里的日子刚缓上一点劲儿,我不想你去受那个罪——你明白我的意思吗?"

我点点头,明白了父亲的话。多年后想起这件事,我仍觉得父亲是个了不起的父亲。面对这件事,父亲首先考虑的是事物本质,一点也没有被他与叔叔的感情所迷惑。

父亲可以散尽钱财,却没有舍下女儿。

只是,父亲没有想到的是,这个时代变化得快。有朝一日,叔叔的儿女们全都走出了穷山沟。

十

这一年的春天,叔叔给父亲写了封信。在这之前,收信人的名字一直是我。我把信打开,草草看了下,转手给了父亲。叔叔说,他家想盖房子,材料都准备得差不多了,但粮食不够,想跟我家借些小麦。父亲赶忙走进储藏室,掀开水泥做的缸盖看了看,父亲说:"你叔叔盖房是大事,他家缺粮食,你们赶紧想法子给他送过去。"经过商量,我自告奋勇和哥哥每人一辆单车上了路。哥哥驮了只大口袋,里面大约有百八十斤小麦。我驮的口袋小些,也有五六十斤。那年是包产到户的第二年,我家分了七块地,种了七块麦田,每块地春种秋收的过程都可以写一本书。家里的缸啊囤啊都被小麦挤满了。哥哥做生意去过一次叔叔的老家,而我是第一次骑车走这么远的路。我们没有走通衢大道,而是选择了小路。哥哥说,小路要翻越两道山梁,但比走大路节省很多路程。

我刚出了县界，人就累得走样了。从我家到县城三十八里。从县城到县界二十五里。出了县界是遵化，到山里还有十几里的路程。而这些，还远没到翻越山梁。哥哥不得不走走停停，等着我。大概是因为不得法，我大腿内侧似乎是磨坏了，火烧火燎地疼。翻越的第一道山梁名叫半壁山，我抬头往上看一眼，都要晕了。别说推着车，车上有重载，就是让我单手徒步走，攀上去大概都会累残。大哥躬着腰推车，一手扶把，一手拽住后车座，一步一步朝上走。走出几步，大哥回头说，你先在下面等着，回头我帮你推。可我不忍心让大哥再攀爬一遍陡坡，我对自己说，你不是想体验生活么，这就是生活啊！我咬咬牙，使出吃奶的力气开始爬坡，无奈腿肚子抖得厉害，掌把的两只手也开始不听使唤，刚走出十几米远，就连人带车摔倒了。自行车压在了粮食口袋上，我躺在自行车上，轮盘在我身下哗啦啦转动。腰处有些硌得慌，可我一动不想动。天近正午，太阳白花花的。山峦叠翠，俊鸟高飞。我此时的感觉，是心脏响若重锤擂鼓，口干唇裂，大脑一片空白。山崖下就是大水库，一池碧水映着蓝天白云。可我是一步都不想再动窝，那种累，实在是连咬牙的力气都没有。

这时候，有辆马车停下了。车把式很响地“吁”了一声，拉动了车闸。他用脚碰了下我的脚，问我怎么了？我把脚收回来，坐起了身。车把式是位上了年纪的大叔，有双和善的眼睛。我说我实在走不动了。我看了看驾辕的那匹马，是栗子皮的颜色，有四条健硕的腿。我鼓了鼓勇气说，我要去苦梨峪，您能让我搭个便车么？车把式看了看前方，吃惊地说，苦梨峪在山旮旯呢，你们到那里去干啥？听说我们是去走亲戚，车把式说，我是本地人，都没去过那个地方，连路都不通。看了看粮食口袋，车把式说，他们还有门好亲戚，不容易呀。说完，把鞭子夹到腋下，弯腰把粮食口袋抱到了车上。

车把式说，前面还有闪坡岭，比这个上坡还陡。你一个小姑娘驮这么重的粮食口袋，家里人可真舍得。我赶紧说，我哥哥还在坡上呢，大叔行行好，让我们一起搭车吧。大叔真是好说话，把车赶到坡顶，帮我们把车和粮食口袋一起搬了上去。我和大哥坐在两边的车帮上,伸手扶着自行车,两辆自行车叠放在了一起,口袋则竖在车厢里。大叔坐在车辕上,有一搭没一搭地跟我们说话。听说我们去山里送小麦,大叔回望了一眼,羡慕说,这不得有一百多斤哪！你们可真是实在人,这么老远愣能驮着来！大叔说起那个苦梨峪,大姑娘把筛子当镜子照,草帽底下遮住一块地,全家人穷得盖一床被。总之都是笑话山里人的。我们问大叔是哪里人,大叔自豪地说,是梨花镇人。苦梨峪就是属于梨花镇的,难怪大叔说起梨花镇那么有底气。车到闪坡岭,大叔早早跳下了车辕,也让我们从车上下来了。大叔解释说,不是我心疼哑巴牲口,是这坡太撅,多放只鞋牲口都费力。我说,那就把车子搬下来吧,我们推着。大叔说,换了别人我可不就叫他推着了,你这个小姑娘一路走来不容易。得,就让我的牲口受点累吧。我得意地看了眼哥哥,眉里眼里都是笑。哥哥说,你非要逞能来,要不是遇见这位大叔,看你不得哭一路。走到坡顶,累得大汗淋漓。回头看了一眼,顿觉双膝发软。若不是遇见大叔,就那两个粮食口袋能不能运上来,还真是未知数。

我们重又上了车,顿时觉得眼前风景如画。马蹄声敲击着地面,像是给画面伴奏一样。这一气大叔就把我们拉到了梨花镇,这里离苦梨峪还有七八里。把路指给我们,他就驾车去了另一个方向了。大叔说,我们都管苦梨峪叫断头村,再往里就没路了。

哥哥指着马车走的方向说,上一次他就是从那边来的。

到了村庄附近,路窄得只能放下一只脚。实在走不动,哥哥让我看着两辆车,他回村去搬救兵。哥哥再回来时,身后跟着一大家子人。自贡哥哥跑在最前边。婶婶的身后跟着海棠、腊梅和自强、自奋两个弟弟。我先看腊梅,发现她跟海棠长得一点都不一样。她没海棠漂亮,也没海棠洋气,神情很拘谨,是一个彻头彻尾的山里丫头。我第一眼见到婶婶,就发现她长得像电影演员李秀明,眉眼都非常像。《春苗》在我们村第一次放映时,半个村的小伙子都因为她睡不好觉。婶婶搂着我,心肝宝贝心疼得不得了。自贡哥接过了我的车,弟弟自强接过了大哥的车,大家热热闹闹往村里走，说起这一路的艰辛，转眼就成了云淡风轻。就连大腿内侧火烧火燎的疼，都不在话下了。叔叔家住的是石头房，低矮狭窄。院子是窄窄的一个长条，就栖身在一处石崖的下面。屋里没有顶棚，被烟火熏得乌黑皴裂。吃饭的碗要比我家的碗大一号。第一顿饭就把我吃撑了，黄米饭炒倭瓜，婶婶总是在我没防备的时候把我的碗填满，我咬牙吃了第三碗，一个没防备，婶婶一铲子黄米饭盖过来，又把我的碗盖满了。我实在吃不动了，只得剩了碗底儿。婶婶端过我的碗来吃得香甜，我的心里很过意不去。

在婶婶家待了几天，每天三顿饭都是黄米饭炒倭瓜。其实不应该说炒，应该是焖。倭瓜都是半大的，被婶婶切出厚厚的四方块，焖出来面乎乎的。我怀疑除了放点盐，大概连油和葱花也没有。家里除了五个孩子真的是一贫如洗。来时的新鲜和热闹很快就过去了，我从第二天就开始吃不饱饭，总觉得大黄米像沙子一样噎嗓子，倭瓜也难以下咽，闻上去总有一股铁腥气。为了防止婶婶突然给我的碗里添饭，我总要提心吊胆地躲避。有一次，一铲米饭都盖到了我的手腕上，把腕子上的皮肤都烫红了。

又一次吃饭我只吃了小半碗，婶婶忧心忡忡地看着，满脸都是愧疚。我跟她去坝台上摘瓜，她操着跟这里人不一样的口音，见了人就热切地介绍我。与叔叔在我家一样，我也成了这里最尊贵的客人。这种角色转换在瞬间就完成了，让我觉得神奇。一个女人问："这就是你大哥家的丫头？"婶婶说："是呢，来送麦子了。"那女人满是崇敬地看我，说："山外的日月好呢，看人家长得多水灵。麦子送来多少？"婶婶说："满满两口袋呢。"女人说："这下你家可有白面馍馍吃了，羡煞人呢。"婶婶抿着嘴笑，那笑容我至今也找不到合适的言辞形容。不是满足，也不是优渥，就是那样一种从心底漾上来的不是甜蜜胜似甜蜜、不是幸福胜似幸福的感觉令婶婶的整张脸都放出光来。她们的对话我不大懂，但意思还是听得明白。没来由的，我就觉得自己尊贵了许多，再看这山这水这人这石头坝台果树庄稼，不由得脸上就有了淡淡的意味。那种意味不用别人告诉我，我是用自己的嘴角感觉出来的。

坝台上是瘦弱的庄稼秧苗，庄稼的空当栽种了些倭瓜。我对婶婶说，嫩的倭瓜炒了才好吃，用酱爆，或者用花椒油，炒出来都很香。婶婶置若罔闻。她还是摘了半老不老的青瓜让我抱着，用指甲都掐不透皮。手里有了分量我突然明白了，嫩的倭瓜必须养老了才能吃，因为，半只倭瓜就可以吃一大家子人。

走在窄窄的畦埂上，婶婶说："丫头，留下来吧。"

我愣了一下，没听明白。

婶婶那个样子回头朝我笑了一下，说："自贡是个好孩子……就是你得受委屈呢。"

我这回明白了，脸有些烫。我问："婶婶，您嫁到这里后悔么？"

婶婶说："后悔。咋不后悔呢？开始天天哭，天天哭，哭得眼睛起了一层皮。"

我问啥叫起一层皮。

婶婶说："就是看啥也看不清楚。"

晚饭以后，横七竖八摆了一炕的人。婶婶跟我们扯闲篇儿。我说起村里服装厂的事，婶婶眼睛直了：村里都有服装厂？服装厂发工资么？我告诉婶婶，就是因为服装厂按时发工资，母亲总给我做"小锅饭"。她说家里有你挣钱，我们可以顿顿吃烙饼炒鸡蛋。发了工资全交给母亲，但我有用项，会跟母亲讨。比如上个月，我发了七十二块钱。头天交给了母亲，转天停电，我跟伙伴要去县城玩，结果看上了一件呢子大衣，花了七十三块钱……

婶婶有点难以置信，问："买了？"

我说："买了。"

屋子里忽然一阵静默。

哥哥下炕大概是想去解手，插话说："云丫现在是我们家的财主，比我工资都高。"

自贡哥干咳了一声，清了清嗓子才说："要是苦梨峪也有个服装厂就好了。"

婶婶叹了一口气，说："我们就是受穷的命。"

叔叔家的屋后是一处高坎，坎上都是灌木丛。从婶婶的言谈话语中，我知道了这里是宅基地，日后要给自贡哥哥盖房子娶媳妇用。午后哥哥他们打牌，我到附近转了转，没发现叔叔在信中写的建筑材料。也就是说，我没发现叔叔家盖房子的迹象。我家盖过房子，所以我熟悉盖房前的所有准备。自贡哥高考失利了，他正准备来年和两个妹妹一起考。叔叔正在等自贡哥的高考结果也未可知。一想到自己不用参加高考，我就打心眼里觉得逍遥。我特意到坎上看了看，灌木丛结成了篱笆，连脚都插不进去。我心说，这要是在我家门前，父母白天没空，黑夜也会把这些灌木拔了去，深翻土地，铺排粪肥，种上蔬菜或庄稼。绝不会任由它们荒芜。这些疑惑我都存在了心里，甚至没有对哥哥谈起。婶婶正在劈劈柴，做午饭用。婶婶劈柴的动作就像个未成年的孩子，生疏得让人胆战心惊。斧头举得高，却总也落不准地方。柴棒子一拨楞，斧头险些砍在脚面上。许是这个家太缺少劳动力，看在我眼里的都是急就章，没有长久的生活准备或储备。比如，邻家劈好的柴垛捆好了码放，齐齐整整，想要做饭了，伸手就取。婶婶家则像个荒败的临时客栈，随时准备迁徙或闭门谢客。若不是丫头小子一个比一个漂亮得有生机和活力，这户人家简直可以称作惨淡。

最小的弟弟叫自奋，总是怯生生地看我，眼里有一种光放射出来。我清楚，这道光就如同我当初看叔叔一样。叔叔照亮了我，我也愿意照亮他。我招手让他过来，他第一句话说："姐，你当我嫂子吧？"我含笑看着他，摇了摇头。他仰头看着我说："你在这里能吃饱，我们全家都会让着你。"我摸了摸他的脸，这是一张酷似女孩的瓜子脸，有着尖尖的下巴。我没有告诉他"能吃饱"对我不是吸引，我还有别的追求。我拍了拍他的脸，说："你快些长大吧，长大了就到山外去找我。"

说了这话，我莫名有了感伤，想起村里寄身的那个服装厂，其实我并不喜欢。

每次叔叔离开我家，我们说得最多的一句话，就是下次带着婶婶来。我们都想见婶婶，母亲尤其想见，一年不定要念叨多少次。结果是,她们终生都没能相见。母亲现在多少有点小脑萎缩,虽然还能玩小牌,但除了自己的儿女,她已经想不起惦记别人了。眼下婶婶就在我面前烧火做饭,人到中年,仍不失美丽。但婶婶做什么都显得笨手笨脚,灶灰抹上了额头,在锅上忙碌时,灶里的火差点烧到裤脚。婶婶曾在大城市的书店工作,许多年的岁月艰辛,婶婶仍眉目清朗。也许就是因为这一份清朗,才能让婶婶在这闭塞的地方隐忍了这么多年。我悄悄跟婶婶换了下位,别说几十年,我大概一年都很难坚持。

有爱情也不行。

我们回来的那个早晨,家里的母鸡忽然下了一只蛋,婶婶说什么也不让我们走,非得把这只鸡蛋吃了才行。灶下烧着火,鸡蛋打在了碗里,上了蒸锅。我们急着赶路,婶婶急着把这只蛋羹蒸熟,可越着急蛋羹越不熟。婶婶不时打开锅来看,那只碗里总是稀拉逛汤。最后我也没能把蛋羹吃到嘴里。婶婶一直把我们送到村外,嘴里还在说,再等一会就好了。

远远离开了那个村庄,我长长舒了一口气。没想到叔叔家的日子这样艰难,我们家费尽心力帮了他们这么多年,原来什么问题也没解决。自贡哥的神情里有了自卑,我无意中看懂了那种自卑,心里"咯噔"了一下。我想是不是我的炫耀和张扬伤害了这个青年。那个陪我在山上玩了十几天的漂亮男孩,因为自卑而变得形象模糊。

我不愿意他这样。

事隔多年又想起那只鸡蛋,水煮,油煎,都比蒸蛋羹好熟。我没有吃到婶婶的那份心意,在我,是件值得庆幸的事。因为我看见了门帘后面那张眼巴巴的面孔,那是自奋,最小的兄弟。

我所有的关于这次苦梨峪之行的记忆,到这里戛然而止。有一次我跟哥哥偶然聊起这件事,我说:"那次给叔叔家去送粮食,怎么去的我有印象,怎么回来的我却一点印象也没有。"哥哥说:"我有。自贡不知从哪里借了辆自行车,我们出村才发现他跟了上来,然后一直把我们送出了大山,来到了遵化县城。我们在那里打尖,几个毛头小子总对你指指点点。我们以为他们不怀好意，自贡撸胳膊挽袖子要跟人家动武。后来才弄清楚，你的长头发上系了条花手绢，人家觉得你洋气，是在看稀奇。我们和自贡分手时，自贡嘱咐你把手绢摘下来，免得路上再有麻烦。”

我难以置信，“这样重要的事我怎么连一点印象都没有？”

哥哥说：“谁知道你都记住了些什么。”我说：“我把手绢摘了么？”

哥哥说：“没摘。你那时正臭美，哪里舍得摘。”

我不好意思地笑了笑。年轻时臭美的很多事都记得，却唯独忘了这件事。

十一

记不得从哪年开始，叔叔说话的语风语调似乎就变了。到了八十年代末期，我还苦苦地在那条文学的羊肠小道上求索。村里同龄的姐妹都出嫁了，乡邻们看我的眼神越来越复杂，而父母看我的眼神越来越忧伤。自贡哥哥和他的两个妹妹，都大学毕业以后参加了工作。大妹海棠跟我联系得多些，曾经带了男朋友给我相看，回去不久，他们就结了婚。随着家里经济条件的改善，叔叔明显来我家的次数多了。有时一年能来三四次。叔叔是一个喜欢喝大酒的人，一顿午饭能喝到下午三四点。这样的事情过去其实也发生，但因为是在年关时节，大家都闲，所以不怎么让人在意。有一次，叔叔来的时候正赶上秋收，一顿饭总也吃不完，害得父亲母亲没法下地干活。真正的抱怨就是从那时开始的。父亲第一次没有陪完这顿饭，就黑着脸起身离座了。叔叔醉眼迷离，一个劲地问大哥哪去了。没有人回答他，仿佛叔叔的话根本不值得回答。秋收的忙乱在我家尤其显眼，别人家的活计能拉开空当，我家则是集中在两三天内收完种完。因为窑厂还等着父亲淬火，父亲摔了一辈子砖坯，忽然无师自通地学会了烧窑淬火。淬火是技术活，就是把砖坯烧成熟砖，然后通过淬火变成青砖或者红砖。父亲从没失过手，如果失手，则变成夹生砖,青砖不青,红砖不红。

有一天早晨,霜雪让土地长了一层白毛毛。全家人都起床了,父亲却还在炕上躺着。母亲觉得奇怪,父亲应该是全家起得最早的人。母亲过去喊他吃早饭,父亲没有动静。用手拨拉一下头,父亲还是不动。母亲慌了,赶忙找车把父亲送到了附近的医院。我们那个时候才知道医学上有个名词叫脑溢血。好在父亲病得不重,输了几天液,人就转过来了。姐姐闻讯来住娘家,我们俩商量给父亲做点什么好吃的。姐姐说,父亲爱吃馄饨,我们包些馄饨吧。于是和面剁馅,包了馄饨给父亲送到了医院。父亲吃了一个,说,这是馄饨么?这就是没尖的饺子。说完,把筷子放下了。我和姐姐面面相觑,都不知道怎么办。别说做馄饨,我们甚至都很少见馄饨。我们做的馄饨就是比照饺子做的。有一次叔叔到我家来,面条锅里下了几个馄饨,是他教我们包的。当时父亲对馄饨赞不绝口。

父亲在家歇息时,不停地长吁短叹。他一辈子没有这样无所事事过,面对突然出现的大片空白时间很不适应。他总是很烦躁,而烦躁对病情没有好处。母亲跟我商量,要不让你叔叔过来陪陪他?我也觉得这是一个好办法,叔叔会说话,父亲喜欢听他说话。叔叔如果能抽时间过来陪他几天,父亲一高兴,说不定病就好了大半。

我平生第一次到大队去打长途电话。电话机是那种带手摇柄的。先要了乡里的总机,再要松山煤矿,再要机修车间。我坐在排椅上等着。每次电话铃响我都心惊肉跳。拿起来听,是别的电话打进来的。广播喇叭喊谁谁来接电话,我就担心得不行,害怕把我的电话冲没了。大约过了一个多小时,电话又响,我拿起听筒,只听里面有个女声说,机修车间来了。我内心一阵狂跳,听到里面有人喊李海的名字,我激动得都要发抖了。我用很大的力气告诉叔叔,父亲病了,叔叔如果有时间,快过来看看他吧!叔叔问病情重不重,我说是脑溢血。叔叔说,有生命危险吗?我怔了一下,怕叔叔不来,果断地说:有!

可叔叔的到来并没有让父亲哪怕有一点点开心。他让父亲喝酒，父亲不喝；他让父亲吃饭，父亲不吃；他让父亲吃药，父亲也不吃。父亲的厌烦摆在了脸上，他总是把脸朝向里面，侧着身子，把后脑勺对准叔叔。两条腿编着十字花，我甚至能感觉到他赌气般的一动不动。叔叔一个人坐在炕头喝酒，喝得有滋没味。他只在我家住一宿，就匆匆回去了。母亲送他出了院子，我送他走到了河堤上。堤面上长满了父亲接送他的脚印，可惜那些脚印都被岁月的尘埃埋没了，肉眼看不出来。但那些脚印一趟趟的，都在我心里。从我家到河堤那五十米，叔叔没有说什么，我也觉得无话可说。不知为什么，就有一种叫作隔阂的东西自动生了出来，阻碍了我和叔叔的交流。叔叔临走说了两句话：自贡哥哥的工资比他还高。海棠妹妹的一双鞋子花了两百多。我默然。我不知道叔叔说这话是什么意思，不管什么意思，这话茬都让我没法接。

现在想一想，这里面应该有嫉妒吧。

叔叔这次又是空手来的，而且没有撂下一分钱。过去是因为穷，现在叔叔已经富裕了，再这样一毛不拔，连我都有想法了。但我的想法不会对任何人说。我不说，家里人谁都不说，但我相信，谁的心里都是这么想的，包括我父亲。父亲这次态度如此冷淡，我不用猜也知道，原因就在这里。

那天，久不联系的老叔来我家，他是听说父亲有病特意上门来的。老叔给父亲放了二十块钱。一张十块的，两张五块的，都有许多褶皱。二十块钱真是不多，可那是老叔的心意。老叔是庄稼人，两儿一女过得都不好。大儿子信神，每天祷告念经，经常吃了上顿没下顿。女儿嫁在了当庄，年纪轻轻就得了脑血栓。老叔一辈子土里刨食，看上去比父亲还要苍老。老叔坐在炕沿上，几十年的干戈都成了书里的故事。父亲一下子眉目舒朗，二十块钱仿佛就是一座桥，连接了以往所有岁月中的坑坑洼洼。那些坑洼原来只值二十块钱，稍稍有点心情就可以填满。那晚老叔想回家吃饭，父亲说啥也不放他走。母亲炒了两个菜，父亲不喝酒，可他看着老叔喝。父亲的眼里都是情愫，似乎老叔是一朵花，怎么看都还嫌不够。老叔喝着喝着就掉了眼泪。爷爷奶奶去世他都没有过来磕头，不知道老叔的心情是不是与这些有关。

十二

叔叔就像一个疖子长在了父亲的心里。父亲再也不提他，有时我们不小心谈到他，父亲会非常不耐烦。随之而来的正月初一我们甚至会提心吊胆，担心叔叔来，担心父亲给他难堪。还好，叔叔似乎从我们家的记忆里抹去了，连续几年都没音讯。面对这件事，母亲比父亲心态好。她说父亲傻实诚，宁可自己饿着也要让别人吃饱，这样的傻事你们都不要再做了。母亲说，伤人心呢。

我跟母亲认真地谈了一次叔叔。那些装满了的兜兜袋袋的花生棉花之类的东西不算，只说借钱和借粮，母亲告诉我，叔叔光钱就借了六次！最少的一次借了三十块，最多的一次借了二百八十块，差不多是父亲当窑工半年的收入。而且，哪怕是口头上，叔叔永远没提过一个“还”字！我大叫了一声，凭什么啊？叔叔是挣工资的人啊！父亲的钱都是受苦受累的血汗钱啊！我的眼泪不争气地掉了下来，我觉得，就是因为这些钱，我们让叔叔看轻了！叔叔拿到钱太容易了！叔叔拿着这些钱前脚出门，后脚说不定就去买酒了！母亲叹了一口气，说你爸是哑巴吃黄连，有苦都说不出。当年是看你叔叔穷，后来接济他都成了习惯，想停都停不下来。罢了罢了，你叔叔家也确实困难，就他那点工资养活一家六口，自己又好吃好喝，说句不寒碜的话，连你爸的零头都不如。我还是气愤难平，说起唯一的那次去叔叔的老家送小麦，那么远的路，那么金贵的粮……可叔叔说粮食盖房用，却分明是在撒谎！

母亲平静地说：“他撒谎的次数多了，我都不愿意提。”

我追问叔叔还在什么问题上撒过谎。

母亲说：“他有一次借钱说给你婶婶治病，后来自己说漏了嘴。”

我说："我爸知道么？"

母亲说："你爸不信我。他信你叔叔。"

我说："他是不得不信了，就像开弓没有回头箭，他回不来了。"

母亲说："不是，他是真信你叔叔。"

我说："我们跟叔叔交往了那么多年，他当真从没拿过东西么？"

母亲认真地说："怎么没有，他第一次上门拿了一包糖。你那时小，记不得了。那时的一包糖，可真金贵。"

我一下子记起了那股奶香味，甜了我好几年。

有关叔叔的一页就这么翻了过去，三年五年过去了，叔叔没再露面。我们就以为叔叔永远不会露面了。谁知他为了照 CT 竟然来到了我家里，还拿走了我家的一本书。我家的电话号码，是他从老家的大哥那里打听来的。

十三

父亲是一九九七年的冬天去世的。父亲去世那天，是他和母亲结婚五十周年纪念日。

我现在越来越有些迷信，就是从父亲的葬礼上开始的。老话总说生不由人，死不由人，可有些人的死亡日期，会暗合生命中的一些关键节点。这简直是一种明示。

父亲不止一次跟我说，他要存点钱，留给母亲用。他说母亲一辈子也是穷，但从来没有摘摘借借过，不管大钱小钱，手头从没断过。

母亲没有因为钱挨过"瘪"。

父亲的言外之意是，他百年以后，母亲也不要受穷。

每次听到这种话，我都很不以为然。我不耐烦地说："养儿养女是干啥用的，不是还有我们么！"

说这话时，是上个世纪九十年代中期，应该是在李海叔叔出现之后的事。那时孩子小，父母一直住在我家。有一天，父亲出去剃光头,回来摇头晃脑对我说,他要去窑地给人家做帮工。说好了,一个月给八百。

我一听就急了。说您没跟人家说得过脑溢血吧?没跟人家说因为干活摔断过一条腿吧?没跟人家说腿里还有三根钉子吧?我把父亲狠狠闹了一顿,总算让他打消了这个念头。父亲孩子样地垂着头坐在沙发里,一脸的闷闷不乐。母亲狠狠白了他一眼,说:“你说话他还能听一耳朵。若是我说,他早夹着铺盖卷跑了。”

我说:“人都七十多了,还能跑到天上去?”

换来了父亲的一脸苦笑,那脸苦笑里埋藏着很深的寂寞。

我是正在上班时被人通知父亲病危的。我打了一辆出租赶回了家,同族的二娘正往外迈门槛,见了我摆手说,二姑娘快进去看看吧,抬头纹都开了。

我问二娘干啥去。二娘说,招呼人,给你爸穿衣服。

父亲直挺挺地躺在炕上,显然已经是弥留状态了。我重点看了他的额头,那些皱纹果然平展了,变成了一道道的白印子,脸上虚虚地浮着一层汗水,那汗水却是冰凉的。父亲闭着眼,呼吸若有若无。我附在他的耳边说:“爸,我回来了,你听得见么?”父亲全无反应。怔了片刻,我又俯下身去,说:“爸,我们要通知李海叔叔么?”

父亲的眼球在眼皮底下突然骨碌了一下,随之便有一滴泪水挤出了眼角。父亲的眼泪让我心疼了,我把脸贴在了父亲的脸上,痛哭失声。母亲从另一个房间抱着寿衣赶了过来,一把把我拉开了。刚好,父亲的嘴里扑出了最后一口气。

事后母亲说,人的最后一口气扑到谁的脸上,谁一辈子都是霉运。

父亲的葬礼简朴简单。村里那时都讲究要“吹”儿,唱大出殡,穿白戴白。我们却只是一块黑纱送别了父亲。我绝口不提我跟父亲之间最后的对话,这是我们两个人之间的秘密。没人想起通知叔叔,那时离叔叔最后一次出现在我家,已经过去了五年。

我偷偷对老天说，父亲这一辈子以助人为乐，还不止是资助了叔叔一家。无论谁家有困难，只要求到他头上，他都会尽心竭力。村里那样多的人家，没有哪家的房子父亲没搁过手。父亲是瓦工，还是木匠。

如果老天有眼，就降一场雪送送他吧。

从火化场回来，天空忽然飘起了鹅毛大雪。雪花稀疏单薄，却盛大，在空中且行且舞，像在进行某种仪式一样。我把脸贴在车窗玻璃上，贪婪地看着远处的旷野。灰白的天际，麦苗蛰伏在冻土里，大雪于它是一种温暖。可我相信，大雪就是为父亲降落的，因为在送行的路上，我一直在祷告，老天一定是听见了我来自心底的声音。

去往墓地的路上，六岁的女儿一直紧紧牵着我的手。我问："你知道什么叫死亡么？"

女儿干脆地说："知道，死亡就是埋坟。"

倒退几年，父母看我的眼神是忧伤的。他们从不抱怨，但心底的一些想法，会通过注视我的神情流露出来。因为我没结婚，又事业无成。虽然各类文字总在发表，但对我的生存状况没有丝毫改善。我在容留我的那个村庄显得越来越古怪。一个偶然的机会，我的小说改成了电视剧，导演在跟县里领导谈协议时信誓旦旦，说这部戏能拿飞天奖。整个外景选在了离县城不远的一个山区，我却一次片场也没去。我不喜欢电视剧，也不喜欢电视剧组。天气突然冷了，他们因为发不发一件军用大衣也能吵得天翻地覆。但县里的领导喜欢，他们专门有负责联系剧组的人。这个戏结束了，我的许多问题都解决了。这许多问题包括待遇，甚至婚姻。

我得用这些告慰父亲，否则，父亲在另一个世界也会惦记得合不上眼。

日子就是那样不经过，一转眼，又是很多年过去了。

十四

自从家里买了车，每年东一趟西一趟跑高速就成了习惯。听说京承高速风景好，就一直憋着想看看沿路的风景。北京城里的奥运会正如火如荼，我们风驰电掣地与五环擦肩而过，一路飙向承德。去之前，我确实没有其他旅行以外的想法，承德不过是我周边的一座城市，与其他城市没区别。临行前，司机严先生提醒我，想想承德有没有要见的朋友，给人家带份礼物。我当时手头正给一件外套缝纽扣，多少有点不耐烦。我说："就是出去溜达一圈，哪有那么麻烦。"司机严先生就是个不怕麻烦的人，当然，他还有另一个身份，我丈夫。

我又说："承德对我没有吸引力，对于我来说，那就是个从没去过的地方罢了。"

我有一句口头禅：没去过的地方都要去一下，没走过的路都要走一走。

站在承德最繁华的一条大街上，我忽然有些恍惚。这些景物我熟悉，似乎在哪见过。高楼，公园，电影院，点心铺子。时光荏苒了三十几年，它们从我的记忆深处浮现了。似乎是，三十几年前它们已经是这个样子了，不曾有过一丝一毫的改变。没用费力气，我就知道了这种熟悉的感觉来自哪里，这座城市曾经让我做过梦，那些曾与许多小伙伴分享的梦，一直储存在儿时的记忆里。也许她们都忘了，但作为做梦之人，我不但没忘，年龄愈大，记忆反而愈清晰了。

那些梦当然与李海叔叔有关。

当年明明知道李海叔叔的家在深山区，可我却对小伙伴说，叔叔一家住在大城市，有很高的楼，有很大的公园，旁边就是电影院，婶婶在商店卖点心，家里的点心可以当饭吃……那座我梦中的城市，就是承德。眼下我置身在车流人流中，想起了很多遥远的往事。我踢毽子，周围有很多小朋友，他们都对叔叔和叔叔的家人充满了好奇……我想不明白我自己，小小的年纪为什么要撒谎，仿佛是，那种虚荣与生俱来。叔叔一家住在城市或住在山区，与我或我的小伙伴们有什么关系么？用现在流行的话来说，真是一毛钱的关系也没有！

叔叔因为住在城市会更被人额外尊敬？或者因为叔叔住在城市我会被人高看一眼？是的。当那块奶香味的糖被我咬成很多块分发掉，它来自城市或来自山村，给人的感觉是不一样的，这一点我有理由相信。因为首先，它给我的感觉就不一样。一颗来自深山沟的糖果，在大家的嘴里，味道会淡很多。事过多年，我仍然清晰地记得当时的场景，童年的伙伴多头和二灯，分到芝麻那样大的糖块也欣欣然。如果她们知道我在糖果的出身上打了掩埋，就是把整块的糖果含在嘴里，她们也不会觉得多么甜吧。

是的，一定是这样！

可我们家欢迎叔叔，并不是因为叔叔来自哪里呀！我还记得那个傍晚，我被叔叔牵着手去菜园找父亲，父亲正在给烟叶掐尖儿。我眼疾初好，发现叔叔高身量，白皮肤，重眉大眼，大背头一根不乱，穿一身毛蓝色的中山装，完全是一副干部派头。我的喜欢溢于言表，而那时，我对叔叔的背景还一无所知。

等等，这些表象莫非是在说明，叔叔自己就是自己的背景？我喜欢的不是叔叔，而是叔叔的背景？我是因为喜欢叔叔的背景而喜欢背景中的叔叔？

故事就是在行进的过程中人为地增加了原料和底色。我从自己，想到了父亲。父亲对叔叔的感情，初始肯定源于自然，但往深里走，也添加了自己的元素也未可知。那年复一年的等待和迎接，现在想一想，是过于隆重和热烈了。叔叔就像一件展品，或一道大餐，或一个品牌，成了若干年里我们家正月初一的标志。有了这个标志，我们家才在众乡邻中显得不同，甚或，增加了几许荣耀。叔叔也一定从这种标志性的身份中悟到了什么，逐渐偏离了自己的航道也未可知。

于是叔叔之于我们家，或明或暗地成了一个象征。

我突发奇想，这其实更像一个合谋，把一份原本淳朴、纯洁、纯粹的情感扭曲了,变异了。时间是经,故事是纬,所有的人物穿行其中,都在随着经纬度的变化而产生裂变。只是那种裂变不是我们理想的方向,于是众多想法彼此纠结,成了解不开的死疙瘩。叔叔最后一次来我家,喋喋不休地说海棠妹妹一年买了五条裙子,潜意识里除了炫耀,也一定是在校正自己的身份。我们那时还在探讨叔叔有没有带来空兜子,事实上,叔叔早就从那种境遇中走了出来。他执意住在我家,不顾我父亲的冷眼,是不是一种最大限度地表白?甚或,他是蓄谋已久、下定决心来做最后的亮相?

再或者,他根本没有去照CT,照CT只是个借口?

我觉得眼前豁然开朗。

车子停在了马路对面,严先生从驾驶室里探出头来,像风一样朝我招手。我知道他是想让我上车,但我此时有了别的想法。我拦住一个行人问,你知道保安公司在哪里么?隶属公安局分管的保安公司。这是海棠妹妹的单位,叔叔最后一次来提了那么一句,重点强调了公安局。我没想记住,却留在了记忆里。我计划问三个人,只问三个人。如果三个人都摇头,我就上车走人。那人刚从一家手机专卖店里出来,看了看我,一转身,指着身后说,喏,那不是?我说,哪个是?他说,那个蓝牌子……那么大的牌子你看不到?我真看不到,我是不相信事情会是这样巧。我问有多远,他看了看我的脚,说你走十步,走十步就到了。我说,是公安局分管的么……那人大概嫌我啰嗦,转身走了。

我计划走十步试试。朝严先生招了下手,示意他开车跟着我。于是我数着脚下的步子。果真有一块白底蓝字的牌子,大字写的是"保安公司专卖",边上还有一行小字,写的是"承德市公安局"的字样。我一分神,数乱了脚下的步子,但真没有比十步更远。是一处窄小的门脸,与左右的光鲜比,这里仿佛倒退了二十年。门还是旧时的那种门板,塑胶的帘子扭扭捏捏,摸上去冰凉刺手。门脸寒酸,但是觉得寒酸得有气势,因为牌子比左邻右舍都大。我进到里间,是更显狭窄的一方天地,两边都是格子间,码放的是叠得整整齐齐的灰色保安服。原来这里是卖衣服的。一个女人面朝里侧身坐着，端着搪瓷缸喝水。长发，独辫，顶上的头发浓密，卷曲。听见动静，转过身来看我，又顺势站了起来。她的脸上似乎是笑了下，但那笑容有些羞怯，很浅，倏忽就没了。我忍着心潮澎湃，胳膊肘支在柜台上，含笑看她。她不开口我绝不开口。她迟疑地喊了声："二姐？"就愣在那里了。我努力平静着语调说："我打这里过，随便进来看看……没想到你就在这里工作。"

生活有时候就是这么有意思。有些寻觅踏破铁鞋，有些铁鞋不用寻觅。

我说："你都没怎么变，还那样。"

海棠终于找到了话说："二姐也没变。"

我说："我们有多久没见了？"

海棠仓促地说："你和大哥去我家送小麦……有二十年了吧？"

那一刻，我有些感动。她仓促应答的一句话居然是小麦，可见那次我和大哥的苦梨峪之行分量有多重。我特别想一把揽过她，跟她拥抱，跟她亲亲密密，就像小时候一样。可在心底，总有一种声音拒绝我那么做。有一种矜持在心里，在脸上，也爬上了肢体。我觉得，我应该矜持。这种矜持，是王家对李家的矜持。我有权利那么做。那一瞬间，心中涌起的是几十年的风雨波澜。我观察着海棠，她也没有跟我亲密的愿望和打算。这让我失望，很失望。既然她没有，我又何苦自作多情。我心里，淡淡地漾上来一股液体，酸的，涩的，有毒的，把我往事情相反的方向左右。许多年了，她没有主动给我写过信，没有给我打过电话。她是李家人，她是做妹妹的，无论从哪个角度讲，主动的都应该是她……可如今，站在她面前的反而是我，我除了矜持找不到适合的表情。

我说："送小麦不是最后一次，还有那次你带男朋友去我家……"

海棠有些窘，赶忙说："忘了忘了。可不是，那回是最后一次。"

我们的对话隔膜到毫无温度，就好像每天都要碰面的陌生人，打不打招呼都不影响彼此之间的距离。但我看出她有些慌，扑过去拿手机时，碰翻了脚下的凳子。电话接通了，她背转过身去，小声说："大爷家的二姐来了，你还记得吗？是大爷家的二姐，天津的……你快通知腊梅和自强……"这个电话应该是打给她丈夫的，我猜。海棠随后又摁了电话，这次声音放开了，敞亮地说："哥，大爷家的二姐来了，在我这里呢，你赶快过来吧！"

十五

见到自贡哥，那种熟稔的感觉终于回来了。我们甚至抱了抱，是自贡哥主动的。他还开玩笑说："妹夫不吃醋吧？"自贡哥是典型的官员体态，胖了，肚子撅起来了，眼睛让酒精泡浑浊了。自贡哥对严先生说："没有大爷就没有我们一家的现在，我们嘴上不说，心里其实都明白。"严先生自然也知道自贡哥所说的大爷是谁，他见过李海叔叔。曾经因为李海叔叔住在我家里，三更半夜跑到单位找住处。我发自内心地笑了笑，说："过去的事，不提了。"自贡哥说："咋能不提呢？这些年两家少来往，但我们从来没有忘记大爷大娘。"他问大爷大娘身体可好。我说，父亲几年前去世了。母亲在老家跟大哥一起生活，她喜欢住家里的平房。自贡哥说："跟我的老爹老娘一样，死活不肯离开那个穷山沟。"

腊梅和自强都拘谨，他们一个工作在物价局，一个计生委。我问最小的弟弟自奋现在怎么样。自贡哥说，自奋最滋润，当年招工顶替去了松山煤矿，可很快就从那里下岗了。现在自己在老家当老板。去年新盖了一溜大房，给套别墅也不换。

自贡哥问，你们是不是刚到？我说刚到。自贡哥说，海棠赶紧去请假，我们陪他们两口子到处转转。我赶忙说，不用麻烦，我们自己随便走走就行，你们忙你们的。自贡哥说，这哪行，到了我的地盘，就得听我的。

自贡哥上了我们的车，坐副驾驶。三辆车浩浩荡荡往避暑山庄走。路上我问自贡哥，叔叔婶婶身体怎么样。自贡哥说，叔叔三年前得了脑血栓，一直瘫痪在床。婶婶就是受累的命，过去家里穷，缺吃少穿。现在家境富裕了，又要伺候瘫子。叔叔身体不行了，脾气却越来越差，不是哭叫就是骂人，吵得四邻不安。

我说："叔叔今年也才七十六岁，跟我母亲同龄，都是属狗的。"

自贡哥说："他总是喝大酒，不把身体喝垮不罢休。"

车内短暂地沉默了会儿。自贡哥扭过身来对我说："二妹，我们从来没有忘记大爷大娘的恩情。真的。"

我的眼圈突然红了。父亲如果听见这句话，应该是个安慰。

严先生是个旅游迷。走进避暑山庄，就把我忘了。两个妹妹和一个弟弟跟在他后面走，不一会儿，就不见了踪影。自贡哥陪着我，我们之间隔着一个人的距离。太阳把我们的身影拉得很长，有好一阵，我们都不知道该说什么。看着气象万千的大园子，我笑了。自贡哥问我笑什么，我说，我从没来过这里，却为这里写过诗，还赚了一块钱的稿费，那是我赚的第一笔稿费。自贡哥问咋写的。我随口吟道：路旁条条翠柳，湖中朵朵荷花。如波深处笼轻纱，湖上漾舟度假。金山巍峨矗立，烟雨楼外生辉，如意洲里青松挺，游客如痴如醉。

哈哈，我自嘲。因为是发表的第一首诗，所以这么多年都还记得。

自贡哥惊奇地说，如波亭、金山、烟雨楼、如意洲，都是里面的景点，你没来过，是怎么知道的？

我说，我是听叔叔说的。他当年坐在我家炕沿上，曾经对避暑山庄如数家珍。后来我买了一块手绢，那上面是避暑山庄的旅游图，我每天晚上都看。后来上面的字都被水洗模糊了。我是没来过这里，可这里的景物，我记了一辈子。

二妹。

哦。

谢谢你。

这是怎么话说的？

当年支撑我们这个家的，除了大爷大娘，其实还有你。

我没做过什么。

那时候家里的那种难，你想象不到。我们唯一的乐趣，就是听我爸讲山外的事情。他走了，那些事情又重复讲，一直讲到他下次来为止。他每次休假回家，都会带一摞你的信，我们轮流念那些信，都被你的文采打动过。那些信装满了一个纸盒子，被我们宝贝似的收藏着。直到后来，里面住进了一只大耗子，那只大耗子又生了一窝小耗子。那些信纸，都被耗子撕碎做棉被了……自奋打开一看，就哭了。

我悲怆了一下，又笑了。信中那些幼稚到让人脸红的句子，那些像蜘蛛爬的字，每行都写不直。有些干脆是用尺子逼着写，就像有一道下划线一样。早些年若是知道它们享受了这般待遇，我会无地自容。

如今，一切都云淡风轻了。

我说，时光过得真快。

自贡哥说，那时的时光才真是漫长，我们跋山涉水去梨花镇上学，目的只有一个，能走出穷山沟，能和你平起平坐。腊梅因为不用功，挨了我爸一顿打。是用藤条打的，穿着厚棉袄，颈窝都抽出了血印子。老爸下手狠，打谁都往死里打。老爸对她说，你成绩这样差，以后谁都瞧不起你，山外的二姐也瞧不起你！腊梅说老爸偏向，带着海棠去山外的大爷家，不带她。她说若是带着我去山外的大爷家，我也会跟海棠的成绩一样好！

我扭过头去，没有让自贡哥看见我的眼泪。我们和他们，原来这样相像。一直都相互影响着，相互依存着，又相互错着位，走过了这许多年。若不是这次偶然见面，我再有想象力，也想不到这一点。

我庆幸这次的私字一闪念，让我和李家有了见面与和解的机会。

不过，话又说回来。自贡哥忽然拉了我一把，一辆汽车从我们身边快速开过，旋起的气浪吹飞了我的帽子。自贡哥赶紧跑过去捡了回来,笑着扣在了我的头顶上。他用轻松的语调说,老爹有这样那样的毛病,可是一个好老爹,一个伟大的好老爹。上学的事我刚才说了,他常挂在嘴边的一句话是:你们五个都算上,上到哪我供到哪,别管我有钱没钱,就是去偷去抢,我去做恶人。

我突然拍了一下自贡哥的肩膀。

他扭头问我干啥。

我想了想,其实没有预备要说啥。

自贡哥问我,你知道什么叫“打秋风”么?

我怎么可能不知道。我打小就知道,大概是家乡的一句俗语。我奇怪自贡哥怎么也知道。

自贡说,有些事你可能不记得了,那时你还小……

我“喝”一声,说我就比你小两岁好不好。

自贡哥宽容地笑了下,接着说,家里穷,年都过得凄惶。每年大年初一老爹都去你家“打秋风”,很多年都不间断。我们在家里眼巴巴地等,从初一等到初四,老爹从不让我们失望,有时也能等到十只煮鸡蛋。十只鸡蛋六个人分,你知道怎么才能分得匀么?

……二妹,二妹,你怎么啦?

我无论如何也忍不住想哭一场的愿望,那种感情太复杂了……到底还是忍住了。可汹涌的泪水把自贡吓着了,他惶惑地问,我说错话了?

我没有告诉他是“打秋风”这三个字刺痛了我。那几十年的等待和期盼……不是这三个字所能涵盖。就说那十只鸡蛋,也不是简单的事。冬天母鸡都不爱下蛋,有时母亲要跑几户人家去借。为了还上人家的鸡蛋,家里的母鸡不知要受多少冤枉骂……我抹了一把眼泪,摇头说不是,不是你说的那样。自贡问,哪样?我没有解释。我情愿相信,时过境迁以后,这只是自贡哥当下的语境,他的话像掠过耳畔的风一样没有分量。

——这就是我们之间的距离。我想。

我们在承德耽搁了三天，李家兄弟几个全程陪同。我和海棠的关系一直很微妙，仿佛是，我矜持，她比我更矜持。我们都是参透了彼此内心的人。吃饭，旅行，住宿，都是她跑前跑后，忙前忙后。可我却感受不到她内心的温度，她更像一个称职的导游员。这一点，让我很别扭。我主动与她攀谈，问起她的丈夫和孩子，她回答得简约而又冷淡：丈夫在人事部门上班，孩子在江南上大学。回答完，转身就去忙别的了。我思忖：莫非自己又居高临下了？那种有恩于人的嘴脸是让人厌烦。我努力调整着自己，心态，神情，脚步。我的心思总围着她在转，不知她是被我起初的矜持所伤，还是这些年形成了这样的性格。或者，她只是以一种报恩者的心态在尽责任和义务。想到后一点，我心里就很不是滋味。

我有些后悔，初次见面不该计较太多。

我跟严先生交换对海棠的看法，严先生说："海棠是多好的人啊，不温不火，不徐不疾，礼貌周到。是你对人的要求太高了。"

我说："我总觉得哪里不对劲。"

严先生说："你就爱瞎多心。"

谈起这两天所受到的礼遇。严先生说："过去你们总说人家忘恩负义，这次知道种瓜得瓜了吧？"

我有些心虚，说："别瞎说，谁说人家忘恩负义了？"

严先生说："当年李海叔叔在我们家喝棒子面粥，你忘了？"

我有点难为情。

我们回家的那个早晨，李家的三辆车都来了。后备厢里放满了东西，似乎是要把这些年的亏欠都补齐。我对自贡哥说，你这是干什么？自贡哥说，没事儿，现在咱有条件了。我无言地看着他们把东西塞进后备厢，又打开了车门，往车座底下塞。自贡哥说，我们这代比父辈强，赶上了好时候，他们一辈子活得太辛苦，太憋闷，太委屈。不怕二妹笑话，我们兄妹几个都参加工作了，老爹还非要跑去你家看究竟，看你们的日子过成了什么样。他这一辈子，算是跟你家摽上了。回到家来就长吁短叹，说你二妹都住上楼房了。我说老爹,你放心,将来咱也住楼房,而且一定要比二妹住的楼房高。为了让他满意,我们兄妹几个买楼都买顶楼。别管楼多高,统统高高在上。你说,这不是有毛病么?

"老爹还说了一句话,二妹你准猜不着。"

我问说什么。

自贡哥说:"老爹说二妹虽然住楼房,但生活差。吃饭就吃一盆棒子面粥,还不如二十年前呢。"

我笑得收不住,却又悲从中来。

上车前,我和严先生逐一握手,腊梅跑过来跟我抱了下,因为毫无准备,我们甚至刮蹭了一下脸。海棠就在圈外垂手站着。她没有走过来,想了想,我也没有走过去。严先生跟她握手时,停留了足够长的时间。在车上坐好,扎好安全带,我揿下了车窗,重点看了一眼海棠。她真像临风的一株树一样。我挥手时,她也把手举了起来,却没怎么摇,敷衍地晃了下,就转过身走了。

车子要拐弯了,自贡哥还在朝我们望。

十六

严先生笑了一下,又笑了一下。我说:"你傻笑什么?"

严先生说:"当年李海叔叔来咱家,是想看看我们过得怎么样。"

我白了他一眼,纠正说:"不是我们,是我。"

严先生说:"我说的就是你……演电影都不会有人这么编吧?好歹也是一百多里的路程呢……他那时也有七十多了吧?"

他看了我一眼,手掌用力拍了一下方向盘,"简直比写小说还出人意料!"

我看着前面弯弯曲曲的盘山路,什么也没说。

每年的腊月二十三,我和姐姐都紧着备齐年货给老叔送过去。送晚了怕他自己去市场。老叔住的还是当年二爷爷盖的那层房，屋脊都塌了，瓦楞子上长满了野草。老叔的屋子四处透风，一只蜂窝煤的炉子用来取暖，那一点点火光，看上去很可怜。老婶团坐在床上，围着两条被子。她因为腿病下不了床，一双新棉鞋摆放在床头，还是去年我买的。老婶见到我们就拉住手不放，连续几年说同一件事：我小时候在被子里围着，她在外面骗姐姐说，有人把你小妹抱走了，还不回去看看。姐姐就哇哇哭着往家里跑，每天不定要哭多少次。姐姐得意地对我说，那时就怕你丢了，明白吧？

每次从老叔家出来，我们都感叹，人老真是件无奈的事。想老叔年轻的时候，在生产队打头儿，管着全队四十几个劳动力，每天听着河对岸的火车鸣笛，或看着太阳收工。有一天是阴天，火车也没鸣笛，或者鸣笛声被风刮走了，总之老叔没听到。老叔带着这支队伍锄地，一直干到晌午歪。别人都说该收工了，老叔就是不信，老叔只信太阳和火车的鸣笛声。大家都累坏了，老叔一直都强打精神。回家的路上，老叔唱《小拜年》，一会男声一会女声，给大家解乏。人要是不老该有多好啊！姐姐慨叹。

从老叔家出来，自然就说到了叔叔。那些年，老叔是我们家的伤痛。后来，叔叔也成了这样的角色。父亲如果不是因为他们，说不定能多活些年，父亲去世那年，才七十三岁。父亲对叔叔态度的改变，自己得转多大的弯子！那真是要触及思想和灵魂啊！看到村里的老人在墙根底下晒太阳，我们都很羡慕，不知这是谁家的老人，他们的儿女多有福气啊。

姐姐问："老叔和李海叔叔见过面么？"

我沉默了。

我想起了某一年的正月初一，那时姐姐已经结婚了。老叔特意来看李海叔叔，家里贴了春联，地下都是瓜子皮儿。老叔穿着簇新的蓝布袄过来串门子，进屋就说："我来看看二弟，我来看看二弟。"

他管李海叔叔叫"二弟"。

那时李海叔叔刚进屋不久，一家子的热气都还围着李海叔叔转。因为老叔的到来，骤然就冷了。父亲坐在那里卷烟，叔叔也坐在那里卷烟。母亲、哥嫂和我都在屋里坐着,谁都不看老叔,谁都不跟他搭一句话。老叔靠在门口的墙上,一张脸羞臊得鲜红。他几乎没站稳脚跟,自言自语说了句什么,自己转身走了。

老叔走了,家里立刻一片欢欣。叔叔给纸烟点着了火,狠狠吸了一口,对我们说:"还来跟我套近乎,没门!"

因为口音的问题,叔叔说不出那个"门"字的儿化音。但叔叔对老叔的态度,像火盆一样烤热了我们,我们觉得叔叔更亲了。

自贡哥经常有电话或短信过来,各种节日更是周到备至。那种殷勤让我觉得不好意思,有时候电话接通了,都不知道应该说些什么。姐姐还记着当年叔叔提到的两家结亲的茬儿,警告我别瞎联系,瞎联系不好。那天自贡哥又来电话,说有件事,不知道该不该说。我豪气地说:你说。自贡哥说,自从知道我和严先生去了承德,叔叔就中了心病,他每天都念叨我,说云丫该去看他了。说我们家兄妹几个,他就喜欢我。有一天,把婶婶说得不耐烦,婶婶说,你就死了心吧,人家不会来的。叔叔忽然把一碗粥整个扣到了婶婶的脸上,碗边儿把婶婶的眉骨磕了一个大口子,血把眼睛都糊住了。他骂婶婶是乌鸦嘴,说云丫原本是要来的,被你这样一说,人家就不来了。坏事就坏在了你这张臭嘴上!

我默默地听着,没有说什么。我能说什么呢,说什么都觉得不合适。陪着自贡哥叹了回气,就把电话挂了。后来自贡哥又来了三四次电话,都是暗示叔叔如何想我去看他的,我都没有接话茬。

我和姐姐住在一个小区里,三天倒有两头能碰面。有时候,我跟姐姐说闲话会说起这件事。眼下家里有车,交通这么方便,去看一下叔叔真不算回事呢。姐姐比我记仇,斩钉截铁说,不去,谁都不许去。这么多年没来往,断了就断了,还拉扯什么。姐姐埋怨我,你去承德就罢了,干啥非要找李家的人呢?如果李海不知道你去承德,也就不会有这些麻烦了。

我不得不承认,姐姐说得对。

每天的午后,隔壁都有一张小牌桌。我每个月都会过去跟人玩一两把,玩多了会有罪恶感。这天是周末,已经到了上班的时间,大家都没有结束战斗的意思。于是看热闹的拉下了窗帘,把这里变成了一个封闭的世界。就在这个时候,我的电话响了。自贡哥吞吞吐吐说:“二妹,想求你个事呢。眼看就要放十一长假了,不知你有啥打算?”我脑子里转了个弯儿,把手机夹到了肩窝里,边抓牌边决定先发制人,“肯定要出门的……跟人定好了先去上海看世博会,然后再走苏杭。怎么,你有事么?”自贡哥说:“是这样……你跟老爹说吧。”就听自贡哥在那端说:“爸,二妹在那边跟你说话呢。你说,你说话。”电话里突然发出了“嗷”的一声叫,很瘆人,把周围的人都吓了一跳。我愣住了,喊了声叔叔。李海叔叔颤抖的高音似乎是哭出来的,“云丫,你啥时来啊?我想你啊!”我说:“有空就去看您。”叔叔像小孩子那样急迫,说:“你定,现在就定。是明天,还是后天?”我脑海里出现了叔叔眼巴巴的样子,可我没法接他的话茬,只能假装听不见。我说:“叔叔你好好的,我改天再给你打电话,我现在正在开会不方便跟你多说。”说完,把手机关上了。大家都在等我出牌,我说了声“不好意思”。牌友问我家里是不是有什么事,我遮掩说,啥事也不如玩牌大紧。

牌一直打到了晚上,然后又去喝酒,又去唱歌,回到家已经很晚了。因为在歌厅又喝了些啤酒,身上难免有酒气。严先生素来不喜欢我在外喝酒,此刻冷着脸说,你越来越像官员了。我打着哈哈说,像官员好啊,我好想像官员。严先生厉声说:“你为啥关手机?自贡哥打不通你的电话,还以为你遭谁绑架了!”我点着他的脑袋,借着酒劲说,你态度不好,我拒绝跟你说话。说完,我去洗澡,把水量开到最大。蒸腾的雾气很快把我淹没了。耳边突然响起一声瘆人的叫,那是李海叔叔,隔着时空突然像警报一样回响,让我毛骨悚然。我怕冷一样抱紧了自己的肩,瞳孔慢慢渗出了泪水。

十七

姐夫从工作岗位上退了下来，整天一副郁郁寡欢的样子。姐姐对我说，我们开车到哪里去转转吧，散散心。我说，想去哪里？姐姐说，去哪里都行。你们把车开到哪，我们就坐到哪。过了几天，姐姐突然给我打电话说，你不是想去看李海叔叔么？去好了。我问她为啥改变了主意。姐姐答非所问："李海吃了我多少面条啊！"

可不是。姐姐都出嫁了，有时候李海叔叔来，我也要把她接回来，就为了擀面条。李海叔叔总说姐姐擀的面条好吃。

那时姐姐的婆家离我家，足有二十里。

还是严先生开车，姐夫坐副驾驶，我们一行四人出发了。出发前，我给自贡哥打了个电话，说最近手里的工作终于告一段落，我们过去看看叔叔。说这话时，我一副完全放松的语调，不是刻意，是情不自禁。严先生批评我说话太过随意，我回敬说："你懂什么，随意才显得亲近。"这话当然言不由衷，严先生知道我此刻心里想些什么。感觉中，自贡哥应该对我们的即将出行惊喜交加，这毕竟是他期待很久的。可他却支吾了，连着说，你们到承德来，到承德来吧。我从这话听出了推诿，不高兴地说，我们是去看叔婶，到承德干什么？你们有事就忙你们的，都不用回去。

自贡哥说："不是，二妹……"

我说："如果不方便，我们不进家，就在村头转转。"

我的话说得有点赶尽杀绝。

自贡哥无奈地说："二妹误会了，我们哪能不回去呢。我们都回去，在家等着你们。"

很多年前的记忆轻而易举就回来了。我和哥哥每人一辆单车来送小麦。那时还是沙土路，到处坑坑洼洼。我们早晨四点从家里出发，足足走到了天大黑。若不是路上好心人让搭马车，真不知道会不会被累死。姐夫惊呼，这样陡的坡你们能上来？

我打开了车窗，石崖上正好闪出“半壁山”三个红色的大字，想是最近几年新刻上去的。我说，这里的坡不是最陡的，前面的闪坡岭更陡。

在车轮下，感受不到多少坡度，许是修路的时候路基抬高了。虽是九曲十八盘，但路面平整，几乎没有对头车。当年千辛万苦的奔波，如今就是踩几脚油门的事。我心里有淡淡的感伤，当年走这条路刚满十八岁，一晃就过去了三十年，可在我的感觉中，却像发生在昨天一样。沿路的村庄和景物，有的还有印象。这里没有过度开发，很多地方保持着原貌。只是闪坡岭上削掉了半座山，留出了把路拓宽的痕迹。姐夫一个劲地夸这条路修得好，空气没有污染。天蓝水绿林木森森，车在路上走，犹如在森林氧吧里穿行。

那座叫苦梨峪的村庄确实不认识了，有许多高大的房屋，还有不少别墅。整个村庄坐落在武烈河边，下面就是河床，河水淙淙流过，是一处优雅的所在。自奋的七间大房盖得富丽堂皇，我们站在院子里，都有点被那种气势镇住了。右手第一间就是厨房，比我家的客厅还大，足有三十平米。长条案上，摆放着不知多少盘碗，里面都是满满的内容。我吃惊地说：我们才来四个人……你们这是要做席面哪！自贡哥说，我们还有一大家子人呢，也不是光为你们准备的。腊梅和自强都带爱人和孩子来了，但没看见海棠。自贡哥没说海棠为啥没来，我也没问。房子有气势，居然还有几件硬木家具。严先生看见一只五斗橱就挪不动步了，他用指背敲了敲，说这是老的安梨木，不老根本出不来这么精细的花纹。我小声说，咱别小家子气好不好，好歹咱也是见过世面的。

我问自奋是怎么发的家。自奋从外窗台上拿来一块石头举给我说，二姐认识么？我接过来仔细看了下，像铁矿石一样是黑色的，但那种沉郁的黑色中，有金属的光泽。我说，这里是不是有金子？自奋说，二姐就是聪明，这就是含金矿石。我说，原来你是淘金人啊。自奋说，严格说淘金的是别人，我是管理矿山的。我说，给淘金人当老板？自奋点了点头。我问矿山在哪里，他朝北一指，说如果用脚走，得走溜溜一天。

我说，真想去看看哪。

自奋说，那就住下来吧。二姐也好好体验一下淘金人的生活。

几个房间参观完了，我才突然感到缺了点儿什么。我问自贡哥，叔叔婶婶呢？

自贡哥说："还没来得及告诉你，老爹一年前已经去世了。"

我"哎呀"了一声，刚要说"你怎么不早说"，才想起我一直没有给他机会。"婶婶呢？"我问得特别羞愧。

自贡哥迟疑了一下才说："老娘去石家庄了，回娘家了。要不打个电话请她回来？"

我赶忙说："别。"

腊梅说："上周走的，下周就回来了。大姐、二姐多住几天，就赶上了。"

姐姐失望地叹息一声，说早知道这样，我们下周再来就好了。

她还没见过婶婶呢。

李家三兄弟都遗传了叔叔的喝酒基因。我们这边没人喝，三兄弟却自己斗酒闹得厉害。自奋因为是纯粹的东道主，英雄一样一口就是一大杯。自奋坐在我身边，搂着我的肩膀说，我可想二姐了，二姐是我的亲人。当年二姐临走时把蒸好的蛋羹留给了我，我多会儿想起来，心里都暖和和的。我说，我可不是故意留给你，是鸡蛋羹没蒸熟。自奋说，二姐的心思我明白，老嫌蛋羹不熟，其实就是想留给我吃。那哪里是一只蛋羹啊，是二姐的一片心啊！我想了想，确认他说的是心里话。否则一只鸡蛋的蛋羹不足以让人记三十年。

自奋举起酒杯来跟我碰，"来，二姐，兄弟敬你！"

说完，一杯酒又一饮而尽。

我劝他少喝点，自奋说，二姐三十年才来家这一次，我喝死都是应该的。说完，往后面的沙发上一靠，就打鼾了。

下午我们想打道回府，自贡哥仗着点酒劲伸开双臂挡在车前，说啥也不放我们走。姐姐姐夫跟我们商量说，大老远来的，要不就住一晚吧。严先生说，应该住两晚，这小地方山清水秀的真不错。结果晚饭又喝了起来。因为彼此熟络了，晚上的酒反而喝得轻松愉悦，姐夫和严先生端起了酒杯。大家热闹的时候，我起身离席，站到了院子里。山里的夜空没有光污染，星星都称得上璀璨。我仰头看着它们，不知道哪颗是父亲，哪颗是叔叔。现在他们老哥俩到了同一个世界，不知道是不是已经碰面，碰面了是不是彼此已经宽谅。屋里大概摔了一只茶杯，那种尖锐的声音很刺耳。我朝外走去。门口是一个下坡道，我深一脚浅一脚地走出来，突然有人喊了声：丫头。我一惊，循声望去，一个高高大大的女人在黑暗中走了过来，旋即，捉住了我的手腕。我借着星光看那人，那人一口侉侉的口音说："丫头，是我。"

我吃惊地说："是婶婶？"

天底下只有婶婶曾经叫过我丫头。

婶婶拉着我往前走，拐进一个胡同。手腕始终被婶婶捏着，我走得很不舒服。我说，我们这是要去哪儿？您不是去石家庄了么？婶婶气愤地说，我哪里去石家庄了，他们不就是嫌我丢人么。我说，您丢啥人？婶婶说，一群白眼狼，一个有良心的也没有。说着话，走进了一所院子。这里明显是个老宅院，窗子很小，屋檐下吊着许多红辣椒。走到屋里，一个年老的男人正在地下砸核桃，核桃仁已经装满了一只大海碗，看见我进来，那人顺便把碗端了起来，放到了炕上，说你吃。

地上躺了老大一片核桃皮子，看得出，那人已经砸了好一会儿了。

婶婶用笤帚扫了扫炕，说你吃，专门为你砸的。

屋里悬着一个大灯泡，亮如白昼。我周围环视了一眼，就觉得屋里的陈设仿佛让我走进了三十年前，那些个物件儿似乎都在记忆里。

那个年老的男人矮个，秃头，大圆脸，脸盘像熟透了的向日葵，有一种温暖的气息。婶婶介绍说，这是你新叔，你叔死了以后，我就嫁给他了。

我张口结舌看婶婶，发现婶婶一点都不怎么显老，与我记忆的样子没多少分别。只是鬓边的头发白了，眼神里多了许多慈祥。可也多了凌厉。婶婶右边的眉骨有一道显眼的疤痕。我指着说，是不是碗碴的？

婶婶用手摸了摸，说是你叔碴的。几句话不顺他就发疯，他可是好不容易死了。他再不死，我就要熬死了。

婶婶坐到炕沿上，抓一把核桃仁给我。婶婶说："从年轻的时候嫁过来，就没过过一天好日子。不是缺吃就是少穿，大过年连顿饺子都吃不上，眼巴巴地等着从你家带回来白面。你叔晚上到，我们晚上包饺子。半夜到，我们半夜包饺子。孩子们馋啊，一年到头难得吃上一顿白面。有一次，遇上大雪天，车子骑不动，你叔一直走到大天亮，到家就像个冰人儿，手'锯链'地张不开……一大家子人，那样多的活计，从来也没有人帮帮我……你叔不会干家务活，到死都不会……现在好了，你新叔，啥活都不让我干，我每天早晨一睁眼，饭做好了给我端到被窝来，我不想起来就躺到九十点钟。孩子们看见我就像看见仇人……丫头小子都想让我跟他们过，我现在还能当老妈子，就这也得看人家的脸色……现在好了，我就是个福老太太，谁也别想挡住我享清福！"

婶婶在炕沿上盘起了腿。一伸手，一支烟递了过来。随后，蓝色的一簇火苗凑到了鼻子底下。新叔用圆滚滚的一只手环住火机，然后又甩了甩。

我说："记得您过去不吸烟。"

婶婶说："还不是伺候你叔那几年愁的么？"婶婶使劲嘬了一口烟，把烟圈吐了出来。又说，"丫头，你说我嫁人丑不丑？"

我说："这是好事啊，自贡哥应该支持。"

婶婶说："他支持？他把人家的门牙都打掉了。"

男人张开嘴，把牙上的一个豁口亮给我看。

我下炕，拉着婶婶说："走，婶婶跟我回家。他们不能这样对待您。"

婶婶说："那不是我的家，我不去。"

我说："您的儿女，您不想他们？"

婶婶说："不想。他们不想我，我也不犯贱。"

我想了想，说："要不这样，您二老今天就早点歇着。明天一早，我和姐姐、姐夫一起来看你们。"

婶婶说："不用过来了，我在街上偷偷看你们一眼就行了。"

我说："不行。"

十八

炕太暖和。我和姐姐一个在里、一个在外躲开了烟道，还是热得睡不着。见了婶婶的事，我和姐姐说了。姐姐和我一样，心中许多块垒一下子就被婶婶关于饺子的话冲没了。婶婶当年放弃大城市的工作来这个山旮旯，这一辈子的艰辛谁能体会，连叔叔都不能。我们商量明天怎么办。姐姐主张偷偷去看婶婶，给婶婶放些钱。我说，不行。婶婶不丢人，我们也不丢人，凭啥偷偷摸摸呢？我们就要大大方方去看。姐姐说，就怕因此让婶婶为难。我说，婶婶为难的日子已经过去了，自贡哥把那个老新郎官的门牙都敲掉了。我说得怒气冲冲，从被子里坐了起来。"自贡哥是政府官员，居然能做出这么没品的事，气死我了！"姐姐也坐起了身，说自贡是不怎么样。最不该把婶婶藏起来，让我们大老远来的见不上面。我说，婶婶还是有勇气的人，敢于把事情说出来。姐姐说，她就是勇气太大了，否则当年怎么会跟李海叔叔跑到这个兔子都不拉屎的地方。我说，现在可不是兔子不拉屎，是兔子爱拉屎了。不信明天早晨到武烈河边看看，保准到处都是兔子屎。

悲伤的氛围一下子就被几句戏谑冲淡了。我问姐姐："爱情到底是个什么东西，婶婶这一辈子，似乎就是为了爱情活着的人。"

姐姐说："屁爱情。她就是傻，被人骗了还帮人家生孩子。"

我"噗嗤"一声笑了，说："现在可是生不出来了。"

晚上睡得晚，早上都起不来。太阳出来老高了，一幢房子里还静悄悄的。我和姐姐几乎一宿没睡。姐姐想出去转转,我说,千万不能出去,婶婶肯定在外面候着呢。姐姐说,那不正好?我说,等自贡哥起来,我们大大方方去看婶婶,看他怎么说。听见院子里有动静,我和姐姐穿戴整齐出去了。自贡哥在院子里伸懒腰,腰向后闪,更显得前边像扣了一口锅。

自贡哥热切地说:"这么早就起来啦,怎么不多睡一会?"

我含笑看着他,"我昨晚碰到婶婶了,我们先去看看她。"

自贡哥脸上的肉突然痉挛了一下,整体往下拉了一公分。他梗着脖子喊:"自奋,自奋!"自奋应了一声出来了,边走边往衬衣里伸袖子。自贡哥说:"你陪大姐他们到前院去。"自奋还想装傻,"前院……"看到自贡的脸阴得要下雨,一拧脖子,"我不去。"我说:"不要你们陪,我认识路。"说完,拉着姐姐走出了院子。

来到了外面,我用电话叫醒了严先生,告诉他喊姐夫一起出来,我们去看婶婶。严先生说,婶婶不是去石家庄了吗?我说别废话,快点出来。我们四个人走进那间屋子,就像罐头一样把里面装满了。婶婶慌得不知拿点啥东西给大家吃好,那种感觉,真是像极了三十年前。

婶婶一直都在跟我们说叔叔。在她的嘴里,叔叔简直是个混世魔王。尤其是有病瘫痪的那几年,他唯一的乐趣就是折磨婶婶,每天伺候他吃饭,婶婶就伤透了脑筋。婶婶做了什么,他不吃什么。然后就嫌婶婶不好好伺候他,敞着嗓门骂,半个村庄的人都能听得到。婶婶还得提防他什么时候动手伤人,掐一把,杵一拳,或者随手拿到什么东西就朝婶婶的头上砸。伤不到婶婶,他就几天不出好气。如果伤到了,让他见着了血,他会得意地高兴大半天,就好像自己很有作为一样。

姐姐说,叔叔这样不正常,还是因为有病吧?

那个新叔叔插话说,他就是成心的。

我看了他一眼,他说的话我不爱听。我推心置腹地说:"自贡哥给我打了几次电话,我都抽不出时间来看叔叔。唉,不知道叔叔的病情这么严重,否则,我说啥也要过来看看他。"

说完这话，仿佛有谁在揪我的后脖筋，我突然有些心慌气短。

婶婶说：“对了，他就是天天念叨你，一天到晚说云丫头要来了，云丫头要来了。那天自贡说让他跟你通电话，可只通了一下，就再也不通了。自贡说你那里有事，可他不信，说自贡和手机合伙骗他，愣是把手机要过来，朝着玻璃窗砸了过去。结果手机摔坏了，玻璃窗也砸碎了。自贡一生气回承德了。他就整天哭啊闹啊不吃饭……”

我想起了那天的午后玩牌，听到了叔叔的一声叫，很瘆人。叔叔叮问我什么时候来看他，我匆匆说了几句谎，就关了手机。现在想来，连我那几句谎话叔叔也未必听到。此刻我的脸一定很红，可我淡定地问：“叔叔到底是什么时候去世的？”

婶婶说：“你先听我说……有一天晚上，他突然说想吃元宵了。我说这不年不节的上哪里去弄元宵？找了几家都没有黏面，你叔说，天津大哥家有，你去他家拿。我说你这是扯疯呢。天津离这里一百多里地，我咋去拿？我从来也没去过那里，也不认识道儿哇！他就不依不饶地又哭又骂，足足折腾了一宿。转天，我只得让自贡从承德送过来。第一个元宵，他吃得好好的。炉子上的水开了，我把元宵碗放到了炕沿上，转身去倒水。我倒水的空儿，他抓了两个元宵一下子都放进了嘴里，伸着脖子往下咽，我灌完水一看，他脸都憋青了，连话都说不出来。我一看事情不好，扔了水壶就跑过来，把他抱住了。我想把元宵给他掏出来，可哪儿掏得出来啊……就这么眼瞅着人就不行了……苦命的男人啊，我还没伺候够你啊……”

婶婶忽然放声大哭。

我和姐姐也都抹了眼泪。没想到叔叔的结局这么悲惨，被两只元宵要了性命。婶婶骂了半天叔叔，这一刻的感情流露，应该是最真实的。

叔叔在生命的最后时刻没有忘记我的父亲以及曾拿过来的黏面。那些黏面是高粱的，黏高粱。因为分得少，不值得去加工厂，加工厂碾出的面也不黏。一遍一遍推碾子碾轧是我童年悲惨的回忆,我总会想起磨道里的驴。它们可不像玉米那么好碾轧,不定要轧多少次,用箩筛多少回,比白面讲究得不是一星半点。每年春节母亲都蒸一锅黏饽饽头,里面装满了豆沙馅。剩多剩少给叔叔打包,一起打包的还有红小豆。

那些个日子原来都沉淀在了叔叔的记忆里。

我们在屋子里说话,那位新叔叔就在院子里劈劈柴,手法娴熟,举重若轻。我忽然想起了第一次来叔叔家,婶婶笨手笨脚劈劈柴的样子。眼下这些活计,终于有人替她干了。

只是,岁月走得太深了。

十九

我们从婶婶家出来,不知怎么的,气氛就觉得不对了,眼神就觉得不对了。一家人到处散落着,却没有谁看我们。自贡哥的笑脸非常勉强,说你们再住一宿吧。我和姐姐赶紧说,不了不了。我们从住的房间迅速拎出几件衣物扔进车里,然后告别。那种叫热情的情感不见了,一切都显得程式化、程序化。连告别的言辞似乎都是提前拟好的,显得特别机械。我们离开时,自己都觉得讪讪的,仿佛是,人家一直都好心待你,你却做了对不起人家的事。世界上没有比你们更差劲的了。关上车门,姐夫激愤地骂了句:“连娘亲都不认,什么东西!快走快走!”可我还想看一眼这一家人、这一所宅院……我把脑袋伸到了车窗外,自贡哥虚浮的白脸在我眼前一晃而过。车子风驰电掣抛开了这座纠结了我们两代人的村庄,严先生是厚道人,嘟囔了句:“我们去看婶婶,还是应该跟自贡哥讲清楚。这样私自行事,就太不给他们面子了。”

姐夫不以为然,“都是姥姥、姥爷(我父母)养大的,他们有什么面子?”

严先生说:“我们这次来得这么仓促,说真的是对人家欠尊重……”

严先生摇摇头,脸上写满了遗憾。

姐姐显然不同意严先生的看法，从鼻子里"哼"了一声。

关于他们，关于我们自己，我什么也不想说了，因为说什么都于事无补。所有的事情看上去都符合程序甚至正义，但只有我自己清楚，这里面有太多的微妙不能对人言。我们这代人，到底跟父辈有着不小的差距。他们能把友谊保持几十年，我们却要通过计算才能得出结论。还不止是心态问题，应该说，骨子里已经成了一种习惯。

我主动坐到了副驾驶，是想好好看一看来时的路。这条承载了我们两家万千情感的路，如今彻底走到头了。姐姐、姐夫都发出了鼾声。我睡不着，我怎么可能睡着呢！我在想那些年的叔叔，和那些年的我们。叔叔年复一年地往我家跑，我们年复一年地焦急等待，现在回头看，感觉一切都值得回味和纪念。这样的等待，在人生中都不可复制。眼泪悄悄从眼角滑落。我想起了叔叔最后也是唯一的一次去我自己家，父亲给他冷眼能够理解，我有什么资格那么对待一位远道而来的老人呢？还别说他是我的长辈，曾经比亲叔叔还亲。他陪我走过了惶惑的青春时代，写的信如果汇集成册，可以出不知多少本书……我是两个家庭交往的最大受益者，自诩天生具有悲悯情怀……我到底是怎么了？

叔叔临终前最大的愿望就是见我一面，可我面对叔叔的这个愿望，表现得足够自私和冷酷。这次的苦梨峪之行成了一面镜子，我好像一下看清了我自己。

难道虚荣与虚伪是一对孪生姐妹？

天空灰白，像是有雨似下非下。车到闪坡岭，我无意中朝车窗外看了一眼。见有个人骑辆老旧的自行车顺着路边走。那是个大个子男人，穿一件蓝工装制服。后车座上，夹了个空蛇皮袋子。我突发奇想，倒退几十年，这不就是李海叔叔么！我揿下了车窗玻璃，见那人不紧不慢蹬着自行车。到了坡顶，突然飞也似的滑了下去。

（原刊《草原》第1期）

胡桃夹子

周 海 亮

下楼梯时，石磊就像个提线木偶在小林的肩膀上荡来荡去。很多时候芳子怀疑石磊的脑袋会突然滚落，四肢会突然扯断，或者脖子一歪，眼睛一闭，与这个世界从此了断。然而当小林将他放上床，他还是会像个儿童玩具一样眨眼，咧嘴，放屁，甚至偶尔翻一个身，从床上滚落地板。芳子最怕他跌落。小林在时，还能抬他上床，但小林在的时间，毕竟那样少。

小林是她的钟点工。

有时芳子想，其实石磊不需要阳光。他做了十二年植物人，早已丧失了苏醒的能力。可是每天，只要有阳光，她和小林都要搬石磊出去。这是一个漫长并且艰苦的过程：小林背石磊下楼，一个楼梯一个楼梯地挪，她扛轮椅下楼，将轮椅摆进阳光，他们将石磊放上轮椅，摆正姿势，然后坐到稍远处，不说话，任阳光将石磊一点点晒透。一个小时以后，小林重新背起石磊，一个楼梯一个楼梯地挪，她重新扛起轮椅，看石磊在小林的肩膀上荡来荡去，荡来荡去，钟摆般荡来荡去，荡来荡去……

黄昏时分，下起雨，小林仍然按时赶来。问他为何要来，小林说，一会儿就晴。他们坐在沙发上聊天，小林喝茶，芳子剥核桃。剥核桃是为石磊，用一把王子模样的胡桃夹子，手指间一捏，核桃壳被夹碎，声音清脆。她喜欢核桃壳破裂的瞬间，她迷恋那种声音，更迷恋早已磨得光滑温润的胡桃夹子在她手指间的美好触感。她会将剥好的核桃仁研磨成粉，添一点芝麻，一点糖，一点葵花油，搅成糊，每次喂石磊吃饭，都会加一点进去。她站在厨房里做着这些，看窗外的雨柱绞到一起，织到一起，成一条浇向地面的黄浊的河。她去客厅取开水壶，问小林："一会儿你怎么回去？"小林说："游回去。"小林说话时不看人，他的目光深处，永远是捉摸不定的远方。

卧室传来熟悉的声响，芳子冲进去，撩开毯子，晚了，石磊早将一张大床变成一个舒适的马桶。芳子扛起石磊的两腿，用纸巾为他擦拭下身，待擦得差不多，换成湿毛巾，然后抽掉床单，抽掉毛毯，再换成干毛巾继续擦拭，直到石磊重新变得干干爽爽。她做这些时，小林站在旁边静静地看。这是他第一次见到石磊丑陋肮脏的私处，也是他第一次见到女人为男人擦拭毫无生机的私处。芳子去洗手间清洗床单和毛毯，小林跟进来，倚着门，点一根烟，只抽一口，便烧到了手指。她突然很想哭，非常想，强饰着表情，咬牙哼起欢快的曲子，曲子里却泪花四溅。空气中弥漫着臭烘烘的气味，大雨将臭气严严实实地憋进屋子，久久不肯散去。她向小林要一根烟，只抽一口，便烧到了手指。

她受到太多颂扬：专一、奉献、伟大、牺牲……她恨这些词。她认为自己被这些词绑架，然后被活活绞死在道德的十字架上。

她疲惫、憔悴，但依然漂亮、敏感、整洁，爱健身，爱生活，甚至，爱石磊。可是这又怎么样呢？十二年，纵是再专一再执着再乐观的女人，也会想到过放弃和逃离。放弃和逃离石磊，或者自己。

雨停以后，她和小林去菜市场买菜。小林执意要推石磊出来，他说虽没有太阳，透透气也好，再说我收了你的钱。菜场坑坑洼洼，至颠簸处，石磊的脑袋就会在肩膀上荡来荡去。肉贩老王盯着石磊看看，再盯着芳子看看，说："还那样？"芳子笑笑，点头。老王说："活受罪啊！拿枕头捂死他算了！"老王爱开玩笑，说话不经大脑或者直接用屁股思考，她却吓坏了。扭头看小林，小林正把轮椅推进一个水洼。然后天黑下来，城市掌起灯，她和小林将沉重的石磊和轮椅，一步一步往楼上挪。

石磊用过多少枕头？说不清楚。他的后脑勺如同长出牙齿，一个新枕头绝坚持不过三个月。芳子一直在一家固定的店铺买枕头，店老板见到她比见到亲娘都亲。她挑图案漂亮的，柔软舒适的，结实耐磨的，最后不忘问一句：透气吗？石磊的脑袋总是汗津津的，透气性好的枕头，能让他舒服一些。

仅那么一次，她将一个印着“吉祥平安”的枕头买回来，才发现枕面像塑料布一样密不透风。她将枕头收起，再去那个店，再为石磊买一个。她没跟店老板说，她认为这不是她的错。“吉祥平安”从此被她关进衣橱，很长时间里，她完全忘记了它的存在。

从菜场回来，小林没有留下来吃饭。他将石磊放上床，坐沙发上休息一会儿，离开。临走前他问芳子：“明天还有雨，要不要来？”芳子说：“别来了吧！”小林就走了。小林走得很轻盈，那是女人才有的仪态和步履。小林很像女人：凤眼，弯眉，没有喉结，声音有些尖，喜欢果汁和去皱面膜。第一次见小林，他正在练功房里跳舞。很小的练功房，跳芭蕾的用完，跳拉丁的再用。芳子去得有点早，隔着玻璃门，见小林穿着紧身芭蕾舞服，旋转，跳跃，再旋转，再跳跃。他的两腿间坟起很高，即使隔着裤子，也能隐约判断出男根的英俊和壮硕。然而他又酷似女人，停下擦汗时，食指轻拭额头，小指微微翘起，中指与拇指轻轻一弹，无名指紧贴手腕，然后，屏息，打开，旋转，好幸福……

“娘炮。”春姐这样对芳子说。春姐是芳子的舞伴，跳男步，却极女人。春姐说一生里她有两次深刻地感受到自己是真正的女人：第一次是嫁给前夫的新婚之夜，第二次是离开前夫的单身之夜。“第一次，男人把我变成女人；第二次，我把自己变成女人。”春姐甩甩头发，棕黑色的大波浪在她的双肩流淌。

就这样认识小林，在她去学拉丁舞的第一天。学拉丁缘于春姐，春姐说，这年龄还不健身，就再也找不回来了。那年春姐三十七岁，芳子三十二岁，那年石磊瘫在床上已经整整七年。健身有太多种方式，之前芳子也试过太极和瑜伽，但只有拉丁舞让她动心。芳子喜欢拉丁的风情与节奏：婀娜的伦巴、激情的桑巴、活泼的恰恰、强劲的斗牛……当然还有舞服，美得那么彻底，看着就开心。春姐跟芳子说过一次，芳子说："我考虑一下。"第二次，再见春姐，未等她张口，芳子说："我考虑好了。"其实芳子根本没有考虑。哪怕回到家，坐在床头，一口一口地给石磊喂粥，也没有考虑。没有立即应承下来，只因她想给别人一种"慎重"并且"两难"的感觉。

从家到舞校，公交半个小时，加上舞校学习的两个小时，每天她需要与石磊分开至少三个小时。三个小时里，石磊不吃饭，不喝水，极少排泄。想起这些芳子就自责，认为她过于自私的行为让石磊变得更像一株植物，甚至更像一条狗。婚前她养过一条狗，刚出生的狗，抱回来，随时随地在屋子里方便。狗越来越大，越来越懂事，方便的次数就越来越少。终于每天狗只方便一次，在黄昏时，在她遛狗时。她松开狗，狗颠进草丛，靠着一棵树，畅快淋漓。狗为主人改变了它的生理规律，她认为世界上的每一条狗都卑贱至极。现在，石磊终于学会了狗的本领。

最初一段时间，她与小林没有任何接触。只是偶尔，当她去得稍早，或者小林贪练几分钟。她就会看到小林翘起很高的小指和隆起很高的裆间。大约三个月以后，市文联举行新年团拜会，舞校应邀参加。那是芳子第一次登台，与春姐跳伦巴，紧张、羞涩、美好、沉醉，台下掌声热烈。然后轮到小林。自小林上场，台下就有人笑，待小林旋转，跳跃，台下笑声已经失控。有领导模样的肥胖男人甚至从椅子笑到地板上，又像驴子一样在地板上打起了滚。芳子搞不懂他们在笑什么，按理说参加文联团拜会的除了文人雅士就是政府官员，可是那天他们的表现就像没有见过世面并且没有教养的山野愚夫。芳子于是想到她与春姐的伦巴。她开始相信刚才他们的掌声并非给了艺术，而是给了她们性感的舞服和暴露的大腿。甚至透过节奏强烈的音乐，她能听到台下一片吞咽唾沫的声音。她愤怒、沮丧、心碎，为拉丁和芭蕾，也为小林。小林就是从那天起彻底告别芭蕾舞的，尽管他面红耳赤地坚持将那首曲子跳完。

春姐请小林吃晚饭，算是对他的安慰。小林一言不发，哪怕春姐的笑话直指脐下三寸,他也仅仅抬头看春姐一眼。那天芳子和阿原都在。阿原是舞校老师,留长发,教民族舞,喜欢在舞台上扮成彪悍矫健的蒙古骏马。芳子给小林倒一杯酒,小林一饮而尽,又用食指拭干下巴上的残酒。芳子看看时间,说她得赶回家照顾石磊,春姐便让阿原送小林回去,并嘱咐他途中千万别与小林再喝。最后阿原做了总结。他说,霍夫曼和柴可夫斯基远不如女人的乳沟和大腿对中国男人有吸引力。小林就笑了,他对阿原说:“英雄所见。”却是看向窗外。窗外黑漆漆一片,窗玻璃上映出芳子美丽精致的脸。

芳子喂石磊吃完晚饭,去阳台抽了根烟,天仍然没有黑透。她将音响打开,柴可夫斯基的《糖果仙子之舞》将她和石磊一点一点淹没。她盯着石磊,不明白刚才他为何会将床单和毯子弄得一团糟。他不是已经学会狗的本领了吗?他不是已经成为干净枯朽的植物了吗?芳子喷洒了空气清新剂,又将客厅的香水百合挪进卧室,臭烘烘的气味仍不肯彻底散去。芳子再一次想起小林倚门看她的模样,想起鱼贩老王随意却如刀般锋利的玩笑。她无所事事地打开衣橱,只一眼,便看到那个枕头。她摩挲着枕头,又伸出食指,将“吉祥平安”四个字细细地描摹一遍。她感受着面料的柔软与舒滑,她听到她的耳膜发出极轻微的核桃壳破裂的清脆之音。

她将枕头抱起,贴紧鼻子。她果然不能呼吸。她放下枕头,深呼吸,再试一次,她的双肺很快变得如烙铁一般滚烫。她抱着枕头坐下,许久后起身,将枕头重新塞进衣橱。她再一次想起鱼贩老王的话。她的身体开始颤抖。

与石磊相识以前,芳子并不乏追求者。最终石磊将她打动,只凭一个核桃。

石磊去芳子家做客,果盘里放着几个核桃。石磊问:“来一个?”芳子说:“砸不开。”石磊抓起两个核桃,握在手心用力一挤,一个核桃就碎了。正惊异间,石磊主动说:“两个核桃互相挤碎的,谁都能。”核桃仁已经递过来。那天石磊留在芳子那里吃饭，离开时天已很晚。芳子送他下楼，至暗处，借着酒兴，他捉住芳子的手。芳子甩了甩，没甩开，便任他握着。就这样把自己交付了，芳子喜欢强壮、英俊并且坦诚的男人。

他们走到一起，仍然颇费一番周折。婆婆喜欢那种膀大腰圆的女人，她说这样的女人旺夫，能干活，会生孩子。芳子瘦得像根葱，走路风摆柳，好看归好看，婚后石磊恐怕得挨苦受累。石磊说娶个女人不就是让她享受？婆婆说女人是娶回家过日子的，不是摆着看的。石磊软磨硬泡，大半年过去，婆婆总算勉强同意。"可是你恐怕得侍候她一辈子了。"婚礼那天，婆婆这样对石磊说。

侍候一辈子。婆婆诡异地猜到了结果，却猜错了人。

婚后三个月，石磊就出事了。

他与司机去南方送货，途中将卡车停靠路边。两个人睡了一觉，醒来，发现香烟告罄。对面是一家乡间超市，石磊嘟噜着"我去买烟"，迷迷糊糊地推开车门，跨出去，飞起来。一辆轿车结结实实地撞上他，目击者说，空中的石磊翻起跟头，如同京戏舞台上武艺高强的武生，却喊出小生般的声音。

石磊既没有变成武生也没有变成小生，而是变成了提线木偶。他保住性命，却失去除了性命之外的一切。医生说他一辈子就这样了——既死不了，比死也好不到哪里去。这句话有两个意思，后者才令人绝望。

石磊被认定工伤。厂长曾关切地握着芳子的手，说："买包香烟也算工伤，我算做到仁至义尽了。"芳子说："哦。"厂长怜爱地摩挲着芳子的手心，说："一个月四千块钱，我都拿不到这么高工资。"芳子说："谢谢了。"把手往回抽，厂长的熊掌却越握越紧。芳子就盯住厂长的眼睛看，看了半分钟，厂长终于"嘿嘿"笑着将手松开。那是十二年以前，那时候，四千块钱还算得上一笔钱。从此以后，芳子、婆婆和石磊靠着每个月的四千块钱过日子，直到婆婆死去。

起初芳子和婆婆对石磊还心存幻想。婆婆学着电视剧里那样，每天跟石磊说话，给他按摩，放他喜欢的相声，但两年过去，石磊仍然如植物般不动不响。每天芳子和婆婆都要把石磊背出去晒太阳,她们认为即使石磊真是一株植物,也需要阳光。芳子先将轮椅扛下楼,回来,喘口气,与婆婆一起扶石磊坐稳,然后,婆婆扶住石磊,芳子深弓下腰,让石磊伏上她的肩膀,咬牙,扶墙;咬牙,站起;咬牙,扶墙,一步一挪,扶墙,一步一挪,扶墙;咬牙,出门,关门,扶墙;咬牙,下楼梯;咬牙,扶把手,一步一挪;咬牙,扶把手,一步一挪,至小区,扶墙,扶树,扶健身器材,扶一切可以扶到的东西;咬牙,至轮椅前;咬牙,慢慢蹲下来,蹲下来;咬牙,一手扶着轮椅,一手扶着石磊,与婆婆合力将石磊放上轮椅,摆正,大腿盖上毛毯;咬牙,站起,咬牙,站直,喘息,喘息,喘息,芳子和婆婆,都像死过去一次。然后,一个多小时以后,这样的情景,逆进行一遍。婆婆常常在夜里抹眼泪,她不舍儿子,更不舍儿媳。

婆婆是以加速度的方式老去的,昨天与今天,判若两人。两年后婆婆基本下不了楼,走不了路,她说她老了,芳子坚信她是累坏了,愁坏了,吓坏了。那时婆婆尚能在家洗衣做饭,又一年过去,婆婆几乎连自理的能力都消失殆尽。每天她坐在床上,看芳子忙来忙去,看儿子如同一具会呼吸的尸体,她就叹气,就抹眼泪,就一遍又一遍跟芳子说对不起。她说婚前她说了错话对不起。她说石磊瘫痪了对不起。她说注定要拖累芳子一辈子了对不起。最后这句话她每天都要说。芳子知道她的目的——她怕芳子离开石磊。现在,除了她,芳子是石磊唯一的亲人。

每天婆婆都要倚在床头,用胡桃夹子"噼噼啪啪"地剥核桃,这几乎是她能做的唯一的事情。偏方是听来的,核桃仁磨碎,加上杂七杂八的东西一起熬。很长一段时间,这是婆婆的所有希望。不过偏方毕竟是偏方,有些灵,大多不灵,几年过去,石磊仍然是一株会呼吸的植物。

婆婆是在一个清晨死去的。芳子去早市买菜,回来,见小区里围着一群人,救护车"呜嗷呜嗷"地叫。

婆婆跳楼而死,或者坠楼而死,所有人都宁愿相信后者。陪她从七楼坠落的还有一扇窗户,这让她是"坠楼"而非"跳楼"变得更有说服力。梦里她听到婆婆打出一声呼哨，抬头，见她身背一页窗户，从窗口缓缓降落。那天风很大，那扇翅膀般的窗户让婆婆有了滑翔的本领。又见她悬浮，盘旋，俯冲，遮住太阳，逆光之中如同一尊降临人间的神。突然窗户上的玻璃炸裂，婆婆直直跌下，将坚硬的水泥地面砸得烟尘四起。玻璃碴们呼啸而至，婆婆的后背如同瞬间长满柔软的银耳。芳子从梦里醒来，惊出一身汗。看看身边的石磊，紧闭着眼，紧闭着唇，紧闭着表情。试试鼻息，竟然踏实均匀。芳子起身去阳台抽烟，看城市灯火未熄，听醉汉笑声阵阵，咬牙将烟蒂嚼烂。

她曾无数次回忆婆婆临死前一天说过的话。婆婆说一个人你还能照顾，两个人会累死你。婆婆说我活着是个累赘，早死早利索。婆婆说不管石头能不能好起来，他毕竟是你丈夫，毕竟是个人。说话时婆婆仍然“噼噼啪啪”地剥着核桃，旁边盘子里，堆起很高。

然后她知道婆婆在两年以前买了一份保险，她的突然死去让芳子有了一笔可以踏实几年的收入。然而芳子越来越不踏实。她想让自己相信婆婆真的是意外坠楼——她硬撑着爬起来，奇迹般攀上窗台，想看看风景，想擦擦玻璃，或者她神志不清，根本不知道想做什么——总之她突然从窗口跌下去，毫无防范，可是芳子说服不了自己。

天没有下雨，却很闷热。小林来得有些早，独自坐到沙发上，抓一把瓜子慢慢地嗑。芳子去卧室给石磊换床单，她说天太热，石磊喜欢出汗，又不敢开空调，一天至少得换三次床单。小林问那还去吗？芳子说你不是来了吗？小林说我指的是去考级。芳子说：“跟春姐说好了都。”小林说这几天我独自照顾他？芳子说：“跟你说好了都。”两个人不再说话，看一只风筝从窗口慢悠悠划过。芳子问，还出去吗？小林说：“跟你说好了都。”

将石磊背至小区阴凉处，摆正坐稳，芳子感觉又死去一次。这样的感觉一次比一次强烈，她想她也许会与婆婆一样，突然飞快地变老，猝不及防中顿然死去。她想她注定活不过石磊，熬不过石磊，而当她真的死去……她会突然死去吗？她想她会。就像一棵承受到极限的树，每一天的每一分钟，都可能遽然折断。细致湿润的树皮里面，露出枯槁酥脆的树干。

她再一次想起那个枕头。

春姐打来电话，问她准备得怎么样，她说出去一趟而已，没什么可准备的。春姐说我是指石磊，放心把他交给小林？芳子说难道还有别的办法？春姐长叹一声，叮嘱她几句，将电话挂断。明天夜里的火车，她、春姐和阿原将奔赴北京。这是十二年来芳子第一次出远门，也将是十二年来芳子第一次与石磊分开四个小时以上。

她想石磊不仅是一株植物，更是一间密不透风的监狱。

自春姐的"安慰宴"之后，芳子半年多时间没有见到小林。婆婆去世已经五年，石磊仍然需要出去晒太阳。一楼贮藏室里住着一位虎背熊腰的女人，每天都会准时过来背石磊下楼。芳子给她钱，她羞红脸，跺着脚，说"不要不要"。她在楼下家里做保姆，近四十岁，红脸膛，额头有一块大黑斑，河南新郑人。因此，芳子对所有的河南人都心存感恩。

五年过去，保姆也开始变老。她的白发不再遮遮掩掩，眼袋愈来愈明显。徒手爬到七楼她都会猛喘一阵子，芳子常常怀疑她患上哮喘或者肺气肿一类的病。下楼梯时，哪怕她跟在后面托着石磊，她也是两腿打战，汗如雨下。她说她还能坚持，但芳子死活不肯。她问那以后怎么办，芳子说我会想办法。几天以后，保姆果然没有再来，却不是因为她和石磊，而是因为楼下的男人，保姆被辞退了。

从那往后，石磊至少三个月没有出门。每天中午前后，芳子艰难地将他扶上轮椅，推他去阳台，晒一会儿难得的太阳。石磊的旁边是蓬勃的青萝、竹节海棠、富贵竹和发财树，只有他日渐苍白枯萎。有时芳子盯住他，怀疑阳光根本照不到他——在家里，他的皮肤似乎生出能够反光的薄膜，将阳光全部反射回去，不留分毫。

阿原在烧烤摊上碰见小林。小林正喝着啤酒，撸着大腰子，兰花指翘得又高又挺。阿原端一盆烤扇贝过去，两个人喝得人仰马翻。阿原打电话给春姐，春姐带一瓶红酒赶去，却寻不见人。阿原和小林去旁边的冬青丛里撒尿，完事后直接躺倒在里面，睡得昏天暗地，人事不省。那天是春姐帮阿原提上裤子的，春姐说熟睡后的小阿原像只蚕般老实听话。

第二天的舞蹈课上，春姐将小林再现的消息带给芳子。说话时春姐一直在笑，问她笑什么，她笑得更厉害了。直到半年以后，春姐才郑重地对芳子说，小林能够高高翘起的并非只有小指。“他那话儿就像可乐瓶子一样壮硕！”春姐捂着嘴，花枝乱颤。

芳子于是想起小林跳舞时的模样。旋转，跳跃，投入的表情，紧身的芭蕾舞服……

晚上小林做东请她们吃饭。席间春姐谈到石磊，唏嘘不已。起初春姐建议阿原去帮芳子，阿原支支吾吾，说他连大桶水都扛不上楼。春姐说你没少把我扛到肩上。阿原说我扛的只是两条腿。春姐说不帮芳子的话以后连脚指头都不让你动。这时小林说：“我来吧！”说话时小林并不看芳子，他盯着手里的酒杯，盯着他握紧酒杯的手，盯着手指上的细小纹理。他的手指纤细苍白，近乎透明。

芳子说：“你背不动他。”

小林就站起来。那是一个公社食堂风格的饭店，桌椅粗糙笨重。小林让春姐们让开，钻至桌子底下，起身，扛起桌子，酒店里转了两圈，回来，放下桌子，桌面上的汤汤水水竟没有溢出一滴。小林重回芳子身边坐下，端起酒杯，扭头看墙上一幅仿七十年代的宣传画：一个扎白头巾的男人手握一把银闪闪的镰刀，一个扎红头巾的女人肩扛一筐金灿灿的小麦，空白处，写着“夺丰收，广积粮”。

以为只是借酒兴说说而已，不料第二天，小林真的找到芳子。尽管做过思想准备，但当见到石磊，他还是难掩惊讶的表情。他说石磊不像长年卧床的病人，身体一点儿都没变形。非仅没有变形，看起来还挺强壮。他是在把石磊搬到小区朝阳处以后对芳子说这些的，第一次，没有任何经验的他采用了抱姿。他将石磊小心翼翼一步一挪地抱下楼，如同抱着一个巨型婴儿或者巨型恋人。

那天芳子心情很差。因为小林说："石磊看起来很强壮。"

看起来很强壮。一句安慰别人的话，足以令人绝望。

芳子不让小林再来，小林不肯，芳子只好付钱。小林收下钱，说："以后你就是我的雇主了。"芳子笑笑，说："该回去了。"小林就这样成为芳子的钟点工，每天两个小时，工作是先背石磊下楼，再背石磊上楼。

直到现在芳子都认为小林的毛遂自荐完全因了他的穷困潦倒。他没有固定职业，东一榔头西一榔头地过活，就像跟社会闹着玩，跟自己闹着玩，跟人生闹着玩。去舞校学芭蕾是他生命里最稳定的一段时间，那时他在一个保健品公司做商务代表，其实就是向老年人推销一种强身健体的保健品。他先电话同老人们联系，然后趁他们儿女不在家时登门拜访。他陪老人们回忆过去，给老人们讲养生的好处，甚至为老人们捶背、做家务、梳头、洗脚……他的"亲情营销"非常奏效，他的业绩总是稳定在公司前三。

直到有一天，他将两盒保健品卖给一位老人，收下钱，尚未出门，恰撞上老人的儿子下班回来。儿子说他是骗子，他辩驳几句，遂遭到儿子的一顿暴打。小林说他练过泰拳，完全打得过儿子，之所以没有动手，是怕老人伤心。他称老人为"爸"——推销产品时，他称所有的老先生为"爸"。但这一次，对这个老人，他将自己说服，或者他假装将自己说服，总之他相信了，或者他假装相信了——他说他爸去得早，老人与他爸真的很像。跟芳子说这些时，他打开手机，让芳子看两张照片，两位老人就像亲兄弟。那天小林不仅白挨一顿打，还为老人退掉钱，并免费送给他两盒产品。他以为事情过去了，但出门时，还是听到老人的儿子在背后骂他一句"太监"。两个字让他猛然站定，拳头紧握，双唇抖颤，牙齿咬得"咯嘣嘣"响。他返回客厅，走进厨房，捞两把菜刀出来，老人已经跪倒在客厅，试图以他的苍老之躯拦住小林的脚步。那一刻小林泪如泉涌。他扔下菜刀，扶起老人，离开，再也没说一句话。

后来小林在酒店后厨帮过灶，在化妆品商场做过促销，在玩具商店卖过玩具，在家具工厂打过零工……三十好几的人，活得就像一个毫无方向感的小男孩。后来他在网上开了一家舞蹈用品店，卖练功鞋、拉丁鞋、摩登鞋、舞蹈扇、腰链、爵士帽、八角手绢、手杖……他将网店装修得很典雅，生意仍然很差。碰到阿原那天他刚刚完成一笔大单，他用赚来的钱交了房租，吃了一顿烧烤，又在第二天请芳子他们去“人民公社大食堂”胡吃海塞……反正日子就这样混过去了，他说虚度光阴才让他踏实。

上午芳子去买枕头，挑了十几分钟，仍拿不定主意。店老板有些不耐烦，跑过来推荐，说这款是新到的，舒适又透气，最重要的是图案非常漂亮。芳子瞅一眼图案，两只鸳鸯恩恩爱爱。她被刺了一下，说不要不要，逃出去，又被阳光刺了一下。她去附近批发市场挑了一袋核桃，往回走时，再一次经过那家店铺。她闯进去，直接抱起一个枕头，付钱，逃走。

枕头上印着杂乱无章的几何图案。公共汽车上，她感觉那图案如同小林杂乱无章的生活。

回到家，石磊正在熟睡。她放下护栏，为石磊翻一个身，发现他的身下已经湿透。她将湿透的床单叠起一半，将干爽的床单铺上一半，再把石磊翻回来，然后将湿透的床单从另一侧抽出，将干爽的床单在另一侧铺平。做完这些，她大汗淋漓。这时她才想起忘记为石磊换上新买的枕头，只好再一手抬起他的脑袋，一手将旧枕头抽出来、新枕头塞进去。放下石磊脑袋的时候，她看到她的一滴汗正好砸中石磊的眼角。那滴汗很像他的眼泪。

整个下午她都在对付那袋核桃。她用胡桃夹子将核桃夹碎，用手指将核桃剥开，用擀面杖将核桃仁碾碎，然后将它们装进一个漂亮的敞口瓶。她做这些时，屋子里一直回荡着柴可夫斯基的《糖果仙子舞曲》。这是芭蕾舞剧《胡桃夹子》第二幕的嬉游曲之一，她喜欢这首曲子，几近痴迷。这缘于小林。自从在小林手机里听到这支曲子，便再也忘不掉了。

她和小林将石磊搬出去，搬回来，天已经黑了。春姐打来电话，说她和阿原半小时以后过来接她。芳子看看小林，小林突然有些紧张。芳子说只要不把石磊搬出去晒太阳，他还是很容易照顾的。小林说，好在只有四天。芳子将小林带进卧室，说："如果你不嫌，可以睡我那一侧。"又说，"记得换床单。"又说，"如果他的枕头被汗浸湿，也得换。"说到这里她长时间盯住小林的眼睛，小林不看她，只看床头柜上的照片。那是芳子与石磊的新婚照，两个人把脑袋歪到一起，幸福地笑着，对即将到来的灾难毫无察觉。

然后，终于，芳子打开衣橱，取出"吉祥平安"。她将枕头放到床尾，说："这个枕头，不透气。"小林没有听清，问："什么?"她说："我试过了，不透气。"说完她去客厅取两杯水，一杯递给小林，一杯一饮而尽。放下水杯，她发现小林早将那杯水喝得一滴不剩。

芳子去洗手间冲了个澡，春姐的车子已经停到楼下。她拖着行李箱走到玄关，回头，见小林正站在客厅中间看她。她咬咬嘴唇，走出去，关门，下楼，冲春姐微笑，上车，冲阿原微笑，关车门。她听见自己心跳如鼓。

她听见小林心跳如鼓。

大约六年以前，芳子听说有一种电击治疗仪效果很好。去医院咨询，大夫说像石磊这种情况，什么治疗仪都白搭。芳子对大夫表示感谢，却在走出诊室的同时就用电话订下一台。治疗仪拿回来，每天用一个小时，半年以后，奇迹真的出现——有时候，石磊竟能勉强翻一个身。这变化让芳子欣喜若狂，她甚至幻想再过一段时间石磊就能独自坐起来，站起来，走起来。又一年过去，石磊仍然是偶尔翻一个身。再一年过去，一切还是老样子。不仅老样子，治疗仪也出了问题，不能再用。芳子给经销商打电话，电话号码已经易主。芳子给厂家打电话，厂家已在六年前倒闭。芳子算算时间，她买的这台治疗仪，应该是厂家最后一批货。

石磊非但没能好起来,反而让芳子更累:尽管他仅仅是偶尔翻一下身,芳子仍然在床边安装上防止坠床的护栏。有时候,当石磊在床上方便完毕,就会努力扭动屁股,刚换的床单又会被蹭得一塌糊涂。后来,太多时候,芳子希望没有那台治疗仪——没有它,石磊是一株听话的植物;现在,石磊是一株随时可能把床单弄脏、随时可能把自己摔坏的植物。一株没有任何希望的植物。

原以为小林不会做太久,想不到他真的坚持下来。加上来回时间,每天他需要在石磊身上耗掉近五个小时。五个小时换来一点点报酬,没有人相信他与芳子之间是干净的。连春姐都不相信。

春姐说小林,你每天到底是在石磊身上耗掉五个小时,还是在芳子身上耗掉五个小时?小林笑笑。春姐说如果真心喜欢芳子你就直说,别弄得像个旧社会的苦命长工一样。小林笑笑。春姐说芳子这种情况真的需要一个好男人照顾石磊的同时还能照顾她。小林笑笑。春姐说你他妈的除了笑还能不能有点别的表情?小林笑笑,举起杯,酒杯直接插进喉咙。

四个人在大排档吃饭,沸腾的火锅和高度白酒让小林的眼睛里喷出火。然而那表情依然扭捏,就像第一次坐轿子的大姑娘。后来春姐说:"咱们做个游戏吧!顺时针旋转,问身边那个人是否爱自己,必须如实回答,好不好?"没等别人同意,她先把头扭向阿原,问:"阿原你爱不爱我?"阿原说:"我爱你啊。"阿原问小林:"小林你爱不爱我?"小林说:"滚!春姐你爱不爱我?"春姐瞪着小林,说:"找茬?故意隔开芳子,你心里有鬼?"小林说:"我认罚!"仰脖又是一杯。春姐用筷子敲敲桌子,说:"再来!阿原你爱不爱我?""我爱你啊!小林你爱不爱我?""去死!芳子你喝多了吗?"这次春姐盯着小林,很久没有说话。后来她端起酒杯,说:"小林我陪你喝一杯。喝完这杯,你就可以去投胎了。"

除了芳子,每个人都喝到酩酊大醉。芳子也想醉,但她不敢。她回去还得照顾石磊。将石磊独自扔在床上出来喝酒已经让她内疚不安,怎敢再喝醉呢?可是她那么想醉,那么想那么想。她知道醉酒解决不了任何问题,但起码可以让她暂时逃离——哪怕逃离几个小时。哪怕逃离一个小时。哪怕逃离几分钟。逃离如影相随的楷模、专一、奉献、伟大、榜样、牺牲……逃离如影相随的道德、义务、责任……逃离如影相随的石磊……甚至,自己。

她知道酒散以后,当她急匆匆往回赶,春姐和阿原去最浪漫的酒店里挑一间临河的房间共度良宵,小林去最低廉的歌厅挑一个最漂亮的小妹一起吼歌。她还知道此时,有恋人在公园里卿卿我我,有夫妻在床上缠绵或者争吵,有孩子恋恋不舍地守在电视机前不肯离开,有老人静静地躺在藤椅上回忆往事,有一条趴在地板上的狗懒洋洋地睁开眼睛,又懒洋洋地闭上眼睛……这世间只剩下她还在拼命往家赶吧?只剩下她还在为一场没有喝醉的酒内疚万分吧?只剩下她还要在赶回家以后为一株植物忙上半天然后在睡着以后仍然保持警醒吧?她活得还不如一条狗。她很久之前活得就远不如一条狗。她一生都注定会活得远不如一条狗。

她知道春姐那个游戏的用意。她不感激,亦不反感。不过小林真这样问了呢?当小林问她"芳子你爱不爱我?"她该怎样回答?她爱他吗?她不爱他吗?爱与不爱对她来说,其实都无所谓吧?因了石磊,因了那份义务而非忠诚,因了那份责任而非婚姻,她没有资格爱上任何别的男人。

那天春姐请大家吃饭是为庆祝她们顺利毕业。不仅毕业,还因为她与芳子的优秀,舞校邀她们一起留下来当老师。周六周日各两节课,每节三个小时,报酬不低。春姐当时就应承下来,芳子却有些为难。她说这等于两个白天都不能照顾石磊了。春姐说你赚点钱雇个保姆也合算。芳子说保姆做不了的。春姐说你想一辈子就这样窝囊?芳子不说话,低下头,盯着指甲上残存的指甲油。暗红色斑驳的色彩让她心伤。

芳子爱打扮,爱干净。她受不了粗俗的妆容和穿着,受不了脏兮兮的房间和故事。每天她都会将房间彻底清扫一遍，从卧室到厨房，从窗台上到床底下，从地面到空中。她喜欢在屋子里喷洒百合香味的空气清新剂，喜欢在茶几或者床头插一束香水百合。她对香水百合有一种近乎病态的迷恋，却并非迷恋它的美丽和象征，而是气息。她喜欢坐在干净整洁的屋子里，享受一杯绿茶，或者在音乐中"噼噼啪啪"地剥着核桃。她喜欢这种有条不紊并且散淡的美好。电视上经常看到与她有着类似经历的家庭，当有人带着慰问品或者慰问金过去，男主人和女主人的脸，同样的苦难和卑微。每看到这里她就替他们难过——不是难过他们的处境，而是认为他们不致如此。而当看到他们又脏又乱的家，每一次，她都有想哭的冲动。替她们哭。她认为那已经不是苦难的展示了，而是真正的绝望。

火车上芳子一直在睡觉。尽管颠簸不止，但十二年来她头一次睡得如此放肆和踏实。她做了一个长长的梦：从石磊出事开始，直到她登上火车。尽管她忘记梦里的大多内容，但她确知她在梦里的经历与现实里大相径庭，当醒来时，她只记得石磊在她的梦里死去。石磊因窒息而死，被一只从天而降的密不透风的枕头。她惊出一身汗，起身，看向窗外，华北平原一望无际。春姐与阿原坐在过道的椅子上低声聊着什么，见她醒来，春姐说："先去洗把脸。该去餐车吃点东西了。"

芳子打开行李箱取毛巾，发现她竟带来了那只胡桃夹子。她想她肯定随手将它塞进了箱子，那时她想着心事，并未察觉。她收起胡桃夹子，取了毛巾，去洗脸，去餐车，吃饭，看窗外风景，往回走，车厢里泡面的辛辣气味让她很不舒服。她讨厌泡面，更讨厌将泡面当成一顿饭，她认为这是对生活的不敬甚至不忠。她重回铺位，春姐和阿原过来，说可以打牌消磨时间。芳子不想打牌，又不好拒绝，恰这时乘务员过来推销干果，芳子见有核桃，便买了一袋，又从行李箱掏出胡桃夹子，"噼噼啪啪"地剥。

"我给你们讲个故事吧。"后来芳子说，"《胡桃夹子》的故事。说德国有个小女孩，叫玛丽，圣诞节那天，教父送给她一把胡桃夹子。是一个咬核桃的金属小人造型，很漂亮，玛丽非常喜欢。夜里她梦见老鼠国王率领老鼠士兵攻打她的玩具士兵,胡桃夹子变成一个指挥士兵们作战的王子。虽然他非常勇猛,但仍然身负重伤,眼看就要战败。情急之中,玛丽拾起床头的鞋子,砸中老鼠国王,救下胡桃夹子变成的王子。可是由于用力过猛,玛丽晕倒在地,竟一病不起。教父前来探病,又给她讲了另外一个故事:说有一位国王在设宴的时候,发现厨子为王后做好的香肠被老鼠偷吃大半,国王龙颜大怒,命令技师消灭这些可恶的老鼠。技师将老鼠们一一杀死,但是老鼠王后还是侥幸逃脱。老鼠王后向公主施以魔法,公主变成了丑八怪。国王命令技师必须让公主恢复以前的美貌,否则便将技师处死。技师四方打听,得知公主只有吃了克拉图克核桃仁才可以恢复之前的美貌。他历尽千辛万苦,用了整整十五年,终于弄来一颗克拉图克核桃。然而核桃奇硬无比,没有人能够弄开。技师的侄子毛遂自荐,愿意一试,只见他将核桃放进嘴里,使劲一咬,核桃应声而碎。王宫里有规定,无论谁咬开核桃以后必须闭上眼睛后退七步,技师的侄子只退了两步,就被老鼠王后绊倒,于是他也变成丑八怪,国王怕公主受惊,便将他赶走。从此以后,技师的侄子只能在他国过着流浪的生活。玛丽听了这个故事,非常同情那个技师的侄子,整整一天,闷闷不乐。夜里她又做了一个梦,梦见那个咬核桃的王子与长着七个脑袋的鼠王决斗,最终打败鼠王。王子邀她去自己的木偶王国游玩:玫瑰湖,牛奶河,巧克力城堡,杏仁糖宫殿……两个人快乐幸福。这时玛丽醒来,发现教父的侄子正站在床前看着她。令她吃惊的是,他与梦里那个咬核桃的王子竟然长得一模一样……小林讲给我听的。他以前跳过这个芭蕾舞剧……”

芳子抬起头,看着春姐。“故事是不是很美好?”

春姐点点头。

“开头和结尾颠倒过来呢?”

“很残酷。”春姐想了想,说。

“我与石磊,就是颠倒过来的《胡桃夹子》。”芳子将一颗完整的核桃仁塞进嘴里,说。

石磊是儿童玩具，是植物，是狗，是一个冷冰冰的胡桃夹子。之前芳子无数次做过类似的梦，在小林为她讲《胡桃夹子》以后或者以前。梦中英俊的王子，到最后，无一例外会变成一个咬核桃的金属小人。

芳子这种情况，肯定会让某些男人产生或美好或龌龊的幻想或举动，楼下的男人便是其一。两年前的一天，他突然来敲芳子的门。他说保姆回陕西老家秋收，老婆带孩子去马尔代夫旅游，他一个人闲着没事，来看看芳子有什么需要帮忙。临走前他强调他独自在家没什么事，如果芳子需要帮忙，尽管向他开口。第二天黄昏，男人再次拜访，并提着一条红鲤鱼和一瓶红酒，他说反正他也无处吃饭，不妨搭伙把这条鱼烧了。芳子说为什么要搭伙？男人说反正我一个人也是吃饭。芳子说那你就该一个人好好吃你的饭。男人说反正你一个人也是吃饭。芳子说我是和石磊一起吃饭。男人突然抱住了芳子，他说芳子我喜欢你啊！芳子说，放手，不放手我喊人了。男人一愣，芳子挣脱出来冲进了洗手间，将门反锁，给小林打了一个电话。她让小林过来，越快越好。小林问什么事，她说没什么事让你过来不行？她看到男人将耳朵贴到门上，最终在小林到来之前溜走了。

小林赶过来，跑得气喘吁吁。芳子坐在沙发上喘息，看他一眼，说："现在没事了，你走吧。"小林说："你确定？"芳子点点头。小林扭头就走，没有多问一句。芳子有些恼，喊："回来！"小林就停下，回来，站在芳子面前。芳子扑上去，抓起他的手，牙齿狠狠切中他的虎口。似乎欲望之火就是从那一刻开始燃烧，芳子看到淡蓝色的火苗在小林的头顶上慢慢升起。

他们开始扭打和挣扎——分不清是芳子在拒绝小林，还是小林在拒绝芳子。他们从玄关扭打到客厅，从客厅扭打到厨房，又从厨房扭打到书房。书房里有一张不大的书桌，小林将芳子拦腰抱起，重重摔上书桌。芳子开始了真正的挣扎——如果之前是虚假的——她将身体紧绷，两腿紧闭，她的血肉之躯瞬间变成坚硬的金属——她闪出可以斩断一切的利齿——那一天，她变成一把无坚不摧的胡桃夹子。小林低伏身体，双手钳住她的手腕，脑袋顶住她的肩膀，牙齿撕咬她的纽扣，又将他温暖粗重的气息喷进芳子的两乳之间。外面下起雨，一只麻雀惊惶失措地撞上窗户，芳子听到翅膀折断的声音。那一刻芳子终停止挣扎。她想有什么不可以的吗？她想没什么不可以的！她想有什么大不了的呢？她想没什么大不了的！她想去他妈的吧？她想去他妈的吧！隔着几层衣裤，她切肤地感觉到小林的滚烫、膨胀、坚硬与跳动。

最后一刻，他们终于放弃。因为芳子，因为雨。雨大起来，窗户被敲得“噼噼啪啪”地响，声音让芳子想起核桃，想起胡桃夹子，想起石磊。她竟有三个小时没有去看看近在咫尺的石磊！她变得不安并且惊慌，变得极端讨厌自己和正在慌乱地剥着她衣裤的小林。她抬起肩膀，坚定地撞开炭般炽烈的小林，急匆匆逃离书房，奔向卧室。她的衣服敞着，露出大半个雪白的乳房。她肤色很白，乳形很美，耀眼、柔软、温暖、圆润、坚挺，充满弹性。春姐对芳子的乳房既羡慕又嫉妒。春姐曾说，你的乳房就像蓓蕾。可惜了。

“可惜了”的意思简单直接，直接到近乎粗暴。就像那天的小林。

第二天再见面，两个人局促难安。他们几乎不说话，甚至当小林背石磊下楼，芳子竟没有在后面帮他一把。后来石磊静静地坐到背阴处享受着阳光的散光，芳子仍然距离小林很远。再后来小林背石磊上楼，芳子咬咬牙，跟上去，从后面托起石磊的屁股。小林扭过脸笑，汗水淌成了河。

回到家，安置好石磊，两个人坐到沙发上喝茶。芳子突然说：“昨晚石磊睡得很香。”小林搓搓手。芳子说：“医生说他不仅没有思维，对周围一切也毫无感知。”小林想说什么，终是忍住。芳子说：“他连最简单的情绪都不会有。”小林喝一口茶，却被烫到。芳子顿了顿，咬咬嘴唇，说：“去洗个澡吧！”

所以，直到现在，芳子都认为那天的她是不可饶恕的。假如是在昨天，当她受到欺负和惊吓，她还能够寻到借口，那么今天，当她经过一整天的深思熟虑，当她用了一整天的时间忏悔，她与小林的肉欲之欢，便只剩下肉欲之欢。有爱情吗？有感情吗？有这样或者那样的能够称之为“情”的情吗？有吗？没有吗？有吗？

那天的小林极度疯狂。书桌很小，湿淋淋的小林将身体拉成节奏强烈并且不知疲倦的风箱。芳子感觉自己就像一把被烧得滚烫并且柔软的胡桃夹子，慢慢打开，打开，收紧，收紧，战栗，战栗……终于她听到核桃破裂的“噼啪”之音，她确信她将自己钳捏得粉身碎骨。

火车上她给春姐和阿原讲《胡桃夹子》的故事，她再一次想起那个闷热的夜晚。她不知道当她与小林在书房交欢之时，石磊是否真的正在熟睡。她永远不可能知道。她不想知道。

安顿好酒店，芳子给小林打了一个电话。她问小林如何，小林说，挺好。她问石磊如何，小林说，也挺好。芳子长舒一口气，狂跳不止的心脏终于恢复平静。

三个人上街吃晚饭，芳子选中一家川菜馆，要了两瓶红星二锅头。春姐说：“对你来说这就叫放纵了吧？”芳子说：“我想无所顾忌地大醉一场。”春姐笑意复杂：“那就应该把小林带来。”知她在开玩笑，芳子仍然笑不出来。她喝下一口酒，五脏六腑开始燃烧。

如她所愿，半小时以后，她真的醉了。看什么都像枕头：盘子、酒杯、墙上的挂画……汽车、牌匾、路边的风景树……春姐、阿原、自己、马路上的行人……所有的枕头全都密不透风，它们从天而降，蒙住一张脸，那张脸便再也不能呼吸。然后，眼珠凸出，舌头伸长，瞳孔放大，一条生命在漫长的一两分钟以后，彻底从世间消失。

相比一个中年人的余生，一两分钟算得上什么呢？什么也算不上。

“什么也算不上。”回到酒店的芳子没头没脑地冲春姐冒出一句。说完她倒头便睡，打起响亮的鼾。醒来已是午夜，芳子头痛欲裂，口渴难忍，寻半壶凉水喝下，刚想再睡，隔壁房间虽压抑却快乐的高一声浅一声的呻吟灌进她的耳朵，声音不大，却震得她耳膜发麻。那是春姐的呻吟。春姐就像一个永远不会老去的妖精。

春姐在一个饭局上认识阿原，并互留了电话。饭局上人很多，阿原顽强地从一堆油腻的中年男人的笑脸中挤进她的脑子，回去，便忘不掉了。夜里她做了一个梦，梦里的阿原变成一匹俊美的蒙古公马，喷着白色的雾气，打起漂亮的响鼻。

阿原挺帅。帅气的男人总是占尽优势。哪怕是在女人的梦里。

本以为她与阿原的交集仅限于梦，岂料两天以后阿原打来电话，问她对舞蹈有没有兴趣。他说他在舞校教民族舞，知道跳舞对女人的诸多好处。又说像春姐这样漂亮、妩媚、高贵、热情的女人，不跳舞实在浪费她的气质。明知是奉承，听起来却极舒服，春姐随他去舞校看了一次，遂决定选择拉丁。春姐说拉丁就像一团烈火，她希望她的后半生燃烧起来。

春姐知道阿原果然喜欢扮成蒙古骏马。很多时候，梦与现实，纠缠难清。

那时春姐已经离异整整七年。春姐说婚姻有七年之痒，离异也有。婚姻的七年之痒是想逃离，离异的七年之痒是想回归。春姐没有回归婚姻，却有了一个帅气的男朋友。上街时，她喜欢挽起阿原的手臂招摇。

春姐后来又告诉芳子，她的一生里有三次深刻地感觉到自己是真正的女人：第一次是嫁给前夫的新婚之夜，第二次是离开前夫的单身之夜。然后她开始笑，一直笑，似乎芳子不问她，她就永远笑下去。芳子只好问："第三次呢？"春姐说："当阿原像一个骑手那样骑上我的身体。"说话时春姐的眼睛里雾蒙蒙一片，却射出璀璨的光芒。其实春姐才是骑手，阿原才是草原上驰骋的骏马。他赤裸的上身涂满华丽的油彩，舞台变成广袤的草原。他的两腿强劲有力，每一丝肌肉都在蹦跳；他的眼神深邃犀利，却又清澈迷离。骏马看春姐一眼，春姐就瘫了，就醉了，手指却开始抽搐，指甲掐进芳子的手背。有时春姐想她对阿原的感情早已超出“爱”的范畴，而是“迷恋”。她迷恋有关阿原的一切，包括他果真如骡马气味的饭嗝。

那段时间春姐变化很大：皮肤白皙，面色红润，头发黑亮，嘴唇鲜艳。芳子说是舞蹈让她变得更漂亮更优雅，春姐说：“错！是爱情。”

是爱情吧？芳子信，也不信。信或不信都无所谓，反正她无权得到任何男人的爱情。

芳子去了舞校，选择了拉丁，成为春姐的舞伴。与春姐不同的是，她很少在学舞以外的时间与圈子里其他人交往。尽管如此，几年下来，她还是跟着春姐认识了唱美声的修鞋匠、拉大提琴的农民工、扮小丑的党政干部、跳街舞的八旬老人、学艺伎的妇产科大夫、跳芭蕾的保健品推销员……他们是这个城市神一般的存在，他们让芳子看到立体并且明亮的人生。

两年以后春姐想到与阿原结婚。还没跟阿原说，女儿先站出来反对。春姐离婚时几乎放弃一切才争取到女儿，想不到几年过去，她为自己争取到的却是一个障碍。当然女儿有素质有教养，这让她立场坚定的反对也变得委婉很多。那时她刚刚大学毕业，见过阿原几次，对阿原的评价是“像个男孩”。她说像阿原这种年龄的男人不该留长发，不该穿破洞的牛仔裤，不该在大排档吃又脏又便宜的烧烤，不该无所顾忌地贪杯，不该在女人面前说些沾荤沾腥的段子……总之春姐与他交交朋友还行，结婚绝不是好选择。

女儿毕竟是妈的小棉袄，尽管不愿意，但与春姐谈过几次人生以后，总算勉强接受了阿原。可是当阿原把他想娶春姐的打算告诉儿子，儿子的脸，马上黑下来。

阿原说：“我搬到春姐那里住。”儿子说：“我反对不是为了房子。”阿原说：“这些年存下的钱，你都留着用。”儿子说：“我反对不是为了钱。”阿原说：“以后你要是没时间，不必去看我。”儿子说：“我反对不是为了工作。”阿原说：“难道你反对是为了维护世界和平？”儿子说：“总觉得她不是能过日子的女人。”阿原说：“此话怎讲？”儿子支支吾吾：“觉得她有点闹。还妖里妖气。”阿原盯住儿子半天，说：“她不是妖里妖气，她是有妖气。”又说，“没有这股妖气，我就不喜欢她了。”

阿原认为妖气是对女人的最佳褒奖，特别是对一个四十多岁的女人。离异前他欠儿子太多，他不想与儿子闹僵。就这么拖着吧，反正他和春姐似乎对婚姻都不是那样渴望。见面时卿卿我我，分开时彼此牵挂，挺好了。

他知道春姐对那段失败的婚姻一直耿耿于怀。前夫做生意，压力大，很多事想不开，春姐便请好友小莉前来开导。小莉做过心理医生，戴一副眼镜，一年四季都穿着裙子。几次以后，春姐发现问题，想挽救，晚了，前夫与小莉已经爱得死去活来。春姐提出离婚，本想吓吓前夫，想不到前夫立马答应，似乎生怕她反悔。春姐的尊严受到伤害，那段时间她整天将自己关在家里，认为全世界都在看她的笑话。她断言前夫与小莉好不过三年，她的理由之一是猫一旦偷过一次腥，肯定还会偷第二次；理由之二是小莉不仅长相随意，并且有两条只能靠长裙遮掩的罗圈腿。让她始料未及的是，直到现在，前夫与小莉仍然生活在一起并且生活得很好。

后来春姐从别人嘴里知道一点点，说前夫那段时间患上抑郁症，有自杀倾向，但春姐似乎对他不管不顾，是小莉的及时开导和对症下药才救下他的性命。又说他的抑郁症是春姐逼出来的，春姐总希望她的老公能从一群平庸的男人中脱颖而出，这无疑给他增加了太多压力和负担。春姐说难道我希望自己的先生变优秀也有错？假如我没看出他的抑郁倾向，假如我对他不管不顾，还会找小莉帮他？不管如何，既然事实无法改变，她希望自己能够大度一些，然而每想起这对奸夫淫妇，她还是恨得牙根直痒，真想将他们生吞活剥。

所以春姐常劝芳子，千万别为一个男人牺牲太多。芳子问：“你是指阿原？”春姐说：“我是指石磊！”很有些恨铁不成钢的意思。芳子笑笑，心里蓦然升起一把刀子。刀子寒气逼人，芳子的胸口开始绞痛。

后台候场的时候，芳子给小林拨一个电话，无人接听。芳子有了不祥的预感，心中那把刀子再一次升起。寸利寸险。再拨，无人接听；还拨，无人接听。芳子慌起来，腿开始抖。不过几秒钟时间，芳子想到了无数种可能：每一种可能里全都有一个密不透风的枕头，有一张紫黑色的眼球暴出的脸，有两片风干的不断翻动的嘴唇，有风，有挣扎，有雨，有顺依，有黑暗，有窒息和死亡，结束和开始。仍然拨，无人接听。芳子的面前，血光浩荡。然后，迷迷糊糊之中，她被春姐强拽上台。

芳子不知道她是怎么熬下来的。台上她没有任何有关拉丁的记忆，她只看到旋转的枕头、枕头、枕头……待回过神，她已坐在台下，两边坐着春姐和阿原。往台上看，主持人正在公布比赛名次：五十对参赛选手中，她与春姐名列第四十六。还好她们得到一个三等奖——所有的参赛选手，都有奖。

电话突然响起来，惊得芳子差点从椅子上蹦起。手机屏幕上，小林的名字利刃一样划着她的眼睛，芳子竟不敢去接。终于她战战兢兢听到小林的声音，那声音既疲惫又遥远，几近失真。

她听到小林说：刚才背石磊晒太阳了。

她听到自己说：你吓死我了。

她听到小林说：电话没带……

她听到自己说：我以为你不会带他出去……背得动？

她听到小林说：我可以抱。

她听到自己说：石磊还好吧？

她听到小林说：刚才在床上画了一张世界地图。

她听到自己说：现在你干什么？

她听到小林说：先休息一会儿。烧饭，喂石磊吃饭……

她听到自己说：枕头……换了吗？

她听到小林说：嗯。

放下电话，芳子仍然惚恍。刚才是小林打来的电话吗？刚才那些话是她说出来的吗？刚才她跟小林提过枕头吗？小林说“嗯”是什么意思？

走出剧场,芳子才意识到应该给春姐道歉。近来春姐想开一家舞蹈学校,她和芳子教拉丁,阿原教民族舞,这次来北京,就是想先拿个奖,再考个级。拿奖和考级都是用来招生的噱头,进京之前,春姐说,她需要一个响亮的招牌。

春姐倒是显得无所谓。她说三等奖也是奖,招生简章里填上,唬人没有问题。她说明天的考级远比今天的比赛重要,今天就当热身了。她说再说我们本来就是冲着考级来的,比赛只是搂草打兔子罢了。“不过你今天状态真的很差,心事重重。”春姐说,“是石磊有什么不对劲?”芳子说可能昨晚休息不好,加上酒喝得太多。“今天说什么也不能再喝。”她说,“省得明天还是没有状态。”

不过阿原还是建议他们找个地方喝点。他说难得芳子出来一次,待回去,想喝醉也喝不成了。三等奖其实在意料之中,今天不仅芳子,春姐状态也很差。“昨晚她也没休息好。”阿原边说边意味深长地冲春姐眨眨眼睛。

三个人找到一个烤鸭店,点上一只烤鸭和几个小菜。阿原频频举杯,芳子和春姐只是象征性地沾沾嘴唇。这时春姐的女儿打电话给她,春姐站起来走到一边,两个人聊了很久。以为只是母女间那些芝麻小事,岂料重新回到桌边的春姐将满满一杯高度酒一饮而尽。

“他离婚了。”春姐边咳嗽边说,“是不是该庆祝一下?”

前夫终于与小莉离婚,却不是因为他偷腥。偷腥的是小莉。前夫去广州办事,飞机晚点,想返回来吃顿晚饭,将小莉与她的情人抓个正着。甚至当他站到床前两个人都没有察觉。

前夫早怀疑小莉出轨。他以为旁敲侧击加上睁只眼闭只眼生活就太平了,他不过是一厢情愿罢了。他几乎是将那个男人从小莉的身体里拔出来的,就像拔出一个冒烟的手榴弹。他提出离婚,小莉立刻答应,似乎生怕他反悔。事情发生在昨天晚上,今天他们就办好离婚手续,离婚对他们来说,就像某个人要出趟差般随意。这种随意只能说明一点——小莉早已深思熟虑,希望速战速决。夜里前夫独自喝一场大酒,又喊来女儿,抱着她大哭一场。他说无论什么事情,绕一个圈子,终会回来。回来时,一切都没有变,一切都变了。

女儿给春姐打来电话,想让她安慰一下父亲。或许女儿还有另外一层意思——无论什么事情,绕一个圈子,终会回来。这“事情”里,包含着以往的婚姻。

春姐很快灌醉自己,又试图灌醉芳子。芳子抵挡一阵,败下阵来,连喝两杯。仗着酒意,春姐突然起身,抱住芳子。“没个男人,以后你怎么办呢芳子?”春姐打着酒嗝,说。

芳子想不到她会突然说出这样的话,更想不到她会从前夫的事情上直接蹦到自己的事情上。芳子偷偷将春姐的酒换成矿泉水,笑笑,干杯。此时饭店临近打烊,服务员拖着地板从他们面前经过,芳子看一眼门外,夜醉得很深。

回到酒店,芳子从行李箱里往外掏东西,那把胡桃夹子再一次出现。它掉到地板上,声音响亮清脆,她想千里之外的小林也能够听见。她去浴室洗澡,回来,胡桃夹子仍然安静地躺着。它张开嘴,似乎随时做好咬开核桃的准备。芳子将无名指伸进去,胡桃夹子果然咬住了它。它咬得既准且狠,芳子看到变黑的指尖、流淌的鲜血和半空中翻起跟头的红色指甲。她想将胡桃夹子甩开,胡桃夹子却变成面目狰狞的小人,越咬越紧,越咬越紧……芳子一个激灵醒来,见自己穿着浴衣躺在床上,头发还是湿的。胡桃夹子仍然躺在原处,嘴巴大张。芳子俯下身体,指尖碰触夹子嘴,寒气逼人。

隔壁再一次传来春姐的呻吟,芳子怀疑四十多岁的春姐与年近五十的阿原早已变成两只不知疲倦的蛤蚧。又想起刚才的话,芳子黯然神伤,她明白春姐的弦外之音,就算真如春姐所猜测的那样,她只是将旧时女子的念珠换成了核桃,也没有关系,她可以忍受没有性爱的生活,性爱终究是肉体之欢,就算有了爱情,就算有了可以当成借口的爱情,都不过是肉体之欢。她所不能忍受的是,让她不安的是,让她恐惧的是,让她绝望的是,让她几乎崩溃的是——她没有孩子。无数个夜里,当她躺在玩偶般的植物般的木头般的石头般的金属般的死人般的石磊身边,当她想到永远不会有一个属于自己的孩子,她就想从窗口跳下。

既然生活毫无希望,不如一了百了。

三个月的新婚生活成为芳子永久的记忆。她与男人身体的接触和感觉,也只有短短的三个月。后来让她后悔的是,有时候,当石磊向她求欢,当她不想,很累,或者其他原因,就会拒绝。那时她以为他们的婚姻没有尽头,时间没有尽头。她并非为自己后悔,而是为石磊——只要放弃底线,只要愿意,她随时可以找个不那么讨厌的男人,但石磊不能,永远不能——然后石磊出事,他们的婚姻仍然没有尽头,他们的时间仍然没有尽头,她却成为有丈夫的寡妇。

寡妇。这是一个随时随地可以将她刺伤刺痛的恶毒的词。

小林呢?她只记得那天很闷热,小林很疯狂,自己很慌乱。后来她记住了交欢,唯独没有记住交欢的感觉。或许她根本没有感觉吧?性爱就像一个老友,当离开太久,即使再见,也不会有什么感觉了吧?

对这些,她看得真的不重。有什么大不了的呢?无非是夜很长。无非是盯着一只蟑螂从这面墙爬到那面墙,再从那面墙爬回这面墙。无非是静静地躺着,想些心事。无非是剥核桃,发呆。有什么大不了的呢?无非是折磨。

可她真的不能忍受没有孩子。她可以数着绵羊熬到天亮,可以受到别人的误解和嘲笑,可以被他人甚至被春姐当成一条母狗来怜悯,甚至可以死去,但她真的不想让有关她的一切随着她的死去而结束。她喜欢孩子,渴望孩子,她希望孩子可以知道她的故事,回忆她的故事。她愿意拿出一切交换,包括生命。

可是她注定不能有一个孩子。

最初几年,当她为石磊擦拭身体,那身体偶尔还会有些变化。虽然变化只因了外界的刺激,完全没有主观意识,却让芳子看到希望。然而随后几年,那变化越来越少,终于彻底消失。有时候,即使芳子有意碰触和刺激,石磊也会像只缩在茧里的蚕蛹般温顺柔软。每这时绝望排山倒海,瞬间将她淹没。她知道绝不会再有奇迹。一切真的结束了,只剩下生命还在延续。

她的生命,石磊的生命。毫无意义的生命。

她知道小林喜欢她,她认为小林代价太大。喜欢一个女人,却必须照顾好她的丈夫,这是什么狗屁逻辑?四年多来,几乎每一天,小林都要背石磊下楼,上楼,伴着她和石磊一起老去。小林的确老去不少,笑时,眼角的鱼纹尾排列紧密;上下楼时,气喘如牛。他高高翘起的兰花指不再那样挺拔,两鬓生出白发。芳子为小林悲哀。她认为他真的不值。

可是小林从未向她表白。或许小林只把她当成需要帮助的朋友,尽管他们有过一次鱼水之欢,也不过是生活生出的枝蔓而已。太多时候,芳子认为小林或许真的只为那点工钱,或许只为她慷慨赏赐给他的性爱而对她的补偿和感激。还或许,仅仅是善良、怜悯、博爱……总之小林对自己的爱或好感,不过是她虚构或者臆想之中的罢了。当然那次以后,小林对她又有过几次不像暗示的暗示,或者不像挑逗的挑逗,但她认为真的不再可以。她甚至有了辞掉小林的打算。鱼水之欢只因她的冲动,她却认为是小林让她蒙羞。

她的生活几乎没有任何改变——仍然靠着石磊单位每月给她的四千块钱度日,偶尔与春姐去企业晚会跳几曲有报酬的拉丁舞,帮小林将石磊搬下楼然后搬上楼,夜里一边听着音乐一边给石磊剥核桃,剥核桃,剥核桃,剥核桃……直到春姐告诉她,她想办一个舞校。

大约半年以前,春姐有了办舞校的想法。她说假如学校批不下来,就办学习班,反正她和阿原想做点事情。春姐想拉芳子入伙,让她既教拉丁也参与学校事务,说只要芳子愿意,时间上可以随意安排。“绝对不影响你照顾石磊。”春姐补充道,“学校还可以增设芭蕾舞班,让小林过来当助教。”以为只是想法罢了,不料她竟然付诸行动。近来她一直在物色场地,策划招生方案,又替她和芳子安排了比赛和考级。她甚至给学校取好了名字:婴宁舞校。她恶狠狠地对芳子说,要的就是这股妖气。

老实说芳子有些动心。这几年,夜里,除了睡不着,除了剥核桃，她还在跳舞。一个人，暗着灯，在客厅里，时而女步，时而男步，时而恰恰，时而伦巴……有时她甚至会穿上性感华丽的舞服，化上浓艳妖靡的舞妆，为自己想象一场盛宴或者一场战争。她看到客厅里人头攒动，她看到红酒、玫瑰、烛光，她看到所有美好的事物，听到内心深处澎湃的声音。每次她会彻底忘掉石磊，忘掉核桃和胡桃夹子，忘掉以前和今后的生活……

她成为自己的神。

之所以答应春姐，还因为考级那天晚上，她可以去看《胡桃夹子》。虽然只是很小的民间芭蕾舞团，虽然只是两幕三场里的一场，但毕竟有舞台，有灯光，有服装，有故事……想自己可以坐在暗处，静静地陪女孩玛丽在一个美丽浪漫的故事里穿行，应该是一件很奇妙的事情。阿原托北京的朋友帮她弄到一张票，事情就算定下来。总之芳子就这么去了，比赛，考级，一场芭蕾舞剧，丢下石磊。后来芳子想假如没有比赛和考级，仅凭一场《胡桃夹子》就能召她进京吧？打开，旋转，跳跃，多美好……

然后多出一个枕头。枕头藏在衣橱深处，藏在她的内心，却突然硬插进她的计划与行程。枕头温顺柔软，她丢下它，逃上车，枕头仍塞在胸口，让她透不过气。上车的那一刻她就后悔了。后悔了，硬撑着，对谁都不说。

考级还算顺利。她与春姐的表现虽不完美，但过关没有问题。黄昏时他们走出剧场，找地方随便吃了点东西，《胡桃夹子》就该上演了。仍然是那个剧场，白天她们用来考级，晚上租给小舞团演芭蕾。阿原和春姐今晚都不能陪芳子，阿原的朋友半小时以前打来电话，邀他和春姐去一个郊区小院喝茶叙旧，春姐试图推辞，朋友来接他们的车子已至途中。春姐嘱芳子散场后早点回酒店，芳子说："或许我会找个男人。"春姐笑，笑完，认真地说："我倒希望是真的。"

芳子没敢给小林打电话。她不打，小林也不主动打来，芳子一整天胆战心惊。她从吃饭的地方慢慢走回剧场，到剧场前的阴暗处，终忍不住了。她摸出烟，点上，深吸一口，又掏出手机，再深吸一口烟，拨通电话，调整呼吸，小林的声音从很远的地方飘来。

小林说："还好吧？"芳子说："还好。""考级顺利吧？""只是个过场。""什么时候回？""明天中午的火车。""回来后天快亮了。""天快亮了。""你注意安全。……还好吧？""有点累。""……石磊呢？""还好……天太热，枕头总是湿的。""一会儿我要看芭蕾舞剧。""《胡桃夹子》。""突然想，这场剧更适合你看。""我得去看看石磊。""现在？""这两天他动都不动一下。"电话就挂断了。没有告别。

芳子紧攥电话，又一次变得恍惚。"枕头总是湿的"是什么意思？"这两天他动都不动一下"是什么意思？没有告别就挂断电话是什么意思？再想，自己似乎有些神经质了。刚才小林确凿无疑地告诉她：石磊还是老样子，爱出汗，不能动。不就是这些吗？难道还有别的？

剧场开始检票，芳子又摸出一根烟。只抽一口，她便看到那个女孩。女孩坐在轮椅上，候在剧场外面。不远处，一个中年妇女正向检票员解释着什么。

芳子觉得这个女孩就像剧中的玛丽。

之后两个小时，芳子的面前一直有一团缥缈的烟雾。她看到国王、王后、技师、玛丽、木偶王国、变成胡桃夹子的王子和变成王子的胡桃夹子……她站起来，慢慢走回酒店，她为她的逆世界倍感忧伤。

然后她接到春姐的电话。春姐说，我和阿原不想回去了。

芳子以为是今晚。

但春姐指的是，以后。

其实在肉贩老王之前，有人跟芳子说过类似的话。巧合的是，那一次，小林同样在场。

是秋天，风很大，背阴处的阳光却还是热的。芳子和小林陪石磊晒太阳，石磊的口水打湿下巴又弄湿领口。芳子回家给石磊取围嘴，回来时，见小区的田阿姨正与小林聊着什么。她将围嘴给石磊戴上，田阿姨仍不走。不仅不走，见芳子过来，主动往旁边挪挪，给芳子腾出一个地方。芳子刚坐下，田阿姨就说，刚才听小林说，这么多年小石连褥疮都没生一个。又说，像芳子这样的好女人，天底下难有第二个。

芳子笑笑，不想搭理她。

“不死不活的，还拖累人。”田阿姨瞅瞅不远处的石磊，说。

芳子相信田阿姨没有恶意。她不过说出事实，说出芳子很认同并且很无奈的事实。但这样的话，还是让芳子很不舒服。

“芳子你知道安乐死吗？在国外，有些国家，好像患者家属能拿枕头捂死不死不活的病人。”田阿姨接着说，“这对病人也好吧？赚个痛快。反正我相信投胎。”

田阿姨相信投胎，芳子不信。她认为死即死，所有的一切，肉体的灵魂的，从此灰飞烟灭，绝无轮回。或者即使芳子相信投胎，也觉得这该是自然的过程。何谓自然？春华秋实，沧海桑田，生老病死，转世轮回，没有任何人与神的介入。芳子不想给田阿姨解释安乐死，解释脑死亡，解释法律道德伦理宗教，解释医生的针剂与家人的枕头……那天她只想早些逃离。然而回到家，当她和小林并肩坐在沙发上喘息，她发现“枕头”开始与她纠缠。起先仅仅是一个词，慢慢有了形状，又有了色彩、图案、质地、触感，最后加上动作。她看一眼小林，小林瞅向窗外，大口喝着水，似乎比她还要慌乱。

那天距两个人的肉体之欢已经过去两个多月。两个多月里，他们从未提及那件事。她知道小林对她是渴望的，有时候，黄昏，小林赖在她家，去洗手间冲冲澡，帮她拖拖地板，洗洗菜，或者干脆留下来吃饭，总之磨磨蹭蹭，不肯回去。有天她穿一件领口低垂的大汗衫站在餐桌前剥核桃，小林坐在对面喝茶，后来小林去厨房取开水壶，回来时，从旁边挤过芳子的后背。虽然只是短短的相触，芳子仍然清晰地感觉到一根滚烫的金属棒划过她的腰畔。她战栗，愣怔，看小林，小林喝着茶，看向窗外，面无表情。那一刻她突然很想哭，为小林，或者为自己。她将汗衫往上拽拽，剥核桃，剥核桃……她听到“啪”一声脆响，一颗核桃被她的胡桃夹子捏得粉碎。

田阿姨说出“安乐死”那天，她再一次将几颗核桃捏得粉碎。她怨核桃皮太薄，但她清楚这只是借口。她开始恨田阿姨，觉得她就是那种蛇蝎女人，心肠恶毒。再想似乎田阿姨什么也没有说，反正就是闲聊，田阿姨不过信口扯了几句。是她想起枕头。温顺的枕头，突然闪出寒光。

那夜里，当小林走后，当夜深人静，她再一次在客厅里跳起舞。面前是并不存在的舞伴，有时春姐，有时小林，有时石磊，更多时，她只看到自己。她保持着完美的架形，头后仰，胯前挺，旋转，旋转，旋转……舞蹈会让时间过得快一些，会让自己变得稍稍快乐一些，然而今夜，不管她旋转得多快，那个枕头注定紧紧相随。后来枕头果然进入她的梦里，变成利齿又变成尖刀，变成饿狼又变成魔鬼。从梦里醒来，她的枕头全是湿的，去洗手间冲澡，竟忘记刚才的梦。她只记得梦里石磊已死，大张的嘴巴里，爬出一条条灰白色的邪恶的蜥蜴。

后来，慢慢地，芳子就将那个枕头彻底忘记，直到肉贩老王又一次提及。她和小林于是又一次变得慌乱并且恐惧，似乎老王是梦的法官，可以从道德和法律的层面来审判她的梦。从菜市场回去以后，小林留在她那里吃饭，两个人喝了一点酒，说了一点笑话。小林说他上午去相亲，见了一个老姑娘。老姑娘挺漂亮，特别是睫毛，又长又翘。芳子说你连我都不正看一眼，头次见面就盯着人家姑娘的脸？小林认真地说，我是用余光看的。似乎小林真有这种本领，他用余光就能将一切看清看透。他们坐在餐桌边抽烟，半天不再说一句话。一只蟑螂爬过墙角，走走停停，小林盯着它看，芳子也盯着它看，直到蟑螂消失不见。“就是成了？”芳子摁灭烟蒂，突然说，“要喝喜酒了吧？”小林说：“成不了。”芳子说：“不是挺漂亮吗？”小林说：“是挺漂亮。”芳子说：“那怎么成不了？”小林站起来，目光从窗外收回，直直地盯住芳子的眼睛。之前芳子从未发现小林的眼珠是彩色的——就像在他的眼球外面吹出一个同样大小的闪烁出缤纷七彩的肥皂泡。

昨夜芳子梦到小林，梦到他彩色的眼珠和金属棒般的下体，早晨醒来，她为自己感到羞愧。打春姐的电话，春姐说她和阿原正往这边赶。芳子去洗手间冲澡，换上最后一套干净的内衣。北京之行似乎就这样结束，再过几个小时，她就将登上返程的列车，重复以前的日子，或者颠覆以前的日子。

她既怕重复，也怕颠覆。

昨夜她没有看《胡桃夹子》。因为女孩。女孩的母亲试图说服检票员让她们进去，为此她愿意多付两倍的价钱。她没有成功。芳子盯住女孩的脸，她认为女孩才应该是剧中的玛丽。不仅如此，她还认为女孩肯定有着忧伤并且刻骨铭心的往事：比如她曾经是芭蕾舞演员，比如她曾经的恋人是芭蕾舞演员，比如她在赶赴演出的途中遭遇了车祸，比如她在演出时遭遇了意外……她走上前，将票塞给女孩的母亲。她说她临时有点事，别糟蹋了票。说完她扭头就走，越走越快，几乎走出一条街。她在路边商店买了两包香烟，慢慢往回走，剧院门前，女孩和母亲已经不见。

芳子在阴影里坐下，掏出电话，戴上耳机，打开《胡桃夹子》，掏出烟，弹一根，点着，慢慢抽，慢慢抽，抽完，另一根续上……她就这样静静地坐了一个多小时，任耳边回旋着柴可夫斯基的《花之圆舞曲》，任面前上演着并不存在的《胡桃夹子》。她在散场前离开。她既不想再见到女孩，也不想女孩再见到她。她慢慢走回酒店，疲惫并且虚弱。她知道一切都结束了——比赛，考级，女孩玛丽连同她的胡桃夹子。一起结束的也许还有石磊，以及她之前的生活。她害怕知道，她想知道。她害怕知道。

她独自去酒店餐厅用早餐。一个男人从她面前经过两次，然后坐到她的对面。男人冲她微笑，很绅士很儒雅。男人接了一个电话，用了非常熟练标准的英语。放下电话后男人去取了两杯咖啡，将其中一杯推给她。男人冲她笑笑，说："这家酒店的咖啡还不错。"男人四十岁上下，英俊魁伟，衣着得体，看起来既有钱又有品味。男人的搭讪也很有分寸，尺度把握得恰到好处，这让芳子不好拒绝他的咖啡。男人说平时他住在青岛，这几天来北京等一桩生意，又说他一个人有点无聊，想约芳子一起去看恭王府，那里有他的朋友，中午可以吃全京城最正宗的烤鸭、焦圈和驴打滚。芳子忙说她还有事。男人先是表示遗憾，然后说明天早晨餐厅里再见。芳子冲男人笑笑，喝下最后一口咖啡，起身，往外走。明天早晨男人会为没有见到芳子而遗憾吗？会认为芳子没有教养吗？会认为芳子在耍他吗？或许明天早上，男人就会彻底忘掉芳子。这世上有一种男人只为赚钱和泡女人活着，这男人也许就是。尽管他们并不讨厌。

芳子回房间收拾东西：晒衣架、内衣、水杯、化妆品、牙具盒、胡桃夹子……做完这一切，又抽掉两根烟，春姐和阿原终于回来。阿原去房间取行李，春姐坐在芳子床头，静静地看一会儿芳子，突然说："我和阿原，不想回去了。"

芳子一惊。

"是暂时不想回去了……阿原的朋友帮他在郊区租了一个农家院，可以自己栽花种菜，养猫养狗，挺安静挺温暖，我们都很喜欢。"春姐说，"关键是朋友办了一所小学校，我和阿原正好可以教那些孩子舞蹈。"

"你们不是要回去办舞校吗？比赛，考级，租房子……"

"你和小林也可以。"

"我们不行……"

"大不了带上石磊……我想和阿原在这里静静……芳子你说我是不是老了？突然之间，就想静静……"

"我希望你先回去，考虑清楚再做决定……"

"车子在酒店外面等着……一会儿先送你去火车站，然后我和阿原直接回郊区小院。今天我们想把菜园简单拾掇一下，过些天，萝卜白菜西红柿……"

芳子看着春姐的表情，确信她决心已定。她不明白春姐变化因何如此之快：昨天还在为舞校做着努力，今天就决定与阿原共守一方小院"安度晚年"——生活不是玩碰碰车，想进就进，想退就退。

"我害怕再见到他。"在车站，春姐突然说，"我怕他抑郁，怕我心软。我怕与他旧情复燃。”春妞伏上芳子的肩膀，将她的肩膀打湿。

那么，春妞与阿原留在北京终有了一个说得过去的理由。然理由又是那般牵强——假如她深爱着阿原，怎会与前夫旧情复燃？假如她对阿原有怀疑，又怎会死心塌地随他留在距离北京很远的郊区？尽管春妞又说，她只是暂时留在北京，说不定下班火车就会返回，但芳子相信即使春妞返回，也是为留在北京而“处理后事”。反正从此以后，小城注定少了一位风风火火妖娆热情的女人，农家院里注定多了一位安安静静面目慈祥的妇人。

一个人彻底颠覆自己的生活，其实容易得很。

芳子尊重春妞的选择。然而她总是感觉哪里不对劲。

芳子看着窗外，与来时完全相同的景致，此刻正在回放。景致前后相颠，便是她的北京之行了；《胡桃夹子》首尾相颠，便是她之前的故事了。她的生活会不会因了这四天，完全变成另外一种模样？前提是，那个密不透风的枕头。

那个密不透风的枕头。密不透风的枕头。枕头。头。

“拿枕头捂死他算了！”这句话是肉贩老王当着她和小林的面说的。其实老王还冲他们的后背小声嘀咕过很长一段话。老王以为谁都没有听见，但她和小林听得真真切切。

老王说：“真捂死他，谁都不会计较。亲戚朋友，街坊邻居，认识的不认识的，谁会计较呢？警察也不会计较……石磊也不会计较吧？谁会计较呢？杀一只羊，好事还是坏事？救一头牛，好事还是坏事？死了还是活着，好事还是坏事？看问题的角度不同罢了……”然后天黑下来，城市掌起灯，芳子和小林的心里掌起灯。灯火飘忽闪烁，那是心的鬼火。

邻铺的小女孩凑过来，叫芳子阿姨，给她看她的画。芳子笑着，敷衍着，内心动荡。突然她站起来。她认为此时必须给小林打个电话。小林还有整整一夜的时间。一夜里，什么都可能发生。

“芳子。”“在干什么？”“做饭。”“还好吧？”“今天下雨了。”

“别动……那个枕头。”“什么?”“枕头。”“已经动了。”“什么?”“动了。”“动手了?”“……嗯。”“别吓我。”“我等你回来。”“小林你别吓我。”“有些事总要解决。”“小林……”“不用怕都过去了。”电话就挂了。芳子想再拨,伸出手指,却不敢。她就这样盯着手机,呆呆地站在车门旁边,直到列车靠站,几个提着蛇皮口袋的男人粗暴地将她撞开。

芳子走回铺位。她摇摇晃晃,头重脚轻,身体仿佛被掏空。她的脑子也仿佛被掏空,里面什么也不存在。连慌乱都不存在。连悲伤都不存在。连悔恨都不存在。连恐惧都不存在。后来她把自己关进厕所,一根接一根地抽烟。再后来她开始心存侥幸,认为小林只是在吓唬她,或者只想跟她开开玩笑。再后来,她甚至想,也许她听错了。小林根本没有说过“动手”“解决”这样的词,这些词不过是她的幻觉罢了。她甚至对刚才是否给小林打过电话都开始怀疑。也许那只是一个梦,一个她躺在铺位上所做的真实、清晰并且残忍的梦。她突然不敢去看手机,翻手机。她怕那不是梦。她清楚那不是梦。

后来她干脆戴起耳机,打开《花之圆舞曲》,让音乐不间断地在耳边流淌。没有用。她发现她的手一直在抖,双腿一直在抖。她强忍着,却抖得越来越快,越来越快……她从箱子里摸出胡桃夹子,什么也不做,就那么握着,她听到“噼噼啪啪”的碎裂之音。突然世间万籁俱寂,她看一眼手机,电池已经告罄。天地间真的很静,侧耳细听,列车竟没有发出一点点声音。她开始怀疑列车浮上天空,她听到耳边有细小的尘埃在流动和碰撞……

似乎她睡着了,又似乎她在黑暗里一直大睁着两眼。往后的时间里,她对时间完全没有感觉:一秒钟可以无限抻长,十几个小时也可以压成一瞬。车至终点,她飞奔下车,每一步都是心惊肉跳。她忘记了她的箱子。她只攥紧她的胡桃夹子。她看到熟悉的夜景,所有一切都在她的面前旋转、颠簸和回滚。她站在路边打车,她看到的每一辆出租车里都藏着一颗紫黑色的眼球凸出很高舌头伸出很长的脑袋。她想回家。她害怕。她不敢回家。她想拼命。她想逃离。她想死去。

她想起石磊说出的最后一句话。目击者告诉她，石磊被撞飞的刹那，空中清晰地喊了她的名字："芳子……"

她上楼，推门。门竟是虚掩的。小林坐在沙发上，静静地看她。

她踉踉跄跄，冲进卧室。她看到干干净净的床单，干干净净的石磊。石磊正在熟睡，口水挂在嘴角，呼吸均匀。芳子惨叫一声，瘫倒在地，所有委屈、不安、紧张、恐惧、悔恨和愤怒在那一刻同时爆发。她坐了很久，爬起来，跌跌撞撞冲进客厅。小林仍然坐在沙发上，静静地看她。她冲向小林，抡起手，却被小林捏住手腕。"都过去了，"小林说，"经历一次也好。"

"你为什么不说？"

"经历一次也好。"

"可是什么也没有发生！"

"什么也没有发生。"小林松开她的手腕，"但咱俩真的经历了一次。石磊也是。"

小林从沙发上站起，身后闪出"吉祥平安"。枕头被洗过，拆过，缝过，加上简单的捆扎，变成肥嘟嘟的玩偶抱枕。小林说，看电视可以抱着它，暖和。

芳子看向餐桌。餐桌上不但菜肴丰盛，还有一瓶红酒，两个酒杯。"昨天是你的生日，忘了吧？"小林说，"夜没过去，这一天就算没完。现在补上，不晚。"

芳子的确忘记了她的生日。她坐到桌边，哭了，笑了，又哭了。她哭了很久，端起酒杯，抬头，抹抹泪，说："干杯。"就愣住了。

她看到茶几上，散落着几颗剥好的核桃。核桃旁边，一把崭新的王子模样的胡桃夹子。

（《特区文学》第4期）

喜鹊回到屋顶

陈　仓

一

我家有个院子，院子里原本住了几十号人，如今只剩下父亲一个人了。

每天一清早，父亲第一件事情就是坐在门槛上，一边抽烟一边朝远处看，他似乎把整个村子都看空了，把整个大山都看空了。屋顶上原来是有喜鹊喳喳叫的，这种喜讯越来越少了，所以喜鹊已经消失了，换成了不祥的乌鸦呱呱地叫。

我家那个村子叫塔尔坪，属于陕西秦岭东边的丹凤县庾家河镇，这个村太不起眼了，以至于你在地图上不仅查不到，在任何典籍中也是翻不出来的。如果你读过马尔克斯的《百年孤独》，恍惚间，你会以为那个叫马孔多的小镇，就是我的故乡塔尔坪，可能马孔多的经历比起塔尔坪还要逊色不少。塔尔坪方圆十来公里，依山傍水居住着近百户人家。这些人家全部是清一色的姓陈，取名字也是有规矩的，是要按着辈分来的，一听名字，长幼尊卑，自然明白。原因是，塔尔坪的陈氏全由一个祖先开枝散叶而来，每隔几年就会修一次族谱，记下每户考取功名的情况，以及各家人丁的生卒年月。我翻过陈氏族谱，薄薄的几十页，始祖以下的辈分，顺序是宜、治、先、元、正，我自己是“元”字辈的。

塔尔坪的地势，也叫风水，是极为少见的。一般情况下，无论山有多大，都应该有一个出口。塔尔坪像个水壶，出口在天上，一年四季吐着雾气，从上边俯视的时候，像一只水壶架在炉子上。条条山溪汇在一起，形成了一条无名河，自西向东流下，眼看着就要汇入大河的时候，被一座山给凭空挡住了，河水一下子不见了，又从山的另一头以泉水的形式冒了出来，像是正在给人沏茶倒水一样。这种群山环抱式的地形，在中国风水理论里边，属于生龙诞凤的风水宝地。在清朝的时候，朝廷派人寻访名山大川，想找一块皇家陵园，风水师啧啧称奇，把我们塔尔坪报了上去，但是这里山高皇帝远，地方又十分狭小，根本没有办法建陵园，也没有空间办祭祀大礼。于是风水师建议，塔尔坪有帝王之气，需要在这里建一座七层佛塔，把这块宝地给镇住。在民国的时候，这座塔风吹雨淋就倒掉了，这便是塔尔坪之名的来历。

塔倒之后，我们村的人欢呼雀跃了好多年，传得比较响的说法是将出一个大人物。村里人胆子大，什么都敢想，起初说是要出皇帝的，可是后来听说皇帝被废除了，改叫大总统了，再后来叫委员长，再再后来叫主席，大家就这样一起改了过来。凡是有个孩子出生的时候，大家便聚集在村口的大核桃树下，听着那一声声啼哭，眼巴巴地瞅着，希望那个大人物就是这个婴儿，可是村里人等着等着，孩子一个个出生了，又一个个长大了，没有一个有太大出息的，直到后来村里的青年人全进城打工了，没有孩子在这里出生了，大家才彻底失望了。到了近些日子，我因为写点文章一时名气大增，消息就从上海传回了塔尔坪，大家又把希望寄托在我的身上了。

还是回头说说塔尔坪吧。话说一百多年前，有两位亲兄弟，有说是逃荒的，有说是避难的，寻访到了这块地方，大兴土木，开山种地，从此扎下了根。这就是我们陈氏在塔尔坪的始祖。有个讨饭的女人，循着炊烟也来到了塔尔坪，一个人嫁给了两个兄弟。两个兄弟生有六个儿子，属“宜”字辈，我们称为“老太”，按长幼分为六支。六支又依山势地形，建了六座前庭后院，娶回六个女人。六支又各生六子，按长幼称为六房，属“治”字辈，每房再建一个大宅院，总共六六三十六房，陈氏自此在塔尔坪枝繁叶茂地蔓延开来。

我的爷爷叫陈治坤，是兄弟六个中的老二，所以被我们那一支称为二房。我们管爷爷，不叫爷爷，叫“嗲”。二房在所有六房当中，不算是人丁兴旺的，但也生了五个儿子，四个女儿，属“先”字辈。也就是说，我有四个伯伯叔叔，有四个姑姑。我管父亲也不叫父亲，而是叫“爹”。父亲大名叫陈先发，在兄弟姐妹中，排行老六，所以他的小名叫六娃。我就为这个小名，还被父亲打过屁股。原因是，小孩子之间吵架的时候，别人都骂我“六娃鸟，娟子逼”，我不明白是什么意思，以为“六娃”与“娟子”，就跟“狗日的”一样，也是骂人的词语，于是别人骂我的时候，我也大声回敬几句“六娃鸟，娟子逼”。别人听了就哈哈大笑，父亲听了，就十分来气，拿着棍子抽打我。一直到好多年后，我才明白过来，六娃与娟子不过是父亲母亲的小名而已。

我每次回去，父亲都会指着只剩下他一个人的大宅院，对我说，我们二房当年多热闹呀，最多的时候有几十号人，吃饭的时候大家都在院子里蹲着，黑压压的一大片啊。确实如此，不光我们二房，其他陈氏三十六房，这些年走的走，迁的迁，死的死，如今这个村子，已经慢慢地空了，族谱编修大典原定三年一次，也全部荒废掉了。因为后生们个个进了城，全部流到了天南海北，根本没有办法聚齐大家，所以哪家有了功名，哪家添了新丁，一概是不明不白的。

虽然如此，我们塔尔坪的族谱还有一项内容，一直是没有停止记载的，那就是死。塔尔坪大部分老人，都是死在塔尔坪的，因为他们根本不愿意出门，自然就死在这片土地上，埋在这片土地上。有那么几个，勉强随着儿孙待在城里了，但是死前都是留有话的，得把他们拉回塔尔坪去。有一个远房的伯伯，随着儿子一起去了南京，在那里日子过得很滋润，像当地主的时候一样，吃完了饭，专门有佣人打一盆热水，一边给他洗脚一边给他捶背。老人去世之前，儿子希望在中山陵边上，买一块上好的墓地，雕刻一个汉白玉的墓碑。而且答应会像活着的时候一样，不但要给他送小汽车，送别墅，还要送一对金童玉女，专门侍候老人在另一个世界的生活。但是老人留下遗言，一定得落叶归根，而且得留个全尸，万万不能火化。老人去世时，可难坏了儿子。儿子为难的不是城里墓地有多贵，而是老人死在医院里。在城里，人死了，更是不自由了，你没有任何权利从医院里运走尸体，只能由专车直接运往火葬场。最后儿子花了很多钱，才把尸体偷运了出来，自己开着车，走了三天三夜，回到了塔尔坪。我回塔尔坪探亲的时候，看到过他气派的墓，像一只花蝴蝶一样伏在路边，只是走近了细看，墓前已经生了荒草，怕是好久没有人祭拜过了，显得无比的苍凉而孤单。

族谱记载的事情原来是由族长负责的，自从族长也死了，这项关于死亡的内容，就由我的小佬（小叔叔）负责下来了。原来是要开大会的，还要焚香祭祖的，这些礼节如今虽然省略了，不过每次有人死了的时候，小佬就一个人默默地坐在灵堂里，把死者一生的信息记在了族谱里。我翻过一遍我们的族谱，前半部分像是一棵大树枝繁叶茂，到了最近十年，尤其是小佬接手之后，因为没有生，只有死，而且死人也越来越稀少了，这棵树就慢慢瘦了，衰败下来了，不再像是一棵树了，而像是映在水中的颠倒过来的一根小草。

这根小草就是父亲。我恍然大悟，预言中的这个大人物不是别人，应该就是我的如一根小草一样的父亲。

二

在父辈之中，大伯是一个谜，好像他从没有来过，又好像从没有死去，但他又像是悠悠飘过的一朵白云，确确实实地在我们的头顶停留过。

大伯是没有名字的，不明白是根本没有起名字，还是大家已经忘记掉了，反正他是“先”字辈，应该叫“陈先”什么的。大伯生于何年，同样没有人记得了，既然他是兄弟五个中的老大，与一九三八年出生的父亲之间，还夹着一个兄长、两个姐姐，照着这个推算下去，大伯应该是一九三〇年以前出生的，还属于国民党的天下。他又是没有任何子嗣的一个，也是不知道葬身何处的一个，不知道是死于哪年哪月的一个。说不定他有名字，也有子嗣，而且如今还依然健在，原因是他根本不是死，而是生不见人死不见尸，只是消失了。在我们塔尔坪，这个如烟如雾的大伯，激起了大家无穷的想象力，有人把他想成了《上海滩》里的许文强，有人把他想成了邱少云或者黄继光，还有人把他想成了周扒皮或者刘文彩，塔尔坪人见识少，就认识这么几个人，不管是正面的反面的，提起大伯的时候就眉毛胡子一把抓。正是这种不确定性，让人觉得格外的神秘，似乎是无所不能一样。所以大家对大伯充满了敬意，这种敬意有点像对待神仙，似乎大伯已经化为了神仙。

据父亲回忆，在大伯十八岁的那年六月，他正在院子前的那块麦地里收割麦子，大片的麦子已经金黄，布谷鸟在远山上不停地叫着，这时候突然冲来一群荷枪实弹的人，把大伯就从麦地里直接揪走了。大伯当时是光着膀子的，想回家带件衣服，顺便再给家里人打个招呼，但是这群人以为他要逃跑，干脆把他裤子也给脱了，光着屁股五花大绑着架走了。他不停地呼叫着，一家人谁也不敢轻举妄动，因为这帮人端着枪，瞄着麦地里的麻雀，不时地开上一枪，吓得大家都直哆嗦。

这就是国民党拉壮丁，也就是大伯被强迫当了国民党反动派的兵。当兵后，大伯随着部队一直南下了，因为民国时期我们塔尔坪，还不属陕西的地盘，而是河南管辖的。有一些壮丁，中途就逃回来了，捎了一连串的口信，一会说大伯到武关了，一会说大伯到西峡了，一会说大伯到南阳了。最后一个消息是从南阳传回来的，说是部队里患了传染病，个个肚子闹得稀里哗啦的，别说是上前线打仗了，连枪杆子也端不稳了，晚风一吹就倒成了一片。那阵子南阳正逢连阴雨，部队就在卧龙岗卧了半个月。再往后就没有任何消息了，因为我们方圆的壮丁本来就少，要么被乱枪打死了，要么患病死掉了，连个捎口信的也不剩了。

在我幼小的心里，一直想不明白几件事情：一是方圆几十里，多数是我们家的土地，我的母亲就是用一亩地换来的，作为地主崽子的大伯大少爷，为什么还会亲自下地收割麦子呢？难道地主家没有雇长工吗？二是听父亲私下悄悄告诉我，我们二房之所以成了大地主，大房、三房、四房、五房和六房却成了贫农，并不像社会上传言的那样可恶，是剥削来的，是霸占来的，女人都是抢来的。反而是那些穷苦人，多是一些好吃懒做的败家子，他们吃空了祖先留下的家当，就卖自己的土地，或者看到形势不好，就把土地卖掉及时享乐了。我们二房的每一块地，除了上边留下的和自己修的，都是用白花花的银子从他们手中买来的，就跟如今大家买房子是一个道理。但是勤劳的人为何就变成剥削阶级了呢？三是既然是大地主，应该是资产阶级，应该和国民党是一伙的，为何国民党不保护自己人呢？把大伯这样的同伙给抓走了，竟然落得个生不见人死不见尸的地步，在国民党统治的天下，我们大地主是受害者，解放以后的新社会，我们仍然被批被斗的，照样成了受害者，原因何在呢？都是家里富裕惹的祸吗？

大伯失去音信之后，几十年间无论是他的父母，还是他的兄弟姐妹几个，好像没有人主动寻找过他。我的理解是，对父母而言，那时候人命是不值钱的，甚至不如一只鸡一条牛，鸡可以下蛋，牛可以犁地，死了后都可以吃肉，而人死活都是不能吃肉的。我的印象中，如果家里有一头牛丢失了，是要打着马灯连夜进山，把它给找回来的。我有几次采药迷路了，半夜还没有回家，是没有任何人关心的，待遇比那些畜生差远了。对兄弟而言，少了一个大伯，就少一个人分家产。后来分家产的时候，为了多分一个碗，多分一把椅子，除了大伯不在，剩下的四个兄弟之间，打得头破血流。我的父亲心软，懒得争吵，一个大院落，最后只分了两间房，一把铁锨，两个碗。碗是黑陶碗，一看就是私窑里烧制的，不是圆的，是不规则的，一个还是破的。恐怕还有一个原因也至关重要，兄弟几个仅地主崽子的身份，天天就得被拉出去批斗，瓦烧不蓝要批斗，天不下雨也要批斗。我的堂兄与我的大姐，成长的时候正好赶上了那个时代，在学校里考试基本第一名，但是就因为成分不好，不但不能上大学，连当个团员的资格都没有。大伯如果还活着，那可是国民党的兵，国民党的兵就是敌人，就是反革命，如果把反革命给找回来，兄弟们自然是要受到牵连的，就不是批斗而已了，就是找死了。

不过，摘掉地主帽子后，中国就改革开放了，以发展经济为中心了，大家一窝蜂地开始赚钱，个个都梦想着睡一觉醒来，眼睛一睁就成了大富翁。我这个放牛娃当然也不例外。我就实话实说吧，从这个时候开始，我就是那个灰姑娘，大伯就是那个会变魔术的老婆婆。我对大伯的兴趣达到了极致，感觉他不是我的大伯了，而是埋在地下的一笔宝藏。我私下里是找过几次大伯的，相信我们二房的堂兄堂弟们，也私下里找过大伯的。谁先找到了大伯，就等于是找到了这笔宝藏。因为，即使是大地主，照样是可怜巴巴的农民，有几件值钱的家具和古董，也被贫农们给分掉了，哪怕就是陈氏的其他几房，也没有出过一个当官的，更没有几个发财的。而大伯，是唯一可能为我们创造奇迹的人。

当放牛娃的那阵子，我一边把牛放到山坡上，望着远处空蒙的大山，一遍遍地呼唤着“大伯啊大伯”，像我们那里呼唤山神降雨一般，我不明白把他叫出来的意义是什么。每次当我站在山梁上大声呼唤的时候，总会把一群动物给吓得四处乱跑。有一次却不一样，一只锦鸡——在这里我只能称为锦鸡，因为那时候我还不知道凤凰这个东西。一只锦鸡随着我的呼唤徐徐地降落在我面前的一棵大树上，它“嘎嘎”的叫声反而把我吓了一跳，我当时认定这不是别的，正是我的大伯转世了，或者是我的大伯派来的。大伯似乎问我，你叫我有什么事情吗？我说，没有事情呀。大伯似乎说，没有事情你这么大声干什么呀？我说，我想你了呀。大伯似乎说，骗人的吧，你是我侄子，有事情你就快说吧，别客气。我说，你真是我大伯吗？那你就让我家的老黄牛怀孕吧。说实在的，锦鸡确实是存在的，我也和它对过话了，不过是我自言自语而已。对完话，锦鸡就飞走了，不久我家老黄牛果然就怀上了小牛犊子。还有挖天麻，天麻比较值钱，是我们塔尔坪最重要的收入，每到夏天大家就会一窝蜂地拥上山。能不能挖到天麻完全是要靠运气的，运气好的话会遇到一大片天麻林，运气不好的话恐怕连个天麻苗子也看不见。我小时候，运气好得出奇，别人都说我是发财的料子，所以我往哪座山里钻，大人孩子就跟着往哪座山里钻。他们说这是一个人的命，其实我有一个小秘密，从进山开始，我就在心里默默地念叨着大伯，希望大伯能够指引我。

在若干年后，当我长大了，走出了塔尔坪，我是这样一次次寻找大伯的：我每到一个地方，无论是旅游还是开会，比较喜欢逛的地方是烈士陵园。我去过的烈士陵园非常多。在陕西，有商洛烈士陵园，有丹凤烈士陵园，在我们庾家河镇的山头上，建起来的一个战斗纪念亭。有一次从河南南阳经过，我去过南阳的烈士陵园；到江苏南京游玩的时候，我去过雨花台和中山陵；后来定居上海后，我还以《龙华烈士陵园》为题写过一首诗，"想永远躺在烈士陵园/凭着我一生也换不来一张门票/我常借着祭拜的名义/到这里欣赏桃花/顺便看看是否有我的亲人/已经为我做好了铺垫……"别人以为我比较爱国，是在接受爱国主义教育，其实我是在寻找我的大伯。去烈士陵园，除了找大伯，好处还是比较多的，一是缅怀烈士，提升自己的斗志；二是烈士陵园和寺庙一样，有时候确实景色秀美，比如我们丹凤县烈士陵园，整个县城没有什么地方能有这么多的鲜花，是一个风景优美的好地方。

到烈士陵园找大伯，我是这么想的，当年大伯被拉壮丁了，进了国民党的部队，他是有机会弃暗投明的，如果他后来跑到了共产党的部队，当了一名八路军战士，而且为了民族的解放战死在沙场，甚至是堵过敌人的枪眼，炸过敌人的碉堡，成了一名英雄人物，那我们就是英雄人物的后代。英雄人物的后代除了很光荣，还应该享受很多待遇，比如提干，比如分房，比如发钱。我有一位同事，她长得很漂亮，嫁给了烈士的表姐的儿子的小舅子的侄子，这么拐弯抹角的关系都沾了不少光，每次业务考核都不合格，因为人家与烈士沾亲带故，不但没有被辞退还被调整到了不用干活就能拿钱的岗位上。所以，每次到烈士陵园，我就一块一块墓碑去找，看看有没有叫“陈先”什么的人。如果有，可能就是我大伯了。有一次我在丹凤县烈士陵园里，看到一块墓碑上，有一位烈士姓陈，后边两个字有些模糊不清，我有一些小小的激动，死缠烂打地找到了管理人员。人家搬出了花名册说，这里姓陈的烈士一大批，但是肯定没有叫“陈先”什么的，连“陈前”什么的都没有。让人气馁的是，在烈士陵园里，看到最多的是“佚名烈士之墓”，那一排排十分壮观，说不定大伯就在里边埋着了，但是再壮观没有名字对我有什么用呢？

有一次，我去庾家河镇办事，顺便坐下来吃了一碗浆水面，浆水是用野菜做的，等面条煮好了，你还可以走出小店的后门，采点新鲜的挂着露水的叶子，有薄荷，也有山蒜，直接放入热气腾腾的面里。那是我这辈子吃过的最令人回味无穷的面条了。小店的老板娘说，你别看我这个小店，也算是老字号了，李先念当年在这里开过会，你坐着的这把椅子说不定也是革命家坐过的。这把椅子被磨得油光发亮，让我油然升起崇敬之情，我的屁股就不敢落座了。吃完面，我激动地去查了查资料，李先念同志确实在庾家河街“春永茂”药铺开过会，商量在我们商洛建立革命根据地。他手下的部队在我们庾家河与国民党发生过一场战斗，冲锋了二十多次，在黄昏时夺回了阵地，死伤了一百多人。我当时就想，大伯名字中肯定有个“先”，而李先念也有个“先”，会不会李先念就是大伯呢？在那个年代很多人都改名字，总理改过名字，主席也改过名字。大伯改个名字这是有可能的，改名字在战乱时期是为了躲避敌人，在和平年代是怕家人打扰他，找他办事情，所以继续隐姓埋名了。大伯只留了一个辈分，以“先”做个纪“念”。我给陕西有关部门写过信，想核实一下自己的身份，这封信自然是石沉大海了的。我还找到了我们丹凤县党史研究部门，一个姓李的工作人员说，你这不是瞎掰吗？我姓李，李先念也姓李，起码三百年前还是一家呢，我都不敢和他攀扯什么，你就不要做梦了吧。

还有一次，是我看《新闻联播》的时候发现的，我发现党和国家领导人中间，有一位十分伟大的人物，他叫陈云。听到陈云这个名字，按说我是不会联想到大伯的，实在是两个人差距太远了，连让人想一下的胆量都没有了。但是空闲的时候我还是在网上百度了一下，偏偏发现他有一个儿子叫陈元。陈元意味着什么？“陈”是我的姓氏，“元”是我这一代的辈分，而且我恰恰没有名字，直接就叫了“陈元”，和陈云之子陈元同名，这不由得让人浮想联翩啊。那阵子，我不再去烈士陵园了，而是经常去泡图书馆，专门查阅中共的党史资料，特别是有关陈云的资料。从资料中我找到了两个疑点：一是他生于一九〇五年，起码比大伯要大二十岁；二是他的老家是江苏青浦（后划为上海青浦），根本与陕西不沾边。为此我不但借出差之机追到了北京，还一直追到了上海的青浦区，即使参观了陈云的故居，听完了陈云的革命事迹，我还是无法接受他不是我大伯的事实，因为陈云与父辈们的长相真是太相似了。“我爸叫李刚”很流行的时候，有人问我叫什么名字，我得意地开了个玩笑，说“陈云之子陈元”。

两岸关系缓和后，尤其是大家对国民党不再那么敏感的时候，我开始喜欢看两岸关系的新闻了。特别是两岸来往频繁后，尤其喜欢看两岸之间的寻人启事，有电视台的寻人启事，也有报纸夹缝中的寻人启事，我会全部搜索出来，与台湾有关的，我都要想办法联系一下。大伯被拉了壮丁，参加了国民党部队，先是去了河南的，从河南再往前走，就是安徽了。从安徽再往前走，就到了江苏南京。南京是国民党的老巢，好多国民党官兵都是在垮台的时候，从南京随着蒋介石撤到台湾去的。我在想，大伯如果大难不死，在枪林弹雨中一路跑到了南京，然后随着某某人，一起逃到了台湾，找了个台湾美女，在台湾成了家，在台湾当了官，或者成了大企业家。这种可能不是没有的。陈水扁在台上的时候，我怀疑陈水扁就是大伯，他既然不承认自己是中国人，同样也可以不承认自己是塔尔坪的人。因为塔尔坪对他来说，有什么呢？除了他是这里落地的，从这里被绑走的，其实什么都没有，这里没有名山大川，没有历史古迹，连一座寺庙都没有，只有一帮穷苦的兄弟，或许这会让他羞耻的。那阵子，经常会看到这样的新闻，台湾某某某亿万富豪回到大陆寻根问祖了，或者是某某某亿万富豪临死前,留下一大笔财产,委托律师转交给大陆的亲人,我就更加盼望大伯去了台湾。或许某一天我们就突然收到一封信,是来自台湾的关于财产继承的遗书。有一天,我接到一个陌生电话,来电显示是台湾的,我一阵惊喜地接通了,接通后才明白是推销大乐透的广告。

我在上海工作时,无意中认识了一个老板,他开了一家名字叫“龙”的婚纱摄影店。当时他请我帮忙,大意是让我给他们搞一个策划,把他的企业给炒作一下。我们约在徐家汇那边一起吃饭,我接到他的名片之后,发现他也姓陈,而且是从台湾那边来的。我当时就十分激动,那顿价格不菲的晚餐本是他要请的,最后我就糊里糊涂地买了单。这次见面之后,我给他们策划了一个活动,从残疾人中间海选十对恩爱夫妻,然后免费给这些恩爱夫妻拍摄艺术照,这项公益活动一下子引起了轰动,“龙”摄影一下子超过了“巴黎婚纱”。陈老板要感谢我,给我塞了一个大红包,被我拒绝了。这个陈老板三十来岁,企业做得很大,在全国各地都有连锁。从认识他那天开始,我就希望把他和大伯扯上关系,但是经过不断地了解和追问,人家祖宗八代,都是台湾那边的土著。我对陈老板说,我求你个事情吧。陈老板说,你尽管吩咐吧。我说,在台湾帮我找找大伯吧。当陈老板让我提供大伯的名字、出生年月等信息,我表示一无所知,只能告诉他,我大伯的故乡叫“塔尔坪”。陈老板很给力,在台湾好几个报纸上,都打了寻人启事,结果是可想而知的,什么也没有找到。我看到那张从台湾带过来的报纸,才恍然大悟,大伯离开的时候或许塔尔坪还不叫塔尔坪,而叫别的什么,因为塔尔坪也改过很多次名字,叫过红星村,也叫过大庙村。

以上,我对天发誓,不仅仅是我年幼无知时的幻想,进入中年后我还是心存希望,这是一个农民之后、一个草根之子的一份无奈的努力罢了。直到最近几年,当父辈们一个个离世,只剩下父亲一个人,整天看着偌大一个院子发呆的时候,我最最希望的,不是大伯给我带来什么依靠,给我带来什么意外的财富,而是以父亲的一个兄弟的名义仍然活着。推算一下,大伯如果没有死在战争之中，没有倒在那个乱世的疾苦之中，依然健康地活在人世的话，不过八十多岁而已呀。

三

有时候年龄是个与生命毫不相干的数字，无法用这个数字来表示一个人离死亡的距离。

说到真正的死亡，在我们二房最先离开的，而且是我亲眼所见的，就是我的大叔叔了，也就是父亲年龄最大的那个弟弟。我们把叔叔是不叫叔叔的，根据年龄大小，依次叫大佬、二佬或者小佬。

大佬叫陈先有，是一九四几年出生的，出生后没有几年，中国就基本解放了，算是在新旧交替的夹缝中出生的。大佬人长得没有任何毛病，相反和长辈们一样，高高的额头方方的下巴，一张“国”字形的脸。算命先生是这样描述的，天庭饱满地阁方圆，应是非贵即富的命。算命先生说，凭你这副模样，你就晒晒太阳、睡睡懒觉等着吧，肯定会有八抬大轿来抬你的。我爷爷，也就是我嗲，对他似乎也十分偏爱，把三间厢房分给了他，还分了一张床、两把太师椅、一张方桌和两口铁锅，另外还偷偷地塞了一些银元。就这么个人，不明白是什么原因，一辈子打了光棍。按照他的年龄推算，适婚年龄应该在一九六几年。我分析了一下：第一，恐怕是受了算命先生的影响，大佬比较懒，整天爱睡觉，太阳还没有落山，就钻进被窝里了，第二天太阳晒屁股了还是不起床，直接躺在床上晒太阳。有一阵子把脖子都睡歪了，索性把小名改成了“老歪”。他走路的时候，要不停地朝上伸脖子，希望把脑袋扶正了，于是感觉那个脑袋不是长在脖子上的，而是放在脖子上的，搞不好随时都有可能掉下来一样。那个年月是吃大锅饭的，大佬一个人挣工分，一个人吃饭，自然用不着那么卖命。大佬说，我光棍一条，不让我睡觉做梦娶媳妇，岂不是太残忍了吗？第二，那个年月，正好是斗地主的阶段，他虽然没有被划为地主，起码是地主的兄弟，这样的成分谁还敢嫁呢？

对此，父亲的解释是，人在这个世上，像只蚂蚁似的，他命再好有什么用，也抗不住国家的命，斗地主那阵子浪头多大啊，他能保住一条小命就不错了，哪还有心思去想媳妇啊。

大佬一辈子没有成家，最有可能的原因，是一个“情”字。我是在几十年后，才了解到的。二〇一二年，我远嫁到河南省灵宝县的小姨，得了癌症，临去世前念念叨叨地来到了塔尔坪。在我的印象中，小姨自嫁出去后，从来没有回过一次塔尔坪，按照我大姐的说法，是和人赌气，具体赌什么气，大人从来只字不提。小姨生前最后一次回塔尔坪，去我母亲坟头坐了一会，唠叨了半天的话。顺便又去大佬的坟头，还给大佬烧了一堆纸。我问父亲，小姨和大佬有什么关系吗？她为什么要去坟头看他？父亲只顾着抽烟，并没有作声。大姐私下里说，小姨险些成了大佬的媳妇，门都上了，亲都订了，过门日子都查好了。我说，像咱妈一样，是用土地换的吗？大姐说，都解放多少年了，哪里还有土地呀。我说，那为什么飞掉了？父亲仍不做声。大姐那时应该还小，自然不明白具体原因，所以就成了一个永远的谜。从其他人口中，我了解到一个确切的消息，那就是小姨没有嫁给大佬，为此一下子离家出走了。她是在过门前两天跑掉的，她背着个包袱，低头看着自己的脚尖，顺着一条羊肠小道，一声不吭地朝外跑，最后实在跑不动了，就停在了几百里外的河南省灵宝县。她一抬头，正好遇见一片玉米林，中间有几间茅草房，里面正在生火做饭。她也不招呼一声，便推门而入，掀开人家的锅盖，吃了十几个蒸红薯。她实在太累了，吃饱了，就倒在人家炕上，一觉睡到了第二天中午。此户人家正好有一子，是个白癜风，脸色白得太吓人了，愁着找不到媳妇呢，于是经不住几句引诱，就地把自己给嫁掉了。我没有去过小姨家，但是大姐去过，住了三个月时间，说是让人十分失望。据大姐的描述，那地方比塔尔坪差远了，塔尔坪虽然山大沟深，人是住在山下的，而小姨家是住在黄土高坡上的，茫茫一片没有一棵树木，没有树木就没有乌鸦与喜鹊，连麻雀好像也没有。一家四五十亩的庄稼地，全是广种薄收的那种。最要命的不是粮食，而是那地方缺水，没有水就没有办法煮饭了。每天早上天不亮，小姨就会下山去背水。那里的水，不像塔尔坪有涓涓小溪，而是从泥土里渗出来的，半天只能勉强接到半桶水，到太阳彻底升起的时候，水就基本断流了。这半桶水背回家，先用来洗菜，然后用来洗脸，洗完脸再用来喂牲口，大姐在小姨家的三个月，没有洗过一次澡，这里的人一年到头都不会洗澡。我问大姐，那为什么不住到山下去呢？大姐说，庄稼地都在山上，住到下边更加艰难，何况也没有山下山上之分。我问，为什么不吃雨水呢？大姐说，吃雨水的呀，家家都有一个水窖，把雨水收集起来，水里都长了虫子。一年到头，雨水非常稀少，房子就不怕风吹雨淋，也与我们塔尔坪不一样。塔尔坪的房子都是青砖绿瓦，而小姨家的房子，全是土坯子垒起来的，上边铺了一层薄薄的茅草，仅仅为了遮光。小姨得的癌症，不是别的，应该是胃癌，半辈子没有水喝造成的。不过这是大家猜测的，家人要送她去医院检查一下，说是要死也得死个明白。她坚决不同意，说是没有意义。不明白小姨的意义到底是什么？

那个年代得胃癌去世的人是比较多的。大家还有不少猜测，说我母亲三十九岁的时候，就是得胃病去世的，我大佬也是得胃病去世的，虽然都没有得到什么诊断，但基本可以断定是胃病。因为没有粮食，大家整天吃树皮草根，还吃过一种粉状的石头，那胃已经不是胃了，像一个水泥搅拌机。大佬一个人挣工分，按说是够一个人吃的，但是有几年颗粒无收，工分根本分不到粮食。大佬没有吃石头粉，但是吃过玉米秆。在我记事的时候，我见过大佬吃玉米秆。他把颗粒无收的玉米秆，用刀一根根剁碎，然后放在一个磨盘上，磨成了粉。我们院子中间有一扇大磨盘，也许整天磨这些粗糙的东西，磨盘一天天薄了，一尺来厚的大磨盘，如今只有烧饼那么厚了。大佬用玉米秆磨成的粉，蒸了一锅馒头，出锅的那天早上，太阳特别地温暖，他坐在门槛上神秘地朝我招了招手。他说，饿了吧？我说，一天滴水未进了。他说着，掀起热气腾腾的蒸笼，把一个馒头扔在我的手心。我好像几年都没有吃过馒头了，看着白里透黄、黄里透青的馒头，我狠狠地咬了一口。才发现，这不是平常的馒头，牙齿咬在馒头上竟然打滑。怎么比喻那个馒头呢？我当时就告诉大佬，它很像牛粪疙瘩。如果放过牛的人，肯定捡过牛粪疙瘩。从牛肚子里刚拉出来的一摊摊牛粪，冒着热气就是这个样子，经过太阳晒干了，硬邦邦的也是这个样子。唯一不一样的，牛粪除了青草的味道外，还会有一点尿骚臭，而这个玉米秆蒸出来的馒头，是没有任何味道的，放在嘴里像老牛在咀嚼一把青草。

大家还有一点证据，可以证明大佬是患了胃病去世的。在他去世前的十几年间，不停地打嗝，不断地从胃里向上返酸水，后来时不时地开始吐血。特别是去世前两天，他躺在一张床上，像是一眼泉水一般，嘴里咕咕嘟嘟地冒着血水，偶尔往外吐出黑色的血块。大佬去世具体是哪一年不清楚，但肯定是一九八几年，比我母亲晚一点点，也就四十岁左右的样子。一九八几年，我们整个县只有一家医院，塔尔坪只有一个赤脚医生，还兼着给猪马牛羊看病，说是看病其实就是劁猪骟牛。大家无论生多大的病，从来不检查不打针，少数人会吃一点自采的草药。塔尔坪到处都是草药，山上除了天麻、灵芝之外，还有柴胡、苍术和五味子。五味子满山遍野都是，据说就是治胃病的，至少是开胃用的。我母亲是吃过几背篓草药的，大佬一生连草药都没有吃过，大部分人至死都是不吃草药的。不吃草药，不是因为不相信草药，而是草药采回来后，可以拿到小卖店里换盐。大家判断一个人是否去世了，唯一的办法就是试鼻息，所以在塔尔坪从来不叫死，而叫断气，就是断了呼吸。当时，大佬的嘴一张一合，吐了一天一夜的血块，就被大家装在棺材里埋掉了，和我母亲的死法是一模一样的。多年之后，我怀疑他们根本没有死，甚至他们还有想法，只不过是闭着眼睛，按照现代医学的理论，起码还没有脑死亡，去做做手术，做做透析，也许能再活一年半载。但是谁让他们活在一个落后的年代，只能被人们匆匆忙忙地执行了“安乐死”。

大佬虽然寿命不长，一辈子没有成家，他却有一个儿子。父辈们兄弟五个，除了大伯生死不明外，其他活着的兄弟四个，不管什么情况，最后每家都有一个儿子。也就是到我们“元”字辈,有兄弟四个是续了香火的。说一句不敬的话,我怀疑大佬一辈子,可能都没有睡过一个女人,也就是没有一次性生活,至死他还是一个童子身。哪怕就是在梦里,恐怕他也是干净的。因为那个年代还保持在封建的旧社会,关键是在我们塔尔坪也没有一个女人,能够给他提供这个偷情的机会。所以大佬的儿子不是与哪个女人私生的,而是从我们堂兄弟几个人中过继的。过继儿子的过程,其实就是争财产的过程,我年少没有想得那么复杂,直到大佬百年之后,他名下的那三间厢房,和那几件红木家具,统统归了别人,我才突然明白过来了。

过继儿子的事情,是在大佬去世前五六年的时候提出来的。当时,我们堂兄弟总共有五个人,有两个人可供选择。一个是我,一个是我的堂弟,我是父亲的小儿子,他是我小佬也就是我小叔家的小儿子。具体情况是这样的,大伯生死不明,二伯只有一根独苗,叫陈元民,在堂兄弟中排行老大;大堂兄如今与大嫂一起,搬进一座寺庙当了住持。父亲有两个儿子,我的哥哥叫陈元聪,在堂兄弟中排行老二,我叫陈元,在堂兄弟中排行老四;小佬也有两个儿子,大儿子叫陈元兆,在堂兄弟中排行老三,小儿子叫陈元华,在堂兄弟中排行老五。如此一来,能过继的最佳人选中,自然就是我与堂弟两个人了。我和堂弟是一年出生的,只是我比他大一个月,我是农历八月,他是农历九月。按照大佬的意思,他是比较喜欢我的,原因是我十分勤快,不仅砍柴放牛种地,而且还可以做饭洗衣,样样都干得很漂亮。在我十岁左右,开始挖药材、做家具赚钱了,还有了八十多块的存款。八十多块相当于现在的几万块,所以别人都叫我富翁。有许多大闺女小丫头的,托媒人上门开始提亲,其中不排除有大户人家的丫头。但是,最后真正过继的时候,却成了我的堂弟陈元华。对这事,我是很不在乎的,因为一旦过继之后,就变成别人的儿子了,感觉像被抛弃了似的。果然,元华很快就搬到了大佬家,与大佬一起睡一起吃,一个没有女人的家,做饭呀洗衣呀扫地呀,其实不管怎么看,都觉得怪兮兮的。我常常看到元华失魂落魄的样子,倒像是一个孤儿一样。

我终究还是后悔了。原因有几个：第一，刚才已经说了，三间漂亮的厢房归了别人，瓶瓶罐罐的古董、箱箱柜柜的家具都归了别人，还有核桃树自留山菜园子统统都归了别人；第二，过继手续办完，我的亲哥哥就在去河南淘金的途中出了车祸，意外地死了，那年他才十八岁，刚刚订了一门亲事，还没有正式娶亲。对于哥哥的去世，我从风水学与宿命论的角度，做出过一点反思。从我们房后的山形与门前的流水来看，命中注定一家只能存有一子。如果我过继给了大佬，成了大佬的儿子，那么我们家的香火，自然落在哥哥身上，我的哥哥也许就不会出意外，那么出意外的将会是谁呢？天意又是什么呢？从这一点上看，让我又想起了我那失去音信的大伯。

如果大伯依然在一个神秘的地方活着，上天也会安排一子给他来继承他的香火，那么他的遗产和我就没有任何相干了；如果大伯已经不在人世了，哥哥是不是奔他而去了呢？一切皆有可能，物质是不灭的，无论是肉体还是灵魂，一个人从一个地方消失了，他肯定会从另一个地方爬起来的。

大佬去世的时候，我与元华堂弟已经离开塔尔坪，去庾家河镇念书去了。也许是初一，也许是小学，我们两个一直在一个学校，我学习总是非常出色，每次都会考出第一名，元华虽然一直也很努力，并没有这样的好成绩。但是人的命运，真不是念书就能决定的，虽然我们那个时候改变命运的唯一手段就是念书。我最终考上了大学，吃上了商品粮，被分配到机关工作，成了一名国家干部，如今定居到了上海；学习一直很差的元华，却找到了另外一条道路。他在高中毕业后选择了入伍，在北京一个部队当了兵，给首长开了多年的小汽车，在一次户口政策放开的时候，他给国家交了五千块钱，把农民户口转成了商品粮户口。退伍时转业到了石家庄，吃上了公家的饭，在石家庄娶妻生子，照样落地生根了。自此，他与我站在了一个起跑线上。

真应了三十年河东转河西，谁也没有料到如今，我们不管是谁的儿子，不管是续了谁的香火，却统统地流落在异地他乡。拥有那些宅院有什么用呢？再过多少年这个大宅院又会是谁的呢？无论逢年还是过节，有谁会在那些埋着亲人的坟墓前烧几张纸燃一炷香呢？亲人们的灵魂是否与飘在塔尔坪上空的白云一样已经无人认领了呢？

这并不是大佬之死给我带来的感慨，因为在大佬去世之时，塔尔坪还是人丁兴旺的，村子的上空一年四季都有唢呐声响起，当然也有喜鹊喳喳地鸣叫，有的是在这里拜堂成亲，有的是在这里出生，有的则是在这里死去，生与死，喜与悲，都在这里一圈圈地轮回着。

不知何时，像一条珍珠项链一样，这种轮回就被打破了。

四

二伯应该是我们塔尔坪色彩浓厚的一个人。我这里所说的二伯，自从真正的大伯消失后，其实我们就管二伯叫大伯了。

大伯叫陈先举，而我一直都叫他“陈先主”，直到前几年回去给他上坟，从他新立的墓碑上发现，我把他名字念错了。好在给一个人烧纸时，只需要念叨名字，而不是写名字，所以过年过节时我送给大伯的钱，他在另一个世界还是可以收到的。按说，在他的一生中，经历过太多的磨难，比如在枪林弹雨的旧社会，比如在阶级斗争当中，这都没有夺走他的性命，反而是一个好时代把他给消灭掉了，也可以说是时间把他给消灭掉了。自从我嗲去世后，他就成了我们二房的代表，无论是林子起火了，还是一头牛滚坡了，都会把他拉出来批斗一番的。我记得一个场景，我们村里的砖瓦场烧坏掉了，青砖没有烧透，绿瓦是红色的。那时窑匠是我舅舅，队长是三房的一位伯伯，按说应该是他们两个的责任，这事与大伯一根草的关系都没有。但是他们大喝一声：“陈先举在哪里，把这个地主分子给我押上来。”大伯低着头，从人群中钻出来说：“我自己来吧。”但是队长又大喝一声：“你这个地主太坏了，干了坏事还要自己来？”于是他被两个民兵，反绑着双手推到了台上。

对这件事，我有着十分离奇的感受：第一，舅舅在烧窑点火的时候，不但要念念有词，还要烧香磕头，所以在我心里，舅舅之所以是个窑匠，靠的不是什么技术，而是巫术和咒语。砖瓦烧坏了，如果真是大伯捣的鬼，那说明大伯比舅舅厉害，他能破除舅舅的巫术和咒语。发生这件事情后，我是很崇拜大伯的。我多次问他，念什么咒语能让牛滚坡，怎么才能让山林起火？我特别希望牛能滚坡，牛一滚坡就可以美美地喝上几碗牛肉汤，山林起火后会捡到被烤熟的野鸡。第二，在那个是非不分的年代，地主不是人而是畜生，你想照着人的方式行事，是万万不行的。你左也不对，右也不对，主动说“自己来”，那是错的；你一旦默不作声，等着别人来侮辱，又会以为“你想抵赖”，就大错特错了。还有一次，是发生在父亲身上，父亲看到学校墙边堆着很多垃圾，臭烘烘地招苍蝇生蚊子，好心把垃圾给清理掉了，垫了牛圈，没有想到竟然成了“挖社会主义的墙角”。

大伯还是从那个扭曲的时代挺过来了。但是大伯个人的厄运，并不会因为社会的转变而改变，地主的帽子摘掉了，时间似乎又编织了一顶无形的帽子，高高地戴在了他的头上。一个算命先生与我的看法是一致的，大伯之所以大难不死，是因为他的鼻子长得奇特，尤其是鼻尖有两公分长，说明这个人命硬，能经得起折腾。让大家唯一没有想到的，好不容易挺到了摘了帽子，吃喝不愁的好时代，他却没有挺过去，而且他的死法是任何人都没有想到的。

从大伯身上看，一个人的灵魂永远是改造不了的。无论你用了什么手段，给他讲的是什么思想，让他信的是什么主义，其实统统是无效的。面对强大的社会运动，他只有革面，而不会洗心。大伯有三大嗜好，都是地主时代留下的。在地主时代这些遗风，还要受到一些封建思想的限制。而到改革开放之后，人自由了，思想解放了，欲望被无限地激发出来了，像是开了闸的洪水一般，比地主崽子时代就更加疯狂了。我分析后得出结论，大伯的死是与这三大嗜好脱不了干系的。

大伯第一个爱好是女人。一个人在其他地方爱女人，没有什么大不了的，两个人对上眼就行了，在农村野合的情况见怪不怪,在城市的话现在小姐到处都是的,随便招招手就是一大群。但是在塔尔坪要过的关太多了,整个塔尔坪都是陈氏家族,每家每户都是有辈分的,之间是绝对不可能通婚的。长得漂亮的几个女人,要么是大伯的侄媳妇,要么是大伯的婶婶,而且都是没出五服的。在这几个女人身上,说大伯什么闲话的都有。有说是爬灰,就是与晚辈通奸;有说是挖地菜,就是与长辈有染。

在塔尔坪传出最多的,就是大伯喜欢淘大粪,原因是借着机会看女人的屁股。农村的茅坑大家应该见过,架得高高的,像是一个小阁楼,为了淘大粪方便,后边是敞开式的,所以从后边抬头一看,女人在蹲坑的时候,不仅仅是白花花的屁股,就连毛毛草草的也是一览无余的。大伯在爬灰上应该是没有什么花头的,那些远房的侄媳妇们他有没有沾染我不知道,但是亲儿媳妇他是肯定沾也未沾的。有一阵子大伯与大堂兄之间,经常扭打在一起,父子之间刀来棍往的,搞得你死我活,有人猜测是因为爬灰,实质上不是的。因为大堂兄自小信佛,经常去后山一座寺庙里烧香,还借来一些佛教的书读,一来二去就认识了经常去寺庙里洒扫的大嫂。两人结婚之后,除了没有剃度为尼为僧之外,所有生活都是按照佛门的规矩办的,绝对不吃荤菜。去别人家吃饭,碗上的油星子,是要拿火灰擦一遍的。连葱与蒜都是不沾的。有人想检验一下,有一天晚饭,在他们家锅里,偷偷埋了一块猪肉。不想他们发现后,硬是抠着舌头,把吃下去的东西给吐了出来,然后饿了三天三夜,喝了几十碗清水,算是洗了一遍肠子。这在那个视肉如命的年代,绝对是一对怪物。不吃荤菜,他们两个并不显得苍白,脸面上红润润的,我怀疑他们夫妻之间,连起码的男欢女爱都戒掉了。

而大伯既爱女人,又喜欢吃肉,为了能有肉吃,后来还学会了杀猪。替别人杀猪不仅能吃杀猪饭,还能得到一条猪大腿。这是后话了。所以大伯犯了佛门最大的两个禁忌,不由得他们父子不三天两头打架了。打得不可开交的时候,大伯与独生儿子分了家,分了家之后还是扭打在一起。有些人打架,为了一只鸡,为了一棵树,但是大伯与大堂兄打架,我们从来不清楚什么原因。有人说，是为了一股风，大堂兄闻到了风中的臭味，知道大伯又在替人家淘大粪了；有人说，是为了一抹影子，看到一道撕心裂肺的影子从空中飘过，大堂兄知道大伯又在杀生了。后来，也许大堂兄为了图个清静，锁了门，闭了户，离开了塔尔坪，夫妻两个跑到一百里开外，在一座荒废的寺庙里安了家。农忙时在寺庙周围开荒种地，种玉米小麦，也种芝麻与黄豆，绝对不养羊也不养猪，养羊养猪都是要挨刀子的；农闲时就打理一下寺庙的香火，给周围的山民们讲解佛经，以此消灾避难、祈福还愿。

说大伯与他的婶婶有染，这个塔尔坪的人是信的，我是半信半疑的。他的那个婶婶是我们陈氏五房的，应是“治”字辈的，我见面的时候，要喊她奶奶。奶奶长得的确漂亮，不仅苗条，留了一头长发，而且瓜子脸，皮肤也十分白皙，这在塔尔坪是独一无二的。塔尔坪的女人统统不留长发，这是因为不方便干活。塔尔坪的女人的皮肤，与泥巴是一致的，基本是黄蜡蜡的，而且泛着菜青的颜色。奶奶的娘家是外边的，也许由于成分不好，就嫁到了山里。嫁到山里也就算了，关键是她嫁的那个男人，不傻不呆，就是有些软，不管遇到人欺负他，还是欺负他的家人，他都是嘿嘿一笑了事。举个例子，有个村支书，经常去他家，无论什么时候去，由于惧怕村支书的淫威，他都会给人家把门打开，还在自己的床上添一床被子，三个人就这样相安无事地睡在一起。大伯讨这个奶奶欢心的办法，我是知道的。有一次我上山挖药迷路了，回到村子的时候已经三更半夜的了。本来早就被吓得不轻，刚走到这个奶奶的门口，一下子碰到了一个黑影，他正蹲在窗子下边学猫叫。我心想哪有这么大的猫呀，肯定是个妖怪。这时，这个妖怪开口了，从窗口塞进去一样东西。窗子里边问，这是啥子？窗子外边答，是银元。窗子里边问，你别拿一块石头蒙我啊？窗子外边答，你用两个指头夹着，吹口气放在耳边听听响声，是真是假不就明白了。我就是那天学会如何识别银元真假的。过了一会儿，窗子里边发出满意的笑声，窗子被推开了，那个黑影一下子蹿了进去。

听声音，我明白这是大伯与那位奶奶了。回家后，我问父亲,银元是什么东西?父亲说,这是古代的钱,一个银元可以换好几十块人民币。我问父亲,大伯又不是古代的人,他怎么会有银元呢?父亲告诉我,恐怕是我嗲留下来的。当年世道乱得很,不但强盗一群群的,打土豪分田地也是一波波的,我嗲就把银元埋了起来,有的埋在院子中间的地窖里,有的埋在房间里的床下边,风声过去几十年了,现在又挖出来了。父亲又问,你怎么知道大伯有银元?是不是他拿银元送人了?我只是笑笑,并没有把大伯的秘密揭露出来。因为在我们印象中,和这位奶奶相好的,不仅仅只是大伯一个人,一帮男人常常莫名其妙地动手,都不是为了别的,不过争风吃醋罢了。

大伯第二个爱好是吃肉。为了吃肉,大伯首先喜欢上了打猎。大伯打猎是有条件基础的,因为他有枪,长枪短枪他都有,是打火药钢珠的,就是鸟枪,用鸡毛做引信的。这些应该也是我嗲遗留下来的。在民国的时候,方圆的山山水水基本都是我们家的,看家护院都需要用枪,所以家里自制了很多枪,解放后大伯他们把枪藏了起来,几乎每个床底下都有一杆枪。"文革"刚结束不久,就陆陆续续都拿出来了。这些枪拿出来后,基本是生了锈的,枪栓拉不开,枪眼给堵住了,不太好用。大伯聪明,找来钢管,又照着样子,自己摸索着制作了好几杆枪。大伯制作出来的枪,比鸟枪先进多了。鸟枪是打散弹的,是用鸡毛做引信的,而大伯制作的枪是用子弹。子弹也是他自制的,我没有见过正规的子弹,我见过大伯制作的子弹,大拇指那么粗,金黄色的,十分好看。

有一次,我被塔尔坪选为代表,去镇上参加珠算比赛。大伯说,我们陈家要出大人物了,得鸣枪为我送行。他高兴地扛着一杆新枪,随着我走到村口,东瞄瞄,西瞄瞄,却总也不见他扣动扳机。我说,你这枪是玩具吗?会不会打不响啊?大伯嘿嘿一笑说,怎么会呢?既然为你送行,你说打什么就打什么保证百分之百。我说,打野猪吧。大伯说,野猪得守个一天两天的,怕是来不及了。我说,你打燕子吧。大伯说,燕子飞得太快了,怕是打不住的,而且燕子是只好鸟,打死是不吉利的。我说,那就打树吧。大伯说，打树有什么意思？树又不能煮着吃。我说，电影里为人送行，都是朝天上打一枪的，你就朝天上的白云打一枪吧。大伯说，这不是放空枪吗？子弹是很金贵的。正说着，有位远房的婶婶追着一头大肥猪蹿了过来。婶婶骂道，陈先举，你家的这头畜生是野的吗？好好的一块苞谷让它给啃光了，你得赔吧？大伯说，赔什么？婶婶说，当然是赔苞谷了，难道是赔命吗？大伯说，它吃了你家的苞谷，肯定是长肉了，我得赔肉给你了。大伯说着，端起枪，对着不远处那头乱窜的猪，轻轻一扣扳机，只听到"嘭"的一声，自己家那头猪连哼哼都没有，翻了几个跟斗就死掉了。大伯踢了踢死猪，对我说，怎么样？厉害吧，赶紧去镇上，拿个奖状回来，我拿它给你接风吧。

大伯与人家不同，人家只在冬天下雪后打猎，而大伯一年四季扛着一杆枪，漫山遍野地跑。他不但打野猪，打松鼠，还打锦鸡，所以大伯家的墙上，挂着五花八门的用盐腌制的猎物。被熏得黑乎乎的，吃起来绝对的美味。还用松鼠皮做成围脖子。他不仅送给那位奶奶银元，多数时候就送这些美味，在饥饿的年代，这绝对比银元更有诱惑力。这些年，我进城了，在城市里生活，对枪是最向往的。如果有杆枪，哪怕和孩子的玩具一样，心里不顺的时候，拿出来朝着天空瞄一瞄，也是一件挺解恨的事情。于是就问父亲，大伯的枪哪里去了，才知道塔尔坪对枪开始管制了，已经全部上缴了。大伯去世后，在塔尔坪，许多动物都销声匿迹了，比如狼，比如果子狸，都看不见了。唯独野猪更加猖獗了，到处糟蹋庄稼，所以政府每年冬天会发一杆枪，允许村子里用来打野猪，控制野猪的繁殖。

大伯光打猎还不过瘾，竟然学会了杀猪。杀猪这活儿，是可以尽情吃肉的，吃完了还有一只猪大腿可以拿走。包括大堂兄在内，塔尔坪许多人觉得，猪也是一条命，天天白刀子进，红刀子出，太残忍了，杀多了会影响阳寿，于是我们塔尔坪只剩下大伯这一个杀猪匠了。大伯逢年过节的时候很吃香，一天要杀三五头猪。我毫不夸张地说，他的脸像是在油锅里涮过了似的，整天红通通的，油腻腻的。不仅仅因为吃肉吃的，杀猪的时候有一个环节，就是放血之后拔毛之前，可能为了方便拔毛与剥皮，所以要给猪的全身吹气。吹气的时候，要在猪腿上割一条口子，嘴对着油乎乎的口子直接吹，把死猪吹得圆鼓鼓的才行。这是杀猪匠的关键技术。大伯吹得多了，腮帮子自然就鼓起来了。

之所以要讲大伯打猎与杀猪，不是想为大伯之死找到什么宿命的根源，也许真如民间所说，杀生太多了，才导致大伯死得离奇。比较科学的因果关系，是因为大伯爱吃肉，所以当上了杀猪匠。因为杀完猪吃完肉，一般几个帮忙杀猪的，会坐下来打几圈子麻将。大伯的死是由打麻将引起的。

自然要说说大伯的第三个爱好，就是打麻将。据父亲讲，大伯在解放前就学会了打麻将，这比他学会杀猪早了好几十年。民国的时候，大伯年龄不大，还是个毛孩子，已经是麻将场上的老手了，经常跑上几十里甚至上百里，找腿子打麻将，说是打麻将，其实就是赌博。在民国时期，因为我们家是大地主，家里还是比较富裕的。大伯打麻将的胆子很大，开始与人家赌输赢的，只是国民党发行的钞票，但是钞票因为战争贬得不值一文，所以就改成了银元。我们家的银元，当初是用几口大缸装着埋在地下的，由于兵荒马乱的，好多人开始卖地，我嗲不识时务，照样见地就买，把大把大把的银元花了许多，还有一些被国民党队伍给征去了，另一部分就是被大伯给赌博输掉了。有一次，大伯出门三天，整整输掉了十二块银元，还欠了一屁股的债，等他回来再偷银元的时候，发现院子中间的地窖已经不见了，被我嗲用泥巴给填平了。大伯很骄横，他竟然拿出一把斧头，顶着我嗲的鼻梁，逼问银元藏哪里了。我嗲说，被你这个败家子输光了。大伯说，你再不把银元拿出来，我就砍掉自己的手，砍掉手我就不赌博了。我嗲伸出自己的手说，你还是砍我的吧。大伯果真挥着斧子砍了下去，但是没有砍到我嗲的手，却把我嗲屁股底下的凳子劈了个两半。没有银元，并不影响大伯打麻将，他偷了家里的十几张地契，应该有几十亩土地，跑到外边整整半年没有回家。等全部输光输净了，再回到塔尔坪的时候，我们那地方已经解放了，土地已经全部归公了。正是因为家里银元花光了，土地也少了几十亩,在划成分的时候,只有大伯一个人划成了地主,其他兄弟几个统统都是富农。富农日子虽然也不好过,比起地主来说,起码不会戴高帽子,很少会被批斗的。为这事,大伯常说,是他救了兄弟几个。

真正解放后,打麻将是绝对不允许的,地主打麻将那更要掉脑袋的。大伯一是没有了打麻将的腿子,二是也没有那么多脑袋,自然而然就戒掉了。直到改革开放、解放思想后,打麻将之风又慢慢兴起了,这股风吹到塔尔坪的时候,是上世纪八九十年代了,正好大伯又学会了杀猪。当了杀猪匠,他才重新回到了麻将桌上。可惜的是,经过几十年岁月的洗礼,在我们塔尔坪方圆几十里的地方,年纪大点的麻将腿子已经死绝了,年轻的麻将腿子不在外边求学,就在外边打工,只有过年才回来一次。这可让大伯难受了好长时间,开始他在塔尔坪试着培养了几个腿子,有的太小气舍不得钱,有的认为赌博是败家子,根本就撑不起一张桌子。大伯并不甘心,于是背着杀猪刀,就云游四方去了,表面上看是杀猪,实际是找地方打麻将。大伯顺塔尔坪的小河而下,不到五十里的地方有个余家村,竟然到处都有麻将摊子,可以大打,也可以小打。大打一场下来成百上千,小打一场下来,就输个一块两块。大伯有事没事就在这里泡着,麻将瘾是过足了,也输了不少钱。大伯好像也不缺钱,听父亲说,恐怕我嗲给他留了不少的银元。我嗲有好几缸子银元,分家的时候凭空就消失了,再加上我嗲是砍柴时,从山上滚下来意外去世的,想必是大伯找到了埋银元的地方。

大伯在余家村打麻将时间长了,就把自己闺女,也就是我的堂姐,嫁到了余家村。堂姐长得不算好看,但是人特别勤快,挖药、种地、做家务,里外都是一把好手。而且还能绣花,在枕头上绣出的两只喜鹊,据说能听到喳喳的叫声。所以方圆几十里,有闺女出嫁,都希望得到堂姐的绣花枕头,或者是孩子们出生,都希望得到堂姐绣出的肚兜。我枕过堂姐的绣花枕头,头一挨着两只喜鹊,心就十分清静,总有一股子吉祥如意的味道,倒头就能入睡,就连梦里都是带着蓝天白云的,蓝天白云下边会有我喜欢的人儿出现。把堂姐嫁到余家村没有什么说道,而是嫁给余家村的一个小驼背,就形成了两个小小的传言。一个传言,是大伯把堂姐给输掉了,有天晚上大伯输红了眼,就把堂姐给押上了。持这种说法的人,依据是堂姐出嫁时,除了两床被子之外,没有任何陪嫁,也没有办任何酒席。另一个传言,大伯把堂姐嫁过去,是为了能方便打麻将。不然余家村人生地不熟,吃碗饭也是要掏钱的,尤其是散摊子后没有地方睡觉,还得赶回塔尔坪真是太奔波了。还有,打麻将难免会起一些争执,也没有人给自己撑腰,常常受到人家的欺负。堂姐嫁过去后,大伯在堂姐家支了麻将摊子,睡醒了随时可以上桌子,饿了就一边吃一边打,果然玩得十分滋润。

我和大伯打过一次麻将,是在春节回家探亲的时候。我原来是不会打麻将的,直到工作后才在城里学会了。那是大年初一,早上吃过饺子,大伯就对我招招手说,我有个好玩的地方,你想不想去?我说,塔尔坪有什么好玩的?没有歌舞厅,也没有澡堂子。大伯说,当然不是塔尔坪,我们找个更热闹的地方。按照大伯的吩咐,我骑着自行车,把他带到了余家村,走进堂姐家时,麻将已经摆好了,有两个腿子已经等着了。于是我与大伯坐下来,整整大战了两天两夜,如果不是我输了个精光,大伯可能还不允许我离开呢。初三的时候,绿着眼睛回塔尔坪的路上,大伯问,你输了多少?我说,输得不多,不到一千。大伯从身上掏出三百块说,这是我赢的,就归你吧。我当然没有接受,但是内心却有些小小的感动。我对大伯也有了不同的看法。大伯喜欢打麻将,不像人们传说的那样,想赢人家的钱,或者是赌博上瘾。恐怕这只是他发泄的一种方式,打发苦难岁月的一种方式吧?

与大伯一起打麻将的第二年冬天,大伯就因为打麻将送了命。具体情况我不知道,只听父亲事后告诉我,那天大雪纷飞,把树枝子都压断了。大伯在给人杀完猪后,就跑到我的那个奶奶、他的婶婶家,与几个城里人一起打麻将。麻将打到天空泛白的时候,大伯又抓了一副好牌,于是把牌扣起来,一边吹着口哨,一边起身去上茅坑。不想这一出门,就再没有回来。另外三个腿子以为大伯赢了钱,偷偷地跑掉了。第二天中午,有人上茅坑时,看到屎尿中漂着一个东西,拿棍子一捅,竟然是一个人。原来就是大伯,说是大伯上茅坑的时候,脚下一滑,就掉到茅坑里。被活活地淹死了。当然这种说法,疑点是非常多的:第一,若真是滑进了茅坑,他应该可以扑腾几下,或者还能呼叫几声,这么大的动静,难道其他人没有听见?第二,大伯卷钱跑掉了,这在赌博时是常见的,但是对于非常喜欢打麻将的大伯来说,可能性太小了,何况他又抓了一副好牌呢?第三,大伯若是跑掉了,那么另外三个输钱的腿子,久等不见大伯的时候,难道没有出门去查看一番?为什么大伯的尸体是第二天中午才被发现的呢?这些疑点只是我个人的猜想罢了,是没有一个人为我提供证据的。

我的大堂兄听到大伯去世的消息,立即从寺庙赶了回来,发现大伯被浸泡得不像人样,像一只被大伯生前吹圆的、已经被拔掉毛的猪,而且鼻子眼睛里尽是大粪。大堂兄一下子哭了,跪在了大伯的面前,一点追查真相的心思都没有了,只是匆匆忙忙地把大伯给埋掉了。

随后多年,我一直在思索一个问题,到底是谁无形中杀死了大伯,是他喜欢的女人吗?是他刀下的牲灵吗?是他痴迷的麻将游戏吗?还是无情的岁月?这里面有没有阴谋与命运的安排呢?反正大伯是不可能再活过来,向我们讲述一个真正的关于死亡的秘密的。

五

小佬就是我最小的叔叔,却是分量最重的一个人。塔尔坪人的眼光朝哪里看、小河朝哪里流,几乎都是要听他的。

他在父辈中年龄最小,但是他读过的书最多,是唯一知道林黛玉和贾宝玉的人。他还会写一手毛笔字,从墙上那些“万岁”,到后来“要想富,少生孩子多栽树”,基本都是他用石灰刷上去的。而且他跑过多年江湖,是第一个坐过火车、第一个吃过肉夹馍、第一个看到长江的人。正因如此,我们二房当家拿事的，实质上不是大伯，不是我父亲，而是小佬。父辈四个兄弟，虽然已经各自另立了门户，但是毕竟还在一个大宅院里，无论谁嫁女儿，谁娶媳妇，红事白事，事事还得由小佬做主。就拿几个堂姐的婚事来说，媒人得先带着小伙子，到小佬的堂上让他过目，没有得到他的点头，这桩婚事基本就要泡汤了。

大伯家有一个小女儿，当时小伙子来提亲时，小佬就坐在一把太师椅上，一边抽着水烟袋，一边眯着眼睛打量着。看小伙子眉清目秀，小佬满意地点头一笑；当得知小伙子家住小南沟，他脸一板，只顾着低头吸烟，就不再吱声了。原因是，这小南沟位置偏僻，没有半分地是平整的，出门就得上山，太阳刚升起来，就又落下去了。而且整个村子仅有五户人家，有三个找不到媳妇打了光棍。因为地少人稀，家境个个贫寒，就是风调雨顺，收到的粮食也填不饱肚子。而且这里不长麦子，只长苞谷，往往苞谷还没有灌浆，就已经到了秋天了。这小伙子长得眉清目秀，恐怕就与这里光照少、晒不到太阳有关。看小佬的架势，肯定是打死也不同意这门亲事的，但是我的小堂姐图人家小伙子长得帅，这边还没有点头呢，那边已经私下里好上了，最后万般无奈只好草草地嫁了。每年正月初二，小堂姐都在家预备了酒水，让孩子上门请小佬过去，小佬统统给拒绝了，至死也没有去小堂姐家走过亲戚。

在我家，也有一件大事，是小佬帮着处理的，那就是我的亲哥哥为了我，死在了河南的金矿上。父亲哪遇过这种事，心想死就死了，一埋了之，不但家产归了我，还有那个没有过门的嫂子，顺理成章是我的媳妇。还是小佬出头，连夜跑到河南，被人打得鼻青脸肿，终于讨了一个说法，让人家赔了八百块钱。那时八百块钱，相当现在的二十万块，是一笔不小的财富呢，因为那时一个馒头五分钱，现在一个馒头一块多了。正是这八百块钱，改变了我，我揣着这八百块钱，报名继续念书去了，后来就考上了大学。

小佬叫陈先甫，凭着这个名字，我就十分佩服。除了小佬之外，至今我见到两个“甫”字，都与响当当的大人物有关。第一个是杜甫，我在初中时读到了他的“感时花溅泪，恨别鸟惊心”。让我内心深受震撼，以至于以为带“甫”字的小佬，也应该是个了不起的诗人。第二个是李林甫，当历史老师介绍他，说他在唐朝当了十九年的宰相，相当于现在的总理，是见过杨贵妃杨玉环的人，更是强化了我对小佬的印象。

其实小佬在我心目中，最为高大的，并不是这个“甫”字。我在小说《我想去西安》里，描写的那个坐过牢的叔叔，因为坐牢不但没有成为罪人，而且成了塔尔坪的英雄，就是以小佬为原型的。他确实是坐过牢的，不是杀人越货，而是贩卖粮票。当年贩卖粮票，还有做生意，都是要坐牢的，连山上的药材，只能生病了，采着自己熬药喝。无论天麻还是灵芝，如果采着卖掉了，同样犯了投机倒把罪。小佬是我们塔尔坪第一个有商业头脑的人，而且是第一个出门做生意的人，他把粮票不仅仅贩卖到了西安，还一直顺着西峡、南阳、南京，把粮票贩卖到了上海。这条路线，就是大伯失去音信的路线，有人说，小佬到南阳，到南京，到上海，不是贩卖粮票去了，只是借着贩卖粮票，去寻找他的大哥我的大伯去了。小佬在法院被审判的时候，他也是这么说的，他说自己之所以贩卖粮票，就是为了赚个路费，好寻找自己的大哥。不过，他把大伯的真实身份给隐瞒掉了，没有说大伯是国民党的兵，而说大伯是共产党的兵。小佬与我的想法是一致的，他对法院的人说，我大哥如果活着，应该是一个老革命；如果死了，应该是一个烈士。我在寻找革命兄弟，或者是烈士兄弟，我确实有罪，但是情有可原，你们应该宽大处理。法院的人听了，死活是不相信的，不相信也有不相信的理由，因为从小佬身上一下子搜出了一千多斤粮票和一千多块钱。

如果不是没赶上好时代，小佬早就成了大富翁。即便后来，他彻底收手退隐江湖了，但是在他去世后，依然发现他有几十万元的存款。这个数目在城市恐怕不算什么，但是在塔尔坪简直是个天文数字，能盖两栋三层的小洋楼，他是我们塔尔坪的首富。与小佬一起贩卖粮票的，还有一个姓马的，两个人在西安火车站交易的时候，被公安人员给抓了。小佬被判了两年半，姓马的被判了三年，被关在了商洛监狱。开始大家并不知道他被关在什么地方，因为整个塔尔坪还没有一个人去过商洛，多数人连商洛这个名字都没有听说过。所以小佬被关在监狱的那两年，没有一个人去看望过他，当然也就没有一个人给他送过防寒的衣服。

小佬从监狱回来不长时间，时代就彻底变了。中国开始改革开放了，以经济建设为中心了，不仅仅可以经商了，而且因为市场经济的原因，粮票随后几年也全部作废了。这让大家觉得小佬实在是太冤枉了。加上小佬因为贩卖粮票，走南闯北逛过的地方多，是塔尔坪走得最远的人，甚至大多数人认为，他在商洛不是坐牢，而是在城市工作去了。他从监狱回来的时候，带了几袋子水果糖，前去看望他的人，无论大人孩子都有一颗水果糖。那是我人生中吃到的第一颗水果糖，也是塔尔坪很多人吃到的第一颗水果糖。所以小佬回来的时候，是十分风光的。种种因素累积在一起，塔尔坪人对小佬的态度，不但没有一点看不起，而且还有许多的羡慕。上学的时候，老师常常问我们，长大最想干什么？我和同学们的回答是，我们想去坐牢。老师十分意外，老师想要的回答是，科学家，或者是作家。人生正是如此，如果梦想是科学家与作家的话，这个梦想并不遥远。比如我，就真成了一个作家。但是要想坐牢，还真不是一件容易的事情。我曾经暗暗地发誓，不管用什么方法，哪怕就是犯罪，一定要走出塔尔坪，起码得像小佬一样走到商洛。我的愿望不久就实现了，果然在商洛待了四年，而且我所在的地方，正好与商洛监狱是隔壁。我在操场上做早操的时候，那道高墙里的一举一动，我看得十分清楚，除了几名持枪的警察之外，商洛监狱不过就是一个砖瓦场。坐牢就是烧砖瓦的，再把烧出来的砖瓦运出去盖房子。

小佬坐牢让人羡慕，还有一个原因，他坐牢之前除了读书写字之外，其实什么手艺也不会，连种庄稼都是马马虎虎的。但是在监狱里，他学了一门手艺，就是做泥瓦活，也就是用砖头砌墙，盖房子。他的这门手艺可以说是出神入化的，不仅仅能用砖头砌出坚壁高墙，而且能在砖头上雕出龙凤呈祥。不知道他在监狱的时候，用这门手艺是不是给人盖房子，自从回到塔尔坪之后，他就用这门手艺给人盖墓。而且不盖房子，只盖墓。他不但给人盖墓，还捎带着看墓地的风水。塔尔坪原来只有坟，是没有墓的，因为有了小佬的手艺，就开始一窝蜂地盖墓了。不但给活着的人盖墓，给刚刚去世的人盖墓，还把已经埋在土里的人，从坟里挖出来了，重新埋到墓里边去。我嗲、我母亲、我哥哥，原来都埋在坟里边的，后来全由小佬给盖了墓，给看了墓地的风水，被重新埋了一次。我们二房，“元”字辈出了几个人才，大堂兄在寺庙里当了住持，另一位堂兄在县城当了局长，我算是一个混在上海的名气不小的作家。过继给大佬的堂弟，在石家庄一边给领导开车，一边开超市，把生意做得风生水起。大家认为是小佬盖墓时，选定的风水起了作用，所以塔尔坪一旦死人了，就带着礼水请小佬盖墓，还让小佬给看看风水。

为了风水，有的把小河给改了，有的把小山给炸了。说来十分奇怪，经过小佬盖过墓、看过风水的，家家户户自此就转运了，想考学的就考上了学，想抱孙子的春去秋来就抱了孙子。我舅妈照着小佬的意思，把舅舅的坟迁过之后，想让舅舅生前养过的一条老黄狗再下个崽儿也如愿以偿了。塔尔坪的死人，几乎都是小佬给埋掉的，埋在哪座山下，朝向哪个方向，依着哪条河边，全凭着小佬一句话。似乎兴衰荣辱全掌握在小佬手中，小佬就是我们塔尔坪的命运之神。

小佬坐牢后，也有变得不好的两个地方。一个方面是他的脾气，变得异常的暴躁了。他隔三差五地就把小婶按在地上打一顿，而且多数时候打得没有理由。比如小婶给他剪脚趾甲，不小心把脚指头给剪破了，他一脚上去把小婶踢下床还不算，还要跳下床一边大骂一边拿起鞋底子，抽小婶的屁股；比如小婶有一副好嗓子，会唱花鼓戏，坐在院子里洗衣服，或者是纳鞋底子，喜欢哼上一段两段。每当小婶唱得高兴的时候，小佬就会生气，就会打小婶，还会把小婶引来的一群鸟儿，赶得叽叽喳喳地乱飞。他打小婶不是因为小婶唱得不好，而是因为小婶的唱词里，有

“哥呀妹呀”这些酸调调。小婶被打得多了，经常会拿着绳子，到院子外边的核桃树上上吊，有一次已经断气了，又及时被救了过来。到了老年，小婶就抱着惹不起躲得起的态度，干脆跑到了石家庄，跟着堂弟一住就是两三年，反而让小佬牵肠挂肚的，日夜念挂得不得了。

小婶在我们塔尔坪，也算一个美人胚子。说话柔声细气的，而且又爱笑又会唱，下巴上长了一颗黑痣，像白馒头上放了黑芝麻，别有一番味道。小佬坐牢的那几年，有没有男人打她的主意不清楚，我总感觉，她老挨小佬的毒打，应该就是这段时间积下的怨恨。正因为经常挨打，无形中保护了小婶，谁敢动老虎嘴里的肉呢？小佬连这样的女人也毫不怜惜，对其他人是什么态度不言自明，尤其他在心底怀疑过的觊觎过小婶的男人，更是找个芝麻点的小事与人打一架。与他打过架的男人，现在数也数不清了，与大伯打了一辈子，与我父亲也打了一辈子。印象最深的，是我们家的一只公鸡，站在他家的麦垛上打鸣；还有就是我家的一棵桑树，枝叶伸进了他家的窗户；最近一次打架，是在他去世的前一年，那时他已经卧床不起了，就因为父亲打核桃的时候，核桃砸在他家的屋檐上，把一块瓦给砸烂了。他竟然提着一把斧子，冲到父亲的面前，要砍了父亲。我打电话的时候，他已经有气无力，不停地咳嗽，但仍然口无遮拦地骂我父亲：“他哪是娘养的呀？”一奶同胞的亲兄弟啊，是什么让他变得如此愤恨呢？我经过长期的思索，发现问题的症结不在别处，而在监狱。他在监狱里，不知道遭受过什么样的折磨。小佬还与村里很多人打过架，到最后大家见他就躲，像是老鼠见了猫一般。没有和他打过架的人是屈指可数的，比如一个哑巴，一个傻瓜，还有所有的孩子。他不但不打他们，反而在他们路过家门的时候，递根纸烟，塞颗糖果，甚至还直接给点钱。至此，小佬打人可以总结出一个特点，那就是从来不打柔弱的、本分的、没有攻击力的人。

二是小佬的身体，变得异常的糟糕了。据父亲回忆，小佬把我们家族的相貌，遗传得非常出色，年轻时，高额头，高鼻梁，高个子，长下巴。不知道从谁身上，还学了几下拳脚，小小年纪能放翻一头牛，有一次徒手捉住了一头野猪。野猪不大，三十来斤，但那力气比两头牛还要厉害；还有一次，是贩卖粮票的时候，遇到了一伙拦路的强盗，他一个人提着一根棍子，把人家八个汉子给打趴下了。而且他念过书，小时候念私塾，新中国念国学，在我们塔尔坪是为数不多的，我们塔尔坪的对联，开始是大胡子族长写的，族长年纪大了，就交给小佬全包了。前边说过，还有修族谱，族长去世后，小佬就主动接了过来。小婶娘家是县城的，不知道为什么，搬到了离塔尔坪不远的地方，隐居了。一家人从老到小，个个读书识字，能弹琴会唱歌，说的也不是塔尔坪的方言，而是“台子”，“台子”是城里人的代名词。按说这样一个大家闺秀，万万是不会嫁给小佬这个地主崽子的，就因为小佬能文能武，媒人上门一游说，事情还真成了。再说了，小婶不嫁给小佬，还有哪个男人配嫁的呢？这么个生龙活虎的人，进了监狱就两年多时间，出来后一下子又干又瘦，皮包骨头，病怏怏的。好像监狱的窑里烘烤的不是砖头，而是这些犯人。小佬回家后，整天喊着腿酸，浑身没有力气。大家都以为他是偷懒，只有小婶心里清楚有没有力气，只有女人心里清楚。每到春种秋收，扶犁呀担粪呀，别人家都是男人干，小佬家全是小婶干，而小佬只能干点零碎活。小婶说，他身体不好这是真的，当年能捉头野猪，如今晚上睡觉的时候，连个跳蚤也捉不住了。大家看他打架时，那个不要命的样子，都说他是装的。被人误会了几十年，直到近几年，一个六十多岁的人，瘦得只有七八十斤，骨头一根根戳在外边，似乎稍一用力，就把皮戳破了，骨头就散架了。脸色黄蜡蜡的，像是涂了一层黄油，而且整夜整夜地咳嗽。就这副样子，死活不肯去医院检查。塔尔坪的人个个都不喜欢去医院检查，一是不相信医院，只相信命运；二是怕花钱，怕麻烦别人。所以，塔尔坪的人，包括大伯、大佬、小佬，活着的时候就给自己打好了棺材，准备好了老衣。我的父亲，几十年前就把这些准备得妥妥当当的。父亲常对我说，他如果病了，不管是不是死了，只要爬不动了，就弄两根杠子，把他抬到山上埋掉就行了。

我最后一次见到小佬，他坐在院子里，歪着头，正在晒太阳。

我扔给他两包中华烟，他本来已经戒烟了，还是稀奇地抽出一根说，两三块钱一根呢，我就抽一根吧。他抽了几口，就开始喘气，感觉一口气随时都会上不来了。所以我不停地回头，希望多看他几眼。我的感觉没有错，那确实是我最后看到的小佬。我离开塔尔坪不久，父亲就来电说，小佬昏迷了，被送进了医院，检查结果是肺癌晚期。父亲要去医院看小佬，问我需要带什么东西。我明白，父亲犹豫的，不是带什么，而是他与小佬之间，为了核桃打架之后，他们还没有和好。我说，你们是亲兄弟呢，哪怕带根草，有什么关系呢？父亲从医院出来，就拖着哭腔告诉我，让我抽空回去看看，说小佬不行了，最多就三个月了。事实是小佬没有挺过三个月，就没有了。

小佬在兄弟几个中，是唯一查清病情而去的。而这个病根到底是什么呢？恐怕就是在坐牢时落下的吧？

那些天，爱人身体不适，所以我没有抽身回塔尔坪送小佬最后一程。据说，小佬下葬的时候，花圈一排排，沿着塔尔坪的小路，整整摆了一里多长，这在塔尔坪是绝无仅有的。特别是我的父亲，拖着年迈的身子，眼里含着泪水，整天整夜地守在灵前。不管怎么说，虽然一辈子打打闹闹，毕竟是血肉相连，毕竟是最后一个活着的兄弟，这份情，怎么会舍得？怎么能割舍得开呢？在那无数的花圈中，绝大多数上边都写了落款的。唯独有一个花圈大得出奇，直径有两米多，扎得也十分好看，上边的花都不是纸的，而是真正的菊花。这个花圈上除了一个“奠”字，竟然无名无姓，没有小佬的名字，也没有送葬者的名字。这个花圈是谁送来的，是什么时候送来的。没有一个人清楚。大家猜来猜去都是没有结果的，小佬下葬之后很长一段时间，大家还在议论此事。

有一天，父亲打电话给我，问这个花圈是不是我派人送的，或者是我的什么朋友送的，在我坚决否定之后，父亲自言自语地说，难道是他？我说，他是谁？父亲说，只有一个可能了，只有你那个失踪的大伯了。

六

什么是家族呢？不仅仅有同一个祖先，有同一个姓氏，还应该有同一扇大门，一直为我们开着。

如今，我们“元”字辈的四个人，已经天各一方了。大堂兄陈元民，在寺庙里，不是和尚，胜似和尚。那座山因此成了名山，前往他那里许愿祈福的，常常是络绎不绝。一条羊肠小道两边的松树上，系满了红布带，山顶上一年四季烟火缭绕，有一盏天灯昼夜不灭地点在半空，成了方圆一百多里辨别方向的灯塔。他有一个儿子，就是我的侄子，仍然沿用了“正”字辈，取名陈正西。陈正西考上了大学，毕业后留在陕西咸阳教书，就地娶了一个媳妇，在当地安家落户了；二堂兄陈元兆，在陕西丹凤县城，当上了某个局的局长，十分蹊跷的是，他管着的正好是监狱这一摊子。他是离塔尔坪最近的一个，隔三差五地会回塔尔坪一趟，给亲人们烧烧纸上上香，把漏水的屋顶修补一下，或者是在院子四周栽棵树种点花。前阵子他站在院子里给我打了一个电话，他流着泪说，这么大个院子说空就空了，原来大家争来争去的，这根草是你的，那棵树是我的，再过几年啊，还不知道都是谁的了。二堂兄养有一女，名叫陈瑶，在广州一所大学学的是金融，据说已经在一家银行谋了份差事；我排行老三，叫陈元，在上海摸爬滚打了多年，已经娶了上海女人为妻，添了个上海儿子，弃“正”字不用，取名陈不旧，说的是上海话，爱吃上海本帮菜，成了像模像样的上海人。有一年春节，带他回塔尔坪寻根，小家伙对那里的气候不适应，不但感冒发烧生了病，浑身还无端地起了一层红斑。还有前边已经提到的过继给大佬的堂弟，他叫陈元华，育有一子，年方几何，叫什么名字，我是一概不知的。他根根蔓蔓的，早已融入了石家庄，我们通过两回电话，电话里他已经满口都是河北方言了，看来再也无法抽身了。

父辈们唯一在世的，唯一还住在塔尔坪的，只有我父亲一个人了，他已近八旬，两耳失聪，牙无一颗，只有一双眼睛还十分有神。他每天黄昏时分,必是坐在大宅院被磨得油光发亮的门槛上,仰望着飞檐峭壁,仰望着远山远水,依然能够准确地辨别出,哪只是黑嘴的乌鸦,哪只又是吉祥的喜鹊。他常常会冒出一句:"喜鹊呢?喜鹊去哪里了?为什么还不回来呀。"我们经常安慰他,乌鸦会走的,喜鹊会回来的。他笑笑说,我怕是等不到那个时候了。我们相信父亲能活一百岁的,但是人终究会有一死,不管他以何种方式去世,塔尔坪就再也不是当初的塔尔坪了。如《百年孤独》描述的马孔多一样,塔尔坪这座镜子之城——或蜃景之城,随着最后一位亲人的离开,将从世人的记忆中根除,因为经受百年孤独的陈氏家族,不会有第二次机会在大地上出现。

但是塔尔坪毕竟还是塔尔坪,不是那个似乎从没有出现过的马孔多,因为我们塔尔坪还有一个可能,还有一束束光,那就是我失踪的大伯,还有散落在四面八方的血脉。像是那个神秘的花圈一样,说不定什么时候他就会出现在那棵核桃树下,然后推开一扇黑漆漆的大门,轻轻呼唤一声,我回来啦!

随着他,会有一群鸟儿落在屋顶上,喳喳不停地鸣叫着,它们不是别的,正是那久违了的喜鹊。

(原刊《清明》第3期)

空色林澡屋

迟子建

去年花开时节，我率领着一支森林勘察小分队，自察卡杨北上，来到中国北部的乌玛山区。我们此行的目的，是对停伐五年后的乌玛山区的自然状况，作实地勘察。看看休养生息后的森林，野生动物是否多了，消失的溪流是否如闪电一样，依然给大地撕开最美丽的裂缝。

因为要穿越大片的无人区，风餐露宿，猛兽、不可预知的自然灾害、匮乏的野外生存经验，对我们来说都是一道道看不见的网，构成威胁。我们托当地林业局的同志，帮我们请了一位山民向导，并为他配备了一杆猎枪。

他叫关长河，戴一顶有帽遮的鹿皮小帽，个子矮矮，罗圈腿，黝黑的扁平脸，塌鼻子，看人时喜欢眯起一只眼，眉毛疏淡得像田垄上长势不佳的禾苗，额头有两道深深的横纹，像并行的车轨，那额头就给人站台的感觉。但这样的站台，注定是空空荡荡的了。他不用嘴时，嘴唇也鱼嘴似的翕动着，好像在咀嚼空气。他牵来一匹鄂伦春马，驮运帐篷等物资。

进山第一天，他牵着马在前引路，不时嘟嘟囔囔地骂着什么，让人好生奇怪。晚上宿营时，我们才明白他嫌子弹配备多了，三十发——这分明是对他的枪法不信任嘛。他说非到万不得已，自己是不会动枪的。要是滥杀动物，乌玛山区的各路神仙，就会把他变成瘫子！

他带了一箱塑封的散装土酒，半斤装的。傍晚支起帐篷，燃起篝火，他就取出一袋，用牙齿在一角咬出豁口，将酒倒进一个漆面斑驳的搪瓷缸，随便倚着篝火附近的一棵树或是树桩（若倚着树桩，他头顶戳着一截黑黢黢的东西，便像旧时披枷戴锁的犯人了），耷拉着眼皮，十分享受地喝起酒来。他喜欢空口喝上小半缸，再凑过来吃饭。我们带了不少肉食罐头，他闻了总是蹙眉，宁愿吃他带的马鹿肉干，它们看上去像切断的棕绳，干硬干硬的，我们的牙齿对付不了，他却像嚼松脂油，毫不费力。我们带来的食物，他唯有对挂面情有独钟，他会把顺路采的野菜，水芹菜呀，柳蒿芽呀，或是蕨菜，在河中晃荡几下，算是洗了，也不用开水焯，更不用刀切，直接拌在面里。所以他碗里的面条总是绿白相间，像是一丛镶嵌着阳光的绿柳。

出发的第一周，我们发现几处落叶松林，有被盗伐的迹象。树墩横切面现出的白茬，还是新鲜的。关长河告诉我们，所谓停伐，只是不大规模采伐了，林场的场长们，各踞山头，还是偷着砍木头，运出卖掉，以饱私囊。怕劣迹暴露而被追究责任，狡诈的林场主，将盗伐的林子放上一把火，烧个光秃秃，就说是雷击火引起的，瞒天过海。但是一周之后，当我们深入到密林深处，离公路铁路越来越遥远，连山间小路都难得一见的时候，我们如愿看到了繁茂的树，看到了在溪畔喝水的马鹿，看到了在柞木林中追赶山兔的野猪。我们还看到了硕大的野鸡——这森林中飘曳的彩虹，当它掠过树梢时，那泛着幽光的五彩翎毛，简直就是给绸缎庄做广告的，让人惊艳。

森林中最可怕的野兽不是狼和熊，毕竟遭遇它们的几率小，再说有关长河和他的猎枪护卫着。比野兽更凶猛的，是拂之不去的蚊子和小咬。尤其是不出太阳的日子，森林缺了阳光这味药，它们就猖狂起来了，抱团飞旋，跟着你走，将我们的脸叮咬得到处是包——它们恨我们侵入它们的领地吧，在我们的脸上埋下地雷。所以宿营的时候，我们总是先笼火熏蚊子，再支帐篷。我们还在篝火旁撒尿，不然裤带一解开，蚊子小咬有如发现了乐园，一拥而上。关长河对我们在篝火旁撒尿很鄙视，说火神会怪罪的。他不怕蚊子小咬，有时还伸出舌头，舔几只吃。晚上他独自睡一顶帐篷,月亮好的夜晚,我们起夜时,不止一次看见他酒后站在泛着幽蓝光泽的林中,朝着月亮张开双臂,手掌向上,像是要接住什么的样子。我们当中有人按捺不住好奇,问他夜半那姿态是干吗,他说,月亮太明亮了,怕是天也难容,万一月亮被推下来,我还能救它一命。不然月亮的脸破碎了,夜晚就没亮儿啦。他那郑重的语气,让人不敢发笑。

一路上我们只吃了两次野味。一次是我们发现一只折断了翅膀的大雁,匍匐在沼泽地上,关长河说失去了天空的飞鸟,生不如死,开枪射杀了它,这也是他此行开的第一枪。当晚我们将大雁拔毛,烤了吃了。另一次是从猎人下的套中,获得一只死狍子。我们逢着它时,它的身子还没凉透,嗅觉灵敏的鹰隼闻风而动,盘桓在上空,准备饱餐一顿。关长河先是责骂给狍子下套的猎人,所选择的树下没青草,让被缚的狍子失去口粮,活活饿死。之后他低头念了几句咒语,掏出猎刀,熟练地肢解了狍子。那晚在营地的篝火旁,我们用吊锅煮狍子肉。关长河采了一把野韭菜,掺着盐切碎了,狍子肉蘸野韭菜的味道,美妙极了。关长河没少吃肉,也没少喝酒。我们问他有老婆吗,他说老婆是天上的云,不能要。我们笑,又问他有情人吗,他说情人是地上的霜,千万不能踏。我们笑翻了,问他真没碰过女人吗,他很认真地说,碰过,女人给我洗澡。我们问,是城里洗浴中心的小姐吗?他摇摇头,说给他洗澡的是个老太婆。我们只当他胡说,不再追问。

关长河第二次开枪,是因为行程的最后几天,一条狼总是在黄昏时,跟在我们身后。它的气息扰得鄂伦春马心烦意乱,走不稳路,一会儿吊锅从马背掉下来了,一会儿盐袋落下来了,一会儿测量仪器又滑下来了,马背仿佛成了滑坡事故现场了,他不得不开枪吓跑狼。关长河不瞄准它,说是孤狼都有一肚子的心事,得留它一命。不过当晚到了营地后,他就自责带上弓箭好了,它完全能呵退狼,不该浪费那颗子弹。他还赌气地冲他的马说,一队人跟着,狼又吃不了你,瞧你慌张的,好像丢了屌,真没出息啊!马摇晃了一下脑袋,屙下一堆圆鼓鼓的粪球,像是无数只愤怒的眼,在瞪着他。关长河无奈地笑了,拍着马屁股说,我一说你，你就拿这一招对付我啊！

我们走出森林的前夜，考察接近尾声了，大家都很感激关长河，白天时特意在一条小河上，用石头垒坝，憋了十几条半大不大的鱼，傍晚宿营时，燃起篝火烤鱼，轮番给他敬酒。关长河对鱼没什么兴趣，只吃了半条鲶鱼。他对酒倒是热情万丈，来者不拒。他对我们说，明天出了山，会看到一个只有三户人家的小驿站，那里有个澡屋，叫空色林，是个老太婆经营的，她一天只烧一锅水，给一人洗澡，而她给人洗澡不收钱，只收吃食。其实那锅的直径，少说也有半丈吧，一锅热水洗两人绰绰有余。但如果真是两个人去了，都想洗，另一人就得等着，第二天再享受。

我们问关长河，你说的给你洗过澡的女人，就是她啦？

关长河眯起一只眼，点了点头。

她多大年纪了？

她开这澡屋，快二十年了吧。多少岁数，她不说，咱也不问，我估摸着，少说也有七十几了。她原来挺高的，现在一年比一年矮了，人一抽抽儿，就是老啦！

她只给男人洗澡吗？

关长河说，南来北往跑运输的，哪个不是男人？再说了，女人哪有男人风尘多！

那你是完全脱光了，让她洗吗？

关长河翻了一下眼珠，反问一句，你们见过在水里穿裤衩的鱼吗？

我们大笑起来。

关长河说陪我们走了一路，分别之际，他没什么好送的，就送这个老婆子的故事给我们听。

我们知道这该是个很长的故事，纷纷起身，有给篝火添湿枝丫的（这样它能燃烧得长久些）；有去小解的（听精彩的故事，最怕憋尿）；还有加衣的（森林夜露浓重，月亮给加的衣服，毕竟太薄了）。我们为了迎接关长河送的别致礼物，做好了准备。

在乌玛山区，冬天时老天是昏庸懒政的皇上，天门晏开早闭，几不理朝；夏天则改朝换代了，一派勤政之气，天门洞开，有点夜不闭户的意思。太阳落山了,西边天上,还浮游着丝丝缕缕的晚霞。它们是仙女们准备的金丝线吧,预备着缝补月亮。而那晚的月亮,确实缺了一角。

关长河故事的主人公,是一个女人,三个男人,和一条叫白蹄的狗。

这女人是旺河人,她来到乌玛山区时,还是个少妇。她带着儿子,投奔在翠岭林场的丈夫。那时乌玛山区刚开发,她男人是首批进驻的工人,带家属的男人少而又少。

他们的婚姻是父母包办的,男方并不想娶她。因为这男人生得俊朗,女人却很丑。她高个子,身材也匀称,就是脸面与常人不同。别人的鼻子,是脸颊的中界线,可她的鼻子,偏袒一方,致使左脸辽阔,右脸一派失地气象,狭窄逼仄。脸不对称,就给人扭曲之感,她不得不梳一缕长长的刘海,遮住半个左脸,削弱它的势力范围。但麻烦又来了,她的眼睛不歪不斜,这缕浓密的刘海,常让左眼失陷,使她看上去像是独眼女人。据说她丈夫只身来到艰苦的乌玛山区,就是想摆脱她。不料她跟过来,并在此扎根。

这女人在家属队干活,夏季种菜,冬天拉雪爬犁运粮油。她力气大,好脾气,乐于助人,所以人缘不错。女人们尤其喜欢她,因为所有的女人在她面前,都是美人了。她说话有个特点,但凡说到自己,不是以“我”或“俺”自称,而是“咱”,好像谁和她都是一体的。自打她来了翠岭林场,她男人就没气顺过,常跟她找碴儿。她受了委屈无处哭诉,就在吃食上为难男人,做夹生饭,将菜炖得齁咸,把玉米饼子贴得跟石板一样坚硬,折磨得她男人胃痛,他怕坐下病,就收敛些。

她有两大嗜好,洗澡和喝酒。那时还没水井,他们吃水靠的是河。春夏秋季倒好说,河水是活的,灌到桶里,担回就是。冬天河冻住了,就得用冰钎凿冰,将冰块装进麻袋背回家,像柴草那样堆在户外,随用随取。即便取水困难,她冬天照例每周洗一回澡。她一洗澡,她男人就挖苦她:你还能把自己给洗俊了?女人噙着泪花说,除了这张脸,你说咱身上哪点对不住你?也是,她夏季下河洗澡时，不止一个女人，看过她光着身子的样子。她肤色微黑，但皮肤细腻，双腿修长结实，腹部无赘肉，双乳坚挺，屁股圆润而微翘，的确是完美的身躯。只可惜造化弄人，把她的妙处都藏起来了，而把她最没风光的地方，一览无余地展现给了世人。有次她喝多了酒，有个好事的妇女逗弄她，问她男人和她同房时，是不是得用布遮着她的脸？毫无城府的她“啊呀——”大叫了一声，瞪着乌溜溜的黑眼睛，说，你咋知道的？每回他都用枕巾蒙着咱的脸，好像咱是驴！他还想从后面来，咱一屁股把他顶到地上了，咱又不是狗，凭啥那样？这番话传遍了翠岭林场，爱开玩笑的男人见了她就说，跟咱睡吧，不蒙你的脸，让你当褥子在咱身下！她撩开那绺长刘海，扒开眼皮，露出白眼仁，龇着牙，做出狰狞的样子，气呼呼地说，你跟咱睡，那你得让你家女人预备着针线，好缝你被咱吓破的胆儿！

这个女人成了翠岭林场的名女人。她婚姻的解体，源于一个瞎眼的算命先生。

那是个夏天的傍晚，一个穿灰布褂的男人，一手拄棍儿，一手打着竹板，来到了翠岭林场。这儿的人，对这类走江湖的人并不陌生。劁猪的，算命的，磨刀的，打家具的，崩爆米花的，甚至是说媒的，在那个年代走村串镇，都能混上口饭。这算命的看来道行浅，他来的那晚，林场绝大多数人，都到附近的雪岭林场看露天电影去了，留在家里的没几人。那女人没去看电影，是想趁着林场的人走空后，在月夜独享那条河流，把它当成自己的大澡盆，痛快洗个澡。谁想她洗完澡上岸，清清爽爽地回家时，在路上遇见了算命先生。他叫了多户门，都没打开，倒让一户人家的看家狗，给咬了一口。那女人遇见他时，他正坐在场部大松树下的石头上，用唾沫擦拭腿上的伤口。

那女人看他可怜，就把算命先生带回家，点燃蜡烛，帮他清理伤口。听他肚子饿得咕咕叫，还给他做了半锅疙瘩汤。算命先生感激不尽，坐在女人家窗下的矮脚方凳上，让她报上家人的生辰八字，给他们无偿算命。他舞动着手指，翻着眼珠，把她家人的命，掐算得天花乱坠。最离谱的是说她母亲，明明老人家过世了，可他说她能活到九十六岁。他还说歪鼻子的她花容月貌，十七岁时，就有三个男人争相娶她。女人苦笑一声，意味深长地说，看来你真是看不见啊。她知道这瞎眼先生为了糊口，只是顺情说好话。被算的命没了曲折，一派阳光灿烂，听着也没趣儿。她乏了，可看电影的人还没回来，她也没处打发这算命的，想着他两眼一抹黑，没甚威胁，就吹了蜡，瞎编了几个生辰八字报给他，由他胡说，自己悄悄去炕上歇着了。

她是在睡梦中被男人给揪起来的，他揪的是她遮脸的那绺刘海。男人带着儿子看电影回家，见屋里没亮儿，就打开了随身携带的手电筒。往炕上一照，发现她身边躺着个男人，火冒三丈，恨不能拿菜刀把他们一块儿剁了。男人唤儿子点起蜡烛，自己则挥舞着手电筒，朝向那算命的，把他打得嗷嗷叫。

那时候他们住的家属房是四家一幢，间壁墙不隔音，同样看电影归来的邻居们，听到他家闹得沸反盈天的，以为夫妻干仗，怕出人命，纷纷过来劝架，谁想到中间夹着一个瞎眼的算命先生呢！

男人骂女人，说她趁他和孩子不在家，和狗男人偷情。女人赌咒发誓地说没有，她不过是乏了，想眯一会儿，谁想睡过去了。瞎子也说自己是被冤枉的，他根本没碰女人。他算着算着命，听见女人的呼噜声，便摸到炕上，也想歇歇。谁知一躺下就睡着了，他太累了。当事者都说没想睡，却睡过去了，愈发让男主人怒不可遏。他扔掉手电筒，从园田的豆角蔓间抽出一根柳条，当鞭子使，抽得那瞎子陀螺似的转圈，爹一声妈一声地惨叫。男人边打边骂，说，他们蜡也不点，肯定干了不正经的事情！女人说，在一个瞎子面前，点蜡不是白费亮儿吗？咱还不是为了给家里省截蜡！女人还说，他一个瞎子，腿还让狗咬了，能干啥呀！男人瞪着眼珠说，他上面瞎，下面不瞎！他快活起来，哪还顾得上疼！男人不依不饶，打完瞎子，又打老婆，边打边说女人的身子是臭水沟了，他不能再碰了，当着众人，说要和她离婚。据当年在场的知情人回忆，这女人听到“离婚”二字，像下完蛋的母鸡似的，张着双臂，“咯咯咯——”地叫了半晌，然后跌坐在地上，凄凉地对她男人说，咱再丑，一铺炕也滚了十来年了，这事你都不信咱了，那就离吧。咱啥都不要，把儿子留下就行。没等男人说不可，孩子很干脆地表态，说他不跟妈妈，要随着爸爸。女人眼含热泪地看着儿子，说，你也嫌咱丑是吧？孩子不吭气，女人便对他们父子说，从此后你走你们的阳关道，咱走咱的独木桥，两不相干。记着，有一天咱就是快饿死了冻死了，路过你们门口，咱也不会吃你一粒米，喝你一口热水！女人取了剪子，一低头，把那绺遮脸的刘海攥在手中，“咔嚓——”一声铰掉。她脸上的那面为丈夫而竖的旗帜，就此倒了。

他们离婚后，翠岭林场的人背后都议论，说那男人其实知道老婆是清白的，只不过他一直嫌弃她，而今找到一个好借口，趁此休掉了她而已。离了婚的女人，并没像人们想的那样离开翠岭林场，回她的老家去。林场边上，有一座筑路工人住过的废弃的小黄房子，她把行李搬进去，抹了墙泥，为房顶苫了油毡纸，将歪斜的门窗修正了，盘了炉子，开始新生活。她家里的家具炊具，大都是同情她的女人们送的。她们的同情心也很有限，把残次的东西送给她，豁了嘴的海碗，裂了纹的盘子，失了耳朵的耳锅。不过她也不介意，能凑合着使就行。她独立门户，有声有色地过起了日子。端午节时，她将门楣插上艾蒿和葫芦；元宵节时，她挂出火红的灯笼。人们以为除夕对她来说最难熬，这屋子会传出哭声，可是没有，她一个人照旧贴春联，放鞭炮，包饺子，喝酒。只是她思念儿子，常在林场学校的围栏外转悠，期待着课间休息时，能远远看一眼在操场上的儿子。

她哭没哭过呢？大家听见的只有一回。小孩子长个儿快，她发现儿子穿的棉裤，裤腿短了，她怕寒风吹着孩子的脚脖子，就拿着省下的棉花票和布票，去供销社买新棉花，扯了二尺蓝布，做了一条棉裤，天黑透时送到她以前的家。守夜的老狗仍认她为女主人，见了她热情地打转，闻裤脚。她没有敲门进去，而是把棉裤放在了柈子垛上，想着第二天早晨前夫出来抱柴生火，一看就明白是她做的，顺手拿进屋了。谁知那天深夜狂风暴雪，冻得瑟瑟发抖的老狗，跟她不见外吧，打起这条棉裤的主意。它蹿上柈子垛，把棉裤叼进窝，撕个稀烂，给自己絮了个暖暖和和的窝。女人观察几天，见儿子没穿上自己做的棉裤，又见那条游荡的老狗，身上沾着白花花的棉絮，要把自己变成白狗的模样，她明白老狗糟蹋了她的心意。她回到自己的小黄房子后，放声大哭，路过的女人听见哭声，进来劝她，这才知道棉裤的事情，不由得跟着唏嘘。也就是这件事，让她前夫下决心远离她。他找到领导，说离异的夫妻在一个林场生活，都受煎熬，希望把他调到别处。那年冬天过后，女人的男人带着儿子和老狗，离开了翠岭林场。不久，传来了他再婚的消息。据说他娶了个离异的不能生养的女人，她模样周正，性情温顺，待孩子特别好，当亲生的养着。前夫和孩子过得好，这女人也不吃醋，时常跟人说，人这一辈子，跟谁不是过呢？人家找着了比咱好的人，该为人家高兴啊。只是她说这话时，眼神是凄凉的，语气是落寞的。

关长河讲完女人和第一个男人的故事时，抬眼望了望天。月亮刚好被一缕云遮了半个脸。他叹息一声说，你又不丑，咋也整绺刘海遮脸呢？我们笑了，抢着给他添酒，夸他会讲故事。我们指责那男人，还说那个不认亲娘的孩子是白眼狼。关长河抿了一口酒，说，男人骂别人都理直气壮的，轮到自己时，也未必比那男人强。他问我们，你们说说，这么丑的女人，你们乐意跟她过一辈子吗？大家面面相觑，有人说可以给她做整形美容，把鼻子给拉回正路上来；有人说可以让她戴纱巾，朦胧的纱巾背后，哪有丑女人呢？关长河再抿了一口酒，将我们挨个瞟了一眼，说，人可真是怪物啊，歪脖垂腰的杨柳，龇牙咧嘴的花儿，奇形怪状的石头，曲里拐弯的河，都说美，轮到人呢，就不一样了，可见人多是没良心的！他用一根桦树枝，捅了一下篝火。一簇火星飞旋而起，篝火上空立刻就有了星空的气象。

关长河的脸在火星的映衬下，就像一尊雕塑，庄严而华美。他知道我们对这故事入迷了，接着讲下去。

这女人与她生命中的第二个男人，是镜子牵的线。

女人因为貌丑，素来不照镜子，她家里也从不摆一块镜子。别的女人去供销社买东西，店员总会推荐摆上柜台的最新式样的镜子，而见到她，则有意识地用身子遮挡，免得她不快。

这男人是个跑船的汉子，靠青龙河吃饭的。有人说他是赫哲人，还有人说是达斡尔人，谁知道呢。

青龙河是乌玛山区最长的河流，支流多，流域广。每到开河时节，这人就驾着独木船，开始他的营生了。他的小船，是用整根松木砍凿而成的，长不过两丈，中间的舱口能容一人坐下，船两头起翘，像一条贴着水面飞的大鱼。这人把船叫威呼，他用威呼打鱼，也用它盛小百货，拿到沿岸的村屯去卖，兼做货郎，这一带的人因此叫他威呼郎。

威呼郎正当壮年，他中等个，黑瘦黑瘦的，刀条脸，头发微卷，眼睛有点凹陷，一只鼻孔豁了，说是他年轻时打鱼，让鱼钩给挂烂的。威呼郎卖货时，会将小船停靠在岸边，挑担上岸。他去的大都是离岸不远的村屯，超过二三十里路的，他极少去。因为他的货好出手，沿岸转一两个村屯，基本就卖光了。

翠岭林场离青龙河有三十多里路，威呼郎只去过两回。头回去是为了收取猎户手中的熊胆，女人那时还没来翠岭林场呢。第二回去是卖货，女人倒是来了，但那是采山时节，穿花衣服的人都在山里转（他们自是无缘见面），威呼郎的货无人搭理，几乎是整担挑回来的，所以他发誓不再去了。

威呼郎是怎么认识的女人呢？这事说来蹊跷。这女人的前夫不是离了婚，又娶了一个吗？虽说后妈待自己的孩子不错，可女人心里还是无限牵念，时常梦见他。如果梦里孩子欢蹦乱跳，面目洁净，穿的衣服不露肉，一派阳光，她醒来心情就很好。可有时她做的是噩梦，孩子让驴踢了，让马蜂蜇了，或是爬树摔了下来，她就闷闷不乐。

有一天夜里，她又做了噩梦。她梦见一个面目不清的女人，坐在幽蓝的山坳里，张着大嘴，“咔嚓咔嚓——”地啃着什么。她问，你吃什么吃得这般香？女人头也不抬地说，兜兜的手指，比新拔出来的胡萝卜还脆生啊！女人醒来一身冷汗，她的儿子小名就叫兜兜。女人早饭也没吃，带着两个凉窝头，一块芥菜咸菜，就上路了。

女人去前夫所在的林场，要到青龙河中游的一个小镇乘船，她一路疾行，到了青龙河畔时，衬衫已被汗水打湿。合该他们有事，她沿着青龙河奔向船站时，威呼郎驾着小船飘忽而下。他见一个女人孤零零走在岸上，就朝她吆喝：哎，买点什么吗？见她不语，他拿出一面拳头般大的圆镜子，晃她，说，这镜子是新出的样式，背面有牡丹喜鹊图，可以便宜卖给你！这女人看到镜子，就像看到千古仇人，停下脚步，怒气冲冲地说，你干脆骂咱得了，拿镜子寒碜咱，有你这么损人的么？威呼郎放下镜子，将小船划向岸边，终于看清了女人的脸，他非但没被吓着，反而夸她英气逼人，非一般女人可比。他说她的鼻子是匹谁也驯服不了的野马，想踏哪片疆土就踏哪片。女人哪有不爱听好话的？那条船和船上的人，在她眼里是此生见过的最美的水上风景了。威呼郎问她去哪儿，女人告诉了他。再问：去那儿干啥？她说，儿子的后妈，把咱儿子的手指当胡萝卜啃着吃，我要去教训她！威呼郎先是骂那当后妈的蛇蝎心肠，之后靠岸，拉她上船，说要把她送到那儿，帮她收拾那人。女人上了船，等于踏上了一个漂泊的家。据说船行了一半，威呼郎跟女人仔细一聊，才明白她不过是做了一个关于儿子的噩梦。看着阳光下她丰满的胸部，看着她红通通脸上那抹动人的忧伤，威呼郎动了心，他将船泊在一片茂盛的柳树丛，把女人拽上岸，抱她入怀，说他能终止她的噩梦。女人不知道，一个噩梦结束了，另一个噩梦却开始了。她依恋上威呼郎，开始跟着他在青龙河上跑船，打鱼，挑起货担上岸卖杂货，俨然是他老婆了。

但威呼郎有老婆孩子，不能娶她，所以女人只有半年跟着他。冰雪覆盖了大地，河水结冻了，威呼郎收船上岸回家，他们之间的鹊桥也就断了。

女人孤零零地回到翠岭林场时，总是带着女人们喜爱的货品，头绳、发卡、钩针、丝线、鞋垫，脖套、假领子、松紧带、梳子篦子等。这些货品，她得比供销社卖得便宜，且花色和质量要更胜一筹。女人们来她的小黄房子买东西时，爱问她威呼郎对她好不好。她总是平静地说，啥好不好的，他不嫌弃咱，咱就跟他在水上过半年日子呗。女人们说，既然他那么相中你，干脆让他跟老婆离了，娶你得了。她苦笑一声说，咱不能作那个孽，人家把男人半年的筋骨都给了咱！女人们便取笑她，问，啥是筋骨哇？她红了脸，说，筋骨就是筋骨，你们懂啥！

最初几年，她归岸后脸颊是红润的，爱与人交往，眼睛弥散着淡淡的幸福，安然度着漫漫长冬，春节时独自守岁，把那小小的黄房子装扮得喜气洋洋的。她恪守着与威呼郎之间的私下协定，从不去找他，他也不来。可自从她流掉和威呼郎的孩子后，她瘦了下来，眼里透出凄凉的神色了。

那年深秋她上岸后，看上去分外疲惫，走路拖沓，呵欠连天，说话声也低了下去。她说这一季鱼少，他们的网快把青龙河撒遍了，但收获平平，把她累坏了。她勉强撑持着，腌了一缸酸菜，溜了窗缝，便闭门不出了。女人们敲她的门来买小百货，看到的多半是她睡眼惺忪的模样。天冷了，雪来了，她馋酸的馋疯了。以前放在抽屉里的五盒山楂大药丸，被她翻出，吃个精光，她还把没腌透的酸菜，吃掉了大半缸。她发现腿肿了，肚子微微凸起，明白自己这是怀孕了。她不想给威呼郎找麻烦，开不出证明，不能名正言顺去城里医院做流产，她只好自行解决。她家不缺烧的，可她扛起斧头，拉着雪爬犁进山了。她将斧头疯狂地抡向各色树墩，尤其是难砍的老榆树墩，将它们劈成柴拉回家，垛在院子里。第四天的时候，人们看见她步履沉重地拖着满满一爬犁劈柴回来了，她的刘海和睫毛挂满霜雪，眼里泪光闪烁。她身后的雪地上，除了两条爬犁的印痕，还有一道星星点点的血迹。她的院子堆满了柴，而她失去了孩子。那个冬天她很少出门，过年也没挂灯笼，但她家的烟囱炊烟依旧，人们知道她还过着日子。

往年一进三月，她就盼春天了。屋顶积雪融化后，会传来滴水声，那是她最喜欢听的声音了。外出归来的人，若是告诉她，青龙河的积雪薄了，冰面有裂纹了，她就掩饰不住地笑，说咱的好日子要来了！可自打流产后，她就没那么盼春天了。那年开河后，威呼郎来接她，她见着他呜呜哭了，说，咱的孩子没了，你可害死咱了！委屈归委屈，她还是跟着他跑船去了，而且半年后回来，脚步又轻快了，面色又好看了。

他们就这样风风雨雨地又过了几年，直到有一天，威呼郎突发脑溢血，他们才彻底分开。疾病像一张看不见的网，把威呼郎打捞上岸。他保住了命，但是瘫在床上，再也不能到青龙河寻生计了，只能留在老婆孩子身边。这时女人才后悔，她捶着胸口跟人说，原来跟着不属于咱的人，咱最后想伺候人家都不行啊！

她大病一场后，人瘦了许多，头发也花白了许多。她出了趟远门，想把她和威呼郎一起生活的那条船弄回来。他发病时，船就近泊在青龙河中游的一个小村，拴在村边的一棵松树下。可她去了那儿，船却没影了。有人说它被人劈了烧火了。有人说孩子们好奇这船，把它推下水，它像一条大鱼，游向远方了。最让女人不能接受的说法是，船是被威呼郎的老婆给弄走了，说她取船的那天叼着烟袋，哼着小曲，穿一件银光闪烁的袍子，说她男人不能跑船了，威呼不能闲着，拿回家当马槽使。

女人没取回船，回来歇息一日，便带着干粮，朝人借了匹马，进山去了。她转悠了两天，选中一棵粗壮挺直的松树，用弯把锯放倒，截取中段，让马给拖回来。那一年里，她家里不断传来斧凿声。转年春天，她做出一条小船。看来她没白跟威呼郎跑船，把他造船的技艺学来了。

这条船比一般船要小许多，只能坐下一人。船头宽，有个横板；船尾尖，无桨无舱，看上去像只小脚老太穿的鞋。她用这条怪里怪气的船做啥呢？洗澡。她把它横在小屋的中央，当成澡盆。人们说她这么做，是忘不掉威呼郎，她仍幻想着在他怀里。

她又过起了一个人的日子，开荒种地，饲养鸡鸭。她还学会了造肥皂，自己琢磨着，用碱、猪油，和各种花草熬制肥皂。有两种肥皂最为人们喜爱，一种是松露皂，一种是玫瑰皂。她在松露皂中，加了樟子松的松脂，这样做出的肥皂凝脂般细腻，淡黄色，像一片大好月色。而她在造玫瑰皂时，在寻常的制皂原料中，加了野玫瑰的浆汁，还兑了蜂蜜，这种玫瑰皂晶莹剔透，散发着香气，朝霞般鲜润。靠着这两种肥皂，她赚来了油盐酱醋的钱。因为她的肥皂有了声名，人们就此称她为皂娘了。

关长河讲到这儿，望了望升高的月亮。无云遮蔽，它的面庞是如此明净，月亮里好像也点着篝火，而且十分旺盛。关长河收回目光时，告诉我们，他躺倒的时候，常分不清天上人间。有时觉得大地是天空，绿草是云朵，花朵就是星星。而天空就是大地，太阳是做饭的大火炉，月亮是人住的屋子，星星是禾苗。我们当中有人开玩笑，说此刻的月亮更像茅屋。他不高兴了，"霍——"地一下站起来，撂下喝酒的搪瓷缸，说把月亮当茅屋的人，满脑子的屎尿，不配听他的故事。我们赶紧说，月亮是美好的，它像他说的屋子，也像柴垛、粮仓、湖泊，最不济的，也该像皂娘用的澡盆吧。关长河这才不生气了。他转身撒了泡尿，去溪畔洗了手，回来后给马喂了块豆饼，这才舒坦地坐下，接着讲故事。

皂娘一天天老下去啦。人老了跟现在河老了一样，一年年显瘦喽！这时上头来了新令，各林场都不许采伐了，林场转产撤并，搞旅游开发和绿色种植了。城里在造一个模子的房子，就是那种长方形的棺材似的矮楼，把人往里赶。翠岭林场是撤并的林场之一，所有人要搬迁到青龙河下游的安东林业局去。人们大都喜欢去安东，那里有暖气，有煤气灶，不用烧柴取暖做饭了。而且它热闹呀，饭馆、旅社、网吧、书店、发廊、干洗房、珠宝店、点心铺子、农贸市场、服装店、鞋铺，只要有了钱，真是想要啥就有啥。可老人们过惯了山里的日子，就不愿意进城。但儿女们要走，他们只得跟着。城里没有菜园子，没有猪圈羊圈和鸡窝狗窝。那段日子，翠岭林场的家家户户，杀猪勒狗，宰鸡宰鹅，过大年似的日日开荤，吃得人满面油光。

皂娘住在林场边上，跟威呼郎跑了多年船，大家也不大把她当林场人看待了，所以她选择留下，就算是与她还有走动的女人，顶多劝说两句，说一个人留下除了寂寞，遇到难处谁来帮忙呢，不如随大流进城吧。皂娘说，人活着不就是受苦么，咱没享福的命，不怕。女人们也就不管她了。林场的人搬空了，水电自然切断了。不过这对她没啥影响，她的小屋这么多年来，因为跟威呼郎跑船时错过了,始终没有通电和自来水。

她也不是一个人,她有个伴儿,就是白蹄。

翠岭林场的人搬迁前,不是对饲养的家畜大开杀戒吗?王喜山家有一条母狗,通身黑色,但四蹄雪白,所以名叫白蹄。它才两岁,但却是林场里的名狗。

白蹄为什么有名呢?不为它漂亮,而是它四处捣乱,常做些惹人发笑的事情。

比如它跟着主人去参加婚礼,在典礼现场,竟然用嘴撩开新娘的花裙子,那理直气壮的样子,仿佛它是新郎。它知道自家的女主人哭时,喜欢拿块手绢擦泪,它在一个葬礼上,见棺材前挂孝的人哭得稀里哗啦的,手上却什么也没拿,就去人家的灶房,叼来一块脏兮兮的抹布,歪着脑袋,满怀同情地送到那泪流满面的人面前,让吊丧的人哭笑不得。

白蹄还爱管闲事,它一岁时看见公鸡掐架,就去拉架,试图分开它们,谁知两只公鸡把矛头转向它,一起掐它,倒弄它个鼻青脸肿。有回它路过一户人家,透过栅栏的缝隙,看见这家的猪,趁主人都不在,在偷吃园田里的菠菜。它进不了门,想从栅栏钻入,可惜缝隙太小,心急火燎的它便用蹄子刨坑,试图将栅栏弄翻。结果猪主人回家,看见白蹄刨坑,非常生气,说,你咒我死啊,咋不在你家刨坑呢?操起一根木棒打它,让它滚回老窝。这一幕恰巧被邻人看见,说,你先别打白蹄,看看你家的猪在干啥呢?主人一望,知道白蹄是想阻止不良的猪,转而去教训猪。

白蹄受了冤枉也不长记性,有回它跟着男主人去别人家打麻将,发现这家的猫在偷吃碗柜上的鱼,就去叼猫主人的裤脚。人家正摸得一手好牌,在兴头上,哪顾得上其他,踢开它照旧摸牌。白蹄一着急,蹿上牌桌,把牌给搅乱了,气得那人直说白蹄是主人带出的老千,专挖他墙脚的,两个男人还因此闹了不愉快。

最可笑的还不是这些,而是白蹄对性的无知。它一岁半时,见一只公狗骑在母狗身上,就冲上去,拽公狗的尾巴,试图把它拖下来。它也因此惹恼了其他狗吧,那以后它们见了白蹄都不理睬，尽管它常热情洋溢地奔向它们。

翠岭林场的场长有个开金矿的发小，钱没少挣，可却得了严重的抑郁症，整天琢磨自杀的事情。场长知道白蹄能给人带来快乐，跟王喜山商量了，给了他两箱高粱烧酒，带走白蹄，送与朋友逗乐。结果白蹄去了一周，就被送回来了。它不但没给那抑郁症患者带去快乐，反而是苦恼。它不会上楼里的洗手间，把屎尿遗在沙发床下；它见电视里的鬣狗围攻棕熊，便想助棕熊一臂之力，扑向画面，把电视机掀翻在地；它不习惯在阳台守夜，楼下一有汽车经过它就叫，搞得一家人彻夜难眠。那人本想把它送到狗肉馆，但见它一双湿漉漉的眼睛满怀好奇，还看不够这世界的样子，起了恻隐之心，亲自驾车把它送回。

人们因着搬迁而烹鸡煨鸭、蒸猪炖狗时，白蹄失踪了，王喜山知道它是畏惧死亡而逃走了。他其实并不舍得勒死它，想把它带进城，送给哪个单位做看门狗，这样还能时常看看它。可直到他离开，寻遍了白蹄可能去的地方，都没能找到它。

翠岭林场人搬走后的第二天早晨，皂娘一推开门，就发现了白蹄。它趴在她家的窗根下，瘦得皮包骨了。那些天它去了哪儿，无人知晓。皂娘后来跟人说，估计它逃进了深山，因为发现它时，白蹄被蚊虫叮咬得眼睛和嘴巴都肿了，毛发里夹杂着松针。幸好那是秋天，山中还能寻到浆果和蘑菇，不然它早饿死了。

皂娘有了伴儿，就不寂寞了。她带着它拉柴，挑水，打鱼，采山，种田，制皂，形影不离。白蹄出落得愈发漂亮了，它个头高了，力气大了，毛发有光泽了。但它天真未改，依然做些可笑的事情。皂娘制酒，将用糯米做的酒曲子放在搪瓷盆里，摆在屋外晾晒。白蹄以为皂娘给它换了一个狗食盆，将酒曲子吃了，醉得它呼呼睡了一天。皂娘去小溪刷鞋，先将鞋子浸在水中，因为浸透了好刷。怕鞋子被水流冲走，皂娘在鞋窠压上小石头。白蹄在水边看见鞋子不在主人手上，而是在水里，以为它们会漂走，冲向小溪，把鞋子叼上岸，再把鞋窠的小石头悉数掏出，令皂娘无可奈何。

白蹄最让皂娘生气的事儿，是有一回她攀着梯子，去房顶晒干菜，没等她下来，它却给撤了梯子。那天皂娘上梯子时，白蹄正追逐菜圃中一只美丽的蝴蝶。蝴蝶飞向倭瓜花，它也奔向那里，把倭瓜花给打落了；蝴蝶飞向院子的窗户，它就扑向窗户。谁料蝴蝶一转身上了梯子，白蹄没头没脑地扑过去，蝴蝶飞了，梯子倒了。刚上了房顶的皂娘傻眼了，白蹄也傻眼了。皂娘骂它是条蠢狗，说它想害死主人。白蹄顾不得蝴蝶了，它后悔地叫着，用嘴叼，用爪挠，试图把梯子给竖起来。可它使出浑身解数，梯子还是死尸似的打横，没有起立的意思，白蹄快急疯了，在房根下围着梯子团团转。皂娘在房顶等了两个多钟头，看着梯子是扶不起来了，便脱下裤子，把它撕扯成宽布条，连接在一起，拴在烟囱上。可惜一条裤子接成的绳子，长度不够，皂娘拽着绳子向下滑时，绳子端头离地还有半丈，她只能撒手跳下来。皂娘毁了一条裤子不说，还伤了脚踝，所以她再用梯子时，就把白蹄拴上，免得愣头愣脑的它闯祸。

这个爱给人添乱的白蹄，有年冬天从山里，给主人带回一个男人，这是皂娘生命中的第三个男人。

乌玛山区的冬天实在太漫长了。这样的日子对一个孤身女人来说，就像跟在身后的一条饿狼，难缠得很。皂娘在冬天就特别爱喝酒，酒能消磨长夜，还能省下劈柴。你喝得浑身燥热时，是不需要炉火的。

这天中午皂娘喝多了酒，特别想跟谁说说话。没人对话，她就唤白蹄进屋，让它坐在窗下。皂娘说，白蹄啊，你是个姑娘呀，这林场就剩你一条狗了，咱想把你许配给谁，难喽！要不等着开春了，咱领你去有人家的村子，相相亲去？你跟咱说说，你得意啥样的？喜欢长腿的还是短腿的？喜欢眼大的还是眼小的？喜欢黑色的还是白色的？喜欢爱翘尾巴的还是耷拉尾巴的？喜欢性子烈倔的还是温顺的？白蹄不语，它站起来，只是摇摇尾巴。先前皂娘把喝剩的半缸酒，放在了窗台上。窗台矮矮的，白蹄摇尾巴时，把盛酒的缸子扫了下来。白蹄没回应皂娘，还弄洒了她的酒，皂娘好不扫兴，她用鸡毛掸子敲了一下它的狗头，赶它出门。

皂娘酣睡了一场，天将黑时来到院子。以往她一出屋门，白蹄就奔过来，叼她的裤脚。皂娘没见白蹄，以为它生气了，就召唤几声。未见动静，她就房前屋后地找，还是没踪影，皂娘慌了，她走到院外，看到柴垛后有一行新鲜的蹄印，指向山里，她赶紧进屋穿戴暖和了，沿着它留在雪地的蹄印，一直寻到刀锋岭下。落日正红，皂娘终于看见了白蹄。它像个得胜的猎人，雄赳赳地走在前，身后跟着它的猎物，一个又矮又瘦的老头！他黑袄黑裤，戴一顶狗皮帽子，衣帽都是簇新的，眉毛胡须被霜雪染白，但鼻头和嘴唇红通通的。他见着皂娘咧嘴乐了，将紧捏在棉手套里的一封信，递给皂娘，眼泪汪汪地说：你是尚天家的吧，有你家的信！

皂娘接过那封信，等于接过了他这个人。

他姓曲，家在离翠岭林场百里之遥的县城。老曲很不幸，他中年丧妻，一人拉扯大独子，未再娶妻。老曲干了大半辈子的邮递员，快退休时邮局裁员，他被迫买断工龄，提前回家。老曲整日郁闷，精神终于失常了。他最爱倒腾街头的垃圾桶，只要翻出废信封，就如获至宝，也不管多脏，抓在手里，四处敲住户的门，要把信投给人家。老曲的儿子小曲无奈，只得给他买了一箱信封，装上裁好的废报纸，用胶水封上，再在收信人一栏，随便填上地址和姓名，由他去投。他把信拿到手里，发现没邮票和邮戳，就跟儿子急了，说这些信来路不明，不能投。小曲无奈，只得买了邮票，又私刻了一枚邮戳，将信封贴上邮票，盖上邮戳，老曲这才满意地去投信了。老曲病后认人恍惚，但他还认得字。小曲编的名字，有的过于寻常，比如张亮、刘刚、王彩霞、刘桂芝之类的，那城里有叫这名字的人，所以信偶尔也能投出去。小城不大，老曲终日在街上游荡，很少有不熟识他的，所以老曲把信投给谁，谁都接着，表达谢意，老曲这天回家就很高兴，能多吃一碗饭。

小曲是孝子，待父甚好，可他媳妇却对一个疯癫的公公，厌恶至极。小曲在刨花板厂下岗后，靠卖粥赡养父亲，供儿子读大学。他凌晨4点钟就起来煮粥，这样早晨6点左右，能携着热气腾腾的粥现身早市。小曲的媳妇是县公安局的勤杂工，岗位不起眼，挣得也不多，但因为在一个显赫的单位工作，总觉得自己比小曲高出一等，在家颐指气使。她挣的钱，都花在了自己身上。她追逐时髦，讲究穿戴，上班时一件蓝袍子，下班后则花红柳绿的。小曲因为辛劳，头发过早白了，腰也弯了。他媳妇倒是滋润，他们同岁，可她看上去小他一旬的样子。

这年夏天，小曲觉得身体不适，他消瘦，乏力，面色灰黄，有一天早晨他蹬着三轮车去卖粥，晕倒在路上。他进当地医院作了初级检查，医生怀疑他得了胰腺癌，建议他尽快去大城市确诊。小曲没钱，只好求助于民间医生，用土法治疗。然而奇迹并没像他期待的那样出现，雪花飘舞的时候，他病情加重，腹部疼痛难忍，别说卖粥了，连行走都困难了。小曲想着自己死后，媳妇能对儿子好(毕竟那是她身上掉下的肉)，可对父亲，她不会孝顺的。因为在他眼皮子底下，她还敢把剩饭剩菜端给公公，从来不把他的衣服和家人的衣服放在洗衣机混洗，说公公身上有细菌。一旦家里缺钱了，她就骂小曲，说他把钱都给老东西买邮票贴信封了，老的和小的都是祸害精！

小曲不想让父亲在他死后，过地狱般的日子，他想趁自己还能动弹，先送走父亲。他去棉活店，给老曲做了棉袄棉裤，又买了顶狗皮帽子和一双翻毛大头鞋。上路那天，小曲带着父亲，先去澡堂子泡澡。老曲满身风尘，难得洗回澡，那池温热的洗澡水，把他洗得婴儿似的，浑身红通通。他们父子俩在热气缭绕的澡堂子里，各自流泪。老曲是美哭的，小曲则是因为愧疚，多年来他忙于生计，很少带父亲来澡堂子了。洗完澡是近午时分了，小曲给父亲穿戴一新后，带他去了饭馆，点了老曲爱吃的酱猪蹄和红烧大鹅，还给他要了瓶好酒，让他畅快吃喝了一场，然后驾驶着一辆从朋友那儿借来的破吉普，载着父亲上路。

他们出了城，一路向西。小曲年轻时学会的开车，并无驾照。多年不摸车，他把车开得醉鬼似的，常常跑偏。好在往来的车辆少，错车时有惊无险。老曲喝了酒的缘故吧，一路上非常快活，看见车窗外的白桦树，就喊“娘子——”看见乌鸦就叫“剑客”。他还哼哼唧唧地唱歌，旋律滑稽，歌词只一句“儿子啊儿子——”听得小曲心痛。看着父亲满面天真的模样，他几乎要掉转车头，把父亲带回烟火人间。但他想自己不在后，父亲会流落街头，没人在意他的冷暖，小曲噙着泪花，加大油门，呼啸着向前。快到刀锋岭时，他停下车，将事先准备好的一封信交给父亲，说前方有片林子，叫空色林，那里有一户姓尚的人家，这封信是投给他家的。老曲下了车，鼓起眼睛，仔细看了看那封信。收信人地址一栏写的是：乌玛山区空色林，收信人的名字是“尚天”，寄信人地址是老曲所生活的小城的邮局。老曲举着这封信，按儿子所指下了公路，乐颠颠地向深山走去。小曲跪下，对着父亲的背影，给他磕了三个响头，号啕大哭。

刀锋岭是乌玛山区著名的迷路岭。那座山岭高耸入云，像一把锋利的刀壁立着。从乌玛山区开发时起，无论是森林勘探队、伐木队，还是生产队、知青队，都有在此迷路的人员。人们说这座山岭是旋转的磨盘，经过它的人，变成了蒙眼的驴子，只能围着它转圈。据说飞鸟经过它上空，也会迷路，所以刀锋岭上空，鸟儿总是盘桓不休。因为它强大的威慑力，无论是打猎的、采药的，还是拉柴的，都不愿去那里，所以刀锋岭的植被未遭破坏，动植物丰富。人们常见狍子从里面没头没脑地跑出来，看见刀锋岭外的松鼠在断粮的时候，去那儿寻松子。

小曲遗弃了父亲，从刀锋岭回返时，有种杀人的感觉，浑身冰凉，手脚哆嗦。他满脑子是父亲最后的影像，他拿着一封信，那么坚信不疑地奔向深山。刀锋岭是不是有狼？想着父亲可能成为狼的大餐，小曲心慌气短，吉普车在他身下也就成了野马，难以驾驭，左冲右突，不走正道，在一个转弯处掉到沟里。事故不大，小曲只是胳膊擦破了皮，吉普车也只是轻微剐蹭。他试图将车从沟里弄出，可他开足马力，它却纹丝不动，仍赖在那里。小曲只得上了公路，求助过往车辆。隆冬时分，公路极少有车辆经过。他在寒风中等了一个小时，才遇见两辆车。一辆是运煤卡车，司机停下车，问他有没有棕绳，可以帮他把车拖上来。小曲说没有，司机说他得赶路，撂下小曲走了。第二辆车是个轿车，车主远远见一辆吉普车掉进沟里，不想惹麻烦，所以加大油门，呼啸着从招手的小曲身边急速掠过。小曲冻得瑟瑟发抖，觉得自己这是遭了报应，不如跟父亲一起死了算了。他没有朝回城的路走，而是奔向刀锋岭。想着父亲在那里，他腿上有了力气。晚上八九点钟，他看见了远方公路的一处灯火，他犹疑着接近那座院落。一只狗汪汪叫着扑来，屋门随之打开了。小曲初见皂娘那张扭曲的脸，以为撞见了鬼，他想这是阎王爷派来收拾他的。谁想进得屋里，见父亲坐在烛光闪烁的餐桌前，正吃着热气腾腾的汤面。老曲见着小曲，抽了一下鼻涕，打着饱嗝说：儿子，可找着空色林的人家了！

皂娘从那封信和老人癫狂的精神状态上，知道他是遭遗弃了。至于被谁遗弃，她想收留了老人后，再作打探，谁知小曲当夜就现身了呢。老曲见着小曲说的第一句话，皂娘一切都明白了。她并没急于谴责他，而是让他烤火，然后给他盛了一碗面，看着他吃完，这才对小曲说，再不济的，他是你爹，咱咋能干出这种事哩。小曲哭了，把心中的苦衷讲给她听。皂娘听了后说，你怕他在你死后受罪，也不能把他往狼嘴里塞啊，要不是白蹄，你就再也见不着爹了！你放心吧，咱家白蹄把他带来了，他就跟咱有缘，不管你将来是死是活，你爹都是咱的人啦！咱会好好待他，不让他受罪。小曲感泪涕零，跪下给皂娘磕头，叫了一声"妈——"。他告诉她父亲做了大半辈子的邮递员，对信最有感情。只要他发病了，塞给他一封信，让他送信去，他就听话了。

小曲回城后，病情迅速恶化。腊月时他强撑着，租了辆车，最后一次探望父亲。他送来了父亲留在家里的衣物，还有一纸箱伪装的信件。小曲勉强过了年，正月一出，人就没了。从此以后，再没谁来探望老曲了。

皂娘收留了老曲，除了白蹄，又多了个伴儿。那时乌玛山区东部发现了金矿，开矿的来了，再加上旅游开发，过往的车辆多了，常有车主在经过她的黄房子时，朝她讨水喝。皂娘觉得这是好商机，便把家改造成小店。热茶、家常菜、自酿的烧酒，使她的小店热闹起来了。客人们进屋后,发现有个船形澡盆,吃饱喝足了,不特别赶路的,就让她烧锅热水泡个澡,松快松快。皂娘年岁大了,男人们也不避讳她,常光着身子,唤她搓澡。皂娘看他们喜欢泡澡,就在屋子东南角,隔出间澡屋,将她打造的那个船形大澡盆搬进去。

从翠岭林场迁走的人,听说皂娘开了小店,赚着钱了,有两户眼热,也回来开起客店。这样,这个本该荒疏下去的地方,因这三户人家,渐渐成了驿站。那两户人家抢了皂娘的生意,她也不恼,因为老曲拿着信在翠岭林场废弃的老房子转悠时,没敲开过任何家门,他们的归来,至少让老曲有了送信之所。为免纷争,皂娘后来干脆不经营饭食了,专给客人洗澡,兼卖手工皂。她用榆木做了一块长方形的匾,将都柿果捣烂,用它靛蓝的浆汁,自上而下,写上“空色林澡屋”五个字,竖立在院外。从此以后,小曲信封上那个虚妄的地名,就有了人气了。

故事讲到这里,关长河再次起身,嚷着喂马。我们说,你先前不是喂过了吗?关长河说,刚才是豆饼,现在得给它点草吃。我们说马拴在草地上,它一低头不就吃草了吗?关长河“咳——”了一声,说,你们懂啥?草里也有坏草。好草跟好人一样,不多,你得去找,好马得用好草养!关长河借着月亮光,去寻他说的好草了。大概半小时后,他回来了,身上果然携带着一股不寻常的草香。不过他湿了一只鞋子,原来他在溪边滑了一跤,一只脚掉进溪里了。他脱下那只湿鞋,放在篝火上,当咸鱼来烤,而它的确散发出咸鱼特有的味道。

不等我们催他,关长河一边烤鞋,一边把故事讲下去。

皂娘给客人洗澡,总是带着老曲,而且无论白天黑夜,澡屋都得点根蜡烛,不然老曲会不安。

客人进了澡盆,先泡上个十分二十分钟的,皂娘这才带老曲进去。为方便给客人服务,皂娘坐在澡盆旁的一只四脚矮凳上,老曲则与她平行着,坐在一把高背椅上。老曲手里攥块肥皂,目不转睛地盯着客人,像警察瞄着小偷。

皂娘给人洗澡,是从脚开始的。她让客人仰躺着,先洗正面。她会把客人的脚趾掰开,轻揉轻洗,好像每个脚趾都是花骨朵,得格外爱惜,不然就被碰落了,这时的她就是个花匠。洗过脚后,她变身为琴师了。她纤细苍老的十指,会将客人的腿认作竖琴,在上面轻轻弹拨,抖掉风尘。男人们腿间的私物(皂娘称之为"淘气包"),她也不避讳,她耐心而轻柔地清洗它们,就像对待婴儿一样。而洗到客人的胸腹部,她就像要为盛宴中的菜肴,找一张光亮的桌子来摆置,反反复复地擦拭,这时的皂娘就是厨娘了。洗过胸腹,她会拎起人的胳膊,把腋窝当鸡窝来打扫。有的人害痒,会呵呵笑起来。客人一笑,老曲也笑,"哗啦哗啦——"的洗澡声,也像是在没完没了地笑。而皂娘是不笑的,她洗过胳膊,会让客人翻身,俯卧澡盆,洗客人的反面——搓背。她先是灌溉农田似的,把温水撩到人的肩背上,然后从尾骨开始向上搓,手指如翻转的浪花,层层推进,一直到后脖颈。她不断重复这个动作,不断加力,清理陈年旧账似的,将脊背的尘垢一扫而光,让它成为朝霞映照的湖面,明媚鲜润。之后她洗他们的臀部,她苍老的手就像受伤的鹰,在努力爬过高山。待到攀至峰顶,她会擂鼓庆祝似的,朝着屁股,快意地"啪啪——"拍打几下,这也是让他们回转身的指令。

客人回到正面后,澡盆的水多半浑浊了。这时皂娘会起身,端来一盆温热的清水,放在她坐的矮凳上,让客人侧身,而她屈身站着,为他们洗头。她洗头很费心思,先是揉捏太阳穴和耳蜗,然后才浸湿头发,从老曲手里取过肥皂(也许是玫瑰皂,也许是松露皂,这得依据客人的喜好了),将头发均匀地打上肥皂,让头发与皂液先亲密接触着,将手移至眉毛,用指甲理顺它们,然后再修剪树木似的,仔细清理了胡须,这才去洗头发。此时的发丝经过皂液的滋润,非常好洗。皂娘洗头的时候,手会淹没在雪白的泡沫里。老曲看不见皂娘的手了,会紧张得跳起来,呜哇喊叫,急出泪来。皂娘就得抽出手,晃晃给他看。沾在皂娘手上的肥皂泡出水后,如绽放的爆竹,"噼啪——噼啪——"地破灭。老曲见皂娘的手在皂花开放后,完好无损,这才坐回去。皂娘洗完客人的头,会把洗头水泼掉,再往澡盆加上几瓢热水,撒上晒干的野菊花瓣，丢下一条干爽的毛巾，让客人独自静默地再泡上一刻，出浴后自行擦干身体，然后她带着老曲，轻轻关上澡屋的门（如果是白天，她会先把蜡烛吹灭了），出去饮酒了。她每给客人洗完澡，都要用一盅酒来慰劳自己。

起先来洗澡的客人们，出浴后会给皂娘留下三四十块钱，后来因为来的人多，价钱自动涨到五六十块了。皂娘带着老曲受羁绊，进城采买不容易，就跟客人说在山里花钱麻烦。有心的客人便问她想买啥，可以给她捎来。皂娘说，人活着最要紧的是打点肚子，吃喝最重要了。皂娘的话传扬开来，客人们再去空色林澡屋，付给她的就是吃食了。鸡鸭鱼肉，烟酒糖茶，大米白面，腊肠豆干，挂面粉丝，瓜果梨桃，油盐酱醋，甚至姜葱蒜，真是要啥有啥。

老曲跟了皂娘，就是掉进福堆了。他胖了，气色好看了，说话声音也洪亮了。他一旦发病，皂娘就往他手里塞上一封信，让他去投。怕他走丢，她会让白蹄带着他。那两户回到林场开客店的人家，不知收了多少信。他们心疼皂娘，信攒了一沓后，又悄悄给她送回来。白蹄有时想撒欢儿，就不把老曲往客店带，而是领进山里。有窟窿的树桩，在老曲眼里就是邮筒吧，他会把信投进那里。皂娘是怎么发现这个秘密的呢？有回她为了得到烧柴，扛着斧子去劈树桩，结果劈出一封信来。

皂娘知道老曲有时连人和邮筒都分不清了，对他更加体贴。白酒要给他温过，茶水绝不让他喝凉的。老曲喜欢吃带馅的东西，包子饺子和馄饨，就是她家灶上的主角。过年时皂娘一身旧衣裳，可她会在腊月带着老曲进城，给他买新衣新帽。她还会给他糊上一盏红灯笼，除夕夜往他衣兜里揣上花生瓜子，让他提着灯笼出去转。

皂娘和老曲睡一铺炕，但不是一个被窝。因为老曲来后，她添置了一套铺盖，被褥枕头，一应俱全。他们洗澡时，总是老曲在先，皂娘在后。人们说起他们的事儿，无不哀叹，说要是时光倒流三十年多好啊，皂娘和老曲就能搂在一起睡了。

老曲闲下来时，爱摆弄皂娘的鼻子，他老想做英雄，把它拯救到正路上来。他揪着她的鼻子，执拗地拽向脸颊中央，就像牵一匹不听话的烈马。有好多次，鼻子仿佛是归于正位了，可他一松手，它又回根据地了，让他好不沮丧。皂娘常被他弄疼鼻子，也是烦了，又留起长刘海，遮着那半张脸，这样老曲就放过她的鼻子了。

又过了几年，皂娘把那绺长刘海再次铰掉了，不说你们也明白的，老曲死了！

他是怎么没的呢？说是那年夏天有个客人洗完澡，出了澡屋，掏出一个巴掌大的游戏机，边玩边喝茶。老曲凑过去，见好几只骷髅头在动，大叫一声“捉鬼”，之后一个跟头栽倒在地，瞪着一双惊恐的眼睛，走了。

皂娘把老曲埋葬在黄房子西侧的松林中，逢年过节，不忘了带供品去看看他。每逢吃饺子，还习惯给他留一碗，搁在桌上。看着烛光下的饺子热气散尽，筷子没人碰，她会长叹一声，连喝几盅酒，把凉透的饺子吞掉，然后睡上一场。

皂娘依然给客人洗澡，不过带的不是老曲，而是白蹄了。她白天去澡屋，也不用点蜡了。白蹄坐在老曲坐过的地方（当然把他的高背椅挪开了），跟老曲一样机警地盯着客人，只是它手里不能攥着肥皂。谁要是在皂娘给洗胳膊时，手无意间触着了女主人的脸，它就会汪汪叫着抗议。所以入了澡盆的男人，比老曲在世时还规矩，皂娘让怎样就怎样，不敢有丝毫不恭。

白蹄老了，但它生性难改，还是做些可笑的事情。

有个客人洗完澡，做了个抽烟的动作，说要是在澡盆抽上一颗烟多恣啊。白蹄跟皂娘出了澡屋后，就把桌上的半盒香烟叼起，放进澡盆。想想人抽烟得使火，它又去灶台，取了火柴送去。客人眯着眼享受时，听见白蹄“哈哧——哈哧——”进出不停，也没理会。待到他闻到烟丝的味道，睁开眼时，发现了澡盆上漂浮着的香烟和火柴。客人笑了，捞起它们，送到皂娘面前，说，你看那蠢狗干的好事。皂娘把白蹄吆喝过来，说，白蹄啊，你真是狗脑袋啊，烟丝火柴进了水，等于是人绑着石头投了河，不是找死吗？看在你跟咱一样老了的分上，咱就不揍你啦。从此后皂娘把香烟搁在柜顶，把火柴放在调料架上，都是白蹄难够到的地方。不过半年以后，皂娘又把它们放回原位了，她老得胳膊抬不高，取香烟火柴太费劲了。

关于白蹄，流传着的最令人捧腹的一件事，是有个客人吃饱了过来洗澡，洗到一半，放了一连串响屁，白蹄见澡盆"咕嘟嘟——"地冒出一串气泡，来了神了，以为气泡下面有鱼经过（它跟着主人去溪边时，皂娘指点给它冒气泡的水面下，有鱼活动，它因此练就了从水泡下捉鱼的本领），白蹄兴奋地奔向澡盆，张着大嘴准备逮鱼，被皂娘及时呵斥住。客人吓得双手捂住私物，生怕白蹄把他的宝贝当鱼给捕获了。

来空色林澡屋的，谁没点委屈呢。皂娘给他们洗澡时，那些委屈大的，算是找到了宣泄口，会痛快哭上一场。泪水融入散发着他们体味的洗澡水，就像汇入了世俗生活的洪流，他们拔脚出浴时，轻松了许多。

有个病入膏肓的中年人，怕自己死了再也不见日月，觉也不睡了，昼夜望天，说要多汲取点日月的精华，不然在另一世，会堕入黑暗之中，精神快崩溃了。他听了空色林澡屋的神奇故事后，特意来此洗澡。他是白天来的，但皂娘知道他的事情后，等到天黑才给他洗。她也没点蜡，带着白蹄坐在黑暗中，手指撩着温润的水，就像浇灌久旱的荒山，从他的脚到头，每一寸肌肤都滋润到，揉捏到，爱抚到，让他的每个阻塞的毛孔，都打开天窗。她问他感觉到黑了吗，客人说没有，他感觉全身心沐浴在光里。皂娘说，这就对了，要说黑，心待的地方是最黑的，可它不怕黑。它怎么不怕黑呢？它跳，咚咚咚咚，不停地跳，这样它住的黑屋子就亮了，光也出来了。你不用找光，只要你的心好好地跳，别缩，光就能找你。也怪，洗过澡，这人归于平静，把生死看淡，彻底放下，居然战胜病魔，幸存下来。他每到腊月，会带着鸡鱼猪羊，给皂娘送来年礼。

皂娘上了岁数后，更加心疼白蹄，她想让它多陪自己几年，所以不吝惜把好吃的分给它一些。每天晚睡前，不管多累，她都要蹒跚着走到院子，跟白蹄打声招呼：咱俩得好好的呀，明早不许不醒来！

皂娘最怕的就是自己先死，白蹄没了主人，谁还会收留一条垂暮的老狗呢？为此她跟那两户开客店的人家，努力着搞好关系。客人送来的东西吃不了，就分送给他们，只图万一她没了，他们能善待它。两户人家都表示，开客店剩饭剩菜多，养个白蹄不成问题。皂娘再嘱咐他们，万一白蹄做了错事，呵斥它几句就是了，老狗懂人话，千万别踢它，它老了，不经踹了。还有，万一它死了，别吃它的肉，把它埋了。客店主人都撇着嘴说，一条老狗，有啥吃头？埋，肯定埋！皂娘就安心了，回头再取几块她做的肥皂，给他们送去。

我记得很清楚，当我们还想听空色林澡屋的故事时，关长河抬眼看了下天，长叹一声，说，月亮也是个大澡盆，它用的是银河的水，要是此刻我能飞进月亮，让皂娘给洗个澡多美啊！他那语气和神态，好像皂娘在月宫烧好了一锅洗澡水，正候着他呢。我们意犹未尽，可关长河说时候不早了，该睡了。他起身的时候，朝我们要此行的向导费，说明天就出山了，夜里揣上钱，睡得会踏实。我们没有犹豫，按照事先讲好的，把钱如数给他。他很认真地在月下点过钱，拉长声说“对数——”，跟我们挥挥手，然后指向星辰寥落的东方，有意无意地说，明早朝着那儿走，就能去空色林澡屋泡澡啦。

关长河睡去了，他睡在离马很近的地方，我们在他离开后争论的间隙，还听到过他的鼾声。由于空色林澡屋只收吃食，我们先是在篝火旁，把所剩无几的罐头、干肠和饼干搜罗到一起，然后讨论去空色林澡屋的人选。因为皂娘每天只给一人洗澡，而我们只是路过，不能久留，仅一人有这福气。开始大家都沉默着，没谁主动说去，也没谁说放弃，而沉默总是风暴的前兆。

最先打破沉默的是小李，他从林业大学毕业才一年，这一路他刻意不刮胡子，留起长发，像个落魄的艺术家。也许是在大学熏陶的，他提出了一个 AA 制洗澡方案。五个人都下澡盆，分别洗头、胸脯、肚子、腿和脚。我们以为他开玩笑，可他认真地说，既然大家都想洗，此分配最为合理，这样每个人都能进澡屋。他说如果大家同意他的方案，他有优先选择权，他要洗脚。因为皂娘给人洗澡，是从脚开始的，那时的洗澡水最干净，而他走了一路，脚疼得很，正需按揉。我们四个比小李年长的人，觉得他这是痴人说梦，异口同声地予以否决。接下来是对领导的话永远言听计从的小许提出的方案，他说应该领导洗。我是此行的队长，那就是说让给我洗。其他人不吭声，我赶紧识时务地说，这可不能搞特权，再说五人当中，有两位比我年长呢，他们应该有优先权。那两位年长我三岁和四岁的人，一个是老孟，一个是老薛。孟薛对望一眼，孟说应该抓阄。薛说拼酒量，把余下的酒喝光，谁没喝倒，就是谁的。老孟的好手气和老薛的好酒量，都是有名的，小李和小许，旗帜鲜明地反对。小李说，抓阄等于绕开了问题实质，张扬中庸之道，应予摈弃。小许说，拼酒量那是野蛮人的做法，极不人道。看大家争执不下，我说，皂娘愿意给风尘大的人洗澡，比一比谁的风尘大，谁就去洗。老薛呵呵笑着说，泥坑的猪风尘最大！我们大笑起来，那一刻气氛是融洽的。最后大家依着我的思路，统一想法，就是敞开心扉，诉说各自的不快，比一比谁的委屈更深，磨难更大，辛酸更多，空色林澡屋就归谁享用。从我开始，按照围坐于篝火的顺时针次序，依次开讲的是：老薛、老孟、小许、小李。

我先说。先说的好处是先声夺人，可把最刺目的痛楚当利剑亮出，让小痛楚在它面前被腰斩。我说，你们看到的我，不是我，而是非我。我自幼喜欢医学，可我那做教授的父亲，认定这地球上最伟大的职业，就是做地质学家，他居然篡改了我的高考志愿，把我送入地质大学。我毕业参加工作后谈了一个女友，是中学音乐老师，可我母亲认为一个搞音乐的妻子，私生活会像五线谱一样混乱，私下约会她，愣说我有相恋多年的女友，两家早就会过亲家了，我爱的女友信以为真，一怒之下离开我。最终我娶的老婆，你们也知道，是父母为我选的图书管理员。她太古板了，一点女人味都没有。我们过了二十几年，我等于在冰窖里活了二十多年哪！那个冷啊，不是一个正常男人过的日子。你们知道吗？我老婆健健康康的，可她说她活着就是为了等死，她厌世得厉害，华服美食，自然美景，音乐美术，男欢女爱，这些能引起人愉悦的事物，她一概没兴趣。我让她去看心理医生，她反说我有精神病。跟你们说真话吧，我受不了她，几年前与初恋女友联系上了。她还当音乐老师，就是日子过得不顺，她丈夫虐待她。为啥呢？不用说你们也猜得出来，她把初次给了我，她男人新婚之夜发现她不是处女，从此酗酒，每次醉酒打她，就逼问破了她处女身的元凶，声言要干掉这家伙。她怕说出我的名字，这男人真会提刀找上门来，所以一直跟他说我得了癌症，早死了！现在你们理解了，为什么我父母相继去世后，我的精神状态反而比以前好了？因为他们再也不能干涉我的生活了！你们说我这半辈子，活得苦不苦？

我以为自己的情感经历，泪迹斑斑，能引起大家同情。谁料先是小李冷笑一声，说，队长看着挺聪明的，没想到是个窝囊废！谁让你当木偶啦？是你愿意啊，不是活该吗？两个人能过就过，不能过就散，你和音乐老师现在也可以重温旧梦呀，这算什么苦呀？接着老孟“哼——”了一声，说，你老婆再冷，这冷宫不是给你孕育了个儿子吗？她要真是冰窟窿，啥种子能发芽啊？这一老一少，戗得我哑口无言。

接下来大倒苦水的是老薛。他像个说书人，清了清嗓子，拍了一下大腿，揉了把脸，说，你们看我这张跟黄土高坡一样的脸，就知道我遭过多少罪吧？我年轻时挖过煤，每天下井的感受你们知道吗？就跟被人抬进棺材一样，随时有被埋掉的危险。为脱离这地狱似的环境，我跟爹娘说，给我半年时间复习吧，让儿子能从地下升到地面，享受到阳光，不然这一生太黑暗了！我家那时穷成啥样呢？房子是漏的，铺盖不够用，米缸常常是空的，肥皂和灯油都使不起，我要是不挖煤，一家人可能会断顿！但爹娘听我这么说，还是咬牙同意了。我不分昼夜地复习，也是争气，当年就考上了大学。我得感谢那时大学为贫困生设立的助学金，没有它，我很难读下来。不瞒你们说，大学时我没添过一件衣裳，吃的是最差的饭菜。大学毕业参加工作后，我挣的钱大都贴补老家的父母了，依然清贫。不怕你们笑话，米面油盐、牙膏厕纸，甚至内裤袜子，无论什么，我都得精打细算，买最便宜的。好在那时单位分了套小房子给我，我才娶上媳妇。就因家庭条件差，媒人给我介绍了四个对象，只有暖瓶厂的一个工人看上我。谁看上我，谁就是我的福音书，我娶了她。接下来的故事你们也知道的，她生的是龙凤胎，对别家而言，这是喜事，可对我们来说，抚养一双儿女成长，天天都得爬坡过日子。后来暖瓶厂黄了，她下岗了，家中用度，全靠我一人了。日子本来过得就难，偏偏我娘得了癌症，把我仅存的一点钱，都烧到手术台上了，娘的命却没保住。我爹受了刺激，高压天天都在200徘徊，最终中风偏瘫，这样我只得把他接进城伺候。因为妹妹嫁了人，我们那里的风俗，女儿是可以不赡养老人的。你们想想吧，一套四十平米的屋子，老少三代挤在一起，是个什么景象！阳台就没晴朗过，天天吊着洗的东西；为了省下买青菜的钱，我家冬天以腌菜为主，本来不大的厨房，摆满了酸菜缸咸菜坛，没个好气味。队长嫌你爹娘干涉太多，给你改了高考志愿，可他们给你遗留了大房子，你再不痛快，也是在大房子里敞敞亮亮的不痛快啊。我呢，伺候生病的老的，还得掂掇这俩孩子上大学的学费，就差卖血啦。说真的，勘察结束，最伤心的是我了，我不愿意回到城里那个小屋子啊！爹在哼哼，媳妇苦巴着脸，我就像在垃圾堆旁找食儿的秃鹫，哪有什么尊严啊。我爱喝两口酒，就想麻醉自己，可我他妈的就是醉不了，心里好像绷着根弦，千万不能倒下。我一倒下，我家就相当于公司破产了。我愿意待在大自然里，这里随处可扎营，我愿意住多大的屋子就住多大的，喝水不用交钱，烧饭不用交煤气费，太阳月亮没有被雾霾遮蔽，黑白都有灯使，电费也省了！老薛说到此时，声音颤抖，用手蒙住脸。他是否哭了？那晚西去的月亮，也许比我们看得更清楚。

轮到老孟说话了，老孟先是对老薛说，管咋的，你还有爹可伺候着。爹是什么？是太阳啊。有爹在，他就是再磨人，相当于乌云遮住了太阳，背后还是亮堂的呀。你们不知道，我是个遗腹子，爹连张相片都没留下，我不知他长啥样。我娘带我改嫁后，继父对我的狠，三天三夜也说不完啊。继父一打我，你们知道我干啥？我就坐在镜子前，对着自己的脸，在作业本的背面画爹。我画完一张，就偷偷给我娘看，我娘一摇头，我就知道画得不像。只是有一回，我拿着画像给娘看，她一看就落泪了，我知道自己画对了，这张画像我一直留着，结婚后把它镶上，除夕在家里的香案摆上相框，给爹磕头拜年。我长大后不止一次问娘，我爹咋死的？娘总是回一句，他寿路到了。直到我娘去世后，我小舅才对我说出实情。饥荒年代，我爹为了给怀孕的娘找吃的，惦记上了盘在村中井壁的一条蛇。他趁晚上井台空荡的时刻，腰间缠了绳子，带着自己用树杈做成的捕蛇器，去了水井。结果爹没捕到蛇，反倒让蛇咬了。爹中了蛇毒，挺了一天，就没气了。那条咬他的蛇，从井壁消失了。村里就这一口井，村人说我爹碰那条蛇，触怒神灵，从此喝这口井水的人都会遭殃，逼我家另打一口井，还不准爹落葬。村中几个瘦得皮包骨的汉子，把我爹抬到山坳，说是惩罚他，让他暴尸荒野，实则把他当成诱饵，打的是捕猎的主意。我小舅说，闹饥荒那会儿，村人把能吃的树都啃秃噜皮了，没啥吃的啦，动物也少，飞禽走兽极难见到。那几个男人在爹身上，设置了各种捕鸟和捕兽的夹子。那段时间，去爹尸首旁等猎物的，接二连三。爹最终为村人猎获了七只乌鸦、两只鹰和一条狼，听说爹最后只剩下几根骨头。村人不能再用我爹作诱饵时，撇下他回村了。我娘生下我后，去山坳寻爹的尸骨，可她一根骨头也没捡着。我小舅说捕获的猎物，让村中濒临死亡的人，活了下来。他们也感念我爹，给我娘分了半只乌鸦。不是这半只乌鸦，我娘都没力气生下我。我不敢想爹的尸首作诱饵的情景。你们没发现吗？这三年来，我头发掉了多半，自打我小舅跟我说了实情后，我整宿地不睡，一闭眼就是乌鸦老鹰的影子。所以你们明白了吗？这一路为啥我听见它们的叫声，就心烦意乱？唉，要是皂娘能给我洗回澡，把憋在心里的委屈洗淡一点，我也不枉在这青山绿水中走一回！

老孟的诉说，应该是打动了在场的每个人。因为大家以哀悼的姿态，低下头来。最终是老薛先抬起头来，叹息一声对老孟说，毕竟都是过去的事了，现在你家过得多好哇，老婆有个好工作，儿子考上了北大，你家的日子，比这团篝火还红火，谁不羡慕啊。老孟说完，拍了一下小许的肩膀，示意该他说啦。

小许一张口，还是强调应该让领导洗。如果领导一定让给手下人的话，谁身上的味儿最难闻，谁就去洗。老薛首先反对，说，你小子脚丫最臭谁不知道？老孟也反对，说，别人都讲委屈，你不能绕过，绕过就等于刺探了别人的隐私，把自己深藏起来，这是叛徒的行为。小许被逼无奈，说他此生最大的委屈是入赘。他家在农村，在城里买不起房，只得娶了个有房的城里人。她老婆在京剧团做剧务，有演出的日子，他们就得分床睡。因为她爱舞台上扮相俊朗的小生，演出当晚回到家，她还痴迷着角色，看小许便百般地不顺眼，他就得给她个心理调整期，分居一两天，让她能够从虚幻的舞台，回到柴米油盐的日子。小许说入赘的男人，就是做了战俘，终生不得翻身。

最后登场的是小李，他先申明他的委屈，不是个人的，而是一代人的，所以他是在争取一代人洗澡的权利。小李说，不管你们有多大的委屈，你们居有定所，毕业后组织给分配了工作，医疗有保障，手捧铁饭碗。我们这代人呢，赶上了高房价、高物价、高污染空气和水源的时代。像他这种毕业后找到工作，算是幸运的。很多大学生，毕业就等于失业了，成了啃老一族。他们蜗居在父母家中，被苍老的翅膀护卫着，怀揣简历，奔波在路上找工作，在夹缝中求生存。这样的青春岁月，就像在荒漠中跋涉，该是多大的委屈！小李说以他为例，他一个月的工资3600块，去除每月房租1200块，伙食费1000块，水电煤气费300块，上网费电话费200块，看电影、日常生活用品等300块，再加上人情往来，真是属于月光一族了。即便贷款买房，五六万的低首付，对他们来说也是天文数字，不要说成家生孩子了。他大学同学中，毕业后唯一结婚的，是个叫方超的人。方超在城里找不到工作，干脆回乡开了养鸭场。他父母说早知道他回来养鸭，就不让他上大学了。方超找了个开鞋店的姑娘，日子过得挺踏实。小李说得兴味索然，我们也听得兴味索然。我对小李说，每个人都讲了各自隐秘的事情，你总得说出一桩，不然月亮都不饶你！小李哈哈笑了，指着滑向西天摇摇欲坠的月亮说，你瞧它困得都要回屋睡了，哪还顾得上咱们这帮说委屈的傻瓜！一定让我说一桩的话，我告诉你们，我的女友大学毕业去西北支教了，原想着两年支教结束，她会回城和我团聚，可是三个月前她突然告诉我，她爱上了当地公安局的一个警察，打算留在那里了。她说凡是支教期满主动留下的教师，当地政府会分给一套两居室的房子。我们好了三年，一想到我爱的女人，一生要经受大西北狂风的吹打，我就心痛！我们同居过，她喜欢吃黄瓜，身上总带着一股清香味，现在我夜里睡不着时，真是奇怪了，总能闻着黄瓜香味儿，真是让人伤心哪。小李说完，脸上浮现出奇怪的笑容。

那晚在场的人都道出了委屈，接下来就是品评谁的委屈可以下澡盆接受洗礼了。我们像是一群在婚宴上抢糖果的孩子，争得面红耳赤，互不相让。最后伤了和气，谁都没进帐篷，散开后各自展开睡袋睡下了。关长河的离开，我们毫无察觉。总之早晨醒来，飞舞着阳光的松林里，关长河和他的马，就像昨夜天空的浮云，踪影皆无了。

我们在失去向导的情况下，向着东方，艰难地走出森林。出山后果然在公路旁见到一个小驿站，那里有两家客店，提供简单的吃食。我们分别向主人打听空色林澡屋，打听皂娘和白蹄，他们一脸迷惑，说不知道。我们不相信，返程途中，只要遇见乌玛山区的人，不管他是放马的、护林的、运煤的，还是采山的、种地的、打草的，都会问空色林澡屋在哪儿。可是无一例外，他们都冲我们摇头。

我们的勘察任务完成得堪称完美，各项数据的获取非常翔实，可是我们离开乌玛山区回城后，莫不垂头丧气的。老孟老薛在单位见了我，都躲躲闪闪的。小许则变成了絮叨的老婆子，见了我一遍遍地解释，入赘其实对他来说不算啥委屈，他老婆待他挺温柔的。总之，大家都有说出秘密后，那种难言的空虚和后悔。

有一天下午小李来我办公室，送关于乌玛山区水文方面的勘察报告，这是此行他负责的内容。我问他与大西北的女友真的彻底断了吗？如果忘不了她，还是要去争取。因为在青春时代错过爱情，婚姻很容易坠入世俗的泥潭。小李眨着眼笑了，先拱手对我说，领导对不起了，接着告诉我，他与女友间的悲催爱情故事，是被逼无奈，依照报纸上看到的一条消息，编排到自己身上的；他还没女友呢。

小李见我惊愕不已，说其实关长河讲的故事，也未必真实，不然他为什么在说完空色林澡屋的故事后，不辞而别呢？因为他无法带我们抵达那里。小李还说，他也不大相信那天大家诉说的委屈。真正的委屈，不是那么轻易道得出来的。而能说出的委屈，因个人处境和地位的不同，自然也作了种种修饰或伪装。

小李的话令我动气，我将那份乌玛山区水文勘察报告甩在办公桌上，冲小李吼，你在怀疑老薛老孟和我编瞎话？小李说，领导息怒，我不是不信任你们，我是不信任那晚的场景，它太像电影了！关长河是个好猎手，更是个高超的导演，他把我们往一个情境里赶，就像把猎物圈在他的围场里，他都不用举枪，我们个个中弹，和他故事中的人物，一起成了演员。

小李是什么时候离开的，我毫无察觉。我在办公室，从下午呆坐到黄昏，无论是敲门声还是电话铃声，一概不理。下班后我给老婆打电话，谎称出差，告诉她晚上不回家了。我找了这座城市最偏僻街巷的一家小酒馆，要了油焖河虾、酱焖酥鲫鱼和啤酒，自斟自饮。在小酒馆吃喝的，还有四个出苦力的人，他们显然是进城打工的农民，头发乱蓬蓬，裤子满是灰土，衣裳汗渍斑斑，脚下的绿胶鞋散发着臭烘烘的气味，但他们热情洋溢，高声说笑。他们点的菜比我口味重，麻辣螺蛳和红烧猪大肠是主菜，配菜是花生米和海带丝，一瓶老白干四人均分，一人一海碗米饭。他们连吃带喝，胃口极佳，杯盘碗盏，最终丝毫不剩，光可鉴人，好像刚从洗碗机中出来似的。他们结账，居然采用 AA 制方式，每人花费32元。他们离席时，其中一人看了我一眼，说，兄弟一人喝酒多没意思呀。我顺势请他们喝啤酒，四人也没忸怩，一人要了一瓶，开瓶后对着瓶嘴，站着一口气喝光，然后快意地谢我。其中有两人还说了祝福语，一个祝我买彩票中奖，一个祝我早日抱上孙子。

我学着那几个民工，把盘中菜吃得光光的，酒也喝得一滴不剩，飘飘忽忽走出酒馆。夜已深了，我去附近的一家快捷酒店登记住宿。一口黄牙的老板娘扫了我一眼，问，就你一个人住？我说是。她诡秘地一笑，压低声说，我知道你们这些男人是来干啥的，我帮你联系小妹吧。你喜欢啥样的？我告诉她，我不喜欢小妹，我喜欢老婆子。有个老婆子叫皂娘，你要是能把她请来，给我洗回澡，我就付她五星级酒店的房费。老板娘把钥匙牌“啪——”的一声摔在柜台上，不再理睬我。

我拎着钥匙，沿着逼仄狭窄的楼梯进了鸽子笼似的房间，一头扑倒在床上。这时手机铃响了，我很想在此时跟谁说说话，按了接听键。电话是个男人打来的，他很客气地自报家门，说他姓郜，是乌玛山区林业局帮我们请向导的人，我们见过一面，下午他给我打过两个电话，我没接听，而他要说的事情紧急，所以占用我休息时间再次打来了。老郜先问我关长河一路用了多少颗子弹？我想都没想，说了个“二”字。他迟疑一下，说，你说的是“二”，还是“十二”？我捋直舌头，强调是“二”。他微妙地叹息一声，再问关长河的猎枪，是在与狼搏斗中损毁的吗？我“霍——”地从床上坐起，说我不知情，因为出山前夜，他撇下我们，和他的马一起消失了。老郜沉吟一下，说，关长河告诉他们，出山前夜勘察队在营地遭遇到狼群袭击，他为了保护我们，独自与狼群奋战，猎枪废了，弃在山中，不能归还，而他总共用掉十二颗子弹，所以行程结束，他只是还回了十八颗子弹。现在需要我们出具一份材料，证明这位向导，在我们勘察过程中协助我们完成了任务，猎枪是因保护我们而损毁的，子弹用掉了十二颗。因为猎枪是从派出所借的，不还回去，当地林业局有责任，而关长河也会因此被视为持枪的危险分子。

我抓住这个机会，问他知道关长河的电话吗，我有事想跟他沟通一下。老部说，关长河从来不用电话，想找他，得通过他人去寻，他常年在山中游荡。我又问，关长河有家吗？老部说，他是个弃婴，当年被人扔在山上的鄂伦春营地，所以他是鄂伦春人带大的。至于他是汉人还是鄂伦春人，无人知晓。但从他的体貌特征来看，他应该有鄂伦春血统。他至今未婚。我再问老部，听说过空色林澡屋和皂娘的故事吗？老部很干脆地说，没有。末了他嘱咐我尽早把证明材料写好，加盖公章，用特快专递寄来，收件地址他随后用短信发送到我手机上。我一边答应，一边乞求老部，如果见到关长河，务必把我电话给他，请他回个电话。老部勉强地说，好吧。

为了给关长河写那纸证明，我们勘察队一行五人又聚集在一起。我转达了老部的话，希望大家充分发表意见，达成共识后出具证明。小许首先表态，他说，领导怎么办，我都没意见。老孟说，那晚没听见狼嗥，所以猎枪是在与狼搏斗中遭损毁这一条，写时要慎重。老薛也说，关长河显然是在撒谎，即便他遭遇了狼群，他有子弹，只要开枪，驱狼那不是轻而易举吗，何至于把枪当长矛使，与狼短兵相接呢？老薛老孟观点的不谋而合，至少冲淡了归来后，弥漫在大家之间的冷漠情绪。轮到小李，他爽快地说，当地让怎么写，就怎么写呗，毕竟关长河一路上为我们立下了汗马功劳。现在假证明满天飞，又不差这一张。小李还分析说，关长河当初嫌配给他的子弹多了，显然那时他还没有私吞子弹的想法，如果他说用掉了十二颗子弹，只有两种可能，他后来变了主意，想留下猎枪和子弹，所以提前离开我们，对当地林业局虚构了狼群的事情。还有一种可能，就是这一切都是老部策划的，关长河是他找来的向导，老部想私藏猎枪和子弹，于是让关长河编瞎话。小李的后一种分析，让我们这些比他年长许多的人，为之侧目，他的判断不是没有道理的。大家多方权衡，反复推敲，最终形成的证明材料中，关于猎枪和子弹的内容，用的是模棱两可的句子：我们在勘察途中几次遭遇野兽袭击，向导关长河用猎枪为我们解除险情,动用了相应数目的子弹。

我将出具的证明材料加盖公章,特快寄出。

三天后我给老部打了个电话,想问问他是否收到证明,再打听一下关长河。可我拨了几次电话,老部始终不接听。直到下班时刻,他才简短回复了一条短信:证明收悉,诚致谢意。

这样的回复,就是告别语。我知道通过他寻找关长河,是不可能的了。

我试图让生活回到正轨,或者说是回到平庸中,可是当空色林澡屋的故事像一道奇异的闪电,照亮了人性最暗淡的角落后,我的整个生活就被它撕裂了。我在空洞的光阴中,能感受到它强烈的光明,不禁又寻着这光明而去。我把春节的休假,放在了乌玛山区。

这次没有任务在身,我谁也没找,就是一个轻松的背包客,一站一站地行进。越向北走,旅人越少。在路上折腾了两昼一夜,除夕夜我到了乌玛山区。那里正是漫天风雪的时刻,连绵起伏的山峦披挂着白雪,看上去像无尽的白色毡房,很有烟火气的样子,而其实人烟寥落。越往乌玛山区深处走,寒流越强,景色也就越壮美。我每到一处驿站,都要打听空色林澡屋和关长河。很多人知道关长河,都说他很难找到,但没人知道空色林澡屋。我每离开有手机信号的驿站,会把自己的电话号码,留给驿站主人,求他们见到关长河后,请他给我回个电话。

我就这样搭乘各色车辆,与乌玛山区冬天特有的麻雀和乌鸦为伴,在茫茫山林中寻找了六天,经过了多个驿站,直到返程在即,也没有见到关长河,更不要说空色林澡屋了。但我收获了辽阔的天空,清冽的空气,洁白的雪,满天的繁星和每家驿站灶上的热汤,它们胜过最璀璨的城市灯火和最丰盛的年夜饭,是我此生过得最知足的一个年。

离开乌玛山区的前夜,我在一家林场酒馆怅然饮酒,手机突然响了,我迫不及待地接起来。送话器先是传来一阵风声,接着是一个人沉重的喘息,一个苍凉而熟悉的声音随之响起,我立刻听出,他就是我苦苦寻找的关长河!他劝诫我不要找皂娘和白蹄了，谁也找不着空色林澡屋的。我急切地问为什么，关长河沉吟一下，说，其实当时他应该对我们说真话的，皂娘遭人举报，指控她在深山搞色情服务，去年深秋她带着白蹄，乘着那个大澡盆，从青龙河顺流而下，不知漂荡到哪里去了。我万分愤慨，说，一个老太婆怎么可能搞色情服务？关长河深深地叹息了一声，又说也有人告诉他，皂娘是洗不动澡了，所以她带着白蹄，去没人的远山修行了，她什么时候回空色林澡屋，那得跟看流星从夜空划过一样，靠机缘了。也许很快，也许数年。我再问他为什么提前一夜离开我们，他真的遭遇了狼群吗？猎枪和子弹还在他身上吗？关长河只回了一句：咱把那个带帽遮的鹿皮小帽给弄丢了。

我以为他以“咱”自称，会以皂娘的说话方式，跟我多聊一刻，可他似乎厌倦了追问，不再言语。听筒最后传来的只是“呵呵——”的声音，像他的笑声，更像那一刻横贯天地的风声。我的眼前闪现出戴着鹿皮小帽的关长河，他顽皮起来像个少年。而当他眯起一只眼时，他就是在打量你了。

关长河挂断电话后，我赶紧回拨过去，可是无人接听。再拨，接电话的是我途经之地的某个驿站的主人了，他告诉我关长河今日黄昏路过此地，他告诉他，有人在找他和空色林澡屋。关长河说找空色林澡屋的人，一准是喜欢和星星一起过日子的人。驿站主人掏出手机，劝他给我回个话，可他执意不肯。驿站主人为了促成通话，特意陪他喝酒。一瓶酒落肚，关长河面色和悦了，主动抓起手机，出门给我打电话。驿站主人说，关长河还回手机，我们通话的一瞬，他已经骑着鄂伦春马，离开了驿站。

我谢过这个热心的驿站主人，出了酒馆，迎着冷风，仰望银河。银河在夜空正以长剑的姿态，洒下亘古的光明，傲然插在茫茫雪原上，期待它以英雄的名义命名它。

不管空色林澡屋是否真实存在，它都像离别之夜的林中月亮，让我在纷扰的尘世，触到它凄美而苍凉的吻。我只身从乌玛山区回城后，生怕自己有一天会因这样那样的原因，淡忘了它，于是用七个夜晚，把这个故事记录下来。因为是复述，故事的情境和人物的对话，难免有语意的微妙差异；而因为一些当事人与我相熟，所以我将他们的真实姓名隐去了。其实真名和假名，如同故事中的青龙河与银河，并无本质区别。因为它们在同一个宇宙中，渡着相似的人。

（原刊《北京文学》第8期）

驯 牛 记

陈 集 益

耕田耕三亩哎，日晒皮肉乌哎……

——《耕田歌》

一

已经过了生育年龄的老老嬷终于要生了。我们都很高兴。那天晚上，四家人都派出了代表，去牛栏给老老嬷接生。破例的，还要给它熬制小米粥。是在我家灶台上熬的。因为其他几家不舍得拿出熬粥的柴，又怕我家在熬制过程中偷吃的缘故吧，两户人家的妇女留下来帮着母亲烧火。说是帮着烧火，其实就站在灶台一旁动动嘴皮子，尽说些家长里短的事：谁家的男人跟谁家的女人好上啦，谁的儿子去岭上偷树被抓啦，某某屁股上长了一颗洋葱那么大的火焰疮啦。她们说时压着声音，仿佛怕我听见，其实我一点都不想听。我很想到牛栏看看老老嬷生了没有，但是屋外秋风萧瑟，黑得像一口棺材，没有人带我去。我想，小米粥熬好了，她们总要挑着去喂牛的。我在离灶台不远的地方坐着等，看见灶膛里的火呼呼地往外蹿，锅里响着水快滚沸的吱吱声，我迷迷糊糊地睡着了。

也不知道过了多久，我听见哥哥回来了。他兴奋地说着：“……要生了，马上就生了，出来一条腿了都，他们慌了，叫你们快去帮忙！”妇女们叽叽喳喳起来，仿佛大会堂里打仗的电影就要播映了,她们把热气腾腾的小米粥盛在两只水桶里,兑了几勺凉水,就要挑去牛栏帮老老嬷生小牛。我想跟着去,想象老老嬷身上凭空多出来一条腿,用力地踢蹬着这个用竹枝抽打它干活的世界。

可母亲说:“牛栏里又脏又臭,还有蚊子没冻死,你跟哥哥上床睡觉去!”

我说:“我不怕臭不怕蚊子叮!”并且说,“为什么能让哥哥去看,我就不允许?”

母亲说:“你比哥哥小,外面天太黑了!”

我说:“我不怕遇见鬼!”

母亲做出要赏我一个凿栗子的动作。那两个妇女没有等母亲就走了,一个打着手电筒,一个挑着小米粥。母亲又催我和哥哥上床睡觉,自己则高一脚底一脚地跑进黑暗里去。我只好上床了。据哥哥描述,老老嬷生产小牛很痛苦。“它拿牛角撞墙,哞哞地叫着,就像哭,又哭不出来,”哥哥说,“它都没有力气站立了,肚子一鼓一鼓的,两条腿哆嗦不止,它太老了,比村里所有牛都老,这回生完小牛就要死了。”

我说:“小牛的腿是从老老嬷的屁股里生出来的吗?”

哥哥说:“是的。牛屁股上流了很多血……”

于是那晚的梦就变成了一个血淋淋的梦,梦里有许许多多的牛漂浮在红色汪洋里挣扎,奄奄一息,哞哞地叫着。然后,那红色淹没了我,我的四肢就像被血浆黏住了那样,动弹不得,我在梦里憋得喘不出气来,等睁开眼睛,发现窗外已有了亮色,父亲躺在对面床上打着呼噜。他一定是半夜回来的。

老老嬷生下牛犊子了吗?它是不是已经死了?——没一会儿,母亲挑着两只空水桶进屋,浑身散发又腥又酸的气味,就像碰翻了一瓶醋。母亲说:“咳咳,老老嬷可怜,足足生了一晚上呢,快天亮时生下一头小公牛。那小牛刚生下来,都以为死掉了呢,水底捞出来一样。结果怎样呢?它躺在干草上一点一点地活了过来,先是两只耳朵抖了一下,接着嘴巴张了两张……奇怪啊,小牛的额头上有一块白斑,不过,漂亮极了。”

我和哥哥一骨碌爬起来。我们都想去看新生的小牛。

父亲也起床了,问母亲:“老老嬷没有死吗?”

母亲说:“没有死,还有一口气呢。”

父亲说:“它要是生一头母的就好了。”

我插嘴说:“公牛就不好吗,等它长大了,耕地力气大着呢。”

父亲说:“小孩子懂个屁,公牛不会生,老老嬷以后不会再生小牛了,我们家还是没有一头属于自己的牛。”

二

父亲一直不喜欢几户人家合养一头牛。

更何况,与我们家共同拥有老老嬷的,是怎样的三户人家呢?

轮到我家养牛时,母亲总是早早地叫醒我和哥哥,叫我们牵老老嬷去放牧,我们悉心照料它,让它吃得饱饱的。半个月后,等我家把老老嬷交到秉德老汉手中,他总夸赞说,幸好这牛也分给了我们两家,不然都由着那两家养,早就没命了。话虽如此,秉德老汉还是把牛养瘦了。因为秉德老汉爱喝酒,一喝酒就醉。他家有四口人,不知何故他儿子和孙女都不住在吴村,所以在他烂醉如泥的日子里,老老嬷只能悲哀地嚼几口垫栏的干草充饥。

再下一家是螳螂家。螳螂瘦瘦小小的,尖嘴鼓腮,眼睛滴溜溜地转。父亲说他满脑子贪小便宜的鬼主意,就连他肚子里的蛔虫都比别人的精,就像螳螂肚里的铁线虫,刀都切不断,弄不死。我问:“螳螂的外号是不是就这么来的?”父亲说:“是的,这外号还是我给取的,螳螂跟你这么大时,就精得像只猴。”父亲哈哈笑了。

可我讨厌的是螳螂家的那个女人。她爱骂人。不是骂螳螂没用、儿子不听话,就是骂世道不公,嫉妒别人。印象中容易生气的女人往往又黑又瘦,颧骨很高,她却不是,长得浑圆,白白胖胖,胸前的围裙兜里总能掏出零食,有时是一把葵花子、南瓜子、冬瓜子,有时是南瓜干、红薯干、咸萝卜,倚在别人家的门框上,“嚼舌头”。她家儿子也是这样,嘴里总是嚼着一点什么,我们去掏口袋,却什么都掏不出来。

她家大儿子叫阿卫,小儿子叫阿红,这两个家伙去放牛,比去山上拉屎的时间还短,他们也就是让老老嬷闻闻青草的味道,喝两口泉水,就回来了。老老嬷归他们家养的日子,终日饥肠辘辘的,牛屎也上身了,风干后的牛屎与牛毛结成龟裂的硬块,就像护着一件铠甲,刀枪不入。事实上不是这样。因为老老嬷还有另一户主人:兴国家。

兴国家倒不像螳螂家那般不舍得给牛栏垫干稻草、不愿花气力去放牧什么的,但是兴国是个暴脾气,他打牛,仿佛牛是专供他打骂的奴隶,一不顺从,他就挥舞竹枝,简直无缘无故地打牛,虐待牛。这个兴国,长得五大三粗的,四肢的骨节要比别人的大两倍不说,发起狠来力气往往加倍,他打牛的时候老远都能听见竹枝擦着空气发出的呜呜声。

牛也是血肉之躯,挨了打,就挣脱缰绳拼命地跑。这一跑不打紧,等兴国追上了它,就会抽打得更凶狠。那身牛屎掉光了。牛身上不多一会儿就隆起鞭痕,有的鞭痕上血珠密布,然后流下来。兴国额头上青筋毕露,叫骂着:“我让你逃,我让你逃!什么玩意儿,你竟然敢逃!”或者,“你还敢不?他娘的,再逃砍断你一条腿!”

螳螂家的女人看到兴国打牛,心疼得看不下去了,跑到我家骂兴国“恶鬼投胎,总有一天老老嬷要被他打死了”,“不得好报”。这话不知怎么就传到了兴国女人的耳朵里去,她就来我家败坏螳螂女人说:“老老嬷打是打不死的,牛皮是纸糊的吗,就怕饿死了。他们家五口人哪,一天只吃三两米,牛却做不到,牛要吃草的,吃得肚子鼓起来。我们家每天都让它撑得肚子齐背。”

母亲说:“要是以后老老嬷还能生就好了。给我们每家生一头。”

兴国女人说:“还生什么哟,换作人都五六十岁的年纪了。

只怪分牛时阄抓得不好,抓到这样一头老老嬷,还跟螳螂一家分到一块儿。一粒粟的气量的人家。”母亲不搭理。她又说:“再说了,就算我家兴国打牛,那也是打在我家那部分牛肉上。他家能饿牛的肚,咋就不允许别人打牛的屁股?以后她再敢在背后说三道四,我非撕烂她的嘴,喂狗。”

母亲从不参与养牛引起的争端,不知道这些话是怎么传出去的,当传到螳螂女人耳朵里,她又来我们家说:“她家才一天只吃三两米呢!兴国那么大的力气,晚上怎么没有把她压死呢!力气都省下来打牛了吧!你说说看,她还讲不讲理,谁说过她家那部分肉,就恰恰长在牛屁股、牛背那儿了?她家那部分肉,指不定长在牛蹄子上了呢,你让兴国抽牛蹄子去吧,怎么抽我们都不管!”

父亲因为生病的缘故,也常常在家里,他心情本来就不好,见两个女人没完没了地来找我母亲,没好气地说:“牛是我们四家共有的,轮到谁家养,养得怎么样,只能凭良心。牛也通人性呢!”那两个女人再没有来过我家了,直到老老嬷生小牛的那个晚上,才一道出现在我家灶台旁,交头接耳,好得简直像一对孪生的姐妹了。她们说:“真没想到啊,老老嬷这么老了还能生,比我们这些女人强多了。看来我们还嫩着呢,还有男人喜欢,哈哈哈……”

三

老老嬷意料之外的生育,无疑,使四户人家达成了和解,也看到了希望。尽管父亲嫌它是一头公的,无法做繁殖之用,但是想到老老嬷将来死后,至少有它做耕耖犁耙的接班人,就高高兴兴地带我去看小牛了。

此时,太阳像颗露珠,剔透,璀璨,牛栏外已经挤着不少人。我从大人们的腋窝下钻进去,看见木栅栏里有隐约发亮的东西,好比暗夜里的星辰。我知道那是牛的眼睛。颜色发猩红光的那一双是老老嬷的,扑闪扑闪的那一双是小牛犊的。我盯着昏暗中的光点看了好一会儿，才看清蜷卧在老牛前肢与脖颈间的它，也好奇地看着木栅栏外的我们呢。

“这头小牛很妙的，你们看，它骨架不小，头长，面宽，颈中等，但是肩高，这样的小牛聪明的，适合耕地的……”我听见大人们的议论，在头顶嗡嗡作响。有的说：“老老嬷年轻时，就很会耕地的。聪明的牛懂得使巧劲，不慌不忙的，耕到了地角，会自己停下调过头来，再曲里拐弯的田，也不会踩坏田埂。”有的说：“聪明的牛，耕地不用使鞭子，你鼻子里哼一口气，它就懂你什么意思。你们看见过我家的展昭耕地吗？它耕起地来，啧啧，那才叫一个帅……”

父亲开口了：“你们说说，我家小牛额头上的那块白是怎么回事？我看是一个白色的旋，一种大气象呢！”父亲的口气暗暗地有些自豪。我这才明白，小牛的额头上果真长有一块白斑，有两枚硬币那么大，所以刚才看着总觉得有什么地方闹别扭似的。与此同时，我头顶那个声音正要展开展昭的故事呢，有些生气地说：“哼，一撮白毛有什么说头？长额头上丑死了，我看是凶兆吧。”父亲说：“长额头上才非同一般呢！我忘了谁的额头上也有一块白。”那个人说：“还能是谁？不就是古戏里的奸臣、太监，白脸白面的。哪像我们家的展昭，你们看，一身金黄，健壮威武，正派角儿……”

“嗬，嗬！放你娘的屁，你他妈的敢把一头瘟牛叫成展昭，你信不信我这就去宰了它！”突如其来的一声怒吼，把挤在牛栏过道里的人们吓了一跳。只见一向蛮横的兴国，拨开一条道就要打开隔壁的木栅栏门——而那个人所说的展昭，就关在隔壁的木栅栏里，原来，所谓的展昭就是原生产队里人见人烦的“红骚牯”。

那个人说：“喂喂，你想干什么？”

那个人的名字叫“糊工分”，据说他干活偷懒，一到田里就能神秘消失，等到收工就会出现。他有点理解不了牛都分给个人了，为什么就不能改名。“我连我自己的名字都要改了呢，你管得着！”他说。

兴国说："你个狗东西！你再改名也还是贱骨头一个！——你还敢咒我家的小牛是奸臣、太监吗？你敢咒，我就敢宰！"

糊工分说："哼，你们家的小牛还是我家的展昭配的种呢。"

兴国说："你给我闭嘴，就皮得蛋疼、骚得发贱的红骚牯，也能配出这样好的牛犊子来？！"

糊工分说："千真万确，我亲眼所见。"

兴国说："你再敢说亲眼所见，我这就刺瞎你的眼！"

糊工分说："你有本事刺刺看！你以为现在还是整天被你们几个混蛋欺压的年代啊。生产队分了好啊，以后有你们哭的时候……"

眼看着大人们莫名其妙争起来，我有点害怕了。好在闹闹哄哄一阵子，糊工分牵着他的展昭出去放牧了，人群散去，牛栏里只剩下一些小孩，你一言我一语地继续着大人们刚才的话题。最后，也不知道是谁想到了小牛额头上的白斑，有些形似包青天额头上的月亮，于是它立刻就有了一个名字，"包公"。一旦把它叫作"包公"，我们瞬时对它肃然起敬了。

哥哥说："包公是历史上的大人物呢，我们一定要把包公养大，养壮，每天给它割草，每天给它换栏草。"

阿红说："我们一定要经常给它抓牛蜱虫，也不让虻蝇叮咬它。"

阿卫说："我们的包公——现在就有了一等一的侍卫了呢！如果糊工分的红骚牯真成了展昭的话……"

伟峰说："那是当然啦！我们现在就要教包公如何去斗角，等它长大了，把村里所有公牛都斗败，包公就成为大王啦！"伟峰是兴国的儿子，其实他自己就整天想着当大王。

可是，当我们拿一根棍子去拨弄包公，想把它捅得站起来，才发现它多么孱弱！三番五次，站都站不起来，几次站起来踉踉跄跄，又倒下了。

它发出了"咩咩"的叫声，就像一只羊。

四

包公一度让人失望，因为它孱弱不堪。究其原因，可能老老嬷缺少奶水，或者奶水里缺少营养。尽管我们喂给它吃最嫩最鲜的草，它还是毛发枯槁，病病恹恹。我们几个都不好意思叫它包公了，尤其和别人家的牛一起放牧的时候，有放牛娃说："你们家这头牛得鸡瘟了吧，去赤脚医生那里买点鸡瘟药，再用石灰在它身上撒撒。"阿卫、伟峰和哥哥没少为这样的侮辱跟人吵架。

有一天我们终于得到了一个秘方，说是给牛喂生鸡蛋，早晚各两个。我们就回家偷鸡蛋，偷别人家的鸡蛋，还上树掏鸟蛋，轮流着喂它。刚开始它不习惯吃，黏糊糊的蛋黄蛋清，想必像吞下一口浓痰，但是经过几次强迫，我们用一截削好的竹筒往它喉咙里灌，它就有些无奈地消化了它。而后，一头牛就像雨后的一棵菌，生猛地茁壮起来，漂亮得像从年画上跃下来的鹿，在野草青青的滩地上一会儿疯跑，一会儿蹦跳。那突然的爆发往往没头没脑。

我们的包公就这样自由自在地长大了。

不知不觉，当老老嬷被人牵去耕地的时候，它亦步亦趋跟在老老嬷身边，显得碍手碍脚了。大人们驱赶它，想的是如何多让老老嬷尽早耕完自家的地，所以呵斥它滚远点儿。它可能觉得委屈，不一会儿就去偷吃庄稼。大人们打了它，它竖起尾巴四处乱窜，似乎还无法忍受鞭子的抽打。这时往往是农忙时节，哪怕一个小孩也要给家里割稻，给打谷机前的大人递送稻禾，或者去山涧接取泉水什么的。现在包公半大不大的，耕地又使不上，却要占去有限的劳力去看住它，就越发不讨人喜了。

螳螂家牵老老嬷去耕地时，第一个把包公关在了牛栏里，其后这个做法得到了效仿。我们四家有个不成文的规定，就是老老嬷牵去耕地的日子，那一天都由耕地人家负责牛的温饱，不算在轮流养牛的日期里。这样，只要老老嬷牵走耕地，包公就被关在牛栏里——那是大集体时代遗留下来的牛栏屋，泥墙之内到处是成排的木栅栏，全村几十头牛曾经都关在这里。现在它们都在外面，只剩下它在黑暗逼仄的空间，挨饿，撞墙，孤愤地叫着。我不知道它后来的古怪脾气，是不是与此有关。总之等农忙结束，轮到我家来养牛时，我和哥哥赶着老老嬷和包公到溪滩上吃草，发现包公不再像以前那般欢蹦乱跳了。

哥哥回去说："包公被关坏了。"

父亲说："关坏也没办法。唉，我们家以后还得自己去买一头牛养养才好。"

尽管这样，老老嬷还算矍铄，包公也还算健康。

到了又一年开春的时候，包公的额头两侧有了黑黑的硬块，到了夏天硬块变成两只角，像破土而出的笋尖，看着扎眼。这时我们发现它已经长得有些威严，躯干宽宽的，肩峰鼓鼓的，目光炯炯，眉宇之上的那块白变得大了，就像一个白字贴在额头上。这时的它显得与众不同，但也郁郁寡欢，总爱抬头眺望远方，两只耳朵常常立着，一抖一抖……

夏收的日子，是人类与土地的又一次搏斗，我们抄着镰刀、锄头和扁担，逼着土地向我们交出口粮，土地则逼迫每户人家起早摸黑，汗水打湿衣裳。当土地被我们蚕食得遍体鳞伤，裸露的稻田里灌进了水，我们几家又要争着把老老嬷牵走耕田了。所有人都在忙着干活，当老老嬷机械而沉重地拉着身后的犁铧将板结的土层一片片掀开，没有人听到土地深处发出了轻微的呻吟，就像没有人想到又一次关在牛栏里的包公，它在哞哞地叫着。

包公终于用牛角将原本就颓败的土墙戳了一个窟窿，它逃出来了。我们这才意识到它的存在似的，几家人倾巢出动，于第二天中午在洪坛冈上找到了它。此刻，它正要往龙游县的深山里游荡而去。大人们拽住它尾巴，揪住它耳朵，回来时用一根绳子箍在它的脖颈上，怕它再次逃走了。

螳螂说："这样下去，它迟早要逃走变成野牛。"

秉德老汉说："要不是将来想着让它出大力，这么大就可以阉掉了。”

兴国说:“回去,我就给它穿上牛鼻绳,他娘的。”

我父亲说:“嗯。”

五

穿牛鼻绳的意义,就像一个人的成年礼。不过我当时可没想到这么好的比喻。直到成年以后,我在书上看到世界各地形形色色的成年礼,印象最深的是加拿大洛基地区的印第安少年在成人仪式上须生吞一条活蜥蜴,望而生畏者即被取消成年资格;还有包括坦桑尼亚在内的一些非洲国家,少男少女在步入成人时要实施割礼。——我倒没有把穿牛鼻绳跟割礼手术相提并论,只是觉得在某一个地方,如果只有施行过割礼的人才被公认已步入成年,那是多么无可奈何的事。

给包公穿牛鼻绳的那天,四户人家照样派出了代表。绳子是用精选的、浸过油的苎麻搓成的,苎麻中间还掺了几根尼龙线。尼龙线是从我哥的钓鱼竿上扯下来的,为此哥哥有些气恼,不过我却有些高兴,因为他平时不允许我碰他的钓鱼竿。那是他唯一的私人财产。

那天我们几个少年跟在大人后面向牛栏走去。我们的心里是紧张的,却也有一丝兴奋,希冀看到什么好戏似的。

栅栏门上的铁环取掉了,老老嬷被赶出来了。兴国、螳螂和我父亲,进到栅栏里面,包公可能意识到了危险,想蹿到门外来,却发现门已关闭。它就迎着抓它牛角的人顶过去。栅栏里顿时忙乱起来,一会儿是牛将人逼到了角落,一会儿是人将牛逼到了角落。牛栏里到处闪现猩红的眼睛,还有短促而粗重的叫声。最后突然安静了,包公的头部被兴国用半个身子和一个胳膊肘死死地摁抵在了栅栏上,牛嘴牛鼻子刚好扣在了两根木头的格挡间。

兴国嚎起来:“快,拿竹楔子来! 扎进去!”

螳螂和我父亲满口袋地找:“没有,没有!”

兴国说:“奶奶的,我快坚持不住啦!”

包公的一双眼睛变得铜铃一般大,血红且发荧光,它的鼻孔里发出咻咻的粗气,不屈的牛头偶尔扭动时牛角磕到栅栏,木头发出嘎嘎的脆响,让人误以为整个牛栏要散架了……事实上不是这样,此时兴国把整个人的重量压在它的头部了,螳螂和我父亲把身体的大部分重量压在它的前半身了,它僵持着无助地瞪着我们。我们跑到牛栏外喊秉德老汉,他手中抓着老老嬷的牛鼻绳,唯恐它冲进去解救。

我们喊:“竹楔子竹楔子呢?”

秉德老汉把一个东西交给了我哥,我们跟着跑进牛栏,牛的头还扣在栅栏的格挡上,哥哥不敢把那个东西往牛鼻子里塞,突然就从里面伸出来一双手,夺过楔子,向牛鼻孔戳去,牛鼻孔突然胀大了,但是没有来得及戳穿,牛就一下子腾跃起来,把栅栏洞穿了,它从里面跳出来,吓得我们没命地往外跑。

我的腿软了,魂也差点儿丢了。等我跑到离牛栏几百米远的地方,气喘吁吁地往回看,包公并没有追上来。我纳闷着走回去,才知道包公被大人们赶进了别人家的牛栏,此刻,大人们继续在制服它。它的头又一次被两根栅栏夹住了。螳螂正拿竹楔子狠狠地往它鼻孔里捅,捅了几次,又旋了几次,竹楔子就从右鼻孔进去从左鼻孔出来了。钻出左鼻孔的那截楔子上有血,牛鼻被捅歪了,嘴角还有白沫,整个牛上唇在发抖。

这会儿螳螂显得心灵手巧极了,他麻利地将绳子系在了竹楔子这头预先削好的一个缺口上,这样,绳子系住了竹楔子,竹楔子拽住了牛鼻子,一头几百斤重的牛就像被鱼钩钩住的鱼那样拖上了岸。当螳螂他们把它从牛栏里扯着牛鼻绳出来的时候,它已经显得老实了,只是看到不远处,老老嬷在默默地看着它,它才一扭头不明所以地挣脱了几下,但是很快就被控制了。

兴国说:“这下可好了,他娘的,你还想逃吗?门也没有!”

螳螂说:“你把绳子先拿着,我去洗一下手。”螳螂的手上都是血,包公的鼻孔里也还在滴着,竹楔子和半截牛鼻绳上也都是。

兴国说:“这点血算什么,我浑身上下连头发上都是牛屎还没说脏呢!”

父亲也说:“这家伙真是烈啊,我也是浑身牛屎,牙缝里还有牛毛,我们幸亏趁他没再大一些穿牛鼻绳,否则再过半年就吃不消它了。”

螳螂将手往裤子上擦了擦,而后说:“牛就让孩子们牵着吧,我们回去找几根木头,牛栏还要修起来呢!”

大家说:“好。”

六

我们将包公牵到老老嬷跟前,老老嬷还是那么默默地看着,但是我发现它的一只眼睛下面,牛毛上有一条湿漉漉的痕迹,就像一条蚯蚓;它的两只耳朵,在包公看它的时候往前拢了拢,它拢着耳朵拢了好一会儿,接着它就转过头,默默地跟着秉德老汉往前走去了。

我们牵着包公跟在老老嬷后面。包公走得有些生硬,就像鼻子上的绳索挡住了它的视线。我们总担心它会扯断牛鼻绳,我们也走得很生硬。

秉德老汉说:“走快点呀! 又不是在戏台上做戏!”

我们说:“包公它走不快呢!”

秉德老汉说:“有了牛鼻绳不用怕它的,拽拽牛鼻绳。”

我们说:“拽牛鼻绳它鼻子会很痛的!”

秉德老汉说:“这点痛算什么。每头牛都要穿牛鼻绳的,生为牛还能当一辈子浪荡子呀,牛都是要走这一步的。穿了牛鼻绳,过些日子就能上牛轭耕田了呢。”

我们说:“包公会听话吗?”

秉德老汉说:“不听也得听,牛都是驯出来的。”顿了顿又问我,“庆子,你爷爷从你姑姑家回来了吗?”

我说:“没有。”

秉德老汉努努嘴,又朝我哥哥说:“山子,等你爷爷一回来,你就告诉我。他是村里最厉害的驯牛高手呢，到时候我俩一起配合他驯牛！"

哥哥说："好的嘞！"哥哥答应得那么痛快，显然因为秉德老汉只选择了他。他也确实长得最高，也显得懂事了，以至于其他几个孩子都有点嫉妒他了。秉德老汉不得不改口说："到时候，你们几个当然也要参与的，驯完牛你们负责给它洗澡，喂草，用热毛巾敷敷它的肩膀。不过驯牛时最好站远一点，牛会横冲直撞踩伤人的，那场面比穿牛鼻绳激烈。"

我们嗯嗯答应着。秉德老汉接着说："驯牛是一件非常大的事情，以前还要给牛披红挂绿，放炮仗喝开犁酒呢。有灵性的动物都是人投的胎。以前都把牛当作家庭一员看待的。牛驯得好，就听口令，犁地就快，人就轻松。可牛毕竟是牲畜，性子野着呢，哪能随便你使唤？驯牛的第一条，就得磨磨它这种性子。可是也不能跟牛硬着来。驯牛是个很讲究的活儿……"

我们听得懵懵懂懂的，却有些向往起驯牛来了。一路上叽叽喳喳说着驯牛的话题。比如谁家的牛驯化时伤了人，用后腿差点把人的卵蛋踢碎了，谁家的牛驯化时拖着犁跑了一里地，直到犁散了架。与此同时，也有牛温顺、好调教，不但为主人耕地，还能卧下让小孩爬到它背上，当马骑。这会不会是某人上一世做了恶，这一世来世上赎罪了呢？诸如此类的驯牛故事，总是特别吸引人。我不禁想象起包公的来历，它上一世因为做错了什么，才被阎王爷投进畜道变成了牛？这么一想，我觉得包公挺可怜的，并且想象不久以后，包公将被大人们牵到地里，套上牛轭，如何被驯服，将来如何为我们几家耕地，——凭它的骨架和力气，它一定会成为全村最好的耕牛的，但愿能把上一世的罪愆赎清……

不过眼下它还仅仅穿了牛鼻绳而已，它连这个都没有适应。太阳被老天爷高高地吊在头顶晃荡时，我们来到了坑上坞山脚下，这里青草繁盛，老老嬷的肚子渐渐鼓起了，包公的肚子却瘪瘪的。我们割嫩草尖喂它吃，它也不吃。它显得有些沮丧，就像一个人跌进了一口深井，在井里面爬不出来，而且已经疲惫不堪。

“它不会是绝食吧?”哥哥牵着牛去问秉德老汉,“它不吃东西怎么办?”秉德老汉盯着它看,看了一会儿,把绳子接过去,想将绳子盘在它的牛角上,但是牛角还太短,就缠绕在脖颈上。没有人牵着它,它才走到一边去吃草了,吃得很笨拙,样子难看。

秉德老汉说:“你们都不要看着它吃,装作没看见。牛跟人一样有羞耻感。等到驯化的时候也一样,不要围着看。”

七

我不知道驯牛的历史起源于何时,但可以肯定吴村人驯牛的方法,是从我们的祖先那里继承的。我爷爷是从他的爷爷那里继承的。他的爷爷是从他的爷爷的爷爷那里继承的。现在,我们也想参与其中了,我们都有些盼着爷爷回家。只要他一回家,包公就能驯化成一头真正的耕牛了。但是爷爷迟迟没有回家,父亲捎去口信打听,得知爷爷生了一场病。爷爷说,等身上稍微有点力气,就赶回来。

在爷爷赶回来之前,兴国他们却跃跃欲试了。他们认为,他们也是懂得驯牛的,驯牛不就是教会牛听懂几个口令吗?他们认为,教上那么三五天,狠狠地抽它一顿鞭子,就能将包公调教出来。甚至吹牛说,等到收了晚稻,秋后需要牛翻地播种小麦油菜时,包公就能派上用场了。

他们扛着牛轭和犁,雄赳赳地牵了包公去耕地的那天,秉德老汉赶来阻止,说再等等吧,等梓桐(我爷爷)回来吧。兴国说:“老老嬷耕地就像蜗牛爬,实在受够了!”螳螂说:“牛驯得越早越好,不能再等了,再等下去,包公要变成张飞了。”秉德老汉见他俩执意要去,没有再反对。他跟在他们身后,喃喃自语,说以前驯牛是要如何如何择吉日,喝开犁酒的。兴国扭头瞪了他一眼,说你想喝酒就滚到代销店喝去,别跟在屁股后面叽叽歪歪的,扫兴。

秉德老汉走了,村里却跟了一些人来。

驯牛跟斗牛一样，一直是我们村的娱乐节目之一。

我们一行人来到了村外的晒谷场。——这个季节，村前村后的土地都种上了庄稼，只有这块属于公家的晒谷场闲置着，已经被兴国他们预先圈了田埂，往里灌了一层水，当包公一脚踩上去，它的肩上就被套上牛轭了。

牛轭是用弯曲的硬杂木做成的，它的两头有铁圈连着铁链，铁链拽着后面的吊杆，吊杆中间有一个铁钩，钩在犁辕的一个“铁鼻子”上。犁呈“也”字形，我至今叫不出它全部构件相应的名称。

总之，牛被人套上牛轭，就要开始耕田了。站在包公左侧的是兴国，他负责攥住牛鼻绳，不让它乱跑，并要听从驾犁人的指挥，引导它怎么走。跟在后面扶着犁把驾犁的是螳螂，他负责驾犁外，还要把握犁铧的深浅，耕耘的节奏，并大声吆喝口令辅以竹枝抽打，强迫牛记牢：“hou”是走起的意思，“wa”是站住的意思，“erer”是转弯的意思，“yuyu”是掉头的意思……

刚开始几分钟包公走得很轻快，四蹄溅起水花，样子有些潇洒——那是因为螳螂摁住犁把，还没有让犁铧吃进泥土里去。然后，螳螂就开始把犁把提起来了，随即插进泥土的犁铧上就有泥片翻卷出来了。我们就看见包公一点点地把头低下去，尾巴一点一点地硬了起来，它的鼻孔里喷出热气。此时它一定感受到身后有一股力量开始拉扯它，将它往后拽，那力量如此强大，又如此尖利，就像一排牙齿咬住它肩膀，一点点地咬进肉里去了。于是我们看到，它的背一点点地拱起来了，不一会儿，它就开始走不动了。

就在这时，伴随着“hou，hou！”的口令，螳螂手中的竹枝抽下来了。竹枝抽下来时，无疑的，包公不仅感到疼，而且吓了一跳，它往前蹿了一下，但又被肩上的牛轭拉回去了，它踉跄几下才重新站稳。它感到有些气恼，正要扭头看看，这时身后的竹枝又抽下来了，它依然感到疼，而且又一次不由自主地蹦跳了一下，当它落地时，肩上的牛轭不知怎么从肩上脱落了。它正想伺机逃跑，只感到鼻子紧了一下，就像被人捅了一刀，接着整个头就跟着疼痛往下坠，没一会儿牛轭就重新套在它的肩膀上，并且用草绳绑好了。

它就这样被迫往前走。当它试图停下来，鼻上的绳子立刻就绷紧了，屁股上的皮肤立刻就涌起疼痛了。当它记不住口令，或者试图按自己的想法走，身后哇啦哇啦的吼叫就又一次响起了，屁股上的皮肤就又一次涨涌着疼痛了。几个来回之后，可能它逐渐意识到从此往后，它也要像母亲老老嬷那样被人奴役一生了，鞭子的抽打是少不了的，牛轭也将难以摆脱，它就开始有意地捣乱了。

八

第一天驯牛结束时，也就犁了三四张晒席那么大一块地。值得注意的是，包公的背部、臀部与腿部，鞭痕叠着鞭痕，破损程度好比撕了一层又一层，但又没有撕到最里层那张大字报的墙；而那个怒不可遏往死里惩罚它的人，还没有等他走回家，有一只脚就肿得像只馒头那么鼓了。

有几个观看了驯牛过程的村里人在街上说："兴国这个狗腿子，这回终于遇到对手啦！"人们说这事的口气中充满幸灾乐祸。

与此同时，包公因为踩伤了兴国的脚，赶回牛栏以后，伟峰带着一帮孩子对它实施了惩罚。他们用竹枝抽它，用石块掷它，用木棍戳它，还用盐水往它的鞭痕上洒。包公被大人们驯化一天，晚上还要被孩子们折磨，我和哥哥不准他们这样对待它，他们就对我们群起而攻之。我们被这帮小子摁倒在脏兮兮的牛栏过道，一双双脚在身上又是踩又是踢的，我想说："饶了我吧，我们做错什么啦……"可是一句都说不出来。我的嘴沾到了牛粪，连牙齿上都有了，我尝到一股浓郁得让人想吐的青草腐烂味儿……

这时候幸好秉德老汉走来了，他喝得醉醺醺的，但还分得清善恶，他从一个孩子手中夺过一根竹枝，朝这些小混蛋抽下去，孩子们逃跑了。秉德老汉冲着他们的背影骂了一通,牛栏里安静了。秉德老汉划亮一根火柴,将火光伸进木栅栏,当他看到包公身上的伤,嘴唇哆哆嗦嗦,嘟囔了一声“人在做,天在看啊”,眼泪就叭答叭答地下来了。

秉德老汉过了一会儿才平静了些,说:“他们可真不是人哪!对牛下得了毒手,对人也下得了。他们这样胡搞,把一头好端端的牛打坏了,牛就会跟人对着干,再接着驯就难了。驯牛讲究的是细心和耐心,你爷爷知道,该喊的时候喊,该骂的时候骂,还要知道什么时候该让它休息、吃草,让牛知道你尊重它。可是现在,你看看吧,这帮混蛋……”

我和哥哥跟着秉德老汉,在他家菜地里拔了一些菜给牛吃,直到夜深了才回家。第二天,我们还没走到村口,就看到不少人往晒谷场跑。这些人可能听说昨天的驯牛过程“很精彩”,所以都抱着看猴戏的心态跑来看驯牛。他们简直有些迫不及待。

从牛栏到晒谷场,包公是被几个壮汉押送犯人一样押过去的。不用说,包公很清楚它今天的下场,所以几次想跑掉,终究跑不掉。结果,当那几个壮汉要给它套上牛轭,它简直像望见刑具那般害怕,到处躲,但终究没有躲掉。于是,它又被迫走在坎坷的犁路上了。

这一回,因为有了几个壮汉做帮手,螳螂和兴国显得信心十足。螳螂和一个叫磨刀六的走在牛的左右两侧,一人攥牛鼻绳,一人攥牛脖颈上的绳套,逼它沿着既定的路线往前走。兴国则一瘸一瘸跟在后面,换作扶犁把、下口令的角色。兴国喊口令的时候,不但咬牙切齿,而且那竹枝每抽下去,呜呜声就会响起,随着“pie”的一声脆响,那个快要被抽烂的屁股都要抖一下……

有人看着心痒,说:“兴国你就站一边休息吧,让我来练两圈。”兴国说:“我必须一次性将它驯服,以后让它听见我声音就害怕。不然,我以后耕不了它。”那人觉得在理,就站一边看。

这时的牛低眉顺眼,满脸忧愁与无奈,就像一个俘虏。兴国喊一声,它就走几步,当它走到要掉头的地方,就站下来,等着身后的兴国将犁铧从泥土中拔上来,再等着螳螂他们拽着它从左侧掉转身子。

这样不紧不慢地驯了将近一个时辰，跑来看热闹的人已经少了一半，很多人觉得上当了。他们不敢相信，昨天那么暴烈的包公，怎么一夜之间就变得像一个被阉了的太监？有人就学着兴国的口令喊起来了：

"hou，hou，他娘的！"

"wa，wa，他娘的！"

"er，er，他娘的！"

"yu，yu，他娘的！"

……

兴国喊口令时，爱捎带着那个多余的后缀词，每每听到都让人觉得滑稽，但是村里人并没有想到要笑，毕竟驯牛是一件非常严肃的事情。可是当有人模仿着喊，就另一回事了。

九

包公发飙了。就在有人忍不住笑起来，接着那笑传染给旁人，大家纷纷大笑起来的时候，包公突然站住了，接着就左冲右突，想要挣脱束缚。

"hou！hou！他娘的！hou！hou！他娘的！反了你的！"兴国有些慌了，一边挥舞竹枝，一边扯着嗓子怒吼。包公挨了打，并不往前拉犁，而是牵扯着铁链撞翻了两侧控制它的人。尽管这会儿牛鼻绳还被螳螂死死拽住，肩上的牛轭还没有甩掉，但它照样拖着身后横倒在地的犁，扯着拽住它牛鼻绳的人奔跑起来了。

晒谷场上顿时响起了妇女们的尖叫，孩子们的哭声，以及男人们"抓住牛鼻绳，拽住牛鼻绳"的怒吼。因为牛是朝着围观人群气势汹汹而来的，如果再不把它控制住，伤及无辜的事情就不可避免了。可是谁也没有想到，由于大伙过度依赖牛鼻绳对牛的控制，几个人就像拔河比赛一样拉拽牛鼻绳的时候，牛鼻绳把竹楔子从牛鼻孔里拽出来了，而且不光光是拽出来竹楔子这么简单，就连整个牛上唇都豁开了，痛得包公就像它小时候在溪滩上那样没头没脑地乱蹦乱跳起来，两条后腿扬起的泥浆土块噼噼啪啪抛得老远。

当它疯了一样朝着我们这边奔过来时，我看到它血红的眼睛，肩峰耸动。我突然想起秉德老汉的话，驯牛时是不能众人围观的，更何况几分钟前众人那肆无忌惮的大笑。所以我看到脱离了牛鼻绳束缚的包公追上了逃跑的人群，看见许多人倒在地上，发出哭爹喊娘的声音，有一种解恨的快感。但是当包公跑到围墙一角，以磨刀六为代表的几个壮汉，手拿竹枝、扁担、锄头、砍柴刀，试图将它包抄，并且制服它的时候，我有些害怕了。

我转身往村子里跑，我要去叫秉德老汉。

秉德老汉家有一股酒窖的味道。他躺在地上，又喝醉了。

我又撒腿往家里跑，对着父亲喊："要死人啦，要死人啦！"

其实我更担心包公被人打死了。

父亲因为身体欠佳，跑起来弯着腰，跑了几步就停下来喘息。

我说："快点呀，快点呀！"

父亲说："我快了有什么用，我这力气还能摁住它，将它捆回来吗？"

我说："牛撞死人，我们四家都要赔的。"

父亲一听，马上就站直身跟着我跑了。当我们跑到晒谷场，刚才围困包公的那段围墙已经倒塌，晒谷场上空空荡荡，泥泞里到处是杂乱的脚印、鞋印、牛蹄印。莫名的沉寂中，天显得很蓝，阳光灿烂，不远处新翻的那些泥片上，有几只乌鸦跳来跳去，在刺眼的反射光里寻找蝼蛄。

父亲说："呸，呸！要倒霉啦！"

父亲特别忌讳乌鸦。我捡起几块土把它们轰走了。然后，我们就看到哥哥坐在一段还没有倒塌的围墙边上。父亲问他怎么一个人在这里？他说："包公被一些大人追着，跑到溪滩那边去了。"

父亲又问："你怎么在这儿呢？"

哥哥说:"我肚子上的一根骨头被人踩断了。"

父亲吃了一惊,让哥哥马上撩起上衣。我看到哥哥瘦骨嶙峋的胸脯上,有一排鱼刺那样对称的肋骨,好比一个罩着人皮的笼子里关着一颗怦怦跳的心脏。父亲伸手捏住其中一根,手指像蚕吃桑叶一样移动,将哥哥的肋骨捏了一个遍,事实证明都没有断,但有两根受了一点伤,父亲捏着的时候,哥哥发出很大的叫唤。

父亲说:"幸好牛踩上来时,没有把整个重量压上,不然就真断了。"

哥哥说:"踩我的不是牛,是人,是人。"听到这一句,我很想笑,又怕哥哥会跟着笑——他笑起来会很疼——我就没有笑起来。

父亲说:"你回去贴伤湿膏吧。我和庆子去溪滩看看。如果牛真撞死人,我们家也要赔呢。要是那些混蛋把牛整死了,我们家也有损失的。嗐,狗娘养的兴国和螳螂,就是不愿等你爷爷回来,这下不好收场了吧。"

哥哥说:"我也要去。"

十

发生在包公身上那件著名的伤人事件,是以兴国的拳头打在索赔者脸上,让对方流了很多鼻血结束的。一共有三个索赔者:一个被牛角尖捅破了屁股,屁股发了炎;一个跌伤了膝盖,幸好膝盖骨没有碎;一个得了尿失禁,身体里控制尿的开关失灵了。被兴国的拳头打中的就是尿失禁患者。他说他的病是看驯牛时吓出来的。被兴国打了后,他就不再到处说尿失禁了,而是鼻子里经常塞着一团棉花,扬言要联合另两个受害者到乡里去告。但是这事不了了之。

村里人说:"兴国这厮是一个欺软怕硬的主。别看他的拳头能对付村里人,却对付不了一头刚长角的牛。"

兴国知道村里人在使用激将法,但是他还是忍不住把包公赶出来了。由于包公的鼻子豁掉了穿不成牛鼻绳，现在只能在它的眼睛下方绑了一个绳套，类似用在马头上的辔头。尽管兴国总能找到几个狐朋狗友帮忙驯牛，但是牛绳套对牛的牵制远远不如牛鼻绳；加上包公对人有着与日俱增的仇恨，或者驯牛人对包公有着十分隐晦的畏惧心理；总之兴国他们偷偷摸摸驯了几次都失败了。

面对不愿驯服，不想好好耕地的包公，屡驯屡挫、屡屡挂红的兴国他们几个一点办法都没有。有一天兴国垂头丧气地走到我家，对父亲说："得令，当时糊工分说得一点没错，这贱牛的确是红骚牯配的种，不然不会这么皮，鞭抽不动，雷打不闻。这种牛越养大越麻烦，是祸害一种，什么时候我们把它卖了吧！"父亲没有表态，只是说："其他两户你都问了再说。"

兴国说："我都问了的。螳螂没有问题，说到时由他来跟牛贩子谈价格。秉德不同意，说把牛阉了性子就软了。可我看，这种牛就算阉了也不会听话。目前就缺你一句话。"

父亲说："我爹说不定能把它驯起来呢。"

兴国哼一声就走了。

过了几天，就有牛贩子闻讯来买包公。兴国嘻嘻笑着，在牛贩子身边绕来绕去。牛贩子个子不及他肩膀，但感觉他比兴国高。

牛贩子在牛栏里看了看包公，又把它赶到牛栏外，像日本鬼子一把揪住中国人的衣领那般，突然揪住牛绳套，把牛头提到与他眼睛齐平的地方，然后另一只手像钳子一样撬开了它的嘴，眼睛凑到牛嘴里去看了看。然后说："这牛当耕牛卖没人要，当肉牛卖吧。你们先好好养着，每天用水兑点尿素给它喝，牛肉长得快。"

兴国说："当肉牛论斤卖太亏了。这牛适合耕地呢，你看看它的骨架，再看看它的腿，还有这肩峰，多高。"

牛贩子说："主人都驯不成的牛，别人还能驯成吗？"

这时匆匆赶来的螳螂说："这可不一定呢，主人是因为舍不得打。"

牛贩子白了他一眼，说："不是这样吧，这牛鼻子都扯破了还不舍不得？再说，牛额头上这一撮粗硬的白毛，是败家相，谁会买去养在家里？"

螳螂说："你这做生意的就是会说话，硬把吉牛天相说成败家相。这是一轮皓月当空，你可知道包青天的额头上也有一个月亮？"

牛贩子拉了拉披在肩上的衣服，说："这哪里是一个月亮，就是一撮白毛，可惜长得不是地方。"

螳螂说："你买去把它染染黑，牵牛市上卖，谁也不知。要不是这牛是四家人合养的，我早就这么干了。"

牛贩子说："做我们这一行的，靠的就是信誉。"说完就径直往来时的路走去。兴国一看势头不对，追上去问，再养几个月你来？牛贩子伸出一根手指，说十个月，然后被风吹走一样消失了。

兴国脸色铁青，抱怨螳螂说："你这么能，我看你怎么牵牛市上卖掉！"

螳螂回应说："如果一年内卖不掉，我牵去就是了，只要工钱少不了。"

兴国说："再养一年，你养吧，我可是一天都不想看见它，看见这贱牛就想抽它，恨不得宰了它。"

螳螂说："还会有人上门的。"

十一

后来再没人来买过包公，但是我们也没有喂它吃尿素什么的。因为尿素贵着呢。这样，一头原本命运叵测的牛，就稀里糊涂地自由到了那年的深秋。

那年深秋跟往年的深秋一样，草大多枯了，落叶树红了，田野里的稻草垛星罗棋布，矮矮胖胖、敦敦实实的，它们面无表情地守望着秋风萧瑟的田野。田野就像一具枯瘦的尸体，板结的土层排列着整齐的稻茬，就像僵硬的躯干上没有了呼吸的毛孔。

村里人为了让它再次活过来，必须把板结的田土重翻一遍，在上面种植适合冬季生长的作物。

这时候牛又派上用场了。老老嬷又被螳螂和兴国抢走了。当然秉德老汉也不示弱。这几乎是惯例了，只要一到需要耕地的季节，我家总是轮不到耕地。更可气的是，他们牵走老老嬷，晚上也不把它牵回牛栏了，说是包公老抢草料吃。其实是怕第二天老老嬷被别家抢走了。

以前，当包公还小的时候，谁家牵走老老嬷耕地，包公就捎带着养，现在却不行了，怕它捣乱，必须由轮到养牛的那一户人家按照常养它。也是巧，那些日子刚好轮到我们家养这母子俩，——老老嬷既然被人牵走耕地了，就不用管它的温饱了，包公却需要我或哥哥去放牧或者喂草。

实话说，现在的包公越来越难养了，这也是我们几家都讨厌它的原因。不仅仅它成了一个名副其实的“闲散人员”，光吃草不耕地什么的，而是自从它被驯化而不成以后，就变得更加乖张乃至暴戾了。回想几个月前，它与哥哥和我还那般亲昵，那时候我们还是小伙伴的关系，转眼之间，我和哥哥也有点怕它了。

它的恶名已经昭著，几乎每天都有人在议论：它如何难以驯化，如何追着人群踩踏，就连牛贩子来了都不敢买……说着说着，有人的想象力跨越了现实，说某某年在公社大院门口，被五花大绑立即执行枪决的那个反革命，额头上不也长着一撮白毛吗？这样的联想一旦展开，就再也收不住。额头上有一撮白毛的死者被一个一个唤醒了，他们有的是病死的，有的是上吊的，有的是冤死的——尤其公社门口被当众枪决的那个，他那被子弹洞穿的魂魄一遍遍安置在包公身上，使得所有人看待它的眼光变化了。

当我和哥哥赶着它穿过街道，总有妇女紧张起来，大声呼唤她的孩子赶快躲避。当我们赶着它经过一片墓地，就会不由自主地想到一个个额头上长白毛的鬼，在坟头上探头探脑，我们就使劲抽打它，逃一样离开。当我们终于把它赶到山上，和别人家的牛一起吃草，就会有人来把它赶开。偏偏有一头跟它同龄的小母牛看上了它，两头牛眉来眼去，吃着吃着就吃到一块儿去了。那头牛的主人对着我们大发雷霆，说包公是反革命投的胎，不能跟根红苗正的穆桂英凑在一起吃草。

哥哥说："反革命怎么啦？就算反革命也有权利在这个山上吃草！"

那个人说："我没有说不能在这个山上吃草，我只是说反革命不能和穆桂英在一起吃草。"

哥哥说："它们要凑到一起吃草，我管得着吗？"

那个人说："你管不着，我管！"说着就把包公赶走了，并且挑衅说，"你家反革命的额头上明明写着一个冤字嘛！还不承认！"

哥哥捡起一块石头，朝他家小母牛砸去："去你妈的穆桂英，它肩膀上插着两面旗了吗？头上插两根雉鸡毛了吗？凭什么它就是穆桂英包公就是反革命？哼！总有一天，我家包公会骑在它身上，让它知道究竟是什么货色，哈哈哈哈……"

"你、你放屁！"那个人冲上来和哥哥打架了。一听见打架的声音，其他放牛娃就都赶过来帮忙了。我和哥哥是打不过他们的，只好赶着包公灰溜溜地离开。哥哥朝他们喊："你们等着，我家包公迟早会把你们的牛统统打败！看你们还敢不敢说它是反革命！"

十二

包公以骁勇善战名满吴村，不是一夜之间，而是两个星期。那些日子，哥哥联合阿卫、阿红、伟峰，一起赶着包公去和村里的放牛娃交战。其中包含人与人的交战，牛与牛的交战。一直想当大王的伟峰等这一天，显然等很久了，他有些像电影里敢死队的队长，用一根红绸带捆扎在额头上，还把家里的一对双节棍都带上了。据说那是他习武的爷爷留下的遗物。

那帮欺负我和哥哥的混蛋，一见这阵势，都不敢和我们打。伟峰两手甩着双节棍说："你们不敢打，都认屃了吗？"他们连屁都不敢放。伟峰说:“如果人认㞞,就把牛牵出来,斗角!”结果也没有人敢把牛牵出来。伟峰就发火了,骂了他们足足三分钟。然后,我们强行把其中一头公牛和包公赶到一块儿,堵住它们的退路,让它们嗅到对方的气息,看到对方的眼睛。当公牛看到公牛的眼睛,一般就决定战与不战了。

在我们眼里,公牛之间没有友谊,只有争斗。如果遇到有退缩的公牛,掉头想走,必须想方设法让它们的牛角碰到对方的牛角,一旦碰上了,不管之前想斗还是不想斗,都不会轻易认输,这是牛的天性。当然,也有牛角与牛角始终碰不上的情况,这时候就要用伟峰的双节棍偷偷地击打双方的牛角。牛感觉到击打,就以为对方的牛角顶过来了,就会低头迎上去,不多时双方的牛角就真的顶在一起了。几个回合后,你就是想把它们赶开,也无法赶开了。

事实上,一旦激战开始,就没有人会去把它们赶开了。因为每个人都希望自己家的牛为荣誉而战,将牛赶开就是认输了。而我们的包公,因为是我们几家决定卖掉的,所以更不吝惜它的身体。一旦看见它有败势的可能,就狠狠地抽打它,逼它斗下去。加上它也确实好斗,其亢奋的状态完全与耕地时的萎靡相反,这样,它就把第一头与之交战的牛斗败了。那头牛跟它差不多大。

接下来几天,它又连着斗败了三头牛:其中一头是老年公牛,它的角咔嚓一声断了;另一头年纪比它稍大,它们斗了两个小时,最后被包公从侧面撞翻,爬起来后认输了;还有一头是没阉干净的阉牛,我们都叫它李莲英,它会装着逃跑,然后伺机偷袭给你致命一击,包公险些被它捅穿下腹……

休养几天后,包公又斗败了一头正值盛年、名叫黑岩的公牛,正是斗败了这头以稳健、力大著称的公牛,包公才名噪一时了。人们说,没想到包公耕田不行,斗角却天生厉害,小小年纪能斗败黑岩,你们一定给它吃太岁了吧!——我后来读书了才知道,太岁又称肉灵芝,传说是秦始皇苦苦找寻的长生不老药,乃古代帝王养生佳肴。我们这里曾经挖到过这种肉乎乎、蠢兮兮的东西，马上被当作“国宝”送到公社去了。

然而，就算包公服用了太岁，战胜了黑岩，它也不是吴村真正的“牛魔王”，因为它还没有与村里最凶恶、最霸道的红骚牯发生过交战。

也不知道红骚牯与包公是不是真有血缘关系，或者仅仅因为毗邻而居的缘故，它们平时遇到从不斗角。当然，也称不上友好，只是相安无事罢了。可是那天中午，我和哥哥赶着包公回家，路上突然出现几个人跟我们说，红骚牯在前面等着包公斗角了，它会灭了它。果不其然，当我们赶着包公路过水碓，红骚牯从里面喘着粗气奔出来，径直朝包公冲来了。也不知道那些人是怎么挑起红骚牯对包公的仇恨的，不光包公没有思想准备，就连我们也没有。惊慌之下，包公几下子就被红骚牯顶得连连后退，接着就额头顶着额头，牛角叉着牛角。

它们眼睛圆瞪，头都喜欢往低处使劲，前倾的姿势让牛前腿微屈，后腿发力，身上每一股肌肉都呈现出清晰的肌理。我简直被迷住了，心里为两头牛同时鼓劲。但是不一会儿，我就发现包公在前进，变成红骚牯在后退了，然后又变成相对静止的对峙状态。这样来来回回，两头牛的眼睛都变红了，牛的四蹄拼命地往地里蹬，刨。围观的人使劲地喊着：“加油！加油！”牛出汗了，阳光暗哑，时间开始变慢，空气中充斥淡淡的咸湿气，掺杂牛粪的味儿。

奇怪的是，两头牛斗得难解难分之时，牛肚子下都挂出了一根肠子一样的东西，有时缩回去，有时又挂下来。当我要研究它们的挂与缩，是否跟牛的进与退有关时，没想到势均力敌的红骚牯突然抽身，顺着回家的路狂奔起来了。包公失去了对手，紧追不舍，快要追上时，红骚牯一转身，两头牛又像刚才那样额头顶着额头，牛角叉着牛角了。看到两头牛继续斗，跟着奔跑的人们，有的吹起口哨，有的发出喊声：“某某，快去叫你爷爷（奶奶/爸爸/妈妈/哥哥/弟弟/……）来看斗牛——”

于是整个下午，吴村的街巷里都有人匆匆地奔跑着，他们的脚步声由远而近，最后都汇聚在两头牛周围，终止于越来越高亢的呐喊声中。而斗得性起的两头牛，它们的脚步也一直未停：它们从上麦畈的水碓门口斗起，斗到了树田赵阿娣家门口的田里。田里种有蔬菜，被乌拉乌拉的吼声以及大棍小棒赶走后，它们跑开了一段距离，又约好似的跑到学校操场上斗。那时候还没有放学，两头牛的角逐尤其看客们的喊叫，把几个胆小的女孩吓哭了。两头牛被赶来看热闹的大人再次赶走后，又开始狂奔，最终在金塘河的溪滩草坪上斗了起来，斗得飞沙走石，身上遍布伤痕，眼睛由红变绿，但是都没有一点想结束的意思。

当太阳西斜，糊工分从山上干活回来，听说他家展昭与我们家包公斗了几个小时不分胜负，他又气又急地从家里拿来一个浸了煤油的火把，把浓烟滚滚的火焰戳到牛的鼻子上去，两头牛这才气喘吁吁地你追我几步、我追你几步，被大人们分开了。但是它们还时不时地突然发力，冲破阻拦，斗上几下，就在那种闹哄哄的情形下，红骚牯将一只牛角扎进了猝不及防的包公的眼睛，包公踉跄一步，蹿跳了起来，接着就猛然倒地……

十三

后来我们知道，那一天红骚牯之所以斗志昂扬，与包公兵戎相见，是因为在包公到来之前，那些放牛娃轮番牵牛来与它斗，但是斗几下就马上分开，不让它斗过瘾，它这才憋着一股气，见谁灭谁。而它在争斗过程中几次狂奔，并不是企图逃跑，而是为了歇一口气——久经沙场的牛，懂得控制争斗的节奏。

这一场生死决战，使得两头牛都成了吴村斗牛史上的新传奇，它们的故事注定要被口口相传，添油加醋，历久弥新，但是它们都为此付出了代价。尽管红骚牯战胜包公之后，威望如日中天，细心的人还是会发现，那场决斗耗尽了它的精气神，它不仅显得暮气沉沉，而且走路微微打晃，人与牛都避之唯恐不及。它已然成了一个“孤佬”，等待它的将是活力萎缩，日渐衰微。

虽败犹荣的包公呢，虽然年纪轻轻就垂名青史，而且有着旺盛的精力，不怒自威，被村里人奉为真正意义的“牛魔王”，但是被红骚牯戳破一只眼球后，它就成了一头怪里怪气的独眼牛，很多日子不能适应只看到世界的一个侧影，它不免沮丧暴躁，显得更加阴郁。它这个样子，不仅让人感到害怕，就连曾经钟情于它的小母牛也不愿它靠近。它每回想献殷勤，肚子下挂出它的"肠子"，小母牛见势就跑，它追几步追不上，偏斜着头，牛嘴朝空气中咧了又咧，显得可怜兮兮。

兴国和螳螂一直为包公失去一只眼球耿耿于怀。他们找过糊工分，要他赔偿三百块。糊工分说："讲什么笑话，钱是不可能赔的，一分都不赔。"兴国说："你是不是骨头又痒痒了想找打？"糊工分说："你去问问老一辈吧，自吴村建村以来，有没有人为牛斗角斗伤了一头赔过钱？"螳螂说："我们家的包公是因为你拿火把袒护红骚牯才受伤的。"糊工分说："我拿火把去把它们分开是没假，但是它们再次斗起来时我站得老远，可以找到证人的。如果你们觉得吃了亏，那就再次把它们拉到一块儿斗吧。你家的牛有本事，斗死展昭，我毫无怨言。"

兴国和螳螂倒不是没有想过再斗一次，但是他们发现两头牛在牛栏过道里迎面相遇，都默默地避着对方，就失去了信心。

"父子，毕竟是父子啊，它们肯定相认了。"

兴国和螳螂其实也怕它俩再斗起来。后来就把包公赶到糊工分家的菜地里，让包公把他家一畦乌冬青吃得只剩下根，糊工分知道后也没有敢找他们算账。他们觉得糊工分低了头，这事也就过去了。——问题是，这事过去了，包公少了一只眼球却一辈子都过不去，它那黑洞洞的眼窝里永远长不出一只新眼球来。作为独眼牛，包公将来走起犁路来很容易偏向，更何况在成为独眼牛之前它就没有把犁路走正过。于是我们四家经过一番商量，要把包公当作肉牛卖掉了。为此每户人家都拿出数斤尿素。

尿素是一种白色颗粒，用水兑稀了泼在干草上给它吃。牛有吃咸的喜好，我怀疑尿素也是咸的，所以它吃得满心欢喜，喂了几次就换了一身毛，油光光的像一个抹发油、穿西装的小伙子。

村里人说："这老虎叼的，瞎了一只眼反而越活越滋润哩，割一块肉下来，肯定又嫩又鲜。”

有一天，几个大人又凑在一起商量说，如果那个牛贩子迟迟不来，就由螳螂和兴国牵去牛市上卖。没想到就连秉德老汉也同意这么做。毕竟，卖了这个闯祸的主，每户人家多少能分到一笔钱，再养下去牛涨不了多少分量，尿素也快喂光了。但现实却又把包公留下了。

我爷爷就是在这个时候从姑姑家回来的。就在螳螂和兴国兴致勃勃地打听汤溪牛市是哪天、罗埠牛市是哪天的日子里，他一个人挑着两蛇壳袋破破烂烂的东西，从我姑姑家回来了。他默默无语地走进我家，放好行李，然后在门槛上坐下歇息。

我母亲对爷爷的回来很有意见，认为他在农忙时节尽帮着女儿家干活，等到冬闲了又回来吃白饭了。不过母亲不敢当着爷爷的面这样说。更何况，她已经怀上我弟弟了，有些气不能生。母亲只是对父亲说：“你爹回来了，你安排一点活给你爹做吧！”

父亲想来想去，想不出有什么活让他做。此时是一年中最空闲的时候了，粮食已经进仓，冬季作物已经种下，离过年还早。倒是爷爷把包公赶回家来了。

爷爷说：“趁天冷牛不出汗，陇上又有闲置田地，我带着山子把牛驯出来。”

这个活无疑不在父亲的考虑之内，而且他担心牛会伤人，所以过了一会儿说：“爹，这牛我们已经准备卖掉了。这是头比红骚牯还难养的牛，不要说你一个老头子，村里五六个壮劳力都制服不了它。早几个月前，你回来驯还差不多。”

爷爷说：“这么好的牛卖了可惜啊！”

父亲说：“有什么可惜的。卖了分到钱，我想去买一头小牛养养。”

爷爷说：“红骚牯当年就是我驯出来的。”

父亲说：“当年你有力气啊。”

爷爷沉默了，把包公关在屋后一间空置的柴棚里，喂给它一些干稻草。爷爷看着它吃，自己掏出一根竹根做的烟斗，蹲一边抽旱烟。抽着抽着，爷爷的眼睛渐渐浑浊了。爷爷说："他们可真狠哪，把你整成这样。但愿还能把你驯回来。驯回来了，他们还会把你养着。如果驯不回来，就只好把你卖掉了。唉……"

爷爷的话，让我对包公也产生了一丝怜悯。

我说："爷爷，你也带我驯包公吧！"

十四

爷爷选择在陇上驯包公，是因为这里隐蔽，还有我们家的承包田。

爷爷快七十岁了，一张皱巴巴的皮附着在骨头上，两只眼睛深陷在皱褶里，他平时不爱说话，喜欢用鹰一样的眼睛，盯着人看。

爷爷穿的衣服是用布纽扣从一边腋窝，一下子扣到另一边腋窝下方的那种老式衣服。这种衣服好像是用一大片布缝起来的。裤子则好像是把两块裤片缝在一起，裤筒又宽又大，在裤子上端缝有一块白布作为裤腰，裤腰用一根红布条系住。这种裤子没有前开门，爷爷想要尿尿，得把裤腰带解开，尿尿时把裤腰带搭在脖子上。

那天，爷爷用一把锄头当扁担，挑着犁田工具上山，一路上歇了好几次。等他到了陇上，就安排我们去砍来棘刺条，用棘刺条掺杂细竹丝编制成一个牛嘴套，套在牛的嘴巴上。他还用一根红布条，把牛的眼睛蒙起来了。那根红布条其实就是他的裤腰带，他用一根细软的藤蔓从腰间换下了它。

可能包公从小到大，还没有被人蒙过眼睛，尽管它现在只剩一只眼睛了，比正常的牛少一些视阈，但是它照样不习惯两只眼睛都看不见东西。当爷爷的手一松开，它就箭一样射出去，在田里乱蹦乱窜。陇上的田大多是梯田，它一会儿就撞到梯田内侧的田坎，一会儿又跑到梯田的外侧，一脚踩空，从田埂上摔下去了。我和哥哥看它如此慌乱、恐惧，都担心它摔坏了，爷爷却阻止我们去牵制它，说是让它受点伤好，这样它就不敢再乱跑了。

包公跑了一阵，果真站住了，它的头扭来扭去，两只耳朵一只竖着，一只横着，或者相反。它好像在用耳朵辨别方向，然后朝着它认为正确的方向蹿过去，接着就会再一次撞到田坎，或者摔下田埂。如此反反复复，它好像有点疯疯癫癫了，在红布条制造的黑暗里如同寻找潜在的出口一般，怒气冲冲而又徒劳地跑来跑去，看得我提心吊胆，手心出了冷汗。

爷爷这是要干什么？他为什么还不牵包公学耕地，——眼看大半个上午就要过去，岂不浪费时间？但是看爷爷严肃的表情，我和哥哥都不敢说出来。爷爷身上有一种奇怪的、阴森森的威严，它很强大。不过哥哥可不像我这么怕爷爷，他先是摸摸肚子，假装跟我说肚子饿了，故意说得很大声，然后就可怜巴巴地问爷爷，我俩是不是可以先回去，吃了午饭再来？爷爷并不骂人，只是瞪了哥哥一眼，哥哥就不敢吭声了。

过了一会儿，哥哥说："爷爷，那我们去给牛割一些草回来吧。"

爷爷说："不用割。"

哥哥更摸不准头脑了，他把我拉到一边，悲哀地看着我。我撇撇嘴。沉默中，我们对爷爷都有了一丝成见。他就像一台只会下命令的机器，让人无法产生亲近感。我们就使使眼色，偷偷地溜到田沟边，抓起泥鳅来。冬天的田沟里没有水，在有出气孔的淤泥下往往藏着泥鳅。待到太阳当头，我和哥哥已经抓获了二三十条泥鳅，才发现一直坐在石头上抽旱烟的爷爷早已站起来，正牵着包公在田里走。

包公浑身是泥，样子狼狈，脏得头上那撮白毛都看不见了。它的脸、嘴、鼻都被牛鼻套上的棘刺扎破了，上面有一颗颗黏状的血粒。但是它并不甘心，豁鼻孔里喘着粗气，还不时地做出挣脱的动作。爷爷就故意将它迎向田的内侧后放手，再用竹枝抽它一下，它跑不了几步就会撞到田坎上，撞了几下就老实了。爷爷就重新牵上它走，走了几个来回，它的头就渐渐低下了。爷爷趁机给它绑上牛轭，把犁铧插进泥土里，然后说："山子，你来牵着它走吧。"

哥哥跑过去，接过连接牛嘴套的缰绳。爷爷说："你就站在牛的左侧拉着牛，只管笔直地往前走，你只管往前走，走到头站住不动，听我口令后再掉头。"

爷爷又叫上我，吩咐说："庆子，你就站在牛的右侧，跟着我们走，当牛往你这边走偏时，你就抽它一鞭子。"

我的心咚咚咚地跳个不停。我问："怎么样走才算走偏？"

爷爷说："牛犁田，走路是一侧脚深、一侧脚浅的。当有了犁路以后，它有一侧腿走在上一趟犁出来的犁沟子里，另一侧腿则要走在没有耕过的田土上。如果不是这样，方向就偏了。听明白了吗……"

我说："听明白了。"

爷爷说："都听明白了就好。你们从现在开始听我口令，我喊一声，你们也跟着喊一声。"

爷爷说着，就举起竹枝，"pie"的一声抽在包公的屁股上（爷爷总是先抽竹枝，再喊口令，让牛对疼痛的到来没有防备），只见包公的屁股扭了一下，然后四条腿就往前迈步了。我看见它身后有一片黑黝黝的泥，就像从刨子里冒出来的刨花一样翻卷过来，然后倒在犁铧一侧。

爷爷喊道："hou，hou！"

见我们忘了跟，爷爷又喊道："hou，hou！"

我和哥哥就跟着喊起来了："hou，hou——"

爷爷的声音短促、低沉，像一只豹子的怒吼。

我们的声音胆怯、生脆，像两只小公鸡学打鸣。

十五

我们差不多驯了一个冬季。

头一些日子，是最难熬的日子——尽管包公的嘴戴着带刺的牛嘴套，眼睛蒙上了红布条，而且被之前没头没脑的乱蹦乱窜折磨得筋疲力尽了，但当它的肩膀被牛轭咬上了重量，它还是要反抗。它一会儿弓起背脊试图挣脱牛轭，一会儿左右乱拐，一会儿昂起头向后倒退,把犁弄歪。当这些动作都无以摆脱奴役,它就走走停停,任由竹枝抽打,如同一块石头……

爷爷最初驯包公的过程写起来就这么一段,事实上惊心动魄。我和哥哥都吓哭了。爷爷看到我们这么没出息,只好让我们站到一边,然后他一个人一手驾犁,一手抽打包公。包公可能感觉到左右两边少了约束它的人,脾气更大了,它恶意地使蛮劲,竟然跳起来,两条后腿狠狠地踢向爷爷。爷爷倒是镇定自若,始终把握犁把使犁铧插在土中,有了犁铧的牵制,牛就无法跑出田外。而且,它越是胡闹越容易疲惫,越疲惫越容易安静下来。等安静下来,就会温顺许多。

的确,包公就是在一次次筋疲力尽之后才老老实实地耕了几圈田的。根据牛的智力,教它听懂口令、学会耕耘规则,并不难,难的是它要服从。那一天,为了趁它不捣乱多驯它几个小时,我们没有回家吃午饭,包公配合着我们耕了两块梯田。可是等到山色迷离,爷爷把蒙在它眼睛上的布条解下来,它又是一阵乱蹦乱窜。好在接下来的任务是赶它回家,我和哥哥都身心放松了。

哥哥说:“还是爷爷有办法,只用一天时间就把包公驯服了。”

我说:“就怕它休息一夜,明天还不听话。”

哥哥说:“放心吧,爷爷能制服它。”

我说:“我还是害怕。”

不幸被我言中,第二天包公一出牛栏就不听使唤,它压根就不想再被赶到陇上,见到一条岔路就想跑,把它追回来,它干脆跳进别人家的庄稼地里去。我们光是把它赶到陇上,就花了大半个上午。终于赶进待耕的田里,再想给它绑上牛轭、戴上牛嘴套,它就像囚犯望见刑具般,又蹦又跳地到处躲。最后,是秉德老汉的意外到来帮了我们的忙。他和爷爷费了九牛二虎之力,终于让包公就范了。

秉德老汉说:“梓桐,还是你回来好啊,这下包公有救了。”

爷爷“呃”了一声。

秉德老汉说:“你这个蒙眼睛的办法真是妙极了。这下,它呆子一样哉。”

爷爷又“呃呃”了一声。

秉德老汉说:“我们开始吧!我在左侧拉拽,山子、庆子在右边赶。”

这一回爷爷没有“呃”一声,而是往地里吐一口唾沫,手中的竹枝遽然一抖,“pie”的一声又一天驯牛开始了;或者:又一天的反抗开始了又一天的鞭策开始了又一天的较量开始了又一天的胆战心惊开始了又一天的又饥又乏开始了;又一天的坚持忍耐开始了……然后,这粗暴而险象环生的一天,结束在爷爷的一个口令里,筋疲力尽的秉德老汉、哥哥和我,以及包公都站住了。

可能在所有驯牛的口令里,牛对这个“wa,wa”的口令配合度最高了。不过,当爷爷把蒙住包公眼睛的布条解下来,它照样一阵乱蹦乱窜,连尾巴都像小时候那样竖起来了。秉德老汉瘫在田埂上,有气无力地说:“这孽障,驯了一天,怎么还这么野?”爷爷没有接秉德的话,他默默地把耕田工具用稻草盖好,转而对我和哥哥说:“嗯,嗯,牛肚子还饿得不够,回去后只给喝水,不给喂草。记住了?”

秉德老汉抢着说:“这事就包在我身上吧。”

或许,正是爷爷倡导的让牛饿肚子的方法,成就了包公的被驯化。或者说,包公后来能听从我们使唤,耕掉了陇上所有闲置的田地(我家和别人家的),很大程度上,与它无法忍受饥饿有关。我们知道在这之前,它并不害怕恐吓、牵制、抽打,也不屈服于红布条制造的黑暗,但是伴随疲惫与饥饿,它表现出了无奈、妥协与软弱。它在疲惫与饥饿甚或绝望的多重折磨下,慢慢习惯被命令,一点点接受人的指挥,最终斗志丧失,像一个迷路的孩子,哞哞地叫着。

十六

那是没有给包公喂草的第三天了,它已经饿得毛发黯淡,两腿哆嗦,脊背处因为胃囊空瘪显得形销骨立,尤其髋骨下两个对称的凹槽,仿佛能盛下两碗水。我和哥哥赶它去陇上,它走路时蹄子老被石缝夹住,遇到岔口不是不想逃,而是没有逃的力气了。来到待耕的田里,它只是象征地挣脱几下。如此一来,参与驯牛的人就放松多了,等到秉德老汉再来帮忙,我干脆就爬到山上摘野果吃。可是终究放心不下,等吃了几个快要烂在藤上的猕猴桃回来,果真看见包公躺在泥土里。

它这是要死了吗?我跑到田里,看见它的肚子一鼓一瘪,嘴里呼出微弱的苦涩的气,那只白多黑少的独眼里流露出乞怜的神情,豆大的泪珠滑过被棘刺扎破的脸,落进泥里。看到这一幕,我的心难受了几下,很想哭。

即便如此,爷爷也不允许它继续躺着休息,他大声呵斥它,用竹枝抽打它,它还不起来,就和秉德老汉一人攥牛嘴套,一人拽牛尾巴,逼它站起来。爷爷怒不可遏地说:“它必须站起来!一旦心软了这一次,它就会老耍赖,就永远驯不成它啦!”

我至今理解不了爷爷对包公的感情,源自爱还是恨。如果是爱,他为什么对包公这样残冷?如果是恨,为什么不同意兴国他们将它卖掉,干脆让它早点死?

爷爷饿了包公四天,包公差不多奄奄一息,就连反刍都停止了,我和哥哥偷偷喂给它草,爷爷骂我们“尽添乱”。——整个童年记忆里,爷爷是不允许我们做没有经过他同意的事情的。当天空落雨,我们去溪边钓鱼,爷爷把我们的钓鱼竿没收了,骂我们“知不知道会发洪水”。当我们爬上梯子,去捉墙洞里的麻雀,爷爷拿石块掷我们,叫我们快点下来。就连我们吃饭,筷子米粒掉到桌子底下,他也要瞪我们几眼。所以不管爷爷拿怎样的方法驯包公,我们都只能配合……

爷爷饿了包公五天,包公没有走到陇上就扑通一声跪着倒下了。我和哥哥有些慌张,求爷爷快给它喂草:“它太可怜了,爷爷,它会饿死的,爷爷。”爷爷说:“今天你们可以给它喂草了,它的四个胃都饿空了。但不要拿到这里来喂,而是拿到耕田的地方。”

我和哥哥就像两只小鸟，在山沟里扑棱棱地寻找适合牛吃的青草。毕竟冬天了，青草匮乏，我们割了好一会儿才割了一小捆送达陇上。这时爷爷和包公也到了。爷爷说："牛要套好牛轭后才能给它喂草。"

牛轭套好了。爷爷说："现在你们给它喂吧。"

我们把青草送到包公嘴边，包公的胃肯定饿坏了，吃草吃得很慢，似乎也不香，吃一会儿抬头看看我们，仿佛是疑惑，又像是怨恨。

爷爷一声怒吼："快点吃！吃了干活！——不想干活，饿死你！"

爷爷一点也不像秉德老汉当初说的那样，懂得尊重牛，善待牛；相反，他比兴国对牛还要狠。这以后，每次耕田前爷爷都要给包公套好牛轭后再给它喂草。仿佛故意羞辱它：你如果想吃草，那就得乖乖地套上牛轭，老老实实地耕地。这个训练方法经过多次强化，包公一到耕地的环境，便不自觉地把吃草与耕地两件事情联系在一起了。数天之后，包公就基本不反抗了。当我们割草给它吃，它的眼里甚至流露出感激。

这时候，爷爷对包公终于变得耐心一些了，耕地时很少使用竹枝，中间还让它休息，若见到牛身上叮着蜱虫，就用草鞋拍下来踩死。但是，当包公在没有人跟在左右两侧牵引的情况下，仍不能把犁路走好时，爷爷翻脸比翻书还快。爷爷对牛发起怒来，就连我们都感到害怕。

爷爷说，一头合格的耕牛人一声喊，就会跑到田中央来配合人把牛轭戴上，耕地时头永远低着，无论风雨雷电日头暴晒，都不偷奸耍滑。好的耕牛"不用扬鞭自奋蹄"。在爷爷眼里，包公现在仅仅是不反抗了，这是驯牛的第一步，与一头真正掌握耕田技术、忠于主人的耕牛比起来，还差得远。更何况，包公只有一只眼睛，原本能起牵制与指挥作用的牛鼻绳又是用系住牛嘴套上的缰绳代替的，对包公的驯化自然要多费一些周折，每一个动作都要反复矫正，直到完全正确。

十七

在那个冬季，我们几乎每天都跟着爷爷驯牛。

大山里的冬季特别冷。早上起来，石头、土坎、衰草、枯叶、瓦片上，都结有一层白霜，它要等到太阳出来后才融化。夏天的时候，太阳是从一座叫新屋前的矮山上出来的，可是到了冬天，它就从坑上坞的顶峰上出来了。那是一座海拔一千五百米的高山，太阳从它的背面爬上来，是九点钟以后的事了。此时我们早已踩着被冻坏的、踩上去会发出噗嗤噗嗤响的山路来到陇上。

我们的脸都皲裂了，手脚有冻疮，哥哥还受了一次伤。

哥哥之所以受伤是因为爷爷逼他学耕地。爷爷说："山子你有十一岁了吧？也该学耕地了。连牛都要学耕地，你为何不趁现在也学学？我像你这么大的时候，早就学会耕地了。那时候，我们家有很多土地，山上树也很多……"

哥哥说："那时候不是现在。"

哥哥自然不愿意学。因为同样的日子，别的孩子都在家里玩，用烘火盆烤豆子、红薯吃，只有我俩要天天陪爷爷来陇上，这在旁人眼里是不得了的事情了，就连母亲都反对我俩跟着来。但是每天吃过早饭，爷爷就站在门口等着我们一起出发，我们终究不敢说出"不去了"这句话。

哥哥自然也不敢说"我不学"。

爷爷就训起哥哥来："你以为我乐意逼你？我还不是为了你们好？像我这个年纪，谁愿意大冷天出来驯牛？还不是看牛可怜，不把它驯起来那些混蛋会卖掉它，它就会被人杀了吃。而你们，将来总要成家立业、生儿育女的，为何不趁现在跟爷爷好好学耕田？爷爷老了，过了年就死了也说不定……"

哥哥嗫嚅道："爷爷！我以后，不会在家里种田的。"

爷爷一听就火了："你不在家里种田，那你要上哪儿去？！"

在爷爷的逼问下，哥哥再不敢说什么。过了一会儿，爷爷就把手中的缰绳交给他，让他站到驾犁的位置上……一切看起来都那么顺理成章：包公被驯服了，哥哥快要长大，需要学耕地的他真的赶着包公犁田了。学了没一会儿，爷爷就拿着竹枝，跟在包公和哥哥身后，不停地训诫着：

“犁田是这样犁的吗？嗯？犁出来的田深深浅浅，犁路间有地方漏犁了……”

“要让牛犁到田头，再把犁向后搬……现在干活是为自己干了，不要像在生产队……瞒得过我，瞒不过日后田里的庄稼。”

“嗯？你连这点苦都受不了啦?！——你别给我站着，走！”

爷爷的竹枝突然抽打在哥哥的腿肚子上，哥哥尖叫一声，跳了起来。可能是他的尖叫惊吓了包公吧，只见包公在哥哥松开犁把的瞬间健步如飞，哥哥赶不上，使劲拽住犁把，使得整张犁因为两股力的拉扯脱离了地面，悬在了牛屁股后面。

爷爷喊：“把犁插到地里去！把犁插到地里去！”哥哥毕竟没有经验，当他把犁铧往地里插去的时候，犁铧扎伤了他的脚。他哀号起来……

包公撒野一般，拖着犁铧又跑了一段，然后它可能意识到自己犯错了，在田头上悬崖勒马。爷爷让我上去拽住包公的牛嘴套，自己则解下了红色裤腰带为哥哥包扎。哥哥一边喊疼，一边哭着：“我说过不学耕田的，我就是不想学。为什么一定要让我学啊。我不是牛，我不要像牛一样活着！一天到晚干活……”

面对哥哥的哭诉，爷爷一言不发，临走了才说：“上麦畈、一犁、后上坑，还有这陇上，以前都有我们家大片的田地啊，我们家祖祖辈辈省吃俭用，为了置地，我和你们的太爷爷哪样苦没吃过！……现在，我们终于有了自己的土地。可是，就这点地用得着我来逼你们学耕田吗？我是指望你们——从小就学会吃苦，将来有一天，你们攒钱……”爷爷说着说着，老泪纵横了。

当爷爷把哥哥背回家，爷爷的眼睛还潮湿着，母亲却只看到哥哥脚上的伤，以为红腰带上的红全是血，母亲是无论如何都不同意爷爷再带着我们驯牛了。她挺个大肚子，喋喋不休，把爷爷农忙时在姑姑家帮忙，冬闲回来吃白饭之类的话也顺带着骂了。爷爷不做任何回应。

此后，爷爷就在我们起床前一个人赶着包公去陇上。

母亲说："得令，你跟你爹说说，没事就给家里砍柴，牛又不是我们一家的。"

父亲说："你跟他说吧，我跟他说不会听。再说，他耕田有什么错？"

母亲说："他农忙时躲在外面帮女儿，回来了天天驯四家人的牛，不给家里干正经活，难道还我错了？"

父亲目光低垂着，说："那是他生病了，看病的钱，我们可一分都没出。"

母亲骂了一句"该进棺材的"，摔了一样东西，好几天不理父亲。母亲也不让我出去，让我陪着哥哥养伤。可是，奇怪的是，我陪着哥哥歇了几天，却发现待在家里度日如年，可能我已经习惯早出晚归，就连做梦都梦到和包公在一起，仿佛那是同甘共苦的岁月。我就又去陇上陪爷爷驯牛了。

而此时，包公经过一个冬季的训练，已经被爷爷调教得听话，懂规矩，任劳任怨，完全可以说是一头真正合格的耕牛了。

十八

爷爷终于结束了对包公的驯化，我们一起把它赶回牛栏后，就开始等待过年。那个年过得平淡，像一块没有加热的年糕，但是过完年家里就热闹了，因为弟弟出生了。在弟弟出生前，我们都不知道将要出生的是男孩。父母是希望生个女儿的。但是不管男孩女孩，家里多了一个小人儿，全家都显得忙乱。因为小人儿也需要吃喝拉撒啊。就是在这样的忙乱中，我们似乎忘记了大地复苏，季节更替，也包括忘记了包公。仿佛那是一个已经讲完的故事，是的，一个还算圆满的故事。

然而，谁也料想不到，我们会这么快地目睹包公的下场。就在那年春暖花开,又需要牛耕地的日子,老老嬷被螳螂家牵去耕地了,兴国等不及,就把包公赶到他家田里去了。兴国在路上遇到我爷爷,还不高兴地说:“梓桐叔,它都被你家霸占一个冬天了,你还想霸占到什么时候?他娘的也该轮到我们家耕了。”

爷爷自然说不出,包公由他驯好了,就不许别人家使用。爷爷只是担心,包公会被他们重新耕坏了,希望他们能善待包公,耕田时讲究方法。因为根据他的经验,包公身上还有野性,有几项耕田技术还不娴熟,本想在接下来的日子里再做矫正的。兴国嗯嗯地答应着,事实上爷爷的话他根本就没往心里去,所以当他还像以前那般粗暴地对待包公的时候,完全没有意识到危险即将来临。

牛是认人的,能分辨人的好坏。牛耕田时就更认人。尤其刚刚驯化成功的耕牛,它暂时只认驯服它的人。一旦临时换了耕田人,它会不适应,如果再加上耕田方法不按驯化时的套路操作,它要么不走,要么对着干。兴国却一味地认为,包公跟他使性子,是不畏惧他,唯有加重对它的惩罚,才会让它变得俯首帖耳。于是第一天他和儿子伟峰就把包公的皮肉抽得重新隆起来了。

而且这两个该诅咒的家伙为了尽快多地耕地,不知从哪里学来一招驱使牛卖力的方法,于第二天用在了包公身上。那方法就是用盐水在牛耕田前淋刷牛的肩膀,盐水渗进长茧开裂的皮肉,牛会感觉刺痒难忍,这时套上牛轭,牛就会觉得解痒,就会越拉越卖力。结果一个上午兴国和伟峰驱使包公耕了很多地,等到吃中午饭时,兴国喜形于色地去取下包公肩上的牛轭,——也不知道包公是因为不愿被他取下解痒的工具,还是醒悟到这一个上午的劳作是出于人类卑劣的手段,它就把头一低,突然冲着兴国顶了过去。

兴国被一下子顶在了牛头上,包公顶着他,绕田埂跑了一圈才将他扔下。兴国就像一只抽搐的田鼠,痛苦惨叫,满地打滚,他家人奔上去问他,才知道他的卵袋被牛角戳中了。最初大家都以为是卵袋里的睾丸碎掉了,就像打碎在碗里的蛋,有蛋清有蛋黄,他的女人为此哇哇大哭起来,担心这一辈子要守活寡。众人就七手八脚地要把兴国抬到井下村去,要让驼背(一个会阉牛的赤脚医生)剪开他的卵袋看看里面到底碎了蛋没有,碎了的话,看看能不能塞一颗羊睾丸进去顶替。但是躺在泥地里打滚的兴国双手捂住下阴,一味地哇哇叫着,拒绝人的靠近。

后来,兴国的嘴里发出咝咝的呻吟,人蜷缩着,直流白汗,从附近赶来的人们一时帮不上忙,就都散去,回到自己田里去干活了。所以等到兴国腿间的疼痛稍稍缓和,人渐渐站起来之际,村里人都没有注意到他举起了放在田埂边的锄头,就像当年有人怒气冲冲地刨开祖坟似的向牛头刨了过去。牛一定察觉到空气中瞬间弥漫的仇恨,欲转身向前蹿去,但是锄头如此迅捷,一下子就落在了牛屁股上,再一下子就落在了牛后腿上,闪亮的锄头刃好比一道寒光,当即就断了它的一根脚筋……

这事发生后,兴国一家一直瞒着,我们几家忙得要命,就连小孩也要卷起裤脚、戴着斗笠,帮着大人干活——所以都以为包公一直在他家耕地呢,直到有一天秉德老汉像寻找丢失的钱夹一样来到我家地里,见到我爷爷两腮一缩,就哭了。

“梓桐……”

“怎么啦?”

“包公,它被兴国废了。”

“废了?”

“嗯,废了。”

“阉了?”

“不是。”

爷爷怔住了,他没有继续问秉德老汉怎么回事,而是把头偏向一边,一动不动地站了一会儿。秉德老汉要接着说什么,他才转过脸,叹一口气说:“可惜了。”

秉德老汉附和说:“谁说不是呢!是你和山子、庆子,忙了一个冬天。唉,多好的一头牛啊!还不是因为你……”

两个老人再没有说话。

十九

包公被牵去汤溪镇牛市上卖的那天，我们四家都派人去了牛栏。天阴沉沉的，时间还早，包公从牛栏里出来了，是螳螂拽着它的“辔头”没好脸色地牵出来的。包公的嘴豁豁着，瘸一条后腿，身上又结了一层鱼鳞般的牛粪，就像一个从桥洞里被人赶出来的乞丐。但是它没有乞求。它看人的眼神依然桀骜、阴郁，还有些凶气，或者仇恨，我分不清。

我多想靠近它，又不敢。我在心里呼唤，包公啊，包公啊！……顿时翻江倒海。一方面，因为它的变化，它的眼神。另一方面，因为它就要离开我们了。我知道，这将是永别。虽然我也知道，包公只不过是一头牛，是四户人家共有的，一头牲畜，它存在的意义只与耕田有关——如果耕不了田，它就会变成一堆待售的肉，而且，我们都是吃过牛肉的——但是，多么让人伤心啊，我在很长时间里是把它当作小伙伴看待的——不仅仅我，哥哥，阿卫，阿红，伟峰，甚至村里别的小孩，自从老老嬷将它生下来，就喜欢看见它，和它凑在一块儿。

一度，我们簇拥着它，在青草葱茏、自由自在的大地上放牧，就像真正的小伙伴那样用头顶它的额头，然后割最嫩的草给它吃，偷家里的鸡蛋，掏树上的鸟蛋，只为它健康成长。后来，它终于长大了，是的，它斗败了村里几乎所有的公牛，有叫黑岩的，有叫秦始皇的，有叫李莲英的，就连红骚牯都差一点输给它，我们多么骄傲！——它可是我们看着长大的包公啊！哪怕在爷爷的抽打下，我和哥哥牵制着它前进、站立、拐弯、掉头，我们抱着救它的理由成为驯化它的帮凶时，我也没有把自己和它对立起来，因为我们同样都要听命于爷爷的口令，也是被驯化的对象啊……

就在我这么胡思乱想、独自哀伤的时刻，突然有人急匆匆地跑来。原来是兴国从家里拿来了一瓶墨水，他要把包公额头上的那撮白毛染染黑。螳螂发了很大的火，骂道：“去你娘的×，都要卖掉了染个屁呀！好好的一头牛，都驯好了，可偏偏有人要害它！”螳螂的老婆也趁机叨叨着，她那张嘴你们也知道，毒得舌头上能甩刀。可是脾气暴躁的兴国，这一回低眉顺眼着，他走到一个堆满牛粪的角落，把墨水瓶扔了，然后他走回来，乜了两眼包公，给螳螂以及在场的其他大人敬烟。

他皮笑肉不笑着说：“这牛生得晦气，不是都说嘛，反革命投的胎，卖了好。卖了它，我们把钱分了，改善改善生活。你们等着瞧吧，我明天就把老老嬷赶到公牛的牛栏里去过夜，说不定它还能生下一头活蹦乱跳的小牛犊来呢。到时候，小牛一出生就交给梓桐叔去驯养。你们说呢？”

这大概就是兴国对包公的忏悔吧。接着，螳螂就耳朵上夹着兴国的烟，拽了拽手中的缰绳，牵着包公往村口的枫树湾走去了。包公不停地转过头来……

此时天色渐亮，但湿气依然很重，蜿蜒小路伸向枫树湾，枫树湾的古树，古树下奔涌的溪流，溪流两岸的田野，在一点一点地淡化着牛的背影。我似乎听到了晨雾中隐约传来了哞哞声，声音拖得很长，很长……那一定是包公发出来的。

我已经记不清是谁先哭了，在我和哥哥、阿卫、阿红、伟峰中间，我肯定不是第一个哭的，但是我清楚，我哭得时间最长。当我回到家，眼睛还红着。父亲猜我是因为包公，劝我：“做牛耕田，做狗守门，牛迟早要被卖或者累死的！”

那以后很长时间，我都会想起包公，想象它的结局，或者回忆我们在一起的点点滴滴。每当这时候，我就躲在屋后关过它的柴棚，在遗留着它的臭烘烘的气味里啜泣——不仅仅因为悲伤，其中也掺杂成长的迷惘与恐惧——直到时间绵延而无情地推移，我一点一点地将它忘记。

然后有一天，老老嬷也被卖掉了。老老嬷是因为再也生不出小牛，也没有了耕田的力气，四家人才决定将它卖给村里的屠夫——那个叫磨刀六的壮汉，宰了卖肉的。村里人都知道老牛的肉结实，炖起来香，有嚼头，所以老老嬷的肉还热气腾腾着，就被许多人买走了。我们家没有去买老老嬷的肉吃，但是它的皮由我父亲去向磨刀六折价买了来，做了一件坎肩和一家人的靴子。

家里从此没有了合养的牛，父亲一直计划着单独买一头，但是两次卖牛的钱都由于种种原因挪作他用，最后我们家养了一头猪。

（原刊《文学港》第8期）

苏黎红小姐

阿　袁

电话响的时候,我正在巴黎一栋公寓的走廊里。走廊里弥漫着某种气味,什么气味呢?阳台上的花香?阳台的黑木箱里有一种我不认识的花,粉紫色,看上去有点儿像我们中国的绣球花,也有点儿像锦葵。但那种气味却不像花朵的。或许是刚刚从我身边经过的男人身上的香水味?巴黎男人是搽香水的,和女人一样,所以整个城市都香喷喷的,像闺阁。但那种气味要说也不像香水味——结合了男人体味的香水味,是一种生命的味道,虽然有一种可疑的不洁,但蓬勃茂盛。可弥漫在走廊里的气味,却是腐朽和衰败的,像大夏天厨房里放了几天的不新鲜的瓜果蔬菜。

到底是什么呢?有警察急急忙忙地往公寓某间房间走。原来是一个老妇人死在公寓里了。说是被谋杀的。

我惊恐不安地想上前看看,就在这时,电话响了。

公寓消失了,奇怪的气味也消失了,眼前黑漆漆一片,什么也没有。我恍惚了半分钟,才反应过来——刚才的事情,不过是电影里的场景。

睡前我和孟周看了迈克尔·哈内克的《爱》。

床头的夜光闹钟,指向半夜四点半。

电话是苏黎红打来的,这个时候,除了苏黎红,没有人会打我家的电话。

我心口痛,燕子。

嗯。

你知道米宝那个狐狸精对我们做什么了吗?

米宝那个狐狸精是朱鸿鹄的老婆,我的弟媳。而"我们",是苏黎红和老朱,苏黎红是我的妈,老朱是我的爸。

她做什么了?

她给你爸打电话,说小鲤想吃爷爷的南瓜粥了。你也知道你爸这个人,贱得很,一听孙子要吃他的南瓜粥,高兴得手舞足蹈,哼着黄梅调就去了,"树上的鸟儿成双对,绿水青山带笑颜"。他就会这两句,连后面的"从今再不受那奴役苦"都哼不出来。还好意思总哼。一路上,他就哼哼那么两句,你说烦不烦?

就因为这个,你半夜给我打电话?

岂止。米宝竟然还对你爸说,他一个人去就可以了。做点南瓜粥,不用兴师动众的。她这是什么意思?什么意思?不让我去他们家?

不让你去他们家?怎么会?

怎么不会?她这可不是第一次了。上次小鲤生病,她也这么说的——希望爸爸过去帮忙照顾小鲤,不用辛苦妈妈了。还说,他们家房子小,妈妈过去也不好住。燕子,你听听!你听听!这女人歹毒不歹毒?我和你爸,形影不离大半辈子,老了老了,难道还要分居吗?

我忍不住想笑。米宝这个女人,也太会算计了。竟然想买珠还椟。她不知道,在我们家,这珠椟是不能分的。

朱鸿鹄呢?朱鸿鹄怎么说?

他能怎么说?他现在是米宝养的鹦鹉了。米宝怎么说,他就怎么说。也不知道这女人给他下了什么蛊,把他变得言听计从的。

米宝还会蛊术呀?我讽刺苏黎红。

苏黎红不理我,自己说自己的。这也是苏黎红的风格。

还有更气人的呢!我们去了才发现,原来不是小鲤想吃南瓜粥,而是老狐狸想吃呢。老狐狸染风寒了。你说米宝过分不过分？过分不过分？她妈想吃南瓜粥，她竟然打电话让你爸过去给她煮！这事她也做得出来！我一气之下，要拂袖而去，可老朱还不肯走呢，说既来之，则安之。亲家母想吃南瓜粥，那就煮呗，也挺好。他这个人，燕子你是知道的，就是没有自尊心，没有原则性。我坚持让朱鸿鹄送我们回来了。我要让米宝拎拎清楚，那只老狐狸算什么东西？凭什么老朱要为她煮南瓜粥？可回来后老朱还在那儿叽叽歪歪的，他什么意思？难不成他想自个儿留那儿煮粥给老狐狸吃，然后让我在家和小区里的樟树一样喝西北风？燕子你说说，你说说，老朱是不是脑子出毛病了？

苏黎红挂电话的时候，已经早晨六点了。早晨六点是苏黎红开始做瑜伽的时间。苏黎红是很注意保持身材的，她六十多了，从后面看，身材还和少妇一样，是十分窈窕的。当然，从前面看也很窈窕，只不过不是少妇的窈窕，而是老妇的窈窕了。但苏黎红从来不承认自己是老妇的，为了和小区的那些老妇划清界限，她基本不参加小区老妇们的任何活动。小区里的老妇们喜欢打门球，苏黎红鄙夷地说，有什么意思呢？一群老人，围着一个破球，你拨拉过来我拨拉过去，慢腾腾的，老牛拉破车一样。小区里的老妇们在有太阳的日子里喜欢坐在树荫下支张桌子打麻将，苏黎红鄙夷地说，有什么意思呢？几个老人，团团坐了，摸几十张小塑料块，眼神还不好，一个个的都戴了老花镜，盲人摸象一样。小区里的老妇们在春夏晚饭后，会在小区花坛那儿跳扇子舞，老朱让苏黎红也去，这运动多好，既可以活络筋骨，又可以消食，还可以听音乐。苏黎红嗤之以鼻。那也叫音乐？老妇们跳扇子舞的音乐反反复复就那几首，一首《还珠格格》里的主题曲，《你是风儿我是沙》："你是风儿我是沙，缠缠绵绵到天涯"；还有一首《小苹果》："你是我的小呀小苹果，怎么爱你都不嫌多。"这种东西也叫音乐吗？小区里的老妇们经济条件好，跳扇子舞也置了行头的，白色的雪纺衫，白色的雪纺灯笼裤，加上一把木骨大红丝绸扇子，那景致，美得很。尤其在有风的时候，老妇们宽大的灯笼裤，被风吹得飘飘欲举，老朱看了，这时候就会吟哦毛泽东的《沁园春·雪》，"看红装素裹，分外妖娆"。老朱傍晚时分也在花坛那儿的，他和隔壁的郝伯伯坐了小马扎在那儿下棋。事实上，小区里的老头都在那儿活动，有的下棋，有的练气功，还有的，什么也不做，就坐在那儿聚精会神地看老妇们跳舞。他们正襟危坐的样子，有点儿像在国家大剧院看《天鹅湖》或《睡美人》。老妇们因为有了这些观众，也跳得更加陶醉。她们活泼得很，调皮得很，一把红扇子，在她们手上，被舞得风生水起，时而放到脑后，做反弹琵琶的动作；时而又半挡了脸，做出风情万种的样子。老朱这时候又说了，团扇团扇，美人用来遮面。老朱退休前是中学语文老师，喜欢用诗词表达美好的印象或情感。苏黎红听了冷笑——老朱说这句话苏黎红其实听不见的，因为她傍晚时从来不去花坛那儿，那是老人扎堆的地方，她不喜欢和老人扎堆，她自个儿绕着湖散步。小区外有一个湖——美其名曰湖，事实上是一个池塘，不过是个大一点儿的池塘，美一点儿的池塘。池塘周边种了垂柳，还有桃花，是红碧桃，重瓣。春天的时候，花红柳绿，水波荡漾，很诗意的。谈恋爱的年轻人，喜欢坐在这样诗意的环境里，搂搂抱抱，卿卿我我。老朱不去那儿，他看不惯这些行为，他做了十几年的中学教导主任，对有伤风化的事情，总习惯性地要上前教育教育。可人家也不是他们学校的中学生，谁要他这个糟老头教育呢？不要的。所以他干脆不去那儿，眼不见，心不烦。他情愿和其他老夫们坐在小区看老妇们跳扇子舞。这个好，他们一个爱看，一个爱被看，两情相悦，有利于养生。但苏黎红觉得他有毛病。不爱看花开，却爱看花败——那些皱巴巴的老妇们，不就是残花败柳吗？不爱看"小桥流水人家"，却爱看"枯藤老树昏鸦"——那些皱巴巴的老妇，不就是"枯藤老树昏鸦"吗？还"团扇团扇，美人用来遮面"呢！也是，那些皱巴巴的脸，不遮了怎么能看呢？苏黎红对郝伯伯说。这话有些刻薄了，因为"那些皱巴巴的脸"里，有郝伯伯的老婆陈阿姨的脸，但郝伯伯不以为忤，不仅不忤，还高兴得很——他打小报告的目的，不就是要苏黎红恼羞成怒吗？

郝伯伯最喜欢在苏黎红面前挑拨离间，他和老朱整天厮混在一起，一起钓鱼，一起到老年办看报纸，一起下棋或谈论国家形势、国际时事，然后再把老朱的言行举止选择性地报告给苏黎红。郝伯伯家和我家住对门，报告起来很方便。当然，郝伯伯是文化人，退休前和老朱都是中学语文老师，所以报告的水平也是很高的，他从不直截了当地对苏黎红说老朱的坏话，而是王顾左右的、由此及彼的，仿佛无意间，把老朱一些话，或一些行为，断章取义地说了出来。而且郝伯伯也自认为是很有道德的报告者，从不造谣，对老朱的言行基本是如实转述，所以老朱事后从来没有办法加以否认，只能老老实实地接受苏黎红的惩罚。苏黎红的惩罚，年轻时对老朱，那是要命的，她会很长时间不搭理老朱，不和老朱过爱情生活——所谓爱情生活，是含蓄的表达，其实就是夫妻生活。老朱是个热情的人，年轻时是很贪恋和苏黎红过爱情生活的，一周不过的话，就受不了。所以他最怕苏黎红用这种手段惩罚他。但年纪大了之后，他就不怕这种惩罚了。苏黎红不理他，无所谓，他自己出去找乐子，反正他爱好多得很，做什么都能做得兴致盎然；朋友也多得很，老朱人缘好，和谁都能处得其乐融融。这让苏黎红更恼火，可恼火也拿老朱没辙了，除了冷嘲热讽几句。而老朱对苏黎红的冷嘲热讽早习惯了，讽了等于没讽一样。

好在还有郝伯伯。郝伯伯喜欢苏黎红，喜欢了半辈子。苏黎红不喜欢郝伯伯，不喜欢了半辈子。苏黎红虽然不喜欢郝伯伯，但她喜欢他喜欢自己。所以苏黎红对郝伯伯的态度，一直就有些矛盾，有点像对小狗——老在身边蹭，苏黎红就表情厌烦；但走远了，苏黎红又不乐意了。因为那是她的小狗，她喜欢它待在不远不近的地方对她摇头摆尾。这个老朱是清楚的——正因为清楚，所以就不在乎郝伯伯这个情敌，依然和郝伯伯做着高山流水的朋友。而郝伯伯的老婆陈阿姨也清楚的，这一对男女，就算眉来眼去一辈子，也不可能有什么事的。可就算没什么事，陈阿姨也不高兴，陈阿姨没有老朱境界高，她没法和苏黎红做朋友，只能做死对头。

所以，既然陈阿姨在花坛那儿跳扇子舞，苏黎红就不可能跳。她们两个人，就像两只脾气不好的母鸡，放一个笼子里，会互啄的。当然，就算没有陈阿姨，苏黎红也不会去跳这种舞的。这是老年舞，还是庸俗的老年舞，她看不上。她打年轻起，就反感一切庸俗的东西。门球也罢，麻将也罢，扇子舞也罢，这些庸俗的活动，苏黎红通通不参与。她一个人做瑜伽，在我家阳台上。我家南面有一个大阳台，阳台上种了各种各样的花草，有芙蓉、芍药、海棠、天竺葵，还有喇叭花——原来有，老朱种的，后来被苏黎红拔了，嫌喇叭花样子粗俗。苏黎红认为，花草也是有雅俗之分的，和女人一样。苏黎红喜欢雅的植物，像桃花，《红楼梦》里林黛玉用锦囊收了荷锄而葬的就是桃花，那画面，特别美，特别有诗意，如果换成晚饭花——晚饭花的样子，和空心菜差不多，那还有什么美感？有什么诗意？像芍药，也雅，史湘云喝醉了，就是眠在一片粉红细白的芍药花瓣里——如果曹雪芹让湘云眠在喇叭花里，那成什么样子呢？那除非醉的不是史湘云，而是傻大姐，整个大观园，也只有傻大姐和喇叭花相匹配。

苏黎红在我家阳台上做瑜伽的时候，郝伯伯也在他家阳台上伸胳膊、踢腿的，两家阳台并排着，郝伯伯能看见苏黎红，苏黎红也能看见郝伯伯。当然苏黎红从来不看郝伯伯那边，半眼也不看，她专心致志地练她的瑜伽。苏黎红练的是改良版的印度艾扬格瑜伽，这是一种养生和修行瑜伽，没有高难度的动作，一半时间都在有宗教意味的印度音乐中，闭了眼，以一种坐莲的姿势冥想。感觉自己轻飘飘的，像恒河里绽放的白莲，除了水，除了风，什么也没有。苏黎红这么对老朱说。

苏黎红说谎了，老朱知道的。因为苏黎红做瑜伽的时候，除了水，除了风，至少还有郝伯伯。她之所以能这么一丝不苟、这么旁若无人地坚持做瑜伽，不就是因为隔壁的阳台上还有郝伯伯在看吗？这个老朱知道，但老朱知道也不说，怕说了苏黎红恼羞成怒，一怒，就不做瑜伽了。那就不好，不是对老朱不好，而是对苏黎红的身体不好。老朱现在虽然不太关心苏黎红的情绪了，但对苏黎红的身体，还是很关心的。所以，为了让苏黎红能不受干扰地在阳台做瑜伽，每天六点钟，他就约了陈阿姨去买菜。小区门口有点远，慢慢走，要一刻钟，他们两个人走过去，挑挑拣拣买几样菜，再走回来，一个小时就过去了。有时在路上还会遇上其他老朋友，聊几句，那就要一个半小时了。等他们回到家，苏黎红的瑜伽早做完了，只有郝伯伯一个人，还在他家阳台上伸伸胳膊、踢踢腿的。

苏黎红半夜的电话，让我第二天上课时精神萎靡。我这个人的精神状态，是很依赖睡眠的，一旦没睡好，精神就会萎靡的。学生倒也不以为怪，因为隔上一段日子我就会萎靡一回。学生其实更喜欢我萎靡的状态，因为我一萎靡，上课的声音明显就低了许多，接近莺声燕语了，是“间关莺语花底滑”的效果，他们在这样的声音中，可以不受影响地做其他事情，比如睡觉。有些学生头天晚上熬了夜，第二天上午到课堂上来补觉。要是平时，在我的课上就有点困难，因为我声音一向洪亮，有时激动起来，那就高亢了。“完全是河东狮吼。”学生在背地里这么损我。相比河东狮吼，他们自然更喜欢莺声燕语。不过，这只是他们喜欢我萎靡的理由之一，还有理由之二，那个更重要，就是我萎靡时上课会犯一些低级的错误，比如把李白的诗说成是杜甫的，或者想不起来某个字是怎么写的。我在黑板上已经写下了“温庭”两个字，我要写“温庭筠”，但突然忘记“筠”怎么写了，怎么想也想不起来。学生看着我，带着揶揄和开心的神情，怎么办？我没有办法，只能搁下粉笔，不写了。

下课后我十分恼火，这个低级错误是因为苏黎红造成的。要不是苏黎红半夜打电话说什么老狐狸、小狐狸的事情，我就睡好了，睡好了的我怎么可能写不出“筠”字呢？也不是生僻字，比如“饕餮”，比如“葳蕤”，写不出来或写错了那还情有可原，但“温庭筠”的“筠”字，对一个大学老师而言，应该简单得和小学生习字帖上的“大小多少”差不多，竟然写不出来，那是笑话了。

因为苏黎红，我不止一次成为学生的笑话了。

我其实告诉过苏黎红我周一、周三有课的，但苏黎红从来记不住，也可能苏黎红不认为我的睡眠有多么重要，反正只要她有事——也不论那事多么鸡毛蒜皮，就会给我打电话，说，燕子，我心口痛。

你心口痛找医生哪，找我有什么用？我戗她。

孟周批评我，你怎么能这么对苏黎红说话呢？

孟周现在能很自然地叫苏黎红了，以前他是觉得很别扭的。刚到我家时，他叫苏阿姨，苏黎红还勉强答应他。结婚后他改叫妈了，苏黎红就假装听不见。他那个样子，多老相呀！好意思叫我妈？别人听了，还以为我七老八十呢！苏黎红蹙了眉在我面前抱怨——苏黎红最喜欢蹙眉，她的眉毛长得密实好看，一蹙，就如"两只优美的黑蛾"——"两只优美的黑蛾"是老朱的形容，老朱当年追求苏黎红时，写过一首叫《蛾眉》的诗。这首诗我和朱鸿鹄都能背得滚瓜烂熟，因为苏黎红总拿这首诗来取笑老朱。

我不高兴。孟周哪里老相了？粉腮鸦鬓，玉树临风，也就是头发略微有点稀疏而已。可大学里的男人，有几个头发不稀疏的？

苏黎红倒不是在嫌弃孟周。男人的长相有什么重要呢？她不是那么肤浅的女人，如果是，她当初就不会嫁老朱了。再说，苏黎红认为，以孟周的长相，即便谈不上英俊，但配我还是绰绰有余的——估计在苏黎红那儿，只要是个男人，都能配得上我吧？

我没有遗传苏黎红的花容月貌，我长得像老朱，个矮，肤黑，取名"朱小燕"，那是名副其实。南方的燕子，听起来还不错，其实不好看，又小又黑，远不如画眉、黄鹂、金丝雀那些颜色鲜艳的鸟漂亮。

在我很长的成长岁月里，我一直为自己的形象自卑。当然，在人之初的时候，我其实是"丑而不知己丑的"，就像朱鸿鹄"美而不知己美"，但苏黎红用她的表情，分别告诉了我们，她看朱鸿鹄，就如看花一样，而看我，永远是那种失败的懊恼。仿佛我是一盅她蒸坏了的鸡蛋羹——苏黎红平时不怎么做家务的，但偶尔兴致来了，或老朱出差了，她也会进厨房的，蒸个鸡蛋羹，凉拌个蒜醋黄瓜，再加上一盘切得薄如蝉翼的糖腌西红柿，就算菜了。“美得像画一样。”老朱惊叹。老朱动不动就这样惊叹的，只要是苏黎红做的家务，通通“美得像画一样”。但鸡蛋羹有时也会蒸失败了，水多了一匙或少了一匙，出不来那种鹅黄色的凝脂感觉，或者火候和时间没掌握好，上面起了一层褶皱，这就不是豆蔻年华的鸡蛋羹了，而是人老珠黄了的鸡蛋羹，老了的东西都不好看，不能“美得像画一样”，苏黎红懊恼万分地看着，那表情，和看我时是一模一样的。

因为苏黎红的这种表情，我打小就对自己的丑有了自知之明。

老朱倒是经常说我长得好看的，但老朱的话我信不过——我长得像他，他说我好看，等于徇私舞弊呢，而且，老朱也没什么原则，只要是苏黎红的作品，他都觉得“美得像画一样”。

所以我不喜欢出门，尤其不喜欢和苏黎红一起出门。苏黎红呢，也不喜欢带我出门。这是你女儿？别人问，有点不相信似的。苏黎红用鼻子“哼”一声，算回答了。可“哼”是什么意思呢？到底是“是”？还是“不是”？别人不识趣，又很狐疑地追问一句，这是你女儿？长得——可真不像你。这后面半句话，终于让苏黎红的脸色好了起来，苏黎红的脸色一好，就更漂亮了，我们俩也就更不像母女了。

苏黎红上上下下喜欢带着朱鸿鹄。朱鸿鹄长得像她，唇红齿白，贾宝玉一样。苏黎红牵了朱鸿鹄的手，去老朱的办公室。老朱办公室的男老师，特别是郝伯伯，比老朱还激动，“蓬荜生辉，蓬荜生辉。”这些中学语文老师，文绉绉地说。苏黎红不推辞，笑纳了。反正这也不算什么恭维话，因为老朱的办公室，确实是“蓬荜”，几张斑驳的木桌木椅，四面斑驳的石灰墙。而穿着花连衣裙的苏黎红和穿着雪白衬衣的朱鸿鹄，看着华丽极了，两个人就像两盏明艳的灯笼，一下子把老朱简陋的办公室照得熠熠生辉。郝伯伯赶紧到抽屉里找糖果，他办公桌的抽屉里总会有几颗紫色玻璃纸包装的太妃软糖的，是专门预备给朱鸿鹄的。郝伯伯喜欢朱鸿鹄，有点过分的喜欢。因为这个，陈阿姨和他吵过架。陈阿姨觉得他对朱鸿鹄的喜欢里有不健康的东西，甚至有不道德的东西。怎么不健康？怎么不道德？郝伯伯梗着脖子问。你自己心里清楚！陈阿姨说。也就说到这里，不能再往下说，再往下，就伤自尊了。陈阿姨也是个骄傲的女人。

但老朱不怎么在意郝伯伯对朱鸿鹄的喜欢。就算郝伯伯的喜欢里掺杂了点不健康、不道德的感情，这也很正常。老朱是个体恤的人，也是个大方的人。什么好东西都愿意和别人分享的。老家送了一篓刚下树的秋白梨来，他给郝伯伯家送去半篓；大夏天，他顶着毒辣的太阳去郊外钓鱼，钓回两条野生鳜鱼，一大一小，他把大的给了郝伯伯。郝伯伯和老朱一起去的，也很可怜地晒了半天毒辣的太阳，但他一条鱼也没钓着，别说鳜鱼，就是鲫鱼和翘嘴白也没钓着一条。当然，苏黎红不是秋白梨，也不是鳜鱼，他没法给郝伯伯送去一半。但苏黎红可以是一篇锦绣文章，"奇文共赏之"，只要这种赏，在一定分寸内，他是能理解和接受的。而分寸的把握，老朱是能充分相信郝伯伯的。他们都是五十年代的老知识分子，读过《论语》的，知道什么是"发乎情，止于礼"。而只要能"止于礼"，就用不着太小气。至于陈阿姨所谓的"不道德"，老朱认为她还是有点言重了，最多也就是精神上的浪漫主义，和李白的"举头望明月"属于同一个性质，搞文学的男人嘛，偶尔"举头望明月"一下，也无可厚非的。不过，老朱也理解陈阿姨的愠恼，女人嘛，在这方面心眼儿都是绣花针尖一样小的，哪怕是长得人高马大的陈阿姨，也一样会拈酸吃醋的。这个他理解的。老朱这个人，就这样，既理解郝伯伯，也理解陈阿姨。因为这个，苏黎红也瞧不上老朱，认为他没有立场，没有黑白是非，这也是白的，那也是白的，"江山一笼统"，怎么行呢？

孟周说我对苏黎红的态度有点恶劣了。你为什么要这么对苏黎红说话呢？他是喜欢苏黎红的，很喜欢。家里有一个这样的老太太多好，又漂亮，又优雅！六十多了，还一年两季穿裙子；还听音乐——不是像一般的老头老太太那样拿个小收音机听京剧或黄梅戏，而是戴了耳机用“iPod”听王菲的《容易受伤的女人》，听周杰伦的《七里香》和《菊花台》，还读《红楼梦》。孟周说，他第一次到我家见到苏黎红时，苏黎红就是坐在阳台藤椅上读《红楼梦》，面前有一盆开了粉紫色花的植物。什么花，他不认得，后来苏黎红告诉他，那是瓜叶菊。他当时着实惊艳了的。他无论如何没想到，朱小燕的妈妈会是这个样子。什么意思？我觉得又好气又好笑。他一点儿也不记得和我的第一次见面，却清楚地记得和苏黎红的第一次见面，每回说起来，简直有“人生若只如初见”的喟叹，我恼得不行，但苏黎红喜欢，每每听得眉开眼笑。

苏黎红也喜欢孟周。孟周是南京人，和曹雪芹是老乡，也和曹雪芹一样尊重女性。但曹雪芹的尊重，还有点儿势利，他尊重珍珠一样的女孩儿，而对那些死鱼眼睛，就没那么尊重了，可以说极尽刻薄之能事。“老刘老刘，食量大如牛，吃个老母猪，不抬头”，这哪是写女人？分明是写《水浒传》里的草莽男子。而孟周对女性，一视同仁。或者说，他对上了年纪的老妇人，态度愈加温柔。所以，苏黎红很喜欢和孟周待在一起。她去菜市场买菜——平时都是老朱买菜的，但我们一回家，她就愿意亲自去买菜了，带着孟周。老朱也想去，他习惯了早上去菜市场转一圈的，他的那些老伙伴早上都在菜市场呢，他们把菜市场当社交场合的，大家喜欢早上去那儿过社会生活。但苏黎红不让老朱去，她吩咐他在家拖地。老朱三下两下拖完了地，苏黎红还不让他去，又吩咐他浇花。关于阳台上的花，他们俩是有严格分工的，老朱负责养护，苏黎红负责审美。老朱倒也没觉得不公平，本来花嘛，也是需要人审美的，而他在家坐不住，总要往外跑。如果没有苏黎红，家里的花就白开了。“木末芙蓉花，山中发红萼。涧户寂无人，纷纷开且落”，如果花儿都这么自开自落，没人看见，太可惜了！也太残忍了！对花而言，几乎是没有花道主义。所以，就算只为了花道，老朱觉得苏黎红的意义并不比他小。他们一个种，一个赏，各司其职，配合默契，几十年都这样。但老朱早上不浇花的，他习惯午后浇，睡了午觉起来，再侍弄侍弄花草，然后下楼到小区花坛那儿去下棋、看老妇们跳舞，这是他多年的作息。可孟周一来，他的作息就乱了。他的作息乱了不要紧，但花的作息不能乱，乱了的话，花会生病，还会死。所以，苏黎红虽然要他留在家里浇花，但他这时候也是"君命有所不受"的。可不浇花干什么呢？他有事可做，老朱永远不会闲着，他坐到我面前来，要和我探讨文学。老朱最喜欢和我探讨文学问题的，自从我考上北大中文系之后，尤其在大学中文系任教之后，他就认为我已经青出于蓝了。所以他和我探讨文学的态度，总是十分谦虚，甚至像学生那样称呼我，"朱教授"——他平时叫我燕子，但讨论文学的时候，他就叫我朱教授了，打我还是讲师起，他就未雨绸缪地叫教授了——"你认为在当下，文学对青年理想主义的建设如何起一种积极的作用？"或者，"朱教授，你认为文学在现在的商业生态下，将如何洁身自爱？"老朱这么问，我真是受不了，憋不住想笑，好像文学是个黄花大闺女，不能被商业坏了贞节。我不愿意坐在家里和老朱讨论这种问题，我情愿和孟周一起去菜市场，看看莴苣或南瓜，权当"采菊东篱"了。但苏黎红也不乐意我去，她说，就买个菜，也不是上山打老虎，要那么多人干吗？

不单买菜，苏黎红做其他事，也都喜欢和孟周一起。去湖边散步，去超市买日用品——尤其去超市买日用品。苏黎红喜欢逛沃尔玛，那儿的荟食牛奶好，那儿的鳕鱼和蓝鳍金枪鱼好，而且，那儿的购物推车大，大到什么都能装。沙宣洗发露和润发乳苏黎红挑400毫升瓶装的，西班牙原产的橄榄油苏黎红挑初榨的，购物推车装满了，去收银台。苏黎红坚持要自己付款，可女婿孟周在呢，怎么能让苏黎红付呢，两人推来搡去，最后当然是孟周赢了。

如果我在，他们推搡的时候我就不高兴了。别这样好不好，太难看了！我在孟周的身后嘀咕。孟周听见了，看一眼周围，然后面红耳赤地把钱包收了起来。苏黎红于是自己付了。

后来苏黎红就再也不让我跟着他们了。她对郝伯伯说，朱小燕这个小蹄子，坏着呢。

苏黎红总说我坏，这坏，主要是和郝伯伯的女儿郝敏比较而言的。郝敏和我是中学同学，没考上大学，高中毕业就去一家酒店上班了。苏黎红一度总拿这个讥讽陈阿姨。龙生龙，凤生凤，老鼠的女儿会打洞。因为我，苏黎红成凤了，而陈阿姨，成老鼠了。陈阿姨无话可说，灰头土脸，在酒店当服务员的郝敏，自然不能和考上北大的朱小燕比，两人一个在天上，一个在地下。苏黎红和陈阿姨呢，也因此一个在天上，一个在地下。以致郝伯伯，对陈阿姨的表情，也有恨其不争之意了。仿佛郝敏做服务员，是陈阿姨的错。如果他当年娶的是苏黎红，那么，他就也能生一个考北大的女儿了。可不是嘛？一个读《红楼梦》的妈，才能生一个考北大的女儿。而整天在厨房包馄饨的陈阿姨，哪怕把馄饨包得像一朵朵栀子花（这是老朱的比喻，老朱说陈阿姨的馄饨包得像栀子花），也只能生出服务员女儿来。

那几年，我着实让老朱和苏黎红很风光的。老朱因此更爱往外跑了，大有"春风得意马蹄疾"的意思；而苏黎红，那段时间也开始降贵纡尊地去小区花坛那儿，当然不是为了跳扇子舞，而是为了和那群跳扇子舞的老妇们谈论北大和朱小燕，"北大的食堂也不怎么样呢，我家燕子都吃瘦了""北大离圆明园可近了，就隔着一条路，抬脚就过去了，跟后花园一样""北大的未名湖真是大，烟波浩渺的，站在北边，不眯了眼，都看不到南边"。老妇们听不得苏黎红这么说，就一个学校里的湖，能大到哪儿去？还浩渺？但小区里的老妇们，没一个去过北大的，老妇们的儿女，也没一个考上过北大的，所以只能由了苏黎红在那儿胡嘚瑟。但陈阿姨有时还是忍不住冷嘲热讽几句，"你家燕子本来就瘦得麻秆一样，再瘦，不是没影儿了？""圆明园有啥好看的？被火烧得就只剩下几个石头礅子，还后花园呢？压根儿没有像样的花，只有草。"陈阿姨其实没去过圆明园，但看过关于圆明园的电影。苏黎红懒得搭理陈阿姨，没有共同语言。"就她那种粗壮身材，怎么能懂弱不禁风之美？我家燕子，怎么是麻秆？明明是林黛玉的体格，'娴静时如娇花照水，行动处似弱柳扶风’。”“就她那个素质，也就能看个金碧辉煌，怎么能懂得残垣颓壁之美?”回到家她蹙了眉对老朱抱怨。老朱和陈阿姨的关系很好，本来不想在背后说陈阿姨的坏话的，但在朱小燕和圆明园的问题上，他也是旗帜鲜明地站在苏黎红这一边的。“就是，我家燕子，怎么是麻秆?”“就是，陈慧芬那个女人，怎么能懂残垣颓壁之美?”老朱慷慨激昂地附和着苏黎红。

苏黎红呢，在那段日子里也真心实意地维护着我。

但我的好，以及“弱不禁风”之美，很快就被郝敏十分结实的好取代了，郝敏在酒店一直进步，升组长了，升领班了，升大堂经理了，她简直像一株芝麻，芝麻开花节节高，她每往上蹿一节，陈阿姨就要春风满面地到小区花坛那儿去高调发布一回，小区的老妇们也很配合地祝贺一回。苏黎红从不参与这种祝贺，有什么好祝贺的呢？不就是组长吗？不就是领班吗？不就是大堂经理吗？再怎么升，格局也不高，最多也就是鸡犬升天的性质。酒店福利好，经常发东西，金华火腿、南京板鸭、东北榛蘑，郝敏拿回一样，陈阿姨就到小区花坛那儿十分细致地描述一样。板鸭蒸豆腐如何如何，榛蘑炖鲫鱼又如何如何，陈阿姨描述的时候，如果苏黎红也在，苏黎红就不说话，只酸酸地笑，是那种带有揶揄意味的酸笑。

——榛蘑炖鲫鱼而已，被陈慧芬描述得像《红楼梦》里的茄鲞一样繁复高级。

苏黎红看不上这个女人，真是没见过世面。

虽然看不上，但苏黎红还是心情不好了。

苏黎红的心情不好，自然是我的过错，我后来一直乏善可陈。苏黎红也不能总说北大的未名湖，也不能总说圆明园，说多了，不但小区的老妇们厌，即使苏黎红自己，也厌。北大毕业且在大学任教的朱小燕，都以为要前程似锦的，没想到，大学竟然“锦”不过酒店。郝敏的月薪一直比我高，而且还是芝麻开花节节高。而我的月薪，犹如苏黎红下颌部的龋齿，苏黎红只能含而不露。老妇们试探苏黎红，你家燕子在大学里教书，一个月拿不少吧？苏黎红假装没听见，很清高地缄默着。有的老妇点到为止，不问了；而有的老妇会“宜将剩勇追穷寇”，又十分执着地提高了声音问，你家燕子在大学里教书，一个月拿不少吧？

她们大概也知道我工资低的，看我回家时的寒碜行头就知道了，她们都不用认真看，只觑一眼，就八九不离十了，这方面她们很有人生经验的，可以说洞若观火。但她们还是想听苏黎红自己亲口说，这样才过瘾！谁叫苏黎红当初那么爱说北大的未名湖呢？

燕子一个月拿多少，我哪知道？我们从来不谈这个的。苏黎红嗤之以鼻。

庸俗！

回到家，苏黎红气急败坏地对老朱说。

老朱也觉得她们庸俗。

女人庸俗点，老朱本来觉得没什么不好，老朱年轻时很向往风花雪月的女人，女人只要拿本书，在校园某个角落一坐，或微雨时袅袅娜娜地绕湖走一圈，老朱立刻就觉得她“美得像画一样”，当年他就是这样爱上孤芳自赏的苏黎红的。但和苏黎红过了多年婚姻生活之后，老朱对女人的看法就发生了根本的变化，他开始喜欢庸俗的女人了，认为一群女人聚在一起，叽叽喳喳地讨论庖厨之事，叽叽喳喳地东家长、西家短几句，很美好，很有生活气息。

但她们不能庸俗地谈论朱小燕，一庸俗地谈论朱小燕，老朱就不觉得庸俗好了。

有些东西可以用价钱来比较高低的，比如上海青和黄芽白，比如鲫鱼和鳜鱼，但有些东西不能用钱来比较，比如朱小燕和郝敏。在老朱那儿，朱小燕在大学就是白干，一个子儿也不拿，也不是在酒店当领班的郝敏之流能比的。

这观点，苏黎红理论上也是同意的，虽然同意，但还是艳羡陈阿姨家的榛蘑及其他，还是嫌弃我的穷酸。

苏黎红第一次和老朱来师大看我时，被我宿舍的破败吓了一跳——我那时刚分到学校，住单身教工宿舍，十几平方米的房间，还是和一个哲学系的女老师合住。房间的斜对面是老鼠出没的水房和臭气熏天的厕所。“在这种地方，你怎么还能读书？”苏黎红觉得不可思议。读书是要讲究意境的，要情景交融，所以林黛玉读《西厢》是在沁芳闸，“你能想象林黛玉坐在厕所对面读《西厢》？”苏黎红问我。

我不能。住在潇湘馆的林黛玉，确实不能坐在厕所对面读《西厢》，那不像话。我甚至不能想象林黛玉这种人会如厕。但我不是林黛玉，我是朱小燕，朱小燕是可以坐在臭气熏天的厕所对面若无其事地读书的。

苏黎红后来再也没来过我宿舍，她甚至也不怎么愿意我回家。每到节假日，老朱会在电话线那端下饵，他是钓鱼的老手——燕子，回来呀，我给你包荠菜虾仁饺子；或者，燕子，回来呀，我给你做米粉蒸猪肠。我爱吃荠菜虾仁饺，我也爱吃米粉蒸猪肠——特别是米粉蒸猪肠，我在别的地方吃不到，它差不多隔段日子就让我生出类似于某种乡愁般的情感。所以老朱一说这个，我就像他垂钓的池塘里的鱼一样，蠢蠢欲动了。而且，我也知道，老朱想我了。我这个人，平时感觉上是颇冷淡的，按后来孟周的批评，有些薄情寡义。但其实也有心软的时候，虽然不习惯主动表达情感，但别人一旦“投之以木桃”了，我一定会“报之以琼瑶”的，我总是受不了别人的好。但苏黎红说，燕子，你还是省省吧。坐几个小时的火车，就为了猪肠？——苏黎红不吃猪肠的，平时不让老朱做，嫌有味儿。这也是老朱希望我回去的理由之一，只有我回去了，老朱才能师出有名地做这道菜。

我同宿舍的哲学系女老师每个周末都回去的，不回去不行，她妈妈生气。翅膀就硬了？她妈妈总这么说，又柔弱又专横。哲学系女老师烦死了。你妈多好，体恤你。她说。

我无语。苏黎红的所谓“体恤”，也只有我懂。

有一回表哥结婚，我特意请假去吃喜宴。我本来很讨厌喜宴这种活动的，不善于觥筹交错的应酬，一到那场合，我就显得特不自在。但这个表哥和我关系很好，差不多是青梅竹马，所以不能不去的。苏黎红一直脸色不好，我不明所以。临出门去酒店了，苏黎红上上下下地打量我之后问，你就这样去酒店？

这样怎么了？

苏黎红努努嘴，说，你自己照照镜子。

玄关那儿就有镜子。我抬头。牛仔裤、灰黑色套头毛衣，毛衣还有些旧，松松垮垮的——往镜子里一看，是有点儿寒酸呢！

后来我就不怎么回去了。

没意思。

我其实一年也见不着郝敏一两回。但郝敏的事，我总会知道的。苏黎红会以她的方式告诉我。郝敏越来越窈窕和华丽了——也奇怪，陈慧芬那样粗壮的女人，怎么能生出郝敏这样窈窕的女儿？郝俊买房子了，也在“春江花月”呢，和鸿鹄一个小区，首付就三十万，郝俊一个小邮差，怎么拿得出三十万？都是向郝敏借的——说是借，其实哪会还？这是陈慧芬在帮儿子算计郝敏呢；你郝伯伯和你陈阿姨四月份去日本京都了，是郝敏出钱请他们去看樱花喝清酒吃寿司呢。陈慧芬那样的女人，还看樱花？看油菜花还差不多！附庸风雅呢！暴殄天物呢！

我好笑。陈阿姨为什么不能看樱花？难道看花还分人，什么女人能看樱花，什么女人不能看樱花，只能看油菜花？

你不认为陈慧芬那个女人和樱花完全风马牛不相及吗？

什么意思？难道陈阿姨和樱花风马牛不相及，她苏黎红就和樱花风马牛相及了？

可惜，我不能像郝敏那样请她去京都看樱花。

苏黎红的重点，其实也在这里。她批评陈阿姨不过是顺便，批评我才是她说这些的真正用意。我不爱听这些。

我没有郝敏那么阔绰——就算有，我也不会请苏黎红去京都看樱花，看家门口的桃花不好吗？喝家乡的米酒不好吗？为什么一群老人要戴了小红帽像幼儿园的小朋友一样跟着导游叽叽喳喳坐飞机去日本？

老朱也这么说。那个清酒，有什么好喝的？酸溜溜，又甜兮兮的，像兑了糖水的米醋。如果要喝醋，为什么去日本呢？去山西不好吗？——郝伯伯回来时，给老朱带了一瓶清酒。

附中食堂前面不是有两株樱花吗？皱巴巴的，哪里有桃花好看？有的话，《诗经》里就没有《桃夭》了，而是《樱夭》；陶渊明呢，也不会写《桃花源记》了，而是写《樱花源记》。

那个什么寿司，不就是饭团吗？我钓鱼就用它呢，把饭捏巴捏巴，就成寿司了？搞半天，我们池塘里的翘嘴白，原来吃的是寿司呀。

我知道老朱是为了帮我。他也听懂了苏黎红对我的批评和暗示，所以就用插科打诨的方式，替我解围。这简直是犯上了。苏黎红是不习惯老朱犯上的，老朱在她面前，妇唱夫随了大半辈子，现在为了朱小燕，竟然不随了，不仅不随，还唱起了反调。这怎么可以？苏黎红不禁凤颜大怒，指着老朱的鼻子对老朱说，朱仲春，你别和我过了，你去朱小燕家，和朱小燕过得了。

苏黎红经常这么威胁老朱的，在我和孟周结婚之前，还住在师大乌漆墨黑的青年教工楼时，苏黎红动不动就对老朱说，朱仲春，你别和我过了，你去朱小燕家，和朱小燕过得了。

老朱不当真。他怎么能去和朱小燕过呢，他要和苏黎红白头偕老的，这是誓言，当初他向苏黎红求爱时，很郑重地保证过的，要一辈子对苏黎红不离不弃。虽然苏黎红不稀罕，“谁要你不离不弃？你爱去哪儿去哪儿。”

老朱哪儿也不去，他去了，苏黎红怎么办？家里的卫生怎么办？阳台上的那些植物怎么办？

有一年，他去省教育局参加一个培训，也就一个月，回家一看，阳台上的植物枯死了一半，苏黎红呢，因为整天就着腌萝卜皮吃水泡饭和西红柿面条，也已经“人比黄花瘦”了。

他心疼得不行。花了足足一个月才把苏黎红调养过来。老朱自己清瘦得很，但他习惯看苏黎红珠圆玉润。

人和植物是一样的，各有各的体态。有些植物，比如兰草，只能瘦，瘦了才好看；而有些植物，比如牡丹，只能腴，腴则好看则健康荣华。兰草腴了，或牡丹瘦了，都不行，有违自然界的规律。

这是老朱多年养人养花的理论。我们家，苏黎红和朱鸿鹄，属牡丹科；而我和老朱，属于兰草科。牡丹瘦了，不好看还在其次，关键是不健康了。苏黎红如果不健康了，那就要了老朱的命。

所以，老朱是不怎么出远门的。

但有段时间他跑省城比较频繁——他在省城有不少大学同学，某个同学因为某事，突然心血来潮地想张罗同学聚聚。老朱就兴高采烈地来了。来看老同学，也顺便来看看你。老朱说。来之前，他会去小区外的池塘垂钓上半天。那个池塘里有一种叫翘嘴白的野生小鱼，身体滚圆，刺少肉多，用菜籽油煎了，加姜蒜，加豆豉和小米椒，我特别爱吃。老朱装上两饭盒，再炖上一钵山药红枣汤——鱼带给我，而汤是留给家里的苏黎红的，万一哪天老朱没能赶回去，要在省城住一晚，他怕苏黎红又只是就萝卜皮吃水泡饭瞎对付几餐呢。

我后来才知道，老朱那段时间来省城其实还有别的目的。那就是受苏黎红之命，来给我找对象，苏黎红怕我嫁不出去。老朱于是来省城拜托同学给他"才貌双全"的女儿找一个"才貌双全"的结婚对象——这两个"才貌双全"，是老朱自作主张加上去的，苏黎红压根儿没这么说。苏黎红可不认为我"才貌双全"。但"将在外，君命有所不受"。这当然增加了难度，"才貌双全"的男人那是凤毛麟角，而我已经二十八，基本算剩女了，剩女按说是不应该再挑三拣四的。但伯伯阿姨们看在老朱的面子上，还是在力所能及的范围内，煞费苦心地给我安排了很多次"自然而然"的相亲（这也是老朱的要求）。老朱怕我反感相亲呢。我于是在不知情的状况下，被相了许多次，且一次也没有被相中。那些"凤毛麟角"见了我之后，都纷纷找借口婉辞。这事让老朱颇受打击，也迷惑。他的燕子明明就是"才貌双全"嘛。后来孟周老拿这事取笑我。喂，"才貌双全"，我袜子在哪儿？喂，"才貌双全"，把桌上那本书递给我。我气得要命，因为老朱，我无辜地有了历史污点。

其实那时我已经有了恋爱对象，就是孟周。他也住在青年教工楼，我的隔壁。我住厕所斜对面，他住厕所正对面。我们两个都是在臭气熏天的环境里还能安之若素读书的人。他后来告诉我，他就是因为这个才注意上我的。我呢，也因为差不多的原因注意上了他。我们都知道彼此的心意，但我们谁也不想先开口。“今日不雨，明日不雨，即有死蚌”，鹬说。“今日不出，明日不出，即有死鹬”，蚌说。你们就像那鹬蚌相争里的鹬蚌，都等着对方开口。我房间里的哲学系女老师说，要不是她某天实在看不下去了，一指头把我们的窗户纸戳破，天知道我们还要僵持多久。

对于孟周的出场，苏黎红和老朱的反应大为不同，苏黎红认为是峰回路转，是柳暗花明，而老朱觉得不过尔尔——“尔尔”后来成了孟周的绰号，每当孟周嘲笑地叫我“才貌双全”时，我就叫孟周“尔尔”。

“才貌双全”，给我倒杯水。

你自己没长手吗？“尔尔”。

苏黎红一直和朱鸿鹄更合得来。朱鸿鹄性情温柔，说话像女孩子一样轻声细气，从小到大，几乎没有顶撞过苏黎红。他书读得不好，高考只考了个专科学校，那是一所当地陶瓷学校。我们这个小镇的孩子，成绩不好的大都上这类职业学校，学门手艺谋生的意思。有的学陶瓷机械，毕业后进陶瓷厂当个车工或铣工；有的学陶瓷拉坯，毕业后进陶瓷厂当个拉坯工人；有的学陶瓷美术，画花鸟虫鱼，或萝卜白菜，毕业后进陶瓷厂或私人作坊当画工，画一只碗碟两块钱，画一只花瓶四块钱，然后拿着这微薄的工钱结婚生子，开始过艰难辛苦的人生。老朱以为朱鸿鹄会是这样的，他没指望朱鸿鹄能有什么出息。要出息也是北大朱小燕出息，轮不上专科生朱鸿鹄的。老朱按他中学老师的逻辑这么想。但世上的事，最不好说的，尤其是生物，它总在生生息息的变化中。你以为会繁花满枝，结果却光秃秃的；你以为光秃秃的，结果却繁花满枝——这也是世人能兴头十足地活下去的原因。说不定呢，说不定在某个时辰，自己光秃秃的人生就

“忽如一夜春风来,千树万树梨花开”了呢。朱鸿鹄就这样。他毕业后先在老师的作坊里做事,做了两年。一个师兄就偷偷邀他出来自己干。师兄说,一个茶壶,我拉的坯,老师付我五块钱;你画的画,老师付你五块钱,你知道他卖了多少钱?五百!朱鸿鹄不知道,他只知道茶壶底下有两个朱红色的字:清风。那是老师的艺名。但茶壶从第一道工序,到最后一道工序,老师没沾一个指头,最后却是老师的作品,这让朱鸿鹄感觉有点不舒服。他们于是出来自己开了个小作坊,专做茶具,茶壶茶碗茶碟茶托。师兄拉的坯简单得很,有一种古代的朴拙;朱鸿鹄画的画,也朴拙。总是一个童子,或几个童子,在烹茶,或嬉戏,边上是一棵树,或几棵树,树下是几片风吹落的花瓣或树叶。他总画这个,几乎不变,最多在童子的头上扎个鬏,或衣衫弄出些花样,或者把边上的那棵树由芍药变成海棠或石榴。就这么一成不变的图,后来竟然卖到日本了。有个名古屋的日本商人,来小镇旅游,看上朱鸿鹄他们的茶壶茶碗了,喜欢得不得了。朱鸿鹄的事业就这样做起来了。虽然不是什么了不起的大事业,但至少丰衣足食了。他结婚后买了房,在外面过自己的小日子。苏黎红偶尔过去看看。所谓“偶尔”,是大概一周一两次的频率。这让马丽有点不高兴——那时我的弟媳还不是米宝,而是马丽。马丽是朱鸿鹄低两届的师妹,也是学陶瓷美术的。她的画风和朱鸿鹄的不同,朱鸿鹄画风朴拙,她的画风妩媚,就是一只猫一只狗,她也能画出万种风情来;几枝蒹葭几片花瓣,她也能画出无边风月来。她画的茶具,在市场上卖得很好,特别迎合小资产阶级妇女的审美趣味——就是那些喜欢读《情人》和《失乐园》的都市妇女,她们到我们小镇旅游时,一看见马丽的茶具就爱不释手了。苏黎红也喜欢马丽的茶具,但她不喜欢马丽。“画如其人。”苏黎红这么对老朱说。苏黎红觉得马丽太轻浮了,动不动就在男人面前笑得花枝乱颤,还抽烟——这一点,老朱也不喜欢。虽然不喜欢,老朱还是尽量去理解马丽,马丽是搞美术的,是艺术家呢,所以在生活方式方面,出格些,也无可厚非的。但苏黎红不想这么理解马丽,不就是画些花呀草呀阿猫阿狗嘛,幼儿园小朋友都能画呢，怎么就艺术家了呢？怎么就可以抽烟呢？但苏黎红不当面批评马丽，这不是苏黎红的方式，苏黎红是有教养的人，不当面批评外人的——虽然马丽已经和朱鸿鹄结婚了，但苏黎红一直把马丽当外人的，她客客气气地对马丽，什么也不说。但她在朱鸿鹄面前却什么都说，她和朱鸿鹄本来就是那种什么都说的母子关系。有时含蓄地说，有时也不那么含蓄地说。但她尽量做到有教养。她不是一般的小市民婆婆。朱鸿鹄总是不置可否，十分温柔地听着。她每回去朱鸿鹄那儿，母子俩都要坐在阳台上一边喝茶一边聊天几个小时，他们都是轻声细气说话的人，这在马丽看来，几乎就是窃窃私语了。有时苏黎红还会让朱鸿鹄陪她去散步，苏黎红是喜欢散步的，朱鸿鹄家边上，有一条特别适合散步的迤逦小路，两边都种了凤尾兰，那种开绿白色铃铛般花朵的植物。马丽不高兴。她是艺术家，艺术家都是喜欢表达感情的，一开始她还只是用脸色表达，苏黎红一来，她就拉脸。马丽脸长，一拉脸，就成“马脸”了。苏黎红回来这么对老朱说。老朱让她少过去，“你何必呢？要坐了公交车去她家看脸色？”“怎么是她家呢？明明是我儿子家。”依然我行我素地一周去他们那儿一两次。马丽于是用更直接更激烈的方式表达感情了，苏黎红和朱鸿鹄一坐到阳台上轻声细语，马丽就在她的画室里折腾出各种哐里哐当的声音。有一次，她还摔了一个青花茶托，那个茶托是某个私家会所订的作品，她画了近一个月呢。真是舍得，真是败家。苏黎红说。朱鸿鹄没说什么，进去很仔细地把碎片收拾了。

应该说，朱鸿鹄那次离婚和苏黎红有很大关系的，虽然苏黎红自己不承认。她做了什么吗？就算偶尔会和朱鸿鹄谈论谈论马丽，那也是用谈论《红楼梦》里的人物方式，是品评，不是挑拨。她没有破坏他们夫妻关系的意思。她是说过马丽在男人面前——尤其在朱鸿鹄的师兄面前，笑得太灿烂，灿烂到了不体面的程度，但她也没有影射的意思，也就是批评她行为举止不端庄而已。她从来没有说过要朱鸿鹄离婚的话。就是到最后，苏黎红还想和马丽郑重其事地谈一谈，试图挽回他们的婚姻。但马丽根本不想和她说话，马丽连看也不看苏黎红一眼。马丽只是咬了她的瓠犀之齿对朱鸿鹄说，你为什么娶我呢？你应该娶你妈！娶你妈！

这种乱伦之言也可以说的女人，离了有什么好惋惜的？

朱鸿鹄那时还年少，结了离了之后，也不过二十五岁。

老朱倒是唉声叹气了一些日子，但朱家没有谁会在意他的唉声叹气——他那个人，家里死盆植物，也心疼得要唉声叹气好几天的。

这事我从头到尾也没插一句嘴，轮不上。我那时还没结婚呢，还没过过婚姻生活呢，有什么资格对朱鸿鹄的婚姻发表意见？

就是结婚了，我也不会对朱鸿鹄的婚姻发表意见，那是他和苏黎红的事情，和我不相干的。

马丽的好，是后来对比出来的。朱鸿鹄在离婚一年后，又结婚了，和顾菡萏。

苏黎红一开始对顾菡萏真是很满意的，因为顾菡萏的家世。顾菡萏是名门闺秀。她在楼下小区花坛那儿这么对那些老妇说。菡萏是什么名字呢？老妇们搞不懂。我们小区女孩子，从没有这么生僻的名字。苏黎红耐心地和她们解释，“菡萏，就是荷花的意思，《诗经》里来的，‘彼泽之陂，有蒲菡萏’”——苏黎红特意查过出处的，所以能引经据典。老妇们恍然大悟，菡萏就是荷花呀！荷花就荷花呗，叫什么菡萏？装神弄鬼的。她们后来说到朱鸿鹄的老婆顾菡萏时，总是叫“顾荷花”的。怎么这么长时间没有见你家顾荷花？莫非你家顾荷花怀孕了？在家里保胎？她们这么问苏黎红，带着有意无意的嘲弄。苏黎红真是无语。和这一群庸俗的老妇，真是没有半句共同语言的。

顾菡萏的父母，都在出版社工作，父亲是出版社的副社长，母亲是出版社的主任编辑，都是文化人。苏黎红虽然平时也以文化人自居的。但和顾菡萏的父母坐在一起喝了一次茶、吃了一顿饭之后，她不得不承认，文化人和文化人也是不一样的，方方面面不一样,包括对人的称呼——苏老师,第一次他们两家在"江南"正式见面,顾菡萏的妈妈这么称呼苏黎红,她不叫亲家母,而叫苏老师,之后一直都这么叫的。即使在朱鸿鹄和顾菡萏结婚后,她和他们见面也还是"苏老师""朱老师"地叫,很客气的。从头到尾——苏黎红后来细想起来,他们之间从没有用过"亲家"这个称呼的。

这是不是一种征兆?

但苏黎红当时觉得很好的。"苏老师",叫起来多有文化!多有腔调!而"亲家母""亲家公",算什么呢?小区的那些老妇,每回聚在一起议论儿媳妇家的事情时,总是"我那个亲家母""我那个亲家公"。人又不是螃蟹,称谓里还要带出公母?真是俗,俗不可耐。

称谓是能看出一个人的文化背景的。

顾菡萏之所以叫顾菡萏,不叫顾荷花,就因为她是名门闺秀。就如《红楼梦》里林黛玉会叫林黛玉,不会叫林黑玉。虽然"黛"就是"黑"的意思,但曹雪芹绝不会让林黛玉叫林黑玉。

老朱是颇不以为然的。不就是出版社嘛?不就是出版社的副社长嘛?不至于就"名门"了。但林黛玉和林黑玉之间名字好像是不好互换的,一换,就成了另一个人了。

当然,除了家世,苏黎红对顾菡萏的其他方面,也满意得很。比如顾菡萏的长相。不是说顾菡萏长得好看,顾菡萏其实没有马丽好看,眼睛没有马丽的大,眉毛也没有马丽的长,腰身也没有马丽的细。但马丽眼睛太大了,眉毛太长了,腰身太细了,过犹不及。而顾菡萏没有"过",也没有"不及",什么都长得正好,端庄得体,落落大方,一看,就是有出处有来历的长相。

还有顾菡萏的知书达理。苏黎红和朱鸿鹄坐在阳台轻声细语的时候——苏黎红还是"偶尔"会去朱鸿鹄那儿的,因为喜欢顾菡萏,所以"偶尔"得更频繁些,从一周一两次,到一周两三次。老朱钓到了野生鳜鱼,或做了朱鸿鹄爱吃的南瓜饼,或腌了顾菡萏爱吃的橘子皮——自从顾菡萏夸过老朱腌的橘子皮好吃,苏黎红隔些日子就会让老朱腌上一回的。这种时候,顾菡萏的表现就很“名门闺秀”了，和马丽完全不同，她会先陪苏黎红和朱鸿鹄在阳台上坐一会儿，也就一小会儿，问问苏黎红的身体，问问老朱的身体，有时还会再问几句在省城的姑子——也就是我的情况，之后就会起身去书房了，“不好意思，妈妈，我还有点事情，你和鸿鹄聊”，这是体恤了，为了让苏黎红和朱鸿鹄聊些私房话，母子之间，总有些私房话的吧？

真是有教养！苏黎红这么夸顾菡萏。

但顾菡萏的“有教养”，也就持续了一年。一年之后，顾菡萏的“有教养”就变成了阴险，苏黎红在电话里义愤填膺地对我说：“燕子，没想到，我真是没想到，顾菡萏是这么阴险的女人！”

顾菡萏怎么阴险呢？

她唆使朱鸿鹄一起住到了她父母家！

由头是她妈妈的一场大病——后来苏黎红知道，这完全是阴谋，一个他们顾家人处心积虑策划的阴谋。因为顾菡萏妈妈的所谓大病，不过是急性阑尾炎，一个小手术而已，顾菡萏和朱鸿鹄过去照顾了他们几天——这个当时苏黎红也是赞成的，顾菡萏是独生女，这种时候责无旁贷。没想到，之后他们就住下了，不回来了。这事顾菡萏是先斩后奏，他们都已经搬家好几天了，才打电话对苏黎红说，妈妈，鸿鹄和我决定住到苏圃路来，苏圃路生活更方便些。

顾菡萏不说住到了她父母家，而说住到了苏圃路。

而且，还是“鸿鹄和我决定”。

苏黎红这下子真是领教了“名门闺秀”的厉害！

苏黎红不信朱鸿鹄会做这个决定，偷偷打电话问朱鸿鹄，朱鸿鹄细声细气地说，住她父母家，是方便些。

这个苏黎红也承认。顾菡萏父母家房子更大，一百八十平方米呢，还是复式的，楼上楼下都有洗手间，家里还有个大院子，他们家的保姆，在院子里种了好些有机蔬菜，蕹菜、丝瓜、芋头，什么都有。顾菡萏的妈妈说，现在外面的菜都有农药，还是吃自家种的有机蔬菜好些。

苏黎红再也不能“偶尔”去朱鸿鹄家了。

那也不是朱鸿鹄的家了。之前苏黎红不看马丽的脸色,说,“那怎么是她家呢?明明是我儿子家。”现在苏黎红无论如何不能这么说了,说不出口。

你儿子这是入赘了吗?小区的老妇们讨厌得很,故意这么问苏黎红。

苏黎红的心口痛又犯了,躺在藤椅上不吃不喝,老朱熬了糯米芝麻南瓜粥——这是治苏黎红的偏方,每回苏黎红犯病,不论什么病,心口痛、感冒,甚至眼睛酸痛,只要一喝老朱熬的南瓜粥,就不治而愈了。老朱因此很得意,在郝伯伯面前吹嘘,我的南瓜粥,是不是比荣国府里的人参还厉害?郝伯伯说“是是是”,但陈阿姨在一边听了直冷笑,你家老苏——郝伯伯叫苏黎红,从来都是“小苏”“小苏”的,陈阿姨最不爱听。每回郝伯伯“小苏这”“小苏那”时,陈阿姨都要纠正他,什么小苏,肉麻不肉麻?都六十多的人了,早就是老苏了,老苏。陈阿姨从不叫小苏,陈阿姨逮着机会就会“老苏”“老苏”地叫——你家老苏,本来生的也就是南瓜粥相思病,你这是对症下药,能不好?老朱打着哈哈,他知道陈阿姨在说苏黎红没病装病呢。

但这一回比荣国府的人参还厉害的糯米芝麻南瓜粥也不管用了。苏黎红压根儿不张嘴,只是蹙了眉,用两手摁住胸口,一副“西施捧心”的样子。

老朱这下慌了,苏黎红连南瓜粥也不吃的话,那就是真病了。老朱吓得赶紧给朱鸿鹄打电话。

朱鸿鹄马上就来了。对朱鸿鹄来说,这个世界上,什么事情也没有苏黎红重要的。

朱鸿鹄在苏黎红的藤椅前坐了几小时,这才把苏黎红的心口痛略略坐好些。

之后苏黎红心口痛的毛病隔三岔五就要犯上一回,朱鸿鹄呢,隔三岔五也就要过来一回。

他后来买了车,一辆大众途观,原野红的SUV,从苏圃路开到我们家,也就二十多分钟。

老朱对我说,你妈这一招,也叫“师夷长技以制夷”。

我听了好笑，也就一年半工夫，“名门”就成“夷”了？

对朱鸿鹄既成事实的入赘，老朱想必也是有些耿耿于怀的。

所以他对苏黎红的“心口痛”就配合得很，两人演双簧一样默契，每次苏黎红一做出“西施捧心”的动作，老朱就赶紧用忧心忡忡的声调给朱鸿鹄打电话。

苏黎红这么频繁地“生病”，顾菡萏自然不高兴，不高兴她也不表现出来，或者说她不会以马丽那样的方式表现出来——拉下“马脸”，或者哐里哐当地摔碎自己辛辛苦苦画了一个月的茶托。她不会做这一类的无聊事情，她是“名门闺秀”，就是不高兴了，也还会礼数周全地买了同仁堂的燕窝和柏子养心丸让朱鸿鹄拿过来。

但我想，朱鸿鹄和顾菡萏的夫妻关系应该就是那时生出嫌隙的。

虽然后来顾菡萏和朱鸿鹄离婚时的理由是“性格不合”。

在苏黎红“师夷长技以制夷”几个月之后，朱鸿鹄从苏圃路搬出来了，他一个人又住回了“春江花月”。

朱鸿鹄说，顾菡萏要专心准备职称外语考试。

这事苏黎红是很支持的，不管怎样，小区老妇们再也不能造谣说“你儿子入赘了”。

老朱还是隐隐地有些不安，他打电话问我，燕子，你说鸿鹄自己住回来，是不是他岳父岳母说什么了，还是和菡萏的夫妻关系出了问题？

这事你问我干什么？你问朱鸿鹄呀。

问了，但鸿鹄说，没什么问题，好着呢。

那你杞人忧天干什么？

但“好着呢”没半年，朱鸿鹄和顾菡萏就离婚了。

有一天晚上，朱鸿鹄给我打电话，他喝得醉醺醺的，在电话里不停地问我，姐，你说妈的身体怎么那么不好呢？你说妈的身体怎么那么不好呢？你说妈的身体怎么那么不好呢？

那时他刚刚和顾菡萏商量好了离婚的事。

我一点不知情。我当时正和孟周约会呢，没有心思管他和苏黎红的事情。也不想管。他们是亲密无间的母子，而我是外人——我对孟周说，假装出不在乎的样子，但其实当我说出“外人”两个字时，我的心也隐隐作痛的，不过，这是我的痛，和痛经一样，很隐私的事情。

他们？孟周奇怪地看着我。

是的，他们。我冷淡地说。

想必孟周对我薄情寡义的评语就是那时候得出的。

但我不解释，我有自我治愈的方式，那就是把苏黎红第三人称化。当你学会了把某人第三人称的话，那么意味着，你和这个人的距离就远了。你看这个人，就如看某幅画、某处风景，你们的关系，就超越了世俗的伦理，而变成了某种审美关系。而一旦你和他人，或者说和世界，建立了审美关系，那么你就掌握了主动权，可以说永远立于不败之地了。因为一幅画，或一处风景，不论它美，还是丑，终归是静物，不是动物，它是不能伤害审美者的。

我后来甚至把这种方式推及我人生哲学的广度。不论谁，我女友也罢，或者一度走得十分亲近的我的某位师兄也罢，只要我感觉到了一种不适，一种类似于背叛的轻微的不适，我立刻就把“我女友”或“我师兄”变成“她”或“他”了。

这差不多是我的武功秘笈，多年来我就是靠着它才能“江山笑，烟雨遥”的。

所以，当朱鸿鹄那个晚上痛苦地在电话里问我“姐，你说妈的身体怎么那么不好呢”时，我阴阳怪气事不关己地对他说，你没听见老朱叫她苏黎红小姐吗？金枝玉叶的小姐，身体能好？身体好的那是丫鬟，不是小姐，知道否？

苏黎红和老朱是几个月后知道朱鸿鹄离婚之事的。

有一天她和老朱在沃尔玛的“五谷磨坊”专柜那儿买“五谷固元膏”。秋天了，苏黎红有些掉头发，听人说吃五谷固元膏好，就打算买两盒。远远看见顾菡萏的父母在海鲜区，好像在挑螃蟹。是苏黎红先看见的，但她不想先打招呼，低了头假装看说明书。老朱一会儿也看见了，老朱一看见就不得了，马上“屁颠屁颠地”跑过去打招呼——“屁颠屁颠地”是苏黎红对老朱的形容。老朱这个人总这样，在外面不论遇到谁，都会“屁颠屁颠地”跑过去，很热情地主动打招呼。苏黎红最看不上老朱这一点，没有身份，不懂矜持。“就是遇到块认识的石头，他也要招呼的。”苏黎红鄙夷地说。但我外婆，也就是苏黎红的妈，却最喜欢老朱这一点。有人情味儿，外婆说。

但那天当老朱“屁颠屁颠地”跑过去打招呼的时候，副社长夫妇的表情却有点不自然。老朱没多想，还很热情地建议“中午一起吃个饭”，这时顾菡萏正好从电梯那边过来了，挽着一个男人的胳膊。老朱以为那男人是顾菡萏的某个亲戚呢，表兄弟那种的，笑吟吟地站那儿等着副社长介绍。

这是小孙。副社长讪讪地说。

一起去，一起去。老朱说。

我女婿。副社长又说。

什么意思？老朱有些蒙，小孙是朱鸿鹄的连襟？可顾菡萏不是独生女吗？

苏黎红和老朱这才知道朱鸿鹄已经离婚了。

这一回，老朱大发雷霆了，婚姻是儿戏吗？是儿戏吗？怎么能动不动、动不动就离婚呢？

知道什么叫“白首偕老”吗？知道什么叫“相濡以沫”吗？

你这样发展下去，是要做孤家寡人吗？总有一天你妈会死，我会死，到时你准备孑然一身过一辈子吗？

朱鸿鹄低眉敛首噤若寒蝉。老朱平时温文，不怎么发脾气的，可一旦发起脾气来，就十分草莽恐怖的。眼珠子瞪得滚圆，一张黑脸紫成猪肝色了。这种时候连苏黎红也不敢吱一声的。

苏黎红也伤心欲绝。倒不是因为怕朱鸿鹄会“孑然一身”，朱鸿鹄离两次婚后，也不过二十九，二十九的顾菡萏一离婚都能马上和别的男人比翼双飞，二十九的朱鸿鹄还会“孑然一身”？要知道，二十九的女人和二十九的男人可不是一回事，离婚的男人和离婚的女人也不是一回事。所以老朱纯属杞人忧天。老朱这个人，总是喜欢杞人忧天的。苏黎红不伤心这个，苏黎红伤心的是别有原因，什么原因呢？就是朱鸿鹄离婚之前没有和她商量，和马丽离婚时他是和她反复商量了的。前前后后的曲折，她都知情。但这次他竟然滴水不漏。在她这儿也滴水不漏呢！这是从没有过的。他们母子之间一向可是什么都说的。生意上的事，家里家外的事，大大小小的，什么都说。他们母子俩，要论起来，有点儿不像母子的，倒是有几分像母女，或是像姐妹。朱鸿鹄就是买件毛衣，都会问苏黎红什么颜色好看。有一回，那还是他和顾菡萏新婚燕尔的时候，顾菡萏给朱鸿鹄挑中了一件墨绿色毛衣，苏黎红和老朱也在边上，"妈，你说哪个颜色好看？"朱鸿鹄问苏黎红。老朱忙不迭地说，"墨绿色好看，墨绿色好看。"可苏黎红说，"那件烟灰蓝的也挺好。"朱鸿鹄最后还是买了那件烟灰蓝的。

诸如此类的事情，苏黎红喜欢讲给我听，我知道她的意思，又在寓贬于褒呢。褒朱鸿鹄，贬我。

我和朱鸿鹄正相反，朱鸿鹄什么都听她的，而我正相反，什么都不听她的。

苏黎红早习惯了我的忤逆，但她不习惯朱鸿鹄的忤逆，所以这事对苏黎红打击很大，每天捂了心半躺在藤椅上，哼哼唧唧。

老朱不管她，老朱现在没有心情熬芝麻南瓜粥了，也不再给朱鸿鹄打电话，也不到小区花坛那儿去和郝伯伯下棋了，而是整天拿个小马扎去郊外的池塘钓鱼，一个人，下雨天也去。

老爷子玩"孤舟蓑笠翁，独钓寒江雪"呢？孟周戏谑地问我。

我听了有点生气，女婿到底是外人。别看孟周平时和苏黎红、老朱亲密得很，比我这个嫡亲的女儿还亲密呢，但到时候，亲是亲，疏就是疏了。

我心疼老朱了。老朱可不是个爱独来独往的人，他一向喜欢热闹的，尤其上了年纪后，更是哪儿人多就去哪儿。我曾讥讽他越来越像贾母了。爱看戏，还爱热闹。无论什么时候有宴聚什么的，老朱总是那个最不喜欢散场的人。

天下没有不散的宴席，知不知道？我老气横秋地对老朱说——虽然是女儿，但因为老朱总称呼我“朱教授”，所以我已经习惯在老朱面前以“朱教授”的身份说话了。

是呀，都要散的。老朱也感慨。

生命是孤独的事，终归要一个人来，一个人走。

是呀，要一个来，一个人走。老朱这时会伤感起来。

但也就伤感了那么一会儿，老朱又打起了精神。老朱说，贾母为什么要在大观园养戏子？曹孟德为什么要“我有嘉宾，鼓瑟吹笙”？就因为终归要一个人，所以能不一个人的时候，就不要一个人吧。

原来老朱的哲学和我的不一样。我以为，既然终归要一个人，就不如一开始就习惯一个人。但老朱以为，“就因为终归要一个人，所以能不一个人的时候，就不要一个人吧。”

想到像贾母一样贪恋热闹的老朱，一个人默然坐在池塘边，我就难过。

要不，把老两口儿接过来住些日子？孟周将功赎罪般地建议。

我这时已经和孟周“也算结婚了”。“也算结婚了”是苏黎红的说法，因为我们既没有办婚礼，也没有去某个远方，比如尼泊尔旅行结婚——苏黎红之所以对尼泊尔念念不忘，是因为郝敏就是去的尼泊尔旅行结婚，不但去了小区老妇们从没听说过的尼泊尔，还穿着大红旗袍在酒店“一拜天地二拜高堂夫妻对拜”了。而我和孟周呢，“倒是会节约”，就在宿舍门口贴了副红对联就“也算结婚了”。

苏黎红对我们贴副对联就算结婚的做法是颇有意见的，但有意见也无可奈何，因为这是朱小燕的婚事，而朱小燕从小到大都不听苏黎红话的。

虽然她对别人又是另一套说辞：大学里的人，都这样，不讲究社会上那些繁文缛节的。

郝伯伯在一边附和，是是是，大学里的人，都这样，不讲究那些繁文缛节的。

小区的老妇们半信半疑。但她们除了朱小燕,也不认识其他大学里的人。

那一次因为孟周的极力劝说,苏黎红和老朱来我们这儿勉强住了三天。

我们那时其实已经从"臭气熏天"的青年教工楼搬了出来,因为结婚,师大分给了我们一套宿舍,三十二平方米,一室一厅,在三食堂边上,自然是旧的。

我和孟周把它当天堂。房子虽然旧,却是那种颇有情调的旧,红砖青瓦,绿树掩映,好看得很。最要紧的,是我们终于有自己的卫生间了,终于有自己的厨房了,我们还有自己的阳台了。阳台可以晾衣裳,还可以晚上坐那儿看星星看月亮。虽然后来我们发现看月亮有点不是很方便,不仅因为小,小得两个人坐那儿就显局促,还因为楼上的那户人家,喜欢把拖把晾挂在阳台下方,我们一抬头,总是先看见拖把,后看见月亮。

这当然煞风景,但我和孟周也没去找过楼上人家提意见,省得生事。反正我和孟周会自得其乐,孟周教我,你虚了眼看,那拖把的样子,其实和枝叶分披也差不多。

但苏黎红觉得我们家"不是人住的。"不清净,太嘈杂了,而且,东风一吹,隔壁的食堂就传过来一股潲水味,也不比原来住厕所对面好多少,还有恶邻——她因为拖把的事跑去敲楼上人家的门,结果人家说,我家拖把一直是挂这儿的,挂了几年了。砰地就把门关上了。苏黎红没防备,门差点儿就撞她脸了。大学里的人,怎么这么没素质?苏黎红气得要命,要孟周立刻上楼去找那户人家理论。

孟周本来要硬着头皮去的,但我不让。我们和楼上人家没有打过任何交道,点头之交也没有。我和孟周,本来就是那种喜欢过蚌一样人生的人。而且我们知道,楼上人家是后勤处的,男人是电工,长得牛高马大的,屁股后面整天挂个帆布工具袋,里面都是老虎钳子螺丝刀;女人看着也是河东狮一类,凶悍得很。和他们理论,万一冲撞起来,孟周一手无缚鸡之力的书生,能是那电工的对手？都不用电工出马，估计那只河东狮，胳膊一伸，就能把孟周抡下楼来。弱国无外交，我对孟周说。

孟周赶紧点头称是。

老朱也说，邻居之间，还是要相互礼让。

苏黎红没办法，只好“礼让”。转身却和我嘀咕，你爸这个男人，一辈子也别指望他能“冲冠一怒为红颜”。

你家孟周，别的还好，这方面我看和老朱也差不多。

苏黎红带着白璧微瑕般的遗憾说。

我无所谓。我不需要孟周为我“冲冠一怒”。

动不动就“冲冠”的男人有什么好呢？孔子的三千弟子里，最爱“冲冠”的就是子路了，最后“不得其死”的也是子路。我虽然也景仰子路的英雄主义，女人谁不爱英雄呢？但这样的男人如果做老公，女人恐怕成天就要为他提心吊胆了。

苏黎红和我话不投机，我们母女俩，从来都是话不投机的。

苏黎红在我家住得十分憋屈，总说要走要走。我烦她，差点儿就说出“要走你走”这样的话。我想让老朱多散几天心。看得出来，老朱在我们这儿待得还是相当愉快和充实的。他似乎已经把朱鸿鹄和顾菡萏离婚的烦闷置之脑后了，完全耽溺于我家的庖厨之事了。我和孟周，因为老朱，简直过上了饭来张口的美好生活。这让我有点不好意思，虽然从小到大我早就看惯了系围裙的老朱，但毕竟这不是在他家，而是在我家，我还是应该尽地主之谊的。孟周也不安，一个劲儿地朝我使眼色，还揎腕捋袖地作势要进厨房帮忙。但老朱说，出去出去，你俩都给我出去，到客厅去和你妈说说话。厨房这么小，你们在这儿碍事。我们于是半推半就出去了，坐在客厅里，陪苏黎红说话，是孟周陪，我看我的书，一边等吃现成的。老朱的厨艺很好。“不是一般的好。”孟周说。孟周本来对吃没有多少要求的，他标榜自己是个精神主义者，“粗缯大布裹生涯，腹有诗书气自华”，他这么夸自己。他非常不理解孔子的“食不厌精，脍不厌细”的人生态度。一个春秋时代的大知识分子、大思想家和大教育家，那么重视感官，真是让人匪夷所思。可连着吃了几天老朱精烹细脍的食物之后，他突然醍醐灌顶般地理解了孔子。要不，以后——等我们有了大一点的房子的时候，让你爸，还有你妈，和我们一起过？夜里孟周算计说。他爱上老朱了。他原来是更喜欢苏黎红的，现在移情别恋了。老朱呢，也喜欢上他了。当然老朱喜欢孟周，既是礼尚往来，也是爱屋及乌。老朱本来一开始说孟周“不过尔尔”的，但现在这个“尔尔”，看来还不错。不仅和朱小燕相亲相爱，还有点情趣。老朱喜欢有情趣的男人。孟周会喝酒，还会下棋——那几天的半上午和半下午时分，他们会下上两盘围棋的。孟周的棋艺似乎比老朱高，但他一点儿也不知道让老朱，每回都毫不客气地把老朱杀得丢盔弃甲。但老朱因为这个，更喜欢孟周了。

老朱在我家待得有点儿乐不思蜀，他甚至打算去听我的课，“朱教授，你在哪栋教学楼上课？”我吓得哆嗦，好家伙，要是他老人家坐在下面听我课的话，那我可能就不是在黑板上写不出温庭筠的“筠”字了，说不定，杜甫的“甫”字都不会写了。那还得了！我以后不要在中文系混了。好在有孟周出面“英雄救不美”——孟周不论什么时候替我解围，都要这么说上一句的。我一般由了他自得其乐，但有时也会反唇相讥，“我非美人，你也非英雄，所以我们俩最多也是狗熊救不美。”听我这么说，孟周高兴得很，呵呵呵地笑着把老朱带去听讲座了。那次正好有一个从哈佛大学过来的学者，在小礼堂做一个“中美教育之比较”的讲座。老朱一听，又是哈佛又是教育的，立刻兴致勃勃地跟着去了。我这才躲过一劫。

虽然孟周一再挽留，但三天后老朱和苏黎红还是回去了。苏黎红说，你这儿实在不是人住的地方。老朱倒没有嫌弃我家，但他也说，要回去，要回去，再不回去，家里的花草怕要干死了。

那个时候苏黎红还没想过要和我一起住的事情。

就是在闲谈里，她也是这么说的：朱仲春，你不是喜欢朱小燕嘛，你以后肯定跟朱小燕的。那你呢？

我，我跟鸿鹄呗。

她这样分配的时候，我是当真听的。我相信她也是当真说的。

人不是石头，可以千年万年不老，人吃五谷杂粮，所以和花草树木一样，有青春繁茂，也有干枯衰老。所以，虽然现在苏黎红还在很窈窕地散步和做瑜伽，老朱还在很敏捷地种花草和钓鱼，但总有一天他们会更老，老到什么也做不了，老到他们不能彼此照顾了，老到自己也不能照顾自己了，到那时，我和朱鸿鹄就要像领养孤儿一样一人领养一个。

真到了那一天，苏黎红想朱鸿鹄领养她。

至少在朱鸿鹄娶米宝之前，苏黎红是这么打算的。

我也觉得这很好。父母和儿女的关系，也像恋爱，要讲究两情相悦的。

米宝这个女人，和马丽不一样，和顾菡萏也不一样。

一开始苏黎红是不同意这门婚事的。米宝比朱鸿鹄大，大多少？"大一点。"朱鸿鹄说。这"一点"到底是多少呢？苏黎红追问，朱鸿鹄支支吾吾，先是说三岁，后来又说四岁。等到结婚后，苏黎红有一次看了米宝的身份证，才知道米宝比朱鸿鹄足足大了六岁。

米宝本来就老相，和朱鸿鹄走在一起，说像姐弟都有点抬举米宝了，可也不像母子。苏黎红和朱鸿鹄才像母子呢，而米宝那样长相的女人，是生不出朱鸿鹄这么好看的儿子的。倒是有几分像保姆——是那种侍候了主子多年，因此也有了一定身份的保姆。

米宝丑。额头尖窄，而下颚又宽阔。看上去，不太像人类，倒像某种食肉动物，像什么呢？像野猪，苏黎红说。不，还是像鲇鱼，老朱说。

把一个女人说成像野猪，实在是太过分了。苏黎红不过是借这个比喻，表达她对米宝的憎厌。但老朱说像鲇鱼也没有改善多少，老朱本来不是个刻薄的人，可见他也不怎么喜欢米宝的。

朱鸿鹄为什么要娶米宝呢？我们大家都迷惑不解。

是“三而竭”了吗？所谓“一鼓作气，再而衰，三而竭”。是不是结婚也像作战？是每况愈下的；还是在娶过如花似玉的美人马丽和“端庄得体”的顾菡萏之后要改弦易辙？抑或是故意和苏黎红作对——这也是有可能的。我想起那个晚上朱鸿鹄醉醺醺地在电话里说的话：姐，你说妈的身体怎么那么不好呢？你说妈的身体怎么那么不好呢？

我甚至还做过形而下的猜度，是不是米宝在床第之事上表现特别好？原来和哲学系女老师也讨论过这个命题的，因为当时的一则社会新闻，有个三十几岁的男人娶了一个五十几岁的女人，而且山盟海誓，而且一往情深。哲学系女老师说，男女之好，一旦逾越了白天的逻辑，那就要用黑夜的逻辑来理解。所谓“黑夜的逻辑”，就是说床上功夫。但米宝长成那个样子，按说没有狐媚惑主的本钱，可这事谁说得清呢？说不定正因为没有本钱，才更有可能下功夫呢。

就如有些菜的看相虽然不好，比如米粉蒸猪肠，但一放进嘴里，口舌就知道它的销魂了。

当然，这事不好向朱鸿鹄求证的。

朱鸿鹄到底因为什么要娶米宝呢？在和米宝相处过一段时间之后，我大概明白了。

我之前一直没经历过米宝这种女人的。我身边的女人，马丽也好，顾菡萏也好，包括苏黎红和我，一个个都是现代女人。所谓现代女人，也就是自我意识较强的女人。“我”在先，然后才是“他们”。但米宝不一样，米宝是个传统的女人，怎么个传统法呢？不是说她穿旗袍，或者烟视媚行，不是那样的传统。而是她有婢的精神，这么说似乎也不怎么妥，像骂人。但米宝真有服侍人的自觉。比如我们一家在一个桌上吃饭，我和苏黎红，都是那种只管自己吃自己的女人，但米宝不，米宝的眉里眼里，全是别人，莲藕汤来了，她第一个给苏黎红盛；老朱杯里的酒刚浅了几分，她立刻就斟上了；朱鸿鹄的碟子里有几丝姜，她细细地帮他挑了出来，说，鸿鹄最近胃有点不舒服，不能吃刺激性的东西。甚至我，她也照顾到了，她把卤水白鱼的尾鳍部分搛给了我——或许是朱鸿鹄告诉了她，我喜欢吃鱼尾。

一桌的人，她都服侍得十分熨帖。只有孟周她没有服侍到。那也是懂事。不越俎代庖。

人都是喜欢被服侍的。朱鸿鹄想必就是这样对米宝上了瘾。

苏黎红后来也上瘾了。

特别是在米宝帮苏黎红洗过头之后。这原来是老朱的活儿。在太阳好的日子里，苏黎红喜欢叫老朱烧上一大壶热水，兑温了，然后在阳台上半弯了腰让老朱提了壶从上往下浇花一样帮她洗头。当然比浇花困难多了，花不会说话，水多了少了，凉了热了，都没意见。但苏黎红意见多得很，稍一不慎，水浇到了脖子里，或洗发水流进了眼睛，而干毛巾递得又不及时，苏黎红就要叫嚷了；如果再不小心把苏黎红的头发扯下几根来，那就要了苏黎红的命。苏黎红的头发细软，看上去有点薄，所以每一根都看得十分金贵。简直和白居易一样。白居易也是掉一根头发要念叨半天的人，"朝亦嗟发落，暮亦嗟发落"。但苏黎红不仅嗟，还会叱。"你看看，你看看"，苏黎红把几根头发团在一起捧在手心里给老朱看。老朱还真戴上老花镜，仔细地看，看后还啧啧啧的，一副牙疼的样子。我好笑。我就不明白苏黎红为什么不在卫生间的莲蓬头下自己洗，这不更省事吗？孟周说，这是仪式，你懂不懂？

我不懂。

可仪式也被米宝僭越了。有一次米宝说，爸，让我试试？

许是因为护士出身，米宝的手软得像观音手里的拂子。

那个舒服！苏黎红后来躺在藤椅上让米宝梳头的时候，竟然睡着了。

苏黎红终于同意朱鸿鹄的婚事了。

家里有个护士,也好。苏黎红说。

我其实不意外。

苏黎红就是那种人。那种最后会选择“被爱”的人。

当初苏黎红会和老朱结婚,也是这样。

苏黎红和老朱是大学同学,两个人的现实条件,按说是风马牛不相及的。苏黎红是城里的大小姐——我外公是一家大玻璃工厂的机械工程师,外婆是新华书店的会计。每个周末,机械工程师和会计都会带上大小姐苏黎红和两个舅舅一起上电影院去看电影,然后再上“凤祥春”酒楼打牙祭,他们常点的一道菜是水晶肘花。老朱都不知道水晶肘花是什么。老朱后来和我谈起时,还是带着一脸的景仰神情。燕子,你不知道,在那个年代,他们周末竟然上电影院看电影,竟然下馆子。老朱简直不能想象苏黎红“大小姐”的奢侈生活。老朱从乡下来,我爷爷是农民,我奶奶也是农民,他们从不过周末的,也从不去电影院看电影,也从不上外面的馆子吃饭。这意味着什么呢?意味着我外公外婆,和我爷爷奶奶,之前是两个阶级,一个是资产阶级,一个是无产阶级。也就是说,苏黎红和老朱,之前过的是完全不同的生活。不仅如此,他们的形象也有霄壤之别。苏黎红长得也是很“大小姐”的,肌肤胜雪,体态婀娜,像画里的人儿;而老朱长得也很“农民”,又矮又黑——黑到太阳一下山,他如果正好穿的是深色衣裳,就不见人影了。相当长的一段时间里,苏黎红都拿这个取笑老朱的。“朱仲春,你在哪儿呢?在哪儿呢?”——就这样的两个人,最后结婚了。是老朱追的苏黎红。老朱一开始追苏黎红时,谁都觉得是癞蛤蟆想吃天鹅肉。但老朱志存高远,不屈不挠地追了四年,终于把这个“大小姐”追到了手。

可老朱说,其实也不算不屈不挠,因为到后来——那时他们已经分配到不同的城市了——他还是“屈挠”了的。一个男人,生命里是需要有“举头望明月”阶段的,可也不能望一辈子,那样脖子吃不消。老朱是个有意志力的人,一旦决心放弃了,就能做到的。男人可能都这样,所谓“郎心似铁”。所以大学毕业后，有一年多的时间，他管住自己，一次也没有去找过苏黎红，虽然他工作的城市离苏黎红的城市并不远，坐火车也就几小时。但他一次也没有去找苏黎红。

是苏黎红回头找的他。

当时正好老朱单位的一位大姐帮老朱介绍了一个对象，他们已经见过几次面了——我后来很无聊地问过老朱，那对象长得怎么样？老朱说，怎么样？就是普普通通的女性。但他那个时候，审美已经从“绚烂归于平淡”了。也就是说，他那时已经打算和那个普普通通的女性结婚了。可就在这时，苏黎红来了。老朱虽然可以做到不主动去找苏黎红，但苏黎红一来找他，他还是没有办法的。

两人分开的一年多里，苏黎红的事情，老朱一点儿也不知道，老朱出家般，自觉地远着苏黎红；但老朱的情况，苏黎红了如指掌。她有一个室友，和老朱在一个城市。

所以老朱这边一有动静，苏黎红就来了。

那个时候，苏黎红也是有男朋友的，一个外科医生，人长得溜光水滑，但和苏黎红相处得佶屈聱牙——苏黎红前前后后谈过几个男朋友，哪一个都长得溜光水滑，但哪一个都相处得佶屈聱牙。

你妈那个小姐性子，谁能受得了她？也就是你爸，由了她作。外婆说。

这个苏黎红自己也承认的。她偶尔会说起当年的事，说有一次，是大冬天的夜里，外面下着雨雪呢，她突然想吃“徐记”的糖炒栗子了。那种天气，那种时候，总让人想吃那种东西。吃东西也是有讲究的，和读书一样，都讲究情景相融。比如《红楼梦》里吃螃蟹，要在秋天，在桂花树下，吃起来，就风雅。如果她们坐在桂花树下啃猪蹄，就不对了。曹雪芹不会这么写。曹雪芹是个把吃吃喝喝之类的日常生活变成审美活动的男人。这个了不起了，很了不起。苏黎红之所以喜欢《红楼梦》，就是喜欢这个；她从《红楼梦》里学到的，也是这个。一个女人，至少要知道在合适的时候吃合适的东西。苏黎红说。所以，在大冬天的雨雪夜里，苏黎红就“很合适地”想吃糖炒栗子。不过，她也就那么说一句，“徐记”在城东呢，而他们学校在城西。可朱仲春果真去买了回来。也不知他怎么去的，那个时候公交车应该没有了，而朱仲春这个穷学生是不可能打的的。

诸如此类的事情朱仲春为苏黎红做了四年。没有任何名分的。

而她那些男朋友，一个个却尸位素餐。别说让他们从城东到城西买糖炒栗子了，就是让他们从客厅到厨房去洗串葡萄，也不可能。他们会不耐烦地问苏黎红，你为什么不自己洗呢？

那个外科医生，甚至反过来想使唤苏黎红——红，帮我到楼下买包烟好吗？

那样的男人，苏黎红怎么和他过一辈子？

动物都有本能的，一种生存本能。所以苏黎红选择老朱，在某种意义上，不是因为高尚的爱情，而是因为生存的本能——她知道自己没有朱仲春是活不下去的。

我后来这么诠释苏黎红的“伟大爱情”。

在米宝和朱鸿鹄结婚的头一年，米宝对苏黎红还是可以的。

别看米宝长得粗糙，心思却是极玲珑的，知道擒贼先擒王的道理。

何况笼络苏黎红也不难的，至少对米宝这样的人而言不难，不就是放下身段照顾人吗？她是惯了的，她在医院当护士，这是专业，不伤自尊的。她几乎抱着照顾病患的心理悉心地照顾着苏黎红，洗头梳头，剪手指甲脚指甲，那些马丽和顾菡萏做不了的事情，她做起来得心应手。

她还会时不时地谄媚几句苏黎红，说苏黎红看上去真是年轻，虽然年纪和她妈差不多，可看上去比她妈年轻多了！说苏黎红气质好，穿的衣裳虽然素净，却有一副荣华富贵的气象。不像她妈，总穿得红红绿绿的，那些鲜艳的颜色，没有把老太太穿年轻，倒是穿老了。苏黎红矜持地听着——听不厌。

这些话，苏黎红之后都会对我很细致地转述。这是苏黎红的习惯，苏黎红对赞美，是近乎耽溺的。不论谁，也不论夸得是否符合事实，她一概当它们是服补药。我觉得好笑，也是那么大年纪的人了，竟然听不出高低远近来。米宝的话，明显是内外有别。她把婆婆苏黎红当别人呢，就如人们喜欢夸邻居家的孩子。这孩子真俊！这孩子真聪明！这是礼数，一种不花钱的礼，是小市民的处世之道。但对自家人的赞美，人们就谨慎和吝啬了。这也是礼数，也是迷信。怕说好了会遭天妒。夫人明明长得闭月羞花，却要称"拙荆"；儿子明明长得气宇轩昂，却要称"犬子"。中国人的文化是这样的，讲究收敛，讲究韬光养晦。米宝赞美苏黎红贬低自己的妈，是这个意思。苏黎红竟然不懂，还在那儿沾沾自喜，还以为米宝胳膊肘朝她拐。真是一个单纯好哄骗的老妇人。

米宝还会挽了苏黎红的胳膊去散步——在朱鸿鹄和米宝结婚后，苏黎红还是"偶尔"会去他们家的，这已是苏黎红的习惯。只是这一回陪她在阳台上聊天的不是朱鸿鹄，而是米宝；陪她去小区那两边开了凤尾兰铃铛似的白色花朵的迤逦小路散步的，也不是朱鸿鹄，也是米宝。妈，我们去吧，鸿鹄有点事。米宝说。——朱鸿鹄现在总是有事，苏黎红都不怎么能见着他了。

好在有米宝，米宝现在是我的小棉袄了。苏黎红说。她又在含沙射影了。

我不会拈酸吃醋的。反正我做不了苏黎红的小棉袄，这一点，我们娘儿俩都心照不宣。苏黎红从来没指望过我，用不着，她有朱鸿鹄呢，现在又有米宝了。比自己女儿还亲的米宝。这也好。我希望她和米宝好，一直好下去。

只可惜，这"一直"也就维持了一年，一年后，米宝怀上了朱鲤。她就是那个时候开始出相的。苏黎红说。

先是不给苏黎红洗头梳头了。朱鸿鹄说，米宝身子重了，不方便。

鸿鹄，你帮妈洗吧。米宝对朱鸿鹄说。

朱鸿鹄看看苏黎红，又看看老朱。

老朱说，还是我来吧。

可苏黎红不想让老朱来——她的头，已经被米宝那观音手里的拂子娇惯坏了。

米宝也不进厨房了。她不能闻油烟，朱鸿鹄说。之前她和朱鸿鹄一到这边来，就立刻系了围裙下厨房的。“三日入厨下，洗手做羹汤。未谙姑食性，先遣小姑尝。”如果我在家，米宝真像诗里的新媳妇那样让我先尝的。怎么样？她十分小心地问。她的菜比老朱的清淡，论口味，当然不及老朱的。人年纪大了，吃清淡些，对身体好。米宝看我不说话，解释说。我有些惭愧，这方面我真是不如米宝周全。我想起《红楼梦》里的薛宝钗，为了讨贾母的欢心，故意点甜烂的吃食。米宝也是薛宝钗那种女人。那种女人虽世故，但世故也有世故的好处，至少适合做儿媳妇。米宝和苏黎红，两人正好都是把各自的角色发挥到极致的女人。苏黎红天生是做婆婆的料，而米宝天生是做儿媳的料。她们两个人在一起，简直有琴瑟和鸣之意。我甚至觉得朱鸿鹄之所以和马丽离婚，之所以和顾菡萏离婚，其意义就在于此——是为了成全苏黎红和米宝这一对婆媳的缘分呢。

朱鸿鹄到底是孝子。

这也好。

在校园里，有时我会碰到原来的室友，那位哲学系女老师，她现在和她妈一起住。你不知道和老人一起住有多可怕！她总想跟着你，亦步亦趋，三岁小孩子似的。你到阳台她跟到阳台，你到书房她跟到书房，甚至你到卫生间，她也跟过去，站在卫生间门外和你说话。这不把人逼疯吗？我完全没有自己的生活了。她怨妇似的发着牢骚。

我想起《钢琴教师》里女主人公艾丽卡和她的母亲，有些不寒而栗。艾丽卡的母亲也是这样如影随形这样密不透风地爱艾丽卡的——四十岁的艾丽卡，还在和她母亲同床共枕呢。想一想，这种母爱也实在瘆人。

世上的事情，看来都有两面性。被爱有被爱的好，不被爱呢，竟然也有不被爱的好。

至少我上卫生间的时候，不用担心苏黎红会站在卫生间门外和我说话——她要站,也应该是站在米宝的卫生间门外吧?她不是和米宝琴瑟和鸣吗?

可米宝不和苏黎红“和鸣”了。

打怀上朱鲤之后,米宝什么也不做了。不能陪苏黎红坐在阳台聊天了——还没说上两句话呢,她就打呵欠,一个连一个的。对不起,现在总犯困。米宝说。然后两手撑腰去卧室了。这也没关系,那就和朱鸿鹄聊呗,更好。可没几分钟呢,米宝就在那边叫唤了,让朱鸿鹄给她倒杯水,朱鸿鹄于是起身去给米宝倒水。可倒了水之后,朱鸿鹄就再也不出房间了,剩下苏黎红一个人,百无聊赖地坐在阳台看风景。米宝也不能陪苏黎红去小区那条迤逦的小道散步了,因为闻不了凤尾兰那绿白色铃铛花朵的气味。一股臭味。米宝说。苏黎红不明白,凤尾兰花是兰科呢,明明是清香,怎么可能臭呢?苏黎红背后问朱鸿鹄,有告状的意思。原来对马丽和顾菡萏,苏黎红也是这样的,只要受一丁点委屈,她都要告诉朱鸿鹄的。朱鸿鹄每回都偏向她。可朱鸿鹄这一回说,气味这东西,因人而异,你闻着香,她闻着臭,不是自然而然的事?再说,她现在不是怀孕了吗?这是明显的,在帮米宝说话了。苏黎红真是不习惯朱鸿鹄这样子对她的。朱鸿鹄打小,都是她这边的。

她有点想不通。不是马丽,也不是顾菡萏,而是米宝,又老又丑的米宝——当初答应他们的婚事,苏黎红暗暗也有另一层自私心理的,以为像米宝这样的女人没有危险,或者说没有战斗力。小区的老妇们经常谈论如何在儿子面前和儿媳争宠的。这是年老女人和年轻女人之间的永恒战争。苏黎红担心过马丽,也担心过顾菡萏,但从来没有担心过米宝——怎么可能呢?

她真是小看米宝了。

她于是不去朱鸿鹄家了。

可这么多年来,她是习惯了“偶尔”要去一趟朱鸿鹄家的,这乍一不去,她一时有些茫然失措。去哪儿呢?一个老太太,尤其是像她这样落落寡合的老太太,能去的地方可不多。总不能老在家看书,眼睛吃不消。也不知道怎么回事,她现在看书时间只要略微长一些,眼睛就酸胀得受不了。

有时实在无聊,她也去小区花坛那儿坐一坐。可她坐那儿干什么呢?老妇们在兴高采烈地跳舞,老夫们在心无旁骛地下棋,还有几个既不跳舞也不下棋的老夫老妇,也忙得很,有的半闭了眼自得其乐地拉二胡,有的在用小匙挖苹果泥喂孙子。只有她,无所事事,只能逗一逗树枝上挂的鸟笼里的鸟,一只灰不溜秋的鸟,那只鸟是楼上老周家的,呆得很,怎么逗也没有反应,老是用一双暗绿色的眼珠子,一动不动地瞅着她。它能看见她吗?应该是能看见的,听说鸟的视力很好,在没有被笼养之前,鸟不是也要捕食吗?那为什么它没有反应呢?这么一只没意思的丑鸟,也不知道老周为什么要养它。苏黎红在花坛那儿也待不住,总是坐不了一小会儿,就又上楼了。

连郝伯伯她也没心情理了。有一天他隔着阳台"小苏小苏"地叫得殷勤,她莫名地就烦了,假装没听见,进屋了。

她一直抻着不去朱鸿鹄那儿。这时候她还是相信朱鸿鹄的,以为朱鸿鹄过些日子会给她打电话的。不管怎么说,他们母子可从来没有这么疏远过。老朱原来还讥笑,说他们"一日不见如隔三秋"。这虽然有些夸张,但他们真是一对会相思的母子。可"无数个秋"已经过去了,朱鸿鹄也没有打电话过来——她的以退为进、以守为攻的招数失败了。

最后,还是苏黎红憋不住,自己去了。

苏黎红就是那个时候开始频繁地给我打电话的。最初,她并没有说米宝什么,更没有说朱鸿鹄什么——苏黎红在我面前从来不说朱鸿鹄的不是的。这一方面,可能是因为在她眼里,朱鸿鹄本来就白璧无瑕;另一方面,就微妙了,怎么说呢,苏黎红在我这儿闭口不言朱鸿鹄的"瑕疵",我猜还有"家丑不外扬"的意思,有"不足与外人道也"的意思。虽然从生物意义而言,我也不算外人。但人与人之间,奇妙得很,有时不仅仅是靠生物关系来决定亲疏远近的,还要依赖其他。而且,就算生物关系,我也不太确定我和朱鸿鹄,就和苏黎红的亲疏是一模一样的——有可能朱鸿鹄继承了苏黎红更多的基因，毕竟他们长得十分相像。谁都能看出这是一对嫡亲母子。就像我和老朱。基因在遗传上，有没有量的多少？如果有，那么是不是可以说，朱鸿鹄可能继承了更多的苏黎红的基因，而我继承了更多的老朱的基因？我不懂生物学，不知道这种说法是否成立。如果成立的话，那么，苏黎红和朱鸿鹄即使在生物意义上，也是更亲近的两个人。

我从小就习惯了和苏黎红之间这种略有些疏远的母女关系。小时候是她疏远我，后来呢，就是我疏远她。我这么做，最初是出于一种年少的自尊心，一种让自己情感免受伤害的本能。后来呢，就有一点儿成年女人的恶意。我会故意表现得和老朱更亲密。我感觉到了苏黎红的轻微失落。我也感觉到了苏黎红试图和我亲近的努力。有一次我们下楼，远远地看见陈阿姨走过来，苏黎红竟然挽起了我的胳膊。我有些尴尬，犹豫了几秒钟，还是借弯腰系鞋带的动作，挣脱了苏黎红。后来苏黎红就再也没有这样了。我猜她也有点不好意思。

所以，我以为苏黎红那段时间频繁的电话是另一种努力方式。本来，一周一次的问候电话是由老朱打给我的，或者是由我打给老朱。偶尔苏黎红接了，我就问，我爸呢？苏黎红就在那边大叫，朱仲春，朱仲春！然后老朱就跑了过来，我们开始热烈地聊天。其实也没有什么有意思的事情，无非是我工作如何如何，孟周工作又如何如何。或者他最近和郝伯伯又钓到了什么什么鱼，下棋又赢了谁谁谁，他养的哪种哪种花又开了，他又读了什么什么书。都是无聊的琐事。但老朱是那种对什么无聊的事都能兴致勃勃的人。

但后来一周一次甚至两次的电话变成苏黎红打了。我还是会问，我爸呢？苏黎红说，和你郝伯伯钓鱼去了。我奇怪，既然老朱钓鱼去了，她干吗要在这个时间打电话？苏黎红的电话内容和老朱的完全不一样。相比老朱的琐碎——老朱是连我家厨房里的蟑螂都要过问的人，怎么样？那些蟑螂还在吗？有没有迁徙走？上次他来，发现我家厨房有蟑螂出没。那种小小的浅褐色蟑螂，孟周说，那个叫日本姬蠊，爬得快，还会飞。苏黎红的电话就务虚多了——还悲观。燕子,小区桃树的叶子都快落完了,光秃秃的,丑死了。或者,人生没意思,人生怎么这么没意思呢?

我不喜欢悲观的人。尤其那些喜欢散布悲观论调的人。我认为他们不道德。悲观和瘟疫一样,是有传染性的,特别对一些精神软弱者。所以,一个道德的悲观主义者,就应该节制自己,不要动不动就说“人生没意思”的话。谁不知道人生没意思呢?小学生都知道呢。我女儿孟小白在小学一年级时就在周记里写过这种话——“我养的金鱼死了,有一天我也会死,人生没意思”——把我和孟周吓得不轻。我喜欢老朱的生机勃勃,凡·高的向日葵一样,又饱满又热烈。什么时候和他在一起,心情都能明亮起来。“燕子,燕子”,每次他叫我,声音里都有一种十分昂扬的快乐。而苏黎红叫“燕子”的声调,却是往下走的,有气无力,弱不禁风,让人无端地郁闷起来。

人生没意思,人生怎么那么没意思呢?

这时候我基本是不说话的,或者嗤之以鼻。我不知道电话那头的苏黎红是否能听见我“嗤”的声音,反正孟周听见了。孟周不高兴。孟周说,朱小燕,你不应该这样,这是不对的。

或许吧。或许我不对。但我就是想这样对苏黎红。

米宝的嬗变,后来还是老朱告诉我的。

这是米宝的本事,能翻手为云覆手为雨,对你好时,可以好得理直气壮自然而然;对你不好时,可以不好得理直气壮自然而然。

而且,有了朱鲤做转折,米宝的风格无论如何变,也合情合理。

苏黎红这一回是哑巴吃黄连了。

她终于遇到高手了。之前马丽和顾菡萏,都太嫩了,没有米宝老辣。苏黎红喜欢“偶尔”去朱鸿鹄那儿,这“偶尔”,把马丽吓跑了,把顾菡萏也吓跑了,但没把米宝吓跑。米宝不但不跑,还把她妈也接来了,住在南面一间看得见风景的房间里。房间窗户外,有个小花园,还有个小水池,水池里种了紫红色的睡莲,美得很。

自从生了朱鲤后,他们就换了一套大房子,看房时也请了苏黎红和老朱去的。苏黎红当时就爱上了这间房。米宝说:"这间房视野好,又朝阳,老人住很好的。"

苏黎红自作多情地以为米宝说的"老人",是指她和老朱呢。

这也是米宝要的花招。

米宝那时有算计。

这房子,好是好,可是要贷款四十万呢,房贷的利息好高呀!

你们看看鸿鹄,都瘦了。

米宝不胜爱怜地说。

朱鸿鹄是瘦了,原来珠圆玉润的朱鸿鹄,也已经有了中年人的憔悴。生意愈来愈难做了,那个最初看上他茶壶的日本商人死了,他儿子接管了他的生意。儿子原来和父亲一起来过中国的,他更喜欢马丽做的东西。他接管生意后就开始订马丽作坊的东西了。马丽和朱鸿鹄离婚后也开了一家作坊,和她后夫——那后夫,老朱也远远见过,轩昂得很,和马丽并排站一起,珠联璧合般。

每回看了,老朱回家后都要郁郁寡欢半天,那半天里他是不怎么搭理苏黎红的。三个儿媳里,老朱最喜欢的,还是马丽,顾菡萏次之,米宝呢,次次之。

但次次之的米宝,有了朱鲤。这就柳暗花明了。女以子重,中国自古至今都这样的。所以当米宝很"含蓄"地说"房贷的利息好高呀",老朱和苏黎红就不能不懂,两人回来一商量,咬咬牙,把存折交给朱鸿鹄了。

二十万。倾其所有。

这事他们没有告诉我。

我是后来知道的。在米宝的妈已经住进了那间"老人住很好的"房间之后,苏黎红被气得花容失色,有一回口不择言地说,"她凭什么住那间房呀,凭什么?那是我们花钱买的。"

是“我们”，也就是说，老朱也在其中。

怎么回事？

我本来应该这么问一句的——但我不问，不问苏黎红，更不问老朱。

这是他们之间的事情，于我一个外人何干？要在以前，我是孟朱氏了，姓孟，不姓朱，他们朱家的财产和我有什么关系？

我这么对孟周说。

孟周听了，高兴，大喊一声，孟朱氏，斟酒！

那之后就春节了。本来每年春节我们都是回去过的，一年回孟家，一年回朱家。这一年又轮着回朱家了。老朱早早地就打来了电话，说他腊好了香肠，腊好了豚鸭，腊好了猪蹄。还有，家里的黄芙蓉也开了，开了好几朵呢，好看得很。

燕子，早点回来，家里暖和。我和你妈今年买了油汀，两千瓦呢，一打开，暖洋洋的，春天一样。

我怕冷，老朱知道的。

不是寒假了吗？学校都没人了，还在那儿做什么？我听到电话那头苏黎红说。

下学期开了门新课呢，要备课。我这么对老朱说。

回来备不行吗？

还是这边安静。

那你们，什么时候回呀？

不知道——到时再说吧。

但“到时”我也没回去，那年春节我和孟周、孟小白是在海南三亚玳瑁岛过的，孟周有个师弟，在那儿有套小公寓，一直邀请我们去那儿度假。去之前，孟周很小心地问我，真去呀？老朱腊的香肠和猪蹄怎么办呢？

怎么办？我管它怎么办！给米宝吃呗，给朱鸿鹄吃呗，给朱鲤吃呗。

后来我知道，那一年的春节是老朱和苏黎红两个人过的。因为朱鸿鹄和米宝的新房，第一年要温居。朱鸿鹄倒是过来请了他们的，但苏黎红不肯去，打米宝的妈住进那间房之后，苏黎红一次也没去过朱鸿鹄家。

老朱想去。他们两个老人在家过年，太冷清了。

但苏黎红说，冷清好，我就喜欢冷清。

对门郝伯伯家热闹得很，郝敏、郝俊都回来过年了。

估计苏黎红就是那个时候放弃"我跟朱鸿鹄过呗"这种想法的。

米宝的妈，看来是要在朱鸿鹄家一直住下去了。米宝虽没有明说，但那阵势，就是那意思了——老太太观音菩萨都带来了，放在她房间里的五斗橱上，前面供了香和水蜜桃。米宝的妈信佛。

还有她的一只大樟木箱。樟木箱是她的陪嫁，跟了老太太几十年的。

这是鸠占鹊巢了！

而且，这只鸠，身体还硬朗得很——至少比鹊硬朗，看上去，苏黎红应该是活不过米宝妈的。

那种贱的低等的物种，总是生命力更强的。

苏黎红这么对老朱说。老朱不同意。既不同意苏黎红所谓的"贱的物种"，老朱是庄子"齐物论"的信奉者，不认为世间万物有高低贵贱之分；也不同意"贱的物种生命力更强"这一说。

但老朱不驳斥苏黎红的观点。驳斥和被驳斥都需要心情和力量，那个春节的老朱，没有心情驳斥苏黎红，而且，他也不认为以苏黎红的精神状态，能够受得了被驳斥。

腊豚鸭和腊猪蹄后来老朱还是托郝敏带给了我们。那年腊月阳光很好，所以豚鸭和猪蹄都晒够了，油光锃亮，红彤彤的，用笼屉一蒸，好看得像搽了胭脂的美人一样，孟周吃得摇头晃脑。他这个人平日端谨，没劲得像《诗经》里的"大雅小雅"，可一旦美酒佳肴当前，"大雅小雅"就摇身一变，成"风"了，喝二两是"邶风卫风"，喝三两，就"郑风陈风"了。

我喜欢孟周"风"的样子。有趣。

要不要，请他们过来住些日子？

孟周是知道我春节为什么不回去的，也知道我因为没回去难过得很。

我为什么难过呢？明明是我自己不回去的。孟周在临订飞机票前，还紧着问我，真去？我十分坚定地说，真去，为什么不去？没有我，他们不是一样阖家团圆？

这是我的方式。我在任何的关系里不纠缠的。不被爱，是羞耻，这是苏黎红教会我的人生第一课。我在这样的羞耻中长大成人，学会了一种被动的主动，一种消极的积极。我就是这样在世上安身立命的。只有这样，我才能洒脱地"江山笑，烟雨遥"。

但这一回，我都"烟雨遥"到了天涯海角，也没办法"江山笑"了。

想到老朱说的，"家里的黄芙蓉也开了，开了好几朵呢"，"燕子，早点回来，家里暖和"，我就难过得要命。

往年春节我回去时，老朱就忙得不亦乐乎。燕子，你尝尝这炸丸子，咸了淡了？燕子，要不要添点木炭？燕子，楼下有来卖冻米糖的，给你买点？

苏黎红烦不胜烦，说，你还让不让燕子看书了？

那个时候，我一般坐在炭火边看书，苏黎红和孟周在客厅包饺子，孟周本来在厨房帮老朱打下手的，过年厨房里的活多，杀鸡宰鹅的，老朱一个人忙不过来。但苏黎红把孟周从厨房叫了出来，她要孟周帮她擀饺子皮。我只好去拔鸡毛，但老朱不让，说："这是男人的活"。其实平时在我家，"这些男人的活"，都是我干的，不说拔鸡毛，就是杀鸡这样血腥的事，也是我。孟周胆小，不敢杀，每次都躲得远远的，还美其名曰他这是"见其生不忍见其死"，好像只有他是儒生，而我是个杀生不眨眼的女魔头。但一回到自己家，我也是荣花娇女，老朱一根灯芯的事也不让我做，老朱说："可怜我燕子，在学校一年忙到头，回来还不要清闲几日？"

世界上，怕只有老朱会说"我燕子"了！

孟周给老朱和苏黎红打电话，说，开春了，天气好，你们出来走走呗。

我和燕子想你们过来呢。

这是孟周的体恤——我什么时候说过想他们过来？我们还“苟且”在苏黎红说的“不是人住的地方”呢。三食堂还在边上，东风一吹，还是会传来潲水味；“恶邻”还在楼上，“恶邻”家的拖把，也还摇摇摆摆地晾在我家阳台的上方——好在我和孟周，在结婚多年之后，也不怎么在阳台看月亮了。

其实我们也一直想换房，也看了不少房，但高不成低不就，房子好了，我们买不起，但房子差了，我们又看不上——主要是孟周看不上。孟周这个人，这时候真是很可笑的，买个房子，弄得像以身相许般挑剔和谨慎。

有一套九十平方米的房子，我们去看了若干次。孟周嫌楼与楼的间距太密，鳞次栉比的，完全没有风景——小区中央的一个水池，小池中央的一个站着撒尿的水泥鬈发裸童，就算小区的风景了。“纯粹是滥竽充数。弄一个花台不好吗？种几棵大樟树不好吗？还开花呢，还驱蚊呢。”孟周说。孟周也不喜欢这个小区的名字——布鲁塞尔。“我就不明白，它为什么要叫布鲁塞尔呢？叫沁园春不好吗？叫醉花阴不好吗？明明是一个中国的楼，叫什么欧洲的名字，弄得像鲁迅笔下的假洋鬼子。”但这个没有办法了，这是时下风尚，我们这个城市的商业楼盘，差不多都有一个洋名，什么“枫丹白露”，什么“香榭丽舍”，什么“东方威尼斯”——那个“东方威尼斯”我们也去看过，其实就是一片水洼地。

但“布鲁塞尔”让我们心仪的是，它有地理上的绝对优势，它离地铁近，离我们常去的旧书街近，离我们学校近——就算是用极优雅的方步，走到我们学校，也就半小时。

不过，真正让我们心仪的，是另一套房子。它是蝶墅，有一个孟周很喜欢的名字——“闲情偶寄”，还有孟周喜欢的风景，远处有山，近处有树，不是梧桐，也不是杨柳，而是板栗树。现在你在哪儿还能看到板栗树？孟周问我，好像他是卖房的。我们看中的那一套有露台，一个十几平方米的大露台，可以并排放下好几张藤椅，可以坐着看月亮，可以躺着看月亮，想怎么看就怎么看，再也不用担心有楼上人家的拖把碍眼了；它还有院子，一个十几平方米的院子，可以种花草，可以种蔬菜，南瓜丝瓜韭菜的种上一大畦；还可以挖一个池子，种上莲，然后在莲下面养几条鱼，养金鱼也可以，养青鱼鲫鱼白鱼也可以。到时老朱都不用走远，坐在院子里钓鱼就可以了。

老朱为什么坐我们家院子里钓鱼？

不要老朱钓？

不要。

那我们钓好了。我们一边钓鱼，一边看莲花。“鱼戏莲叶间，鱼戏莲叶东，鱼戏莲叶西，鱼戏莲叶南，鱼戏莲叶北”，美不美？美不美？

孟周无限憧憬地问我。

美！我应声答道。

这算不算“诗意地栖居”？

算！

牡丹花一样漂亮的售楼小姐被我们这一对宝货逗得哧哧地笑。她以为我们这一回终于下定决心要签约了呢。

但我们每次都犹豫不决，它太偏僻了，从“闲情偶寄”坐公交车到我们学校，要两小时；从我们学校到“闲情偶寄”，又要两小时。

还不算上等车的时间，320路车每半小时才有一趟呢。

如果我和孟周早上有课，那就要鸡鸣即起。

“女曰鸡鸣，士曰昧旦。子兴视夜，明星有烂。”

真是“诗意盎然”的栖居！

我取笑孟周。

孟周就蔫了，只得恋恋不舍地对牡丹花般的售楼小姐说，我们再考虑考虑。

我们于是回来“考虑考虑”。

但我自己,其实也舍不下那露台和院子。“布鲁塞尔”的房子,和它比起来,像鸟笼。“实在不是人住的”。

我没想到,苏黎红这一回,又这么说了。

他们过来的第二天,孟周就忍不住带他们去看房子了,先看“布鲁塞尔”,后看“闲情偶寄”。

老朱有意思得很。看“布鲁塞尔”时说“挺好,挺好”,看“闲情偶寄”时又说“挺好,挺好”。

也不知这“挺好”和那“挺好”有什么区别。

但苏黎红就不客气了。她一看“布鲁塞尔”,就说:“这实在不是人住的。”

房间小不说,还只有两间。两间房,怎么够用?怎么不够用?我和孟周住一间,孟小白住一间。客厅呢,就当书房和客房了。

那我和你爸,住哪儿?

什么意思?她和老朱住哪儿?住他们自己家呀。

阳台还那么小,那么高。12楼呢,站在上面都晕,更别说做瑜伽了。

我不做瑜伽。

我做呀。

你做瑜伽在你家阳台,和我家阳台有什么关系?

连孟周都听出来了,“你妈是不是想住我们家呀?”

凭什么?

就凭她生了你呀。

那我外婆还生了她呢!

外婆临死都在两个舅舅家。这个前新华书店的会计在前工程师外公的呵护下,大半生过着优裕的生活,但晚景十分凄凉。舅妈们不好,尤其是二舅妈。因为二舅没出息,性格又懦弱,所以她对二舅和外婆说话,从来都是疾言厉色的,就是当了苏黎红的面,她也没什么好声气。“这个悍妇。”苏黎红一出门就骂。我们每次回去,外婆都拉着老朱的手,不肯放,“人老了,就要死呀。”外婆泪眼婆娑地对老朱说。外婆喜欢老朱。老朱后来说过几次要接外婆来我们家住的，"她指望呢。"老朱说，但苏黎红才不管外婆"指望不指望"，家里房子太小，住不下；而且，也不能便宜了那悍妇，"她有义务的"——所谓有义务，就是外公单位的房子是二舅家住着。二舅和大舅在外公去世后是议好了的，房子归二舅，外婆也归二舅。

那年外婆六十九岁，外婆是八十二岁死的，其间十三年，都战战兢兢地生活在二舅妈的疾言厉色中。

最后几年，外婆的双手经常颤抖，筷子都拿不住，医生说可能是帕金森综合征。

外婆死时，她换下来的黑裤子都看不出是黑的了，上面积满了黄不黄白不白的东西，那是一层结了壳的屎尿。

老太太一生清洁，以前衣兜里常年都放一条洒了花露水的绣花手绢的。

人生没意思。苏黎红从外婆家回来，眼睛红红地说。

但也就是这么说说而已。

我打定主意要买"布鲁塞尔"了。

不为别的。就因为苏黎红想我们买"闲情偶寄"。

她背着我怂恿孟周好几次了。因为孟周的温存，她好笑地以为孟周什么都会听她的。她甚至有时为了自夸，会很不得体地在孟周面前说我的坏话——"燕子呀，就是没情趣"，"燕子呀，就是没有审美眼光"，"燕子呀，就是没什么女人味"。这些我都知道，孟周会告诉我，不是有意说的，而是在和我斗嘴时作为论据引用的，"你妈都说你没情趣"，"你妈都说你审美眼光不行"，"你妈都说你没女人味"。

苏黎红这么贬我，也不怕因此破坏了我和孟周的婚姻关系。到时她和孟周的关系再好，有什么用？"皮之不存，毛将焉附？"

"但凡有点儿情趣和审美眼光，都知道选'闲情偶寄'呢。"

这一回，苏黎红又这么"婉而多讽"地对孟周说。

她从不和我说房子的事。

她这是怵你呢。

你那句“你做瑜伽在你家阳台，和我家阳台有什么关系？”说得太重了！

孟周责备我。

你没看见吗？你那句话一出口，连老朱的脸色都变了。

也是，老朱再疼我，他也还是苏黎红那边的。

燕子，哪天我先走了，你妈怎么办呢？

有一回，老朱试探地问我。

作为女儿，这时候我应该明志的，应该说，不是有我吗？

但我不想这么说。

你妈这个人的性子，你知道的，和谁也处不来。

怎么会呢？她不是和米宝处得不错吗？琴瑟和鸣呢。

我又忍不住讽刺了。就这个习惯而言，我和苏黎红真是一对母女。虽然苏黎红讽刺的美学水平比我高，她是“婉而多讽”，而我，讽起来时有些不管不顾，既不婉，也不多。

老朱这才说了米宝在生了朱鲤之后的种种嬗变。这些之前我都不知道。苏黎红那时在我面前还遮遮掩掩欲说还休呢。她是后来才开始在我面前无所顾忌地数落米宝的。

但我一点也不惊讶。我从来没有真正信任过米宝，那种过于卑躬屈膝的人，过于看别人眉高眼低的人，总让我不喜欢。不知为什么，我更信任那些高傲的人。比如马丽，比如菡萏，不是说多喜欢马丽和菡萏，我和那两个前弟媳，因为接触不多，其实也没有建立起多少感情。但感觉上，那两个人，和我是同类。而米宝，是另一物种。一种我完全不熟悉的生物。

这一点，老朱和我倒是一致。老朱说，如果是马丽，如果是菡萏，还好些，她们毕竟受过高等教育，能知书达理。但米宝，你妈对付不来的，燕子。

鸿鹄这个人，又老实，他现在完全听米宝的了。

如果哪天我一撒手，留你妈孤零零在这世上，怎么办呢？

老朱比苏黎红大两岁，根据《人类发展报告》统计的数据来估算的话，老朱会比苏黎红早走七年，也就是说，如果他们在正常年龄去世，老朱走后，苏黎红还要"孤零零"地自己在世上再活七年。

听得出来，老朱希望，那七年，最好由我负责。

这有点过了。

老朱也知道。所以他开不了这个口，他只是反复问我，你妈怎么办呢？你妈怎么办呢？

我生气。就算是老朱，也不可以这样对我，他为什么不去问朱鸿鹄呢？比较起来，朱鸿鹄不是更应该回答这个问题吗？

朱鸿鹄听了，应该会说，别担心，有我呢。

就是米宝，或许也会这么说的。

反正是假设，空头人情，这么说上一句，有什么要紧？

但老朱就是不问他们。

没有用的。老朱想必也知道。就算他们说得花朵一般好，也没有用的。

老朱想我开口说，有我呢。

但我不说。

如果哪天我一撒手，留你妈孤零零在这世上，怎么办呢？怎么办呢？

我突然恼了。想那么远干吗？说不定那时候我先撒手了。

他不能这么要挟我！

孟周说，要不，我们还是买"闲情偶寄"吧，也就辛苦跑几年，几年后，等我们经济条件好一些，我们就买车，你不是喜欢那种迷你昆虫车吗？我们到时买一辆。

这是同意苏黎红以后和我们一起住了？

我不高兴，然而——又隐隐有那么一丝高兴。

这莫名其妙了，我为什么高兴呢？难不成我愿意和苏黎红一个屋檐下住上七年？

这简直是不能想象的，别说住在一个屋檐下，我现在连苏黎红的电话都不想听呢。

每回接电话前，我都要先看来电显示，一看是他们俩打来的，我就大叫“孟周”。

我受不了老朱的“你妈怎么办呢”，也受不了苏黎红的“人生没意思”。

苏黎红除了说“人生没意思”之外，就是说郝敏。

郝敏给你陈阿姨买的那件墨绿色艮绸裙子，真是好看。

是吗？

只是可惜了。

怎么可惜了？

绸缎衣裳是要宽穿的，你陈阿姨太壮，穿不出艮绸衣裳的味道。

那陈阿姨应该穿什么衣裳？穿麻袋？

苏黎红不说话了。她也听出了我话里的讽刺。

尽管之后我也有些内疚，但当时就是忍不住想戗她。

内疚——讽刺——再内疚——再讽刺，我和苏黎红的电话，基本就这样循环反复，没完没了。

你爸昨天又一个人去钓鱼了。

怎么一个人呢？郝伯伯呢？

你郝伯伯和陈阿姨搬家了。

搬家了？搬哪儿去了？

搬到郝敏家去了，郝敏买了大房子，把他们接过去养老了。

可惜——郝敏不是你女儿。

我讨厌死了这样的循环反复，恨不得把家里的电话停了，但孟周不让。孟周隔几天就要用座机给他父母打电话请安的，他父亲习惯了我家的座机号码——您和妈身体还好吗？挺好，挺好！你们呢？工作忙，要多注意身体。

每回都是这些话。也不嫌烦。

我笑过他——你何不穿上长袍马褂，然后晨昏定省？

孟朱氏，晨昏定省你也有份儿的。

笑归笑，我其实特别羡慕孟周家父母和儿女相处的方式。

虽然传统老式，但有一种单纯的伦常。父母是父母，儿女是儿女。不像我们朱家，父母和儿女，界限不清楚——至少苏黎红，是更像儿女而不是父母的。

孟周喜欢听我这么说。只要是他家的好话，他不分青红皂白全爱听。他这个人，要说有什么毛病的话，就是特别护着他家，我不能说一点他家的不是，哪怕不带恶意地说。有一次，我不过随口说了句“你姐真丰腴呀！”他对我冷若冰霜了一整天。“丰腴是贬义词吗？”后来我问他，他凛然说，朱小燕，你少和我玩语言的花招。还有一次，我和他一起翻看他家旧相簿时，说了一句他父亲长得有点像胡兰成。我本意是阿谀呢，胡兰成这个男人的人品，姑且不论，只论长相，那应该还是风流倜傥的。没想到，这也冒犯了他。他一连几天对我都是冷若冰霜的。

你不会做人子。孟周义正词严地批评我。

你为什么对你父母这样？就因为他们给了朱鸿鹄钱？

这不关钱的事。

那关什么呢？

关于爱，关于不爱，你懂不懂？

不懂。

我知道孟周不会懂这个的，被丰饶地爱过的孩子，是永远不会懂这个的。

夏虫不可语于冰，就是这意思。

有些东西，最初的拥有，就是永远的拥有；最初的匮乏，就是永远的匮乏。

我恨的，也是这个。

我从小就被看作是个独立的孩子，被看作是骄傲的孩子，被看作是不好相处的孩子。其实呢，只有我自己知道，我是不知道如何与人亲密地相处。

我没有学会这个。一个人自呱呱坠地就应该学会的东西，我没有学会。一个人只有最初学会了和母亲相处，也就学会了和世界相处。

明亮和鲜艳的生命，不是自生自长的，而是母亲给的。

就如大地和阳光，给予植物以茁壮，以丰盛，以枝繁叶茂。

而阴郁和冷漠的生命，也是母亲造成的，是母亲的原罪。

所以七十岁的杜拉斯，还在写《情人》，那与其说是一部男女情爱的小说，不如说是一部母女恩怨的小说——杜拉斯是用《情人》，清算母亲的罪行呢。

但这些，我不会和孟周细说的。即使对丈夫，有些痛，可以细说；有些痛，不可以细说。

不被爱，是羞耻。

孟周不懂这个，所以他批评我，你不会做人子。

或许吧。可这不怪我。先有父母，才有儿女。

但孟周不同意我的逻辑。孟周说，父母和儿女，不讲礼尚往来的。它不是那种邻里之间"你送我一碗荠菜馄饨，我送你一碗糯米汤圆"的人情世故，不是那种男女之间"你侬我也侬"的投桃报李。父母和儿女，是无论如何你都要爱的关系。因为爱比不爱更容易。一个人爱自己的父母，那是溯游从之；而不爱自己的父母，那是溯洄从之——要用更大的力气。这世上还没有任何事情，能让一个人不爱自己的父母。朱小燕，你懂不懂？

不懂。

你说乔治为什么最后要杀死安妮？

生命有不能承受的东西。

比如？

比如衰老。有时候，衰老比死亡更可怕。

人应该体面和尊严地衰老，也应该体面和尊严地死亡。这是迈克尔在《爱》这部电影里想说的。

想起外婆那洒了花露水的绣花手绢，想起外婆死时裤子上那黄不黄白不白的东西。我不寒而栗，伤心欲绝。

有一天，我老成了安妮，你会不会像乔治那样，又温柔又残酷地爱我？

不会。

不会？

“非不为也，而不能也。”

也是，孟周确实是“而不能也”，他连杀条鱼都不能呢，还能用枕头捂死一个还在喘气的老太太？

但你可以做乔治，我做安妮。孟周一本正经地说。

我们最后还是买了“闲情偶寄”。

我们是在和“布鲁塞尔”签合同的当中放弃的，当时孟周已经龙飞凤舞地签下了他的大名，然后把笔递给我，但我在写完“朱小”两个字后，“燕”字却迟迟写不出来。我的脑子在那时一片空白。我自己也不知怎么回事，我到底怎么了呢？就算我萎靡时可以写不出“温庭筠”的“筠”，但也不至于萎靡到这种程度——竟然写不出自己的名字了。难道我就老成了安妮不成？

没别的，朱小燕，你压根儿不是真想买“布鲁塞尔”。

孟周说。

苏黎红和老朱一接到孟周的电话，第二天就来省城了。是朱鸿鹄送过来的，米宝也跟来了。

他们还真急，我们房钥匙还没拿到呢。

米宝眉开眼笑地说，我来看看姐姐姐夫家的蝶墅——这女人比我还大两岁呢，每回“姐姐姐”地倒叫得顺溜——爸妈真是的，我说过两天才来的。这些天医院忙，我不好倒班，但爸妈几天都等不了，非要立刻来，坐火车来，看蝶墅。他们也是这么大年纪的人，坐火车鸿鹄和我怎么放心？

天哪！这女人，真是另一个物种。

燕子，我记得你蝶墅进门的玄关那儿有个台阶的，是不是？你爸非说没有。

是没有。不信你问燕子。

燕子，南面那间卧室，我记得有飘窗，是不是？你爸也非说没有。

是没有。不信你问燕子。

我懒得理他们。

燕子，我们前几天去郝敏家看你郝伯伯了，他们在院子里放了个好大的瓦缸，当花盆用，你郝伯伯说，不但能养花，钓回来的鱼，吃不了，也能养里面，又能看，又能吃，好得很。燕子，回头我们也买一个，放廊檐下？

不买。

就是，别听你爸的。廊檐下放什么大瓦缸，土不拉叽的。还是放藤椅吧，“千棵树”家具店里有一种印尼藤椅，暗红色，特别好。燕子，回头我们买一把，放廊檐下？

不买。

燕子——

燕子——

他们叽叽喳喳叫个不停，两只饶舌的老喜鹊一样，吵死了。

（原刊《北京文学》第9期）

虹　化

吉米平阶(藏族)

虹化,一种稀少而殊胜的死亡现象,其基本特征是:人死后的肉体,或在瞬间或在数天时间里不断缩小以至最后全部消失,真的就像彩虹和空气那样在虚空中"化"掉了——所以,也有人将虹化者称为证得"光身",其意与此无别。肉身全部虹化之后,或什么都没留下,或只留下一点点未"化"尽的头发与指甲。

——摘自《互动百科》

一

一汪融化的雪水从帐篷顶上滑落下来,哗地洒在普布的脸上,他惊醒过来,发现天已大亮。

普姆还在沉沉地睡着,很安详的样子。普布没有惊动她,悄悄撩开帐篷门帘,走了出去。然乌湖一片洁白,风很大,吹起的雪粒在阳光的照射下映出一道巨大的彩虹,横跨在远处的森林和白雪覆盖的山巅。普布抬头望了一眼,心里忽然一动,这不多见的雪后出现的彩虹会不会是什么预兆呢……

昨天,已是他们从家里出发去拉萨朝佛的第十天了。普姆的身体不太好,只好让她拉架子车,普布磕头。好在这一路上天气不错,太阳暖暖地照着,干净的柏油路面没有积雪。可是拉着车,普姆走得还是很吃力,在上坡的时候,普布就要磕头一段然后再回去帮着普姆把车拉到刚刚做了记号的地方，然后再往前磕，再回来，这样他们就走得很慢。昨天中午，他们到了然乌镇，然乌镇有个然乌湖，是318国道上著名的风景区，普布普姆到的时候，天开始下雪，然乌湖笼罩在茫茫的纷飞雪花中，见雪越下越大，普布决定结束今天的行程，在附近找一个地方借宿一晚，就在他们准备拐下公路，下到不远的瓦村去的时候，听见前面大叫："哎呀，太好了太好了，达瓦，你们赶快把他们拦住！"

话音刚落，从茫茫的雪花中冲出来几个人，拦住普布普姆的去路，跟着又从雪花里冒出一个戴着太阳帽，留着大胡子的男人，这群人都穿着统一样式的厚厚的羽绒服，那个大胡子男人说："达瓦，能不能让他们继续磕长头？"

一个瘦高的藏族青年挤上前来，要给普布普姆说什么，普布说："你们干吗？"

"你会说汉话，太好了！"大胡子男人搓着双手说，"我们正在拍电影，你们两个拉着车在风雪中磕头的场面太好了，绝对震撼！你们再磕一段，我们要个镜头。有钱的！"

"嘁！"普布说，转身拉着车要走，大胡子男人伸手拦住，转过头对瘦高青年说："达瓦，你给他们说说嘛，说说，多给钱！"

叫达瓦的瘦高青年用藏话给普布说："大哥，劳驾帮帮忙，这个导演很有名的。"

"他有名关我什么事？"普布用藏语回答说。

"这个电影以后会在很多地方演，你们也会出名的。"达瓦说。

"兄弟，你以为朝佛磕头是为了出名啊？"普布反问道。达瓦不吭声了。

"怎么样？"大胡子导演关切地问。达瓦摇摇头。这时在旁边的普姆问达瓦："拍电影为什么要拍磕长头。"

达瓦连忙给他们解释："是这样，电影里有一个情节，说内地有一个画家到西藏来画画，看见了藏民磕长头的景象，特别感动，画了很好的画，获得了国际上的大奖，为国家争了光，这个镜头就是画家看见磕长头的镜头。"

普姆对普布说："反正我们也是要磕头的，就帮帮他们的忙吧。"

达瓦急切地看着普布。见普姆这样说，普布也没再说什么，把已经摘下的皮裙重新围上，戴上木手掌准备回公路上。

"不不不，你拉车，女的磕头，这样才有意思！"大胡子导演指指普姆说。

"那你找别人吧，她身体不好。"普布说。

"很快的，就拍一个镜头。"大胡子导演伸出一根指头恳求道。

普姆看出了他们的意思，不说什么，把皮裙拿过来穿好，默默上了公路。

大胡子导演满脸兴奋，挥着手说："机位快准备，达瓦你教他们配合。"

一群人轰地散开，消失在纷飞的雪花里。

普布和普姆在叫达瓦的瘦高青年的指引下，顺着公路，普姆在前面磕头，普布拉着车跟在后面。刚落地的大雪还没有积起来，而是在柏油路面很快融化，刚才还被太阳晒过的地面也因此氤氲出薄薄的雾气，雾气和落雪交织起来，使场面看起来朦胧而美丽。地上已经很湿了，普姆艰难而又虔诚地扑下又爬起来，三四台摄像机从不同的角度围着普姆和普布拍摄，没有声音，除了普姆下拜时木掌和地面摩擦的唰唰声和她粗重的喘息。大胡子导演激动得脸都扭曲了，看着监视器连连说好，"停！"在普姆又一次支起身来时，大胡子导演大声说，"这个再来一次，来个特写！"

普姆望了他一眼，依然认真地双手合十，过头，含胸，下拜，大胡子导演示意一个摄影师在普姆前面蹲着拍摄，普姆绕过他，在前面分向瓦村的岔路上停住了。普布拉着车过去，见普姆浑身已经湿透，他赶紧脱下皮袍给她披上，拉着她准备到村里找个地方换衣服。"哎哎，你们可不可以再来一次？"低头看监视器的大胡子导演抬起头来说。

达瓦说："导演，他们都全湿了，要生病的。"

"哦哦,那算了。"大胡子导演挺不耐烦地说,"达瓦你在制片那里拿二百块钱给他们。"

"才二百块。"达瓦为难地说。大胡子男人盯着达瓦说:"那你说多少?"

普布根本就没有想钱的事情,他对达瓦说:"我们不要钱,没用,现在要找个地方换衣服。"达瓦把普布普姆领到剧组堆放东西的大帐篷里,对普布说:"对不起大哥,就在这里换衣服吧,今天晚上可以住在这里,我去给你们打开水。"

"小兄弟,谢谢啦!"普姆对达瓦说,达瓦羞愧地摆摆手,赶紧出去了。

普布把普姆换下来的湿衣服搭在架子车上,此时天已经放晴了,但风很大,一会儿衣服就冻硬了,普布把它们挪到帐篷里的物堆上。换上了干衣服,普姆好些了,但脸红得发烫,达瓦打来了开水,还拿来两包感冒冲剂给普姆冲上。这时大胡子导演跟着几个人过来,看了一眼普布普姆,转头冲达瓦说:"他们怎么还在这儿,不是给他们钱了么?"

达瓦说:"人家不要钱,我让他们今晚住在这里的。"

"住这里?"大胡子导演打量着帐篷说,"湿衣服不要放在这些道具上啊,这些都是借来的,很贵重的,弄坏了赔不起。"又支派一个人:"去给他们拿些方便面和火腿肠。"接着又低声问达瓦:"这里的东西没问题吧?"达瓦强忍着压低嗓子说:"导演,说话小心一点噢,康巴人的脾气你是知道的。"

大胡子导演慌乱地说:"哦哦,我们到县里讨论剧本,这里你就负责好!"说完钻进一辆越野车走了。达瓦又从外面拿来一个火炉子,说:"这个帐篷里放的都是些衣服、木箱,不能点火,你们将就用这个火炉子把衣服烘烘,等一下我再拿点炭来。"

"谢谢兄弟,这样就很好了。"普布说,他一边烘烤着衣服,一边关切地望着普姆,普姆双颊绯红坐在铺好的垫子上,小口啜着感冒冲剂,普布有些恼恨地说:"那些人……"普姆知道普布想说什么,阻拦道:"普,你不要想着找人家的麻烦,我们出来朝佛，就是要吃各样的苦，这样才好。”又说：“你看达瓦多好，给我们想得这么周到。”

“那个叫导演的太不像话了。”普布还是忍不住说。

“别那样说，如果不是他，我们还没有在雨雪里叩拜的功德呢。”普姆说，看着帐篷外呼呼刮着的大风，似乎有点担心，“真担心到不了拉萨。”

“放心吧，就是背我也把你背到拉萨去。”普布宽慰她道。

普姆笑笑，说：“真要在朝佛的路上走了，也没什么遗憾的，身子你就不要管了，找一个干净的地方放好就行，我会跟着你到拉萨的。”

夜里，湖面的罡风吹得帐篷呼呼作响，普布辗转反侧睡不着，看见对面的垫子上普姆好像睡得很沉，一点动静也没有。今天她可累坏了，不行明天休息一天，普布这样想着，也渐渐进入梦乡。梦里，普姆好像站在一片碧绿碧绿的草地上，远远地向他挥手，好像是告别，又好像是呼唤他过去，阳光下一点阴影也没有，周边都通透明朗……

普布回到帐篷里，“普姆，该起来了。”普布轻轻摇晃着普姆说。普姆没有反应，普布再凑近一些，仔细打量，普姆像睡得很沉，脸色依然红扑扑的，但已经没有了呼吸，普布再摇了摇普姆，她的身体软软的，却再也不能回应普布了。普布一时茫然无措。正在这时，达瓦挑帘进来。“大哥，这是怎么啦？”见此情景，达瓦张口结舌地问。

见达瓦进来，普布才回过神来，平静地说：“她过世了。”

达瓦看着安睡一样的普姆，慌乱地说：“这怎么可能？这可怎么办？”

“没你什么事，兄弟。”普布反过来安慰他道：“不要给你们的人说，不然慌乱起来会影响逝者上路的。”

达瓦听了这些，也镇静下来，问：“下一步做什么呢？”

“我要带她去拉萨。”普布坚定地说。

“这么远的路程，万一……”达瓦说。普布摇摇手，他知道达瓦担心什么,说:“不用担心,我会处理好的。”

这时外头已经人来人往,剧组的人都开始起床,很快就会有人来了。普布对达瓦说:“兄弟,你去找一些干净的柏枝来,再问一下附近有没有寺院。”

“有有,附近有一个旭丹寺。”达瓦连忙说完,出去找柏枝去了。

普布把普姆的身体像初生婴儿那样用衣服包好,普姆的身体很柔软,似乎还有略微的体温。普布把行囊里的东西都掏出来,把垫子垫在下面,然后把普姆的身体放进去,普姆的身体好像变小了,行囊里还富裕挺大的空间。

在出发的时候,普布尽力把许多东西塞进了行囊,这一路要吃的一袋糌粑,半只风干的牛前腿,还有一块酥油,酥油很新鲜,是党然村的舅舅拉巴平措送下来的。自从母亲去世以后,舅舅半年多一直没有来过,送酥油来时也没有多说什么,他还在为他的姐姐去世的事耿耿于怀呢。除了吃的,行李里面还有家里的那幅老唐卡,普布预备着带到拉萨大昭寺殊胜的释迦牟尼佛前开光,还有朝圣用的木头手掌五副,皮裙子三条,这些皮裙子外面还缝了块胶皮,很沉。此外,普姆路上要穿的厚衣服,晚上睡觉垫的东西,都像那些外地旅行者一样,捆起来搭在行囊上面,把用塑料布包好的小号汉阳锅塞进行囊里后,连一双鞋子也塞不进去了。

达瓦捡了柏枝进来,见普布已经收拾停当,吃惊地张大了嘴巴。普布把一些柏枝盖在行囊上面,再把一些零碎的东西放进去,扎紧口子,然后把剩下的柏枝放到火炉里,柏枝生出淡淡的青烟,普布提着火炉四处熏了,对达瓦说:“兄弟,告诉我旭丹寺怎么走?”

达瓦说:“大哥,今天我们剧组正好有一辆车去八一,我给他们说了,你可以搭车走一段,这样可以尽早到拉萨,逝者也安心。您放心,旭丹寺里我去请他们给逝者超度。”

普布想了想对达瓦说:“兄弟,那还得麻烦你,这腿牛肉请献给旭丹寺,那辆架子车,请你想办法还给八宿林卡乡的丹巴家，还有这几个木掌和皮裙，你在路上看见朝佛的人，就送给他们，旭丹寺念经的事情就拜托了！”

“大哥放心，我一定都做好！”达瓦说。这时门口叫道：“达瓦，你搭车的人走不走？”

“来了来了。”达瓦慌忙答道，并帮普布把行囊背上，拿好塑料垫子，走到车前。一个披着军大衣的人皱着眉头在车旁边抽烟，边看边说：“这么多东西？”又说，“放后备厢吧。”

见达瓦手忙脚乱地打开越野车后备厢的门安顿行囊，普布说：“我也坐后面。”达瓦为难地看着军大衣和普布，军大衣挥挥手说：“随便吧。”

越野车从剧组宿营的帐篷和民房前驶过，后排又坐上一个女的。披着军大衣的回过头来说：“小张啊，睡得怎么样呀？”

“不好！”叫小张的说，“头痛。”说完抽着鼻子四处张望，看见后备厢的普布问：“这是谁呀？怎么坐在后面。”

“达瓦的亲戚，搭车去八一。”司机回答。

“达瓦就是亲戚多。”披军大衣的说，又说，“我也睡得不好，海拔太高了。”

“王主任，林导是怎么回事嘛，把我们大家圈在这里，都十几天了。”小张说。

“咳，你不知道，林导跟投资方闹别扭，在那里较劲。”披军大衣的王主任干脆转过来跟小张说话，眼睛不时扫到普布，普布把脸转向后窗，看见外面本来挺好的雪地上，凌乱地扔着各种各样的废弃物，黑的白的塑料袋，纸箱，方便餐盒，还有叫不出名字的垃圾，普布把眼光收回来，闭上眼睛默默诵经。

二

普布和普姆是今年很早就决定去拉萨朝佛的。他们的家在怒江边上的叶巴村，还没有通公路。

本来，普布计划着先套上家里的两头骡子，普姆骑一头，另一头驮上行李，先到江那边的东坝，从东坝上山到公路边上再开始磕长头。虽然绕了一些路，但就不必翻多贡拉这座还没有通公路的大山了，至少，前一段的路程要轻松一些。但普姆坚决反对，首先是那样就先要往相反的方向走好几十公里，再就是没有听说发愿朝佛起头是骑骡子的。普姆说："要想轻松，还不如就别去。"这么着，普布也无话可说，只有依了她。

早在一个多月之前，玉洛村的白玛赤来领着村里七个人就已经出发了。白玛赤来早年是乡小学的老师。在村里很有威信的一个人，但今年组织的朝佛队伍并不很大，主要是今年政府安居工程的指标下的多，好多家都在张罗盖房子。白玛赤来知道普布打算好了今年去朝佛，很早就把一起前往的邀请发给了他，但普布久久不表态。

普姆知道普布的心思。

曾经，普布一家在整个叶巴村，就是包括党然、尼巴两个牧场，还有玉洛、果果、森果这三个江边村子的地域，人缘都是极好的，亲戚多不说，普布的父亲日加，当过乡里的聘用干部，虽然在当时没为乡亲们做多少好事，但在母亲阿妈拉姆的影响下，也没像当时许多聘用干部那样，颐指气使，到头来结的怨比江边的石头还多。

母亲阿妈拉姆家是个大家族，还有亲戚在县里当干部，但她从来不把这些当作什么值得炫耀和凭借的东西，相反，她总是把这些因素变成给乡亲们做好事的条件，比如，谁家的小孩在县里读书，她准会让县上当干部的亲戚关照，家里亲戚众多，从没见她因为亲戚的事情跟村里谁家红过脸，经常是被亲戚们埋怨"胳膊肘往外拐"，所以在阿妈拉姆过世的时候，一向不太注重身后丧事的叶巴村，也空前隆重地为她办了"头七"。

十多年前，普布也是被母亲家的亲戚带着，到拉萨学做买卖生涯。那时候普布中学还没有毕业，顶着一脑袋的卷毛在拉萨八朗学的小巷子里乱钻，学会了抽烟、喝酒，更要命的，跟着一帮东部的老乡，学会了倒卖文物。母亲的亲戚管不住他，捎信回去，阿妈拉姆迅速给他张罗了一门亲事，是父亲日加老同事的女儿，比普布大几岁的普姆。

普布在外头混久了，并不把这种安排当回事情，所以在回村子的那一段日子里，他除了整天在周边几个村子里乱窜，搜罗他相中的坛坛罐罐，就是和一帮年龄相当的年轻人在村里的小卖部喝得烂醉。过去，村子里的年轻人很少喝醉的，如果喝醉晚上回家，弄不好就会掉下山崖。村会计群培家的小卖部顶多卖些含酒精的葡萄汁，现在好了，群培家每天在啤酒上能卖出一两百块钱，比过去一周的营业额都高。

村里的家长们不高兴了，到阿妈拉姆那里诉苦，阿妈拉姆对这个儿子也很头痛，动员普姆好好调教调教他。也不知普姆是怎么调教的，到了后来，倒不去群培家的小卖部了，而是整天赖在卧室里不出来，家里的什么事情都不管，人都萎靡了。普姆看这也不是办法，知道普布是戴不惯辔头的骡子，便劝说阿妈拉姆干脆还是让他去拉萨做生意算了。普姆这样动员他们：现在政策越来越好，再加上两个老的年龄越来越大，哥哥嫂嫂添丁增口负担也会越来越重，房子也该重修了，普布也到了该给家里尽力的时候了，等等。老两口对儿媳妇的安排十分满意，只是担心普布到了拉萨，谁也管不住，自己的安稳且不说，别惹出什么祸事来，让普姆也一起跟着去。

普姆说："家里有两个老的我怎么走得开？放心吧，普布出不了什么事情。"

也真如普姆所说"普布出不了什么事情"，不仅没有出什么事情，简直就是干出了在乡亲们看来很了不起的事情，成了拉萨小有名气的商人。

刚开始的时候，普布还每年回去两次，在拉萨买上大包小包的东西，坐着长途车到左贡然后再雇车到东坝最后带信让哥哥牵着骡子来接，要走四五天。看着从拉萨买来的大包小包的东西，全家都很开心。后来，普布对回这个不通公路的山村的兴趣开始淡薄了，一方面生意多起来，另一方面家里对钱的需要也大起来，哥哥嫂嫂添了女儿和儿子，房子也需要再建了，还有，随着他钱包的鼓胀，他身边的女人也多起来，这些女人有令人吃惊的手段，让普布在她们的怀里忘记家乡。不过，普布教会了哥哥怎么用存折从县里的银行取钱,从没忘记每月往那里面打钱。

家里的境况越来越好,房子修成了村里最大的房子,父亲日加在电话里告诉他,是十二根柱子的,现在二层已经封顶了,有一半的墙也抹好了,他回来也好住了。阿妈拉姆和普姆整天乐呵呵的,把家里打理得井井有条,村里的老人、外村的亲戚,都愿意有事没事到家里坐坐,这时候,日加就坐在属于自己的那个位置,一边摇着摇臂很长的转经筒,一边不时吸一口鼻烟,从嘴里呼出淡淡的烟雾,很惬意的样子。

慢慢的,从拉萨朝佛回去的人,到拉萨治病回去的人,还有身边做生意的老乡回去探亲,带去了普布的负面消息,说他在拉萨卖佛像发财了,说他有很多很多女人,说他天天喝得烂醉,还说他和拉萨不三不四的人偷寺庙的东西。“啊啧啧。”老人听到这里,就会摇头叹息,许多年轻人会很鄙夷地说:“早就知道他不是好东西,你们还叫我们学他。”临了还朝他们家的房子吐唾沫,“呸呸”。渐渐的,村里的人,邻村的亲戚,也都不太来走动了,主动打招呼,那边应付得也尴尬勉强,有的更是远远地躲开,好像他们家得了麻风病。风言风语传来,都不太确切,给普布打电话,他还是一点没变的样子,直到有一天,舅舅向巴平措从拉萨回去,证实了那些在叶巴漫天乱飞的传言。阿妈拉姆一下子病倒了,那天,一阵狂风吹断了他们家新屋后面果园里的一棵老藏梨树,而阿妈拉姆也像那棵藏梨树一样,生命的能量日渐散佚,再也没有好起来。

仿佛跟阿妈拉姆有一种神秘关联,普姆也在阿妈拉姆病倒的那一天病倒了,但是她不能一躺了之,病重的婆婆还需要她来伺候。

在母亲身染沉疴的时候,普布回去了一趟,带去了他认为是仙丹妙药的珍珠七十丸。珍珠七十丸的疗效如何不知道,但普布的到来给一家人,特别是两个生病的女性带来了极大的安慰,普姆的精神明显好了起来,阿妈拉姆也能从被窝里时不时起来坐坐了。但普布除了让她们不断吃他带来的各种药丸,就是心不在焉地摆弄他的手机,一有时间就到山坡上去找信号打电话。

一家人，特别是家里的女性，逮着机会就给他说不能卖佛像的话，甚至拉他在佛像前起誓，就差要给他下跪了。普布哼哼哈哈地应付着，眼睛却不离开在她们看来只有指甲盖大的手机屏幕。有一天，在打了一个电话回来后，他不顾天晚，骑着骡子匆匆忙忙赶到东坝去了，第二天托人带回骡子和话来，说他有一笔大生意要做，先回拉萨了。阿妈拉姆一听，知道他还是做的那造业的事，躺在被窝里再没有说过一句话，也不吃东西，嘴里一直喃喃念着的是佛经的片断，直到向巴平措闻讯赶来，也没有听到她临终说一句什么。

虽然村里的人都日渐疏远了普布家，但阿妈拉姆的去世让许多人感知了这个女人的心，他们感念她生前的好，把她的丧事办成了村里有史以来最隆重的一次。叶巴村丧事一贯从简，这一方面是村子里条件有限，更重要的是因为大家本来就认为人的去世不过是一个轮回的开始，身后的皮囊或者饲鹰，或者喂鱼，或者埋葬，总之不要再造罪业就好。重要的无非是请僧人在中阴荐亡期间照护好亡者的灵魂，让这无依着的亡灵不要迷失，走好这一段关键的路程，至于会走向何处，大家相信，这与你今生的作为大有关系。

走过一段小道，普布搭乘的越野车上了柏油马路，轻快地跑起来，眼前的景色飞速闪过，有许多磕长头的、骑车的和步行的队伍，普布在心里算算，同村的白赤叔叔他们走了有一个多月，应该还在前头。

“那个女二号是编剧介绍来的，说是某个领导交代的，但林导想安排一个自己的人，丹尼你知道吗？”王主任继续给小张说。

“是不是上次《青衣传》里面演丫环的？”小张说。

“就是她，听说她跟林导也不一般啊。”王主任意味深长地说。

“那林导不让她上女一号？”小张不解地问。

“女一号是投资方指定的，林导也没办法。”披军大衣的主任说，“小张你也跟林导好几部电影了，怎么没要求个角色？”

“我才看不上那些，我姑父说回头送我去电影学院进修，直接学导演。”小张说。王主任说：“对对，你姑父说得对，当导演才是硬道理。不过林导也不容易，投资方的经费一减再减，条件还不少，你看林导都快崩溃了。”

普布在车后面坐着，嘴里诵着经，耳朵里不时飘进这些听得半通不懂的话，感觉怪怪的。这时，普布听见行囊里发出轻微的噼噼啪啪的声音，可能是车速快颠的吧，普布心想，把行囊扶了扶，同时闻到一股淡淡的清香。前面说着话的两个人问司机：“王师傅你车上装了什么东西，这么香？”

司机回答：“没装什么呀。”伸手往后面指指：“问他带了些什么。”

“可能是我袋子里柏枝的味道。”普布说。

“有点像柏枝的香味。”小张说，回过身趴在车座后背上想去翻行囊。普布赶紧捂住说：“就是些柏树枝。”

小张说：“比柏树枝香多了，是哪里买的，送我一些。”

“不是买的，是我们老家的。”普布只能边想边说。

“可能你们老家的比较好。”小张对普布笑笑说，“要不你坐前面来，后面太颠了。”

“不要紧不要紧。”普布扶着行囊回答说，“不颠。”

怕行囊里持续响着的噼噼啪啪声音被前面听到，普布放大了诵经的声音。看到这样，小张也不再说什么，继续跟主任聊天去了，普布放大了诵经声，那些聊天的声音再也没有听到。

三

普布在阿妈拉姆“头七”期间回到了叶巴。“头七”那一天，色尼寺来了五个僧人，还有村里会念经的，总共有十几个人在经堂通宵念经，全村一百多户家家都有人来祭奠，但几乎都对坐在逝者灵位边的普布视而不见，只有个别年龄大的，觉得不忍，对他点点头。想当初，当普布带着大包小包回村的时候，他是多么风光啊，驮东西的马队，马和骡子多的时候有十几匹，大家都围着他极尽殷勤，而现在，虽说是在中阴荐亡期，但也不至视若无睹吧。

普布受到了极大的伤害，他甚至想一走了之，当然，没过七七四十九天他是不能走的。在随后的日子里，他经常坐在经堂的佛龛前，望着家里那幅年代久远，被烟熏火燎看不清本来面目的小幅唐卡发呆，有时还不自觉地估量着唐卡的年代和价值，脑子里想着的是远方的生意。但是，渐渐地，他又开始习惯了这样一种宁静的生活，夜里，在院子里的牛铎声中入睡，有久违了的舒坦，没有酒精，没有熬夜，也没有酒醉后找不着家门。

一家人从失去亲人的痛苦和不习惯中，慢慢恢复了日常的生活，只有普姆，在挺过婆婆的"七七"后，终于躺倒了。她像一盏快要熬干的油灯，那生命的火苗失去了持续平和的力道，开始不安地跳动着。普布感觉到了那种跳动，那不是生命力的跳动，而是被外界的罡风吹动。普姆保持着自己的沉着，她不愿意家人在刚刚失去一个亲人之后，又要面对新的苦痛。她把病痛压在心里，只是说前一段太累了，想好好休息一下。

普姆这一休息，仿佛支撑着她的一根棍子被抽掉了，也像阿妈拉姆一样，她躺在被窝里，浑身像融化了的酥油，捧在手里都要漏下去。

到了藏历四月，收割青稞的季节快到了。这是村子里一年最忙碌的季节，往年这时候，家里的几亩地几乎全由嫂嫂和她一手承包了，每天一早去地里浇水，浇完水回家烧茶，把几个小的弄起床，再把茶摆在老人丈夫面前，她们好像有使不完的力气。除了收割的时候哥哥帮点忙，平时哥哥主要的事情就是去县城取钱，或者到东坝去买点东西。现在，普姆病倒了，普布打算帮助家里把青稞收完，种上下一季的玉米和小米再回拉萨。有一天，哥哥和嫂嫂下地去了，普姆把小孩们支到爷爷那里，把普布叫到身边坐下，拉着他的手说："普，"她这样叫他，普是小男孩的意思，当普布第一次和普姆上床的时候，他可不是个小男孩吗？"普，你回拉萨的时候带上我，我觉得我身上有好重的东西，想去拉萨朝佛，逝者也需要去圣地祈祷。”普布低着头没有说话，他还从没想过普姆会提出这样的要求。普姆见他不说话，接着说：“你把我带到拉萨就好，在祖拉康（大昭寺）磕完头，我就自己回来。我们家的业需要消一消。”

普姆这么淡淡的一句，让普布浑身一震，像被什么东西敲打了，普姆感觉到了，捏了捏他的手。普布说：“让我想想，让我想想。”

普布盘坐在那幅家传的小唐卡跟前，脑子里像看电视一样，清晰地划过一幕一幕，在开始买卖佛像的那些场景里，画面变得又模糊又凌乱，音乐也变得异常刺耳，而到了母亲过世这一段，屏幕一片空白，只有不知源头的地方有阵阵诡怪的声音……哥哥和嫂嫂什么时候回来的，完全不知道，孩子们爬在他的身上，也没有知觉。到第二天早上，在全家做完早祷还没有喝第一口茶的时候，普布给大家宣布，等收完玉米摘过地之后，他就带普姆去拉萨朝佛，磕长头去！听完他的决定，哥哥嫂嫂吃惊地张大了嘴巴，日加依然半闭着眼睛转着他的转经筒，呢喃着的嘴角挂上了一丝微笑，而普姆的眼里已噙满泪水。

“这怎么行，普姆的身体这个样子！”嫂嫂说。

“我磕头，普姆跟着走就行，实在走不动我们就搭车。”普布说。

普姆望着大家说：“我没事的，还有几个月呢，身体也肯定好了。”

“就你们两个，家里这老的小的，我怎么放心？”哥哥急得语无伦次地说。

摇着经筒的日加说：“听说今年玉洛的白赤要带着人去，可以跟他们一起。”

“不，拉萨我都走过多少遍了，就我们自己走。”普布梗着脖子说。

“就你那个是走拉萨吗？你是坐车去的。”哥哥瞪他一眼。

“好了好了，现在不是还早吗，等到时候再说怎么走吧。”普姆打圆场说。

普布要带着普姆磕长头去拉萨的消息不胫而走，很快传遍了叶巴的两场三村（就是党然、尼巴两个牧场和森果、玉洛、果果三个村子），有惊讶的，有赞许的，有怀疑的，更有说三道四的。

短暂的夏天很快过去了，收完玉米，家家都开始往地里运送牛粪马肥，预备着播种青稞和冬小麦。玉洛朝佛的七个人已经准备好了帐篷、架子车，白玛赤来也到家里来了几次，问有什么帮忙准备的，但普布油盐不进，就是不答应一道走。他对玉洛村的人尤其不高兴，因为在他刚刚在拉萨起家的时候，数玉洛的人来得多，后来的闲言碎语，数玉洛人的嘴里出的多。大病尚未完全康复的普姆对来了好几趟的白玛赤来说："白赤叔叔，普布是怕我的身体耽误大家的行程，家里这个样子也要晚一些才能走，你们先走一步，我们随后去撵你们。到了拉萨普布说还要领着大家去桑耶寺呢。"

就这样，在玉洛的朝佛队伍出发已经两个多月之后，普布普姆才算是要动身了。

中午，车到了波密，王主任安排要吃鱼，说波密的鱼很有名。司机给普布五十块钱，让他自己吃碗面条，普布说："我这里有糌粑。"

小张说："拿着吧，知道你们藏族不吃鱼，要不还可以请你一起吃，我还要你的柏树枝呢。"

普布把行囊拿下来，在路边的一家小面馆吃了面，在路边等车的时候，他打开行囊准备拿出一些柏枝给那个小张，这时他吃惊地发现，包裹普姆的包变得更小了，行囊里的香气也比外面浓得多，普布掏出一些柏枝放到一个塑料袋里，重新扎好行囊，对眼前发生的这些事情，他百思不得其解。

等了很久，越野车驶来，小张打开后门说："你坐进来吧，反正没有别人。"普布把装着柏枝的塑料袋交给小张，小张高兴地说："你都拿出来了，太好了，我带回内地送朋友。"

王主任跨进前门，把军大衣拿下来让小张放在后座上，普布赶紧把放在后座中央的行囊拿过来,小心翼翼地搂在怀里,小张说:“行李放到后面吧,抱着怪难受的。”

“没关系的,不难受。”普布说。司机看了一眼,说道:“行李放到后面去! 又不是金银珠宝。”普布没说什么,下车打开后备厢门钻进去坐好,王主任摇摇头笑道:“走吧。”

可能是王主任和小张都喝了酒,上车不久就睡着了,车里原先的清香变成了一股不好闻的味道。司机把车窗摇下一半,不断地抽烟,熏得普布头昏脑涨,加上通麦排龙一带全部都在修路,路面坑坑洼洼,普布完全晕了,强制着没有呕吐,但已经没有精力诵经,抱着行囊沉沉睡去。睡梦里,普布仿佛看到普姆端坐空中,身边祥云围绕,普姆对普布说:“普,车里面太不干净了,快快醒来,赶紧下车吧。”

普布清醒过来,头痛欲裂,他探过脑袋对前头说:“师傅停停,我要下车。”

司机把车停到路边,睡着了的两个人也醒来了,问:“到哪里了?”

“鲁朗!”司机说。普布已经从车上下来,正在往车下卸行李,小张揉揉眼睛说:“你不搭车了?”

“晕车受不了。”普布说。小张四下看看,担心地说:“那你今晚住哪?”

“我有行李,哪里都可以住。”普布说,挥手告别了远去的越野车。这时天色还早,鲁朗小镇跟普布半年多之前路过时已完全不同,许多房子都拆掉了,路边立着牌子,“建设西藏高端品牌,打造国际旅游小镇”。现在不是旅游季节,鲁朗没多少游客,只有稀稀拉拉在鲁朗农家旅社体验高原冬天的人在路边照相。带着普姆,普布不愿意去不远的扎西岗村打搅村民,也不愿意在农家旅社的旁边过夜,他背好行囊朝前面色季拉山脚走去,他要在那里找一个安静的地方歇息。普姆会这样希望的,他想。

四

玉洛朝佛队伍出发的时候，普姆似乎已经从大病中完全缓过劲来，甚至还可以帮着操持一些家里的事情，哥嫂对他们即将开始的行程，也不再忧心忡忡，但就在出发的前几天，也不知道是吃错了什么东西，普姆又吐又拉，整个人一下子又回到了病重时的状态，不仅哥嫂很担心，连普布也含糊起来。

"要不今年不去了，明年开春再走。"普布对哥哥说。

普姆在床上听到，急得坐了起来："那怎么行，许过的愿望不能反悔！"

"我们也没有到寺庙里许愿。"两弟兄说。

"只要心里想了，跟到寺院里没有两样。你们要是不去，我自己去追白赤叔叔他们。"

两弟兄相对苦笑，哥哥说："那你这几天要好好养病，让身体好起来。"

为了能够如愿出发，普姆不仅大量吃普布从拉萨带来的药丸，还使劲吃东西，并且强打精神每天早起晚睡干家务，普布知道普姆是装出来的，但普姆每每给他使眼色，让他不要多事。普布说先骑骡子到东坝然后顺着公路慢慢走，普姆不同意，最后，普布说："要是翻多贡拉山走，我背着这么多行李，我们到乡里这段路就不磕头了，等到了乡里我到丹巴家借个架子车，我们轮换着拉车磕头，好不好？"

普姆坐在床上，看看这个，看看那个，点点头说："好。但是主要你拉车，我磕头，还有，翻多贡拉的时候，有玛尼堆的地方都要磕头。"

普布理理普姆凌乱的头发，说："拉车和磕头是一样的功德，有人说，拉车人功德更大呢。"

"我是为了我说过的。"普姆抚着心口，喘着气说。

普姆一直没有完全好起来，大家要他们推迟行期，但普姆死活也不同意，再不走，多贡拉的大雪也会让路越发难行。日加去色尼寺祈请，老喇嘛云丹嘉措算了出行日期，对日加说："你们家媳妇应该要去的，你们不要阻拦。"日加带着寺庙的意思回来，哥嫂不再说什么，只是在本来就很挤的行囊里又塞进了许多杏干，这是普姆平常唯一爱吃的零食。

终于要走了，为了不让离别的气氛过于伤感，日加一大早就带着孙子孙女到果园去收最后一些还挂在树枝上的苹果。那些树枝巅上的果子，经过霜冻之后，红红的高高的挂着，爷孙几个在树下铺上破棉垫子，用长长的木棍小心翼翼地敲打，果子稀稀落落掉下来，引得孩子们嬉笑着满地追逐，忘记了大人们今天上路的事情。

哥哥、普布和普姆走在村子的小巷里，三个人都默默的，只有脚踩在那些核桃树宽大的落叶上，沙沙作响。来到村口的白塔前，顺转三圈，他们并排磕了九个等身长头，平常，他们只是顺着转几圈，但今天要远行了，尤其是要磕着长头到拉萨去还愿，这是少不了的。仪式进行完毕，哥哥看着他们说："这下就看你们的啦，千万不要逞能，吃不消就歇几天，坐班车也行。"说着从怀兜里掏出手帕包着的一沓钞票。

普布把哥哥的手塞回去，说："这是干什么，我身上有钱。"

"你在家里待了半年多了，哪来的钱？"

"我真的有，你别管，县里的边洛还欠着我的钱呢。"

普姆这时候说话了，她说："朝佛哪里需要带什么钱，再说吃的用的都准备好了，沿途会有别人关照，倒是你们，要照顾阿爸和孩子，辛苦了。"

"不要说这些，我们在家里照顾老小，跟普布拉车也差不多啊。"哥哥故作轻松地说。

原来村口总是有些人在这里晒太阳，今天可能还早，没见着一个人。这时，在西边阿乌拉山的缓坡上，在村子的保护神阿乌色色玛尼堆那里，传来阵阵诵经声和鼓钹声，煨桑的青烟袅袅升起，原来是舅舅向巴平措在为他们祈福送行，普布普姆双手合十向舅舅告别，过了小桥，踏上了翻越多贡拉山的小道。

头一天的路程很顺利，普姆虽然走得吃力，但天气还好，没什么风。中午在松林口烧茶的时候,她还去捡了许多柏枝。柏枝烧出来的茶,有一股说不出的香味。吃完糌粑,普布把碗擦干净装回小皮袋子里,用剩下的茶叶和茶汁浇灭篝火,再用石片压住,两个人顺着过去从四川往拉萨运茶的一条小路继续往山顶爬。这条路再上去一些,就是邻村普龙村的夏季牧场,过去运送茶叶的马帮经常会在这里被抢劫,这里森林茂密,是强盗出没的好地方。据说强盗们要抢劫一个马帮,先看他们中午打尖时吃的骨头剔得干不干净,如果不干净,那说明是新出道的,不是老江湖,强盗就会在下一站等着。老江湖啃过的骨头,野物都不会闻一闻。想到这里,普布禁不住回头张望,看看自己的火塘处理得怎样。普姆看透了他的心思,笑他道:“我们两个又没有什么值得抢的。”普布也笑了,现在哪里还有什么强盗,这里的最后一个强盗,听说活动到了六十年代自治区成立的时候,被解放军一个班包围在一个山洞里,饿得受不了,自己出来投降了。那时候他们两个还没有出生呢。

晚上住在普龙的夏季牧场,这里有许多村民们搭建的简易土坯房,夏天,村民会把牛群赶到这里,家家户户还围起了一片地种豌豆青稞,作为牲畜过冬的饲料。普布普姆找到一家临近小道的土坯房,为了防止野物特别是狗熊,土坯房都是两层,下层是夏天看护幼畜的牛圈,上层才是住人的。独木梯已经拆掉了,普布把梯子重新立起来,扶着普姆上去,然后打开用木闩插住的门,找到一个塑料桶,到水塘打满水,回来,把梯子抽上来。这时,普姆已经在灶上点起了火,柴火是现成的,就堆在旁边留着一面墙没有封闭的屋子里,这里主要用来堆放收割的牧草和柴薪。

普布把锅刷干净,烧上茶,然后打开行李卷,把垫子铺在主人家搭好的土坯床上,做完这些,天已经快黑了。普布找到主人家的马灯,但里面没有油,他拿出手电筒挂在柱子上,这时他看见普姆在灶眼前脑袋一点一点地打盹。

“普姆,普姆,别睡着啊,要着凉的。”普布摇摇她说。

普姆从恍惚中醒过来,迷迷糊糊地说:“普,你这么快就回来了？”普布见她问得奇怪，逗她说：“我从哪里回来了？”

普姆说：“你不是拉萨朝佛去了吗？”旋即好像明白过来，说：“哦，我们还在路上呢。”

“可不是在路上，还没吃饭哩。”普布说着倒上茶，放上奶渣、糌粑，还割了几块干牛肉，可普姆一点没有胃口，喝了一碗清茶，就沉沉睡去了。

借着微弱的电筒光线，普布看见普姆呼吸粗粗的，有些担心。起风了，阵阵山风从森林的树梢间吹过，传出低低的沉沉的声音，仿佛是大山沉重的呼吸。普布帮普姆盖好衣服，自己蜷在灶台边，靠着柱子也沉沉地睡着了。

五

早晨，普布被一群猕猴在下边田里捡食散落豌豆和青稞的打闹声吵醒，天已经大亮了。远处传来那种叫“慢慢鸟”的悠长的叫声：“底子古啊——”翻译成汉语就是“等一等啊”的意思。普布侧身看看土炕上的普姆，她已经盘腿坐在那里诵经了。见普布醒来，普姆翻身下床，从行囊里拿出一捧杏干，开开门撒给那一群猴子。这些猴子见了普姆并不跑开，而是叽叽喳喳围了上来，普布怕它们爬上来偷东西，摇着衣服把它们轰走了。

朝阳从东边怒江方向层层叠叠的山岭上洒落过来，暖暖地照在二层的晒台上。经过一夜的睡眠，普姆的精神好了许多，早上的茶点也吃得很好，在太阳把山谷的沟壑都照亮的时候，他们再次上路。

普布把灶台里的火仔细灭掉，把灶台上撒落的一些糌粑擦干净，临出门时再认真检查一遍，把门结结实实地拴了个连环扣，不这样的话，那些狡猾的猕猴会把这里弄个底朝天。做完这些，普布再把独木梯放倒收到一层的牛圈里，然后背上行李，追赶先走的普姆。除了上身穿的一件短皮袄，普布穿的是汉装，这样走起路来轻快，而普姆死活也不脱下她那费事的长裙，普布还在想，到了公路上，无论如何要让她穿上为她准备的长裤，不然磕起长头来,她那身裙子非得让她摔得鼻青脸肿不可。

普布很快赶上了普姆,她拄着一根路边捡来的木棍,挺轻松地穿行在树林中。清晨山里林中的空气,深深沁入肺腑,仿佛为他们注入了强大的动力。走了一段,普姆说:"现在我好多了,我想开始磕长头。"

"哎哎哎,我们不是说好了吗,多贡拉山上就不磕头了,现在山顶都是积雪,在山上不好找住的地方,最好今天赶到乡里。"普布连忙说。

普姆想了想,同意了。

穿过这片森林,他们走上了高山草甸。在一面向阳的缓坡上,许多旱獭立着身子在那里晒太阳,待他们走近,都倏地钻进地洞里。他们小心翼翼地避过积雪的草窝,爬上了山顶。多贡拉山有一个长长的山脊,东边的山顶叫多森,西边的山顶叫多雄,从多森到多雄足足有四五公里。上到多森,强劲的西风迎面扑来,吹得普姆一个趔趄。普布扶住普姆,两人在山顶的玛尼堆下避风处歇下来,普布掏出旅行壶,这还是他拉萨的汉族朋友送的哩,他在壶盖里倒上热热的清茶,在这样的时候能喝上热茶真好。喝完茶,普姆从行囊里拿出家里准备好的经幡,要去挂在山顶的经幡群里。普布说:"这一路我们要经过好多山口呢,现在就挂,以后就不够了。"

"该敬的都要敬,没有不够的。"普姆说。

普布无奈,帮助普姆在猎猎强风中挂好了经幡,"风马就先不敬了吧,到多雄那里敬风马。"普布说。

"好。"普姆说完,又大步上路了。

多森到多雄的小道,蜿蜒在高高的山脊上,远远看上去,普姆和普布像两个移动的感叹号,这个时候,两个感叹号后面,又出现了一串省略号,还发出叮叮当当的音符。原来,是森果村嘎彭措的三个儿子赶着马队去山上驮木头,他们家今冬要开始盖新房子了。

"辛苦啦!"嘎彭措的大儿子四郎赶上他们说。

见普布没有反应,普姆赶紧回礼:"不辛苦!"没话找话地说，"你们驮木头呀？"

"是啊，"四郎说，"白赤他们都走好长时间了，你们怎么才到这里？"四郎几兄弟一直在县城打工，不知道村子里的事情。

"家里的活路刚刚忙完。"还是普姆忙着回答。

四郎几兄弟是村里有名的美男子，继承了他们美人母亲的基因，四郎曾经是普姆青梅竹马的玩伴，普布对这点一直耿耿于怀，不大气。人家四郎也已经结婚生子了，不过听说他最近在闹婚变，四郎的那个媳妇十分了得，把他管得像坐牢，他准备哗变。

"普布，看你这一身行头，像一个旅行家嘛。"四郎对普布打趣道。

"唔，我就是一个背包的。"普布说。

"呵呵，"四郎笑道，"普布，上马吧，马儿帮你背包，送你们到乡里。"四郎拉过两匹马说。

普布愣了愣，说："不用了，这么走着今天也能到乡里。"

"听说普姆最近身体不好，还是骑一段吧。"四郎劝道。

"这一段没磕头就很不好了，怎么还能够骑马？"普姆说，"你们先走吧，家里是不是还等着你今晚赶回去哪？"

听见这话，四郎像被捏了软肋，低着头匆匆赶着马队走了。

望着四郎他们远去的背影，普布对普姆说："喊，这么大的人，还怕老婆。"

普姆嗔道："普，不要背后说人的坏话，不好。我们可是去朝佛的哦。"

普布耸耸背上的行李，不好意思地吐吐舌头。

六

在色季拉山原始森林延伸下来的一片小松林里，普布找到了满意的地方，这里没有太多积雪，草地干燥，下面一条小溪汩汩流过。普布在几棵松树之间把行囊卸下，用松枝铺了一个垫子，放好行囊，然后拿出小汉阳锅，下到旁边的小溪里取水。普布把头扎到溪水里，冰凉的溪水让他的头脑彻底清醒过来。他把锅洗干净，打来一锅清水，回到安置行囊的松树下，这时他又闻到了那股浓烈的香气。

天快要黑了，普布用石头搭起火灶，捡来干树枝，生火烧茶。干树枝很好烧，腾起的火苗烤在身上，很暖和。普布拿出木套碗，在盖子里倒上清茶，在木碗里放上糌粑，熟练地抓起来，他一边转着木碗抓着糌粑团，一边不时喝一口茶，不知为什么，突然悲从中来，他放下手中的木碗，扑倒在草地上，大声哭起来。

"普，普。"普布清楚地听到从安置行囊的上方传来普姆的声音，"不要哭，把心静下来，我会跟你一起去拉萨。"

普布擦擦眼泪爬起来，四周很安静，燃烧的树枝噼啪响着，好像行囊里也噼噼啪啪响着。普布拿起木碗，继续把糌粑吃完，然后认真地把木碗擦干净收起来，手掌里余留着淡淡的炒青稞的香味。普布双手擦擦脸，笼好篝火，拿出家里带出来的唐卡挂在西面，开始一心一意磕起等身长头来，他要把他和普姆从家里出来到乡里的那一段路程补上，这是普姆交代过的。普布一边磕长头，脑子里一边浮现出了他们到色巴寺的情形。

从多森到多雄的五公里，看着不远，但小道蜿蜒曲折，普布和普姆竟走了很长时间，等看到山腰色巴寺的时候，太阳已经快要落山了。

色巴寺坐落在多雄山口下不远的一面由群山环绕的山坡上，它的背后是陡峭的悬崖，前面是一百多亩青稞地，再下去，就是盘旋而下的山道，一直下到山脚的林卡乡。据说很早的时候，这里还没有人烟，从东边来了一个游方的和尚，看见这里气候宜人，蕴涵天地灵气，便在这里建一个小木屋修行，成了一个像米拉日巴那样的圣者，周边的人都慕名而来，有的拜师，有的供奉，渐渐地这里就修起了寺庙，开出了农田，形成了村落。

色尼寺是周边许多寺庙的祖寺，叶巴村的色尼寺就是色巴寺派生出来的子寺。色巴寺过去曾经出过许多道行很高的喇嘛，在藏区都有些名气。它下面的小村子，也是因色巴寺而得名的。普布看看天色，征求普姆的意见："天晚了，今晚我们在色巴村阿尼玛叔叔家借宿吧?”阿尼玛是日加最小的弟弟,在色巴寺出家,后来还俗就在色巴村成了家,但因为普布买卖佛像的行径,阿尼玛对他很是不满,普布进出叶巴也多从东坝经过,很少去阿尼玛家里。

“不,我们到色巴寺去歇脚。”普姆说。

“你一个女人,还有病……”普布喃喃道。

“色巴寺不会嫌我的。”普姆看着寺院的红顶白墙说。

色巴寺离村子还有一段距离,两个人没有打搅村民,悄悄到了寺庙大门前,这时天已经黑了,正要敲门,厚重的院门呀的一声打开了,探出一颗圆圆的脑袋。“咦,真有人来?”圆脑袋缩回去,把半扇门完全打开。

“两位请进,我家师傅在等你们呢。”有着这颗圆脑袋的小僧人抬起一只手指点方向。两个人丈二和尚摸不着头脑。初十的月亮升起来,已经很亮了。引接他们的小僧人关好大门,碎步跑到他们前头,领着他们走过青石幽幽的院子,上了大殿旁边的楼梯,来到一间僧舍外面。

“师傅,师傅,他们来了。”圆头僧人在门外轻声说。

“哦,请进来。”里面传来浑厚的声音。圆头小僧人撩起门帘,把他们让了进去。两人迈进门槛,打量着这间不大的房间,里面亮着一盏幽暗的电灯,电灯下有一盏酥油灯,因为他们带进去的风而微微晃动。

“请进来,请坐!”浑厚的声音再次响起。这时他们看见房间酥油灯前的一角,盘腿坐着一位中年喇嘛,笑盈盈地看着他们。

普布普姆怯生生坐下,还没坐稳,又听见中年喇嘛说:“前些日子就听白赤他们说你们要来,算算今天该到了。”普布普姆忙点头,普姆大着胆子问:“师傅您是加亚活佛吧?”加亚活佛是色巴寺的主持,远近驰名的高僧,但很少参与尘世事务,他们都没见过。

中年喇嘛笑笑说:“加亚活佛还在闭关,我们都是佛祖的学生。”普姆不敢问了。这时圆头小僧人捧着茶壶侧身进来,给两人倒上热腾腾的酥油茶。“请喝茶!”中年喇嘛伸手示意。看着两人喝着茶平静下来，中年喇嘛说:“你们这次朝佛，是很好的事情，但是路上可能有一些状况，不管有什么样的情况，你们千万不要惊慌。我这里有个密咒，可以在要紧的时候念，现在说给你们，你们要好好地听，认真地记忆。”说完用低低的声音开始颂唱，一边颂唱一边打着金刚结。普布普姆很快进入一种无我状态，听得很真，记得很切，似乎过了很久，又仿佛一刹那，诵经声停止了，普布普姆恍然醒来，又听中年喇嘛说:“普姆你是道场中的人，千万不要在迷离的时候走失，切记切记!”又对普布说:“年轻人，修行不只在寺庙里，造业也不尽在民间，祈福完全是为生灵。”说完把金刚结递给他们。

普布普姆双手接过金刚结系在脖子上，脑子里云山雾罩，只清晰记得中年喇嘛的密咒，直到圆头小僧人把他们领到客舍吃饭歇息，还没有回到现实世界中来。

天还没亮，普布普姆就被大殿里的诵经声唤醒，他俩这才注意到整洁的客舍在院子的另一角。他们赶紧起来，梳洗毕，想再去谢谢师傅，小僧人说:“师傅说了，两位客人起来就上路吧，不必拘礼。”普布普姆顺着囊括(围着大殿的转经道)转了几圈，在大殿的台阶下磕了几个等身长头，顶着越来越明亮的晨曦踏上了去往乡里的盘山小道。

一路都是下坡，到乡里的时间很早，丹巴已经准备好他们家的胶轮架子车。普布把行李在车上捆好，普姆拉着，丹巴又给他们准备了一块挺厚的塑料，预备他们在途中露宿时阻挡风寒，还在架子车的两头插上猎猎作响的经幡，磕头朝圣的一切差不多就准备好了。

从乡里去往318国道的简易公路已经修通，普布普姆轮流拉车磕头，中午用旅行壶里的热茶简单吃了点糌粑，下午就到了离县城不远的吉达乡。他们没有去找熟人，而是在公路边上一处背风的地方住了下来，烧茶做饭，安排停顿。

头一天开始磕头，浑身酸唧唧的，膝盖和额头都有点破了，但整体还好。普布双手枕着头，望着满天星斗，不解地问普姆:

“今年怎么这么多骑车的人，往年我去拉萨的时候从来没有见过这样一群一群的，再说现在都冬天了。”

普姆没有去过拉萨，当然也没有见过骑自行车旅行的内地游客，在她看来，这一切都很正常，在普姆的眼睛里，看到的一切原本就应该那样，没什么值得大惊小怪的。见普姆不吱声，普布又自言自语说：“这些人都跑拉萨干什么去，不会是去捡金子吧？”

的确，这一路他们见到了四五拨骑车旅行的青年男女，每一拨有十几个人，都骑着那种身子趴在车上的自行车，戴着头盔，不管男女都用围巾把脸蒙得严严实实，剩下的眼睛还被墨镜挡着，除了女人的头发，没有一丝露在外头的身体，仿佛是一堆衣物在那里飞跑。看见拉着车磕着头慢悠悠的普布普姆，有的就下车，把围在脸上的围巾摘掉跟他们说话，普姆不会汉语，不管谁问什么都微笑着点头，普布这时就停下来，回答那些稀奇古怪的问题。普布心想，这些人也真是奇怪，那你们从内地骑车来做什么呢，但他也就心里想想，嘴上没说。有一个说很好听普通话的女生给普姆一大块巧克力，普姆把口袋里的杏干掏出来给她，还指着她身边的几个人让分给大家。几个人有的皱着眉头看这个形状可疑的东西，有的在耳朵边摇着听，那个女生吹了吹放在嘴里，认真品尝了一会儿开心地笑着说：“杏儿，好吃，好吃。”普姆又抓一把塞给她，她也不客气，揣在衣兜里骑上车走了，临了还说：“拉萨见！”普布心想，我们到拉萨的时候不知你们在哪里呢。更多的骑车人是嘴里嗨嗨叫着，挥着手跟他们打招呼，这时普布就把手上的木掌碰得山响，嗑嗑嗑，身口意，身体跃起来向前滑行很长一段距离，起身，向他们招手。

七

第二天一早，太阳还没有升起来，普布收拾好东西，灭掉余火，上路了。他顺着去往五寨的小道往上走，这样，比沿着公路走会省些时间，现在他不能那样不紧不慢地磕头走了，他要背着普姆尽快到拉萨，到拉萨的寺庙尽快找喇嘛为她超度，尽快完成她的心愿。

中午的时候，普布已经走过了五寨，到了快到山顶的地方，他看见玉洛村的朝佛队伍正行进在前头不远的公路上。普布从小道斜插上了公路，快步追了上去。拉着两辆架子车的白赤和丁巴罗布看见了普布，停下车等他。白赤见他就一个人，吃惊地问："普姆呢，不是说你们一起出来吗？"

普布不知道该怎么说发生的事情，只好用刚刚想出来的话说："普姆搭了个车先走了，我追上去给她送衣服。"

"哦？"白赤狐疑地看看普布，普布不自在地耸耸背着的行囊。

"把行李放车上。"白赤说。

"不了，我急着赶路哩。"

"也不在这一天半天的。"白赤说。

普布把行囊放在架子车上，帮白赤拉车。已经快到山顶了，坡很陡，拉着架子车得走着"之"字形才省力些，普布帮白赤拉一会儿，又去帮丁巴，来回跑，丁巴说："你还是帮白赤吧，我比他年轻，没事。"

普布和白赤还有丁巴拉着架子车上到了山顶，磕长头的五个人已经在山顶休息了，看见普布一个人，也都很吃惊，白赤把普布的话学说一遍，大家都说："那样也好，不然普姆的身体吃不消。"

下到一处背风的地方，大家歇下来打尖，普布把行囊里的旅行壶拿出来，倒热茶给大家喝，大家都问："什么东西这么香？"

"我在路上捡的柏枝。"普布说。歇息一会儿，白赤和丁巴拉着车先走，他们要先去找个今晚的宿营地，搭好帐篷，为磕长头的五位准备好晚上吃的东西。普布决定今天跟白赤他们一起走，他觉得这件事情要告诉白赤才好，不然心里总是不安。

拉着架子车下山不费劲，白赤和普布并排走着，山风吹着架子车上插的经幡，就好像诵经的声音。在猎猎作响的经幡吹动声中，普布告诉了白赤发生的事情。白赤神情庄重地听着，听到最后，很有些激动。

“这些事情听到过，但从没有见过，再说这是高僧大德身上发生的事情啊。”白赤绕到架子车旁边，敬畏地看着行囊说。

“昨天晚上里面还有声音，我觉得是逝者得道了，真的。”普布说。

“是啊。”白赤沉思着说，他也闻到了行囊里散发出的浓烈的香气，但他怕这是外道的邪行，说，“我们最好到哪个寺院去求教一下。”

说到寺院，普布又告诉了白赤他们在色巴寺碰到的情形，并把金刚结从衣领里掏出来给白赤看。

白赤说：“那是索南喇嘛，这就是了，不要有疑虑。既然逝者让你尽快到拉萨，你就请先行一步，不必与我们同行。”说完，双手捧起行囊给普布背上，从架子车的行李里拿出一包风干肉说：“这一路或者搭不上方便的车子，公共汽车里过于污秽不能坐，说不定得走到拉萨，要保持体力。”

普布没有推辞，接过牛肉说：“那我就先行一步了，你们一路保重！”

普布下到山下的达卓沙村时，天才擦黑，天上飘起了细小的雪花。普布思量着找一处避雪的地方歇下，这时他看见在进村的岔路口，一位老人撑着一柄雨伞站在那里向他招手。普布走过去，老人右手撑着雨伞，左手搭在眉头看着他说：“年轻人，是行路还是朝佛？”

这么一问，普布倒愣住了，这算行路呢还是朝佛呢？

老人接着说：“说你朝佛吧，你背着行囊行色匆匆，说你赶路吧，你额头上又有朝佛的印记。”

“老人家，我是去拉萨还愿。”普布说。

“好好好，”老人说，“就等你这个还愿人。”说完拉着普布的手往村里走去。

“老人家，您这是带我去哪里？”普布边跟着走边问。

“今天是十月十八，观音菩萨的节日，我们村子发愿，要请五十个朝佛和还愿的人到村子里有条件的人家歇息，你是我们家的客人,也是今天的第五十个。”老人说。

“如果还有人下来呢?”普布问。

“没有了,这个时间除了一些骑车旅行的游客,他们都会赶到前面旅舍去住。磕长头和步行朝佛还愿的或者已经过去,或者在山上休息了,所以你和我老人有缘。”老人因为心愿实现,高兴得步履轻快,还没走进村子就大声呼喊起来:“曲珍,曲珍,快把座位准备好,快把茶热上,我们的客人来了。”

普布跟着老人进到屋里,看见黑压压有十来个人,有人往边上挪挪,在正对火塘的位置给普布让出一个地方。普布护着行囊说:“我不冷,你们请坐!”说完在边上找了一个地方坐下。刚坐好,主人家就端上来热腾腾的酥油茶。好长时间没喝到酥油茶了,普布一连喝了三碗,这才想起来注意周围的人,像驴喝水一样喝茶,会招人笑话的。环顾左右,好在大家都低头吃粑突(糌粑糊糊),并没人注意他。普布双手接过主人家送上的粑突,粑突飘着酥油奶渣的香味,他捧着碗温着手打量屋子里的人,里面大多数都是磕长头朝佛的,从他们风尘仆仆的行头和额头的老茧就能看出来,他们都神态平和,安安静静地喝粑突,小心不弄出声音。还有一些是徒步转山的,看他们轻松的样子,像是走亲戚串门。里面甚至还有两个内地的汉族人,大概是徒步旅行的,也算是一种还愿吧,因为人多,屋子里很暖和,但空气不是很好。

喝完粑突,普布找到老人:“老人家,我能不能在你家院子里住一晚上,屋子里人太多。”普布悄悄地说,这时有的人已经在卡垫上躺下了。

老人说:“天气太冷了,在外面要生病的。”

“没关系,我身体好!”普布说,“主要是我打呼噜,怕影响大家。”

老人笑了,点点头领着普布出去。普布小心拿好行囊,这时行囊已经很轻了,完全没有包裹着一个身体的感觉。普布跟着老人到了院子里,雪已停了,天开始放晴,高原的气象就是这样阴晴不定。老人把普布带到一处背风的地方,那里本来就搭着一个简易的床铺。老人说:“年轻人,你不愿意住在屋里,还有别的原因吧?”

“老人家,不瞒您说,这行囊里有我老婆的衣服,她朝佛先去了,我去给她送衣服,怕弄脏了。”普布把行囊放在头顶的地方说。

“是这样,那你明天要一早赶路了。”

“是啊,怕晚了。”

“好好睡吧,我让家里人给你准备点上路的东西,明早我起来送你。”老人说完,做个睡觉的手势后告别离开。

躺在干燥舒适的简易床上,普布却怎么也睡不着。天已经彻底放晴了,雪后的天空显得分外晴朗,银河的万千星斗密密麻麻挤在一起,有的地方已融为白白的一片,它们发出的星光照得整个院落都清晰可见。头顶的行囊今夜很安静,静静地散发出淡淡的香气,使普布的心也静静的。天上的银河慢慢地移动着位置,东边的启明星升了起来,这时,普布看见老人蹑手蹑脚地走过来,深深嗅着院子里的香味。他在普布的床头伫立良久,然后又悄悄回去,从黑影里拿出许多东西放在边上,毫无声息地回到屋里。

天渐渐亮了起来,普布不知道自己是睡过还是没睡,头脑异常清醒。屋子里的人还在酣睡,普布轻轻起来,收拾好卧具,再把行李捆扎好,他看见老人放在他身边的东西,有一双军队的厚皮鞋,有一件雨衣,还有手套,吃的,一点钱,普布试了试鞋子,很合脚。出发的时候,普布本来想多装一双鞋子但装不下了,脚上穿的在然乌的时候完全湿透,一直没有干,这双鞋子正好可以换一换。普布把旧鞋子包在塑料袋里系在行囊外面,向屋子里手心向上施礼,然后悄悄走出院子。

八

村子里很安静,连狗叫都没有,架在小溪上的玛尼转经筒清脆的铃铛声遥遥传来,还有牛圈里一些牛铎的声音,让四周更显得宁静。普布走到村口,却意外地看到村口有三个人影,走近了一看,是那位主人家和那两个内地客人。

“老人家你们早安!”普布举手施礼说。

老人还礼,接着说:“年轻人,知道你要早行,我们在这里等你。”

“有什么指教?”普布说。

老人指着两个跟他站在一起的人说:“这两位是内地来的客人,也是要徒步到拉萨的,你们可以搭个伴。”

“他们也是朝佛还愿?”普布问。

“应该是吧,不然大老远徒步过来。”老人说。

普布点点头,用汉语问他们:“你们是从哪里来的?”

两位一听普布会汉语,高兴地说:“我们是从丽江过来的,准备去阿里。”

“你们也是朝佛的?”普布问。

“是,是,西藏的一切都是神圣的。我们是摄影家。”其中一个眼镜举了举挂在脖子上的照相机说。

普布觉得奇怪,他见到过的照相的人都开着车或者坐着车到处跑,没有走路的。见普布迟疑,另一个黑瘦的高个子说:“我们两个都是老西藏了,我们徒步是为了深度了解藏文化。”普布在拉萨见过这样的人,他转过头对老人说:“他们都是照照片的,准备要去阿里朝圣。”

“呀呀!”老人惊叹着点头,又说,“给你准备的东西都拿上了吧?”

“拿上了。就带了鞋子,其他不需要,鞋子很合脚,谢谢您!”普布说。

老人哈哈笑了:“合谁的脚谁就是它的主人。”老人又说:“既然你会汉话,他们又是老西藏,你们正好互相照应。”

三人向老人告别,踏上在晨曦中散发着微光的柏油路,路上没有车辆,没有行人,三人默默走路,都不说话。普布走得很快,但他没想到这两个人走路一点也不比他差,他们的行李也不比他少,除了背囊,两个人还背着硕大的摄影包。慢慢地,从他们的背后发出越来越明亮的光，东边的天际已经被山背后的朝阳映红了。

天光放亮，打破了三人的沉默，黑瘦的人问普布："小伙子你叫什么？哪里的人？怎么一个人走？"面对着一连串的问题，普布不知道怎么回答才好。黑瘦的人接着说："我们两个是朋友，已经走过大部分藏区了，现在只剩阿里没去。你叫他眼镜，叫我黑子就行。"

普布回答了黑子的问题，说到为什么一个人走的事，普布还是说："我老婆朝佛先走了，我去给她送衣服。"

"送衣服这么着急？"眼镜不解地问。

"这可不是一般的衣服。"普布说，紧了紧背上的行囊，行囊更轻了，好像并没有装过身体，只是在清晨的空气里，散发出的香味十分强烈。

"你身上什么这么香？"黑子抽着鼻子问。

"我带的柏枝。"

"柏树枝不是这个味道。"眼镜说。

"我们家乡的柏枝就是这个味道。"普布说，"你们过八宿的时候没有见到过？"

两个人认真回想，摇头说："没有。"

从达卓沙村到山脚不是很远，太阳出来的时候他们已经到了。两个摄影家忙着照日出景色，普布坐在路边休息，太阳照得暖暖的，普布感觉倦意阵阵袭来，打起盹来。

"哎哎，小伙子这么睡觉可不行，要着凉的。"照完相的黑子摇醒普布说。

普布揉着眼睛醒来，感觉头昏昏沉沉的。黑子和眼镜拿出各种吃食，在向阳的山坡上吃早餐。"你们喝不喝热茶？"普布强打精神问。

"有热茶当然好啦。"眼镜抢着说。

普布在草坡的一个小坎上用石片掏一个洞，到公路边上的水沟里打来清水，顺便捡回来干燥的树枝，一会儿，冒着热气的清茶烧好了。

“哎呀呀，有藏族兄弟就是好，能喝上热茶。”捧着热腾腾的旅行杯，黑子感叹道。食品的香味引来了周围几只流浪的狗，前爪撑地在不远的地方坐着看着这边，黑子紧张地四处找石子。

“没事，它们没事，只是等着我们给它们点吃的。”普布忙说。

眼镜说：“普布你不知道，黑子招狗，不知道他前世跟狗结下了什么梁子，狗见着他就咬，这一路我们基本上都是搭车，如果从早上出来的地方走三四个小时搭不上车，我们往回走找住的，从来不敢在外头过夜。”见眼镜这么说，黑子也不生气，补充道：“这些狗东西就是欺负人，一次在拉萨哲蚌寺照相，有一个院子，好多男女都进去照了，没事，我刚进大门，几个狗东西就扑过来，这不，我随身都带着打狗棍呢。”普布这才注意到他的背囊上挂着一根制作精致的木棍，头上一根铁链上还挂着一个铁球，这要在狗身上来一下，也够它们受的。

普布不以为然地摇头说：“我们藏族有个说法，狗都是欺负怕它们的人，怕狗的人身上有一种恐惧的味道，它们能闻出来。”

“是吗？”黑子在自己身上四处闻，除了普布放在边上行囊里的香味，就是砖茶的清香，“我也不怕狗啊。”黑子接着说。

“不怕才怪，见着狗就往我身后躲，你看我像保护他的样子么？”眼镜说。的确，黑子高出眼镜一个头，又黑，普布怎么看也不对。

黑子觑着旁边的狗说：“这些狗东西，欺软怕硬。可是我又离不开西藏，哎呀，我最大的愿望就是买一辆退役的消防救火车，开着到藏区摄影，狗东西敢来我就用水枪滋它，消防梯还可升降，找角度也方便多了。”

“到时候我们搭伴，轮流开车照相。”眼镜说。

“那不行，我自己雇个开车的，雇个做饭的，想去哪就去哪，天下第一牛逼摄影家。”黑子说。两个人讨论着开救火车来西藏摄影，都兴奋得眼睛放光。普布不知道救火车与摄影的关系，也为他们高兴。

吃完早饭，几个人继续赶路，一路上黑子和眼镜走走停停，拍摄尼洋河的风光，普布的头也越来越沉，走得很慢，身边不时有骑车的，徒步的人超过去。中午，他们才走到巴结，在去往巴结巨柏的岔路口，两人停下来说："普布，我们要去看大柏树，你去不去？"

朝佛又不是旅游，普布心想，再说人也很不舒服，他摇摇头。

"那你前头先走，完了我们去追你。"黑子说。

"一起去吧，"眼镜劝道，"你身上不是带着柏枝吗？在著名的大柏树再带点柏枝不是挺好吗？"这句话打动了普布，是啊，这一路全靠着这些柏枝了，再说普姆的身体也没有什么异味，稍微走慢一点也不打紧吧。这么想着，普布跟着黑子眼镜拐进了去大柏树的岔路。

没有什么游客，但门口还守着卖票的。黑子说："我们跟这个藏族朋友去朝拜大柏树。"说完往里闯，守门的拦着说："他可以，你们要买票。"眼镜摊着两手说："我们不都一样吗？"守门的还是坚持要票，僵持不下。普布说："兄弟，他们两个是去拉萨朝佛的，还要去阿里，我们是一起的。"守门的看看这个，看看那个，说："我们这棵大柏树是祖师辛饶弥沃的生命树，跟你们朝的佛不一样。"黑子说："佛教本教都是一家的，都教人积德行善，对不对？"守门人看他说的还有道理，把拦住他们的手收回去了。

到了大柏树下，两个人高兴得大呼小叫，上蹿下跳，最后爬到山上照相去了。普布觉得眼睛发紧，靠在平常小贩卖东西的货摊昏睡了过去。也不知过了多久，他被人叫醒，睁眼看见一个工布打扮的脸颊红扑扑的女子。"大哥，你烧得厉害。"工布女子说。

普布吃力地想站起来，工布女子说："别动，我哥哥去叫人了，我们把你送医院去。"

普布说："我不去医院，我没事的，休息一下就好了。我还有两个朋友呢？"普布艰难地四处张望。

"你的那两个朋友先走了，他们说要赶到八一找去拉萨的车，让我们帮助照看你。”工布女子说。这时，就看见几个穿着工布皮背心，戴着狐皮帽的男子匆匆赶来，领头的一个问：“巴姆，他怎么样啦？”

“他醒了，但他说不去医院。”巴姆说，又对普布说，“他是我哥哥扎西。”

扎西打量着普布说：“那先扶回家吧，看他这样今天也走不成了。”

几个男子将普布扶起来，扎西要去帮他背行囊，普布连连摆手说：“这个行囊我来背。”扎西说：“怕我抢你的？”

普布红了脸，说：“这里装的是我老婆的衣服，她朝佛先走了，交代我千万不要弄脏弄丢，所以……”扎西点点头，帮助普布背好背囊。在大柏树的林子里，背囊里散发出的香味似乎更加浓烈，普布主动说：“这里面装了我从八宿带着的柏枝，我是叶巴人，叫普布。”

“哦，普布，你这个香很特别。”搀扶他的一个人说。

“姑娘，能不能请你帮我捡一些大柏树的树枝，我一起带到拉萨。”普布对巴姆说。

“好，你们先走，我捡了就回来。”巴姆答道。

几个人扶着普布下了很长的台阶，走出大门，来到旁边的村子里，进了扎西家。村子里的院子用木板围着，两层房子的屋顶也都是彩色钢板，十分明丽显眼。进到扎西家的院子里，两只藏獒摇着尾巴迎上来，大家把普布扶进客厅，安排他坐在卡垫上。

“我身上土太多，坐地上就行。”普布说。

“不用客气，卡垫就是给人坐的。”扎西说，“你病得不轻，还是应该去医院看病。”

“我不去医院，医院不干净。”普布说。

扎西沉思了一会儿说：“如果你不介意，那就请我们村子里的师傅看看。”

普布知道扎西说的师傅是村里的本教祭师，他有点犹豫，但却身不由己地点点头，因为听寺庙师父说过：一切教乘并行不悖，一切善行均属布施。

九

在扎西去请师傅的时候，普布又昏昏沉沉地睡去，连扎西的父亲帮他换上干净的衣服，他也浑然不觉。

一会儿，村里的师傅到了，闻到屋子里弥漫的香味，他有点吃惊地望望普布放置在头顶的行囊，但没说什么，而是盘腿坐在屋子的上座开始诵经，一边念诵一边用彩色丝带打结，念诵完毕之后，师傅说："你们家客人没什么大碍，他需要一些休息，他可能要在这里住一段。"

扎西巴姆兄妹俩在师傅的指导下在院子里点着一些柏枝和果实，袅袅的青烟和着淡淡的香味，持续向着大柏树的方向飘去。做完这些，师傅吩咐他们说："把客房收拾干净，让客人好好歇息，把新年的结达多给他吃点。"

果然，普布在这个绿色的小村子一住就是好多天，脑子清醒过来，但身体始终软绵绵的。村子里刚刚过完工布新年，到处都还弥漫着过年的气息，村子里的小孩，兜里揣着零食，开心地追逐打闹，时不时跑到扎西家好奇地打量普布。普布担心行囊，但那里除了已经变得淡淡的香味，没有什么异常。白天，扎西一家人除了叫他吃饭，不太打搅他。他们用酥油、细奶渣和甜奶酪捏成疙瘩，一个个串在木棍上，用火烤熟，就像烤羊肉串一样，味道十分香甜。扎西告诉他，这是他们过年必须要吃的食品，叫结达，是在除夕晚上吃的。"这天晚上每个人都得拼命地吃，一定要吃得饱饱的。据老辈人说，每逢除夕的夜半，鬼要进屋背人，吃得饱鬼就背不动了。"扎西说。扎西还告诉普布，工布新年有一个很重要的仪式，大年三十，人们还没有吃饭之前，家家都要把过年准备的好东西拿出一些放在木盘里，请家里的狗来赴宴，今年他们家的狗吃了措——就是糌粑、酥油、奶渣做成的供品——明年一定是个好收成。

告诉不告诉扎西家发生过的事情，普布一直很纠结，倒不是什么门派观念，在他的家乡也有许多本教信徒，普布觉得彼此没什么区别。他有点担心说出真相之后扎西一家会受惊吓,他们的忌讳好像挺多。

这天,普布一早醒来,感觉体力完全恢复了,结达的营养很丰富,使普布觉得现在浑身都是力气,但他没想好怎么离开,他决定背着行囊再去大柏树,或者到那里他会想明白。他换上巴姆帮他洗干净的衣服,将换下来的衣服仔细叠好,背着行囊从客房走出来。扎西和巴姆可能干活去了,院子里没有人,两只藏獒亲昵地靠上前来,普布挠挠它们的头。这时扎西的父母从正厅走出来,招手说:"孩子,吃了早饭再走。"

"阿爸阿妈,我只是到外面转转。"普布说。

两位老人没再说什么,笑眯眯地看他打开院子门出去。

虽然是冬天,但村子周围的群山都还郁郁葱葱,那些松树、柏树,还有普布叫不出名字的树,都显得生机勃勃。空气湿润而清新。普布大步向大柏树方向走去,到大门口的时候,守门人问他:"你全好了?"

"全好了。"普布答道。

"要走了吗?"守门人问。

"这个,还没定呢。"普布嗫嚅道。

"如果定了要走的话,就请慢慢走啊。"守门人说。

普布致了谢,进到园子里。园子里杳无人迹,普布在大柏树下干净的地方把行囊放好,在旁边坐下来。清风拂来,满山的松柏似乎在发出一种喃喃的声音,又仿佛普姆在耳边低语:"普,我的身语意现在都是香供了,供奉佛法僧,供奉天与地,也供奉各方圣主,消除业障,你不要有异想,诸行都是修行,诸施皆是布施。"

普布的心一下清明了,他起身捡拾了一些柏枝捧在怀里,背上行囊出了园子。守门人不在,普布把园子的铁栅栏门掩好,回到扎西家。

"我们以为你走了呢,扎西还到公路边看了一回。"快嘴的巴姆说。

"我到大柏树又去捡了些柏枝。"普布说。"准备走了吗?"

扎西问。

“准备走了。”普布说。

“喝茶,吃了再走。”扎西说。

“好的。”普布回答,盘腿坐下来,打开行囊,把里边的东西一件件掏出来,拿出包裹普姆身体的衣服时,它已经只有一件皮袄那么大了。普布把包裹在头上顶了顶,说:“这就是我老婆的衣服,她先去拉萨朝佛去了,我赶着把衣服送去。”

“哦呀!”扎西一家赞叹道。

普布把行囊里掏出来的柏树枝递给扎西说:“这些是在然乌湖捡的,可以做香供。”又把那块巧克力送给巴姆说:“这是一个骑车的内地姑娘送的,送给你,但没有结达好吃。”巴姆接过去说:“内地游客都喜欢吃这个,包装纸到处都是。”

喝过早茶,普布起身告辞,他伸出手心半躬身子给两位老人施礼说:“阿爸阿妈保重,我会为你们祈福的。”又跟扎西和巴姆施礼,扎西拿出一顶狐皮帽子说:“你的帽子太单薄,这一路还要翻米拉山,这顶帽子你戴着。”

普布双手接过狐皮帽子戴在头上,“谢谢啦!”他再次施礼,转身走出扎西家,走出这个叫米涅的村子,又回到了 318 国道上。

十

从八宿出来走到这里,普布记不得走了多久,但他知道到拉萨的路程已将近一半。背着包裹着普姆身体的行囊,普布已经从悲伤和急切中平静下来,他有一个愿望,一定要这样稳稳当当地把普姆的身体送到拉萨。他知道普姆已经走远了,这个身体去不去并不重要,但他要这样做,不仅是因为他的承诺,也是为他的救赎。

中午,普布走过了热闹的八一镇,他没有停留,而是沿着城市边上的公路继续往前。这里,一边是尼洋河广阔的河滩,一边是松林密布的山峦,公路在山河之间蜿蜒向前。天气晴朗,普布有些出汗，他没有休息，边走边吃扎西家给他准备的点心，路过那些磕长头拉架子车的人，他也给他们一些，这样，到了第三天傍晚，他甚至快走到了百巴镇。

百巴镇是318国道上的一个小镇，多年以前，这里只有有数的两三家商户。有一次，普布跟生意伙伴白玛德庆和布穷从老家出来，沿途收购古董，走到百巴，在茶馆里听说镇上有一家人有一幅年代很久的唐卡。“里面画的有花有鸟，跟我们看见过的唐卡都不一样。”茶馆里聊天的人这么说，精于此道的白玛德庆问他：“别吹牛皮，你见过没有。”

“当然见过。”聊天的那位拍着胸脯说。

白玛德庆拿出五十块钱递给他说：“你带我们去开开眼，如果是真的，我再给你五十块钱，如果不是真的也没关系，你就不要再在这里吹牛皮了。”白玛德庆转过身对几个茶客说：“我还没有见过跟别的唐卡不一样的唐卡呢，画唐卡是有规矩的，一丝一毫也不能出错，对不对？”

那个人被白玛德庆撩拨得急不可耐，完全忘记了他们是干什么的，说：“谁骗你，如果不是真的，我倒给你一百块钱。”

“好好，”白玛德庆站起来往外走，边走边说，“如果是真的，我再给你一百块钱。”

就这样，白玛德庆他们几个跟着那个人到了镇子西边的一户人家，敲开门，那人说：“娜姆姐，快把你们家的那幅唐卡拿出来，这几个康巴人就是不信咱们有那样的唐卡，让他们长长见识！”

那个被叫做娜姆姐的老人嗔怪地说：“旺堆，你又喝酒喝多了吗？我们家哪有那样的唐卡。”

叫旺堆的这个半大老头叫道：“谁说没有，昨天我才见过，我跟他们打了赌的。”

娜姆老人叹口气：“你这个人，什么时候能改了这副德行？”老人看看普布几个，又说：“你们几个年轻人，跟这个老疯子瞎闹什么？”

白玛德庆这时候上前说道：“老太太，不是我们跟他瞎闹，而是他说的那种唐卡，我们从来没见过，想来长长见识，您老也让我们开开眼。”

老人无奈地摇摇头，把他们让进门，领到经堂，经堂右侧的墙上挂着一幅罩着帘子的唐卡，尺幅不是很大，也没什么特别的，叫旺堆的半大老头抢着要去掀帘子，娜姆用身体挡住他，恭敬地打开罩住唐卡的帘子说：“我的老家在日喀则的萨迦，这是我们家祖传下来的。”

展现在普布他们面前的，是一幅很特别的唐卡，画面的右上方是一棵松树，松树下侧坐着一位头上罩着光环的佛，手上托个宝塔，有神龙保护，在佛的下方，是一片水面，佛的身后有龙女在供奉鲜果，水面上莲花盛开。普布他们都看呆了，白玛德庆双手合十说：“老人家，我们算开了眼界了，谢谢，谢谢！”

“是真的吧？”出了门，旺堆得意地说。

“没说的。”白玛德庆掏出一百元塞给旺堆说，“大叔，您问问老太太，这幅唐卡卖不卖，我们出好价钱，还给你分成。”

旺堆迟疑地说：“这个老姐姐脾气怪得很，再说这卖唐卡的事……”

“放心，我们也是捐给有缘人，不会亵渎的。”白玛德庆连忙说。

旺堆当然知道这捐的意思，问：“你们能给多少钱？”

“看老太太，我们最多可以出一万。”

“一万？”旺堆问，那时候一万在这里还是巨款，“我试试看啊。”旺堆说，颠颠地去了。

看着旺堆远去的身影，白玛德庆压抑不住兴奋地说：“该我们发财了，我听说过这幅唐卡，说是元朝的时候把宋朝的一个皇帝送到萨迦寺关押，他带来的好多画匠，画过这样的唐卡，一幅至少十几万元。”

现在该轮到普布和布穷张大嘴巴了，三个人急切地盼望旺堆带好消息回来，见旺堆沮丧着脸回来，都觉得很失望，但白玛德庆还是再给了旺堆五十元钱。

已经下午了，普布他们往镇子上走，预备租一辆小面包到巴河镇去。走在路上,白玛德庆说:“你们两个敢不敢跟我做件事。”普布吓了一跳,他知道白玛德庆想的什么,说:“杀人可不行。”

“嘁!”白玛德庆轻蔑地说,“谁让你杀人了,你们听我说……”如此这般,普布和布穷听白玛德庆这么说,觉得可以试试。三个人没有到镇子里雇车,而是找一个僻静之处潜伏下来。

天黑尽了,普布他们三个潜到娜姆家的院子门口,先用骨头堵住看门狗的嘴,翻墙进去,白玛德庆和布穷溜到院子后头,用从修车铺偷来的柴油点着了院子里的柴火堆。普布看见娜姆老人和另外一老一少两个男人慌慌张张开门出来,他马上闪进屋里,打着手电跑进经堂,摘下那幅唐卡揣进怀里,把下午预备好的用树棍和棉布做成的仿制品挂上去,这时他听见有脚步声,看见娜姆匆匆进来,打开电灯看见唐卡还在,又马上跑出去了。

普布强压着剧烈的心跳,悄悄潜出屋子,从原路翻墙出去,白玛德庆和布穷已经在那里等他,三个人马不停蹄走了一个通宵,第二天天亮,不敢走公路,翻山进入巴松,在那里藏了一个星期,才辗转到了拉萨。那幅唐卡并不如白玛德庆所说,是元代初期的作品,但它独特的风格还是卖了一个好价钱……

普布在快到百巴镇的地方停下来,过往的事情让他还没有想好是今晚潜过去还是明天一早过去。这一路他没有想起这件事情,但现在想起来了,他不知道怎么办才好。

十一

在离开公路不远的灌木丛,普布找到一块别人曾经使用过的宿营地,背风的地窝里铺着厚厚的干草,取水也方便,最重要的是有一块裸露的地表正好生火。这里的植被现在很干燥,在野外生火要特别小心,植物的生命现在是最脆弱的时候,也是最需要人去保护的时候。

吃完糌粑,收拾停当,普布从背囊里拿出家里的那幅老唐卡挂在一丛杜鹃上。如果是春天,这种高山杜鹃会开出大簇大簇粉红花朵，铺满满山遍野。普布开始磕头，心里却挥不去在百巴镇做过的那件事情。普布高声念诵他粗通的一点经文，希望心能平静下来。

银汉灿烂，万籁俱寂，磕完头普布和衣躺下，眼望无尽星空，耳边传来尼洋河亘古不变的流水声。普布心里打定了主意。

第二天一早，等到镇子已完全笼罩在阳光之下，普布才不紧不慢地收拾好宿营地，背上行囊，迈步向镇子走去。百巴镇的大多数人还在家里喝茶，街面上一群流浪狗安卧在路边晒太阳，镇子中心公路两旁现在已排满商铺，有百货店，有餐馆，有移动公司的营业部，更多的是修车铺子。那家几年前去过的茶馆还在，普布挑帘进去，还没有一个客人，"招待，招待。"普布探头叫道。

"来了来了，"应声出来一个年轻女子说，满腔康巴口音，"现在还没营业哦。"

"姑娘，我问问这里的老板换了没有？"普布说。

"我也不知道，我刚来几天。水快开了，要喝茶等一会儿就好。"姑娘听出了这是个老乡，热情地说。

普布四处环顾，找个角落坐下问："有个叫旺堆的老汉还在不在？"

"在在，天天来喝茶。"姑娘说。

"还是那么爱吹牛？"

"嗳，好像镇子里什么事情他都知道。"

"他有没有讲过一个老唐卡的故事，曾经有几个人在这里买唐卡。"

"没有呀，没听说过这样的事。"

"西头叫娜姆的老太太还在吗？"

"在呀，他们家儿子现在开了一家旅社，专门接待那些做木头生意的人，生意好得很。"

"哦，他儿子在家？"普布有点意外。

"还有好多服务员呢，我都想去，那里的工资比这里高。大哥你认识他们家吗，认识的话帮我说说。"姑娘热切地问。

"我……不认识。"普布尴尬地摇头。这时厨房的水壶响了，姑娘进去灌水，普布转身离开茶馆，如释重负。

站在空空荡荡的街上，普布又拿不定主意了。去还是不去，普布有点犹豫，他没有想到娜姆老太太的儿子也在家里，如果争执起来，那不是错上加错了？这么想着，他信步走到了镇子西头，娜姆老人家里被火烧掉的后院，盖起了很气派的三层房子，早不是过去的模样，但那栋小楼依然没变。普布走过家门口，这里静静的，大概都还没有起床。普布从街的另一边踱过去，马路笔直地通向远方，前头是巴河镇，通往拉萨。

走过镇子，普布停了下来，这两天那种轻快赶路的感觉没有了，他仿佛觉得背上的行囊也沉重起来。不管怎么样，都应该到老太太家去一趟。普布这么想着，转身走回去。

“笃笃笃。”普布敲响了娜姆家的院门。

“请进来，门开着！”普布听见里面一个老人的声音，他迟疑了一下，还是推开门进去。院子里一个老人正在给窗台上耐寒的海棠花浇水，院子也刚刚扫过，早晨的阳光洒进来，温暖而宁静。“谁呀？”老人手搭凉棚问。

普布已经认出她来，虽然过了好几年，但老人的容貌并没有太大的变化。普布上前几步，停在老人面前：“老人家，您还记得我吗？”

老人仔细看了看，有点吃惊，但很快平静下来：“来过我们家的客人，请屋里喝茶。”

“老人家，我……”普布没挪步子。

“小伙子，有什么事情也要进屋说呀。”老人停下来等他。

普布跟着老人进了客厅，在卡垫上不安地坐下来，卸下背囊。

“小伙子，你这么早到哪儿去？你的那几个伴呢？”老人问。

“我们早就不在一起了，我这次是去拉萨朝佛。”普布回答道。

“朝佛就你一个人？”

“我媳妇先去了，我赶着给她送衣服，路过这里，进来探望您。”普布说，边四下打量。

“老头子转经去了，儿子还没起床呢，请喝茶。”娜姆老人说。

普布双手接过茶碗喝了一口，屋里依稀还是过去的布置，通往经堂的门被帘子挡着。娜姆老人把茶壶煨在火炉上，趁着这个当口，普布从背囊里拿出他从家里带来的那幅小唐卡，捧在手上，小心翼翼地说：“老人家，几年前我们几个想买您家的唐卡，后来……”

“我不是没卖给你们吗？”老人打断他说。

“后来……”

“后来我们家失了一次火，把后边的木料全烧光了。”老人说。

普布的脸涨得通红，他站起来捧着唐卡说：“老人家，那天晚上是我们几个偷了您家的唐卡。”

“坐下坐下，”老人打着手势说，“我们家的唐卡没有丢啊。”见普布吃惊的样子，老人站起来走向经堂，一边走一边说：“你看这不好好供着！”

普布跟老人进到经堂，看见他们用木棍和棉布做的所谓唐卡赫然挂在那里，有些不知所措。“佛在我们心里，哪是能偷得去的。”普布听老人说，羞愧难当，他把捧着的唐卡放在佛龛上，磕起了长头。在普布磕头时，老人往佛龛的酥油灯里添着酥油。磕完头，普布说：“老人家，这是我家的一幅唐卡，想留在您这里……”普布找不到更好的词汇。

老人从佛龛上请下那幅唐卡，在头上顶了顶说：“小伙子，你是去还愿的，还是带着好。”正说着，院子里响起了一个老人底气十足的声音：“老太婆，家里来客人啦？”

娜姆老人赶紧迎出去，一边高声说：“来了朝佛路过的熟人。”一边手里比划着给他使眼色，“老头子，今天回来得这么早？”

“茶馆的旺姆姑娘说有人打听我们家，我想是有客人来。”老头有点不明就里，看见普布捧着一幅唐卡从经堂里出来，明白了点什么。

“老人家好！”普布向老头躬身施礼，那个晚上他只看见过老头的身影，现在内心感觉十分复杂。“我是来赔礼道歉的。”普布接着说。

“有什么事情说清楚就好。”老头已经彻底明白了，“听旺姆姑娘说你就一个人，就一个人去朝佛？”

普布坐下来，把唐卡小心收好，把发生的事情简单告诉了两位老人，他隐去了背着普姆的身体上路的情节，只是说为了完成逝者的愿望，他想早一点赶到拉萨。在普布讲述的时候，两位老人一边念经，不时发出“啧啧”怜惜声，“宁吉宁吉（可怜的），”他们说，“你一路也吃苦了。”“这也是朝佛应有的修炼吧。”他们又说。这个时候老人的儿子也起床了，普布不知道他是不是那天晚上的小孩，在他面前是一个老板气十足的高大汉子，听说普布要赶着去拉萨还愿，他说正好有拉木料的车子要去拉萨，驾驶室也没有人，他打个招呼就行。

十二

普布坐上了开往拉萨的卡车。

现在的卡车跟普布曾经坐过的完全不同，驾驶室的后排可以睡觉，车上拉的木料比过去的几辆车子拉的加起来还多，可能要好一大片林子的树才能砍伐出来，它们挤在一起，散发出一股新鲜的味道，显然刚刚砍下不久。司机师傅是一个和蔼的中年人，比一般西藏人还黑，像一个拉萨经商的尼泊尔商人。普布抓住高高的扶手爬上去，笨拙地往后排挤，司机拉一拉他的衣襟说：“不用到后面，你把东西放好坐前面来。”

普布小心把行囊在后座放好，抽回身体坐好，司机斜看他一眼说：“你跟巴桑家是亲戚？”巴桑就是娜姆老太太的儿子。

“不是，我们有一些债务。”

“哦，巴桑还欠钱？”司机吃惊地说。

“是我欠他们家的。”

“那就对了，平常只有我们欠他家的，你看这一次，来回都跑了五六趟了,还欠着食宿费用呢。那些木头老板总不给钱。”

“师傅,现在不是不让砍木头吗?”普布问。

“这些是安居工程的指标,专门批的。不然哪个敢拉?”司机说,“你去拉萨做生意?证明开好没有?没有证明你到不了拉萨哦。”

“开了的。”普布说,掏出村委会、乡政府和县公安局开出的一系列证明信。

“还有身份证。”司机提醒说。

“在这里。”普布举着身份证给司机看。

“你们康巴人就是爱惹事。”司机开玩笑道,“你是做什么的?”司机接着问。

“原来我在拉萨做点小生意,这次是带着媳妇去朝佛。”

“那你媳妇呢?”

“她前头先走了,我去给她送衣服。”

“哦。”司机若有所思地晃动脑袋,随即打开了车里的音响,传来后藏堆谐的音乐。“师傅是后藏人?”普布问。司机继续晃动脑袋说:“有一次我也搭了一个去朝佛的康巴人,他老婆病得厉害,他背着他老婆往阿里去了。”

普布挺吃惊,还有跟他差不多的人,不会是巧合吧。“他们走到了吗?”普布问。

“不知道,”司机说,“从日喀则出去就没听说了。”

说着话,车过了巴河镇,到了一个木材检查站,司机的神情紧张起来,对普布说:“你在车上坐着别动啊,我可又要出血了。别人问你你就说是搭车的,什么都不知道,我也叫巴桑。”普布也紧张地点头,不知会有什么事。

巴桑把车停在边上,车下已有几个身穿制服的检察人员对着车厢指指点点。巴桑缩手缩脚下车,手里捏着一张纸条双手递给其中的一个头儿模样的。那一位扫了一眼纸条说:“你这个明显超了。”

巴桑说:“领导,装车的时候林业检查全量过的,一点也不多。”

“我说超了就超了,哪来这么多废话!”那位一瞪眼说,又给旁边的几个穿制服的说,“找几个人来卸车。”

巴桑慌了,拉着一个穿制服的说:“大哥,求求你了,木料不够我就拿不到运费,求求你给领导说说。”被拉住的边走边说:“把你的其他证明也拿来看看。”巴桑听明白了,赶忙回到车上从钱包里拿出一沓钞票,拿张纸包着回去,交给他求的那位,那位捏了捏,给头儿模样的说:“看看这个证明对不对。”几个人走进路边的小屋,一会儿走出来,交给巴桑一张纸条说:“这次就不罚你了,以后注意啊,安居工程的指标是硬碰硬的,不要想钻空子。”

巴桑点头哈腰接过纸条说:“不敢不敢,不敢钻空子。”回到车上,巴桑哭丧着脸说:“每次都要挨几刀,出的钱比挣的钱多。”

“那还不如不跑了。”普布不解地说。

“不跑更挣不到钱,这些木方下面是装的有木板,到了可以卖一笔,不然真的就是白跑了。”

离开检查站,巴桑把车开得飞快,这时天又开始下雪,巴桑打开雨刷器,自言自语说:“这样今天可到不了拉萨了。”

可能是出了血,巴桑情绪低沉,不再说话。雪花飘飘扬扬,四下白茫茫一片,驾驶室的暖气开得暖洋洋的,在雨刷器单调的嚓嚓声中,普布睡着了。

不知过了多久,车停了下来,普布醒来,看见前头有人在摇手,嘴里喊着什么。巴桑把车窗摇下来,听见前头在说:“不要过来,这里有暗冰!”巴桑拉上手刹,下车去查看,普布跟了下去,走到摇手的那人跟前。那人指着这个大坡说:“你们看,我们的车都滑到边上去了,幸好有防护栏挡着,不然就下河了。你们这种大车可不行。”巴桑普布一看,前边路边停了一辆越野车,几个人正围着车议论。巴桑他们走过去,车的右边全被防护栏刮得稀烂,司机心疼地蹲在那里。

“就是怕有你们这样的,我们才在这里拦着,现在该你们通知后边的了,小心啊,最好装上防滑链!”几个人说完,上车走了。巴桑普布往回走，这时又有几辆越野车过来，巴桑把他们拦下，几个车的人都下车查看，有胆子大车好的挂上加力挡小心翼翼地低速驶过。巴桑拿出防滑链说："我们这个车可不能跟他们比，我装链子，你去前头撒防滑砂，车里有铁锹，不然来去的车子还是危险。"

普布拿着铁锹在路边堆着的防滑砂石堆上铲砂石撒在路面，这时又有好多车上下来人帮忙，撒完砂子，巴桑把防滑链也装上了，普布趴在车后看了半天，不知道巴桑是怎样把车子抬起来的，巴桑说："别看了，这个是千斤顶顶起来的。"

"你这个可是大卡车啊。"普布不相信。

"什么车都一样。"巴桑说，"赶紧上车走吧。"

路面撒了一层砂土，摩擦力明显增大，路边停下的车辆这时都纷纷打火起步，大家互相鸣笛致意，巴桑这时似乎从沮丧中缓过劲来，对普布说："你行啊，撒得又快又好，赶上养路工了。"说到养路工，巴桑探探头看天说："老天保佑，山上可别下这么大雪，不然今天真得当山大王了。"也许是巴桑的祈祷起了作用，走了一截，雪停了，一会儿太阳也从云层里钻出来。巴桑停下车子卸链条。这回普布看清了那小小的千斤顶怎么顶起这个庞然大物，万分钦佩，完事后很敬重地捧着它放回工具箱。

在松多草原一个阳坡上，巴桑和普布停车烧茶吃饭，随后翻过米拉山，到了日多，已将近晚上六点。

"兄弟，我在这里有个熟人，我要住一晚，你是跟我去还是自己走？"巴桑在快到检查站的地方停下车问。普布知道这里离拉萨已经不远了，他琢磨着可以连夜步行，快到拉萨了，他不想带着普姆的身体到处乱跑。

"大哥，您去忙吧，我在这里下车。"普布说。

"如果明天碰上，我还搭你。"巴桑说完，把车拐向去往一个村庄的小道。

普布背好行囊，走向检查站，值班的民警看完他的证明和证件，好奇地问他："你搭的车呢？"

"那个师傅在前面拐到村子里去了。"普布回答。

“是不是一辆拉木材的车子?”

这些警察真的很神,普布想,他们不仅知道我是搭的车,还知道搭的什么车,于是老老实实回答:“是。”

值班民警开心地笑了:“肯定是巴桑,又跑去看他相好去了。”说完问普布,“你到拉萨朝佛怎么一个人?背包里是些什么?”

在这样神奇的警察面前,普布可不敢有什么隐瞒,他一五一十地把从八宿出来后发生的事情讲给了他们,当然,他没有说他背着的是普姆的身体,他怕这样说警察会说他吹牛,因为普姆的身体在他的感觉里已经很小了,可能看不出什么了,他说他背着普姆的衣服去给她还愿,反正逝者的灵魂走了,身体跟衣服也差不多,他这样安慰自己。

检查站的警察听着普布的讲述,都觉得这些康巴人是编故事的好手,不过故事编得再好,今晚也得找地方睡觉,在他们检查普布的行囊,听着普布讲故事的时候,天已经快黑了。“前面有你们康巴老乡开的旅舍,你去那里住一宿吧。”一个年轻的警察帮着普布把行囊收好,对他说。

“我想连夜去拉萨,行不行?”普布试探着问。

“连夜走,这大冬天的。”年轻警察不解地说。

“行吗?”普布又问。年轻警察回头看屋里的几个人,好像是在寻求答案,这时一个一直没有说话的高大警察对另一个东张西望的白胖警察说:“小张,反正你要回去,带上他得了。”

白胖警察说:“边队就会给我找事,上面可是说要多注意他们那边的人。”

高大警察说:“那是说的一小撮,你正好顺路嘛,再说便民也是我们的职责。”

“好嘛好嘛,”白胖警察说,“到拉萨放到哪里,可不敢放到老城区。”高大警察问普布:“你在拉萨有没有亲戚?”普布想起租房的房东,就说了一个地方,高大警察说:“那里现在不是本地居民不让住,还有没有?”普布想到了买铜壶的嘉措,又说了一个地方。高大警察对白胖警察说:“这就行了,你把他放到西郊民族路就行。”

十三

嘉措是普布最早认识的拉萨文物圈的人。起初,普布带着他在老家搜罗的瓶瓶罐罐回到拉萨,都是找嘉措。这个嘉措住在一座很大的院子里,他的邻居都是些画画写字的艺术家,也有很多捣鼓稀奇古怪东西的人。嘉措说他是拉萨藏族,还是一个著名寺院的居士,但普布怎么看这个嘉措怎么像一个四川人,跟那些在他老家搞建筑的四川包工一模一样。后来跟普布一起做生意的江村给他说:“那个嘉措不是我们的嘉措(大海),是甲纳冲巴——内地商人的意思。”普布这才知道此嘉措非彼嘉措。

有一次,普布找到嘉措住的大院,再找到大院中套着的小院,敲开,在他家院子里的水泥地上摊开背来的大包袱。嘉措两眼放光,在这堆东西里挑挑拣拣,一会儿把这个放在一边,一会儿又放回去另外拿出一个,嘴里念念有词:这个有点破了,这个不行,漏的,这个可惜了……到了最后,没有他看得上眼的。嘉措对普布说:“哎呀,你这些东西从哪里弄来的哦,全都不行,你拿回去吧。”见普布一脸的不解,嘉措又说:“全部都是破烂,年代也没有,你在郊区捡的吧?”

普布涨红了脸,说:“这些都是在我老家收的,你不要算了。”

见普布蹲在地上往袋子里收东西,嘉措眼疾手快地捡出一个铜壶说:“哎哎,这个还可以吧,多少?”

“你说。”普布说。

“五十。”嘉措伸出个手掌晃晃。

普布一言不发从嘉措手上拿过那把壶塞进袋子里。

“你说多少嘛?”嘉措也蹲下来说。

“五千!”

“哪要这么多哟。”嘉措跳了起来。

“去年我卖给你一个这样的还三千五呢。”普布说,他在这个行当也算混过的，知道怎么对付。

“真的吗？完全没印象。”嘉措说，“要不这样，你背来背去也不容易，六千块钱我全包了。”说完双手划拉一下。

普布系上口袋，一脸诚恳地学着他说：“嘉措啦，要不这样，你这里来的人多，六万块钱你收下，卖不了退给我，钱不要紧，过几天我来取。”

嘉措知道这些康巴人的账可不是随便能认的，连忙摇着双手说：“不要不要，这个价钱可太高了。”最后两个人谈好了两千五卖那把壶，数完钱交给普布时，嘉措说：“你们老家老唐卡、老佛像很多嘛，那些东西值钱。”随后领他到房间里，给他看了大大小小几十尊佛像，有木头的、泥塑的、陶瓷的，更多的是铜的。

就这一句话，让普布有了今日的前缘。

嘉措讲的那些普布不是不知道，也知道有许多老乡在做这些事，普布没涉及这个领域，是因为从来没人跟他提出来过，更重要的是，在他心里，对买卖佛像还是有许多障碍。这天，在嘉措屋里看见的那些佛像让普布晕晕乎乎，这样的佛像普布从小见得太多了，每个人的家里，寺庙里，甚至小道边的神龛里，从来没有想过他们跟钱有关系。从那以后，一发不可收拾，普布做起了佛像的生意，而且越做越大，到后来成了拉萨这一行中小有名气的人物。

普布又坐上了开往拉萨的警车。

坐在车子后座上，普布紧张得不行，他生怕这个叫小张的白胖警察会闻出背囊里的味道，知道他背着普姆的身体，在普布的眼里，这些警察都无所不能，他不知道如果小张知道了的话会怎么样，是把他撵下车子，还是把背囊没收？

普布的担心是多余的，这一路小张警察除了打电话就是一言不发地开车，根本没有搭理他。汽车在慢慢暗淡下来的暮色里行驶得很快，不一会儿就看到了拉萨。看见路灯越来越明亮，小张警察的情绪也好了起来，他从后视镜看着普布说：“你说你老婆在朝佛的路上死了，你就放下她不管啦？”

普布没想到小张警察会问他，一下答不上来，想了想才说：“我放在了干净的地方。”

“干净的地方？”小张警察皱着眉打量普布，接着说，“我们还是老乡哦，我是金沙江东岸的。”

小张警察这么一说，普布感觉距离拉近了很多，他把普姆可能虹化的事情告诉了他。“不会吧，”小张警察回头看看行囊说，“你老婆又不是高僧大德。”

“我也没看，就是感觉越来越小了。”普布说。

“又讲故事，咱们康巴人的优良传统你都继承了。”小张警察打趣他。说着话，车子驶过拉萨河大桥，进入了拉萨城区。拉萨城里华灯初上，照得如同白昼，跟半年多前比起来，显得拥挤多了。小张警察灵巧地避让着那些蹬三轮的，骑电动摩托的，还有不断抢道的，来到了西郊，过了人民会堂和拉萨饭店的十字路口，小张警察拐弯把车停下来说：“你说的地方到了。”

“到了？”普布完全没有清醒。小张警察催促道：“快点下吧！我还要回家接孩子呢。”普布手忙脚乱拿东西，边说：“谢谢警察老乡，谢谢警察老乡！”

小张警察往后摆手：“不要谢我，要谢谢我们边队。”

“谢谢边队！”普布往前头的空气里说。小张警察苦笑着摇头道：“我给你说啊，找到你的亲戚就老老实实待着，不要到处乱跑，明天是世界末日！”

“世界末日？”普布头脑混沌地下车，小张警察呼地开车走了。站在路灯下头的马路牙子上，普布的头还没有完全清醒过来，世界末日是什么他并不关心，可是，本来他认为这次进拉萨是很郑重的事情，怎么就这么稀里糊涂就进来了，连布达拉宫都没有看见。他四处张望，看见了拉萨饭店的铁栅栏墙，这时他想起来了，这里离嘉措住的院子很近。他再一次背好背囊，走进一条没有路灯的深深巷子，来到一个大门前。过去，这个大门是大大敞开着的，但今天不知因为什么，两扇铁门紧闭，普布走到铁门前探着脑袋叫：“喂，喂。”好一阵子，旁边的小屋里出来一个身着制服的门卫问：“你找谁？”

“找嘉措。”普布赶紧说。

“嘉措——”门卫挠着脑袋想人，“就是那个收老东西的。”普布补充道。

门卫把小门开开，拿出一个小本本：“登记！”

“我不会写字。”普布说。

“不会写字？身份证拿来看看！”

普布赶紧掏出身份证递上，门卫看看，说：“先在这等着！”拿着证件进屋打电话，半天才出来说：“你们那里的人尽惹祸，搞得我们都受连累。”

普布像犯了什么大错误似的，有点诚惶诚恐，接过身份证连连说谢谢。“去吧去吧。”门卫打发他说，“出来要报告啊。”

“呀呀。”普布点头回答，顺着记忆找到嘉措的小院，刚要敲门，院门“呀”地开了，嘉措探出半个身子，四下看看，然后把普布一把拽进去。

“普布你好久不来，是不是进去了？”嘉措问。

“进去了？我回老家去了。”普布似是而非地回答。

“怪不得，你小子跑得够快！”嘉措说，看着普布背着的行囊，又说，“带什么来了？”

“嘉措，我这次是来朝佛的，什么也没带。”普布说。

“朝佛？”嘉措看着普布，一副不相信的样子，看见普布戴的狐皮帽子说：“这帽子不错，给我看看！”

“这个是工布一个朋友送我的。”普布摘下帽子递给嘉措。“现在这么好的皮子不多了。”嘉措看着帽子说，“多少钱？”

“这是朋友送的，不能卖，你要喜欢送给你。”普布说。

“送给我？”嘉措狐疑地说，“不会吧！”

“嘉措，我刚刚到拉萨，租房子那里回不去，想在你这里住一晚。”

“你看看，我说没这么便宜的事情。”嘉措说。

“不是不是。”普布急得直摆手，“我跟我老婆来朝佛，老婆病了，没了，她让我一定带她来拉萨，我来还愿，怕别的地方不干净。”

“什么？你说清楚，你带着你老婆，她在哪里？”嘉措急忙问。

“带着老婆的衣服。”普布指指背囊说。

嘉措松了口气，旋即又说：“你住这里可不行，现在单位说了，不能随便留宿。”

“求求，求求，我们是老朋友了，你又不是不知道我，再说这么晚你让我上哪去？”普布跟嘉措一打交道就像变了一个人，伶牙俐齿，大概是他们交情很深的缘故。“这个……”嘉措沉吟道，这会儿，屋子里电话响了，是门卫打电话来确认，接完电话，嘉措出来说：“你看是不是嘛，我也没办法。”

“你给单位说说，就说我们是亲戚，明天一早我肯定走。”普布接着磨嘉措。嘉措想了想说：“但是我屋里都是东西，乱七八糟。”

“我住院子里就行，我有行李。”普布说。

“那也好。”嘉措说，从屋里拖出一床很厚的垫子，又把狐皮帽子抓在手里说：“这个就不客气了。”

“请收下！”普布说。

这一夜普布睡得很好，没有梦，天蒙蒙亮普布就醒了，他把包裹普姆的衣服拿出来放进一个小的羊毛背囊，把其他的东西集中起来放在嘉措院子的角落，悄悄走出院子，走到大门口时，小门虚掩着，普布也没有打搅门卫，出门来到大街上。

街上静悄悄的，只有早起的环卫工人在扫大街，“刷刷刷”，竹子编大扫帚与马路地面摩擦出的声音听起来十分亲切，一下就把他带回了拉萨的城市生活。普布在拉萨的房东家女儿就是环卫工人，他还帮她扫过街道，对这样的声音十分熟悉，对他来说，这种声音就是城市生活的标志。

今天是世界末日！普布突然想起来昨天小张警察说过的，什么是世界末日？普布在路上东张西望，想找一个可靠的人问一问，但街上除了几个环卫工人，并没有其他的人。这时还早得很，街上的路灯还幽幽地亮着。不管什么是世界末日，普布想，我都要带着普姆的身体去转布达拉宫，转八廓，朝大昭寺，最后还要找一个安置普姆身体的地方。

十四

晨光熹微，普布迎着东边天际逐渐亮起来的晨光，沿着北京中路向布达拉宫走去。走到布达拉宫广场，那里像赶集一样聚集了许多人，有嘴里念诵着经文的老人，但更多的是年轻人，拉萨的，内地的，一拨一拨，兴高采烈，好像是什么节日。

普布走上围绕布达拉宫的转经道上，拦住一个头饰红缨的老乡问："请问今天是什么节日？"

"什么节日？"那人奇怪地看普布一眼，"今天是世界末日不知道？"

"世界末日是什么意思？"

"就是地球要毁灭了，大家都完蛋！"那人不耐烦地说。

普布就更奇怪了，从没听说过有这么一天，再说了，都世界末日了，怎么大家都跟过节似的？被问的那位见普布发怔，急忙甩开他顺着转经的人流往前走去。

在转经道旁各种小贩此起彼伏的吆喝声中，普布跟着转经的人流往前走，嘴里默诵着自己最熟悉的六字真言。今天煨桑的人特别多，在龙王潭布达拉宫北面的转经道上，普布从行囊里小心地拿出一些柏枝，添在煨桑的香炉里。转了一圈又一圈，普布渐渐感觉背上的行囊已经没有分量。周围嘈杂的叫卖声，越来越多的汽车喇叭声，还有各式各样方言的诵经声慢慢都停止了，耳朵里没有一丝杂音，仿佛只有自己一人的诵经声回荡在四周。

"嗨！"头顶一声爆响，伴着肩膀上重重地一拍，把普布惊醒过来，抬头一看，一个内地女孩兴奋地盯着他，"你这么快就到了，你的阿佳啦呢？"

普布茫然看着她，想不起在哪里见过。女孩比划着说："我跟你阿佳啦，杏干，巧克力，嗯？"普布想起了她的声音，挺好听的普通话。普布点点头，女孩抓住他的肩膀，以便不被汹涌的人流冲散，一边问："你的老婆呢，怎么就你一个人？"

普布护着背囊，和女孩挤到边上，对她说："她走了，上天堂了。"普布往上指指，女孩抬头望天，不解地问："上天堂了？"随即明白过来，睁大眼睛看普布，普布用力点点头。女孩把普布拉到边上，急切地问出一串问题：什么时候？在哪里？为什么？

"她身体本来就不好，全是因为我买卖佛像，在雪地里磕头拍电影……"普布用有限的汉语艰难地给她描述，女孩听完，两眼已满是泪水。"你把她背来了吗？让我看看！"女孩说。

"我背的是逝者的衣服。"普布这样给女孩说。

女孩擦擦眼泪说："那我陪你转经吧。你知道今天是世界末日吗？我们几个商量好了，如果今天没事，我们就把自行车卖了凑钱去阿里。"

"他们人呢？"普布问。

"昨晚都喝多了，说是不能清醒看到末日来临。"

在龙王潭公园东头的一家小饭馆里，女孩请普布吃饭。女孩好像对这里很熟，点了甜茶和咖喱饭。吃完饭，两人结伴去八廓街，经过步行街的时候，女孩专门买了一包甘露牌熏香。

来到大昭寺广场，这里更是人山人海，农牧区朝佛的，内地旅游的，转经的，看热闹的，执行公务的，好像整个拉萨的人都集中到了这里。女孩领着普布来到一处安检口，看着每一个进去的人都要把包包放进传送带，再从一个小小的门里进去，里边还有女民警拿着吱吱作响的东西在人的身上来回比划，普布愣住了，他害怕普姆的身体从传送带过去会出什么状况，他护着背囊缩回来。

"怎么啦？"女孩问。

"我不想过那个。"普布指着传送带说。

"那个没事的。"女孩解释说。这时后面挤过几个人问："怎么啦怎么啦？"还没等回答，又指着普布要身份证。普布把身份证，各种证明掏出来，几个人看完后问："怎么不进去？"女孩说："他不想过安检。"几个人警惕地说："你是他什么人？"

"我是骑车旅行的，在路上碰到过他，他和他媳妇在磕长头，他媳妇死了，他来替她还愿。”女孩大方地回答。

几个又把注意力集中在普布身上，普布紧张地护着背囊。“老乡，到这边来。”其中一个年纪大一点的把普布领到一张桌子边上说：“把背包打开看看。”普布把背囊放在桌子上，里面只有一些柏枝和包裹普姆身体的衣服，那几个人要打开那件衣服时，普布抢过来说：“这个不能打开！”那几个人立即围了过来，普布抱着衣服说：“我不进去了。”正僵持着，过来一个警察，看见普布说：“怎么又是你，不是让你今天不要乱跑吗？”普布一看是那个叫小张的白胖警察，小张警察对那几个人说：“这人是我从日多带回来的，没事。”那几个人说：“他不想过安检。”小张警察转过头来对普布说：“你看大家都这样，不过安检就别进去了。”

大家七嘴八舌劝他，把东西放回背囊后送进了传送带，小张警察带着他过了安检门，也没有什么异常的动静，周边小小的骚动也平息了，小张警察说：“该转经就转经，该还愿就还愿，别再惹麻烦啦。”

普布木然不应，女孩连忙代他表示了感谢，拉着他汇入了八廓的转经人流。

如果从高空看，八廓街一定像一条河流，祈祷的河流，信念的河流，彩色的河流，冒着青烟的河流……此时，普布就是这条河流中的一滴水，他是来自藏东的一滴，女孩是来自内地的一滴，还有这一滴那一滴，汇成了眼下的五彩斑斓，顺时针绕着大昭寺环流不已。不知转了多少圈，女孩的手机响了，她接起来嘀咕半天，然后对普布说：“那几个都酒醒了，约我去末日狂欢呢，我就不陪你了。你好好转啊！”最后一句女孩是用藏语跟普布说的。

“慢慢走啊！”普布挥手用藏语向她告别，然后来到大昭寺东南角叫“夏加里”的经幡下面，在经幡前面的空地盘腿坐下来。这根著名的经幡旗据说是宗喀巴大师的手杖变成的，普布安静地盘腿打坐，四周是众多信众磕等身长头的声响，有节奏地，此起彼伏地，普布的心在这样的声响里渐渐入静，再无疑虑。

他从背囊里掏出剩余的柏枝，有然乌湖边的，有巨柏树下的，还有沿途捡的，他把这些柏枝添进身边的香炉，然后一心一意地磕起了等身长头。

他身边香炉里的松柏枝噼噼啪啪地响着，他面前的背囊似乎也开始噼噼啪啪地响起来，普布又感觉到了那股浓郁的香味，他感觉到了普姆离他越来越远，已经上到三十三天了。双手合十，高举，身口意，含胸，下拜，起身……普布进入了无我的状态。

“哎哎。”普布感觉有人在捅他，他睁开眼睛，看见小张警察正皱着眉头看他，“你搞什么搞，看看……”小张警察用手划拉一下四周，普布看见他周边围了一圈子人，不断还有人交头接耳，黑子和眼镜拿着硕大的相机，蹲在他前面不停地拍照。

“你们这是？”普布迟疑地看着黑子和眼镜问。还没等黑子和眼镜回答，小张警察说：“哎哎，我说你呢，又出什么洋相，聚这么多人？”

“我也不知道，我就在这儿磕头。”普布说。

“散了散了，”小张警察轰围观的人，把普布拉起来，有点无可奈何地说，“你可真是个宝贝。”又问黑子和眼镜：“你们认识？”黑子和眼镜见警察问，点点头，又连忙否认。

“那你们在这里起什么哄？”小张警察不满地说，“没看见他有问题吗？”

黑子和眼镜煞白了脸，赶紧说：“我们马上走，马上走。”

见两人走远，小张警察才转过来对普布说：“你说你，在这里磕头也就算了，弄个包包放在前头，大家都看稀奇，监控里早就注意你了。”叹口气说，“这个边队真是害人！”

“我什么都没干。”普布挺无辜地说。

“你还想干什么？”小张警察反问。

“我还想去大昭寺里头。”普布说。

“你……”小张警察给气乐了，敲着脑袋想想，把普布拉着到了大昭寺西南的侧门，塞给看门的一个僧人说：“这家伙是从日多搭我的车来朝佛的，他老婆在朝佛的路上死了，他要来大昭寺还愿，师傅你帮安排一下，别让他到处乱跑，要不还不知道闹出什么事情来呢。”

看门的僧人点头应下,也看着普布笑:“刚才是你在那里出洋相?”

普布说:“我就是在那里磕头。”看门僧人没说什么,敲敲门环,厚重的门开了一条缝,看门僧人跟里面耳语几句,门缝稍大一点,普布被塞了进去,在门口守着的好些举着酥油灯想进去的香客都被拦在门外。

十五

普布背着背囊,从熙熙攘攘的八廓街进到大门里,沸反盈天的嘈杂喧嚣一下就被厚重的大门挡在了外面,院子里静悄悄的。下午的阳光在院子里投下一道明暗界线,青石地板在阳光下反射着青光,在北面的墙根底下有一个大大的铜水缸,暗红的表面也被太阳照出反光,几种光线交织起来,细微的生物和尘埃在阳光中飞舞,使院子里的一切都显得迷离梦幻,有一种和光同尘的意味。

眼睛适应光线之后,普布看见阴影里有几个身着不同服装的人排在南面的一扇门跟前,一看他们就来自不同的藏区,普布也好奇地跟上去。排到里面,普布发现这里是寺庙的厨房,很大的灶台还有大锅宣示着进餐的规模。普布跟着队伍挪到了厨房的一角,这里有两个僧人坐在矮凳上,向排到跟前的人询问什么,不时往纸上记录。到了跟前,两个僧人笑盈盈地看着普布,普布小心翼翼地把背囊放在旁边,也笑盈盈地看着他们。

“施主,你是要布施什么经?”见普布不说话,其中一位问他。

普布不知所措。

“前头的施主们都是来登记请大昭寺诵经的,今年年头不利,来布施为众生祈祷的人特别多,有很大的回向。”那位僧人见普布不明白,给他解释道。

普布一下子不知道说什么好,他把背囊往身边挪了挪,低头登记的那位僧人这时抬起头，看见了普布身边的背囊，他凝视背囊良久，说："给你登记《观世音菩萨如意心陀罗尼经》，你带的背囊要好生护持，找个清净的地方安置。"

普布连忙问："师傅，应该安放在什么地方好？在我们心里，大昭寺就是最圣洁清净的地方了。"

那位僧人放下手中的纸笔，双手合十低头不语，一会儿抬起头说："大昭寺不是安放的地方，另外你还没有完成你的参悟，还有路等着你去走。"说完，他在一个纸条上写了几个字，还盖上一个图章递给普布："现在游客刚散尽，今天正好有施主给觉卧佛涂金，是你的缘分，赶紧去吧。"

普布背好背囊，施礼告别，直奔大昭寺主殿的觉康而去。觉康是供奉觉卧佛也就是释迦牟尼佛像的殊胜之地，这一尊释迦牟尼佛像是文成公主由内地带来的佛祖十二岁等身像，据说由佛祖亲自开光加持，拜谒大昭寺的十二岁等身佛像，就如同拜谒释迦牟尼佛祖真身，是全藏区信众共同奉持的一大愿望。

通往大殿的院落里没有平常的挤挤挨挨，普布穿过大殿前的露天庭院，经过两边的夜叉殿和龙王殿，顺着宗喀巴大师殿，观音菩萨殿，无量光佛殿，到了觉康，正如那位师傅所说，今天有施主给觉卧佛涂金，平常被铁环门封闭的觉康打开了。普布把背囊抱在胸前，跟着不多的几个香客进去，在觉卧佛像的右膝和左膝分别碰了几下头，转到觉卧正面时，普布把背囊高举着，上面有一个正在给酥油灯添油的僧人，接过普布举着的背囊在觉卧佛像跟前顶了顶。这一刹那，普布觉得自己明朗了，心里放下了普姆的夙愿，放下了自己的不安，连普姆已经虹化了的身体，也放下了。他接过僧人递下来的背囊，在安静的大殿里转了几圈，这时，对朝佛香客开放的时间到了，大殿里突然涌入汹涌的人流，普布来到刚才还宁静安详现在拥挤不堪的露天庭院，他打定了主意，带着普姆的虹化身到阿里去。

（原刊《广州文艺》第9期）

秋　莲

陶　纯

一

秋莲的父亲两个月前在徐蚌会战中殉国，两个月后，她母亲翟桂芳肺病加重，不幸在广慈医院去世。

许宗衡阵亡的消息，一直瞒着翟桂芳，两个月来秋莲不让她看任何报纸，也不让她听广播，还叮嘱父亲生前派来的两个勤务兵，决不能把这个口风露出去。两个月来，翟桂芳一直住在这所法国人开办的医院里治疗肺病，病情虽有所反复，但不至于马上就没治。

本来许宗衡答应打完徐蚌会战，就带夫人到香港治病，身体转好的情况下，再把她们母女转送美国，秋莲也正想到美国读书。但是两个月前，在离徐州五十多公里的碾庄，黄百韬第七兵团被解放军粟裕所部重兵围困，黄百韬绝望中自杀，一直跟随护卫黄长官的二十五军副军长许宗衡被流弹打死，国军精锐第七兵团全军覆灭。两天后的沪上所有报纸，都登载了这一消息。报童举着报纸，大声叫嚷这条特大新闻，引来一群群的购报者，拿到报纸的人发出一片惊叹之声。

秋莲本来也想到医院门外买一张报纸，自从父亲去徐蚌前线后，她每天都要买报，但是听到报童刺耳的叫喊，她打消了买报的念头。从此以后，她就不再买报。

几天前，父亲生前派来的两个勤务兵借故跑了——一个说去买菜，没回来，另一个说去买烟，也没回来。母亲已经意识到不好，饭量降了。这天早晨，有个病号提着一台收音机从病房门口缓缓经过，里面正播放蒋总统的一篇讲话。总统提到民国三十五年内战爆发以后殉国的国军高级将领，有张灵甫、蔡仁杰、韩增栋、刘戡、陈章、黄百韬、郭景云，最后说到了秋莲的父亲许宗衡。正在给母亲喂饭的秋莲想要掩饰，只见母亲剧烈咳嗽一阵，一口气没上来，就去了。

许家一年半前从南京搬来上海居住，在上海并没有私人住宅，租住的房子。许宗衡心细，他考虑的是，上海靠海，冬天比南京好受一些，没南京那么潮湿阴冷；上海外国人办的医院多，比南京医疗条件好，这些都对翟桂芳的身体恢复有利。许家在上海没什么熟人，许宗衡祖籍福建厦门，二十岁离开老家出来上黄埔军校，之后从军打仗二十多年，和老家族人的联系早已中断，秋莲是家中独女，因此许宗衡夫妇这么一走，秋莲在上海就没有了一个亲人，她真正算是举目无亲了。

母亲的后事料理，多亏一个人——汤正伦。汤正伦是许家在南京时候的邻居，两家在秦淮河边的别墅紧挨着，他比秋莲大五岁，他父亲是南京大华纱厂的老板，他排行老三，以前有熟悉的人叫他汤三。他大哥在国军的一支部队当少将旅长，民国三十六年在河南阵亡。他上面还有一个姐姐，姐姐姐夫都在南京国防部工作，很少在人前露面，做了十多年邻居，秋莲没见过他们几回。

有一天秋莲到三马路上一家药店给母亲抓药，一出门，看到一个面孔很熟悉的人，着西服，鸭舌帽压得很低，目不转睛地盯着前面一个穿长袍的男人，脚步快速地移动，从她面前经过。秋莲马上就认出，这不是汤正伦吗？他怎么也跑上海来了，他们已经有两年多没见面了。

秋莲喊了他一声："汤正伦！"

汤正伦愣了一下，扭脸认出秋莲，示意她不要说话，再转过脸往前瞅，发现那个穿长袍的人已经不见了。他伸手顶一下鸭舌帽，走到秋莲身边，露出久违的笑和一口白牙，说："许小姐，想不到你也来上海了。”

秋莲好奇:“刚才那人,是谁?”

汤正伦淡淡一笑:“共产党的人。要不是你插这一杠子,今天我能逮住他。”

秋莲抱歉地说:“这样啊,我打搅你公务了。”

汤正伦满不在乎地说:“没事,下回再逮他。”

那天中午汤正伦非要请秋莲吃饭,秋莲辞请不过,只得提着一大包药丸,跟在他屁股后面去了四马路上的一家西餐店。饭毕分手的时候,汤正伦告诉她说,他现在对外的身份是外滩七号电报大楼的一个小经理,那里的人都知道他叫高伦,希望秋莲以后也叫他高伦,不要再提他以前的名字。

秋莲有些吃惊:“你怎么连姓也改了?”

汤正伦——高伦咂咂嘴说:“职业需要嘛。人在江湖,身不由己。”

秋莲母亲住进广慈医院后,高伦时常过来瞅一眼。翟桂芳对他过去的印象蛮不错,说他小时候像个洋娃娃,淘气聪明,人见人喜;又说他爸曾经和秋莲爸议论过,如果两个孩子以后有机会出国深造,最好选同一所学校,互相有个照应。一次,翟桂芳问高伦,你爸你妈还好吧?都有一年多没见他们了。高伦头一低说,母亲还好,父亲半年前过世了,大哥在豫北前线牺牲后,父亲就一直没缓过劲来,加上厂子不景气,终于急火攻心,一天夜里犯病,天没亮人就撒手去了。翟桂芳叹口气说,世道不好,啥事体都可能发生啊。

翟桂芳终归是过来人,看出高伦对女儿有意,有一天她说:“莲儿,万一我和你爸有个三长两短,你就跟他过日子吧,他还是靠得住的。”秋莲脸一红说:“现在说这个干什么。”

许宗衡在前线出事,高伦知道得略早一点,他来医院找秋莲,向她露了点口风,没说全,只说许长官可能在徐蚌前线遭遇不测。秋莲不信,埋怨他乌鸦嘴。直到第二天沪上所有报纸都登出来,秋莲不信也信了。

母亲一去,秋莲傻了似的,不哭不叫,像个木偶,双目低垂,一言不发。给母亲办后事期间,高伦跑前跑后地忙活,他亲自跑到外面买来水绿色的绣花寿衣,央求护士护工们帮死者穿上,又亲自把遗体推到医院太平间,然后到店铺置办寿材,直到雇车把棺材运到静安寺公墓下葬。不了解情况的人,都把他当成了死者的儿子。

帮忙料理后事的人都走开了,墓地里只剩下秋莲和高伦两人。秋莲仍然是呆若木鸡。高伦扶住她肩膀说:“秋莲,你就哭一声,哭出来就没事了。”秋莲张了张嘴,终于哇地大哭起来,边哭边翻来覆去地说:“都走了,谁管我啊……都走了,谁管我啊……”

许宗衡死在前线,骨殖不知丢到什么地方了,想给他们夫妻合葬已不可能。秋莲把父亲戴过的一顶帽子放到母亲的棺材里,算是给他们夫妻行了合葬。本想立个碑,上写“父母大人许宗衡翟桂芳之墓”,下面再落上“儿许秋莲”和年月日,高伦不同意。后来才知道他有意不立碑,是为了掩护秋莲的身份。

时间一长,这座坟堆就会被人当成无主坟。秋莲当时顾不上想这些,一切都由高伦来料理,她全听高伦的。

这一年秋莲十八岁,高伦二十三岁。

二

葬了母亲之后,秋莲有过回南京的打算,毕竟南京有个家——秦淮河边的那栋房子里,藏有不少她喜欢的书籍,还有一些她的画稿,她曾经非常迷恋画画,画水彩,也画过油画。来上海后,她全部精力用来照顾母亲,书啊画啊,都丢到脑后了。

高伦不同意她回去。说你回去上学还是做工?她回答不上来,只说南京熟人多,有贵族学校的同学、老师,有一栋自家的房子,还有母亲家那边的几个远房亲戚。高伦说,天要变了,国破家亡的事,不幸让我们赶上了,这时候,熟人越少越好,房子越小越好,有些东西你是背不走的,不如放弃。

高伦在上海混了几年,明显比秋莲成熟。秋莲想起母亲临终前说过的，让她未来跟他过日子的话。她想，离了高伦，对她来说，天真要塌了，她还有什么可选择的？高伦说什么，她就听什么吧，也许这就是命。谁让你家跟他家做邻居呢？谁让你现在孤苦伶仃无依无靠呢？是不是天注定？

就当是天注定吧。

高伦有时出来，身上带枪。他执行公务的时候，就像失踪一样，秋莲想找他都找不到。当你刚要生他气的时候，他又出现了。他陪秋莲逛商铺，逛公园，有时还去夜总会跳一场舞。等秋莲母亲过了“五七”，她心情好转了一些，他说，莲儿，该给你找个事情做了。

这天，高伦把她带到闸北的一座兵营，到操场上看了一会儿国军士兵刺杀练习，有个人过来伏在他耳边说，老 K 到了。高伦带秋莲跟着那人来到二楼一间窗帘紧闭的大房间，有个三十岁左右、相貌堂堂的男人坐在藤椅上抽雪茄。想必他就是老 K 了。

他们进入后，老 K 半站起来，点点头，示意他们坐下。老 K 简单问了几句秋莲的情况，这之前高伦肯定跟老 K 介绍过秋莲，所以老 K 对秋莲的家世比较了解。他身子前倾，盯着秋莲说：“许小姐，我问你话，你要据实回答。明白吗？”

秋莲诚实地点点头。

“你——恨共产党吗？”

秋莲以前很少想这个问题，她不知该怎么回答。老 K 身子又往前倾了倾：“令尊死在共产党手里，难道你不恨他们吗？”

秋莲想起高伦就在自己身边，望了他一眼。高伦朝她微微一点头。于是她回答说：“恨……我恨。”

老 K 满意地点点头：“你愿意参加我们的组织吗？像我、高伦兄一样。”

秋莲又看一眼高伦，然后点头说：“愿意。”

“既然加入组织，绝不允许背叛。你能做到吗？”

秋莲再看一眼高伦，目光转向老 K：“我能。”

“如果做不到……嚓！”老 K 做了个挥刀砍头的动作。

秋莲点点头，表示她不怕。

老K轻轻拍了几下巴掌，站起来，冲秋莲伸出手。秋莲赶紧站起来，也伸出手。她的手被老K黏糊糊的大手紧紧握住。

老K笑说："欢迎你，张秋莲同志。"

秋莲一愣："长官，我叫许秋莲。"

老K望着高伦。高伦小声对秋莲说："加入组织，安全保密起见，得按纪律改名换姓。我向组织建议，只给你改姓，因为沪上现在知道你叫秋莲的，没几人，名可以不改。"

秋莲想了想说："沪上知道我叫许秋莲的，也就你们二位。我既不更名，也不改姓，行吗？"

高伦望着老K。老K掏出打火机点燃手中的半截雪茄，用力抽了两口，这才点点头说："先这样吧。"

秋莲松了一口气。她知道父亲在老家没有兄弟姐妹，父亲没了，她再改姓，许家就什么也剩不下了。

就这样她成了组织的人。早年，她父亲曾经说过，希望她长大后远离政治，做一个自食其力的人。现在她顾不得这些了，因为她一切都得听高伦的。

几日后，高伦把秋莲带到浦东地界的一个独立院子，她要在这里参加一期培训班，除了"洗脑"，还要学一些基本的谍报工作技术，比如密写、速记、收发报、破译、战场包扎救护、射击、照相洗相，等等。在这里不使用名字，名字严格保密，每个人都用代号，秋莲的代号为十六。以后为了工作便利和身份掩护，还要求每人选学一门技术，秋莲征得高伦同意后，选学的是医疗护理专业。

培训结束，根据上峰要求，秋莲被安排进了第一劳工医院，她每天到那里上班，虽然很累，但却感觉很充实，因为她长这么大，终于有了为社会服务的机会。她家原先租住的房子是座石库门的二楼三个房间，现在她单身一人，父亲留下的钱也花得差不多了，不能再住那么大的房子，高伦替她在医院附近租了一间小平房。有不少医院的姐妹在这附近租房子住，秋莲很快与她们混熟悉了。

只是她不理解:学了谍报技术,成了组织的人,跑到医院干啥?指望她在医院抓共产党?她把这个疑问说给高伦听,高伦说,到这个地方,是为了以后,你先洗白自己,等待上峰分配任务,其他什么都不要想。

这时候,已经有传言说,解放军很快要打过长江,南京、沪杭一带的有钱人,纷纷自找出路,香港、南洋成了首选,而党政军要员则把以前没怎么听说过的台湾,当作第二故乡,准备携家带口漂洋过海,追随虽然下野仍然权柄在握的蒋先生而去。秋莲想,如果父母还活着,她也许也要去台湾的。听说贵族学校的不少同学都走了。

很显然,共产党过江,首要目标一是南京——南京是首都;二是上海——上海最有钱。那一阵上海非常的乱,世界末日来临一般,似乎人人惶惶不可终日。果然,解放军四月份过江,五月初就兵临上海郊外,大战一触即发。秋莲现在已经知道,老 K 是国防部保密局在上海的一个小头目,高伦是他的下线,而她又是高伦的下线,也就是说,她直接受高伦领导,高伦直接受老 K 指挥。这时他们又有了新的代号,高伦代号"野鸡",秋莲的代号为"公牛"。

上海沦陷在即,上海的国军正规军以及党国各路人马,都在做最后的挣扎努力。秋莲依旧没有什么任务,正常上下班,高伦却忙得不可开交,每夜都出去执行公务。秋莲好不容易和他见上一面,劝他说,共产党那么猛,咱们鸡蛋打不过石头,会碰破的。他的眼睛红红的,像个输光了钱的赌徒,他说,石头是死的,鸡蛋有生命,鸡蛋可以孵出小鸡,生生不息,我们要战斗到底。又说,即使碰破了,也要冒一个鸡蛋花,灿烂一下。

解放军攻城那天,除了一些留下潜伏的人员之外,保密局的人走得差不多了——一部分人员到福建、广东"继续战斗",一部分人员直接撤到台湾,另图光复大业。但是高伦没走,秋莲自然也是走不成。高伦说,老 K 也没走,他们再搞一两个大点的行动就撤。高伦的姐姐和姐夫早在共产党渡江之前,就随国防部大部分人员撤到台湾去了,同时把他老母亲也带走了,这样高伦就没了牵挂，可以放手干事情。他还劝秋莲，别怕，上海守三个月没问题，有大军在，咱们不会有危险。

秋莲知道，高伦他们想在破城之前炸毁闸北发电厂。但是形势的发展出乎意料，上海并没有像汤恩伯总司令说的那样“固若金汤，守六个月没问题”，也不像高伦说的“能守三个月”，不到半月，上海就沦陷了。

秋莲记得很清楚，五月二十七日那天，解放军进城，而高伦此时还没接到老K让他们撤退的命令。秋莲感到害怕，跑了老远的路来高伦寓所找他，想和他待在一起。高伦很急躁，不停地摇电话找老K，好不容易找到了老K，老K说，他还要组织几个行动，请再坚持几天，到时候他会通知他撤退时间和集合地点。

城里城外零星的战斗仍在进行，枪声像爆豆一样不时地传来。高伦的寓所在衡山路上的法租界，这里相对安全一些。高伦安慰秋莲，不要怕，他故作轻松状，说：“我手上有三条命，我都不怕，你是白纸一张，更不用怕啦。”

秋莲自打父母亲死后，一直没怎么缓过劲来，整天战战兢兢的，她把高伦当成了自己在世上唯一的依靠。高伦以为她怕，其实误解了她，她并不担心自己，她是怕高伦有事。一旦高伦再有个三长两短，她在世上就没有任何的依靠了。这让她感到无比的恐惧。

高伦给她倒了一杯咖啡，坐在她身边，轻轻握住她的手。他们认识这么久，头一回如此亲密，她闻到了他的呼吸，那么粗壮有力，令她有些眩晕。后来她就稀里糊涂倒在了他怀里。再后来他们就倒在了他的小床上。他像美国电影上那样，吻她的唇，吻她的脖颈，吻她的耳朵，抚摸她的胸。他动作笨拙，没有章法。这种新鲜的体验却使她魂不守舍，呼吸困难，感到微微的窒息。外面的枪声依然散乱地响着，忽远忽近，他们都听不到了。昏昏然之中，他把她的长裙子撩上去，她没有做任何的反抗，心想反正早晚是他的人，就随他吧。

但是一阵急骤响起的枪声突然把他们打醒了！枪声就响在窗户底下！一颗流弹击碎了窗玻璃，碎玻璃碴子飞溅到床头，差点掉落到秋莲脸上。这个突然的变故让高伦一阵发蒙。秋莲比他清醒，她首先想到他有危险，推他一把说："你快走！"

高伦胡乱穿上裤子和上衣，从后门溜走了。秋莲松了口气，感觉这儿不宜久留，她整理一下衣衫，出了房间，从前门走出来。

面前的景象让她骇然变色！

这附近是个小三岔路口，有四个身穿解放军服装的人扑倒在地，他们的鲜血一摊摊地印在马路上，像新鲜的颜料，带着刺鼻的气味。显然这四人刚才遭到了伏击。秋莲呆愣片刻，回过神来，拔腿就想走掉。她刚刚走出两步，就听身后有微弱的呻吟声……她本能地回头，看到四人中的一人，轻轻动了动。呻吟声就是他发出的。秋莲这时候什么也不怕了，什么也不顾了，毕竟那人还没死，她不能不管。她扑过来，看到那人腹部中了一弹，腿部中了一弹，左臂也中了一弹，要害处是在腹部。她当了两个多月护士，知道该怎么做，于是她熟练地解开他身上自带的一卷绷带，快速包扎他腹部的伤口，然后又从他身边的两具尸体上解下另两条绷带，狠狠用力扎住他腿部、左臂部的伤口。血终于止住了，他身下的血团不再往外扩展。

做完这一切，她浑身汗涔涔的，瘫坐在地。她双手沾满了血，脸上也溅上了血点子，看上去她也像受伤的样子。

那个被她所救的伤者一脸络腮胡子，冬瓜脑袋，喉结粗大，方脸阔嘴，像是个长官。他是她从医以来所救的第一个人。他在某一瞬间苏醒过来，因为失血过多，脸苍黄得吓人，他冲她艰难地笑一笑，表示感谢的意思，然后又昏了过去。秋莲呆呆地想，只要自己伸一下手，松开他腹部的绷带，他立马就完了。

这算不算是替父亲报仇呢？

此时，有不少人叫喊着什么，快步朝这边跑来。

三

秋莲所救的那个络腮胡子是解放军某师的团长马九龙。马团长接到电话，带三个护兵到师临时指挥所开会，为了省时间，他们走小路,途中遭到敌特伏击,三个护兵当场牺牲,马九龙身受重伤,幸运地被秋莲所救。

第二天下午,马九龙终于在师野战医院苏醒过来。他睁开眼说的第一句话是:“那个姑娘呢?”

一直在医院手术室坐镇的师政治部主任卢道亮说:“老马,这么多医生护士抢救你,一天一夜都没合眼,你狗日的却只惦记个姑娘。”

“没她,你们救个球,老子早死了。”

“老马,那姑娘……嗨! 丑得很,满脸麻子。”卢道亮认真地说,边说边摇头。

“放屁……要不是她好看,老子心有牵挂,也撑不到现在。”

看来不找到那姑娘,马九龙是坚决不干的。卢道亮只好赶紧安排人去找。

其实找到姑娘并不难。昨天她刚给马九龙包扎完毕,一支小部队路过这里,把马九龙送到了医院。有人记下了那个在现场救护的姑娘名字:许秋莲,并且问出她在第一劳工医院工作。

卢道亮的警卫员小周带两个战士去劳工医院找人,医院的人说,她告了假,前脚刚走,说是要回福建老家去。小周有点傻眼,找不到人,回去要挨骂的。幸好和许秋莲同一个科的护士小王是个热心肠,自告奋勇带小周到许秋莲住的地方看看,是不是还没走。他们赶紧跑去了。

高伦接到了老 K 要他带下线撤离的命令,来医院找秋莲。秋莲从容告了假,和高伦一起到自己的平房小屋收拾物品。因为早就做好了撤离的准备,收拾起来很简单,不一会儿就搞妥当了。二人往外走,这就与小王带来的小周等人遇上了。

看到有三个解放军跟着小王过来,秋莲马上猜出是怎么回事,她示意高伦不要紧张,因此高伦表现得还算镇静。她向来人解释说:“这是我表哥高伦,我们一块儿回老家去。”

秋莲被带到马九龙的病床前。马九龙仍处在危险期,身体虚弱,主要任务是睡觉。秋莲过来时,他刚睡着。但他似乎有预感,马上又睁开了眼。卢道亮见状,大声说:“老马,人给你带来了,你就放心疗伤吧。老子不陪你了,再见!”卢道亮转身走了。

马九龙目不转睛地望着秋莲,缓缓地从被子里伸出一只手,费力地抬了抬,他想和秋莲握手。秋莲只好伸出手,轻轻握了一下他的手,感觉冰凉。马九龙吃力地说:“谢谢你……”

秋莲微微摇一下头,没说话。

马九龙喘着粗气又说:“老子吃三颗枪子儿,值了……”

他闭上眼,沉沉睡去。

秋莲知道,自己走不成了。

马九龙醒来后,向医院提出:“把许秋莲同志请来,专门护理我。有她在,我就死不了。”

这事医院领导不敢做主,因为许秋莲是地方医疗机构的工作人员,不是军人,况且她本人不是太愿意,她几次提出要回老家去。后来报到师里,师领导也不敢做主。最后是聂军长拍板,说:“只要能把马大炮救活,就是请一个班的女护士照顾他,老子也允许!”

高伦把“公牛”走不脱的情况报告给老K。老K回话说,这可是一个打入共军内部的绝佳机会,打着灯笼都找不到啊,为什么要走?硬走,不仅会暴露,而且毫无意义,留下来,意义却是非常非常重大!而且她还安全。

就这样,秋莲从第一劳工医院借调到师野战医院,专门负责护理马九龙。她不走,高伦也就不想走了。

解放军主力部队拿下上海,锋锐指向浙江、福建方向,师野战医院随大部队开进,马九龙和一些重伤号被转送到三野后方医院,长驻上海治疗。

三个多月后,马九龙伤好得差不多了,他让秋莲陪他到附近一个中学的操场上,他跑步、跳远,还上了单杠,做了几个大回环,虎虎生风。他问秋莲:“小许同志,你看我是不是好利索了?”

秋莲点点头。让她难以理解的是,这人怎么像个铁汉似的,换常人,身中三弹,流了半脸盆的血,命丢了一大半,没个一年半载的,就别想站起来。

"哎,小许,你整天守着我,没发现我身上少啥零件吧?"他话里的意思,自己的身体是健全的。

秋莲摇摇头,表示没发现。

"那就好。"

他给秋莲说起一个人——军里的姚副参谋长,此人身上就少个零件——一只眼睛瞎了,但那家伙非要和一个护士结婚,人家姑娘不愿意,他拿枪指着人家,死乞白赖入的洞房。

最后他说:"我马九龙死活瞧不起这种人。"

他这话的意思,如果他是个残疾,他是不会不要脸皮死追人家姑娘的。但是,这话反过来听呢?——他现在好好的,没少啥零件,那么他就可以死乞白赖地追一个姑娘。

想到这里,秋莲顿时吓出一身冷汗。

秋莲向马九龙提出:"既然首长没事了,那我回我们医院了。"马九龙说:"身体是没事了,心上的事还没解决呢。小许同志,请等等。"

吴师长从福建前线打来电话说:"马九龙,你没事了还不赶快归队,再不来,三十五团的团长老子换别人干。"

马九龙是有名的战斗英雄,立过好几次大功,如果不是因为没文化、脾气粗,早当上师长了。吴师长就是当年他一个班的战友,他曾救过吴的命,所以他和吴师长说话向来不客气。他当即骂骂咧咧地说:"饱汉子不知饿汉子饥。老子是想归队,但老子不想一个人归!"他把电话撂了。

他参加革命,除了那些说得出口的理由之外,还有一个说不出口,只能闷心里。现在他可以给许秋莲同志说了——

"我们村地主家的斜眼大少爷,娶了个如花似玉的老婆,他凭啥?除了穷,老子哪一点都比他强!出来闹革命时,我发过誓:只要活着,一定得找个比他老婆漂亮的!"

过江之前,全师正团以上干部都有了老婆或准老婆,就他还光棍一条。师组织科的白大姐给他介绍了足有一个班,他一个也没看上。他就找漂亮的,"得像画上的人儿一样"。

"这次老子到鬼门关走一遭,没白走。小许,你就是老天爷给我派来的。你得认命！”

这话已经说得很明白了，非她不娶。

秋莲吓得够呛，她心里只有高伦。她抽空跑出去见高伦，提出和他一起逃走。高伦算是个老谍报人员，遇事讲纪律，不敢擅自行动，他去请示老K，得到的指示是：“野鸡”撤离上海；“公牛”马上嫁给姓马的，有这个保护伞，就可以在此人身边长期埋伏，一是想办法获取情报，二是争取策反他。适当时机，上峰会派人和“公牛”接头。

高伦有点傻眼。秋莲一听，哭了起来。高伦知道保密局的人心狠手辣，不执行上峰命令，会被处理，乃至被灭口，都是有可能的。于是，他咬碎牙决定，让秋莲暂且答应嫁给姓马的，至于以后走与留，见机再行事。同时他向老K请求，既然“公牛”不走，他也不想走了，愿意长期潜伏。老K回话说，上峰准许“野鸡”留下。

秋莲委屈得一个劲地哭，她觉得这样做，对不住高伦。高伦拥抱她一下，红着眼睛说：“莲儿，你不必难过，我能想得开。为了信仰，为了党国利益，我愿意牺牲自己一切，包括爱情、家庭，乃至生命。我面对青天白日旗发过誓的，我说到做到。”

四

马九龙向组织提出，办了婚事就归队，他得防止“煮熟的鸭子飞走”。九师有个团长，在江北驻训时谈妥了一个女朋友，是个文工团员，他们约好渡江战役胜利之后结婚，结果打下南京，该团长收到女文工团员一封信，说她决定嫁给八师政治部主任。

媳妇一天不进门，就有可能归别人。他马九龙可不想担这个惊受这个怕。

正所谓心急吃不了热豆腐，结婚需要政审，保卫部门给许秋莲政审时，发现漏洞很多，她说她祖籍福建厦门，老家没有一个直系亲人，厦门尚未解放，无法调查了解；她说她父亲是个做生意的，据说死于徐州附近的战火中，不知埋在何处；母亲年初病死于广慈医院，这个倒是查清楚了。她工作的单位劳工医院给她写的鉴定虽然很好，但她毕竟只在该医院工作了几个月，不能说明更多问题。

政审搁浅，婚就没法结。马九龙大为光火，说他早问过许秋莲同志，知道她是个孤儿。一个弱女子，本来就不幸，还被你们折腾来折腾去。他对师保卫科的科长拍桌子，说："兵荒马乱几十年，天下孤儿到处有，老子也是个孤儿，和她一样的苦命，是不是你们连我也怀疑？"

吴师长派卢道亮回上海处理此事。秋莲的身世是有漏洞不假，但是没有任何证据证明她这个人有政治问题，她就像一张白纸，干净得让人无法起疑。卢道亮是个做政治工作的，谨慎惯了，不愿放过任何疑点，他说："老马，眼下还在打仗，很多问题无法搞清楚，只有等全国解放了，才能彻底搞清一个人的身世，你就不能等一等？你忍一忍，好不好？全国解放指日可待。"

马九龙火了，抬脚把一个凳子踢翻在地，指着卢道亮鼻子说："卢主任，你老婆是个唱戏的，当年在徐州天天为国民党大官唱堂会，她的身世就没漏洞吗？你敢说没有疑点？可是徐州刚一解放你就把人家姑娘办了！你他娘的为啥不等等？哼！兴己不兴人，你们政工干部，够呛！"

马九龙的火爆脾气，全师闻名，他想骂谁，谁也拿他没办法，卢道亮摘下眼镜，用手捻着镜片，打个哈哈说："老马，我老婆是地下党员，政治上没任何污点，否则我也不会娶她，拿自己前程开玩笑。老马呀，一着不慎满盘皆输，我是担心将来许秋莲同志查出个啥问题，影响到你。"

"那你更不用咸吃萝卜淡操心了，将来发现她有问题，怎么处理我我都没意见，大不了老子脱军装滚蛋！"

"你这个老马呀，政治上太不成熟。"卢道亮摇头。

"成熟不成熟，老子不在乎，老子眼下就想结婚，一天不想等，一分钟不想等！我看是你妒忌许秋莲比你老婆陈小桃漂亮，对不对？"

卢道亮听不下去，气跑了。

事情僵住了，没办法，只好报告给军里。最后还是聂军长一锤定音："想结就结吧，我还指望马九龙回来打仗呢。"又说："我不相信一个小女子，能把我们怎么样。"

医院腾出一间病房给新婚夫妇当新房，一群病友晚上过来闹洞房，不一会儿，马九龙就把大伙赶走了。他不希望别人打搅他和秋莲，因为他们在一起的时间很珍贵。熄了灯，上了床，他像剥一个粽子那样把她剥光，然后抱着光溜溜的她，像上了战场冲锋一样，动作很刚猛。他们都是第一次，没有任何经验，场面搞得一塌糊涂。秋莲说，你弄疼我啦。她哭了起来。他收住猛烈的动作，摸着她脸蛋，像在梦呓，颤动着身体说："老子打了十几年仗，能够活着入洞房做新郎，比那些死了的弟兄有福气啊，还是活着好……小许，你听着，我马九龙会一辈子疼你的。"

这话让秋莲心里微微感动了一下。她脑子里开始是一片空白的，一直难以接受这个结局，后来她把身子上面的人想象成高伦，尝试着配合，却也获得了从前不曾想象到的快乐。到最后，竟然有点陶醉了。

完事后，马九龙抱着她说，这下你就跑不了啦。

谁都没想到，新婚第二天马九龙就去了福建前线。临走前他对秋莲说，如果我战死，你就改嫁，组织上给我的所有财物都归你，再嫁个人好好过日子。

秋莲眼圈一红说，你胡说什么呀，我等你。

马九龙走后，秋莲被人接到师里的"家属连"，与吴师长、卢道亮等师领导的家属住同一个院子。所谓家属连，不属部队的建制序列，由组织科把师团干部的家属编成班、排，进行集体管理，安全由警卫排保护，吃、住、行由后勤派大车，配粮配物，还有医护人员随同治疗伤病或者接生。以前部队行军打仗，家属们就尾随大军流动，全部身心就是为自己男人服务。部队进入大上海之后，都觉得上海好，都不想流动了，都想把家长期安在这里，于是就长期驻扎下来了，有些家属组织上还给安排了工作。

卢道亮的家属陈小桃到市里的沪剧团上班。卢道亮临走时嘱咐陈小桃多留意许秋莲，他说他对这个女人心里真是没底儿，看她平时都和什么人来往，记下来，有情况及时报告。

秋莲不需要组织上另行安排工作，她照常到劳工医院上班。医院成立了党支部，只有党支部的几个领导知道她已经结婚，嫁的是赫赫有名的战斗英雄马九龙。领导们关心她，想给她调一下工作，让她离开一线不再搞护理，去坐办公室，抄抄写写什么的，她也在行。

秋莲没有同意。

上海刚刚解放，还有不少“军、警、宪、特、匪”没有肃清，夜里时常听到有人打冷枪，偶尔还能看到信号弹升起，光八月份一个月里，就有二十多名干部战士被冷枪射杀。军官家属们都被告知，不要单独行动，尤其夜间不要出门。秋莲每天要穿过半个上海去医院上下班，有时还要上夜班，家属连的领导很为她的安全担忧，连长就曾说过：“嫂子，如果你出点事，马团长回来还不剥了我的皮！”连长提出，她上夜班时，派个兵来回护送。

秋莲也没有同意，说自己会小心留意，不会有事的，就不给组织添麻烦了。

她在心里说，按共产党的说法，她和高伦、老K都算是“特”，属于被肃清的对象。如果自己上下班的路上被冷枪黑枪打死，倒也痛快，她甚至盼着挨一枪，那样就不用再担惊受怕了。

风声实在紧，老K或许是溜了，或许是被抓，或许是被打死，反正一直没再有他的消息，也没接到其他上峰的指令。市邮政局招人，高伦给招聘进去了，他每天到南京路上的一家邮政局上班，基本上没再和秋莲来往。所以陈小桃观察了秋莲好一阵子，没发现她有任何异常。开国大典之前，她所在的医院党支部还专门给家属连写来一封信，夸奖她如何如何之好。

陈小桃电话里对卢道亮说，她越是表现好，越让人不放心，坏人总是积极表现，蒙骗好人。卢道亮说，话不能这么说，得用证据说话。

陈小桃每周都能收到卢道亮的前方来信。马九龙到前线后，却很少和秋莲联系，没来过一封信，只打过一两个电话。马九龙认字少，让他写封信比让他打一仗都难，所以他不愿写信，再就是他全部心思都用在打仗上,电话也顾不上打。然而秋莲丝毫不怪他,他一辈子不来信不打电话,她都没意见。她甚至想过,如果他死在前线,她可能都不会难过的。

秋莲为自己的这个想法吓了一跳。

这一天,秋莲突然接到马九龙打来的电话,他兴奋地说:“老婆,你老家被我们解放了!我团最先上的厦门岛,一口气捉了三千多个俘虏!奶奶个熊,国民党真是不经打。”

秋莲愣了愣说:“祝贺你,老……马。”她想学家属们常挂在嘴上的那样,称呼男人为“老公”,但她说不出口,只得临时改口为“老……马”。

放下电话,秋莲想明白了——国军为什么那么不经打?因为共产党里面,马九龙这样的人实在太多,国军怎么能打得过他们呢?如此说来,父亲当初真是选错了队。父亲曾经说过,他从黄埔军校毕业的时候,国民党和共产党都来争取他,他认定跟蒋校长走更有前途,所以选择了国民党,没想到最终落得那样一个下场——死无葬身之地。

她差点又要哭。

五

一九五〇年秋天之前,马九龙所在的兵团一直在福建沿海驻防训练,家属们私下传言,说是为打台湾做准备。马九龙给秋莲的电话里也不避讳,他说:“如果真打台湾,我想第一个登上台湾岛,亲手活捉老蒋,送到北京献给毛主席。”

听得秋莲心里一咯噔。

自打新婚一别,他们一直没再见面。上个春节,不少干部回上海休假,马九龙回不来,打电话让秋莲到福建军营探亲,她犹豫再三,感觉如果不去,会被他察觉有问题,陈小桃的眼睛贼亮贼亮的,也盯着她呢,只好硬着头皮订了火车票。正要动身时,突然感冒发烧,到单位一量体温,四十摄氏度,只能住院输液。

除夕夜她是在本院病房度过的。不去见老马,这个理由再好不过,她暗暗庆幸。大年初一,卢道亮两口子突然来看望她,代表师首长向她表示慰问,还带来了一饭盒水饺,又让她感觉对不起共产党的组织,对不起老马。病好以后,她打算去看老马。老马却在电话里说,探亲的家属们都走了,你还是别来了,影响我工作。

一天,她拐到南京路上的邮政局给老马发一封挂号信,为的是见高伦。高伦外出送信送报刚回来,一脑门的汗,他瘦多了。他们躲到没人的地方,小声交谈了几句。高伦情绪低落,说他刚刚侥幸躲过一场身份审查,差一点暴露,下一次不知能否躲得过。他提出,虽然接不到上峰的命令,但是遇到危险,是可以撤离的。

"往哪撤?"秋莲问他。

"……我一时也想不出来。反正先离开上海,出去再想办法。"

"全国很快都要解放——噢噢,是沦陷,你跑哪儿能有安全?"

"……我看最终得想办法到台湾去。"

"他们很快要打台湾。"

高伦哑口无言,面色焦虑。

秋莲最后对他说,共产党的人常讲,越是最危险的地方往往越安全。她认为,眼下在上海,二人是最安全的,只要一离开,会一路有危险。她让高伦不要紧张,以后或许她能保护他。高伦眼睛都红了,说,没想到,到头来我要你个女人保护。

十月份,马九龙突然回到上海家里,说是路过,回家看看。一年多不见,他并未像秋莲想象的那样,进门就上床。他情绪似乎不高,抠着脚丫子,半天才说:"他娘的,便宜了老蒋。"

秋莲小心翼翼地问:"怎么了?"

"我们在海上练了半年,白练了!"

"不打……台湾了?"

"美国佬不让打。"

她不由自主地松了一口气。

“怎么？我看你有点高兴……你家台湾有亲戚？”

秋莲吓得一吐舌头，赶紧说：“才没呢！才没呢！”

夜里，躺在床上，马九龙告诉怀中的秋莲，他们部队可能要到朝鲜去。秋莲愣一下，说不上是喜还是忧。其实最近已经有几支大军坐火车路过上海北上，家属们经常凑一块儿议论，说是主力部队要到东北去，有可能开到朝鲜跟美国佬打仗。秋莲问道：“真要跟美国打？”

马九龙捏一下她的小乳头，算是回答。

“美国人可是不好惹……能打过他们吗？”

马九龙犹豫一下，又轻轻捏了下她的小乳头。

“……你能否不去？”

马九龙这回没捏她的乳头，而是微微摇了摇自己的头。

“你要是有个什么意外，将来我靠谁呀？”她脑袋靠在他胸脯上。话毕，她才意识到，可能刚才又把身边人当成高伦了。

马九龙叹口气说：“你以为我想去？打跑老蒋，本以为天下太平，可以老婆孩子热炕头过小日子了。让打台湾，咱没话说，那是咱国家自己的事，必须打，为了国家统一嘛。可是朝鲜，关老子鸟事！”

“那你可以不去嘛……理由很多呀，你受过那么多的伤，到了朝鲜，听说很冷，你会顶不住的。”

马九龙感觉到有些不对劲，轻轻推开她：“小许，你想拖我后腿？”

她赶紧说：“不是不是，我是担心你身体……”

他又伸手把她揽到怀里：“这你放心。尽管去朝鲜心里有疙瘩，但是只要毛主席有命令，我马九龙绝不含糊！美国佬仗着武器好，牛皮哄哄，说是武装到牙齿了。老子偏不怕，我就不信，他能把老子的蛋给咬下来。是不是英雄好汉，跟美国人比试比试，就知道了！”边说边用力捏了下她的乳头，疼得她叫唤起来。他松了手。

像去年结婚时那样，马九龙这次在家又是只住了一个晚上。他说团里的弟兄百分之九十九没老婆，他能回来和老婆睡一晚，已经是享了天大的福，人不能太贪。临走，他还是那句话："如果我战死，家里所有的财物归你，再嫁个人好好过日子。"

秋莲也还是那句话："胡说什么呀，我等你。"

马九龙意犹未尽，盯一眼秋莲的肚子，又道："小许，要是你怀上我的种，我又回不来的话，无论如何，请你把孩子生下来，男孩叫他姓马，女孩叫她跟你姓许。拜托！"

说罢，他冲秋莲敬了一个军礼，转身噔噔走了。

秋莲眼里涌上了泪，说不上为什么，心里酸酸的，她冲老马的背影点点头，用力说道："老天保佑，你会没事的……"

六

马九龙走了后，一直没音信。广播里说，中国人民志愿军入朝了。家属们凑到一起议论最多的就是这事，她们的老公也都入朝作战了，大伙都为自己老公担心，说话都不敢放大声，笑声也少了。秋莲每天上班，早走晚归，偶尔参加一下大伙的聊天，都是陈小桃拉她进来的。她把聊天内容默默记在心里，一旦上峰派人来找她要情报，她能提供的只有这些了。

国家号召为前方将士捐款捐物，支援抗美援朝。秋莲二话不说，把自己值钱的东西都捐了——共有两枚金戒指，一条金项链，一只金手镯，还有母亲生前留给她的一副和田玉手镯——那是上等的和田玉，是父亲当年给母亲的定情礼物，很值钱的，母亲特意交代，这东西留给她做结婚礼物，让她和高伦结婚的时候戴上，算是爸爸妈妈的一份祝福。秋莲想，既然父母都不在了，自己也很难再与高伦结婚，不如捐了吧。

当然，捐这些值钱的东西，她没敢声张，否则让陈小桃知道了，又会盘问她，你一个无父无母的小护士，哪来这些值钱的东西？她一个人悄悄来到南京路捐款捐物大会现场，把东西丢到大红箱子里就离开了，工作人员要她登记姓名单位，她也拒绝了。

陈小桃鼓动军官家属们捐款，秋莲只好又捐出三个月的工资。她那么大方，家属们纷纷冲她竖大拇指。陈小桃雷声大雨点小，只拿出一个月工资。

仍然是一直没有马九龙的消息，秋莲偶尔冒出个念头：他会不会被美国人打死了？如果他死了，自己会难过吗？她拿不准。夜深人静的时候，一旦冒出这种不祥的念头，她又害怕。到后来她发现，她是不希望他死的，毕竟他们是夫妻。俗话说一日夫妻百日恩，虽然婚后他们只在一起过了两个完整的夜晚，但从时间上说，他们的夫妻关系已有一年多，“恩”谈不上似海深，却还总是有一些的吧？况且他们之间没有“仇”，父亲又不是他打死的，所以秋莲终归希望他活着回来。

那段时间，秋莲和高伦见过两次面，一次是在邮局，一次是在小饭馆里，他们交换过看法，都认为朝鲜这一开战，美国太平洋舰队进驻台湾海峡，解放军再想打台湾，不可能了，他们无法开辟两个战场，他们的木船也不敢与美国的航空母舰较量，台湾暂时是安全的，确定无疑。

高伦这时候又动了带秋莲去台湾的念头。秋莲说，我们又不是鸟，怎么过得了海？高伦说，我暂时也没办法，先退出上海再说吧，不行就从缅甸走，偷渡到越南，再坐船到台湾。高伦手头还有一大笔活动经费，是美元，老 K 撤退时留给他的，用这笔巨款搞定边境上做偷渡生意的人，应该没问题。秋莲想了想，觉得这一走，一路上会像唐僧师徒去西天取经那样，千难万难，说不定把命搭上，都是很有可能的。秋莲就很犹豫。高伦眼泪都快下来了，央求她，无论多难都要走，他就想跟她在一块儿。

秋莲看出来了，高伦是想跟她在一起。他太爱她了，当初一念之差没带她走，还傻乎乎地同意她暂且嫁给姓马的，他后悔得肠子都青了。现在走，正是个机会！秋莲考虑了两天两夜，决定听高伦的，跟他走，大不了死路上，要死死一块儿，那样自己良心上对他的亏欠会少一些。

他们约好周末的晚上走，先辗转去昆明。晚饭后，到了高伦来接她的时间，她心跳得咚咚响，喉咙发紧，像有一根小绳子在勒。她咬咬牙，提起旅行袋往外走，到了门口，感觉天旋地转，恶心得很，跪下哇哇大吐，连胆汁都快吐出来了。陈小桃就住隔壁的平房，闻声跑过来，一看立马明白了，赶紧叫车把秋莲送到了军医院。

秋莲怀孕了，妊娠反应相当厉害，医生提出住院观察。听说她老公上了朝鲜前线，医院里的小护士们热情得很，轮流跑来照顾她，再想脱身不可能了。高伦作为她名义上的远房表哥，过来看过她一回。他情绪还好，认为走不脱是天意，没有怨天尤人。他小声对秋莲说，最近他听美国之音，还有“那边”的广播，都说第三次世界大战很快会爆发，到时候美国盟友会帮助“那边”反攻大陆。“莲儿，我们哪也不去了，就在原地迎接王师北上。”他颇有点兴奋。

秋莲惦记那笔巨款，说放在哪儿都不保险，万一露馅怎么说得清？不如借机捐了。高伦想想也对，抽空来到离邮政局不远的捐款捐物现场，把那捆用报纸包着的美元投进了捐款箱。

三十三团副团长曾之力的家属曹小慧和秋莲比较要好，曹小慧平时话不多，在街道工作。她和曾副团长结婚快两年了，一直要不上孩子。她很羡慕秋莲怀孕，盼望丈夫早点从朝鲜回来。没想到她盼来的不是活着的丈夫，而是一张阵亡通知书。曹小慧当即就瘫了。秋莲和陈小桃过去安慰她，陪着她哭。陈小桃往回赶秋莲：“你不能哭，你肚里有货，赶紧回家躺着去。”

后来又有家属接到阵亡通知书。家属们心里都在盘算，谁会是下一个？于是都有点恓惶。秋莲不怕，没事似的。妊娠反应过后，她不要单位照顾，坚持每天坐公共汽车上下班，在科里一点都不搞特殊，脏活累活抢着干，弄得全院都很感动。她是个战斗英雄的家属，她的所作所为，那就是个少见的典型啊！

院里决定给她增加一级工资。她坚决拒绝了。说自己所做，都是应该的，科里的护士，哪一个都很辛苦，单独给她涨工资，对别人不公平。

肚里的孩子每天都有变化，让秋莲格外操心，她差不多快把老马忘了。这天陈小桃通知她，到火车站参加一个活动，必须去。她去了。到了那里，才知道，是迎接战斗英雄回国。

很多人在站台上敲锣打鼓吹喇叭，气氛非常热烈，快要把站台的顶盖掀起来了。一列火车停下，十几个战斗英雄鱼贯而出，出现在站台上，一排中学生上前献花。秋莲看到，英雄里头个子最高身板最壮的那个人，是老马。原来他还活着啊！秋莲不觉眼睛湿了。她摸摸肚子——孩子的父亲活着回来了，她终于吐出一口长气。

老马也看到了她，不顾有领导正要对着麦克风讲话，把手中的鲜花扔向人群，拨开众人朝她走来。所有人的目光都望向他们二人，场面出奇的安静，都有点傻眼，不知所措。老马走到她跟前，不说话，想抱她，又没敢。她羞红了脸，不敢看他，不知怎么就看到老马一只胳膊的袖子被风吹得老是飘，飘呀飘，她伸出手一摸，空的！

马九龙少了一只胳膊！

她愣着的工夫，马九龙豪迈地举起右手，钩起食指，大声说："没事，不耽误老子打枪。"

七

尽管有了心理准备，但当秋莲伸手抚摸马九龙断臂的茬口时，还是忍不住落了泪。老马伸出右臂把柔弱的她揽在怀里，摸着她隆起的肚皮说："小许，行啦！你怀了小崽子，我丢了胳膊，这一得一失，扯平了！我命还在，当是赚啦！"

晚上进了被窝，说起掉胳膊的经历，马九龙竟然哭了。这让秋莲骇然——上次中了三弹差点毙命，他一滴眼泪没掉，今天是怎么了？

马九龙抽抽搭搭地说，他们部队原本打台湾，给拉到朝鲜去，棉衣都没换齐，到长津湖布防，那狗地方太冷了，他一个团，一晚上冻死四百多，剩下的全冻伤了，他的胳膊就是那晚上冻掉的。他太憋屈了，不能当着部下哭，不能当着上级哭，回到家里，得当着老婆面哭一场。

秋莲拍打着他结实的后背说："老公，想哭你就哭，我听着。”

话一出口，她有点吃惊——以前她叫他“老……马”，从没叫过他老公，今天是第一次，不知怎么就滑出口了。“老公”这方面很迟钝，没什么反应，顾自抹把泪，说：“我的团没有败给美军，败给了朝鲜的严寒。那狗地方，老子一辈子不想再踏上一步。”

秋莲很好奇，问他团里死了那么多人，怎么还成战斗英雄了？他说，在接下来的战斗中，他带领全团冻伤而不下火线的弟兄，干掉了美军一个加强连，他用一只胳膊，活捉了美军的一个中校。

她真有点佩服他了，乳房贴紧了他厚实的胸脯。

停了停，他又说，他的团六七百弟兄再也回不来了，彻底埋那儿了，自己却回来陪老婆，他觉得对不起死去的弟兄。说罢，他又哭起来。秋莲轻轻拍着他的背，不说话，听他哭。

末了，他说：“小许，我身上少了个零件，如果你想离婚就提出来，我签字。”

秋莲伸手捏了他屁股一下。

马九龙回国后，做了几场报告，他认字困难，不按稿子来，经常临场发挥，扯东扯西，效果却出奇的好，但他又老是夹带粗话，影响志愿军形象。上级领导决定把他从报告团拿下来，送到荣军医院疗伤。在那里待了没几天，他就闹着出院，说自己享不了这个福。荣军医院不同意，他干脆逃回家里，谁来叫也不去。没多久，他又要求回前线。

吴师长现在是副军长，吴副军长回国开会，顺便回上海看看老婆孩子。听说马九龙胡闹，把他叫过来臭骂了一顿，说，你一条胳膊，回朝鲜干什么？噢，让美国鬼子以为我大中华没人了，派个独臂家伙来打仗，国际影响多不好！再胡闹，你就离开我这个军，转到地方工作。

这话把马九龙给镇住了。

四个月后，秋莲生下一个男婴，马九龙给儿子取名马小天。有了孩子，这才真像一个家了，秋莲似乎完全忘了自己的真实身份，也把高伦忘了，整天洗尿布喂奶，身上带着尿臊味和奶香味。直到有一天，她从报纸上看到，高伦被评为全市邮政局系统的劳动模范，五一劳动节那天，和众多劳模一起，佩戴大红花，受到陈毅市长接见。

马小天满月那天，秋莲打算置办几样好菜，提出请“表哥”来一块儿给儿子摆满月酒。马九龙知道秋莲有个远房表哥叫高伦，只是一直没顾上见面。秋莲在上海就这一门亲戚，而且还是全市的劳动模范，叫他上门是件增光添彩的事，于是满口答应。秋莲给高伦打电话，请他来家里。高伦电话里犹豫不决，怕露了馅，毕竟他心里胆怯。秋莲说，越是大大方方越没事，你怕啥？有我在，老马他能吃了你？以后还得靠他帮你呢。

高伦提着礼品上门，受到马九龙热情接待。他这一天的表现非常得体，居然和马九龙越聊越近乎，二人喝光了一瓶白酒。对于小许的这个“表哥”，到底是姑家的还是姨家的，马九龙一直没弄明白，他也不想弄明白，反正是许秋莲家的亲戚，就是他马九龙的亲戚。马小天跟高伦也不见生，平时外人一抱他，他就哭号，高伦抱他，逗他玩，他笑眯眯的，一声没哭。

高伦顺利走脱之后，秋莲松了一口气，有这个开头，以后她和“表哥”加强来往，也就顺理成章了。

马九龙看上去粗，有时却很细心，他听说高伦至今单身未娶，便和秋莲商量，把曹小慧介绍给他如何？曹小慧很贤惠，曾之力牺牲后一直未嫁，而且没有孩子拖累。秋莲觉得这个主意好，心想如果他们成了，高伦不仅解决了个人问题，使她少了一份歉疚，更重要的是，有曹小慧烈士遗孀的身份做掩护，高伦更加安全不是？高伦安全，她就安全。她有老马，高伦有曹小慧，算是双保险了。

这个时候，她真心希望过去的上峰把“野鸡”和“公牛”遗忘，不再联系他们，让他们自生自灭。也许那个老K早已死在共产党的监狱里，他一死，一了百了，岂不更好！

秋莲出面给高伦和曹小慧牵线。曹小慧羞答答同意见个面，高伦则不干。他在电话里对秋莲说，他这辈子不会再有爱情，因为他的爱情已经死亡。放下电话，秋莲知道他已铁了心不娶，自己伤了他，深感对不起他。但事已至此，又能怪谁呢？

过了一段时间，马九龙惦记这事，问秋莲，你那个表哥，他考虑得怎么样了？是不是嫌人家曹小慧是个寡妇？秋莲说，那倒不是，他这个人有点怪，不希望别人给他介绍女朋友，他想自己发展一个。又说，他这方面的事，以后我们不用替他操心了。

秋莲的产假是三个月。假期一到，她就去单位上班，把孩子丢给了赋闲在家的马九龙。马九龙只看了三天孩子就不干了，亲自打电话替秋莲请了事假。他是著名的战斗英雄，又是伤残荣誉军人，他出面，谁也得给他个面子。

不久，高伦以看望外甥的名义来与秋莲接头，告诉她，上峰派人和他建立了联系。这个消息让秋莲脑袋嗡嗡直响。她硬着头皮问，上峰有何指示？高伦说，没有特定的任务，只是嘱咐"野鸡"和"公牛"不要忘记使命，耐心潜伏，一旦第三次世界大战爆发，好做内应。秋莲长出一口气，说，安全为上，我们还是待着别动为好。高伦不同意，他认为秋莲婚后安于过小日子，忘记了自己的使命，辜负了党国的栽培，她得利用自己的有利条件，多搜集一点解放军内部的情报，适当时机传递到"那边"去。

秋莲虽然心里害怕，但嘴上先答应了下来。她嘱咐高伦，无论如何不要冒险，她发现高伦最近胆子大了点，不那么谨慎了，这样会很危险。高伦却说，自己已将生死置之度外，大不了被共产党抓住掉脑壳，有啥了不起，杀人不过头点地，他早做好了心理准备。高伦走后，秋莲眼皮子直跳，生怕他出个什么差错，连累自己不说，马九龙、马小天也得跟着遭殃。

八

马小天刚满周岁，一直赋闲在家的马九龙接到了新的任命，到驻防安徽蚌埠的十七师担任副师长，早前，卢道亮被任命为该师政委。两个老战友又可以聚到一块儿了。

上级要求各级领导干部做到"人走家搬"。问题这就来了——陈小桃迷恋大城市，不愿把家搬到"和乡下差不多"的蚌埠去，她来动员秋莲，说，咱姊妹俩统一思想，就是不搬，法不责众嘛，顶过这阵就没事了。

马九龙却提出全家搬走，把老婆孩子户口迁到蚌埠去，房子上交，不留尾巴。秋莲虽然也舍不得上海，尤其是将来儿子要上学，上海教学质量肯定要好过蚌埠，但是她更想离高伦远一点，最近高伦老是催她弄点有价值的情报，好给上峰交差，她一直拖着，说自己接触不到共产党的秘密，老马已经半年多没上班，没有文件可看。利用这个机会离高伦远一点，日子会平静地过下去——秋莲想得最多的是这个，所以马九龙的意见，她完全赞同。

这样就无形中得罪了陈小桃，也许还得罪了卢政委。陈小桃的主意，谁敢说不是他出的？

到蚌埠去，秋莲的工作安排可以借机做个调整。马九龙早就不希望她当护士，太累不说，还顾不上家。他打谱让秋莲穿军装入伍转干，军队领导干部家属半截子入伍转干的情况很多，当护士的，当干事的，当保密员的，都有。秋莲和她们比，哪方面都不落人后，入伍转干不成问题。

秋莲听老马说出这个打算，心里怦怦乱抖。她竟然要混入共军的队伍里来了，连自己都觉得滑稽，不可思议，像做梦。她对老马说："老公，我还是不入伍吧？"

"为啥？"

"……我觉得自己不够格。"

"你谦虚啥！你不够格，谁够格？别扯了，这事我说了算。"

秋莲把这个消息透露给高伦。高伦说要请示上峰。很快他回话说，上峰的意思是，"公牛"务必借这个机会打入解放军内部，潜伏下来，为以后多多获取有价值的情报，做好铺垫。

秋莲只得咬咬牙对老马说："老公，那我听你的。"

事情报到卢道亮政委那里，卢政委旧话重提，说许秋莲历史问题不清，有漏洞，尚未查实，入伍一事暂且搁下。马九龙为此大为光火，他跑到卢政委办公室里拍桌子，说，你们政工干部老是戴有色眼镜看人,见人就往坏里想,我马九龙天天和许秋莲同志睡一块儿,在我眼里,她就是个好女人！我还是那句话,如果你查出她有啥问题,怎么处分我都认,杀老子的头都可以!

卢道亮其实很不愿意和马九龙一个锅里抡马勺,他憷这人的臭脾气,天王老子都不怕,你不同意他老婆入伍,他会天天来闹,骂骂咧咧,不像个领导干部的样子。陈小桃给丈夫出主意说:"你就让她入,到了部队,派个人好好盯着,一旦她有什么蛛丝马迹,立刻抓起来嘛!"

卢道亮说:"那你也入伍,一块儿到蚌埠师部,你负责盯她。"

陈小桃撇撇嘴说:"我职务太高了,到你们师里,不好安排,除非你给我解决个正团职务。"

陈小桃这时候已经是上海市文化局的处长,分管剧团工作。她不愿离开上海,除了迷恋大城市外,她认为如果离开,职务上会吃亏。

秋莲的入伍问题很快解决了。卢道亮亲自找马九龙谈话,严肃提出,不能把许秋莲放到重要的部门,不要让她接触机密性的文件。马九龙痛快地答应说:"这样好,你省心,我也省心,她还是到师医院干护士。"

卢道亮点点头说:"老马,你理解就好。上级关于审干的要求你也清楚,我是防患于未然。"

马九龙抬起独臂,给卢政委敬个礼就出去了。

一九五五年授军衔的时候,秋莲按规定可以授中尉军衔,她给师医院领导写报告,主动要求降一格,说自己刚入伍不久,思想觉悟还不够高,因为带孩子,影响了工作,授少尉就可以了。师医院领导征求马九龙的意见后,同意了。而其他几个师领导的爱人正在到处找人活动,要求高授一格。卢政委拿许秋莲说事,对那几个家属说:"你们怎么不向人家马副师长的爱人看齐？该多高就多高,谁也不能高授。"

在师常委班子的夫人中间,秋莲后来成了受孤立的一个,没人和她拉近乎。她也不主动和别人来往,除了带孩子,就是照顾老马。到蚌埠第二年，她又生了个女孩，马九龙给女儿起名马小云。

离开上海后，确切地说是离开高伦的视线之后，秋莲感到很开心，很踏实，比先前轻松愉快多了。她感觉都快把高伦忘了，只是每年过年的时候，才想起他来，赶紧给他寄一张贺年片。

到后来，秋莲真的把高伦忘了，脑子里除了工作，就是丈夫孩子，整天忙得团团转，连化妆的时间都没有，一年到头穿军装，没有一件像样的便服，快成黄脸婆了。

直到有一天，马九龙回家来，说："小许，你不像话。"

"怎么了？"她一惊。丈夫以前很少这样说她。

"你那个表哥，高伦，今天碰上我，怪你不关心他，对你意见蛮大。"

秋莲如坠雾中——老马怎么碰上他了？她有一种大白天撞见鬼的感觉。

原来高伦在上海的单位分到了一个支援落后地区的名额，说白了，就是下放，单位的人唯恐避之不及，纷纷找各种理由开脱，已经当上邮政支局办公室副主任的高伦主动报名，上个月来到蚌埠市邮政局担任办公室副主任，今天马九龙代表师里到邮政局走访，突然与高伦打了照面，简单聊了几句。马九龙感慨道："你这个表哥，真可以。听说他还没入党，他比我们好些共产党员觉悟都高。"

弄明白情况后，秋莲苦笑笑，心情变得异常沉重。马小天把妹妹弄哭了，马小云一个劲地号，秋莲很生气，上去一人一巴掌，把两个孩子打得可着劲地哭，像比赛一样。马九龙有点傻眼——小许以前可是从没打过孩子的，真是年纪大了，脾气也见长。

看来想过踏实日子，那是痴心妄想。秋莲想，上峰不会轻易放过他们的，高伦来蚌埠，一定是接到了新的任务。

秋莲提心吊胆地过日子，既怕高伦来找她，又希望他早点来，来把事情说清楚，看看能有什么好对策，应付过去。然而高伦却一直没来，她主动打了个电话，约他来家里吃顿饭，说，表哥，你还没见过外甥女小云呢。高伦以刚调来工作忙为由，推掉了。

师部机要室的保密员胡家梅生小孩，需要找一个女同志临时到机要室工作一段时间，司令部情报科梁科长到师医院选人，因为这里女同志多。黄院长头一个推荐了许秋莲，说她表现非常优秀，工作认真细心，口风严，社会关系简单，干这个比谁都合适。秋莲成了主要人选。

一个周末，马九龙派车把高伦接来家里吃饭，秋莲战战兢兢地在家迎接他。两年多不见，她发现高伦更瘦了，穿一套深灰色的旧中山装，面色苍白，目光深邃，像一个小学教师。席间，马九龙提起秋莲到机要室工作的事，说还是去那里好，正常上下班，不用值夜班，不像当护士，每周要值两个夜班，弄得夜里孩子没人带。秋莲却是态度坚决地拒绝，说自己就是想去，卢政委也不会同意，他不是一直防着咱吗？马九龙说，这个他来想办法，卢政委去南京军事学院读书，一年后才能回来，这事可以不用请示他。

高伦本来无精打采的，一听说秋莲有可能接触到秘密，给她使了好几个眼色，意思是让她答应下来。秋莲赶紧转了个话题，说起小云不到一岁就会叫爸爸妈妈哥哥了，叫声舅舅听听？小云果然清晰地叫了一声舅舅，马九龙高兴地拿筷子蘸了一点酒抿到小云嘴里，把小云辣哭了。搞得好不热闹。

九

秋莲到师机要室上班没多久，高伦约她见了一次面，地点在秋莲家里，因为马副师长的家里最安全。高伦给小云带来一个玩具猴，两个孩子抱着玩具猴出去玩了。高伦低声说："'公牛'你听着，上峰听说你有了新岗位，能够大量接触共党共军的机密，很高兴。你加入组织后，寸功未立，希望你近期有所作为。"

秋莲心里一个劲地哆嗦，但她不能让高伦看出来，她强作镇定："……我刚去机要室，不好马上下手，稍等一下不可以吗？"

高伦说:“你曾经当我面答应过老K,不背叛组织。说话得算数。”

秋莲说:“我说话算数。”

高伦说:“现在组织需要你表现。如果不听从指令,你知道后果会很严重。”

秋莲心一抖,头一低说:“我知道……要哪方面的?”

高伦沉吟片刻:“十七师作为共军头等主力师,横亘在京沪之间,北临徐州,南接南京,地位重要,你先把该师的家底摸清楚,比如有多少人,多少枪,多少坦克,多少火炮。这个不难吧?”

高伦走了后,秋莲一天没吃饭,她很恐慌,担心迈出第一步,他们会没完没了怎么办?这么搞下去,早晚会暴露,自己被抓被杀也就算了,她不怕下地狱,关键是她不想连累老马和两个孩子,他们是无辜的呀。

她甚至设想过,如果他们硬逼自己铤而走险,那么她就和老马离婚,这样以后出了事就不会拖累他。

更极端的结局她也设想过——偷走文件,然后自杀,就算效忠“那边”吧,证明她说话算数,没有食言。

拖了一段时间,她深感再拖下去,那个她从未见过面的上峰如果发火,后果或许更糟糕,于是硬着头皮约“野鸡”见了一面,地点在邮政局大厅,她去那儿寄一封信,“野鸡”在门口等她,她把一个纸卷无意中丢到地上,“野鸡”装作没事一样捡起来,情报就算传递成功。

那个纸卷上写着十七师的全部实力:一万一千二百一十三人、八千七百三十支各类长短枪(其中重机枪九十二挺)、二十辆苏式T54A型坦克、一百三十门各类火炮。

做完这一切,秋莲吓出一身汗,腿抖了好几天。不久,高伦打电话给她,说她提供的东西已经转交到“那边”,上峰对此很满意,希望她注意自身安全,暂且不要盲动,听候指令再立新功。

她终于吐出一口长气。

她提供的那份情报,完全是她瞎编乱造的,与事实出入很大，有的完全不靠谱。她最担心被上峰识破，进而惩罚她，甚至下狠手，殃及她的家人。现在看来，蒙混过关了。晚上孩子们睡了后，她主动拿乳房去蹭马九龙，把老马撩拨起来，二人疯狂地爱了一回。

后来好长一段时间，上峰没再给她新的指令，她的小日子渐渐恢复了原状。

卢道亮从南京军事学院学习回来，在机要室门口遇到许秋莲，感觉不对劲，马上把情报科梁科长叫来问情况，梁科长说许秋莲同志在这里表现很好，工作非常认真敬业，比胡家梅强多了，打算正式给她下机要员的命令。卢道亮忍住火气，打发走梁科长，又把师医院的教导员张金栓叫来问情况。张金栓是卢道亮安排的“眼线”，多年来一直负责“盯梢”许秋莲。张金栓严肃地说：“政委，许护士离开医院前，我没发现她有什么异常。”

“她平时都和什么人来往密切？”

“除了工作上的关系，她几乎不与任何人来往。噢，她在地方上有一个表哥，市邮政局的办公室副主任，名叫高伦。他们偶尔有来往，一般是高伦来马副师长家里。没发现许护士单独和高伦见面。”

“这个高伦，表现怎么样？”

“侧面了解过，表现很好，本人主动从上海下放来这里工作的。”

卢道亮猛吸了两口烟，把半截子烟往烟灰缸里一摁：“他为什么主动从上海来这里，而不去别处？是不是他们之间有不可告人的秘密？”

张金栓无法回答。卢道亮挥挥手把他打发走了。

卢道亮一回来，秋莲像是遇到了救命稻草，赶紧去找，她请卢政委批准自己离开机要室回医院，说这里太憋闷，她实在不适应。卢道亮答应考虑一下。她一走，卢道亮又打电话把梁科长叫来，叮嘱他不能给许秋莲下机要员的命令，让她回原单位。

梁科长不解，提出了自己的疑问，说马副师长升任师长的命令听说到军区了，很快就会宣布，这时候把他爱人打发离开师机关，不太合适吧？卢道亮表示，马师长的工作他来做。

当初许秋莲入伍的时候，卢道亮与马九龙有过一个口头约定：不能把许秋莲放到重要的部门，不要让她接触机密性的文件。后来因为一时疏忽，违背了那个约定。卢道亮找马九龙一谈，马九龙痛快地接受了，说："政委，你没回来时，娘们天天给我闹，要求回医院，不是我不答应，是梁科长不放。现在你来做这个决定好，让她滚回去！"

恰好这时候，秋莲又怀孕了，反应挺厉害，已不适合在机要室干，这样她回原单位也就顺理成章了，顺便保全了马师长的面子——不然，政委把师长老婆赶出师机关，对外不好解释呀。

年底，秋莲又生下一个男婴。给孩子起名的时候，马九龙大嘴一咧说："小三叫马小地！哥哥马小天，弟弟马小地，将来他们哥儿俩要做天地之间的好汉子！"他为自己起的名字得意，兴奋地咂咂嘴。

秋莲犹豫半天，终于把想说的说出了口："老公，我们许家就我一棵老苗子了，能不能给我许家留一棵小苗苗？"

马九龙一怔，哈哈笑了，说："怎么不行！叫他跟你姓许，叫许小地！"

秋莲扭过脸，悄悄抹去眼角突然涌出的泪珠，柔声说："谢谢老公了。"

后来秋莲感觉叫许小地不如叫许小弟好，去派出所上户口时把名字改成了"许小弟"。

到这时候，秋莲认为生孩子的任务算是完成了，以后和老马过夫妻生活，她就采取措施。老马开始不接受，在她的坚持下，到底还是接受了。

十

一九六二年初，高伦来家里见过秋莲一次，兴奋地告诉她，"那边"要"反攻大陆"，大军要在东南沿海一带登陆，叫她做好准备，迎接"王师"。

她没太当回事，心里说，“王师”还是安安静静在“那边”待着为好，解放军可不是好惹的，这些年她亲眼所见，你来十个“王师”都不是人家对手呀！

小弟过生日那天，高伦不请自来，和马九龙喝了一顿大酒。马九龙竟然喝醉了，去卧室呼呼大睡。高伦兴奋异常，毫无醉意，他说自己“人逢喜事精神爽”。秋莲问他，什么喜事？你谈恋爱了？他小声说：“莲儿，我见到老K了，老……”

一句话吓得秋莲忙止住他说话，马上关了卧室门，才悄悄问道：“老K……还活着？”

“活得好好的。”

“……这些年，他躲哪去了？”

“他去那边了。不久前又被派遣回来。”

“怎么回的？天罗地网的，他又不是孙悟空。”

高伦轻轻一笑，竖起右手食指往天花板一指：“跟孙悟空差不多。他是美军飞机空投下来的，落到蚌埠南郊，进城找到了我。”

秋莲侧耳听了听，老马睡得正香。她脸色很难看，像喝多了酒一样，腿肚子直抽。高伦没事一样，语气平静地说：“老K命令你搞一份共军中央军委最新的对台防御部署，要快。”

“我弄不到！我早不在机要室了。”秋莲急了。

“这种文件，不用去机要室。如果我没说错，老马书房的桌上就有。”他指了指对面书房半掩半开的门。

秋莲冷汗直冒，难以表态。高伦轻笑一声说：“好吧，这是最后一次，以后上峰再有指令，我去想办法，不难为你了。”

他轻飘飘地走了。秋莲假装去老马书房擦桌子，看到桌子上果然有一份中央军委关于东南沿海一带作战部署的机密文件。她哆嗦着手拿起来，马上又放下了。

蒋介石叫嚣“反攻大陆”，十七师也加强了戒备，马九龙带领师工作组到下面检查战备情况，遇上二团新兵连搞投弹训练，他发现投的是训练弹，很恼火，对二团团长一瞪眼睛说，啥时候了，你还玩虚的！二团赶紧组织新兵连改投实弹。

投弹开始，马九龙等领导坐镇现场观摩。一开始投得很顺利，颗颗实弹在远处爆炸，炸翻了一个个画有蒋介石光头像的木靶子，大家都乐开了怀。正笑着笑着，就见一颗手榴弹哧哧冒着烟朝观摩台飞来，所有人都愣住了！有人反应快，撅起屁股钻向蒙着绿帆布的桌子底。手榴弹越飞越近，这时只见马九龙跳了出来，腾空伸手接住哧哧冒烟的手榴弹，顺势甩向一旁。

然而，手榴弹刚一离开他的手，就轰然炸响。他大叫一声倒地，被浓烟遮住。人们"师长、师长"地叫着，扑了上去。

马九龙胸前炸出三个洞，第二天才在蚌埠新建的一二三医院苏醒过来，像那次中三弹那样，他又到鬼门关走了一遭。

是一个名叫王世文的新兵，因为紧张，投弹时眼一闭，扔错了方向，差点炸死一个赫赫有名的师长。卢道亮指示二团把他关了禁闭，视后果再作处理。马九龙醒来后问明情况，要求原谅这个新兵，把他放回新兵连。听说这个兵回到连队时，全连的人都哭了。

秋莲那些日子就住在马九龙的病房里，日夜照顾。其间高伦来看望过一次，带来一大堆营养品。秋莲就怕他提那事，他偏偏提了，是在秋莲送他出院门时，他刚一出口秋莲就火了，指着他鼻子说："我老公都快死了，你们还没完！不行我就自首，咱们一起蹲监狱掉脑袋！"

高伦却平静地笑笑说："莲儿你想多了，我已经回复老K，情况有变，恕难从命。"

秋莲不好意思地眼圈一红，说："对不起，我失态了。"

高伦望着秋莲，眼圈竟然也红了："莲儿，你都有白头发了。时间过得好快呀。莲儿，保重为上……"说罢，他微弯着腰，头也不回地走了。

回到病房，秋莲对镜子一照，果然看到鬓角隐约有几根白发，平时不但自己没发现，老马和孩子们也没发现，偏偏让高伦给发现了。

马九龙不到一个月就离开一二三医院回家休养。回家路上，坐在救护车里，他拉着秋莲的手说："小许，没有你，我不会恢复得这么快。”秋莲把头靠在老马肩上，幸福地笑了。

晚上睡觉前，帮他洗过澡，孩子们过来数爸爸身上的伤疤，马小天说有十一个，马小云说有十个，许小弟呜噜不清，口水滴到爸爸背上。那些伤疤，有枪伤，有刀伤，有炮弹皮划过留下的伤，还有刚添的三处手榴弹片钻入形成的新鲜肉坑。以前的晚上，躺一个被窝里，自己光滑的皮肤碰到那些伤疤，秋莲感觉很不舒服，现在的晚上，如果皮肤碰不到那些伤疤，她反而感到不踏实。

一天晚上，睡不着，秋莲问老马：“老公，你怎么就不怕死呢？”

老马说，上了战场，还是怕死的多，人都是肉长的，子弹不长眼睛，谁不怕死呢？他开始也怕死，后来发现，怕死也没用，该你死，你活不了，不该你死，你死不了，所以以后打仗，他都豁出去拼命，结果立了一个又一个的功，人还照样活着。

“这都是命吧，包括遇见你。”他握住她的手，少见的柔情。秋莲便感到，自己的男人，是天下少有的英雄，这样的男人让自己碰上，这辈子值了。

十一

“文化大革命”前，就有传言说，马九龙调到军里当副军长，卢道亮到军里当政治部主任。“文革”一来，这事就搁下了。

部队组织学毛选，老马脑子笨，背不下来，秋莲记忆力好，学老三篇，她晚上加个班就背下来了。师医院搞比赛，数她背得准确，背得多。

她不光是死记硬背，她逐篇去理解，深感毛主席的文章写得好。解放前她读过蒋介石的书，虽觉得也不错，如今与毛主席的书一比，感觉姓蒋的差太多。

她小时候学过绘画，一激动，拿起画笔画了一张毛主席像。宣传科要走拿去展览，看过的人都说画得好，比印的都好。军区报社的一个记者来师里采访，非要见见她，问她，为什么画那么好？她想了想说："我是打心眼里佩服毛主席，是用心画的。"

她先是被评为全师学雷锋积极分子，接着又被评为师后勤系统学毛选积极分子，和各单位积极分子一起，佩戴大红花，受到师首长接见。卢政委亲自给她颁发奖状。她还是有点惧怕卢政委，不敢与他对视。马九龙站在边上，冲卢政委努努嘴，意思是："我老婆可以吧？"卢政委哼一声，那意思分明是说："我还得观察，是狐狸总要露出尾巴。"

秋莲抱着奖状，赶紧下台去了。

师医院反复催她交入党申请。像她这么能干的人，早在十年前就该入党了。她却拖着一直不写。一旦有人过问，她就说："我感觉自己真的不够格，跟合格的党员比，还有很大距离，我还想再等等啊。"

她一直没有入党。认识她的人都说，马师长家属太谦虚了呀，她说自己入党不够格，那我们就更不够格啦。

她不入党，师医院准备提拔她当护士长。这个她接受了，说："护士长就是个多干活的岗位，让当就当吧。"

"文革"初期，大家都觉得新鲜，闹革命嘛，人人有劲头。但是很快，就有人受到了冲击。

秋莲实在想不到，全师第一个受到冲击的人，竟然是马九龙！

老马的罪状主要有两个：一是五九年庐山会议后，他公然替彭德怀鸣冤，说朝鲜战场上彭总指挥得好。二是他多次说过，他虽然没参加过长征，但在南方丛林里受的苦，一点不比长征路上的人少，别人一提长征多么苦他就来气，说老子也没少受罪呀。这是典型的诬蔑长征干部。

师常委会上，卢道亮责问马九龙："老马，你到底说没说过这些屁话？"

马九龙没弄明白政委的意思，梗着脖子说："老子就说过，怎么啦？"

卢道亮叹口气，摇摇头。他是希望马九龙不要承认，结果他这一承认，事情就难办了。

几天后，上级来电，马九龙停职检查，到位于宿州的部队农场参加劳动改造。

第二个落难的是卢道亮。

把卢道亮拉下马的不是别人，正是他爱人陈小桃。陈小桃比秋莲晚两年来的蚌埠，她本来不想来，后来因为与潘汉年案有一点关联，她一看不好，立马要求随军，火急火燎离开上海，到蚌埠市文化局当了个排名最末的副局长。

差不多有十年，陈小桃一直默默无闻，甘落人后。“文革”开始后，她带头造文化局的反，然后又造市政府的反，还想着造市委的反，当上了“红遍天下”这一派的副总司令。卢道亮反对她这么做，她干脆一不做二不休，写了一张大字报，公开揭露丈夫的“累累罪行”。其中最主要的罪行是，卢道亮亲口说过：“主席那么伟大，什么都好，就是没讨到一个好婆娘。”他又说过：“我就是觉得江青说话横，拿腔捏调的，配不上主席。”还说过：“我老婆陈小桃，都比主席夫人好看。我卢道亮比主席有福气。”

卢道亮污蔑旗手，影射主席，引起轩然大波，地方和部队内部的造反派群起而攻之，把他关押起来，每天开会批斗。他要求到宿州农场劳动改造，造反派们根本不答应，秋莲去过一次批斗会现场，看到卢政委鼻子都被打歪了，头发剃成了阴阳头，看上去，人一夜之间老了十岁。

陈小桃为此出尽风头，当上了“红遍天下”的总司令。眼下她最大的愿望就是打败号称“天下红遍”的另一派，然后把市委的大权夺到手。她需要枪——枪杆子里面出政权嘛。

师医院现在没几人上班，都去闹革命了。秋莲每天坚持上班。这天她听到有人说，卢政委发高烧，快不行了。院领导想派个医生过去看看，派谁谁不去，都找各种理由躲开。秋莲说：“我去吧。”按说她不是大夫，没法帮人看病的，但她愿意去，别人巴不得呢。她拿一个药盒，先回了一趟家，把煤球炉上炖着的一个砂锅取下来，放进一个竹篮里，然后去了关押卢政委的地方。

十冬腊月，卢道亮给关在一个废弃的仓库里，门口有军队造反派和警卫连的人共同把守。秋莲来到门口，看门的不让进。秋莲指着仓库里面说："如果卢政委病死、饿死在这里，将来你们谁也脱不了干系！"这时，警卫连的排长王世文过来查哨——他就是当年那个差点炸死马九龙的新兵。王排长二话没说，挥一下手，同意秋莲快去快出。

卢道亮蜷缩在仓库一角，已经是奄奄一息。秋莲摸摸他额头，滚烫滚烫。她先是给他打了一剂退烧针，又打了一支强心针，然后揭开砂锅盖，拿小勺喂他鸡汤。这鸡汤原准备炖了给许小弟喝，小家伙前几天闹肚子，人瘦了一圈，得给他补补。

喝了十几口鸡汤，卢道亮苏醒过来，看看秋莲，再看看身边的药盒，全明白了。他沉重地叹口气说："小许，真没想到你会来救我……如果你再晚来一会儿，也许我就没命了……你呀，救了一个不该救的人。"

卢道亮话里有话。

"政委……"

卢道亮目光炯炯地望着她："你让我死，难道不好吗？"

她不与他对视，也不说话，低头侧身摆弄着汤勺。

"小许，你恨我吧？"

她坚决地摇摇头："我不恨任何人。我只恨自己。"

卢道亮咳嗽起来，她放下汤勺，扶他侧身躺好，不轻不重地拍打他的后背。片刻，他好了，她说："政委，趁热再喝点汤。"

她继续喂他。不一会儿，他摇摇头，表示不想喝了，眼泪随即下来了。

"政委，你怎么了？"

卢道亮哽咽着说："小许，有今天，我卢道亮一辈子感谢你。"

"不，"她摇摇头，"也许该说感谢的是我。"

那天卢道亮告诉秋莲，陈小桃之所以恨他，是因为她想借五十支枪，一万发子弹。他拒绝了。昨天陈小桃又来这里见他，让他提供是谁保管着后山弹药库的钥匙，吩咐那人把钥匙交出来。

如果他配合，那么他就能获得自由。保管钥匙的人的确是他一手安排的，师里没几个人知道。他当然又拒绝了她。她气急败坏地宣布，与他断绝夫妻关系。

顿了顿，卢道亮喘着粗气说："不拿到武器，她不会甘心。我估计，找不到钥匙，她敢组织人过来炸开弹药库的门，时间就在这两天。"

秋莲说："政委，你都这样子了，就别再操心了。"

"不行！如果武器失控，不知会有多少人家遭殃！唉，要是老马在就好了，都怪我，没保护好他呀……"

卢道亮像个小孩子一样，扭过脸去呜呜地哭了起来。

十二

正像卢道亮预料的那样，当天夜里，陈小桃组织三十多个精壮男子，以开联欢会为名混进军营，突然包围了后山的弹药库，当即布置炸药包和爆破筒，准备炸开弹药库沉重的大铁门。

警卫连的几个兵上前劝阻，陈小桃一挥手，她手下的人亮出大棒一阵乱舞，把兵们赶跑了。

炸点布置完毕，陈小桃看看表，下令人员后退，准备起爆。就在这时，一个黑铁塔一样的壮汉，一只手擎着一支冲锋枪，出现在洞库上方，大喝一声："住手！"

谁都想不到，马九龙回来了！

他迎风站立，迅疾的风掀起他那只空洞洞的袖管，上下摆动，像一面旗帜。

陈小桃和她的部下一时都呆若木鸡。

原来，秋莲离开关押卢道亮的仓库后，越想越不对劲，赶紧想办法七折八转把电话打到宿州农场，找到了马九龙。马九龙一听就明白了，他放下电话，"偷"了农场的一匹马、一支冲锋枪，飞速骑行一百公里，终于赶在陈小桃下令起爆之前，出现在弹药库。

马九龙枪口抬高，对准陈小桃的方向，吼道："姓陈的臭娘们！赶快下令让你的人滚蛋！否则老子先一枪崩了你！”

陈小桃强装镇定，面带冷笑。她手下的人也有几支破枪，互相看一眼，纷纷举枪对准马九龙。

双方久久地对峙着。

最后还是王世文带警卫连的兵从背后包围了陈小桃的人，陈小桃腹背受敌，这才狼狈下令撤退。王世文上前，仰起脖子给马九龙敬个礼，说：“报告师长！是我们失职……”

马九龙收起枪，当拐棍拄着：“小子你听着，往后不管谁来抢夺武器，你就给老子开枪，打死人算老子的！听明白了吗？”

王世文再次敬礼：“明白！”

“弹药库只要不出事，过后老子让你当连长！”

马九龙转身下了洞库。他没有回家，拨转马头回农场了。秋莲听说男人回来了，赶紧跑出来，只见到远去的一匹马的影子，一溜烟不见了。

半年之后，秋莲获准带许小弟到农场看望马九龙。见面时，竟然一下子没认出来，他老了许多，头发白了一半，腰也有点弯了，人又黄又瘦。她抱住他哭，问他：“他们是不是虐待你？”

他说：“没有。是我自个心里不好受，有好几个老战友给人打死了，还有一个自杀了。”

夜里，躺在破败房子里的地铺上，摸着他身上数不清的疤痕，突然想起多年前上峰指令她“潜伏”在他身边时，曾吩咐过找机会“策反”此人。现在她特别想试一试，于是一咬牙说：“老公，你是国家功臣，国家却这样待你。你恨吗？”

他一怔：“恨？……恨谁？”

“……恨整你的人呀。”

“恨！”

“恨这个……世道吗？”

“……啥意思？”

“我是说，你恨这个……社会吗？”

他沉默着。

“我想，那边是不会这样对待功臣的。”

“那边……哪边?”

“……我不说,你知道的。”

他腾地坐起来,黑暗中瞪着她:“许秋莲你给我说实话,你家在那边是不是有亲戚?”

她也坐起来:“没有!真没有!”

他愣了好久,突然咆哮道:“许秋莲我告诉你,就是被人整死,老子也认了!当年如果不跟红军走,可能三十年前我就给饿死!我爹妈都是饿死的!我多活了三十年!我知足!以后再让我听到你刚才那番鬼话,你给老子滚蛋!我马九龙可以没老婆,不能没良心!”

说罢,他气呼呼地躺下了。

秋莲连声说“对不起”,也躺下,脸贴住他后背,幽幽地说:“老公,真对不起,以后我不会再说这个,请你相信我。我许秋莲活着是你的人,死了是——死了是你们的鬼!”

她说——死了是“你们”的鬼,马九龙没有听出里面的道道来。他很快打起了呼噜。

十三

对于马家来说,一九六八年有几件大事。一是军委发了文件,军队要稳定,借这个东风,马九龙和卢道亮都官复原职,回到师里上班。

二是老大马小天当上了兵。本来马小天要到淮北农村上山下乡的,表都填了,马九龙一把夺过表格,给撕了。他说,上山下乡不就是去种地嘛,老子世世代代都是种地的,把后代要种的地都提前种过了!好男儿应该当兵去,不然谁来保卫国家?

就这样,马九龙打发老大当兵去了驻南京的一支工程兵部队。说是很苦。再苦也比种地强吧?秋莲劝儿子,要不是你爸当师长,你能当上兵吗?

上面两件都是喜事。第三件事是,高伦出事了,出了大事,要命的事!天崩地裂的事!

这几年，秋莲很少与高伦联系，她真的把他给忘了。所以当马九龙告诉她，高伦出事了的时候，她竟然愣了好一阵，怎么老感觉高伦是上一辈子的人？

一九六八年秋天，蚌埠市区繁华路段的墙壁上，出现了一条骇人听闻的反动标语，两张拼接起来的大白纸上，赫然写有十个大红字：刘少奇是好人，毛主席瞎胡搞。

“反标”事件迅速报到省里，被定性为“重特大反革命案”。责令蚌埠市限期破案。市革委会第一副主任陈小桃主抓此案。

案子不到两天就破了，作案人是市邮政局副局长兼办公室主任高伦，是从上海下放到本市的。陈小桃总觉得这名字耳熟，她和此人情况差不多嘛，都算是下放来的，不同的是，她现在掌握着此人的命运。

陈小桃突然又想起一个人——马九龙老婆许秋莲，赶紧让人去查，发现高伦确实是她在上海挂在嘴上的那个表哥，到蚌埠后，他们一直有来往。

陈小桃敏锐地意识到，此案已经不仅是反标案，还很有可能是一个连环间谍案！突破高伦，拿下许秋莲，进而拿下马九龙，再往上追查他的上级，就能钓到一串大鱼！反标案已经板上钉钉，她命令办案人员把精力转到间谍案上来。

办案人员反复搜查高伦的住处，没有找到发报机、密码本一类的东西，也没有发现其他令人可疑的物品和资料。几个破旧的日记本上，写了很多他对“公牛”的感受——他牵挂“公牛”，他思念“公牛”，他爱“公牛”，他恨“公牛”等等，乱七八糟，不明所以。

“公牛”是谁？

几次提审高伦，他都说“公牛”是他早期的一个恋人，这只是个绰号，因为她比较粗壮。问她，此人现在哪？他说，早死了，死了快有二十年了，那还是上海没解放的时候。他心里一直放不下她，所以就没有结婚。

这条线索顺不下去，只得放弃。

陈小桃怀疑“公牛”就是许秋莲，尽管许秋莲身材不粗壮，甚至还很细瘦。阶级敌人总是很狡猾的，为了打掩护，正话反说，是最常用的伎俩。他们是不是老相好，果真有一腿？

这案子即使靠不上间谍案，整出点桃色新闻也算没有白费劲。前年陈小桃带人到十七师搞武器，马九龙坏了她的好事，并且当众羞辱她，她当然不会忘记。

高伦这儿无法突破，办案人员就想从许秋莲身上打开缺口。

秋莲听说高伦出事，头一个反应就是“野鸡”暴露了，还有老K之类的上峰，可能也落网了，该来的结局，终于来了！第二个反应就是，她得随时做好自杀的准备——如果真有事，她无脸面对老马和孩子们，还有单位的战友们，她唯有一死了之！

办案人员来到十七师师部，找到马九龙，要求“带许秋莲同志去公安局问话”。马九龙同意她去。卢道亮不干，问：“高伦供出许秋莲有什么问题吗？”

对方回答：“还没有。”

卢道亮问：“你们发现许秋莲有什么问题吗？”

对方回答：“还没发现。”

卢道亮问：“那你们只是怀疑，对不对？”

对方回答：“是。”

卢道亮说：“不能瞎怀疑，得用证据说话。等你们找到与许秋莲同志有关的线索之后，再来带人。”

卢道亮挥挥手，把来人打发走了。他还特意交代警卫连长王世文，如果有地方公安的人硬进来带人，立马给我轰走！

秋莲提心吊胆过了一礼拜，这天办案人员来了，带来了高伦写的一张字条，上面写着，要见她一面，希望她能来；天冷了，他需要一件夹衫和一条长裤。

卢道亮这下不好再阻拦了，他掷地有声地对来人说：“决不允许对许秋莲同志刑讯逼供，你们谁敢动她一指头，我带兵去找姓陈的女人算账！”

办案人员反复做过承诺，卢道亮才同意人。秋莲走了后，马九龙没事一样，他原本就认为不会有事，高伦写反标，那是他个人行为，与秋莲毫不相干。

卢道亮心里却在打鼓，他感觉，自己多年来的那个疑问，也许要水落石出了。他很紧张，找马九龙下象棋，连输三场。他对马九龙说："老马，还是那句话，是福不是祸，是祸躲不过，你得有个心理准备。"

马九龙把棋盘一推说："得得，又来这个，我老婆什么样，我最清楚，她能有什么事？她有事，我脱军装走人，坚决不给部队丢脸。行不行？"

办案人员客气地把秋莲带到市公安局看守所。高伦住单间，天气渐凉了，他还穿着短衣短裤，看上去直哆嗦。秋莲把老马的一件毛衣、一件夹克、一条旧军裤拿给他，这些物品办案人员事先查验过。他穿上夹克，套上军裤，马上就不哆嗦了。他指一指电灯泡，又指指耳朵，示意秋莲，屋里装了监听器，也就是窃听器。

秋莲责怪他，不该犯糊涂诬蔑伟大领袖，毛主席多好的人啊，天下少有。他诺诺承认，当晚喝了点酒，气不顺，脑子乱，稀里糊涂就写了反标，上街贴了，现在后悔都晚了，政府枪毙他都是应该的，自己罪大恶极。

他们翻来覆去说着类似的话，应付窃听器。高伦拿过一张用来写交代材料的白纸，飞快地在上面写道：上峰早把我们忘了，自从你结婚后一直无人联系我，老K前几年出现，是我编的。所有指令，全是子虚乌有。你提供的那份十七师情报，我当天就烧了。我这样做，只是不想让你过得太安逸。请你原谅。

秋莲全明白了，心间仿佛卸下千钧重担，无比轻松。她眼含泪水说："表哥，你要好好向政府认罪啊，争取宽大处理……"

高伦嘴上答应，提笔又写道：那边一直不来人联系，第三次世界大战遥遥无期，反攻大陆痴人说梦。我撑不下去了，我太孤单，活着无意义，所以自愿走绝路。莲儿，来生再见！永远爱你！

秋莲的泪水终于止不住地流了下来。

高伦把那张纸捏成一个团儿，塞进嘴里，嚼几下，伸长脖子咽了下去。

当天晚上，高伦在看守所房间上吊自尽——他把秋莲带去的毛衣拆成线，编成绳子，在门框上勒死了自己。

市革委会给省里的报告上说：反革命分子高伦系畏罪自杀。

十四

又过去了十年。

马家喜事连连。先是马小天当上了连长，找到了女朋友，定好了年底结婚。秋莲从夏天就开始忙活，给他们置办家具、电器，还有被褥什么的。再就是马九龙被任命为某军军长，同时卢道亮担任了军政委。还有就是马小云参加了今年的高考，据她说发挥很理想，考个好大学不成问题。再有就是老三许小弟参加了中考，小弟学习一直很好，他填的志愿是徐州一中。

五年前，马九龙担任副军长之后，秋莲就把家搬到了徐州。她本人调进徐州第九十七医院，继续当她的内科护士长。没几年，远远近近的人都知道，九十七医院内科有一个热心的护士长，对病号态度好，对年轻的护士们关心爱护，是个少见的好大姐。

人们都说，她一点都不像个首长夫人，没有一点架子。七六年唐山大地震医院搞捐款，她捐的最多。每逢遇到调级调工资，她从来不争。到一九七八年时，她已入伍二十五年，才是个正营级，很多首长夫人资历比她浅，职务比她高。总之，在人们眼里，她就是个活雷锋。

这五年，秋莲每年都要回一趟蚌埠，给“表哥”高伦上坟。十年前高伦去世后，是她去给他收的尸，找了个远郊的公墓，悄悄把他埋了。虽然坟头没有立碑，但秋莲记得很准，不会让它成为无主坟。想起当年母亲去世之后，一应事务全是高伦张罗的，这回算是报答了他。再想起自从把母亲和父亲的一顶帽子合葬了后，既没立碑，后来她一次也没去祭奠过，坟头恐怕早没了踪影，这让她深感对不起父母的养育之恩，她是个不孝之子。

远去的，都远去了。“文革”结束后，人们常说一句话：一切向前看。秋莲想，这话说得真好，人活着，就是要向前看。

卢道亮政委家却很冷清。卢政委羡慕马军长家的日子越过越红火，而他家的日子越过越凄苦，唯一的儿子卢奇当年没有离开上海，一直由奶奶抚养长大，“文革”期间，奶奶病逝，卢奇参加了造反派组织，武斗中受伤，高位截瘫，十多年来一直在上海郊区的一家医疗机构住院治疗，花光了卢政委所有的积蓄。而他的前妻、时代风云人物陈小桃，“文革”中一度坐上省革委会副主任的高位，“文革”结束，她的好日子到了头，她提出复婚，被卢道亮断然拒绝。不久前，她被定为“三种人”，面临牢狱之灾。就在这时，传出她疯了的消息，被送进淮北精神病院。

这天马九龙回家，对秋莲讲，精神病院又来电话，说陈小桃整天叫嚷，要见她“男人”，医院希望卢政委过去看看，而卢政委不可能过去，他已经与姓陈的没有任何关系了。

秋莲不知怎么就动了去一趟淮北，看望一下陈小桃的念头，就算代表卢政委吧，他当首长，忙，没时间，她有时间。她选个周末，一大早坐长途汽车赶往淮北。

在医院病房见到陈小桃时，秋莲愣了许久，都不敢认她了，她的头发基本全白，脸上的皱纹很深很深，眼窝焦枯，眼神无光。秋莲算了算，自己四十七岁，陈小桃只比她大四岁左右，刚过五十。

秋莲想试试陈小桃是否还认得自己，就问她：“陈大姐，您还认识我吗？”

陈小桃托腮想了想，说：“……认识。”

“我是谁呢？”

陈小桃愣了好一阵，才脱口道：“你是……特务。”

陈小桃的话吓得秋莲一个激灵。秋莲左右看了看，房门是关着的，遂松了口气：“陈大姐，你病了。”

陈小桃嘻嘻一笑：“我没病。你就是特务。”

秋莲再次左右看了看，小声说：“你说的没错，我是。”

陈小桃嘿嘿一笑又说：“我也是。”

秋莲登时愣在那里。

陈小桃神秘地一笑，接着说：“其实呢，我比特务厉害，‘文革'我在蚌埠杀了多少人,你知道吗?"

秋莲摇一下头:"我不知道。"

"来,我告诉你……"陈小桃示意秋莲靠近她。秋莲朝她挪动一下身子。她神秘地捂着嘴,凑到秋莲耳边,小声说:"你听好了……可我不告诉你。"

她得意地笑了。

秋莲也笑了。心想她到底是个病人,不折不扣的病人,不是装出来的。

秋莲给她带来不少吃的用的,临走还留下一点零钱,嘱咐精神病院的医生护士,麻烦好好照顾这位病人,她以前曾经是地下党员,在徐州弄到不少有价值的情报,为淮海战役的胜利立过功。

离开病房往外走的时候,秋莲想,她还是感激卢政委和陈小桃的,正是由于他们锐利的目光对她的遏制,才使她没有滑得更深。

十五

秋莲风尘仆仆回到家,报社的一男一女两个记者在家等她。一问才知,不久前,有位农村孤寡老太太,生病来九十七医院住院,交不起手术费,坐在院里马路牙子上抹眼泪,秋莲路遇,问明情况后,帮老人拿了大头,又动员科里年轻人捐了一点款,帮老人凑齐了手术费。老人出院后,到报社反映了这事,报社的同志都很感动,报社社长认识马军长,电话里好说歹劝,马九龙才同意报社来人采访一下老伴。

秋莲说,聊聊天可以,但不同意登报纸。她的理由是,她做这种事,不是为了上报纸出名,再说,她是军长的爱人,领导干部家人上报纸受表扬,应当尽量减少。那位女记者叫她阿姨,说,登出去是为了让更多的人学习,多做好事、善事。秋莲不太同意这个观点,她说:"我做这些事,并不是向谁学来的,而是出于内心——不愿看到弱者流眼泪。我不相信有人看过报纸就会学雷锋，那样事情也太简单了。”

劝来劝去，秋莲就是不同意。这时，马九龙回来了，他一拍巴掌说：“老许，人家报社同志专程跑来，你总不能让人家白跑一趟吧？多少说几句，人家回去好交差嘛。”

那个男记者是个摄影记者，他提出，给阿姨照张相，最好是她穿白大褂工作的镜头，发在报纸上，配一则说明，简单讲一下她学雷锋做好事的举动。

秋莲无奈，最后同意了这个办法，约好周一上班到病房去拍。两个记者走了后，秋莲简单讲了讲陈小桃的情况，颇为感慨地说：“人落到这个下场，到现在谁也救不了她，只能在医院终老一生了。”马九龙气哼哼地说：“怪谁？她是咎由自取！”

一个星期后，《徐州日报》头版右下角，刊登了许秋莲的一幅照片。照片上，她在给一个病号输液。一侧的文字说明，讲述她入伍二十多年如一日，关爱病人、热爱岗位云云。科里的护士们拿着报纸，纷纷跑来向她表示祝贺。她接过报纸，端详着照片上的自己，发现照片照得很好，虽然已进入中年，但年轻时的风韵、气质都传达出来了。

她很满意。

又过了一个星期，军区保卫部来了一名杜副部长，直接到军部找卢道亮政委，汇报了一个重要情况。卢道亮听罢，又看了几眼杜副部长带来的相关材料，愣了许久，点上一支烟，几口把烟抽完，才开口说：“我希望这件事情不要影响到马家丫头马小云上大学。”

杜副部长说：“我们会尽力想办法。”

卢道亮吩咐保卫处长带杜副部长等人，到马军长家里调查取证，他和马军长边下棋边把事情讲清楚，取得马军长谅解。

那边，师医院派人刚把秋莲送回家，保卫处长带着杜副部长等人也赶到了。秋莲一见这阵势，知道“该来的迟早会来”，这回躲不过了。

原来是，徐州女子监狱组织在押犯读报时，一个正在服刑的女特务认出了她，并立即检举了她。此人名叫吴菲，是十几年前从上海被捕的,后来转到徐州女子监狱服刑。

吴菲在检举信上说:一九四九年二月到三月间,国民党国防部保密局上海站在上海浦东举办了一期特务培训班,目的是为败走台湾后,培养在大陆潜伏的人员,当时她的代号是十五号,这位许秋莲的代号是十六号,两人的床铺紧挨着,交流较多。后来听说十六号潜伏下来,并嫁给了一个解放军大官,解放后一直未有音信。这张报纸上的这位许秋莲,很可能就是十六号。她愿以脑袋担保,她说的是实情……

当地公安机关拿到检举信后,认为此事涉及军方,尤其涉案对象是军队高级干部的家属,直接把检举信派专人送到南京军区保卫部。

秋莲平静地对杜副部长说:“这个十五号说的是实情,我的确就是十六号。后来还有个新代号——‘公牛’。”

“许秋莲是你的化名吗?”

“不是。从出生到现在,我一直使用这个名字。”

接着,秋莲把她家真实的身世简单讲了讲:祖籍厦门,父亲叫许宗衡,是国民党二十五军副军长,阵亡于淮海战役。母亲解放前病逝于上海。当年入伍时,她只把父亲的情况隐瞒了,其他方面情况,都是真实的。当然,她是潜伏特务的情况,一直隐瞒到现在。

杜副部长提出,要带她到指定的地点继续审查,不能住家里了,希望她配合。她点点头说:“好的。我去换一下衣服。总不能还穿着军装出门吧?再带几件换洗衣物。”

众人看着杜副部长。杜副部长点下头说:“希望快一点。”

秋莲起身进了卧室。

她先脱下军装。这身军装,陪伴她二十五年了,她没有穿够。但是从今以后,她不配穿了。她从柜子里找出一套便装,仔细地穿上,对着梳妆台的镜子照了照,又拿起梳子,梳理一下有点凌乱的短发。然后,她打开床头柜最下面的抽屉,抽出一本商务印书馆五十年代出版的《资本论》,打开书页,从里面捏出一个早已经压成片状的小塑料袋,撕开口子,把里面白色的粉末,全部倒进了嘴里。

这包药面,是二十九年前培训班结束、面对青天白日旗宣誓之后,上峰发给每个学员的,目的是要他们"宁为玉碎,不为瓦全",紧要时刻为党国尽忠,自裁用的。据说五十毫克足以毙命,这一包至少在一克以上。那年高伦写反标被抓,她去看守所见他时,曾经把这包药面带在身上。和上次的心情一样,现在她吞下它,并非"宁为玉碎,不为瓦全",更非为党国尽忠,而是她无颜面对丈夫和孩子们,无颜面对那些曾经帮助过她的人,还有她曾经帮助过的人。

她把小塑料袋随手一丢,只觉头疼欲裂,呼吸困难,喉咙像被紧紧扼住。她往后一倒,就什么都不知道了。

十六

一天一夜之后,许秋莲在第九十七医院被抢救过来。参与抢救的医生分析说,因为时间久了,药效已失掉大部分,否则她绝无生还可能,十条命都没了。

这一天一夜,医院不少工作人员、还有许多病号,不时地来急救室门外探察,人们牵挂许秋莲。她所在内科的医生护士,轮流过来守候。当她脱离生命危险的消息一经传出,不少人默默流了泪。

马九龙暂时没把事情真相告诉孩子们,只说你们的妈妈患了急性心脏病,拉到医院抢救。下午,马九龙在办公室接到妻子活过来的电话,一擂桌子说:"老子就知道,一个人没那么容易死。"

马九龙戴上老花镜,费力地写了两封信。一封是给军区党委的,他要求上级尽快免去他的军长职务,准许他告老还乡,离休回江西老家去,他想家了。一封是写给卢道亮的,这是封道歉信,信中他对老战友说:"都怪我警惕性不够,一意孤行,鬼迷心窍。但是,这辈子娶许秋莲,我不后悔。"

他把两封信分别装进两个信封,正正规规放在办公桌上,然后打电话要车。他出了办公楼，车子也到了。他上车，对司机说："到九十七医院。"

车子不一会儿就到了第九十七医院门口。他不让把车开进去，下了车，对司机说："你走吧。"司机还想说什么，他不耐烦地一瞪眼，司机只好鸣一下喇叭，赶紧驾车离开。

经过医院大门时，他看到院门口有个小摊位，一个面孔黝黑的中年妇女在卖新采下来的莲蓬，地上堆了一堆。他走近摊位，拿起一只莲蓬，感觉沉甸甸的，莲房里面，都是饱满的莲子，苦涩而又香甜的莲子。他想买一只，却发现没带钱。抬头看，车子已走远。中年妇女眼睛盯着他那只空袖筒，挥一挥手说："拿走吧。"

他说声谢谢，举着那只莲蓬，脚步沉重地朝住院大楼走去。

（原刊《解放军文艺》第10期）

白衣秀士

马 金 莲

一

马军甩着鞭子不停地打毛牛，头顶上那根细溜溜的小辫子也跟着一抽一抽地抖，就像它同样是一根小鞭子，把他那颗萝卜头当作毛牛了，也在欢快地抽打呢。姐曾望着这个动作说，难看死了，像个啥，像个耍猴儿的。这话马军听到了，他没吭声，却再不会当着姐的面打毛牛了。今儿姐跟上娘到梅花咀跟集去了。她不在，马军就疯了一样打毛牛。马军疯起来的样子我是害怕的，我不敢跟他抢。今儿姐出门，我头上的保护伞不在，所以我还是学乖点好。

不过我发现在马军打毛牛这件事情上，姐歪曲了一个事实，其实甩着一撮子毛打毛牛的马军，姿势不难看，相反很好看。他本来就长得好看，和我们姐弟一点都不一样。我们一搭出门，去沟里抬水，去泉边饮牛，只要瞅着我们大人不在场，总会有人瞪着眼，马林马林，为啥你和你哥长得不是一副嘴脸？

这是在逗我。要么就逗我姐，马芳你是瓜子脸大眼睛嘛，你马军兄弟为啥是窄条脸眯眯眼？气得姐拿鼻子哼，不屑和这些无聊的人多争辩。等走远了背过人了，姐说，小人，都是碎嘴子烂舌头的小人。

“小人”们似乎很乐意开这样的玩笑，一次两次三四次，有时候是同一个人，有时候是不同的人，有时候有男人，更多的时候是女人，大家把这要笑重复多少遍了，还在热腾腾地重复，似乎就没有厌倦的时候。我们何尝不明白呢，他们的话都是反着说的，那里头的意思我们又不是不懂。我们和马军确实长得不一样，瓜子脸大眼睛的不是我们而是马军，窄条脸眯眯眼的是我们姐弟两个。

小人最初是从娘嘴里跑出来的。是娘哭着骂父亲时用到的一个词儿。父亲把马军领进门的那个夜晚，爷爷奶奶二爷爷二奶奶等家门里的老辈儿，领着好多小辈儿，大家几乎都来了，黑压压挤满一屋子。当着众人的面，娘啥都没说，拉着马军的手往手里塞馍馍，又给倒了一缸子水，还往水里投了一大把红糖。还问他吃晚饭了吗，她要做饭去。娘的样子很殷勤，似乎不摸黑做一顿饭给这孩子吃就说不过去。父亲拦住了，说这都黑了，早吃了，我们在馆子里吃的炒面。

星星出来了，大家才顶着满头的星星各回各家去了。娘送完人把大门关了，又拎着尿罐进来把房门关了，娘忽然就手一松，哗啦把尿罐摔在地上，指着一堆白花花结满尿碱的粗陶片，娘说，马乡长你个小人，你拿刀子来把我捅死也没这么残忍。

从前娘是不会骂父亲的。一来不敢，二来，娘想做个贤惠女人给我们庄里的人看，所以娘不会骂丈夫的。娘说一个女人家就要有女人家的样样儿，得尊抬男人，阿訇也讲了，经典上说得好，女人天堂门上的钥匙男人拿着哩，女人千万不敢往男人的头上爬。

我们庄里好多女人是敢于骂男人的，就算男人在后面追着打，也还是要骂的，一路哭一路骂，宁可身上的肉烂了，嘴却不饶。所以娘曾经悄悄说那都是一帮子没教养的货。早年娘从来没有骂过父亲，她不敢骂，也舍不得骂，后来就不能不骂了，这个后来自然是马军到来的那个夜晚。

马军到来之前，忽然一天父亲当上了副乡长。副乡长是多大的官儿呢，好像比队长大，因为自从他当了这个副乡长，就有人跑到我们家来找他办事儿。父亲说，我在外乡嘛，手再长也伸不到咱们乡里去，有些事不好出面嘛。话是这么说，大家隔三岔五还是要来找一找他。

自从当了副乡长，娘对父亲更好了，更尊抬了，啥都舍不得叫他干，地里的农活儿从前他偶尔还帮一把，现在娘直接一个人就扛了，娘说泥里水里的，给我们这些泥腿子做的，你不要沾手，小心你的裤子，小心你的皮鞋，小心你的白衬衣。父亲好像在等着娘这句话，这话一出口他就乐呵呵顺手不干了，背搭手在路上走，兴致好的话，会去我们的田畔上看看，远远瞭一眼娘带着我们跌死绊活下苦的情景。

大姨娘来浪亲戚，看不惯这样，说，没见过你这样当女人的，要把男人顶上阿斯玛尼了，男人嘛，该他干的你就叫他干嘛，难道你当了女人还要当男人？你不怕把你个家挣死？娘眼睛一瞪，姐你不懂，男人和男人不一样，他是人当中的龙，我不能把他当一般男人使唤。气得大姨娘干瞪眼，说你就顶着他吧，有你哭不出来的时节。

马军来的那个夜晚娘不再尊抬父亲了，第一次当着我们的面骂父亲，一直骂到我们瞌睡得受不了，一个个钻进被窝睡着了。当然，就算破例开始骂了，娘的骂也很节制，不像庄里那些泼辣女人，满嘴都是和下半身和娘老子和祖辈有关的脏话，娘抹着泪反复说一句词，小人，马乡长你是个小人。

我们的鞭梢是用玉米地里扯起来的废薄膜拧成的，一点都不结实，打一段时间就开花了，最顶梢散开，像一朵花一样蓬松，随着甩动发出噼噼啪啪的脆响。这时候打毛牛就不仅仅是打毛牛了，那阵势更像是一种表演，柔软细长的鞭梢子一下一下甩出去，就像有一团白火光在鞭梢头上飞，毛牛颤抖着，飞旋着，肚子尖上镶嵌的那颗轴承珠子尽职尽责地转动，转出一圈又一圈，远看就像有一朵花在旋转中慢慢绽放。

马军打毛牛的功夫很老到，在他的指挥下，毛牛乖乖从上院旋转到院心，绕着杏树转了一圈儿，又转到下院，好几次就要撞到南墙了，马军都能很巧妙地赶着它死里逃生离开墙根。我看得无聊，发动自己手里的毛牛，可我一个人打没人旁观我觉得更无聊，发动起来又忽然不想打了，就看着毛牛在地上慢慢地转，直到转累了一头栽倒自己死掉。

我跟在后面看马军打。

你娘和你姐，咋还不回来？马军问。

我不理他。

我知道他不是惦记我娘和我姐，他的意思是叫我给他放哨。

我把头探到墙根下的豁口看，没看到她们归来的身影。

马军又赶着毛牛转了一圈儿，再次转回到南墙根，目光淡淡扫一眼墙豁口，你娘你姐，啥时节回来？

我在心里用最难听的话骂了马军。我要是知道她们啥时节回来我就不用这么焦急地等待了。

马军的嘴巴至今很硬，用我们庄里的话来说，就是个铁嘴子。他从来不会自愿把我娘喊娘，更不会把我姐喊姐。他不喊姐，我可以接受，要我说我姐这个人身上有好多臭毛病，有时候气得我都不想把她喊姐。可是马军你坚持不把我娘喊娘你就不对了。为了这一声娘，我娘可是没少费心，没少伤心。娘说，这些年了啊，就是一坨子铁疙瘩。我也要给焐热了，焐化了。娘努力的结果是，马军当着父亲的面把她喊娘，父亲去上班了，马军就闭着嘴，他很少主动和我娘说话。都是我娘在殷勤地找他说。

娘说，军军，你吃饱了吗？

嗯，饱了。

军军你不要喝凉水，肚子疼哩。

嗯，我没喝。

军军你衣裳咋那么脏，脱下来我给你洗一把。

嗯，我脱。

军军你嘴馋吗，想吃啥跟娘说，娘给我娃做。

嗯，不馋。

……

听听，这样的对话，真是能把人的肚子气疼。

姐不止一次鼻子里冒白气，恶狠狠捏着剪刀铰一片破布或破纸，说，狗，喂不熟的狗。娘真是下贱，疼谁不好，偏偏要疼那么个生货。

姐曾经当面问过娘,被娘奖赏了一个耳巴子。娘说,碎婊子,管好你的烂嘴,再敢胡说,我撕碎了糊到墙上去。

姐收敛了自己的口舌,但是背过人还是恶狠狠的。其实对于娘格外疼这个马军的行为,我也很是看不惯,有时候心里酸溜溜的,喝了一马勺醋一样。

姐说我们才是娘肚子里爬出来的,娘疼我们才对,他凭什么?他一个野娃娃!

我扯着脖子望了几回风,实在累了,我说,马军哥,娘来了就来了,娘又不会说你打毛牛有啥不对的。

马军却好像忽然被我这句话败了兴,恶狠狠地抽一鞭子,力量过大,毛牛踉跄着滚了几个连环跟头,一头栽倒,不动了。

马军把鞭子挂在杏树上,懒洋洋地说,猜猜看你娘今儿会从集上买个啥?

我听得明明白白,他还是不愿意把我娘喊娘。

二

娘回来了,娘赶着毛驴,驴背上驮着面口袋。她们这趟去集市主要就是为了磨面。我们帮忙卸下面,把驴拴到后院槽上吃草,姐才慢腾腾挪进门,胸前抱着一个大纸匣子。

我和马军扑过去,一个纸匣子里会装什么好吃的呢?

匣子揭开了,里面是六个黄绒团团,团团们看到光亮爬起来,抬起头看我们,摇摇晃晃叉开步子走,嘴里发出叽叽嘎嘎的碎音。

是六个鹅娃。

娘把半个身子挪上炕,靠住被褥和枕头,一把揭掉帽子外面的头巾说,快给我一舀子凉水,干死人了。

马军站着没动,我舀了水端给娘。

娘一头扎进凉水里,咣咣咣就喝,声音响亮得就像饮牛。

我看到马军的眉头绾成了一个大大的肉花。

我知道马军又在心里鄙视我娘,他常这样皱起眉头鄙视这个给他饭吃给他衣穿的女人。就算他不敢当着面把心思说出来,但是等背过人,他就在我耳边嘀咕,他嘀咕的时候好看的元宝嘴咧开,露出里面一口葵花子儿一样又白又饱满的牙齿,他说,真土,哪像个女人,跟乳牛一样。

气得我直笑,他把我娘比喻成了乳牛,不过我还真是想不出和他辩解的好词儿。想想也是,我娘她有时候的样子真的不怎么好看,尤其乏得提不起自己那一身肉,顺墙根倒的场面,上身的线衣抽上去,下面的裤腰全部露出来,一根毛线绳子拧的裤带像一截烂肠子一样耷拉在肚皮上,肚脐眼像个被蜂儿蜇肿的眼睛,肥腻腻鼓出来,有时候肚皮也会露出一大片,又白又松,尤其她猛灌一气凉水,肚子鼓胀起来的时候,吸一口气,肚皮颤颤地抖,吐一口气,肚皮松松软下去,一起一伏,叫人看着惊心动魄,真担心这肚皮会哗啦一声就破了。

想想我就惭愧,马军的鄙视是有道理的,我娘她的肚子有时候还真像一头怀犊的乳牛。

尤其让我不好意思的是,据说我和姐都是从那个如牛肚子一样的地方生出来的,是从那个难看得要死的肚脐眼里挤出来的。

我真不能相信自己会从那个丑陋的地方爬出来。

娘喝完了就下炕,头上扣一顶草帽子,手里提着笼子。

娘,你做啥去?

掐苜蓿芽儿去,鹅娃得吃嫩苜蓿。

娘一走,我们凑到纸匣子跟前细细看鹅娃。

小心小心,鹅娃不像鸡娃,命疝得很,一指头就能戳死,还有,它们贵着哩,一对儿五块,一个就是两块五呢,你们要是捏死了踏死了,小心娘剁你们的爪子。

马军狠狠瞪了一眼。

姐好像没看到马军的这个眼神,她继续唠唠叨叨补充着她自己认为很重要的注意事项。

我看不惯马军这样对我姐,气得我离开了纸匣子。

早春天气,苜蓿芽儿不好找,母亲出去一趟才剜回来一大把，放在菜板上用切刀剁碎，拌进麦麸里，又用刚烧滚的面汤把麦麸烫了。烫熟的麦麸和苜蓿芽儿冒着一股菜腥味，又有一点香味。母亲把食放进小碟子里，开水晾温了盛在另一个深碟子里，然后都放进纸匣子。

鹅娃呱呱呱叫着，伸出黄嫩嫩的扁扁小嘴来吃食，我们围成一圈儿瞅稀罕，看它们吃。鹅娃吃食和鸡娃吃食原来不一样，虽然都是往那个小小的嘴巴里填塞食物，鸡娃用尖尖的小嘴叼，鹅娃用小簸箕一样的扁嘴在那里铲，鹅娃明显要比鸡娃笨拙，嫩嫩的身子笨笨地扭着，圆嘟嘟的屁股总是朝着后面垂，食物被铲起来，舌头像弹簧一样压着，却不平平顺顺咽下去，头一甩一甩，脖子一梗一梗，似乎只有这样才咽得下去。有好多渣子被甩掉了，甩得四处乱溅，很快它们彼此溅得满身都是，连一边看稀罕的我们也沾了光，头上脸上乱纷纷落上了凉飕飕的麦麸渣儿。

它们才吃几口，就不老实了，呱嗒呱嗒去喝水，却不好好喝，扁嘴浸在水里，脖子像拖拉机头一样一个劲儿往前探，水从嘴里进去从鼻子里冒出来，红嘴巴上窄窄的两个扁孔里水分成两股细细地冒着。玩够了，忽然就抬起头，仰着脖子咽水，不等全部咽下去，又顽皮地甩脖子，湿答答的水滴四射，很快纸匣子里一塌糊涂，全湿了，它们似乎忽然就兴奋了，啯啯啯高喊，一边叫一边扇着短短的肉肉的小翅膀，黄嫩嫩的爪子吧嗒吧嗒踏进碟子，不管是水碟子还是食碟子，它们都冲进去乱踏，没有吃完的食物和水转眼就被和成了泥。

娘赶紧把碟子从这十二只爪子下面抢救出来，笑呵呵骂道，都是一群小土匪，不晓得我掐这点苜蓿芽儿有多艰难呢，这就乱糟蹋。

鹅娃才不管你骂不骂呢，刚来时候屁股朝后，现在吃饱了，脖子里塞得鼓鼓囊囊，嗉子跟吹胀了气一样高起来，前后都是一个包，身子变得更笨了，撇着短短的小红腿儿不安分地挤着嚷着，似乎我们的观望让它们很兴奋，兴奋了就要制造点快乐出来，一时间纸匣子里蠕动着六个黄绒绒的小团团，挨挨挤挤，吵吵闹闹，又乱又热闹。

在娘的操心下，我们家已经有两窝鸡娃出窝了，母鸡领着鸡娃满院子跑，天黑了又很负责地把孩子们带回鸡窝里。母鸡的一对翅膀就是一个温暖的世界，母鸡把属于自己的全部鸡娃罩起来护在下面，母鸡那小心翼翼的动作让我们相信它翅膀下的世界又安全又温暖。可是鹅娃夜里去哪里，谁来管呢？

马军吃过饭就一直守着纸匣子瞅，等到我娘喂完牛填完炕，拖着疲惫的身子爬上炕，马军还守在纸匣子边上，样子犹犹豫豫的。娘说，军军啊，娘买的鹅娃你爱吗？看着稀罕得很对不对？长大了才好呢，下蛋，看门，比狗还灵呢。

听娘的口气我就知道她又开始巴结马军了。

我赶紧插嘴，鹅下蛋我信，还能看门？我不信，它们咋看？难道它们能像狗一样汪汪汪叫唤？

你才像狗一样叫唤哩！真恶心！姐快嘴利舌地抢白我。

从小她就一直这样对我，所以我已经习惯了，习惯了就懒得和她计较。

鹅要比狗还灵哩，生人来了会叫，会叼，霸着门不放进来，所以养熟的鹅有时节比狗还顶事。

马军慢腾腾插嘴。

这又是马军一个奇怪的地方。和我独处的时候他说话利索又刻薄，一点都不饶人，但是当着大家的面，他换了个人，总是慢腾腾的，不抢，不笑，沉稳的声调总是叫人觉得他不是一个只比我大了几岁的娃娃，而是一个老成稳重的大汉。

娘笑呵呵看着马军，眼里闪出夸赞的光，连着点头，对对对，你说得对着哩，鹅就是能看门，就是比狗还顶事，我的军军啥都晓得，是个灵娃。

灵个屁，两面派，喂不熟的……

姐低低地嘀咕，终究没勇气把全部的话嘀咕出来。

我瞅着这毛茸茸的六个小身影，看着看着我心里也毛茸茸的，这毛茸茸的感觉压不住，从心里溢出来，传递到手上来了，手心里直痒痒，真想抓一只鹅娃抱在手心里摸摸，掂掂，再用鼻子尖闻闻，碰碰，亲亲。

一对儿五块，一个就是两块半，要是单个买，两块半买不来，三块呢，一只鸡娃才多少钱，五毛，五六只鸡娃才换得来一只鹅娃呢，所以呀，我叫你们小心着，手不要长，脚底下也要长眼睛，万一谁皮子胀了，毛手毛脚的，踏着了，压着了，娘肯定不会轻饶，买它们可是花了娘的大本钱，到时候娘才不管你是谁肚子里爬出来的，一样都拿烧火棍敲出你的脑黄子来。

娘常骂姐是夜叉，一张嘴不饶人，嘴硬没好事，以后到了婆家就是个驮鞭杆的货。现在你听听，我姐这张嘴真是比刀子剪子还利索，吧啦吧啦，比算盘珠子还脆响。

我慢慢收回了手。

三

父亲回来了。

自从当上副乡长，父亲回家的次数就明显少了，等马军来到我们家，他就更少回家了。

为此，娘是有怨言的，尤其地里农活儿忙得昏天黑地的时候，娘一面擦着汗，一面扯着脖子往庄口张望，那条通往外界的大路被日头晒得白晃晃的，路上时不时腾起一股白烟，尘烟里有男人陪着女人去下地。谁家干活儿不是一家人说说笑笑在一起呢，重活儿都是男人扛，女人娃娃只是打杂干轻活儿。我们家反过来了，一年四季都难见到男人出现在地头，都是娘带着我们几个娃娃干。

娘常常扯着袖子擦汗，顺便擦一把泪，要是马军恰好不在眼前，娘准会叹一口气，望向庄口大路的目光里有了怨恨，娘说世上的女人，谁有我命苦哩，当了女人当男人。

这时候姐望一眼远处，狠狠唾一口痰说，真不要脸，白吃白喝还懒得很。

我顺着姐的目光看远处，不远处斜躺着马军。我们家里只有马军才有特权这样时不时偷懒，他要是情愿会帮我们干活儿，要是不情愿，他就找个地方缓着，娘不说他，也不允许我们说，所以我们胀气也只是在肚子里,谁敢当着面说他半句,娘说她会撕烂我们的嘴。

娘咳嗽了一声。

姐闭上嘴不吭声了,我看到马军摇摇晃晃向我们走来。

父亲说,军军这娃,愿意干活儿呢,就干一点,不想干呢,就不要强求,由着他。

他这样说的时候马军自然不在眼前,可是马军好像早就知道了这句话,所以父亲不在他就变得吊儿郎当,他似乎知道我娘不会说他,不敢说他,舍不得说他。

父亲一进门就看到了那群鹅娃。

随着春风送暖,天气早就没那么冷了,娘只在晚上把鹅娃抓进大筐子收在屋里,天亮后日头一出来就喊我们放出去。

我们似乎没怎么留意,鹅娃身上那层黄绒绒的细毛就被春风揭掉了,重新顶出一层细密的白毛来,手心摸上去早就不那么绵软了,相反因为成天沾着水呀泥呀菜叶子和麦麸呀,显得脏乎乎的,摸上去也硬扎扎的。刚来时候那圆嘟嘟胖乎乎的身子似乎瘦了,有些变形,屁股更尖了,脖子更长了,吃饱后嗉子那里挂起个大包袱,走路一摇一摆,嗓子里挤出的声音也没有那么圆润了,带着点破裂的锣音。奇怪的是它们偏偏变得更爱说话,也更黏人了,父亲的自行车一进门,它们就撇着十二只爪子呱呱呱围上去,叫成一片。

父亲支好车子蹲下身来,抓一个在手里细看,摸摸头,拉拉腿,扯开脚丫子上连成片的软蹼呵呵地笑,老婆子啊,你咋记起养这东西了,有意思得很。说着抬起脚在鹅群里拨了拨,鹅娃们顿时叽叽呱呱叫着散开。

娘脸上带着一抹矜持的淡笑,养大了看门户啊,都说鹅灵得很,比狗还顶用。

父亲抬头看一眼高处的杏树影子,杏花要开了,满枝头都是花苞。

我们在远处站着看,我觉得父亲越来越像副乡长了。世上的副乡长应该是什么样子呢,我们没见过,所以真正的副乡长该是什么样子呢，我觉得应该就是父亲这个样子吧。

父亲回来的次数少，穿得干净，我们跟他越来越生分了，也不是我们故意要生分，而是怕他，从心里敬畏，他来了我们不敢像小时候一样扑上去叫他抱，只是远远站着看，像看一个陌生人，总感觉他不是我们家一口人，而是远处的一个亲戚来了，不会和我们一样泥里水里地过长久日子，他来只是浪几天。

父亲笑呵呵说，站着做啥，把后头的袋子拿下来啊，把果子分分。

姐和马军同时跑过去，马军解绳子，姐抱住袋子，他们两个难得这么默契地合作，把一个尼龙袋子提进了屋。

口袋一打开我们都乐坏了，里面有苹果、梨，还有核桃。

姐撸起袖子就要分，娘从背后揪一把辫子说，你给我抱柴去，一个女子家，啥事上都有你，这还了得，没教养了。

姐甩着辫子离开了，临走狠狠地扯一把我胳膊，把我也带出大门去。

身后那半口袋好吃的自然由马军来替我们分了。

哼，就晓得巴结他，一个私娃子，巴结到头来有她啥好呢，那么偏心，娘老了我才不养活她，你也不要养活，有她的孝顺儿哩，我们都不管。姐咬着牙恶狠狠说。

已经落在山头上的阳光斜斜照过来半扇，把姐的脸照得红彤彤的，好像罩了一层透明的红纱。

姐说话太快，叽里咕噜一串子，我需要慢慢地想才能厘清这些话里的弯弯套套。

我觉得私娃子这词儿太刺耳，这是我们庄里最狠毒的骂人话，谁要是无缘无故被人这么骂了，会跟对方拼命的。可是姐用这个词儿了，我知道被骂的人是马军。就算姐没有虚说，马军真的是私娃子，但这话也只能由我们庄里那些“小人”偷偷嚼舌根，哪里轮到我们来揭短。

自从多年前那个傍晚父亲把马军带进家门，马军这个人和他的身份，就成为我们家里的一桩丑事，家丑瞒不住外人，外面人怎么议论评说，我们管不住，我们家里却早就形成了一种默契，谁都不会轻易提起这件事，提起来谁都不痛快，只能是火上浇油，重新揭开好不容易结了疤的伤口。所以我们很小的时候就已经知道这是我们父母最忌讳的事，是一团埋起来的火，谁都不是傻子，谁都不愿意轻易用自己的脚去踩那团虚虚掩埋的火。

我瞅一眼姐，我的意思是姐你过分了啊，你碎嘴碎舌头唠唠叨叨抱怨几句也就算了，你咋能用这话骂军军呢，叫父母听到了又是一场是非。

姐狠狠踢几脚胡麻柴堆，去年的胡麻柴在麦场里蹲了一冬，风吹日晒，浑身攒满了尘土，一脚下去带起一股脏雾，呛得我赶紧后退。

姐已经很麻利地扯下来一抱，抱起来就走，把尘土丢在身后，就在转过脸来的时候，我看到姐的脸上挂着长长的两道红泪，不像血，像啥我说不准，但是看得我心里疼了一下。

厨房炕上摆着倒出来的一堆水果，马军却不为我们分，他只在手里捏一个苹果一个梨，慢慢走出门到院子里去了。父亲看着那一堆水果感叹，说军军这娃实诚，也不多吃多占，是个心轻人。

娘拿过那些水果分，给爷爷奶奶留几个大的好的，剩下的父亲几个，姐几个，我几个，马军几个。分到最后娘只给自己留了三个又小又难看的。

他已经拿了两个走了，咋又给他的份儿和我们一样多？就晓得偏心，娘真是够贱的。

姐一边烧火，一边咬着牙嘀咕。

晚饭做的是荞面鱼鱼，娘带着姐搓好了放进锅里蒸着，蒜泥也踏好了，娘叫姐慢火烧，她陪着父亲在院子里闲转。

他们到后院里看看牛和驴，到狗窝前看看狗，到杏树下看看就要绽破最后一层细皮露出粉色花蕊的花苞，又站在墙根下看看墙外面傍晚的风景。

父亲不回家的时间越长，他回来娘就越把他当亲戚一样待。

娘给牲口添草他跟着看，娘揽牛粪填炕他也跟着看，娘喂鸡喂狗他一路都跟着，不帮忙，把手背搭在后腰里，一面看一面问这问那。好像他不是这家里一口人，是来走亲戚了，所以很多事儿他不明白，不明白都要问一问。

奇怪的是娘也把他当亲戚，娘还显得很愿意给他说这说那，两个人从前院走到后院，又从后院转悠到前院，娘指着牛圈告诉他乳牛怀上犊了，草驴肚子里的驴娃再有三个月就下，今年暖得早，杏树的花苞繁，只要不返冻，能结满满一树好杏儿。

父亲低头看到杏树下蹲着一个身影，在背过人发呆，嘴里慢慢地吃着苹果。

还是不合群？父亲问娘。

娘望一眼杏树，傻了一下，轻轻地一点头。但是又后悔一样赶紧摇头，声音很轻。

还碎着哩，娃娃嘛，你不要性急。

父亲狠狠地瞅一眼那个身影，摇摇头。

从碎儿看老哩，这娃娃，唉——

他们转身又进后院去了。

六只鹅娃撵着院子里的阳光影子走，撵到最后光影上墙了，它们跟到南墙根下，仰头看着那一团暖意在墙头上越爬越高，它们挥舞着已经冒出一层硬翎毛的翅膀在墙根下跑了几个来回，气馁了，只能就这么放手了，难道它们还能追到墙头上去。六个小身影摇摇摆摆走回来，凑到杏树下，围着马军左看右看，可能觉得马军的后背暖和，挨挤着卧了下去。

姐喊我再去抱点柴，锅里大气正冒，她得乘着这股气势再烧一阵子。

我抱着一抱胡麻柴刚进门，身后发出哎呀一声叫。

等我把柴丢下，马军已经抱着自己的脚在院子里跳，一边跳一边大哭，跳得厉害，哭得响亮。我们赶紧出去看，父母也从后院里赶出来了。

咋了咋了，锥子扎脚了？

父亲的声音都变了。

其实我们已经看到了，不是锥子扎脚，是他踏到鹅娃了。鹅娃们乱纷纷绕着杏树跑，嘴里的破锣声更破了，那个最大的鹅娃不跑,在原地打转,站不起来,拧着脖子只是挣扎。

马军踏到了一只鹅娃。

娘丢了手里的粪笼子,把鹅娃捧在手心里,试着拨拉那吊着的脑袋。小脑袋耷拉着就是扶不起来,好像脖子里有一根线断了。

我的鹅娃,我那么远买回来的,你咋不长眼睛啊?

娘忽然望着马军问,娘的口气跟平时骂我和姐一模一样,这样的口气她从来没有给过马军。

马军头一偏哭着跑进了屋。

你看你,急了个啥嘛,不就是个鹅娃嘛,都踏死了才值几个钱呢,你骂娃娃做啥哩?父亲收住脚步,说娘。

暮色已经很浓很浓地落下来,盖住了大家的脸,我看不清父亲这一刻的表情。

父亲说,扔了去,眼看着活不成了。

娘不死心,吩咐姐把五只鹅娃抓进筐子搬进屋放好,她自己抱着这只半死的鹅娃去灯下细看。

灯光照到一团乱乱的白毛上,我看清楚了,就知道这只鹅娃肯定要死了,那个圆鼓鼓的小肚子已经瘪了,肠子从屁股里冒出来,嗉子也破了,嘴里一直流着绿绿的稠水。

一对眼珠子不甘心一样睁着,在看着灯火,也看着我们的脸。

娘抹一把泪,试着把肠子往肚子里扶,又擦了擦嘴角的汁水。

它蹬着腿儿一抽一抽地动。

一条命哩,就这么殁了,造孽呀。

娘抽着鼻子走了,叫我们也早点睡。

听大人说我们这样的山里,根本不是养鹅的地方,鹅只有在那些不缺水的地方才适合生长。

现在我们看着这只鹅娃慢慢死去。这个过程太漫长了,我们都等得熬不住了,油灯也一点点浅下去。

等我们一夜醒来出门看,娘已经扫完了院子,鹅娃被她丢掉了。

看着扫得白光光的台子，我心里忽然一阵轻松，感觉压着的一个东西被人揭掉了。

父亲住了三天就要走，临走摸着马军的头吩咐他好好听话，有时候也帮娘干点活儿。

马军低着头，没点头，也没摇头，只是往嘴里刨饭。

我和姐在地下站着看，我看到姐的脚下踩着一根烧火棍，她狠狠地蹭着火棍，直到自己的布鞋都变形了。

饭桌上除了我们大家都有的饭，另外还有一碟子炒鸡蛋，那是娘专门为父亲做的，现在父亲看着马军吃那碟子炒鸡蛋呢。马军像个女子一样有些害羞地低着头，但是他往嘴里刨鸡蛋的动作一点都不害羞，碟子里那黄灿灿的一团在一点点消失。

四

父亲再回来已经是豆角饱起来的时节，自行车刚顶开门扇，门里已经嘎嘎嘎嘎吵翻了天，五只鹅争抢着拍翅膀，大大肉肉的脚蹼在地上吧嗒吧嗒拍着，夸张地喊叫，不依不饶。

父亲瞅着满地白花花的身子，哈哈地笑了，说，长大了啊，这么快？

娘一面赶着鹅，一面苦涩地笑了，说咋能不快呢，你走的时候还没种豆子，现在豆角儿能揪着吃了。

父亲重重地叹一口气，忙死了，一连几个月搞计划生育啊，不分白天黑夜地拉结扎，你看看我瘦成啥样了，不过这鹅长得真个快！

鹅不怕娘，不但不走，还团团围住了，伸着脖子嘎嘎叫，缠着她不放。

娘笑呵呵的，伸手赶，赶不走，就抱起来一只，摸着滑滑的脊背，笑呵呵说，一天一个模样呢，细毛一褪光就跟水泡着一样肯长。

一群鸡娃叽叽喳喳乱嚷着跑过来，褪尽绒毛的鸡娃翅膀尖上尾巴尖上都冒出几根细长的翎毛来，显得身子更干巴了，脏乎乎瘦巴巴地搅成一团。这一对比，几乎都是二月里出窝的，鸡娃还是半大鸡娃，鹅娃却已经是大鹅了，一个个显得水灵灵的，它们的脖子长长地撑起来，顶梢高高地顶着一个跟锤头一样大的头，头顶上又是一个又大又红的额头，身子扁扁的，平平的，脊背又圆润又饱满。

饭后父亲兴致很好，背搭手在院子里散步，边走动边看鹅，五个白色的身影吃饱了，扭着肥肥的身子走步，姿态悠闲，步态蹒跚，不急不躁，似乎它们是活了几十年上百年的老人，已经看透了世间的百态，所以练出这份娴静优雅来了。

父亲走几步，回头笑呵呵地说，鹅真是有灵性呀，你看看，已经跟我不生分了。

果然不生分了，五个圆润的身子紧紧跟在父亲脚后跟上，一边慢悠悠走，一边不慌不忙地嘎嘎叫着。

白衣秀士，好一群白衣秀士呀。

父亲的话我们都听到了，但是我们都愣住了。

白衣秀士是个啥？我们从没听说过。

父亲慢悠悠站起来，把手重新搭到身后，他现在胖了，肚子微微鼓出来，像女人怀了娃娃。他腆着肚子闲闲地迈着步子，绕着五只白色身影走，我们的目光追着父亲挪动，他身上的衣服要比我们都干净整洁，白衬衣，蓝色裤子，衬衣口袋里别着一支钢笔，我们知道那钢笔是英雄牌的，金黄色的笔帽里套着深绿色的笔杆。

我望着父亲看，说实话我现在常常觉得这个人陌生，每次盼他回来，但是我真正想念父亲的成分并不多，更多的是盼望他带回来的那些好吃的东西。据说我小的时候他很惯我，有一回我趴在炕沿上哭，他扒拉开我的小屁股用胡子扎嫩肉，结果我毫不客气就屁股一撅，稀屎冒了他一嘴。小时候的事我如今记不得了，我记得前几年马军还没来的时候，他很宠爱我，常常饭后拉着我的手在院子里绕着杏树走，他说这是锻炼身体，饭后百步走，活到九十九。还给我讲故事，说有个念书人去赶考，夜里住在野外,半夜里一个好看年轻的俊女子笑着慢慢从远处走来……

我忽然一拍大腿,白衣秀士,就是念书人,古时候的念书人。

我不敢肯定,所以说得很轻,父亲没听到。姐瞪了我一眼,快不要胡诌了,你晓得屁是烧着吃的!

父亲忽然站住了,回头到处看,军军呢,咋这半天不见他的影子?

娘专注地看着那五个白身子撅着屁股叼食,鹅吃食的时候,鸡是不敢靠近的,只有在远处等着看的份儿。

娘说,我提心吊胆地抓养他,吃的喝的穿的用的,我就是亏着我两个娃,也不敢亏他,终究还是喂不熟啊。

娘叹了一口气。

鹅吃得太猛,大扁嘴巴满满操起来一口,脖子一甩,湿答答的麦麸块块甩到了同伴平坦坦的脊背上。大嘴巴跟着去对方脊背上啄食。

父亲忽然抬脚,一脚踢出去,那只在同伴背上乱啄的鹅顿时翻了个跟头,肚皮朝天躺在地上了。这一躺是横着的,它起不来,急得两个红爪子在半空里乱舞乱绕,嘴里发出嘎嘎的抗议声。不管它怎么挣扎,那笨笨的身子就是起不来。

我们看着一起笑。

娘抬脚轻轻拨拉,鹅借了娘的脚力,赶紧翻起来,有些狼狈地缩着脖子逃进了鹅群里。

父亲哈哈大笑,笑声忽然就断在了半空里,他有些生硬地看着娘说,是不是庄里有人挑唆他,我就晓得这些人都是坏屃!一天吃饱了就给旁人操心。

娘怔了怔,很慢很慢地说,都恨不得等着看我的笑摊哩。

父亲忽然抬起了一个胳膊。

门一响,马军瘦瘦的身子从门缝里挤进来了。

父亲的胳膊在半空里停了一下,有些疲倦地落下来,回到了原处。

父亲是想打娘一巴掌呢,还是只是抡一下胳膊,我和姐都猜不着，我们的心被提起又回到了原来的地方。

为了马军，我相信父亲会对娘动手的，从前又不是没有这样的事情。自从马军来了，我们家的关系就变了，和从前不一样了。从前娘一心一意伺候父亲，就算父亲还没当上副乡长，娘也是心甘情愿地伺候着，娘一个人干着庄稼活儿不抱怨还笑呵呵的，似乎她舍不得叫父亲干活儿。

马军来了以后就不一样了，娘开始计较起来，尤其在地里做重活儿的时候，娘一边擦汗，一边望一眼在远处偷懒的马军，娘会叹气说，都是你先人搞的麻达啊，大小拖累都是我的，我把这罪受到哪一天去呢？

说着眼泪就下来了。

娘不开心，我们的日子就变得沉重起来，总给人感觉我们家的头顶上罩着一片看不见的盖子，这盖子沉甸甸的，压得我们都喘不过气来。父亲回来了，娘再也不会像从前那样笑呵呵迎接，娘端饭的时候也不再是双手圆碗，娘把碗蹾在桌子上。为这个终于父亲打了娘。父亲一把就打掉了娘的帽子，娘盘起来的毛辫子也脱落了，耷拉在肩膀上，父亲揪住一个毛辫子扯，一边抬脚踢着娘的腰，你不想过了就言传，我放你走，我不拖累着你。

自从那次打了，娘就把给父亲耍脾气的毛病改了。但是我们都能感觉得出，我们的父母之间，再也回不到从前了，从前那种亲密无间，被一层谁都看不见的东西给隔离起来了。就算母亲还是两个手一起给父亲端饭，再也不对父亲抱怨什么了，但是他们之间那一层隔着的东西，像一层浸不透泡不烂的薄膜，一直都存在。

父亲喊，军军过来。马军低着头慢慢地挨近父亲。

父亲伸手摸了马军的头发，又摸了摸脸，又揭起他外面的汗衫看里面的线衣。

小人，不要脸的小人。姐隔着窗子咬着牙骂。

实际上姐也就这点本事，骂人的声音总是只有我和她自己听得到。

那一对老小，都是小人！姐指着窗外。

我知道她骂的是谁，是父亲和马军。

这是对娘不放心嘛，查看娘给那个私娃子洗头了吗，穿得好不好，净不净，有没有受到虐待。

我低头撩起自己的衣襟看，这一看我有点心酸，心里真不是滋味。我汗衫下面的线衣真是又脏又烂，袖口磨成烂穗子吊着，娘早就不给我洗衣裳了，总是推给姐；但是她会抽时间为马军洗头洗衣，好像马军才是她亲生的，我们姐俩都是用狗粪笼子拾回来的。

哼，他咋不想想，娘一天忙得栽跟头哩，除了操心我们两个，还要操心那个私娃子，娘真是倒了啥霉了。

姐还在说。

我狠狠瞪一眼姐，我觉得她有时候真是聪明过头了。有时候我佩服这种聪明，有时候我又讨厌。你说她一个女子娃为啥要长这么一张利索嘴巴呢，啥事儿她都能叭叭叭地一说就是一大串。好像她就是比娘聪明，比娘能说会道。

五

父亲住了几天又走了，他走后这个晚上，马军忽然提出来要分开睡。

我们家一共两个炕，要是父亲回来了，父母去大炕上睡，平时娘带着我们三个娃一起睡。

现在马军提出来要分炕睡，这让娘为难，总不能叫马军一个人去睡吧，他会害怕的，叫我去做伴吧，我才不去呢，再说我夜里还得娘喊起来尿两次呢，没人喊我肯定尿炕。

娘作难，目光投向姐。

看我做啥，我才不给他做伴，他是男娃娃，我是女子娃，不能一个炕上睡。

姐回敬娘一个狠狠的眼神。

气得娘笑了，你才多大呀，再说他是你兄弟，你们亲亲的姐姐弟弟。

谁跟他是亲姐弟？你啥时节养的他？

姐问完就翻起身跑到了炕角。

娘还是不饶，捞起笤帚疙瘩打了姐几下，姐挨刀一样吼着哭。

我谁都不要做伴，我一个人睡。马军在门槛上跺脚，硬邦邦丢下这句话就出去走了。

娘望着外面落下来的暮色叹一口气，溜下炕去为马军铺炕。

这一夜我们都没有睡好，娘把每夜放在地下的大筐子搬到马军屋里去了，娘说鹅灵，睡梦里也会咕咕嘎嘎叫几声，留在屋里能给人做伴儿。

自从买回鹅娃后，每夜它们都在我们的房屋地下酣睡，睡梦里它们咕咕嘎嘎睡意蒙眬地叫，把我们的睡梦吵成了一段一段的。今晚这叫声彻底消失了，我觉得心里缺了个啥，一夜醒来了几次，醒过来禁不住扯着耳朵寻找那熟悉的声音。

娘更是没睡好，头搁在枕头上，长吁短叹感叹了好一会儿才吹灯睡觉，不等睡稳又悄悄开门出去了，说去看军军，怕他蹬掉被子，怕他一个人害怕。这一夜娘出去了几趟呢，我没在意，姐看不惯，在被筒里哼着鼻子说够贱，真够贱，明明喂不熟的狗，还一心一意地喂，我们倒成没娘娃了。

娘出出进进跑了几趟，回来坐在灯下淌眼泪。姐把我从睡梦里捣醒说，看看，热脸碰了冷屁股吧，人家不叫她进门了。娘望着灯芯里慢慢结出的灯花，伸出凉凉的手心摸着我的脸，娘手心里的凉意渗透到我骨缝里来了，但是我没躲，静静地叫娘爱抚。娘的声音也凉凉的，到底不是肚子里爬出来的骨肉啊，暖不过来，唉，我这个人活了这半辈子也没做下啥亏心的事嘛，咋这么命苦哩。

娘把我的眼泪也给说出来了。灯火昏暗，没人看到我的眼泪。我发现姐用被子捂住了脸。声音从被子深处钻出来，闷闷的。姐说，白操啥心哩，吃饱了胀的，他一个儿子娃有啥怕的，还能叫狼给吃了？

娘说，才十一岁啊，碎得很嘛。

姐一把掀开被子，从鼻子里哼了一声，这么碎就已经晓得欺人了，长大了才给你尽孝心哩，哼。

我等着看娘扑过去拧姐那张利嘴，娘常常说，女儿娃娃，不要尖嘴利牙的，惹人嫌，没教养。尤其拿鼻子哼人，简直不像话。为了整治姐这种不像话的毛病，娘没少拧姐的嘴。奇怪的是现在娘好像没听到姐在哼她，她望着灯火傻傻地瞅，一直瞅到我闭上眼睡着，我知道她非得把那半灯盏油给瞅干了才可能睡。

第二天我一大早起来就往隔壁的大房里跑，我想看看独自睡了一夜的马军究竟叫狼吃了没有，吓着没有。

我搡门，从里头顶死了，就用手心拍，拍得啪啪响，拍得我手心都疼了，马军才慢腾腾开了门。我盯住马军看，胳膊腿脚和手都在，鼻子眼睛嘴巴耳朵也没少，他好好儿地活着，既没被啥吃掉，也没被鬼捏，他起来被子也不叠，胡乱穿上鞋，一蹦子就往门外溜。

娘在门口说，辫子还没梳哩，军军你急啥？

马军不理睬，飞一样冲出门去了。

马军头上那个小辫子毛毛地奓着，像一束干枯的乱草被头绳扎起来挂在光秃秃的头顶上。

娘进来了，第一件事是掀开筐子放鹅，圈了一夜，鹅已经快要把筐子给吵散架了。

筐子里一股粪味扑鼻，四个白影子拍着翅膀跳出来，嘎嘎嘎嚷着拥出门，到院子里欢快地跳着，跑着，拍翅膀，甩屁股，蜷曲一夜，估计骨头都酸了。

剩下一只鹅不动，直挺挺躺着。

娘赶紧抱起来看，已经死了，身子却还是软的，毛墩墩的一堆瘫在地上。

娘哭了，两个手把鹅抱起来，立在地上，试图让它站起来走路，鹅死了也很听娘的话，软软地站住脚，娘手一松，它顺着娘脚跟软软滑倒，撒娇一样睡倒了。

娘再抱起来，用手心把鹅从头摸索到脚，那脚蹼软乎乎的，它活着时候我们想细看这脚蹼它从来不愿意配合，一个劲儿挣扎，现在我们在脚心里抓痒痒它也不动。

娘把鹅装进背篼，背上出门去了。最后把鹅丢到了哪里我不知道，娘回来脸上干巴巴的，看不到一点胀气的样子，似乎那只鹅只是被风吹走了。

剩下的四只鹅似乎也察觉到它们的群体少了一个同伴，它们感觉到了孤单，扭着肥肥的屁股在地上走来走去，嘴里嘎嘎地叫着，这样的叫声断断续续持续了一天。

马军一天都没回来，早饭娘念叨了几句，叫姐把馍馍给扣在锅里，等他回来好吃到热的。午饭他还是没回来，娘一边念叨一边亲自把一大碗饭扣在锅里，又往灶膛里煨了几捧干牛粪。晚饭时节娘从豆地里拔草回来才知道马军一整天都没回来，娘放下满满一背篼青草，脸也没顾上洗，顶着满庄子飘起来的炊烟到处寻马军。

你见我家军军了吗？

早上见了，晌午没见。

你见我家军军了吗？

晌午见他和我家穆萨耍，可能跟上一伙娃娃去山里放羊了。

你见我家军军了吗？

……

娘在前头跑，我在身后撵，我们娘俩从下庄跑到上庄，跑到娃娃们常放羊的北山上，又从山上下来去了西边的沟里。

我听到娘的胸腔里有一口风匣，被一个看不见的手拉扯，呼哧呼哧，呼哧呼哧，娘的胸脯在一起一落一起一落地跳荡，娘左手抹一把眼泪，右手再抹一把眼泪，娘说，军军啊，鹅死了，谁都没怪你，你怕啥哩，你可不敢吓娘啊。

我在后面跑啊跑，栽跟打头地撵着娘，我看到娘已经不是用脚板在走路，而是用脚帮子走，左脚朝左，右脚向右，一拧一拧地爬坡下山。

我心里忽然很恨马军，我想姐恨马军的时候是不是正是这种心情。我希望娘见到马军能重重甩他几个耳巴子。

我们经过下庄子的牛娃家门口，牛娃出来了，问我们找啥哩这么慌张。娘把身子靠住他家门口的树说，快给我一舀子凉水，嗓子冒火哩。凉水来了，娘夺过舀子咕咚咕咚就灌，满满一大舀子凉水都灌进了娘的肚子。娘抹一把嘴，再抹一把眼，我们接着往西边的水沟跑去。

月亮上来了，薄薄的淡白色洒满水沟，把几十个土台阶照得白光光的，抬头看，高处的沟崖陡然比白天高出好多，显得更险峻了。我和娘贴着崖壁走，生怕脚底一个打滑就跌下沟底去。我紧紧抓住娘的手，真怕头顶上那巨大的黄土崖忽然就塌下来把我们压死。

娘一步一步走着，一声一声喊着。

军军你在哪里——

军军你不要吓唬娘呀——

军军你快出个声儿啊——

我觉得自己的心被谁的手抓住了，提起来吊在半空里，悬悬地晃荡。

娘的哭声每呼唤一声，我的心就晃悠一下。

我不敢看脚底下，白天我们抬水时候看惯的台阶，在这月色里似乎变得异常陡峭，那些台阶窄了，浅了，变得狰狞了，好像每一步下面都潜伏着一个陷阱，都在等着我们一脚踩歪，滑下右边的悬崖。腿软得厉害，浑身的骨头好像也变软了。

等爬上沟崖我赶忙回头看，崖下面浮着虚虚的一层白光，显得更幽暗更深远了，似乎我们刚从另一个世界里挣扎了出来。

娘伸手摸一把我的头，这一摸我才感觉到自己已经满头是汗，头发梢子都湿了。娘将身子软软地靠在一面土埂子上，叹一口气说，我们先回去吧，这么摸黑寻不是个办法。

回家的路是上坡路，娘走得很快，我简直跟不上，只能扯住娘的后衣襟被她半拖着走。

远远地看到我家门口站着一个黑影子，走近了，是姐，她气哼哼扭着头进门去了。

娘说，你快喊你奶奶一家都来帮忙寻，军军不回来，我心里不踏实。

姐忽然扭头，捏着鼻子狠狠地哼一声说，你满世界摸黑寻，人家早就回来吃了饭睡觉去了。

娘软软一屁股坐在了地上，涩声说，女子你不敢说谎，我心里急得火烧哩。

我把娘拉起来，我们不知道哪里来的力气，一起冲进门，房门开着，灯亮着，进门果然看到马军在炕上，衣裳鞋袜都没脱，直挺挺横躺在被子上。

我去门背后找顶门棍，我觉得娘肯定会找家伙把炕上这个家伙美美地修理一顿，再不修理真的说不过去了，害我们满庄子寻，差点跑断腿，他倒好，回来睡大觉呢。

娘没有接我递上的棍，她呜咽着喊了一句什么，扑上去把马军抱在了怀里。

我听到姐在门口气得跺脚。

四只鹅受了惊吓，一齐挥着翅膀嘎嘎嘎大喊大叫。

这一刻我也觉得娘太贱了，娘分明是在巴结这个不要脸的马军嘛。

娘真的有必要巴结他吗？

马军就跟一块石头一样任由我娘抱着，他不抬头，不说话，不吭声，只是把头一个劲儿往娘怀里扎去，好像恨不能用脑袋把我娘的肚子给顶个窟窿出来。

六

冬天家里念索勒，宰一只羊，另外宰一只大白鹅。

我们请来了舅舅，马军那个小辫子得彻底剃掉了，他满十二岁了。

为什么要给马军留那么一个女子娃才有的毛辫子呢，而且还一直留着，从小时候一直留到了今天，又为什么要请舅舅来拿刀子剃掉呢？

娘说这是有讲究的，娃娃要是长得弱不好养活，为了有个长命百岁，从小留个辫子，把儿子当女子娃养，就会平安长大，到了十二岁要成年了，再剃掉，这胎毛自然得由亲舅舅来剃了，人活在世上都有个最亲的靠山，女人家的靠山是娘家，男人家最亲的人就是舅舅了。

气得姐脸都绿了，嘀咕着，还盼着他长命百岁呢，我恨不能盼着他早死哩，再说我们的舅舅哪里又是他亲舅舅了?

父亲在院子里笑着摇头，说这是没文化的瓜百姓想出来的迷信讲究嘛，没一点科学道理。

娘不理他，她似乎想通了，不和他为一些看不见的东西计较了，而是笑眯眯的，不辞辛劳地为马军剃头的事情操持着，腰里系着护裙忙里忙外，切萝卜菜，糍荞麦凉粉，泡粉条，蒸馒头，炸油香，家里飘扬的香味儿越来越浓厚，越来越诱人。

要是别人家念索勒这样的大事儿，肯定得男人帮忙，娘却始终一个人操持，父亲倒是早三天就回来了，回来啥都不搭手帮一把，娘说这个索勒念下来，洗洗涮涮至少得十三四担水。娘的意思是别的活儿她可以干，这担水的活儿离开男人她一个人肯定扛不下来。父亲迈着慢步出去了，一会儿带着上庄的马东来了，笑呵呵说担水的人有了，就是马东，一担水给他三块钱。

气得娘在灶火门前抹眼泪，谁家不是男人担水哩，就我这个男人跟个相公一样娇贵，轻重的活儿都不沾手。

姨娘伸头瞅一眼玻璃窗外那个在院子里踱步的身影，忽然扑哧笑了，快看看，看看你家男人像个啥?

窗玻璃昨天被姐精心擦了一遍，所以清新得简直跟没有玻璃一样。可以看到父亲的身影，白衬衣挺括括地撑着一个圆润的肚子，方步迈得不紧不慢，绕着杏树慢慢地转圈。四只鹅跟在他身后，也在踱步。从春天到深冬，娇嫩的黄毛团团已经变成了雪白丰满的大白鹅，四只鹅，两只稍微矮小一点，丰满一些，另外的两只高大威武，就是没见过鹅的人也能一眼看出来，它们是两只公鹅两只母鹅，正好两对儿。

娘决定将一只公鹅宰了念索勒。娘说留一只公鹅使唤就够了，公鹅食量大，还不下蛋，喂到临了儿也没啥实际用处，还不如趁肉嫩宰了好。说实话娘实在是没啥可以喂它们了，四只鹅的食量顶得上十多只鸡，而且鸡还能自己刨土捉虫子，在柴摞子草底子里一混就是一天，鹅的扁扁嘴啥用都没有，除了在地上啄烂泥，在嫩菜地里叼菜叶子吃，它们没一点喂饱自己肚皮的办法，这一点上它们显得异常笨拙，这长啦啦的冬天，它们除了整天守在厨房门口嘎嘎嘎地叫着向我们催食，不会一点别的觅食办法。

娘掂量来掂量去，最后决定宰一只公鹅。

宰鹅的消息很令人振奋，我们长了这么大还没有吃过鹅肉呢，想不到现在就要变成现实了。姐兴奋得成天哼着歌儿，娘指使她做啥她就做啥，零零碎碎的活儿都叫她给包了。我缠着娘要她答应念完索勒后把鹅头给我，那又大又红的鹅头肯定很诱人。姐给她占下了一只鹅爪子。另外一只爪子自然是马军的。我觉得娘一口就答应了我的要求，这爽快劲儿叫人怀疑。以前念索勒，不管宰几只鸡，最大的那只鸡头肯定是马军的，除非多出来的才能轮到我和姐。姐不服气，气呼呼问过娘，凭什么那么偏心，凭什么最好的都给马军。娘眼睛一瞪说，女儿娃家，吃啥鸡头，不吃鸡头就已经学得急溜溜的，吃鸡头长大了还了得，给旁人家当媳妇子也敢向婆婆要鸡头？

羞得姐缩回了舌头。

这一回娘却一口就答应了我。

我高兴了一会儿，回头细想，心里有点不踏实，难道日头要从西边山头上爬出来了？拢共就一个鹅头，给了我马军吃啥？难道娘心里不爱马军了？有可能，马军来我们家以后哪一天好好听过娘的话呢？总是跟娘顶着干，经常气得娘抹眼泪。这么一想，我有信心了，一心等着吃娘答应给我的鹅头。

给鹅拔毛的时候我们都围着看，宰了的鹅浑身软乎乎热烘烘的，手心贴着刨上去，那些羽毛变得无比温顺，一股润润的滋味在肌肤上蔓延。两个平时撑着身体的大爪子这会儿很温和地耷拉着，我把它们摸了又摸，贴在脸上蹭，我忽然有点后悔，我占了鹅头，那鹅爪子肯定就吃不上了，自然就尝不到这软乎乎大爪子的味儿了。我又捧起鹅头反复掂量，我发现两只爪子的分量才抵得上一只鹅头吧，看来我占了鹅头真是占了大便宜。

娘在飞快地拔毛，一面拔一面后悔得直抱怨说自己前儿忘了要宰鹅，把满把的指甲都铰短了，现在可咋拔鹅毛哩。接着又感叹说鹅毛真是太密实了，太难拔了，从没有养过鹅，想不到鹅毛这么不好拔。

父亲踱着步子过来，站在前方看，扶一把眼镜的长腿，仔细瞅瞅说，哎呀，没想到这鹅毛这么多，这么厚，一层又一层啊。

太麻烦了，父亲摇着头，走远了。

娘给这只鹅拔毛花费的工夫，要是用来拔鸡毛，拔净三只鸡不成问题。等到娘提着一只毛楂密布的鹅找柴火来燎细毛，地上已经堆着好一堆雪白雪白的鹅毛。娘叫我拿袋子装起来免得风一来吹得满院子都是。

娘把鹅提在火上燎，剩下的三只鹅踱着副乡长一样的步子慢悠悠在下院里转，转着转着，那只大公鹅跳上了一只母鹅的脊背。母鹅很配合，温软地卧倒在地，公鹅害怕自己掉下来还是另外有着我们不知道的原因，反正它的大嘴狠狠地叼住了母鹅的头，叼起一大撮白毛，乱蓬蓬的。两只鹅的身子叠踏在一起，公鹅使劲地摆尾巴，显得摇摇晃晃，真让人担心它稍微一滑就掉下来摔个大跟头。

娘从火前扭过头瞅一眼，顿时喜笑颜开，这几个先人，我还当是瓜着哩，倒是没瓜啊，晓得踩蛋啊。

姐刚把头从门里探出来，一眼看到父亲也在炕眼洞前，她冲我一吐舌头，飞快把头缩回去了。

父亲四面看了看，呵呵地笑了，你正愁的不愁，尽愁那没啥用处的，真主造化万物哩，肯定会造化全美的。

娘把脖子一梗，目光斜斜瞅着那三只鹅。那对叠加的鹅本来还要坚持，旁观的那只忽然哗啦啦扇动翅膀，嘴里嘎嘎嘎大叫。公鹅刺溜就滑落下来，身下的母鹅赶紧跳开几步，一公一母几乎是同时大幅度地拍动翅膀，三只鹅满院子乱窜，提着嗓子大声喊叫。好像身体里有什么膨胀的东西需要喊叫才能更好地发泄出来。

父亲说，鹅看着很灵啊，为啥这时节那么傻，也不晓得避开我们。

娘给手里的鹅翻个身，那一层难以拔除的绒毛和毛楂子全部被火烧掉了，露出一个油灿灿的扁身子。娘麻利地给爪子和嘴巴煺皮，然后再烤，火舌舔过，小肚子那里的刀口上渗出大片的黄油来。

娘踩死了火，蹲在地上再次拔细毛，火死了，青烟还从灰堆里顽固地冒着，娘眉眼鼻子上挂着一层薄灰，她用袖子揉揉鼻子，这一揉鼻子疙瘩就被灰染成了黑色，她自己不知道，从鼻子里一笑，斜斜地扫一眼父亲说，它们虽然和你一样文文气气的，但是它们肚子里没装知识嘛，所以它们不晓得像你们一样避人。哪像你，要不是娃娃都养出来了，到死我都不可能晓得你还在外头给我干下这么大的摊场哩。

焦煳的空气里顿时有了酸溜溜的味道。

三只鹅已经转悠到脚跟前来了，我已经分辨不出刚才和公鹅干好事的是哪只母鹅，父亲好像羞恼了，忽然抬脚去踢，在一只母鹅屁股上嘣地一脚。

娘气得哆嗦，脸色都变了，你踢它做啥，它下了蛋我准备冬天就抱鹅娃哩，你倒好，踢哪里不好，偏偏踢蛋槽子，万一踢坏了你赔我吗？

父亲说赔，我给你赔一座金山。

鹅肉和羊肉都是夜里煮的，我们熬不住瞌睡早就睡了。那只羊娘一直拿煮熟的萝卜片喂养，虽然是只老羊，却壮实得出乎意料。姨娘一面握着大斧头在案前剁肉，一面感叹，你咋喂的，这么壮，你看看这油！姨娘的声音里荡漾着巨大的喜悦。娘也乐呵呵的，萝卜呀姐，半窖萝卜喂光了，还搭上了半缸油渣和麦麸，它也争气，放泼实吃哩。大斧刃落在羊身上，有时候是钝钝的噗踏声，更多时候是铁器和骨头重重相磕在一起的那种哐哧声。声音巨大，我感觉到震荡穿透了地面，一直传送到炕上来了，整个炕面也在有规律地颤抖。

这是大男人做的活儿嘛，咋叫我们卸羊哩。姨娘忽然说。

娘在一盆清水里吧嗒吧嗒洗着，剁好的大块骨头带肉，清水漂洗了，就放进大锅里，锅里已经倒好了水，灶火里火也烧起来了，几根木头棒子在熊熊地燃着。

娘沉默着。

你姐夫那个人，看着不打眼，这些事情上疼人得很，只要念个索勒他比我还操心，肉总是剁得碎碎的，才喊我去煮哩，就连肠子肚子都洗得净净儿的。

姨娘似乎在咂嘴。似乎她刚刚咽下了一枚什么油汪汪的果子。

我就当他死了。娘忽然甩出来这一句，同时一大块肉沉重地丢进水里。

也是命啊。姨娘跟着叹了口气。

我睡不着，爬起来在枕头上看她们煮肉。

就算现在肉熟了，我们也不能吃，得等到明儿索勒念了，阿訇口道了，我们才能吃。

但我觉得就这样看看也好。

一锅肉已经下满，很快水面上漂起一层血沫子，一股和生血味不一样的腥膻味在空气里弥散。

娘捉着勺子在打血沫子，勺子总是磕着锅沿，咣当咣当响着。

他就是个相公。娘忽然又冒出来一句，哗啦一勺子热腾腾的血沫子泼到了地上。

你说他做的叫啥事儿？我抬不起头啊，这几年我没有一天心里宽展过，你说这世上哪个女人活得像我一样造孽？

姨娘慢慢扭头来看炕上，我姐早睡了，被窝里除了我，还有姨娘带来的三个孩子，还有马军。

小心他听到。姨娘压低的声音里带着一抹警觉。

我胀气大人哩，娃娃倒是从来没有多余过他，说实话娃也孽障，和我一样，都命苦。再说，他也长大了，这头发一剃，就是十二岁的小伙子了，那个女人就算再能，她也没本事跑来把娃给我抢走，娃娃是我抓养的，到了啥时候都是我的儿。

姨娘似乎没有意料到我娘会这么想。

姨娘说，这个人没救手了！脑子瓜透了！

她用斧头剁着最后剩下的骨架子，骨头渣子飞溅，有几片落到我枕头上来了。

姨娘一个走神，一斧头抡偏了，斧刃呼啸着卡进了厚重的木头墩子里。

你呀，姨娘一面双手往出拔斧头，一面瞅一眼灶火里的火，你就是个刀子嘴——

我看见火光大起来，似乎连灶膛也引燃了，一大片火光在锅底下欢快地流窜，火前忙碌的两个女人身上披挂了一层金黄色的丝绸，她们姊妹俩满身都流淌着一种明艳的光彩。

七

一切都很顺利。

有姨娘搭手，娘也不用再请别的女人来帮忙，她们姊妹俩都是锅灶上的好手，切肉，氽菜，搭油香，定果碟儿，进行得井然有序。

给马军剃头的时候我和姨娘家的孩子站在门口看，我们都笑嘻嘻的。

马军像是受了大委屈不敢说，被爷爷带进屋子，清水洗湿了头发，然后大舅舅用我娘的大头巾围住他脖子，只露出脑袋来。马军偷偷抬眼看我们，看一眼，低下头，嘴龇成了半个破碗的样子。大舅舅当然看不到马军的怪相，他和爷爷扯开一匹磨刀布，油腻腻的刀刃在油腻腻的磨刀布上长长地蹭，蹭出长长的黏湿的声响。

会不会要宰马军了？像宰羊一样地宰？我往门口挤，心里忽然有点说不出来的担忧，马军这个人虽然平时不那么让人喜欢，可我也没盼望生活里彻底没有他呀。

爷爷摆手，去去去，快要去，不要来搅和。

我们像受了惊吓的鸟儿，扑棱棱往后退，忽然身后响起震天的嘎嘎声，姐已经一个屁股蹲儿坐在了地上，爬起来赶紧跑，原来她退得急，踩到了一只鹅爪子。鹅扭着肉乎乎的大爪子不依不饶，三只鹅围住了姐一起拍翅膀，梗着长脖子大声讨伐这个鲁莽的女子。

等马军从门里走出来，脑袋还在脖子上，头上的辫子没了。我们都看呆了。说实话没有了那个脏脏的乱乱的小辫子，我觉得自己的目光很不适应。虽然我们也曾常常拿那根辫子嘲笑马军，虽然我们每次看到娘抱着马军的脑袋为他梳辫子就心里很不是滋味，可这辫子真的消失了，剩下一个光秃秃的大白脑袋，我忽然心里荒凉了一下。显然马军自己也觉得不适应，他的样子温顺而羞赧，低着头不看我们，慢步走出门，忽然就加快了步子，几乎是裹着一阵风跑出大门，消失到门楼后面了。

为那么一根骚毛，还害舅舅亲自动手啊，真是吃劲得很，就是个宝贝疙瘩嘛！姐忽然在身后冷冷说，不用回头看我就知道此刻的姐一定习惯性地撇着嘴。

我愣在原地发傻，说实话我难以接受马军没有辫子的样子，没了辫子，他简直跟换了一副面容一样，他本来就长得好看，现在剃了光头，那副好看的模样让人吃惊。之前他拖着一根辫子，人人见了还都夸他长得好，这一来，在他的对比下，我们姐弟是不是就成那更不惹眼的狗尿苔了？

父亲从门里出来了，笑呵呵的，朝外面吐一口痰，又回去了，大声和屋里的舅舅说着什么。

那口痰刚落地一只公鸡就利索地蹿上来，叼在嘴里却舍不得吃，又吐出来，放在地上一边点头一边咕咕喊远处的母鸡。鹅才看不上吃这些脏东西呢，它们扬着高傲的脖子慢悠悠转到后院去了。

我慢慢溜出大门去寻马军。我抱住门口的大杨树，树身上刻着无数的小道道，有汉字，有拼音，有花样，有人形。这几乎全是我和马军的杰作。好多年前，马军初来的那个春天，他想家，不愿意在屋里待，一个人溜出来蹲在树下发傻，我打心里喜欢他俊朗的模样，我愿意陪着他，他用手指头抠土，我也跟着抠土，他用小小的锯刃在树上刻画，我没有锯刃，我用尖尖的竹棍划拉。

我们画了好多好多的画,后来没地方画了,我们就在划过的地方重复,用新的线条一层层覆盖旧画面。

树干上密密麻麻全是刻画出的圈圈道道。姐大惊小怪地向大人告状,父亲淡淡地说,叫娃划去,一棵杨树嘛,没啥稀罕,我正想挖了换一棵梨树呢。我们就肆无忌惮地在树上划。姐手心里攥着泥土,她把我们划过的地方一一抹上泥巴,她指着那些深深的印痕,眉头皱得比树皮还粗糙,告诉我们,树和人一样,也知道疼。似乎正是那时候马军对我有了好感,一点点好感,有时候甚至算不上好感,仅仅是没有像厌恶娘和姐那样厌恶我罢了。

他指着树上一个模模糊糊的人形,告诉我这是他娘,不是我们家里那个娘,而是他自己的亲娘。他要我看看,他娘好看吗?他长得就跟他娘一个样。我趴下仔细瞅,一个圆圈,两个耳朵,两个眼睛,鼻子是一根竖线,嘴巴是一道细细的横线。身子由四五条长长的竖线拼凑起来。我不敢说不漂亮,但我在心里直摇头。

既然马军有娘,为什么要离开他娘,又为什么要跑我们家里来呢?难道他不知道为此给我们家招来了无尽的麻烦?这话我不敢问马军,也不敢问娘,只能悄悄问姐。姐眼都气斜了说,能为啥?啥都不为,他娘就是个狐狸精,胡嫁汉,没有羞耻,勾引男人,养出了私娃子!

我盯着马军的面孔一次次偷看,我觉得马军要是真跟他娘长得像,那么他娘又是个什么样的女子呢?我跟姐长得像我们的娘,我们都不好看,塌鼻子,碎眼睛,眉毛攒成一疙瘩,脸上很早就有了雀斑。从我们嘴脸上能推断出我娘的长相,从我娘的外貌上也大致可以想象出我们的眉眼。

马军长得好看,这一点早在他刚来的时候就得到了全庄人的公认,那些"小人"们除了当面挤眉弄眼捉弄我们,还乐意当着我们的面议论马军的长相,在他们的舌头和口齿间,我慢慢地知道了什么叫樱桃小嘴,楞个鼻子,杏核眼睛,弯弯眉毛。他们这样议论马军,接着推断出另外一个女人的长相来,也是樱桃小口,楞个鼻子,杏眼柳眉,又白又好看,是我们这山里没有的攒劲女子。甚至他们连身材都给推断出来了，说细条个子，走路带着飘劲，不然配不上乡长嘛。这时候最生气的是姐，她哼着鼻子就走，把“小人”们远远甩开。

“小人”们不知道，这样的闲言碎语越来越多，我们家里的气氛也越来越恶劣，尤其父亲在家的日子。虽然娘从来没有大哭大吵过，可是家里的气氛谁都感觉得出，每当父亲回家，鹅就拍着翅膀来叼，好像父亲是外人，没有权力进这个家门。父亲被鹅群闹火了，跺着脚说，把你这些大大管吗不管？不管我一脚踢死一个！娘从鼻子里轻哼一声，家禽不会说话，但是鼻子灵得很，它们能闻出坏人的味道。父亲直瞪眼。

父母不和睦，我们的日子也不好过，我们活得小心翼翼，不知道生活里忽然又会发生什么重大的变故。娘已经跟父亲提出了离婚那个词儿。那无疑是个可怕的词儿，我们听了心里一片冰凉，觉得头顶的阿斯玛尼要塌下来了，觉得人活着真是没一点意思。两口子既然都在一起养出了我们这些娃娃，他们咋能说离婚就离婚呢，离婚了我们咋办？不管我们跟着谁走，我们都会成了没有父母的娃娃。姐说，都怪那个死马军，不要脸的，跟他娘一样不要脸，跑来我们家祸害我们。

事后我想起马军当时的反应，他远远地躲在杏树下，怀里紧紧抱着一只鹅。那只鹅不愿意叫他抱着，却挣脱不开，只能扯着脖子嘎嘎地喊，叫得嗓子都要哑了。

马军曾抱着一只最大的公鹅，望着头顶上飘过的白云，眼神里显出一种淡蓝的梦幻的光泽。他说有一天他要骑着这只鹅飞走，飞到云彩上，飞到很远很远的地方去，永远离开我们。

我说鹅才不会飞呢，会飞的是鸟儿，鹁鸽、鹞子、鹰，你见过哪个笨鹅会飞到云彩上，还驮你这么重一个人？再说你离开我们去哪里呢？

我从来没有想过要离开这个家到远处去，所以在我忽然听来，一个还没长大的娃娃说出要远离的话，这念头让我吃惊，我感觉心里空茫茫的，有些担心，心里多出了一些薄薄的忧伤。这忧伤来自何处，我说不上来，好像就在心里看不见的一个什么地方，我伸出手去抓，手心里空空的，抓不到。

马军从鼻子里冷笑一声说，世界很大，难道离开你们家我就没路走了？

我不敢反驳，但是心里很吃惊，因为我忽然感觉马军冷笑的口气简直和我姐一模一样，这个人什么时候学会了我姐那一套？

说完他不愿意再理我，仰起头看云彩。马军的眼睛大大的圆圆的，眼仁上翻的时候，瞳孔里留出大半空白，我在这空白的地方看到了自己。两个小小的我，在小心翼翼地凑近马军。马军的模样越长越好看了，说起来真是奇怪，他刚来那会儿就白嫩，姐说他是娇惯的娃娃，没晒过日头，没吃过苦，所以比我们娇贵。可是这些年过去，他跟我们一样吃洋芋浆水面，睡土炕穿布鞋，就算娘在很多方面都偏心他，可是他跟我们一样也是经受风吹日晒啊，一年一年他的身材拉长了，五官摆开了，他不像我们，总是一张瘦脸干巴巴的，五官揉皱的纸片一样攒在一起，脸上脱皮，头发干燥开叉。他显得水灵灵的，头发又多又密，黑得抹了油一样，他在我们姐弟当中，显得很显眼，外人一眼看过来，绝不会相信我们是一家人。

臭蒿子堆里钻出棵刺梅花，俊是俊，就是没人疼的命。“小人”们在背后这么说。话传到娘耳朵里，她说不出的伤心，她摸着膝盖说，我堵不住人的嘴，我把一切交给真主，有公道的真主给我作证，对这个娃娃，我要是有一点点的私心，我没有伊玛尼，我不得好死。

那天哭完，娘在做饭的开水锅里丢了两颗鸡蛋，饭熟了，她把煮鸡蛋藏进一个瓦盆里用凉水泡着。晚上塞进马军怀里，还悄悄告诉马军不要显摆，一个人躲到没人处偷偷吃。马军偏偏不偷着吃，当晚饭后我们在麦场里耍，他掏出鸡蛋摸摸，在鼻子下嗅嗅，好像鸡蛋的味道香得让他陶醉，他闭上眼睛说，好香啊，真是香——气得姐一甩手，不要了，回家找娘的麻烦去了。马军笑嘻嘻把一个鸡蛋塞进我手里。我一个，他一个，我们在月亮地里剥皮吃鸡蛋。我说，要不给姐留一口？马军抬脚就在我干腿子上踢一脚说，不想吃拿来，我拿去喂狗！

我哪里舍得再给他，乖乖地当着他的面大口哇呜哇呜吞咽了鸡蛋。马军舔着嘴皮子说，好舒服啊，有鸡蛋吃真幸福。月光朦胧，月色在马军脸上染出一团模糊的黑影，但是我忽然感觉马军那薄薄的嘴唇很红，像女子娃一样泛着鲜润的光泽。

索勒念完后，阿訇前脚出门，我后脚就冲进厨房跟娘要我的鹅头去。娘百忙中直起腰，手里高高举着一只油汪汪黄灿灿的大鹅头。想不到鹅头煮熟了会变大，变胖，变得那么好看。我嘴里立刻汪起一团水，我说，娘，快给我，我的鹅头！

可娘的目光越过我的头顶，手也高过我的头，把鹅头递到后面去了。我傻了，站在原地看着，我感觉自己的脖子就跟鹅脖子一样有些僵直，一时间转不过弯儿。等我慢慢连身子一起转过去，我看到马军手里捏着我的鹅头，正神色平静地看着满厨房的人。

我试着咧了咧嘴，嘴角硬硬的，好像两腮的肌肉被煮熟了，僵得扯不开，再说我已经看明白了，当着这么多人哭闹不会有我的好果子吃，我干脆不哭了，接过娘已经递上来的一只鹅爪子慢慢退出了厨房门。

鹅爪子很好吃，有多好吃呢，像鹅的爪子一样好吃。我抹了一把眼里的泪花，我说，娘啊，你还是不是我亲娘。然后我躲在大门背后一点点啃完了这只嫩爪子。

八

虽然都是家禽，很多时候，鹅和鸡是不一样的，鸡浑身都充满了烟火气息，给人感觉它们就跟我们庄里的男人女人一个样，都一头扎在实实在在的庸俗生活里，成天不是转来转去找食，就是刨土捉虫，灰堆里也去扒拉，柴垛上更是留恋，本来一个个就长得不起眼，又把自己弄得一身泥一身土，这形象真叫人不敢恭维。

鹅才没有那么庸俗呢，鹅是超凡脱俗的，它们成天除了喝水吃食的固定时间，更多时候是扬着脖子的，大大的屁股向后富态地撅着，胸脯高高地挺着，步调悠然，神态高雅，似乎生活里没有什么值得慌乱着急的事情，活着就该时刻保持该有的高贵和娴雅。

但有一点完全地破坏了鹅在我们心里的大好形象。它们居然和鸡一样踩蛋，还公开公然地当着大众的面，不顾时间，不管地点，只要兴致来了，它们忽然就开始干起来。

刚开始我们还没注意到这个问题有多严重，我们以为鹅会和鸡一样把传宗接代这件事处理得既随意又自然，可是忽然有一天，父亲刚进门，自行车还没立好，我们全家迎出来，大家都站在院子里，忽然三只鹅一齐大叫，叫声和平时驱赶陌生人忽然临门不一样，声音里没有紧张和戒备，而是有些夸张地交替响着。

我们的目光齐刷刷被吸引了。我已经跑到自行车跟前了，我总是第一个去碰触父亲每次带回来的好东西。马军有些孤单地立在门口，想过来，不愿意过来，他这不愿意跟人打交道的性格越来越明显了，为此父母都有些愁。姐刚刚揽了一背篼干柴迈进大门，父亲回来，她就得烧开水泡茶了。娘站在台子上闲闲地看着父亲。我知道，按照老样子，他们两口子这些日子不见，见了肯定又要闹点小别扭。但是，一切在这个下午改变了，因为我们都看到了鹅踩蛋的那一幕。

首先是父亲呆住了，显然他完全没有想到鹅会把这件事干得这么轰轰烈烈。干就干吧，要是像鸡一样快速利索地干了，抖抖毛，也就结束了。这几只鹅太张狂了，那只雪白的大公鹅正端端正正踏在一只母鹅脊背上，我一眼就看出了，是那只脖子里有一圈儿浅灰色道道的胖母鹅。剩下一只全身雪白没一根杂毛的母鹅看来不甘心受冷落，它大祸临头了一样扇着膀子，两个大爪子啪啪啪拍着地面，绕着那对恩爱的同伴嘎嘎大叫，声音里的抗议谁都听得出来。

大门口的狗也被惊动了，探着脖子向这里张望。几只鸡一看这声势要比自己的活动浩大得多，不敢观望，仓皇地跑远了。

我们见过鸡踩蛋，我也已经知道鸡要是不踩蛋，鸡蛋就抱不出鸡娃，所以踩蛋很重要。我没有细看过鹅踩蛋。所以我伸出去摩挲自行车后那个大黑提包的手忘了继续，我看到两只鹅尾巴紧紧挤压在一起，好像要粘起来。公鹅额头上那只大疙瘩红得要冒血。母鹅有些委屈地乖乖趴着，它的两条腿在软下去，似乎只要一口气松懈，它相对娇小的身子就会被身上的那个大笨身子给完全压垮。

时间好像忘了走动，只有马上要落的日头把冷飕飕的淡光打在我们院子里。公鹅终于滑下了母鹅光滑雪白的脊背。它似乎有些羞耻地剧烈抖着身子，拍翅膀，甩尾巴，动作剧烈而凶猛，似乎刚才的事情沾染了它雪白无尘的身子，它有些厌弃这样的活动。母鹅慵懒地伸着懒腰，步子也斜了，松松垮垮地在原地走圈儿。

父亲一直瞅着鹅干完了事情，他看得很高兴，笑嘻嘻的，一回头，看到了大门口发傻的姐。父亲的目光忽然就慌了，乱了，好像干了坏事的不是鹅，是他自己，赶紧扭头，却看到马军蹲在杏树下，目光呆呆地瞅着鹅。父亲没理由地恼怒了，自行车的撑子还没完全打起来，他就松开了，车子一头栽倒了，吓得我跳着脚逃开。姐已经快步窜进屋去了，只留给我们一个背篼的后影。

你养的好畜生！父亲忽然冲着娘低吼。你看看，多不要脸，连人都不顾了！

娘身子一直往后退，直到靠住了身后的墙，她才不退了。她把手里的针线放在窗台上，那张一直脸势不展脱的脸上意外地浮现出一层讨好的笑，她拍着手把鹅赶进后院去，说，我给扎个窝圈起来，你放心，再不叫它们乱跑了。

父亲不依不饶，叫娘马上把鹅处理了去，卖了也行，宰了吃肉更好，反正这丢人现眼的东西是不能养了。

三只鹅自然不知道它们已经触犯了某些忌讳，它们扭着肉肉肥肥的屁股在院子里走来走去，它们又恢复了道貌岸然的清高，一个个显得羽毛雪白，神态安详，完全不像会干出那种事儿的庸俗生命。

幸好第二天父亲就因为有急事匆匆走了。娘没有扎窝，也没有把鹅圈起来，娘说家里院子大，男人常年不在，还是鹅前院后院地走动着热闹些，叫人心里踏实。

鹅似乎那天打开了一道口子，从此踩蛋的行为就频繁起来，自然从不避人，我们大家也很快看惯了，觉得它们的行为跟鸡一样，跟刺堆里的麻雀一样，跟半路上那些野狗一样，跟羊群一样，没啥值得特别大惊小怪的。

有时候就在我们的脚跟下公然嘎嘎嘎地叫着，我们抬脚去踢，惊散了，母鹅可能觉得有一点羞愧，扭着屁股走了，公鹅怎么会甘心受这样的侮辱，梗着脖子撵着叼我们，那扁扁的大阔嘴可不是好惹的，尤其嘴里生着一圈儿肉刺，叼在人身上还是很疼的，最重要的是那气势，汹汹地追着一个人撵，要是你手里没拿什么防御的东西，还真不好对付呢。

春意在寒冬深处酝酿，娘开始攒鸡蛋和鹅蛋，往年都是在这个时候开始的，老早就攒起来，等开春就早早抱上鸡娃。所以娘总是村庄里第一个操心出早鸡娃的女人。今年娘也要攒鹅蛋。娘说开春从梅花咀买鹅娃回来太贵，不划算，还是自家用蛋抱吧。姐说，娘你抱了这些年鸡娃我们都看到了，可是鹅娃你有把握吗？不会抱出一窝一窝的水蛋吧？气得娘直翻眼，娘说，啥活儿都是人干的，他们能操心出来，我为啥操心不出来？

鹅蛋很好吃，虽然和鸡蛋比带着股泥哄哄草腥腥的味道，但是鹅蛋大啊，一个鹅蛋能顶得上两个半鸡蛋呢，你吃一个鹅蛋就等于多吃了一个半鸡蛋。所以我们早就缠着娘要吃鹅蛋了。娘总是舍不得，鹅蛋都攒在一个瓦罐里。

等到马军过岁儿的这天，娘把鹅蛋炒了一碟子分给我们吃，又煮了几颗，我和姐各一个，马军分到了两个。为啥他要多一个？姐不服气。娘忽然一筷子抡过去砸到了姐嘴巴上。

姐的嘴巴肿了，她捂着脸呜呜哭，跳到地下，扳住门帮说，一个私娃子，连她娘是谁都晓不得，还过啥岁儿，不是明摆着哄人嘛！

娘光脚跳下炕，姐哪里会等娘撵上自己，她已经飞出门，连着又飞出大门去了，门扇被重重甩回来，发出惊天动地的声响。娘气得把一只鞋丢出去，再丢一只出去。一只鞋子飞舞着惊飞了一只母鸡，母鸡大惊小怪地呱呱飞窜，另一只打在了大公鹅的屁股上。鹅甩甩头，不惊不慌，也不委屈，而是很大度地迈着步子走了。

娘说，这个碎夜叉，我咋就养出了这样的女子？

马军低头剥鹅蛋，把剥下的蛋皮一片片收起来，摆出一座白白净净的小山，他瞅着那山傻看。娘说，我军军不要管那猴女子，她啥时节嘴巴干净过，等回来我好好拾掇她。

马军没说话，把鹅蛋慢慢塞进嘴里，没见他咋咀嚼，那巨大的鹅蛋就被咽下去了，他抬起右手对着那个蛋皮小山压下来，乳白的蛋皮细细碎碎乱响，全部化作一摊粉末。

夜里娘说，奇怪得很啊，为啥公鹅只是和那个脖子里有麻道儿的母鹅踩蛋，从没见它上过白母鹅的背子。娘的唠叨在夜色里空荡荡的，没人回应她，姐不敢回家，在奶奶家睡了。马军自然去大房里一个人睡。我觉得娘就是爱操闲心，吃饱了胀得难受，为啥尽操些鸡毛蒜皮的事儿呢？公鹅和哪只母鹅踩蛋，不和哪只踩，这事儿重要吗？反正两只母鹅都在下蛋，我们只要能吃到鹅蛋就好，管它踩不踩呢。

这在我看来是小事，可是却把娘难住了，第二天她几乎把所有的时间都花费在了观察鹅上。娘围着鹅打转，我们也受了影响，不由得就多留意了几眼。我发现鹅踩蛋原来要比鸡还频繁，三只鹅在一起好好地走动，忽然公鹅停下来看着母鹅，不像公鸡用打转去讨好母鸡，公鹅不会这样，它忽然就伸嘴抬爪子，一嘴叼住了母鹅脖子里的毛，一只大脚板已经踩踏到了脊背上，母鹅也不怎么挣扎，两具身子乱乱地抖着，已经完美地嵌合在一起。剩下那只母鹅跟鼓掌庆贺一样，呱嗒嗒拍膀子，跳着转着叫着嚷着。

我仔细观察过，你别看公鸡不断地跟母鸡好，其实它在和不同的母鸡好，和一只好过了就换一个，绝不会在短时间里和一只母鸡反复地好，我家那只公鹅却始终只和麻脖子母鹅好。

母亲看了生气，干脆把麻脖子圈了起来，只留下一对白鹅在院子里活动。这一来可不得了了，被分开的那对鹅情人，似乎遭遇了生离死别，被圈起来的在洋芋窑里隔着门板一声一声叫，叫声要多凄惨有多凄惨，大公鹅更不理睬白母鹅，它扭着步子往后院里跑，然后守在窑门口叫。两只鹅，一公一母，叫声一长一短，一高一低，你叫我也叫，你嘎一声，它嘎一声。闹得我们家里前院后院都是扯长的嘎嘎声。有个女人路过门口，被叫声吸引，跑进来看究竟，问我娘说，你拿刀子宰鹅呢还是咋虐待了？为啥叫得这么苦？

娘气得苦笑，只能告诉她实话。女人捂着肚子笑，你还是乡长的女人哩，你咋和国家政策对着干哩，你男人在乡上给女人们搞计划生育不叫多生养，你倒好，反了，在家里给鹅配对儿哩！你……

她接下来还要说什么呢？却忽然就打住了，不说了，两个女人沉默了一小会儿，女人告辞走了，留下娘一个人坐在杏树下。娘似乎忽然没心情再操心鹅的事，她只顾沉静在自己的心事里。姐回来了，娘没有像昨夜说的那样拾掇她。娘已经没有心情计较这个。

马军说，你看到了吗，你娘疼我就是嘴上的功夫，哪会真疼，要是真疼，你姐就不会那么欺负我了。

我看到马军的眼仁里飘着几根红红的血丝。

我说，你冤枉娘了，她就是偏心你，不偏心你能吃两个鹅蛋，我们才一个。

马军眼底里的红血丝忽然就被什么擦亮了，闪闪地颤抖着，他咬着牙说，反正她不是我亲娘，就是把心挖出来给我炒了吃，我也不信。

我忽然觉得有些悲哀，为自己，为娘，也为马军，似乎，还在为着我看不见的什么。

娘喊姐去把后窑门打开，把那只骚情的母鹅放出来，要吵破人头了。

母鹅出来了，外面的两只鹅激动得不知道怎么表达喜悦，三对膀子一起拍着扇着，满院子飞窜，好像要把这久别重逢的喜讯告诉全世界。飞跑了半圈儿，公鹅忽然就跳上了母鹅的脊背。

它们要用这样的方式庆贺了。

那只白母鹅还是绕着圈儿跑，叫，叫声不喜不悲，听不出它心里的真实想法。

气得娘忽然把一根烧火棍甩出去，烧火棍翻着连环跟头，一路扫到了孤单的母鹅和那对相好的伴侣。三只鹅羞恼地叫着逃回后院去了。

娘软软地爬起来，趴到炕上，耷拉着眼皮乏塌塌地说，你们想吃啥自个家做去，今儿的黑饭我一嘴都不想吃，心里满得很。

鹅的世界又恢复了从前的和谐，一公两母，一起散步，一起吃食，一起卧在地上休息，互相伸嘴替对方梳理浓密的羽毛。

娘透过门口看着院里树下的一幕，忽然叹一口气说，人啊，还不如鹅，鹅都晓得守着一个伴儿过一辈子哩。停顿了一会儿，又慢悠悠接上说，人就不好说了，说不定谁就在半路上把谁给闪下了。

娘病了，夜里发起烧来，我们都睡得死死的，娘趴在炕头吐，把姐给吵醒了，姐拧我的耳朵才把我折腾醒。姐说，就晓得睡，娘要是完了，你我都是耶提目，比马军还惨。吓得我坐起来，好好的，我可不想当没娘的孤儿。

娘迷迷糊糊地说，马乡长，马乡长，你个烂了肠子的，你在外头花花肠子我认了，你还把人给领回来了，天天年年就在我眼皮底下折磨我呀，满庄子的女人，谁有我活得不如人?

喊完娘又喊口渴，姐把刚刚晾好的开水端过来，娘一巴掌打翻了，娘说，凉水，我的心干透了。

姐端着一舀子凉水刚到枕边，娘扑起来一把夺过去，一头扎进水里咣咣咣就灌。

喝完水，我们去上房里拿药。我们刚打开门，吓呆了，门口黑乎乎站着一个影子。我刚要惊叫，姐说怕啥，是马军这黑头鬼。

九

第二天，我们首先发现少了一只鹅，接着才发现马军也不见了。

每天早起打开门，三只鹅早就跑到房门口等着了，它们像是守在门口迎接我们早起，向我们问好，那样子彬彬有礼，十分绅士。

看着鹅那不紧不慢的端然步态，我慢慢觉得父亲那白衣秀士的名称不难理解了，一身雪白，干净，整洁，优雅，悠然，就跟还没有当副乡长时候的父亲一样，那时候父亲瘦，身材修长，穿一身蓝布中山装，垂着四个好看的衣兜，左上边的兜盖下露出一个亮灿灿的钢笔帽。父亲真是一身文气，说话和气，爱笑，很少和娘吵架，爱看书，一回来就在灯下抱着一本书瞅，娘不忍心打扰他，把饭端到他面前看着他吃。夜里父亲看书，娘做针线，娘怕父亲看坏了眼睛，把灯盏一个劲儿往父亲跟前推，而她自己宁可摸着黑纳鞋底子。

那时候的父亲对我们也好，看书看累了，趴在炕上驮着我骑马马，我可以揪着他的耳朵，打他的屁股，还可以踩着肩膀爬到头顶上去。

父亲是什么时候开始变化的？我感觉好像是马军来了之后，可姐说早就变心了，不变心哪来的私娃子，男人一当官就变坏。

虽然我无法亲眼看到白衣秀士是什么模样，但是我已经确定，当副乡长之前的父亲，算得上是一个白衣秀士，就跟我们的白公鹅一样。

娘病了的这个早晨，打开房门端着尿盆去后院倒的是姐，姐倒踩着鞋一路跑进后院，然后甩着手跑出来，她咋咋呼呼大惊小怪地喊，娘，鹅咋少了一只？

娘说少了谁？可能在柴窑里下蛋去了。

姐说不对呀，公鹅会下蛋吗？少的可是公鹅。

鹅群里确实少了那只公鹅，只有白脖子灰脖子两只母鹅守在门口，它们显然再也难以保持平时的那份悠然雅静，一起叫着，叫声仓皇，凄凉，好像它们丢失了什么要紧的东西，正不知所措。

我在房门口等着马军出来我们打毛牛。我们每天都要在院子里开展几场毛牛赛，哪天要是不抡着鞭子好好打几场，我们的手心都会感觉痒痒的。

马军不喜欢被催醒，我靠住门耐心等，可是门忽然从里面开了，差点把我一个跟头栽进去。我觉得奇怪，马军没关门？不可能，马军晚上进门最要紧的一件事就是关门，从里面结结实实地闩好门。为此姐还表达过不满，姐说，怕谁睡梦里把他暗害了呀，防那么严！

既然门开着，我就进去看马军。姐已经满院子嚷嚷着找公鹅了。

我心里说，难怪人家马军很反感我姐，这个女子就是爱有事没事乱嚷嚷，一惊一乍的，一点都不稳重。

炕上被子叠得整整齐齐，没有马军。桌子上一排溜儿放着九个毛牛，这些毛牛是按照从大到小的次序摆的，每一个毛牛都光溜溜亮闪闪的，它们都是马军的心爱之物，平时马军收藏得很严实，很少借给我打，我只有看着干眼热的份儿。我看马军不在，赶紧伸手去摸毛牛，把每一颗都摸索到了，然后我才发现不对劲，马军平时可都是把毛牛们藏起来的，只拿出一颗打着耍，好像这些毛牛是他的命根子，他很少全部摆出来，今儿他为啥会这么慷慨？

娘撑着病身子出来了，叫姐看院门锁好没。

姐说，昨夜我亲自锁的，锁子好好挂着，哪能忘了锁。

娘说，那就怪了，那么大一只鹅呢，能到哪儿去？难道夜里来贼了。

我说，马军也没在屋里，他今儿倒是起得早。

姐鼻子一哼，日头要打西面出来了，稀罕！

娘的脸色却变了，娘说，快寻，不会是上茅房了？

姐说，我看了，鹅不吃屎喝尿，鹅最干净的，哪会跑茅房去。

姐没明白娘的意思，但我领会了，我飞一般冲进茅房，然后又进柴窑、洋芋窑、牛圈，挨个找完一圈我喘着气跑出来，告诉娘，我全都看了，没有他影子。

姐才明白过来，翻着白眼嗤了一声说，我当是谁没了，他呀，谁稀罕呢，早就该滚蛋了。

啪，一个耳光脆脆亮亮结结实实落在了姐脸上。

娘颤巍巍站起来说，你这张烂嘴啥时节能饶人？都把他气跑了你还嘴犟？他一个娃娃，能去哪里呀？叫我还咋活人呀？

这一回父亲不是自己干完了工作抽空儿才回来的，他是收到娘带去的口信匆匆赶了回来。父亲进门后脸色很不好，那只白母鹅看到他围上来就叼，父亲抬脚就给了一下，踢得母鹅滚了个疙瘩。父亲说，快寻，才十二岁，身上又没装一分钱，这冷月寒天的，跑出去肯定遭罪，冻死都有可能，要是落进人贩子手里后果不堪设想。

娘一直哭，这几天她就没有好好吃过一口饭，夜里也睡不着，哭一会儿，叹息一会儿，翻起来靠着窗子坐着等天亮，寒气浸透了玻璃，屋子里也冷，娘在咳嗽，一声一声，把我不知忧愁的少年梦惊成了无数碎片。

娘准备开春抱鹅娃的事情就这么搁浅了。再说娘的病一天天重起来，姐已经顶替娘操持家务了，谁还有心情理睬鹅的事。白脖子灰脖子两只母鹅开始放下高傲的架子，和鸡群在一起厮混，像鸡一样抢着吃食，像鸡一样在柴堆里扒拉，只有一样好，它们从不进茅房去扒拉灰土。

娘是翻过年三月里口唤的，再翻过年的祭日上，我们宰了灰脖子给娘念索勒，第三年宰了白母鹅。白母鹅已经是很老很老的鹅了，毛干巴巴的，贴在肉皮里，拔起来很费劲，姐噙着眼泪一根一根地拔，姐终究太小，还是拾掇不好，肉煮熟了，鹅毛还镶在肉里，吃肉的时候需要耐着心一根一根拔干净才行。

父亲留在家里的时间越来越多，他再也没有从前那样忙了，庄里找他办事儿的人一天天少下去，有些人甚至见了他绕个弯儿走，谁都看得出来，大家是不想跟他当面碰上。大家也不再喊他马乡长，而是换了一个称呼，喊他老马。

姐悄悄说父亲招祸了，官儿被人降了，没实权了。父亲似乎不知道我们对他的嘀咕，他还是会背着手在院子里慢慢散步，挺着富态的肚子，步态里竟然有了些悠闲和从容，甚至过早地透出一点儿苍老的味道。

他有时候会对着院里的老杏树发一会儿呆，有时候又望着远处的云看，父亲慢慢地吟哦，说，行观人间风生水起，坐看天上云卷云舒，这日子里的真味儿，我可算是明白了。

父亲他明白了什么？我不懂，姐说她也听得糊里糊涂的。

我常常望着父亲的背影禁不住在心里想，这样的父亲算不算传说中的白衣秀士？

有时候我也会蹲在杏树下抬头仰望，高远的阿斯玛尼上云在闲闲地转悠，我懒懒地想，万一哪天有一朵云降下来，落到我家院子里，云朵上会不会跳下一只大白鹅，鹅背上驮着已经长大的马军哥哥？

（原刊《回族文学》第10期）

再见胡美丽

王　璞

一

第一个发现那名怪异老太的不是我，而是我儿子大路。时值二〇〇四年七月十六日，傍晚，我俩正站在江城八一广场旁边一个路口上等着他妈，也就是我妻子李珍把车开过来，突然，大路眼角朝右前方一瞥对我低呼：

“爸，你看那个老太太，她在对你笑耶！”

我有两年没回这个故乡小城了吧。只不过两年时间，这城市就变得让我认不出来了。到处都是新建的高楼广厦、新修的马路、新造的名胜。八一广场，这个修建于五十年代初的广场，也许是这个故乡小城中变化最小的地方之一了。当时看上去特别大的广场，经过了几次城市改建，虽然得以保留，但面积收缩了不少，在四周围玻璃幕墙的包围下，看上去显得逼仄而狭小，不过仍不失为城中一个热闹场所。清晨傍晚，总有一些老头老太在这里健身跳舞扭秧歌，招来一些看热闹的闲杂人士。休闲椅上、花坛上、阶梯上到处坐得有人，嘈杂混乱之程度堪比农贸市场，所以虽说那名老太就站在离我不到十米远的地方，若不是大路向我指出来，我是不会发现她的。

老太太看上去足有一百岁了，默然坐在广场中央一块石头上，一头花白的头发编成一条细长的辫子拖在身后，背上背着个破破烂烂的彩条包。如今这种包跟这老太太一样仿如出土文物了，但曾几何时，它流行于神州大地。人们管这种包叫倒爷包，因为它容量特大又轻又结实，成为“倒爷”亦即“投机倒把分子”的最爱。这倒爷包把老太太干瘦的身子压得有点弯，但她仍极力抬起头，瞪着一双老眼凝望面前川流不息的行人。不过，最先进入我视野的倒不是她这副别具一格的外表和行头，而是她脸上的笑容。把那笑容形容为毛骨悚然绝不为过：掉光了牙的血盆大口、布满红丝的老眼、老眼旁纵横的皱纹，以及失精无魂的目光，所有那些构成童话里老妖婆的要素，在这张老脸上全部具备。

可是对我来说，特别醒目的还是她那身衣着打扮。她身着一套已经看不出本来颜色的干部服，双排扣，大披领，卡腰，上个世纪六七十年代，人们称之为列宁装，一度在女干部中间非常流行。不过最令我触目惊心的，还是她一左一右披挂在身上的那两个红色小挎包。曾几何时，我们管这种包包叫忠字包。特点是包上有个大大的“忠”字，忠字上方别了一枚毛主席像章。在“文革”最为狂热的年月里，大街上满是披挂着这么个包包的人士，犹如脖子上挂着个十字架的基督徒。包包是护身符也是身份证，显示了披挂者对领袖的忠诚资格和忠诚程度。不过时为二十一世纪的此刻此地，它以如此夸张的形式出现在这么个老太身上，就不由我不侧目而视了。“见鬼了哦！”我心想。

谁知鬼使神差，老太突然朝我转过头来，将那两道鬼魅目光嗖地对准了我，我不由得“啊”了一声，冲口而出：“她还在这儿！”

“爸你认识她？”

身边儿子的这一声问顿时提醒了我现实的惊险，我忙尽力扮不动声色，压低嗓门对他说：“别看那边！看我！”

由于紧张，我忘了大路已经长成了个衣着前卫、目光涣散的时尚青年，开口孙燕姿，闭口周杰伦，而且有个越来越可恶的毛病——成心跟我对着干，我叫他往东他必往西。眼下听我这一低呼，他原本还只是拿眼角瞟那名老太，现在干脆转过头，正面直直望住她了，口中还嚷嚷：“老爸你怕什么呀！她都老成那样了,你还怕她扑过来吃了咱们吗?”

胡美丽——现在我认定那是她了——听见了这话没有呢?我无法断定。因为这时李珍的车已开到我们面前:“快!快上!”她从车窗里朝我们狂招手,“这里不能停车。”

等到我坐在开动的小车上,回头从后窗往广场那边看过去时,胡美丽已经不在那里了。胡美丽原先站立的地方,已经被一帮排着齐整队列的大妈占据,只见劲歌热舞,红绸飘飘。站于这帮人前方的是一名身着红色连衣裙的老妇,她两手挥舞着两条特大码红绸,显然是那帮人的领舞。胡美丽呢?连影子也不见了。

难道刚才我看见的是往日的阴魂?

这时,大路从前座上朝我回过身来,一脸坏笑:“刚才你是不是碰到了老情人了呀老爸?”

“胡说八道!”

“那个老美眉,直朝你飞媚眼哦……”

“说什么呢!”我喝道,“人家快一百岁的老太太……”

这时,从司机座上响起了李珍冷冷的声音:“那怕什么,你不是老少通吃吗?只要是个女的,年纪不是问题。”

“李珍。”我厉声道,“说话注意点!这里不止你我两个人。”

从后视镜里,我看见李珍脸上阴恻恻的冷笑。可以肯定,要不是儿子在场,一场大战又会在我们之间爆发。不知从何时开始,我和妻子之间简直没法对话了,一对话就是唇枪舌剑,然后互相疯狂攻击,最后达成一项共识:离婚!事实上,我俩手里都早已持有双方签好字的离婚协议书,只是一直因为各式各样的事情打岔没去民政局盖上那枚大印。

不过今天我千里迢迢从我眼下蜗居的粤东小镇回到江城,可不是打算跟她了断这份感情的。相反,最近遭遇到的一连串事情,令我开始反思我俩之间的关系。也许,为了儿子,维持现状才是我们最好的选择吧?我在电话里已经大致向她表示了这一层意思,她呢,虽然嘴上假装冷漠地说什么“随便你我无所谓”,其实心口是不一的。看,还破天荒地开车来接我。所以我也不想跟她计较，便装大度道："好啦好啦，"我息事宁人，"不说那些了，咱们还是讨论到哪里去腐败一下好不好？喂，今天我请你们去吃日本菜。我知道附近有一家很不错的。上次来我跟谢老三去吃过。"

"眼下不是正抵制着日货吗？我不想被人骂作汉奸。"李珍道，不过声音缓和得多了。

"那咱们去吃酸辣粉吧。"大路道，每逢看到我和他妈要吵起来，他就变得格外乖巧，"性价比最高了。"

"哎呀都别说了。我已经订好了珍宝海鲜楼。"李珍的口气已经一团和气，"吃海鲜吧，你们父子都爱海鲜。"

后视镜里闪动着她那张戴了副大墨镜的脸，看不清楚她的表情，可我相信墨镜下那双雪亮的眼睛一定对准了我。

那天我们三人相聚的后一半气氛是友好和谐的。再没提到胡美丽，也再没提到其他不愉快的事情。事实上，这是近十年来我们家最为和平的一次聚会，以至于直到我登上回程的火车，才想起了我此次来江城的另一目的：跟李珍恢复正常关系。

二

这里得再补充一下有关我的一些情况。我叫何五一，顾名思义，是一九五一年生人，现年五十三岁。以时下的价值观来看，我算是个成功人士，八十年代名校哲学硕士毕业，还有美国一所正牌大学的 MBA 文凭，现为一间上市公司的执行董事。妻子呢，虽然不算天姿国色，也可以说是才貌双全了。她大学毕业后留校做老师，教学成绩突出，著述频频发表在各种学术期刊上。再加上系主任是她博士导师，四十三岁就拿到了教授职称。儿子虽说有点反叛，但身体健康，聪明过人，考上一所名牌大学应该是没问题的。

可是谁也不知道，我其实活得很艰难。事实上，我正处于有生以来最艰难的时期。由于说不清道不明的原因，我时刻处于极度焦虑状态。不管我在什么地方，上班也好，开会也好，跟人聊天也好,跟一大桌子成功人士享受着美酒佳肴也好,我总是心神不定,焦躁不安。表面上,我装作兴趣盎然地倾听别人的高谈阔论,频频点头;暗自却老是偷偷看表,心中想着怎么尽快回家。其实回家也只是躺在沙发上看着比这顿聚餐更加无聊的电视节目。

终于有一天,我代表公司参加一场谈判,当对方的首席代表拖着长长官腔啰里啰唆说个没完时,我脑袋里嘶的一下,好像有根筋断了。我一拍桌子站起来,几乎是在吼叫:“不就是一句话,你们要便宜占尽吗?世界上有这么好的事吗?”

对方惊愕不已好一阵混乱。结果当然可想而知,我们输掉了这场谈判。

第二天我就向公司告了病假,租住到这座地处山区小镇的小屋。说是要读书写作,其实连写哪方面的东西都没有想好。书呢也是乱看读书网站上推介的那些。大多读不进去。每天大量时间就是在网上浏览。我去得最多的是国内一家大网站的心理版,看得最多的是有关抑郁症的帖子。对了,我觉得我得了抑郁症。

我给自己取了个“见光死”的网名,也开始在这个版面上回帖。看得多了,我也有了点想法。去江城之前,我发了个谈暗示疗法的帖子,没想到,三天之内,点击量就达三千八百一十二次,还有五百多条跟帖。令我大感意外。

从江城回来的当晚,我就马上到心理版去查看。唉,点击量三千八百九十四次,只增加了区区八十多人次。跟帖呢只多了一条,是个网名叫作“色色的小猪”写的:“楼主江湖骗子吧?暗示个屁!我看这病只有一个疗法:关起来饿你一星期,不,只需五天,看你丫的还有精神玩抑郁不?”

我有点不知所措,赶紧关上计算机上床。在床上辗转反侧久久难以成眠。头脑中回旋着此次江城之行的一个个镜头,突然觉得样样事情都不对头。没跟妻子开诚布公地谈谈,自然是一大失误,没有把握机会跟儿子好好聊聊,更是另一大失误。眼看就要高考了,他好像还没一点临战意识。得赶紧弄清他那古灵精怪的脑袋里到底装了些什么,才好对症下药呀。更有甚者,我一个朋友也没去见,直接就从海鲜楼上火车站回来了。好像我这一行就是为了去跟妻儿吃这顿饭似的。玩抑郁?你他妈的谁呀?色色的小猪你听好了,我这就是抑郁症的典型症状好不好!

突然之间,我又看见了那张狰狞面目,那个一闪即逝的老妖婆,胡美丽!胡美丽又回到了我心里,鬼魅般挥之不去。那个好久没做的噩梦又回来了:寒冬腊月,黑灯瞎火,我们满城奔走着寻找胡美丽。走在我身边的那个人,一会儿是我妈,一会儿是默林,一会儿是林花。但大多时根本看不清那人的面目,而不管那个人是谁,在那张变幻不定的面孔上,都有一双超级电眼,从眼睛里射出的两道雪白幽光,阴郁、悲伤,死死地盯着我。

"喂——喂——喂——"我朝他(或她)大喊大叫,想要得到哪怕是一丝丝的响应。

可不论我怎么朝那个人狂呼乱叫,他(或她)都默然无语,一言不发。声嘶力竭的叫声中,我终于睁开了眼睛。眼前是一室幽光,榻榻米式睡床的灰白色卧具上,印满了从落地窗透射进来的枯枝败叶,没有我妈,没有默林,没有林花,一个人也没有。静寂毛骨悚然,从四面八方挤逼过来。我挣扎着坐起,极力辨认着眼前的真实:屋里确然只有我一个人,也只可能有我一个人,因为,除了胡美丽,其他人都是死者。

我不知道此时何时,也不知道此地何地,只有一点是清晰的,那就是一定得把堵在心头的这些东西一泄为快。我坐到桌前,打开计算机,在键盘上胡乱一顿猛打。怎么啦?屏幕上出现的竟又是那个熟悉的画面:我的帖子,三千八百九十四,色色的小猪,江湖骗子……突然之间我看到五个字在其间闪现:再见胡美丽。天哪!我找到了那个题目,我在这间小屋冥思苦想了大半年都没有找到的题目,现在我知道我要写什么了,就是它:"再见胡美丽"。

三

那么，事情就从二〇〇四年七月十六日、我在八一广场撞见了胡美丽讲起吧。

这似乎说明了某种宿命力量的存在。不错，从某一角度看，胡美丽便是我的宿命，我人生中重要的一个点。要不然，怎么解释她为何总是在我生命中的重要时刻神秘地出现呢？虽然你也看到了，胡美丽那天并没认出我来。其实她从来都没认出我来。四十三年之前，尽管她曾在我们家吃过一顿手擀面条，表演过吹口琴吃包子法，她却转身就把我忘记了，正如她忘记所有的人。从那以后，我们又见过很多次，确切地说，是我在街头常常碰到她，她却一次也没认出过我。

可每一次相遇，我都担心她会认出我，即便是后来，我也加入到围观她的人群中，仰望她手持一只老式喇叭，在人们的喝彩声中载歌载舞，我心里仍然有着这份担心，生怕她在一愣怔之间幡然醒悟，当着那么多人叫出我的名字。当然，这事一次也没发生。身为一个置身于疯狂广场的疯狂歌手，她沉浸在自己的世界里如醉如痴，哪里还会注意到那个长着副大众面孔的男孩呢。

胡美丽不会知道、永远也不会知道她对于我的意义。一九六一年五月十九日，这就是我第一次看见她的日子。你看，我甚至记得那天是星期五，天气晴朗。一大早我就起了床，跟我妈到菜市场去买肉。因为这天是我妈四十岁生日，她说，为了庆祝，要给我们做一顿红烧肉手擀面条。

稍微知道一点中国当代史的人都清楚，一九六一年那个时候，要在中国任何一个寻常百姓家吃一顿以红烧肉作盖浇的手擀面条，都是一件多么了不得的大事呀！吃肉就不简单了，何况是红烧肉；吃红烧肉就了不得了，何况还要加上手擀面条。自从我们从新疆来到这个南方小城，就再没吃过我妈最拿手的这一饭食了。首先是面粉问题。在这以米饭为主食的南方小城，每年我们只在过年时才可以配购到若干面粉，分量一般是每人一斤。这对吃惯面食的我们家来说是远远不够的。我妈便往往以两斤大米换一斤面粉的兑换率,换来邻居的面粉定量,给我们做大饼馒头吃。即便如此,数量也很有限,不过是一年能吃那么两三次而已。但我妈不愧是学财会出身,一切都在她的计划中。这一年,她将擀制生日面条的面粉留了出来。头天晚上她就把它们拿出来给我们看过了,在她那一向忧心忡忡的面孔上,绽开了几丝得意的微笑。

"看,有一斤多呢!可以让咱们三个人吃个饱。"她说。

四岁的小弟欢喜得拍起手来。我到底比他大了六岁,便不放心地问:"肉呢?这个月我们不是已经吃过两次肉了吗?"

我因珠算成绩不好,我妈让我掌管家中的伙食账目,以便练习打算盘。所以我对家中每一项计划供应物资都了如指掌。那年我们的猪肉配给量已经从前一年的每人每月二两涨到了三两。我们这个三口之家,每个月都细水长流地将那九两肉分为三次搭些素菜炒着吃。我知道本月我们已经吃过两次肉了,只剩下了最后的一次,那三两肉做红烧肉是绝对不够的。

这时我妈便撇撇嘴,这是她表示得意的动作。她这人即使在得意时也是不大笑的,只是撇撇嘴,她道:"武伯妈告诉我肉铺里明天有不要肉票的处理肉卖,要我们明天起早去排队。"

武伯妈住在我们楼下,在肉铺对门的南货铺里当营业员,好像还负了点小责。她与我家的关系颇为密切。这是因为我妈有时会把我们家多余的粮食定量让几斤给她。她有三个年龄介于五至十岁之间的儿子,个个吃起饭来如狼似虎。作为回报,她便不时向我妈提供她店里以及四周店铺的商业信息,有时还给我们"开开后门",比如说免票给我们买来几把挂面、几片豆腐干、一包白糖等等。不过肉类物资最为紧俏,超出了她的势力范围,能给个消息就是天大的人情了。因为那意味着我们比人家占了先手,可以提早去肉铺门口排队。

于是乎,在那个星期五的早晨,我们如愿以偿买到了肉。虽然只是冰冻处理猪肉,肉的颜色颇为可疑,但仍不失为猪肉。那一整天上课时我都在想着晚上的美味,下午一放学,我便归心似箭,出了校门就像出膛炮弹似的在回家的路上冲。一直冲到我家巷子口,突地被一只手臂从旁一把扯住,我这才急刹车止步回身一看,原来扯住我的不是别人,正是我妈。

“怎么叫了两声你都听不见?”她大声喝道,“跑这么快要去哪里救火哪?”

哟,她的声音怎么这样兴奋? 我忙抬头看她的脸,咦,她的脸怎么也跟平时不一样啦? 一时之间我也说不出哪个地方不一样,我想到了那个刚刚学到的形容词:神采奕奕。我妈脸上平时都苦巴巴挤在一起的五官,此刻好像被个什么神奇物件拉扯了开来,平展了,柔顺了。哟,原来我妈还挺好看的呢! 难怪我刚才没发现她。我正暗自惊异,我妈又是一声呼喝:“快叫阿姨呀! 这是胡阿姨。”

我这才看见了站在她身边的这个人。

第一眼看见胡美丽我就觉得她这名字跟她这人对不上号,不过,怎么说呢? 这女子的确有一种非同寻常的风采。她的衣着打扮并无特别之处,也跟那年月她那年纪的中年女子一样,一头直溜溜的短发,用两个大发夹别在耳后。一身半新不旧的蓝布衣裳,只不过式样是较为时髦的列宁装,而且特别合身。所以站在又干又瘦还有点佝偻的我妈身边,她就显得腰身特别挺拔,脸色特别红润。加上那一副干净熨帖的大翻领,以及上面翻出来的雪白衬衫领子,越发使我妈相形见绌。这胡美丽人也格外活泼,没等我开口叫她阿姨,她就先自一惊一乍地嚷嚷着:“哟,这就是你儿子吗? 怎么长得这样瘦呢? 头发怎么这样黄呀? 牙齿怎么歪歪斜斜的?”

这评价跟平时人们对我的评价大相径庭。平时我听到的都是一些诸如“好标致的男孩哟”“眼睛好大好亮哟”“一对好大的刘备耳哟,福相福相”之类的赞美。而我妈就会嘴里谦虚地说着“就是太瘦了一点”,脸上却喜滋滋。哪个做妈的不喜欢别人夸自己孩子呢? 尤其是我妈。我妈她年轻时也是个有理想有抱负的新女性,只是后来嫁了我爸就开始跟着他倒霉了。虽有大学文凭,却连份正式工作也找不到,眼下只能在街办食堂当一名临时工性质的会计。于是只好退而求其次，把抚育我们茁壮成长当作她的事业了。当时听到胡美丽对我如此这般的评价，她不由得一愣，也以胡美丽的眼光朝我上下打量了起来，而我从她目光里看出的那层意思，正是我心中当时的感想："这胡美丽的评价好中肯呀！"

我有点气恼，一声"胡阿姨"出口便有些艰难，我妈却好像没看出我的情绪，催促着道："快叫呀！胡阿姨是我中学同学，十多年不见了。真巧，竟在这里碰到啦！"

"胡……"我一声阿姨还没出口，那胡美丽却笑嘻嘻道："不用叫阿姨，叫我胡美丽就好。新社会啦讲民主啦。直呼其名！直呼其名！"

"胡美丽……"我叫道，到底觉得不妥，又补了一句，"阿姨。"

我妈嗔骂我道："你倒精怪。"

又对着胡美丽恭维道："胡美丽你一点也不见老！你还是跟从前一样美丽。"

这胡美丽倒也不谦虚，立刻跟着我妈的话自吹自擂："人人都是这样说。当然啰，托毛主席共产党的福，让我们生活在幸福的社会主义大家庭里面，我当然越活越年轻越活越美丽啰！你看我这身干部装，真正哔叽料子的咧！列宁装咧！陈秀木你知道什么是列宁装啵？那就是列宁发明出来的服装咧！"她身子慢慢转着圈向我们展示，"看，多美丽！多革命！比我们从前那种资产阶级臭小姐的校服好看一百倍都不止咧！陈秀木你知道啵，我如今也算是革命干部咧！也算是大学毕业咧！我革大毕了业的。革大你晓得啵？就是革命大学。所以虽然我不能算长征干部，南下干部还是可以算得上一个的。你看你看，如今我享受的就是南下干部的待遇咧！"

她说到这里，把手里的一个大塑料网袋猛地往上一提，直提到我们眼皮底下，神气活现道："这是我刚刚从高干商店买来的高干物资，看，白糖！看，饼干！还有十个肉包子。百分之百富强粉肉包子咧！"

可不是！几个纸包缝之间，一堆被包裹在一张大荷叶里的雪白包子昭然若揭，让我顿时对眼前这女子肃然起敬起来。富强粉是当时最高级的面粉，粮店里根本买不到。城中只有一家百年老包子店偶尔有富强粉包子卖，比标准粉包子要贵两倍。我妈有一次碰上了，狠狠心买了两个，给我和小弟一人吃一个，她自己在旁边看。现在这个胡美丽却一下子买了这么一大堆富强粉肉包子，肯定意味着不同一般的级别和地位啦！不过令我更加振奋的还是胡美丽随后的行为，只见她把那个大荷叶包从网袋里往外一掏道："送给你。陈秀木，这些包子通通送给你。"

我妈的震惊显然不亚于我，她两手向前一推，身子往后一退，仿佛被这份重礼压得站不住。然而，我妈到底是我妈，她上过大学，精明过人，立即就认清了形势，拿定了主意，当机立断道："哎呀胡美丽，这多年不见了，今晚就到我家吃饭吧！我们今晚吃手擀面条，虽然不是富强粉的，但也是开后门买的上好标准粉，而且有红烧肉臊子。满满一蒸钵的红烧肉咧！"

这胡美丽倒也不客气，立即拍手道："好啰好啰！"

于是我们一行三人就兴冲冲往我们家所住的小院走去。

我们那个小院位于一条名曰光明里的小巷里。整条巷子从前都是一家豪门宅院。据说宅主曾是一代名臣，在这座他的故乡之城盖了这所大宅院给家人住。一九三九年国民党在此地实行焦土抗战时，这所大宅院亦未能幸免，它在火海中化为废墟。抗战胜利之后，陆续有人在那片废墟上盖起房子，形成了八座独门独户的小院。每个小院都有一张厚实的原木大门，门上有铜门环，门口有石门槛。其中，又数我们这个院子最为高级。

我们院子门庭特别高大，大门特别厚实，至今上面的油漆尚未完全剥落，隐隐还能看出原来的朱红色。门口还有一对石狮子。院内小楼红砖亮瓦，老住户告诉我们，当年那瓦是黄绿色的，跟皇帝老子龙庭里的瓦是一样的颜色呢。进门处有两间平房，那是以前的用人房。如今却住了本巷最有权势的人家，派出所所长一家。他的管辖范围虽然不是我们街区，但不影响他在我们眼里的崇高地位。他老婆在一间织布厂当工人，据说也有个车间组长之类的官职，我们就都赶着她叫主任。他们生有一男一女两个小孩。这四口之家是我们院里唯一住了两间房的人家。但他们仍嫌住房不够用，把大门口的公共门廊扩充为自家饭厅。

在那个晴朗的黄昏，我们一行三人穿越所长家饭厅时，正赶上他们开饭。一家人围坐在一张小圆桌旁。这一来，每个进门者都尽收于这家人的眼底，所以平时我妈最怕在这一时段接待来客，因她为我们那些亲友的形象自惭形秽。用她的话说，他们全部"上不得台面"，政治身份多多少少都有点问题，不是镇反运动中遭到了清算，就是反右运动中戴上了帽子。其中最为不堪的一位，是因历史反革命罪坐过牢的表舅，此人灰头土脸，一身晦气，总是穿得叫花子似的来我家蹭饭。

但这一天，我妈的行为却一反往常，颇有几分扬眉吐气的味道。她一马当先走在最前面，一只手提着胡美丽那个塑料网袋，网袋里装着包子的那个荷叶包是半开的，里面雪白的肉包子欲盖弥彰，另一只手干部派头地背在身后，那大步流星的步伐，恰与紧跟其后昂首阔步的胡美丽相映成趣。然而，我的喜悦没有延续多久，因这时主任发出了一声低呼："八一高……"

我妈这时已走过去了，没听见这声惊呼；又或许她太兴奋，顾不上理会；而且主任的惊呼即刻就被她所长丈夫的一个眼色叫停下来，让她的后半截话卡在了喉咙口。走在头里的我妈和胡美丽都没看到所长这一眼色，只有走在这一队列尾部的我，把这对夫妻的一举一动看得清清楚楚。

那年我虽只有十岁，家庭的复杂情况使我比同龄人早熟，特别善于琢磨别人的微妙表情。所以当时我不仅注意到了所长的眼色，且觉察出了这眼色中的蹊跷。尤其是之后这对夫妻的那一对视，用"意味深长"这一成语来形容大致没错。所长的目光严厉，主任的目光惊异，而在他俩的目光中，都有一种怪怪的东西，似笑非笑？欲说还休？但可以肯定的是，不是什么好兆头。

于是，刹那间闪过我头脑中的第一念头是：

"莫非这胡美丽是个阶级敌人？"

这念头立即就被我自己否定了。因所长夫妇并没有进一步的动作,他们只是保持静默,对着我们行注目礼。这与他们平时咋咋呼呼的作风截然不同。我的心往下沉落着。忧心使我上了楼走到正对着大门口的走廊上,还不由得朝楼下瞟了一眼。这一瞟,我与所长夫妇还在追随着我们的目光便碰了个正着。所长的目光连忙闪开了,主任却对我眨了眨眼,微微一笑。

这笑容也有些蹊跷,因这主任平时要么一笑不笑,要笑就笑得前仰后合声震寰宇。但我也顾不得对他们的神情举止多加分析了,我家里接下来的场面热烈得令我无暇多想。

多年来,我家的气氛很是压抑。我八岁那年,我妈领着我们从新疆回到她这故乡小城,为了报上户口,她蓄意忽略掉我老爸国民党起义军官的历史,说他是生产建设兵团军垦农场的革命军人。后来我们虽然成功报上了户口,但这个不可告人的秘密沉重地压在我们身上,成了我们的心病,连当时只有两岁的小弟也感觉到了。一家人即便关上了门待在屋子里,也都压低了嗓门说话,神情就跟图谋不轨的阴谋分子似的,其实话题大多是些柴米油盐之类。我猜来我家的客人对这种气氛多少有所察觉,于是渐渐的,没什么人上我家的门了。

胡美丽的光临可谓一扫我家的颓气。直到今天,回想起来,我们还是不得不承认,她真是我家所有来客中最善解人意的一位。一进屋,她就从我妈手里拿过那个内容丰富的荷叶包,从中拣出一个最大最白的包子往我小弟手里一塞,言简意赅地喝令:“吃!”

说着她便以身作则,自己也拿起一个包子吃将起来。她不是常规方式地吃,而是把那包子拿在嘴边,作吹口琴状,节奏俨然地从左咬到右,又从右咬到左,口中并且唱道:“哆来咪发索拉希哆?你们看我多幸福!哆希拉索发咪来哆,我家就是包子铺!”

这一来,无论我们多么缺乏幽默感,也都忍不住一齐哈哈大笑了。

那一晚真是多年来我家最快乐的一晚,就不消说红烧肉面条和富强粉肉包子有多么美味了，主要的是，长那么大，那是我看到我妈笑容最为灿烂最为阳光的一次。所以当时在我们眼中，胡美丽不止是富强粉肉包子的赠与者，她还是个没有一点架子的革命老干部，说话幽默滑稽，举止自由奔放。更有甚者，我妈发现原来她还跟她们的很多老同学有来往。这给我妈带来了意外的惊喜，因为其中有几位是她的铁杆闺蜜。自从二十年前我妈离家去北京读书，就跟这些闺蜜失去了联系。而胡美丽现在竟然能一一报出她们的下落。原来她们都还活着，而且都住在这座城市里！

就是在那一晚，我第一次听见了小谢、林花、阿梁这些名字，当然，除了林花之外，其他名字都是昵称。不过由于她们互相之间都这么称呼，当我现在回想起她们来时，已经不大想得起来各人的真名了。也好，省得这些文字万一被她们的子孙看到，对号入座，引起不必要的麻烦。林花用真名倒不要紧，因她没有子女，而且她早已不在人世。

胡美丽这个名字也是真的，她虽还活着，我却不怕她找我麻烦。因为，你们大概都早看出来了：胡美丽是个疯子。

这件事我们在遇见她的当晚就已得知。当我妈领着我们喜滋滋把她送出巷子往回走时，在所长的饭厅里被主任一把扯住了。她两手扯住我妈的一只手臂，把脑袋架在我妈肩膀上，以便将嘴巴尽可能地贴近我妈的耳朵，嗓门却是一点也不低，我站在旁边，把那话听了个一清二楚。

“陈会计呀！”主任道，“你怎么会把那个疯子领回家的？你胆子真大！”

我妈一时没反应过来：“你说什么？疯子？”

“就是你刚送出门的那个女的呀。八一高。她是八一高咧！”

“什么八一高？”我妈更莫名其妙了。

“你刚刚送走的那女的是八一高呀！疯子，疯得没治了，连四医院都不收。”

四医院是本市精神病医院，平时我们要是骂谁是疯子，就会

说:“今天四医院忘了锁门吧,把你给放出来了。”所以我妈一听这话,顿时瞪大眼睛惊呆了。主任便进一步热心说明:

“我跟你讲呀陈会计,我讲的话你只管信,肯定百分之百是真的。我家老刘就管着她那一片还不知道吗?八一高她男人解放前参加过特务组织,肃反时被她检举揭发,镇压了,枪毙了。到底是自己的男人呀,八一高从此就疯了。不过到底是有知识的人,疯了也很文明。她不打人不骂人,就是成天走来走去搞宣传。拿支粉笔到处抄写报纸社论学习文件什么的。每天清早五点钟,她一准站在八一广场独唱《东方红》,比公鸡打鸣都准时咧。所以大家管她叫‘八一广场女高音’,简称‘八一高’。你别说,她那条嗓子耶,是真正的女高音咧!跟那个演韩英的王玉珍都好有一比。咦,她怎么会跑到你家来的?”

我妈脸上红一阵白一阵的。我想她的第一感觉是很没有面子,好不容易才有一名上得了台面的人物来我家,竟然是个疯子。她嗫嚅着道:“是我……我以前的……一个熟人。”

我真为我妈难过,便忍不住插嘴:“可她买得到高干物资呢,还送给我们好多富强粉肉包子……”

“那个嘛,”所长也搭腔了,“可能是因为她哥哥的关系吧,她哥哥倒真的是高干,在省建委当领导的。”

“啊……”

“还是个一把手呢,书记。”所长继续道,“陈会计,你跟她是什么关系?”

我妈讪讪道:“同学,中……小学同过两年学,好多年不见了,我都不知道……刚才是她在街上把我拉住的。”

“你看你看,八一高就有这么神,四十多岁人还能当街认出小学同学。”主任拍手笑道,“难怪大家都说八一高记性好得吓死人,报纸上的社论也好,大街上贴的告示也好,她只要眼睛一瞄,转身就可以一字不差背出来。我说陈会计,她读书时成绩一定总是拿第一吧?”

“我……我不记得了。”我妈含糊其词地说,她那一刻肯定心乱如麻,这从她那尴尬得要命的脸色看得出来。

唉,别说她了,就是我,当时脸色也一定很难看,因为我们心里都明白,主任的话是对的。被主任这一点,胡美丽刚才一系列的奇谈怪举都立即有了解释:疯子,疯子嘛!

四

没过多久,我就知道了,疯子胡美丽引起的麻烦,远没有从此结束,而只是刚刚开始。

我清楚地记得,那是个天气闷热的傍晚。头天还下着冷雨,今天给烈日暴晒了一天,气温就一下子蹿到了摄氏三十六度。所以不止是派出所所长一家,楼下好几家人都把他们的饭桌摆到了露天里,院子里巷道里到处都是边吃饭边大声交流家长里短的男女老少。我和我妈也在这些人当中。因为我家做饭的地点是楼下公共厨房,做好了饭菜之后得将之一样一样地往楼上运送。我便担当了这传菜员的职责。当那名娇小的中年女子出现在大门口时,我正站在位于大门左侧的厨房,小心翼翼地从我妈手里接过一碗豆腐汤。突然之间,我感到身边的喧嚣戛然而止,好像校长突然驾临我们那闹翻了天的课堂。我抬头一看,顿觉眼前一亮:多么好看的一个女子呀!

最为引人注目的还不是她那身衣着。其实当时她穿的也只是一身阴丹士林蓝中式上衣(当时我们管那种样式叫父母装),脚下也只是一双普通圆口黑布鞋,引人注目的是她举手投足之间表现出来的风度,那优雅,那娴静,把一身土布衣着也穿出了光彩。不过最为光彩照人的,还是她那张秀秀气气清清爽爽的面孔,下巴尖尖的,眼睛大大的,眉毛弯弯的,嘴有点大,可是笑起来嘴角向上微微弯的神气,甜蜜又可亲。

我不由得低下头来,正好面对我自己打着赤膊着条底裤的身体,于是有生以来,我第一次为自己的形象自惭形秽了。我转身就要往楼上奔。其实我过虑了,那女子根本没看我,而是将目光直直对准了我妈。紧接着便冲我妈发出一声惊喜的呼唤:“真的是你耶! 陈秀木!”

与此同时，我妈也发出一声惊叫："天哪！阿梁是你吗？"

就这样，在我们全院人的见证下，我妈和她的中学好友阿梁喜相逢。阿梁一把搂住我妈当众拥抱的那股热情奔放的劲儿，让我们大家看得目瞪口呆。在六十年代，那可是只有电影里才能看到的洋派作风哟！当然，他们没一个人知道，这位美丽女子，竟然是那个被他们称为八一高的疯子引来的。

原来胡美丽当年最好的朋友就是阿梁。胡美丽疯了之后，唯一在街上碰见她不扭头就跑的老同学，也只有阿梁。所以有一天胡美丽在街上碰见阿梁就告诉她，她去老同学陈秀木家吃过红烧肉面了。"起初我还以为她又在胡言乱语，"阿梁对我妈道，"没想到她这回说的倒是明白话。"

阿梁一进我家就宾至如归地往我家最舒服的那张靠背椅上一躺，眉飞色舞地讲述她出现在我家的经过："我就说胡美丽不是疯得没治。她时好时坏。你看她，竟然说得出你住的街道门牌号数。我今天是半信半疑地跑过来看看。没想到真的看到了你！天哪！这是你的孩子吗？多么精神的两个小男子汉哟！跟我的默林好有一比。"

这阿梁说起话来一惊一乍的，面部表情特别丰富，假如不是她腮边眼角那些细微的皱纹，我简直以为是王丹凤降临到了我家，特别是当她把我拉到她跟前热心地询问我学校里的事情时，我强烈体会到受宠若惊是怎么一回事了。我一反往日对大人谈话不闻不问的习惯，赖在她们身边不走，主要是盯着阿梁那张生动多变的脸看，就像听故事似的把她说的话听了个一字不漏。其实她们聊的大多内容我都不懂，尤其是许多话都是只讲半截辅以手势，只有她们自己，或是跟她们一般年纪、了解她们过去的人才明白。不过其中有件事我是理解得明白无误的，那就是阿梁的独生子默林是个天才少年。

阿梁三句话不离默林，无论什么话题她都可以扯到默林身上，所以我很快就对那个神童了如指掌：市三好学生、少先队大队长、门门功课都一百分，得过一次九十九分都气坏了。还有，他三岁会背《赤壁赋》、四岁会背《滕王阁序》、五岁会背的唐诗就有一百首，更有甚者，初中生的他，已经在攻读毛主席的《矛盾论》了，“那可是毛主席的哲学著作呢！”“哲学”二字被阿梁重复着，强调着，“你想想看，哲学呀！而且是毛主席他老人家的哲学呀！”

“你知道林花怎么评价他的？”我还没来得及咀嚼这个新词汇的深义，阿梁便向我妈发出了这一声问。

这时我忍不住插嘴了：“林花，是不是少年宫那个白骨精呀？”

“白骨精？”她俩顿时一齐瞪住我，异口同声惊问，“你怎么会这么说？”

那时候我们管所有长得美又不符合我们常规审美标准的女子都叫白骨精。林花人长得倒不美，脸太长，嘴太大，但她身上有一种与众不同的气派，一颦一笑，一举一动，都让人感觉她正从一道高高的台阶上走下来。尤其是那天，她穿了一身天蓝色的大摆长裙，加上那件雪白的绸衬衫，脸又那么白，让我一见之下，不假思索就在心里发出了一声低呼：“白骨精！”当时我正站在一排孩子中，我们都是被本校老师领来投考市红领巾歌舞团合唱队的。只见那林花将两道利剑一般的目光朝我们一扫，抬起两条手臂发出指令，“跟着我的指挥发声：哆——来——咪——发——索——拉——希——哆——”突然她戛然而止，皱着眉指住我们中间某人，“你，出列；还有你，你……”

我也是被她叫出列的一个，也就是说，我也被她淘汰了。

谁知我妈和阿梁听我说了这些，却异口同声道：“林花就是这样。这就是林花。”

“我就说你五音不全嘛。”我妈道，“你们那老师也是的，怎么会选你去考合唱团。”

“也许是因为你五一音色蛮好吧，”阿梁道，“林花那个人呀，要求就是太严格了。她教我默林小提琴，也是经常把他骂得垂头丧气。不过也真把他教出来了。现在他是红领巾乐团的第一小提琴手。前不久他们乐团演奏的《红领巾之歌》，省广播电台都播放了呢！”

我妈笑道："这下林花后继有人了。"

"可不！林花最喜欢默林，说他有音乐天才，还想培养他作曲，他们两个人一见面就有说不完的话，搞得我和小谢都有点酸溜溜了。"

"小谢？啊，"我妈忙问，"小谢跟林花还是那么好吗？"

"哎呀呀！她们的事难道你一点都没听说？"阿梁道，"她们现在更加好得难解难分了，她们根本就变成了一家人。"

"她们结了婚？"我禁不住插嘴。

"哈哈！"阿梁又笑，"你这孩子真有意思，两个人非得结婚才是一家人吗？"她接着耐心向我讲解，"这两位都是阿姨，阿姨跟阿姨是不能结婚的。她们是特别好特别好的好朋友。谢阿姨家里穷，林阿姨呢家里有钱，林阿姨就帮助谢阿姨，让她天天到自己家里吃饭。后来干脆让她住到自己家。那时候林阿姨家特别的大，三进三出的大院子，吃饭都是开流水席。"

"什么叫流水席？"我问。

我妈朝我挥挥手："哎呀小孩子不要打岔。"又急切地问阿梁："你快些讲，林花和小谢她们后来怎么了，难道真的守住了当初的誓言，两个人都一辈子不嫁人？"

"唉，这事说来就话长了。林花倒是真的独身到现在，可小谢毕业没多久就嫁了人，你猜嫁了谁？竟是林花的三哥！"

我妈两眼圆睁，嘴巴大张，头往后一仰做惊倒状："那个花花公子？成天骑辆脚踏车冲进冲出的那个薛蟠二世？"

"就是他。"

"怎么会！林花不是一向最讨厌她这个三哥，有一次还当着我们的面跟他打了起来。她会同意小谢嫁给他？"

"当然不同意！岂止不同意，她为这事跟她三哥断绝了关系，跟小谢也反目成仇，好多年断了来往。一气之下，她一个人跑到乡下去教书。唉，林花这个人的性格你是知道的，讲得好听是疾恶如仇，讲得难听是翻脸无情。对了，你看到她千万不要讲是胡美丽告诉我你家地址的，她骂过我几回了，要我别理胡美丽，说她……心狠手辣……两小无猜的夫妻……"

"我不信她会那么毒。"我妈道,"那男的我还见到过一次,高高大大温温诚诚的一个人……胡美丽人虽然从小就有点那个,也还是个热心人。"

我又忍不住插嘴:"送给了我们十个大包子呢!"

小弟也搭腔:"我一个人就吃了四个。"

我妈朝我们狠狠瞪一眼喝道:"去睡觉! 快去睡觉!"

忙又转头对阿梁道:"哎呀别讲那疯子了,讲林花,讲小谢? 她们后来怎么样了? 快讲快讲。"

"后来,后来果真给林花说中了呀,林老三那种成天吃喝嫖赌的人怎可托付终身。小谢也真是个苦命人。她家里的情况你是知道的,她妈妈守寡带大她,靠林家接济才好不容易读完了中学。以为嫁了林老三终身有靠了,谁知那林老三后来跑到南京做官,把原先的坏品性又翻了三倍。不说别的,只姨太太就娶了两房。四九年他逃去台湾,带走的就是最小的那个。小谢和三个孩子自然是被他丢下不管了。你想小谢有多么惨,孤儿寡母拖儿带女就不说了,最惨的是还担了一个逃台反革命家属的罪名! 那时候小谢真的是走投无路,要不是林花……"

"林花又来拔刀相助了?"

阿梁点点头:"对,她一听到小谢的事就马上回来了,回来就担起了小谢这一大家子人的责任。小谢身体差,三个孩子又小,林花不让她出去工作,自己一个人教书养家。好在她能力强,现在都是一级教师了。工资比较高。"

"竟然这样!"我妈叹道,"林家那么大的一家子人都不管小谢吗? 她们家在南门口不是有座大屋吗?"

"也不是不管,都自顾不暇了。四九年大家作鸟兽散,逃的逃关的关死的死。那座大屋也充了公,只留下后院两间用人房,林花住了一间,小谢住了一间。唉,她们的事我也大都是听我默林说的。我自己跟她们也很少来往,大家都多少有点问题,免得互相连累。我家那二老你是知道的,向来都是只顾什么'党国'不顾我们的。不顾我们也就罢了,四九年临去台湾之前又突然心血来潮,跑到我们家来看我们,说是这一走不知何时才能再见,要来看看外孙。谁知就是这一看把我们看得九死一生。梅是个孝子,身为女婿,见那二老兵荒马乱的特地跑来看我们,自然要负责把他们送上火车。唉,送就送了吧,谁知他书呆子一个,镇反运动时,组织上让大家坦白交代……”

“老梅竟把这事坦白了!蠢哪!”我妈失声道。

阿梁点点头又摇摇头:“蠢,梅他真的太蠢了!我真的不知该怎么说他才好,可是讲起来他也是为了我娘家人才搞成这样的。他自己家里其实没什么问题。我公公是个安分守己的教书先生,从来不问政治。我婆婆更加清白,她一辈子做家庭妇女相夫教子。唉,就因为梅这一交代,这些年来我们家没过过一天安生日子。次次运动他都有份儿,一次比一次厉害,开除公职、劳教、劳改。现在好不容易回来了,可是顶着这样一顶帽子,哪里找得到工作呀!只好四处打零工。后来还是胡美丽……不讲她不讲她,秀木你知道我是个最要强的人,如今落得四处求爹爹拜奶奶……这我倒也不怕,我如今最怕的只有一件事,就是我默林将来会被他爸爸影响到前途……”

她的声音低下去,掏出手绢抹眼泪。我妈也跟着抹,同病相怜嘛!但我妈当然不好明说,只含糊其词道:“我知道的,我理解的……唉,你这不是都熬过来了,老天还是有眼睛的,你默林这么优秀的孩子,一定会闯出他自己的一条路的。”

“那倒是,我默林不单只有才,心地也特别善良。这几年我们家里的肉呀糖呀配给物资都送去了他爸那里,他从来都没有一句怨言。还帮着我想办法节省。上个星期他们去外地演出,我给了他两毛钱吃中饭。你猜怎么?他一毛六分钱买两套大饼油条,省下四分钱回来还给我。那两套大饼油条他也只吃了一套,另一套带回来分给两个妹妹吃了。”

我妈道:“唉呀呀,要是我家五一,一定会把钱全部吃光光,哪里会想到带回来分给弟弟吃。你默林真是太懂事太优秀了。你下次来一定要把他也带来,让我五一有个学习的好榜样。”

五

以上这段文字,我其实是一口气写出来的,不过我把它们分为十段,一段段地在网上更新。毕竟在网上混了这么多天了,我已经把握了这些弱智网友的心态,跟追看电视连续剧的那帮老头老太的心态差不多,无聊才上网,消磨时间找点乐子而已。品位高没用的,深刻是毒药,你只须吊住他们那股子八卦好奇心就行,就算你八的是你和损友昨天泡妞的那点无聊事,也会有成千上万双混账眼睛在那里等你往下说:“说呀! 四傻我憋着泡尿在这坐等呢!”“赶紧八! 老娘我一大早就在这等了。”云云。我自己就曾经围观过一个富二代恶心妞八她吊金龟婿那点破事,我们一边骂一边围观,不到两天,跟帖竟然有七千之众,点击量更达四万五千多。

比较起来我这帖子就差劲多了,虽然运用八卦悬念法连发了十天,点击量却只是以每天几十的速度慢悠悠上涨,好不容易才达到四百四十五这个不太吉利的数字,而回帖则不过寥寥十多条,其中还有三则是广告,吆喝他们的怀旧包包韩版鞋啦什么的。另外那几则也不过是些单词单句的点赞,“有点意思”“顶”之类。我有点泄气了,加之那几天来了个朋友,陪着他四处逛,就把那更新帖子的事情放了几天。

不料那朋友走后第二天早上,我懒洋洋上到网站正想着还更不更帖、怎么更时,眼睛一亮,哈,我的跟帖蹿高到五十八这个吉利数字啦! 我急忙地往下一看,竟都是催我快更新的,“楼主到哪里去了? 小粉我望眼欲穿哦。”“楼主这样一走了之可不厚道哟。”云云。

还有一则长帖这样写道:“胡美丽令我备感亲切,因为我老家也曾有个跟她一样的老疯子。该名阿婆成天扛着块红纸牌走街串巷宣讲毛泽东思想,所经之地,恍若时光倒流,加之她普通话超标准,人又总是收拾得清清爽爽,成了我们那地方一景,粉丝甚众。本人亦是她粉丝之一,乃至于学成了一口字正腔圆的普通话。后来考上广播学院播音系,应该也有她的一份功劳。可惜我毕业后回老家一看,她消失了。每逢我走在当年追看她的大街小巷上,心里都会涌上一阵阵失落感。楼主的故事令我想来一次江城游,去看看胡美丽。”

紧接着是这样两个跟帖:

“顶!楼主别走题!接着讲胡美丽。”

“胡美丽后来怎么样了?”

后面的一串跟帖大致都这意思。

我心里一阵激动一阵欢喜。激动的是我初试啼声的写作就赢得了这么多的拥趸,也许我还真的具有写手甚至作家的潜质;欢喜的是正当我写到一个十字路口、不知何去何从之时,网友们给我点明了方向指出了道路。对,帖子的题目不就是“再见胡美丽”吗?我怎么讲着讲着就讲默林甚至林花了。毕竟是新手,不懂规则和门道。再说,我上到这里来是为了消遣和开心,讲个老疯子的故事可以信口开河畅所欲言,讲默林那么个悲剧人物做什么?只会徒增伤感,引起不必要的麻烦。好吧,就先拿胡美丽来练笔,等赚到了如虹人气再来玩深沉也不迟。

六

其实,我也不是刻意要跑题讲默林和林花,而是要讲胡美丽的话,就必须讲到他们。一个人,哪怕她是个疯子,也不是孤立地存在于社会上的好不好,她必然会与周围的人发生千丝万缕的关系好不好。那句话是怎么讲的:没有人是一座与世隔绝的孤岛,每个人都是广袤大陆的一部分。说得太好了。

前面我已经讲过,胡美丽与我妈与林花与小谢都是闺蜜,与阿梁更是闺蜜中的闺蜜。阿梁谁呢,她就是默林的妈妈哦。这我前面已经说过。我也说了胡美丽疯了以后只有阿梁不见她就跑,而且一直跟她保持来往吧?现在我要说,这并不都是因为阿梁的心肠特别好,性情特别随和,也因为,她们之间的关系实在太深厚了。

胡美丽二哥是阿梁丈夫老梅的同学。当年胡二哥做地下党时，有一次被敌人追捕，在阿梁家里躲了一个月。后来想想这样躲下去也不是办法，就决定去延安。是老梅护送他上了火车，并送给他五十块光洋做路费。胡二哥这人倒还念旧。解放后作为南下干部回到江城，还亲自跑到梅家看望他们。那时老梅正因为协助老丈人逃台而遭到关押审查。胡二哥听阿梁一番诉说，立时给了阿梁一百元钱让她解了燃眉之急，还为老梅写了份材料，讲出老梅当年资助他去延安的事。大概这件事把那件送老丈人逃台的事抵销掉了，不久老梅就被放了回来。

不料，五七年老梅所在的中学右派指标凑不够数，又把他的旧账翻了出来。组织上找他谈话，说是要他顾全大局暂时去凑个名额顶一下，运动过去就没事。但是等到运动后期处理右派时，上面又来了个指示，说是右派分子不能留在教书育人岗位，要送去农场劳动教养。老梅就此一去三年，被放回家来后去找原先的学校。谁知学校已经换了领导，根本不理睬他。他只好每天站在街上给人推板车赚点小钱。有一天他正朝着一辆板车走过去，胡美丽不知从哪里冲了出来。胡美丽热情洋溢，冲到他跟前就拉住他的手，说老梅你怎么成这个样子了？这些年你都上哪去了？你在这里干吗呢？老梅已经知道胡美丽是疯子，不过他看眼前这女子神清气爽，熟识的眼睛里满是同情，说出的话又这么合情合理，便以为她病已经好了，便三言两语讲了下自己的现状。胡美丽马上嚷嚷着道："哎呀你怎么不去找我二哥呢？我二哥现在在建委当头头，给你安排个工作那还不是举手之劳。"

老梅说："别别别！我不想连累他。"

胡美丽可不管，她立马就要拉老梅去找她二哥。老梅好不容易才挣脱了她，跑回家把事情对阿梁一说，阿梁点头道："对！你今天没跟她去太对了，胡美丽今天准是疯得厉害！"

阿梁告诉老梅，五九年他在农场时，家里面四个人都得了水肿病，她无奈之中曾去找过胡二哥，结果连他的影子也没见着。门卫在大门口就挡了她的驾，打电话上去，回说是首长今天不在。要她再要来时先打电话预约。第二天,她还没想好打不打这个电话,胡美丽就到她家来了,从身上掏出一百元钱塞给她。说是二哥打发她来送的。那天胡美丽正处于比较清醒的状态,她清醒时就不背诵文件了,不过也没了笑脸。一本正经地以老干部自居,说起话来拉着官腔,活像首长作报告,她对阿梁说:"我二哥很忙,全省三千八百万人民群众的衣食住行都在他心里装着咧,而且他主管的其中最难管的那一项,住,这真是让他操碎了心。不仅要让人人安居乐业,还要让人人居安思危,时刻不能忘记全世界还有三十二亿劳动人民生活在水深火热之中,等着我们去支援去解放。你看,这两年我们的日子过得苦一点,就有阶级敌人在那里放阴枪射暗箭,攻击我们无产阶级专政。他们这些人解放前骑在我们劳动人民头上大吃大喝花天酒地,当然受不了现在的暂时困难生活了。我二哥怕你们又上阶级敌人的当犯错误,就要我送这些钱来,帮助你们渡过眼前难关。他还要我转告你老梅,要他安心改造,不要再乱说乱动,身居农村,放眼世界,脱胎换骨,重新做人,那样才能回到人民的队伍里来。"

我亲耳听见阿梁对我妈转述胡美丽这番话。阿梁这人也是有点表演天才的,把那疯子痴不痴呆不呆的表情和动作模仿得惟妙惟肖,虽说都是些广播报纸和老师们常给我们宣讲的革命道理,从她嘴里吐出来就别有一番风趣,把我和小弟笑得东倒西歪的。我妈却一笑也不笑,还一个劲儿地摇头叹气,道:"唉,她还是疯的时候比较可爱。"

"谁说不是呢!"

"她这个二哥也算是个有良心的人了。"

"是的呀,"阿梁道,"我后来才知道,他不见我也是有苦衷的,当年为了给老梅写那份材料,组织上说他立场不稳,差点被开除党籍。便是胡美丽这疯子,嘴上的话虽讲得难听,做的事情却也还有心呢。你猜怎么着?老梅在街上碰到她之后一星期,不,不到一星期,就有封信寄到我家,让老梅去建委职工学校报到。老梅去到那里,人家果然就把他安排到总务室里做事了。

每天刻刻钢板发放一下文具什么的，虽说是临时性质的工作，总归有个单位了呀。这下老梅不用每天站马路了不说，主要是让我默林在学校里抬得起头了。从此填表填起父亲那一栏来不用为难：建工职校，干事。也算上得了台面了。那胡美丽还真跑去跟她二哥说了。”

“不过她二哥人也不错呀，还真的肯听她的话。”

阿梁叹口气道：“这也是……秀木你是不知道，当初胡美丽检举她丈夫，她二哥是做了工作的，后来事情变成那样，二哥就觉得有点对不住她。”

我妈点头道：“原来还有这样一段故事。唉，其实……那个时候很多事都不是自己能够掌握得到的。”

“谁说不是呢？”阿梁道，“想起来我自己也……总而言之，我跟胡美丽之间的关系真是剪不断理还乱。所以不论她怎么疯，我总是不能不理她的。”

阿梁这话是针对林花说的。林花特别反感阿梁跟胡美丽纠缠不清。有一次阿梁讲胡美丽的糗事时林花在场，她立时对阿梁一顿抢白：“我最讨厌这引疯作邪的家伙！也只有你这种人才会跟她搅和。”

阿梁气愤道：“我这种人？我什么人？坏人？阶级敌人？”

林花一脸严肃：“老好人，没有原则。没有大是大非观念。”

“她都疯了呀！她也可怜呀！”

“活该！”林花疾言厉色，“我看她幸而疯了，也只有疯了才能逃脱良心的谴责。一个卖夫求荣的人，夜里睡得着觉吗？”

“她有她的苦衷。她没有想到后果会那么严重嘛。”阿梁放低了音量，却还是在为胡美丽辩护着，“她以为把问题交代清楚就没事了。这是她没疯的时候亲口对我说的。”

“我才不信。”林花道，“胡美丽从来就虚荣心重。当初她那张子超倜傥英俊，年纪轻轻就在中国银行做到课长，还兼了个会计部主任，她只差没把他做成块牌子背起走了。要不我怎么会把张子超的职位记得这么牢，胡美丽见我一次宣讲一次呀。那张子超对胡美丽一直都很好。胡美丽不能生育，大家都劝他娶小。他却一直守住了。一夜夫妻还百日恩呢，胡美丽竟然会——真的是蛇蝎心肠！”

阿梁仍是摇头：“胡美丽真的不是坏人。我知道她的。”

我妈大概也有点看不过林花咄咄逼人的气势了，也附和阿梁道：“是的呀，当时那种形势下，大家都要争取进步嘛。也许胡美丽真的以为自己是在帮助她老张。唉，后来的事谁会想得到呢？”

林花冷笑一声：“富强粉包子果然威力强大。”

我妈立时红了脸，气恼道：“林花你这人恨心太重了，对，你是记胡美丽的恨，记她当年害你记了一大过的恨是不？”

那天小谢也在场，她一般总是含笑不语，这时也忍不住插嘴道：“清官难断家务事，也许胡美丽和张子超的关系并不像我们看上去的那样好，也许张子超做了什么伤透她心的事，她心里恨死了他，这才痛下杀手。”

一听这话，另外这三个人停了争吵，一齐将矛头转向小谢。

“绝对不会！胡美丽跟张子超好得很。”阿梁道。

“胡美丽偏激归偏激，没那么毒。”我妈道。

林花那双大眼里嗖地射出两道利剑一样的目光，对准小谢道：“要是林老三没有走，你也会这样对待他，是不是？”

小谢并不立即回答，她两道细线般的眉梢往上一扬，思忖片刻，才慢慢地、认真地道：“我不会。我只会请他走人。”

林花手一拍，胜利地大叫：“这就对了。林老三伤你如此，你都不会加害于他。因为你本性善良，你是小谢。你不是胡美丽。”

一时间大家好像都被她这强势的姿态镇住了，半晌作声不得。我说“好像”，是因为后来我才明白，阿梁她们三个人之所以不约而同站在一边为胡美丽辩护，其实另有隐情。

最后，还是林花自己叹了口气收尾道：“算了算了，咱们不要为这疯子伤了和气，换个话题吧。”

那时候，我在那班阿姨的争论中当然是倾向于阿梁她们这一边的。不必说我跟胡美丽之间有那场包子情缘，便是没有那回事，我也会站在林花的对立面。也许因为在学校老是被老师训斥的关系，我最讨厌林花那一副义正词严的教师爷面孔。胡美丽虽然也开口闭口革命道理，但她是疯子呀，疯子口里吐出来的话，无论多么刺耳，也会带上一层搞笑的色彩。林花就不同了，她那句句都是真理的强势形象，让人不由得倒抽冷气，敬而远之。但那时候我当然不会想到，有一天我竟会变成胡美丽的追星族；林花当然也不会想到，有一天会要找胡美丽救她的命。

七

光阴似箭，日月如梭，转眼间就到了一九六六年，我十五岁了，上初中二年级。就在这一年碰上了“文革”停课闹革命。由于我在学生情况登记表上填写的家庭出身是“革命军人”，运动一开始，我也被拉入了红卫兵。不过很快我就借病退出了，躲回家里做了逍遥派。毕竟心里没有底气，知道我爸那一档子糗事经不住革命群众雪亮眼睛的照射。

开头的日子很开心，不用上课了，不用做作业更不用考试，每天爱上哪玩上哪玩。列宁说得太到位了，革命真是人民群众的盛大节日呀！城中大街小巷到处飘着红旗和标语。高音喇叭里革命歌曲和口号声此起彼伏。游行集会更是无日无之。若是欢呼庆祝的游行，还会有文艺队伍，一大帮美女齐齐扭秧歌打腰鼓什么的，煞是好看；若是牛鬼蛇神批斗游行则很热闹，俨若革命电影上的场面搬到了现实，规模更加宏大场面更加震撼。戴高帽挂牌游街的牛鬼蛇神动辄数十人。还自己敲锣打鼓唱牛鬼蛇神歌。更有甚者，以前只在舞台上主席台上才能看到的大明星大领导，这下竟都在游街示众的牛鬼蛇神群中见到了。有一次横扫文艺界牛鬼蛇神的大游行，全省各个文艺团体的名角都被拉来游街示众，还揪来了省市委第一二号人物陪斗，那才叫作万人空巷。扶老携幼的看热闹人众挤满了好几条街，场面好不壮观！

我对那些倒不太感兴趣，毕竟，我老爸随时有可能变成那些倒霉蛋中的一员。我最爱的是到那些开了门禁的地方观光。省委啦，市委啦，军区啦，所有这些以前有士兵站岗的地方，现在都敞开了大门向革命群众开放。我都跑去逛了一遍，还跑到城中最高级的省宾馆。有同学告诉我那里有电梯坐，有电视看。我去时电梯不知是坏了还是被他们锁住了，电梯门怎么也按不开。可这哪阻挡得了我们革命青年经风雨见世面的热情哪，我冲上楼梯一步三级，眨眼就上到了最高层。一脚踢开迎面那扇油光闪亮的房门，我的妈呀，这是不是到了皇宫哦！到处金碧辉煌，不管往哪里看都是灯光和镜子，晃得我神魂颠倒欣喜若狂，一头扑倒在房子中间那张大床上，整个身子顿时往下一陷，埋在了那堆雪白的被褥中，好软呀！好香呀！好幸福呀！

可是接下来就有点无聊了。同学们都卷入大串联的风潮去神州大地观赏祖国的大好河山去了。我当然也想去，无奈我老爸这时真的被打成牛鬼蛇神了，我妈工作的食堂也关了门。家里没了生活来源，吃饭都成问题，没钱也没心情去串联。我只好每天上街看看大字报，到学校打听打听运动新动向消磨时光。就是在这段日子里，有一天我在街上碰见了胡美丽。

真是士别三日，刮目相看，胡美丽眼下今非昔比，只见她一身草绿色的旧军装，腰间扎根皮带，身上斜挎一个黄军包，上以红线绣了个大大的“忠”字。这就是后来流行一时的“忠”字包。所以我一直认为，这种包包就是从胡美丽这里开的先河。因为在那天以前，我对这包包见所未见，而我看到这种包在城中遍地开花，已经是好多天以后的事了。

不过胡美丽全身上下最引人注目的还是她肩上扛的那块大牌子。那是一块四正四方、用大红彩纸包住的木牌牌，上面用漂亮的楷书写有八个金色大字：毛泽东思想宣传队。胡美丽便这样全身披挂着，一手持一只土喇叭，一手持一本红宝书，大步流星往前走，那副严肃认真正气凛然的神气令我一时间愣住了，搞不清到底是她真的成立了个宣传队，负上了宣传毛泽东思想的重任，还是她又一疯狂之举。

这时我已经过了见她就跑的阶段。六年过去了，我已经长成了个武高武大的半大小伙,她根本认不出来了。就算被她认出来我也不怎么害怕。几个月来如此迅猛的革命疾风暴雨都经历过了,还周旋不了一个疯子不成?

反正也没事干,我便索性混在尾随着胡美丽的闲杂人众中,跟着她走,看她到底玩什么把戏。

只见那胡美丽走到一处空地上站住了,把肩上牌子往旁边一棵树上一靠,早有个半大小子接了过去将之扶在手里,状甚恭敬,也不知道是她招募的手下,还是临时客串者。

这边胡美丽早已立正站好,将手中语录从胸口举到头顶,如此反复扬了三扬,口中呼道:"敬祝我们伟大的导师、伟大的领袖、伟大的统帅、伟大的舵手毛主席万寿无疆!万寿无疆!"

十分的严肃正经。标准的林副统帅式手势和语言,而且比那副统帅的普通话标准得多,声线也清亮好听得多。

你别说,这一下就把大家镇住了,就连那帮成心来捣蛋起哄的小鬼头们也停住了嬉笑打闹,等着看好戏。

胡美丽接着道:"胡美丽毛泽东思想宣传队,现在开始表演。第一个节目,背诵最高指示。"说着她便打开"忠"字袋,从里面掏出五本小红书,散发给围在四周的观众,"哪位革命群众配合一下,看着书对一对我背没背错。"

立时有五个家伙争先恐后地接过了书。胡美丽又说:"请哪位革命同志随便打开一页,只要说出页码,我就从那一页的第一个字开始背。"

有个家伙立刻道:"七十页。"

胡美丽马上背道:"三,党的各级机关解决问题,不要太随便。一成决议,就须坚决执行。四,上级机关的决议,凡属重要一点的,必须迅速地传达到下级机关和党员群众中去……"

她就这样一字不打顿地将这一页从第一个字背到最后一个字,人群中发出了一片啧啧声。那五个手持红宝书的人士旁边早已凑上了一堆好事者,都要亲眼验证胡美丽背错了没有。凑不上去的人就在一边纷纷急问:"背对了吗?背对了吗?"

凡能看到书者都大力点头,人群中便响起掌声来。

胡美丽却是气定神闲，如此这般又背了五页，一个错字也挑不出来。此时围观者已是密不透风的一大圈了。五页背完，掌声已经响成了一片。胡美丽静静等待掌声平息，才又将那红宝书端正举到胸前，道："第二个节目：背诵最新最高指示。"

她又在那"忠"字袋里伸手一摸，摸出一册薄薄的十六开红头文件来，道："这是伟大领袖文化大革命以来的最高指示，请哪位革命群众随便点一页，然后帮我看住，我若背错了一个字就给大家唱一支歌，背错两个字就唱两支歌。"

人群中立即伸出许多只手来，踊跃之程度比先前又高了几倍，都要做她的合作伙伴。我也是其中的一个。此时的我，早已忘了担心胡美丽认出我来，是鼓掌鼓得最热烈的一个。你想呀，我一个早晨八九点钟的太阳，闲在家里三四个月了，亦曾发狠要把一本小红书由头背到尾，可没背到一半就背不下去了。她一个年近五十的老妇，竟然这么厉害，太惊人了呀！

胡美丽好像发现了我的洋溢热情，把一份文件朝我递了过来，不料有只大手从我肩上伸出，一把将那沓纸拦截了去。我连忙回头一看，是我们院子里的主任。主任朝我嫣然一笑，道："不如我们两个人一起来跟她对！"然后她信手翻开一页对胡美丽道："第五页，胡老师。"

我一看，我的妈呀！这是"五·一六"通知的第二页呀！当初我们班主任让我们一连学习了一星期。她教我们政治，出名的要求严格，就连《别了，司徒雷登》也要我们背（从此我恨死了司徒雷登），可也没要求我们背这"五·一六"通知。因为太长了，而且一时间报纸广播的文章都照着这文件的语言口气写，很容易背混。那倒不是她发善心，而是那时揪斗老师之风已经开始，她怕我们万一背出个政治性错误，追查到她头上来她就死定了。

但是你看胡美丽，主任的话还没落音，她早已开口背了起来，字正腔圆，音声铿锵。我和主任瞪圆了四只眼睛盯住那本册子，周围还围了一堆好事者。我们的眼睛越瞪越大，脸色越来越红，震惊呀！激动呀！这疯子竟然一个字也没错，除了换气外连顿都没打过一次。她一页没背完,我们这里一片“好”声已经出了口:“好! 好! 厉害!”我与主任不约而同地喝彩,而四下里已是掌声雷动。我抬头一看,围观群众已是里三层外三层,最里面的一圈人已经在后排人的呼吁声中蹲的蹲坐的坐了。

然而好戏还在后面。胡美丽此时虽是一副意气风发神采飞扬的形容,依然是俨然正经,她接着便道:“第三个节目,歌舞,《敬爱的毛主席我们心中的红太阳》。”

她又伸手在那“忠”字包(简直是个百宝箱哦!)里一摸,摸出两条红绸来,口中高歌着那支眼下最流行的红歌,两手则舞动红绸,足之蹈之,头之晃之,身之摆之,动作虽是简单,可是节奏感特强。我后来才知道她是将美国童星邓波儿的踢踏舞发扬光大了。可当时我从没见过如此富于感染力的舞蹈。加上她那副嗓子好得来,恰如主任所言,跟王玉珍都有一比。人们情不自禁地跟着她的节奏拍起手来。胡美丽更来劲了,只见她振臂一挥,冲我们高呼:“唱起来! 跳起来! 大家一起来!”

大家呼的一下散开,都跟着她又唱又跳地胡乱舞动起来。广场上顿时一片沸腾,一派热烈的场面! 一些路过的人看到这种场面,也纷纷驻足加入。那个帮她扶着牌子的后生也按捺不住了,他蹦到场子中间,将那块牌子舞剑一般舞得呼呼生风,口中还节奏分明地呼喊:“嗨——嗨嗨! 嗨——嗨嗨嗨!”将场面推上了另一高潮。

哎呀,我这支笨笔怎能将那一壮观情景表达出万一呢? 总而言之一句话,从那天起,我就变成了胡美丽的忠实拥趸,跟着她走遍了城中大街小巷,亲眼见证了她从一个疯子变成万人迷的惊人历程。

八

这里我又不得不讲默林了。我要告诉大家,就是在这样一个追随胡美丽的日子里,我终于在我们城的中心地带八一广场见到了他——我妈和阿姨们给我树立了六年却始终不得一见的偶像——默林。

这时的默林也成了城中名人。我不得不承认，这小子的确是个人物，不同凡响。当时他的革命本钱绝对是个负数。运动一开始，他的所有光荣就都一扫而光。他变成修正主义的白苗苗。而且运动开始没多久，他爸他妈就都双双关入了牛棚。紧接着就传来了他爸自杀身亡的消息。而且听说跟他还有点关系。一般人在这种情况下早已崩溃，他却不倒翁般反而茁壮成长。不知他走了什么途径，那年十月，他已成功运用他那三寸不烂之舌和如椽之笔，坐上了城中第二大红卫兵组织“八·一八”二号头头的交椅。人们传言，那一号头头马大力只是因根正苗红而坐上了第一把交椅，其实根本就是个晁盖，唯宋江，也就是默林的马首是瞻。

当时八一广场已经成了胡美丽搞宣传的主要阵地。她风雨无阻，每天傍晚都会准时在这里出现。现在她已有了一群志愿合伙人，有人帮她扛牌有人帮她打旗，还有一支数目保持在十人左右的小乐队为她伴奏。她的铁杆粉丝数以千计。那时城中红卫兵组织已经分成了对立的两大派，默林领军的“八·一八”和一个名叫王卫东的人物领军的“八·一九”。两派之间的矛盾愈演愈烈，开头还只是口诛笔伐，很快发展到大打出手、刺刀见红。八一广场是双方开打的主要战场。

不过，只要胡美丽一出现，各种打斗就会自动平息。因为不管观点如何，爱唱爱跳爱热闹是人的天性。大家不知不觉被胡美丽的歌舞互动所吸引，跟着她活动手脚放声歌唱了。只剩下三五个革命斗志特别昂扬的家伙还在那里吵骂打斗。斗着斗着也就没了意思，群众都被胡美丽吸引去了嘛。于是也只好消停一会儿，等胡美丽那边完了再说。

这一天，胡美丽刚刚进入到背诵最新最高指示程序，围观人众中突然起了一阵骚动。大家不看胡美丽了，全都扭头往一个方向看。我也连忙踮脚朝那边看去，就看到一帮身着旧军装、腰系武装带、脚蹬大皮靴的大汉簇拥着一个人物朝我们这边走过来。乍一看那人貌不惊人，个子小小的，身材瘦瘦的。再一看便觉他与众不同。首先他面皮白白净净，风度斯斯文文，身上虽然也是一身洗得发白的旧军装，但穿在他身上就特别熨帖，就好像是专门为他定做的那样。不过特别引人注目的还是他一双细长眼睛里射出的目光，那是一种你见之难忘的目光，锐利、坚定、睿智、冷峻，不，这些字眼儿都不足以形容我当时对那目光的感觉，也许我应当用到这个词：酷，确切地说，冷酷。

而这时我四周已经泛起一片嘈杂的低语了，兴奋、敬畏、惊叹、惊喜，而所有的话语里都带有一个名字：

"默林！"

"默林！"

"默林！"

与此同时，也零星地、低低地夹杂着另一种声音：

"刁德一。"

"这小子又有什么鬼花样了？"

那个人，我现在知道了他是默林，他就在这一片喧嚣中向着我们走来。当他走到人圈旁边，奇迹发生了，我看见那里三层外三层围得铁桶般严丝密缝的人墙自动分开，眨眼间裂出一条大缝，就像红海在摩西前面分开一样，摩西，不，默林，默林与他的簇拥者们就从这道裂缝中走了过来，走进了人圈，四下里响起一片掌声和口号声："向'八·一八'革命小将致敬！""梅司令我们支持你！""青松不老，'八·一八'不倒！"默林就高举起双手，向四面八方微微挥动，这风度！这架势！

对了，只顾说默林，我都忘了说胡美丽了。这胡美丽的风姿亦不可不表。她是场中的另一大绝。在这特别时刻，她更尽显出她的疯人本色。大家都被默林的驾到搞得七颠八倒，唯独她心无旁骛，不闻不问，毫无所动，自行其是，该干什么还干什么。当下她正在背诵伟大领袖《我的第一张大字报》，默林一行人出现时她刚背开头，默林他们走到人圈里时，她已经背到了最后那几句。

你猜怎么着？只见那默林走到胡美丽对面站下了，他一个标准的稍息，摆出一副洗耳恭听姿势。广场上顿时肃静下来，鸦雀无声。肃静中只听见胡美丽清亮的声音，四平八稳，掷地有声："……北京同学也到各地去进行革命串联……"

胡美丽一般都是一个自然句一个小小停顿，以便大家给她找错。此时她这一顿，还没来得及接出下句，默林便接着道："逗号。"

胡美丽像是跟他排练过似的十分配合，接着往下背道："我们认为……"

默林又道："逗号。"

胡："这是一种很好的事情……"

梅："句号。"

胡："我们支持你们……"

梅："句号。"

胡："中央决定……"

梅："逗号。"

胡："全国各地大学生的全部和中学生的一部分代表……"

梅："逗号。"

胡："分期分批到北京来……"

梅："句号。"

在场的很多人已经无数次听胡美丽背诵这篇文章了，都达到耳熟能详的程度。听到他俩这样配合默契一唱一和地背到这最后一句，便有无数声音自动应和："分期分批到北京来。句号。"

仿佛是大合唱的迭唱部分，仿佛是一支雄壮歌曲的副歌，这整齐响亮惊天动地的声音在广场上空回响着，激荡着，然后，稍一停顿，响起了一片排山倒海的掌声与喝彩。群情沸腾之中，跟在默林身边的那帮人中便有一俊男站了出来，向胡美丽拉歌："请胡老师给我们表演《解放区的天是明朗的天》好不好？"

四面八方立即响起一片热烈的呼应："好！好！好！"

我们这些胡美丽的铁杆粉丝，谁都知道这是胡美丽的拿手好戏，也往往成为互动最为热烈的一个节目，总是能把场上的气氛推到最高潮。直到今天我都不知道，那套半是舞蹈半是团体操的动作，是胡美丽自己设计的呢，还是背后有高人指点？总之又简单又明快还不失美感，最适合集体舞，因而也最受大家欢迎。

胡美丽也兴奋了起来。她学着默林高举双臂向四面八方挥手致意，然后向乐队那边有模有样地一点头："来吧！让我们奏起时代的最强音！"

说时迟那时快，音乐声中，一群女孩变魔术般不知从哪里拥了出来。个个英姿飒爽，青春美丽，一色的绿军装绿军帽，臂上则都是一个足有半条手臂长的红袖章，上书一圈鲜亮大字：八·一八毛泽东思想红卫兵。

女孩们上了场便站到胡美丽身后，唰的一下排成了整齐的舞蹈队形。有了这帮美女伴舞，胡美丽更加如虎添翼，使出了浑身解数，又是唱又是跳，全身上下无一处不在扭动。一曲未终，早已带动得满场的革命群众情绪沸腾，人们跟着音乐的节奏和胡美丽的歌声跳动了起来。一时间劲歌热舞，声震九霄。这时默林不失时机地跳上了花坛，他站在那里，挥动着双手，指挥着乐队也指挥着全场。而那本来有些杂乱的场面在那双训练有素的手势下立即整齐有致，节奏强烈。当时我站的位置正好直对着他。我永远忘不了那张面孔，我无法形容那张面孔。因为我激动得失去知觉了，我感觉自己变成了一颗失去自我失去感觉的分子，融化在了这铺天盖地的浪潮之中。我儿子大路总是不理解我为何对今日最红的歌星演唱会也无动于衷，那是因为他没有经历过当年那场默林助动下的胡美丽风骚啊！

默林这一战略性行动取得了辉煌成果。那场盛大集会过后，"八·一八"的队伍壮大了一倍，足以跟第一强大的"八·一九"分庭抗礼了。可是这一变局造成的后果却是悲惨的。不过这是另一个帖子要说的故事了。这里我必须停下来讲一讲林花。因为她的故事跟胡美丽的故事更加息息相关。

九

话说“文革”开始以后,我们就跟所有亲友都断了来往。正如阿梁所言,家家都有一本难念的经,免得大家互相连累。只有林花还跟我们保持着少量来往。这一来是因为她教书的学校离我家很近;二来是因为她是我们所有亲友中唯一平安无事的。这听上去有点不可思议吧? 按说她身为老师,是这场革命首当其冲的对象,而且家庭出身那么差,情势应当最危险。

其实不然。林花这人颇有先见之明。当初以她的资历,本来是应当去教中学的,她却坚持要去教小学。说她更喜欢小孩子。现在果然,小学生到底年纪小天真一点,一停课就回了家,不会像中学生那样杀气腾腾。加之她对工作兢兢业业,对学生关心爱护。见困难就上,见荣誉就让。最主要的,还是她有小谢这样一个贤内助。小谢性子好贤惠能干,为人又大方。她做得一手好菜。尤精甜酒、腊八豆、泡菜、雪里蕻这些腌制美味。经常把她的作品广为派送,周围邻居同事个个受益,少不了也你来我往,结下友好关系。

林花到我们家来很低调,她知道我们这个院子关心他人胜自己的人物特别多,大多是晚上来,悄悄地来悄悄地走,还坚决不让我妈送。她来了也只是送点小谢的作品,传递一些小道消息和朋友近况。阿梁家的变故便是她来告诉的。

可是这一日——我记得就是在我成了胡美丽粉丝的日子里,大白天她就风风火火冲进了我们家。

她冲进屋来半天还见了鬼似的喘息未定,说不出一句完整的话来。我妈忙端来一大杯水给她喝,一边一个劲儿地问:“怎么了? 怎么了?”

“疯子! 真是疯子!”

“你碰见胡美丽了?!”

“对,胡美丽! 总有一天我会被她害死。”

“她把你怎么了? 骂你了? 打你了?”

“比那更可怕，”林花一口气把那杯水喝下去，终于恢复了正常的声音，“她杀人不见血哪。”

原来林花刚才在大街上跟胡美丽碰了个正着，一时间没躲得及，被她一把抓住了。

“我抬头一看，”林花对我叙述，“哎呀我的妈呀，我还以为撞上了革命小将，大热天的这疯子也不怕中暑，不知从哪儿也搞来套黄衣穿上，头上还扣顶黄帽子，腰里还扎根黄皮带，一张老脸涂得跟三仙姑似的，却把本红宝书端在胸前。一眼看见了我，她一边没命地挥舞着红宝书，一边一迭声叫唤‘林大小姐林大小姐’，秀木你明白了吧。”

我妈听到这里脸也发白了，也跟着林花直摇头：“要命，这真的要命！”

“更要命的还在后面呢。”林花接着道，“她扯住我不放，说什么胡美丽毛泽东思想宣传队要去八一广场宣传毛泽东思想了，非拉我一道前往。我怎么能跟她走呀！我跟她走我不也成疯子了。旁边那么多看热闹的，其中不乏我的学生。可我也不敢说不去，说不去那更完了，那什么什么一大堆罪名还不是现成的呀？秀木你是知道我的，我哪里经得起呀？我只好说，我也正赶着要去我们学校宣传毛泽东思想。你猜她怎么说？她说：骗人骗人！你是去看《乱世佳人》吧？哎呀秀木你是没有看到她说这话时的神情，就跟当年在校门口堵住我们时的神情一模一样的啦。其实那个时候她就有点疯，一看见阿梁跟我们玩到一起就会发作。你还记得吧，当时我还以为随便撒个谎甩掉她就没事，谁知她竟然转身就去报告老师。害得我被记了个大过。你记不记得？现在我就更没法跟她讲道理了，万一她……哎呀那后果可不是记个过那么简单了。所以三十六计走为上计，我就拼命甩开她的手，转身就跑。可这疯子哪肯善罢甘休呀，她跟在后面穷追，一边追还一边高呼口号‘要毛泽东思想不要乱世佳人’！老天爷哪，吓死我了。还好我是长跑冠军而她长跑不及格，这才给我逃掉了。”

她平日说话死板，这天倒蛮有表演天才，把那胡美丽的举止形容得甚是生动有趣，可我听上去却有点不是滋味。那个时候我已经被胡美丽的表演迷住了，只要碰上了就会围观。好看嘛，热闹嘛。现在林花却一口一个疯子地说着她，我正不知该如何表示我的异议，小弟开腔了：“胡阿姨不是疯子！我喜欢胡阿姨。”

这年小弟九岁，上小三，也停了课整天在家游手好闲，一天到晚跟在我后面跑。因此也看了不少场胡美丽表演了。他本来就对胡美丽心存好感。当年的富强粉包子数他吃得多。胡美丽大概喜欢他胖嘟嘟的模样，临出门还特别塞了包饼干在他手里。加之他最爱唱歌跳舞，小二就被选拔到市红领巾歌舞团，所以比我还欣赏胡美丽。把那胡式踢踏舞已学了个出神入化，没事就在家里乱跳。

林花却不知道这些内情，一见这小屁孩居然跳出来反对她，愕然道：“咦！黑角弯里杀出你这程咬金了。你讲，你怎么知道她不是疯子？”

小弟道：“因为她宣传毛泽东思想。她唱的都是革命歌。”

“你！我……”林花张口结舌地道，在这个九岁小孩面前理屈词穷了，脸上一阵红一阵白的很是尴尬。我妈忙过来给她解围，向小弟喝道：“住口！小孩子知道个屁！不许对林阿姨没礼貌！”

又对林花解释说：“你别说，那疯子真还蛮能蛊惑的，我家这两个小东西老是跟着她跑，也半疯了。不要跟他们生气。”

林花摇头叹气道：“我怎么会跟小孩子生气。唉，再说怎么能怪他们呢？不要说这么小的孩子了，就是默林，都十八岁的成年人了，又是那么聪明那么优秀，竟然也疯成了这个样子，做出那种禽兽不如的事情来。我看——都是受了那胡美丽的坏影响。从前我还说胡美丽最心狠手辣，如今看来竟是青出于蓝胜于蓝了。唉，早就要阿梁别跟那疯子来往，她就是不听。”

她说到这里时，我看见我妈在拼命朝她使眼色，意思很明白：要她不要再说了。我知道，我妈是怕我们也受到默林的坏影响，也变成个不肖之子，对我爸和她搞揭批什么的。其实我天天出外看大字报看热闹，默林风头那么劲，我对他的“事迹”早已风闻。早知道运动一开始他就大义灭亲写大字报揭发他爸勾结逃台的反动姥爷姥姥、搞得他爸自杀身亡那档子事。但林花正说得兴起，哪里止得住。她继续道：“就是要说，就是要让孩子们心里面有一条道德底线。无论如何，忠孝仁义还是要讲的。我们以前就是太忽视这方面教育了，才让这些孩子一个个变得畜生不如。”

“哎呀林花你小点声音！”我妈急得脸都白了，一边将那早已关紧的窗户再推推紧，一边对林花直摆手，“你说话怎么还是这样不注意。”又对着我们正颜厉色道：“林阿姨是为了我们好。林阿姨怕你妈妈也变成梅叔叔那样。你们要是不想自己妈妈死，你们就不要学默林。”

小弟立即哭着抓住我妈的手臂表态：“我要妈妈，我不学默林。”

我也哭丧着脸嘟囔着道：“是你们老说他好要我学习他的。”

林花叹口气道：“我们错了。我们的教育有问题。哎呀我现在真的是心乱如麻，活了大半辈子，很多事情都搞不清了。教了这多年书，连自家人的孩子都教不好。我这辈子真是失败。”

那天她是在我们家里吃了晚饭才走的。不过再也没提胡美丽和默林了，只跟我妈说些柴米油盐之事，再就是回忆一些她们读书时的事情。由于之间太多的话都用耳语和手势带过，我听着莫名其妙，也就懒得仔细听了。

林花走的时候窗外已是一片墨黑。她按住我妈坚决不要她送。走到房门口，她却一反往常雷厉风行作风，回过身来拉住我低声嘱咐：“五一你也是大人了，不要带弟弟跟着胡美丽疯跑了。在家里读读书练练字好不好？”

我妈鹦鹉学舌般地道：“对，读读书练练字。”却又苦笑，“可是哪里有书呢？一本欧阳询的字帖也被我当引火柴烧了。”

林花道：“我那里倒还有一本柳公权的帖，改天我给你们送过来。五一你带弟弟一起练，好不好？”

跟平时不一样，她的声音很温和，脸上有一种让我心里一动的柔情，我便连连点头道："好。好。"

她一直没有送字帖来，那就是我们最后一次见到她，再见到的，就是她的骨灰盒了。

十

写到这里，我有点写不下去了。现在我完全意识到，以下要说的事情似乎不宜在这一空间表达。这一空间——这一版的网友关心的只是身边俗事，像那种"如何同时跟三个妞周旋""妹妹的朋友在我这白吃白住一个月""信用卡欠银行钱还不了怎么办"之类的无聊帖子，动辄点击量数万，大把的网友跟帖嬉笑怒骂。我这个帖子发了一个月，跟帖却始终不过百，其中大多网友的发言都令我哭笑不得。比如：

"好羡慕楼主哦，能够亲历那么伟大的场面。"

"原来胡美丽是广场舞大妈的祖师爷呀。"

"楼主怎么没有把它拍下来？"

这帖子后面那个帖子令我无语："忘带手机了哦。"

这些都还只是搞笑罢了，有个叫作"呼尔乎悠"的家伙更是令人为之气结，他凶狠狠道："楼主扯这些陈芝麻烂谷子居心何在？遭到广大革命群众唾弃了吧？你这一套跟胡美丽一样，已经早给扫进了历史的垃圾堆了。躲阴暗地儿自个儿忏悔去吧！别到这儿阻挡滚滚向前发展的历史潮流了。"

无可理喻！我当然不会被他喝住，也不会在乎这帮脑残怎么说，更不在乎他们怎么评价胡美丽，可我不想看到他们糟蹋林花，以及默林。对，所有这些人中，真正令我纠结的人是默林。每逢想起他，我的思路就打结了，不知道该怎么往下说了。那一场发生在四十多年前的悲剧，到现在都有很多疑点解不开。由于当事人要不死了要不疯了，而活着的人似乎达成了默契对那一切绝口不提，令我的确疑虑重重。其中最大的疑点是默林。别的人都还可以用无知、疯狂、恐惧、羊群心理，乃至斯德哥尔摩症之类来解释，唯有他令我百思不解。那么聪明，那么好学，那么善良，那么明理，一夜之间，怎么会变得那样残酷无情？

我放下帖子回了趟老家。这次我直奔谢老三。如今还活着的当事者中，跟我还有来往者只有他了，就连我小弟也与我多年不讲话。有几年我俩还通过李珍和他老婆传传话，李珍和他老婆是校友。自从我与李珍关系恶化，我就连他人在何方都不知道了。以至于大前年我爸我妈相继去世，我们都没能通知到他。人家告诉我们，他跟他老婆离了婚，带上小情人出国了。

谢老三的妈就是小谢。我妈的三名闺蜜中，只有她还活着。不过与我们多年来都没有来往，所以我妈去世我也没法通知她。大约两年前，我在一次应酬饭局中与谢老三邂逅。那次饭局有一大桌子人，我俩的座位隔得很远，所以整个饭局中未交一言。可是散席后他主动走到我面前，叫着我的名字伸出一双手："何五一你也许不认识我了，我是谢三铭，谢老三。"

自那以后我们就算有了联系，不过也只是回江城时大家在一起吃个饭喝点小酒而已。渐渐的，也有了点生意上的往来，他是做物流的，我便把公司物流方面的业务交了些给他做。

谢老三在火车站附近订好了一间房等我。因我再三交代不要有第三者在场，他订的是一间五星级酒店的小包厢。当我推开房门一眼看见了他那张忧心忡忡的大脸，我的心便往下一沉，意识到自己犯了个错误。

果不其然，谢老三见到我，一反往常的大大咧咧，立马站起身来，双手夸张地伸得老长表示迎接，而那一双紧盯着我的眼睛里洋溢出的，却是遮也遮不住的疑惑：出事了吗？出什么事了？

谢老三并不知道我为何辞职。因我离开公司时再三交代有关部门继续关照谢老三。所以我的离职对他生意影响不大。后来我听说他生意反而比我在时更好了。对此我一点不感奇怪，谢老三是个公关高手，没了我在中间横着梗着，他反而可以对有关人士大刀阔斧上下其手，得逞其志。

"五一你脸色不大好哦！"谢老三不等我安坐就上下打量着我关切地道，"是不是病了？要不要我找个医生给看一下？"

我摇摇头，立即表明来意："我没事。我是来找胡美丽的。"

谢老三身子往后一倒，随即又往前一探，鼻子都快凑到我脸上了："你没事吧？你是不是真的……"

见我一脸严肃稳稳地坐着，他便又坐回到自己座位上，嘿嘿一笑道："胡美丽还在吗？她不是早都死了吗？"

"死了？谁去送的葬？谁参加了追悼会？"

"哎呀你真是的，胡美丽是疯子呀？谁会给疯子开追悼会呢？就算真的开了，谁会来参加？你？我？哈哈哈！哈哈哈！"

他爆发出一长串大笑，明明自以为很幽默。我等他笑完了，才不紧不慢道："我看见她了。"

这下效果更强烈，谢老三张开他那含了一口槟榔的血盆大口，呆望住我，半晌才发出声来："五一你真的要去看看医生。难怪你们公司的人说……说……要不我现在就打电话，我朋友是特、特级专家哦！"

我不理他，继续胡美丽的话题："就在八一广场。上个月。"

"可、可胡美丽真的死了呀！"谢老三道，"我不跟你开玩笑。真的。我一直都在这城里住着还不知道吗？自从我、自从我姑姑死了，就再也没人看到过她。我妈还特意去找过她一次，连影子都没有找到。"

"你妈找过她？什么时候？去哪里找的？为什么？"

"很久以前的事了。好像是去她二哥家吧。好像她二哥也死了。哎呀五一你不要关心这疯子的事情了好不好？你不要吓我好不好？我如今也是坐五望六的人了，最近又查出三高，尤其血脂特别的高。我看呀，我看你还是应该回归商界。你在商界口碑很好的嘛！大家都很怀念你。还有，你这样一个人住那么大老远的算什么事嘛！李珍多好的一个老婆呀！前天我还在电视上看到她，又漂亮又有才，大家都特别羡慕你。"

我不动声色地喝着啤酒，等他住了口，才又道："你带我去见一见你妈好不好？"

"我妈？！"谢老三狠咽一口唾沫，避开我的目光，"我妈心脏病很严重的。"

“我又不是洪水猛兽。你真以为我也疯了？谢三铭我很负责任地告诉你，我没病。我一个晚辈去拜见一下我妈当年最好的朋友不应该吗？不可以吗？况且，这是我妈临终的愿望。”

谢老三也抓起啤酒一顿猛喝，目光闪烁，言辞混乱：“应该。应该。我妈她……你妈她过世我都不知道……不应该不应该……咱们再来两瓶啤酒怎样？服务员！妈的这什么鬼酒店，还五星呢，服务员喊都喊不到。服务员！！！”

他呼啦一下站起来，扯起烂沙罐喉咙大喝一声，一张惊慌的女子面孔出现在门口。谢老三却又朝她吼道：“看什么看！鬼鬼祟祟！真的坏人不去管；老子光明正大的反而——”

我叹口气对那可怜的女孩摆摆手：“埋单吧！”

又对谢老三道：“那下次吧！下次你妈身体好一点再说。”

十一

上次我写到哪里了？林花最后一次出现在我们家的事对吧？我当时还是有点触动的。那是她第一次把我当大人说话，我不是不知好歹的人，我看出她是真的关心我和我妈。有好几天，我没去追随胡美丽了。但日子过得实在太无聊，没书看，没电影看，没东西玩，除了满大街乱逛，也没地方可去。我有个好友拉我一起学二胡，说是学好了可以去参加文艺宣传队，给革命样板戏伴个奏什么的，好玩，有时还能发几毛钱午餐费。我就问我妈要了三块钱买了把二胡。可拉了半个月就放弃了。一是邻居纷纷来投诉，二是我自己也失去信心了。怎么拉了这么久还是这般杀鸡样难听的声音，显然是没才。这样，有一天看到主任在院子里给大家示范忠字舞，说是跟胡美丽学的，我就又忍不住好奇心了。

于是就有了那次八一广场的躬逢其盛。而就在那之后大约十多天吧，有一天晚上，小谢出现在了我们家。

那是小谢第一次独自来我们家。以前她都是跟林花一道来。这就不同寻常。更不同寻常的是她那一副衣衫不整蓬头乱发的形象。以前她有洁癖,自己全身上下收拾得纤毫不乱也就罢了,看到谁身上粘了根线头也非得将之拿掉才安心。尤其是到我们家来,她听我妈诉说过衣衫褴褛亲友来访时的尴尬,所以每次来都穿上她最好的出客衣服,干部装,解放鞋,冬天一条围巾,夏天一条手绢,把额头上的散发绾得清清爽爽。

那天她来时天已经黑了。天气乍暖还寒,所长家的饭桌晚饭后就转回到屋里。小谢推门进来,楼上楼下竟没有一点动静。她一进来就反身将房门关紧,然后回过头来背靠门上,对一脸惊异的我妈道:"放心,没人看见我进来。"

她就是这样一个极为体贴的人。即便是在这种时候,也时时照顾别人的感受。几位阿姨中,我跟她最亲近。她不像阿梁那么美丽,也不像林花那么有才,但是她最善解人意。就不说她送来的那些至味家常菜了,每次一进门,她总不忘先跟我和小弟打招呼,并且脸上带着真正的同情听我们诉说种种孩童的琐事,还频频回应:"哦。哦。""真的吗?""那真好玩呀!"

但这日她没顾到我们,关好门就径直走到我妈身边,对着她耳朵哭出了声:"林花被抓走了!"

"抓走了?怎么回事?!"

小谢拿块手绢不停地抹眼泪,道:"一大群人深更半夜冲到我家里,不由分说,把她从床上拉起来就抓走了。我追出去想问问他们是哪里的,哪里追得上呀!他们是开了辆车来的。我跑出去时车已经发动了。我就去拉住后面那部车子的门——有两辆车——一只大皮靴从门里伸出来,一脚把我踢倒在地。昨天我才好不容易打听到,她是被公检法'八·一八'的人抓的,我就跑去给她送衣物,可是哪里进得了门呀,他们说,反革命分子不许见。"

我妈到底是在外面摸爬滚打了这么多年的人,跟着我爸这倒霉鬼,在应付飞来横祸方面也算有了些历练,所以虽然也慌,却很快镇定下来。她一边让小谢快坐下喝杯热茶一边指点她:"这种情况下你不要自己去,要让你小三去。"

听到这话,小谢停了啜泣,恨恨道:"小三!就是这孽障惹出来的祸。”

谢老三比我大两岁。个子却比我高一个头,长得腰圆膀又壮。他两个哥哥都是读书拔尖的角色,却都因为家庭出身的关系升不了学,“文革”前就都下放到山区当知青。这老三却读书不好体育好,反倒搞出了名堂。初二时他就被市体校拳击队选中,不久竟拿了个全省少年组冠军。初中毕业时就免掉了跟哥哥们一样下农村的命运,直接被招进省体工大队拳击队。“文革”后体工大队被打成贺龙黑线的黑窝,濒于解散状态,工资也停发了。谢老三就在外面教人打拳练武,竟还能赚点钱贴补家用。上次林花来还夸他懂事呢。

“教拳就教拳啰,你知道他教了谁吗?”小谢道,不待我们回答,便自问自答,“王卫东呀!”

“‘八·一九’那个头头?”

小谢点点头:“这一来,我小三就变成了‘八·一九’。可林花学校的造反组织却是‘八·一八’那边的。他们把林花叫去谈话,要她把小三策反过来。”

“过来就过来啰,”我妈道,“反正哪派都差不多。”

“我也是这么说的,”小谢道,“林花的看法跟我们差不多。哪派都说自己是保卫毛主席的,哪派都要横扫一切牛鬼蛇神,哪派都把我们这些人不当人。比较起来,‘八·一八’还要好一点,至少头头是阿梁家默林。林花就去找小三。谁知小三却有些为难。他对他姑姑说,王卫东对他特别好,特别看得起他,还给了他一个部长当。他不能说当叛徒就当叛徒。”

“什么话!”我妈道,“‘八·一八’又不是阶级敌人。”

我那时经过那场八一广场表演的洗礼,观点已经倾向于“八·一八”了,这时便忍不住也插话:“对,‘八·一八’蛮革命的呀! 小三过去了正好跟默林做战友。”

小谢朝我呆呆一看,又抹起了眼泪:“五一呀! 我小三要是像你这样想就好了。可小三……也许是因为我们老是拿默林跟他比,也许是因为他们两人性格太不一样了,他一向特别反感默林。自从默林出了那样的事以后,更加看见默林就绕道走,理都不理他。小三跟他姑姑说，就算是他脱离了‘八·一九’，也不能去投‘八·一八’。林花对默林的看法你是知道的，她觉得小三讲得倒也在理，也就没再逼迫他。谁知就在这天晚上出了事。”

“什么事？”我叫道。我妈连忙一把捂住我的嘴巴，喝道：“小点声！”她自己却压低声音催问：“什么事？快些讲！”

小谢抹了把眼泪，道：“就在林花去找小三的第二天，‘八·一九’打死了两个‘八·一八’的人。‘八·一八’一口咬定是小三带人去干的。又咬定林花是幕后黑手。证据就是头天晚上她去找了小三。”

“那让小三快去讲清楚呀！”我脱口又叫道。

我妈又低声喝道：“小点声！戆宝吔！这种时候小三怎么能去讲？那不是自投罗网死路一条吗？小三没去吧？”

小谢泪眼婆娑地点点头：“他不知跑到哪里去了，也许躲起来了，也许被王卫东那班人看住了。他自作孽，我也管不了他了。眼下最要紧的是救林花。”

“是呀，救林花。”我妈道，“可是怎么救呢？我们这班老弱病残……哎呀依我看，只有一个办法。”

“什么办法？”小谢不哭了，期待地望住我妈。

“去找默林。他不是‘八·一八’大头头吗？”

“我也去找过了呀！”小谢道，“我先是去找了阿梁。阿梁也真算是有义气的，她虽说早已不准默林进家门，自己又正病着，一听到林花的事，马上要她家梅月跟我一道去找默林。默林和这个小妹妹感情最好。我们见到了默林，唉，默林、默林……”她摇摇头说不下去了。

“默林见死不救是吧？”我妈愤然道，“果然是个畜生！林花是他老师呀！林花待他那么好。”

小谢却道：“默林，默林倒也没有这样差，他态度其实还是可以的。还给我倒了杯茶请我坐下来。你想呀，在人家都说小三领人杀了他的人的时候，他还能这样对待我，说明他还是念旧情的，有人性的。但他问我有没有办法证明小三没带人行凶？

有没有办法证明林花不是小三背后黑手。这我怎么证明？我只能说我可以凭我的人格担保他们不是那样的人。尤其林花，她连杀鸡都下不了手。我平时打一下孩子她都要跟我吵。这时默林就讲：不要讲人格，人格是资产阶级人性论；要讲对毛主席无产阶级司令部的感情。他说，谢阿姨呀，不要说你不能担保他们了，就连我现在的这种身份，我也不能担保他们了。”

“什么话！”我妈道，“他这种身份，他什么身份，还真以为自己做官了呀？上天了呀？”

小谢叹口气：“秀木你是没有看到那个场合。他如今真的是个角色啦。坐在一间好大好大的屋子里，搞张太师椅坐着，面前一张桌子大得可以睡个人。我们说话时，屋子里一直有人出出进进，找他请示啦，盖章啦。那个姓马的司令也来过，站在房门口一口一个梅哥地喊着，喊他去开会。”

“那正好，说明他有权，说明他出面说句话肯定有人听。”

“我也是这样想的呀，可这孩子，唉，已经不是我们以前看到的那个孩子了。他一开口就是大道理，对我讲，林花阿姨当过我老师是不错，但现在她是作为革命的敌人被关押了，在没有搞清问题之前我要是不问三七二十一出面干预，万一真的出了什么问题，我岂不是对革命犯罪？谢阿姨你不会希望我成为人民的罪人吧？他这样一说，我还能说什么。”

“你就这样被他打发了？”我妈问。

“那倒也没有，”小谢道，“他还是答应会去过问一下。还给我出了个主意。”

“什么主意？”我和我妈一齐发问。

“要我去找胡美丽。”小谢道，“他说据他所知，公检法‘八·一八’那个头头曹斗争最欣赏胡美丽。能让胡美丽去找他，帮林花说说情，说不定能有救。”

“找胡美丽！”我妈失口叫道，“找那个疯子？亏他想得出来！”

小谢这时倒反而镇静下来了，反劝我妈：“哎呀秀木你先不要急嘛。胡美丽精神不正常是不错，可这种时候，说不定一个精神不正常的人反而比正常人能起作用。况且她不比别的疯子，她是胡美丽呀。她跟阿梁是最好的朋友。”

“这话是默林说的?”

“他没有说得这么清楚。他那地位那环境怎好这样明说，是我自己体会出来的。”

十二

写到这一段时，我这帖子的点击量终于过了万，并且每时每刻都在上涨中。跟帖的数量也上了千。我都一一看了。我把它们基本上分为三类，一是顶胡美丽的，二是骂胡美丽的，三是说我这帖子好看、催我快快更新的。第三类帖子数量最多，几乎占总数百分之七十，而第一类和第二类的人数基本相等，势均力敌，他们隔空展开辩论，不过态度还算文明。

我发出默林给小谢出主意找胡美丽这段文字的第二天，形势变了。第一二类帖子急降，这帮关注胡美丽的人一下子都去关注默林了，原先顶或骂胡美丽的家伙现在变成顶或骂默林了。两方人数还是大致对等，但态度却与先前大异，用语激烈火爆起来，骂者自不待言，动辄问候对方的祖宗老母，更用上了久违的“文革”语言：扫进历史垃圾堆之类还是轻的，“火烧”“油炸”“千刀万剐”之类的话也都出来了。不过更让我震惊的还是，顶默林者火爆凶狠之程度，比那骂他者有过之而无不及，而那些顶的理由，更是令我直冒冷汗。

“果然是一代革命小将之雄，默林铁面无私的一席话，说得何等好呀！顶！”

“简直是罗伯斯庇尔二世啦！”

“默林还活着吗？他要是活着肯定是包公，把他的 QQ 号告诉偶，偶要跟着他把贪官污吏杀光光！”

好在响应者寥寥，更多的帖子是抱着围观的心态，八卦、好奇、十三点，想快点知道后事如何。“楼主不如先把结果说出来。”那个叫“色色的小猪”的网友也跑来发言了，“本小猪明天要去一个上不了网的地方出差哦。”

我不知道怎么写下去了。我不知道应不应该写下去了。我怀疑自己的记忆与表达能力，进而怀疑自己的智力。引起这样一种乱哄哄效果绝非我写作的初衷，也许我无意中干了件坏事？我有好几天停下了书写。

可是那只心魔已经被放了出来。每天，只要我坐下来，甚至睡着了，那些本来已封存在心底的人与事，就会一股脑儿浮上心头，摇晃着，翻滚着，搅得我不得安宁。难道真如那名叫作“呼尔乎悠”的网友所言，我想忏悔我的罪过？不不不！那猪头怎会这样想！我在那场悲剧、甚至在那个时代里，绝对是个旁观者。我会有什么罪？我能有什么罪？这么一想，我就觉得我应该把这故事写完，让大家明辨事情真相，让我放下莫须有的心理负担。

这日夜里，我坐在计算机前，正在写与不写之间犹疑着时，手机响了。不知从何时开始，我害怕听到手机响。不知道那些一天到晚抱着手机又是讲电话又是发短信的家伙怎么回事，怎么会那样地乐在其中？接听手机带给我的却多是烦恼。陌生号码基本上都是骗子。熟悉号码大多数也很烦人。自我写作以来，已经把其中最烦人的若干号码拉黑了。但有的号码虽然也很烦人，却是不能拉黑也不能不理的，比如李珍，比如大路，还有，谢老三。说不定他会找我去见他妈。

我拿起手机一看，是李珍。

“难道她同意离婚了？”我心里一颤，不知道应该高兴还是应该气恼。

“喂。”我对着话筒道，声音怎么好像不是自己的啦？“喂！”我加大力度又来一句。

“你还好吧？”电话里传来那熟悉的声音，曾几何时，我是多么期待着这声音呀！又是从何时开始，我一听这声音就头皮发麻。它兴冲冲也好，气呼呼也好，都让我火不打一处来。哪怕这声音温柔又平和，我也感觉不到喜悦，谁知道定时炸弹在前方哪个地方埋着呢？

“好。好。”我道。

“怎么听上去无精打采？病了吗？病了就去看看嘛。你总是讳疾忌医。”

火气又在心里呼的一下蹿上来了。我知道这不好，却没有办法镇压下去，只好唯唯诺诺：“知道。知道。”

“知道什么？”果不其然，对面的声音变得尖利了，“是知道自己得了什么病，还是知道要去看病了？”

我的声音也变得恼怒：“喂！有事吗？有事说事。”

电话那头一阵沉默。根据我的经验，下面准是一大堆劈头盖脸的控诉和批判。李珍写起论文来总是难产，批判起我来却如有神助，滔滔不绝，一泻千里。

然而这次我想错了，一阵沉默过后，竟是心平气和的一句问话：“你认识梅月？”

“啊！认……认识。”

“怎么从来没听你说过呢？也不知她从哪儿打听到咱俩的关系。昨天给我打了个电话。”

“她给你打电话？”

“对。她其实是找你。听说你不住这，就跟我说——喂，你是不是在网上写什么文章？她说，希望你在继续写下去之前，跟她谈一谈。喂，你在听吗？怎么连个气都不透一下？我不是爱管你的闲事，可梅月的口气听上去特别诚恳特别急迫。再说，她跟我又是这样一种关系。也许你不知道……”

李珍絮絮叨叨地说着，她不知道，其实我早知梅月是李珍她们院长的太太。但我不想跟李珍拉扯这些。自从梅月她妈死了，我就没再见过她。那时候我们还都是孩子，我十六岁，她更小，只有十二岁。一直低着头跟在她十五岁的姐姐后面哭着。那真是我所参加过的最凄惨的葬礼，她哥哥不知去向，主事者只有这两个女孩。我妈和小谢是仅有的成年人。由于刚发生的一连串不幸，大家都十分尴尬。我妈事先就再三嘱咐过我了，这个不能说那个不能说。所以大家都只是对着死者哭哭啼啼。在火葬场门口大家分手时，我妈才挽着梅江的手臂说了些注意身体、有事情来找我们之类的话。然后，把二十元钱塞到她口袋里。

梅江很硬气，使劲把钱往口袋外推。这时一直在边上泪眼婆娑看着这一幕的小谢也过来挽住梅江的另一只手臂，说："拿着吧，农村条件很差的，你这么小的女孩还带着小妹，总会有什么不时之需的。我这里也，唉，实在不好意思拿出手，可梅江你一定要拿着。不然我……"她慌慌张张把一团零钱使劲往梅江口袋里塞。

梅江就没有把钱往外推了。她哭着抱住小谢，说了一句："谢阿姨，对不起！"

小谢和我妈连忙搂住她和梅月，异口同声道：

"怎么能怪你们！你妈和你们已经尽力了！"

这时在一边的梅月却不哭了。她抬起头来看着我妈和小谢，说了一句话："也不能怪我哥哥。"

我现在听着李珍的絮叨，便又清晰地看见了梅月那张沾满泪痕的面孔。那样的苍白，那样的伤痛，而在那种伤痛中，却有几分当时我虽感到、却无法明辨的一种凛冽。对，就是这个词，凛冽。当时令我顿时对那小女孩刮目相看，现在更是不由不正襟危坐面对现实。我打断李珍的絮叨，道："你就跟她说，我欢迎她接着往下看。"

我没有理睬李珍随之而来的一连串疑问和谴责，说了句"我不会让你难做的"就又坐到计算机跟前去了。

十三

现在回想起那一切我觉得十分荒唐，但当时行动起来却是那样的顺理成章。我指的是我们出发去找胡美丽的事，我、我妈、小谢、阿梁，也许还要加上小弟。这胆小鬼不肯一个人待在家里，非要跟我们一起去。我妈坚决不准。他却偷偷跟在了我们后面，走到阿梁家门口我们才发现。

回想起来，我应当算这几个人中头脑最清醒的。虽然我是胡美丽的粉丝，但是并没有忘记她是个疯子。怎么能够指望一个疯子去解救被指控为反革命教唆犯的林花呢？那年头，谁都知道这罪名意味着什么，教唆犯比杀人犯还要可怕。我们巷子里前些日子枪毙了的白玉仙，给她安的就是这个罪名。白玉仙生活作风不好，同时跟好几个男人交往，其中两个为她大打出手，死了一个伤了一个。结果杀人者只判了死缓，白玉仙倒判了死刑。原因公告上写得很明白：白玉仙出身地主恶霸家庭又死不悔改。凶手则出身工人阶级又有立功表现。

但我妈一定要拉上我，说是这种情况下有个男的在场总是好的。她的意见获得了阿梁的支持。阿梁也将一只手臂挽住了我的手臂说走吧走吧，那些天阿梁病已经很重了。可她一听小谢和我妈把情况一说，当即从床上爬起来说快去快去。

“你行吗？”我妈和小谢异口同声道。

“不行也得行呀，”阿梁一边急急穿衣梳洗一边道，“只有我知道胡美丽的家。再说毕竟我跟她最好。我最了解她。而且，她是真的帮过我们的。”

小谢说：“那是对你，对林花恐怕就……你知道她们的。”

阿梁道：“都那么久的事了，只怕她记都不记得了。就算她记得，这是什么事那是什么事呀！救人一命胜造七级浮屠。这话我俩从前常常讲的。她从前是信佛的，心很善的。”

“但愿。”我妈说。

一时间大家都不作声了，心里面大概都跟我一样想到了一件事：她丈夫可是她害死的呀！

但没人把这话说出口。我们还有什么别的选择吗？

一开始兆头就不好。阿梁一出门口就绊了一下，要不是我和我妈扶着她，肯定摔个大跟头。阿梁这边还没站稳，小谢又一脚踩空打了个趔趄，撞到了一棵树上。一行人刚刚走出巷口，我妈突然手指着前面发出一声惊叫：“黑猫！你们看见没有？一只黑猫穿马路！”

大家都怔住了，大家都很迷信，包括我和小弟在内。我俩从小受到我妈一遇祸事就打卦算命的熏陶，熟悉各种预兆。黑猫在面前穿路可是恶兆之中的恶兆呀！我们停住脚步，都惊恐万状道：

“真是只黑猫！”

“真是！”

“太不吉利了！”

我乘机旁敲侧击：“去找个疯子救命？哈，我们是捞稻草战斗队呀！”

这时又是阿梁稳住了军心，“胡美丽不是全疯，她时疯时不疯。”她说，“她半疯的时候最好讲话了。林花人好，老天爷应该会保佑她的，也许我们会碰到胡美丽最好讲话的时段。”

唉，那时我们就应当想到，阿梁的意见是听不得的，她一个发着高烧的病人，且显然是在为她那个不肖子默林的冷酷无情行为强烈自责。但我们谁也没有点出这一点，而且一直都刻意回避着那个名字。后来，当阿梁真的在胡美丽家所在的街口腿一软坐到了地上，大家也还是扶起她来继续前行。下起了细雨。风也大了。小街上没有什么行人。一片诡异的静寂中，我们那纷乱却清晰的脚步声格外响亮，的的的，嘚嘚嘚，沙沙沙，哗哗哗，好多年里都会阴恻恻地敲响在我的噩梦里。

胡美丽的家好像是在一个小院里，因为我记得有张沉重的大黑门，还有一条石阶梯；但为何我们一行人得以长驱直入，直接就走到了她房门口呢？这我就记不大清了。或许是阿姨们打头阵敲开了大门？又或许是小弟在这时突然走失了，我回身去找他？总之，下面的一个镜头，就是我们处身于那间家徒四壁的房间里了。白色的四壁，白色的窗户，白色的天花板，中间站着个一身白衣面目阴冷的女人。

自那次送包子事件之后，这是我第一次在私人场合见到胡美丽。眼前的她，既非七年前那个神采飞扬善解人意的慷慨阿姨，亦非那个我常在街上追随的欢歌劲舞魅力无敌的万人迷。眼前这个女人有股肃杀之气，身上似乎透出一股拒人千里的寒光。她身子挺得笔直，这让个子并不比我们高出多少的她，看上去有一股高高在上的优越感。她站在屋子中间，一大圈书籍纸张像一道堡垒般围住她。显然，我们进去时她正坐在这堆书报中研读，因为她手里还提拉着一副老花眼镜。

是阿梁先开的腔："美丽，我们来看看你。"

阿梁的声音细小虚弱，还微微颤抖。我不由得转过头去看她。哎呀！她怎么啦？如果说先前她的脸色是苍白的，那现在她简直面无人色了。"我进门一看胡美丽的神态就知道坏了。"当我们从胡美丽家落荒而逃时，阿梁对我们说，"她正处于一点也不疯的时段呀！"

那时我们才恍然大悟，胡美丽今天何以这么冷酷这么反常。对阿梁友好的表示，她没有表现出丝毫的感动，半晌，才从鼻子里发出冷冷的一笑，道："真是不敢当。这么多年才想到来看看我。"她挖苦地强调"看看"二字，"阿梁，你现在不怕我影响你啦？你现在不怕我老张牵连你老梅啦？"

可怜的阿梁，身子抖得像一张纸了，"美丽，"她声音低微得近于耳语，"你不要这样，你不知道……我那时候特别难，老的老小的小，老梅正当生死关头……"

胡美丽却一径说下去："其实我只是想找你讲讲话。你不是我最好的朋友吗？朋友连话也不肯跟我讲……"

"哎呀呀！胡美丽你这里怎么连张床也没有？"我妈突然发出一声惊叫，显然是想帮阿梁摆脱窘境，她指着书报堆中间那张竹靠背椅大惊小怪地道，"难道你就睡在这张靠背椅上吗？"

胡美丽转过脸来看我妈，好像这才发现她。她朝我妈走近一步，又走近一步，隔着那堆书夸张地上上下下打量着我妈，发出一声冷笑。

"哟！这不是陈秀木吗？稀客，真是稀客。不是在新疆当上官太太了吗？怎么也屈尊驾临寒舍？"她说到这里声音一变，声色俱厉，还带上几分哭腔，"我要不是叫天不应叫地不灵也不会给你写信，只有你老何知道我家子超的那段经历，只想请他做个证而已。可是你，你！你连信都不回一封。"

这回轮到我妈颤抖了。我从来没见过我妈这个样子，即便是在得知我爸被打成历史反革命分子时，她也面不改色，镇定自若，现在的样子却让我想到被打翻在地的阶级敌人，在革命群众的穷追猛打之下惊慌失措语无伦次，“我、我没有收到……老何他自己那种身、身份怎么可以帮别人作证？其实我……”

“其实你根本没跟老何讲这件事是不是？你把我的信没收了是不是？”

胡美丽突然从那堆书里跨出来，朝我妈逼近过来，天哪，难不成她要动手打我妈啦！我一个箭步奔了过去挡在我妈前面，对胡美丽道：

“胡、胡阿姨你怎么了！你今天怎么了？是我们呀！你认不出来了吗？你还送给我们一大堆包子呀！”

胡美丽的目光转向我，却并没有变得温和起来，反而因为近距离，因为直射，看上去更为凶恶，她大呼小叫地道：“哎呀呀！这是默林吗？默林长这么大了，头发都这么硬了（使劲抓一把我的头发）。哼，现在到了我的家，就知道叫我胡阿姨了是吧？鬼精怪！那么小就把我当阶级敌人横眉冷对。”

我尴尬极了，忙望向我妈，盼她搭腔给我解围。但她像没看到我般呆若木鸡一言不发。再看其他阿姨，也都跟她一个样，全都被胡美丽搞得呆若木鸡无言以对，全都对我的尴尬熟视无睹。我只好自我解救：“胡阿姨我不是默林我是何五一呀。我还给你端过红烧肉面呢！满满一大碗呀！”

但胡美丽已经不理我了，她的目光转到小弟身上，发出一声显然是假装的惊叫：“这是梅月吗？多么漂亮的一个假小子呀！”

小弟生气了。他在学校的绰号就叫假小子，所以最讨厌人家叫他假小子。“我是真小子。”他气鼓鼓道，“我叫何五七。胡阿姨你记性不是超好吗？你怎么会忘记我啦？你还给了我一大包饼干。你还夸我舞跳得好，在八一广场。你忘啦？”

胡美丽有点发怔，小弟的话似乎提起了她某方面的记忆。她朝我们扫了一眼，又扫了一眼，一屁股坐到一堆报纸上。

“是真的哦！”胡美丽拍了下脑袋，冲着小弟笑了，“我是看见过你。你还给我扛过一回标语牌对不对？”

这还是我们进屋以来胡美丽第一次露出笑容。看到自己打破了僵局,小弟很得意,得意忘形,他身子一摆,跳起了踢踏舞。“胡阿姨你看我跳得好不好?我跟你学的,我跟你学的。”他一边跳一边对胡美丽道。

“哈哈哈!”胡美丽爆发出一串大笑,“哈哈哈!跟我学的吗?跟我学的吗?那我们一起来跳。”

她说着手之舞之,足之蹈之,全身摆动起来,口中且欢唱:“解放区的天是明朗的天,解放区的人民好喜欢……”

眼看着我们日常所见到的那个快乐的疯子渐渐回到她的身上。阿梁和我妈她们这才松了一口气,脸上恢复了血色。这时候,如果我们耐心一点,等胡美丽完全进入到忘我状态再说明来意就好了。但大概她们刚才被吓坏了,吓得没了头脑。第一个犯错的是小谢。她性子本来最温和,现在大概救林花心切,生怕错失良机,没等胡美丽完全进入状态,便连忙拍手吹捧她道:“胡美丽你跳得真好!胡美丽你真是厉害!听说连公安局那个大头头都特崇拜你呢!”

胡美丽停住了舞动,瞪住她问:“谁?你说谁?”

这时小谢犯了第二个错误,“公安局的局……局长。”她说。她一急忘了这人的名字,就胡乱报了个职位。

不知道这名目触动了胡美丽哪根神经。胡美丽脸色立刻变了,笑容一抹,又变成先前那个冷血人,“你去报告公安局了?”她厉声道,“你去报告公安局长了?是不是?是不是?”

可怜的小谢,心里本来就七上八下的,又给胡美丽声声进逼,完全蒙了,语不成句:“我我我,他他他……”

阿梁这时也许是发烧烧糊涂了,也许是救林花心切,竟然急不择言,一语道出我们的心声:“胡美丽你今天一定要帮我一个忙。你去跟公检法‘八·一八’那个曹斗争说一声。要他放了林花。”

“林花?”胡美丽似乎有所领悟,她那张痴不痴呆不呆的脸上现出思忖的表情。我们便不约而同一齐道:“对!林花。”

“林花。”胡美丽眼睛眨两眨,对住阿梁,“是那个老是拖你下水的林家大小姐吗?是那个最爱《乱世佳人》的资产阶级臭小姐吗？她一个阶级敌人，还道貌岸然来教训我。她有什么资格教训我？她受过我那种罪吗？她知道我心里的苦吗？哈哈哈，她也被关起来了吗？！”

胡美丽一愣神，似乎想到了什么，脸色一转，问道：“她为什么关起来了？”

“说她是反革命。”

这句话是我说的。没错，这天晚上最大一个错误是我犯的。胡美丽一听到我这话，脸色一下子变了，又恢复到我们刚才进屋时的神气，不，比刚才还要阴冷狰狞，她脸泛青光，张牙舞爪，“嘿嘿嘿，嘿嘿嘿！”她爆发出一阵狞笑，两道剑一样的目光直向我们射来，“反革命。林花。林花。反革命。好呀！让你也来尝尝当反革命的滋味。好呀。大家都来尝尝当反革命的滋味。好得很！好得很！”

她拍着手原地打了个转转，又猛地立定下来跨了个马步，两手握拳，朝空中挥去，同时将头一扬，放声歌唱：“拿起笔来作刀枪，集中火力打黑帮，革命师生齐造反，文化革命当闯将……要革命你就站过来，不革命就滚他妈的蛋……滚滚滚，滚他妈的蛋！滚滚滚，滚他妈的蛋！”

我不记得我们是怎样从闻声跑来看热闹的人丛中夺路逃出来的。那天最后的场景定格在一条黑暗的小道上，五条仓皇的人影，四条大的，一条小的。那条小的人影，远远地拖在最后。

不是结局的结局

林花死于一九六七年三月二十八日。我之所以把日期记得这么清楚，因为那天是我的生日。我妈一早起床说今天要给我做点好吃的，她要出门去买点好菜。可是不一会儿她就奔了回来，神色仓皇。她一把将我从床上拉起来耳语：“她死了！街上到处是告示。”

她没说出名字，但我立即明白她说的是谁。刹那间，我俩面面相觑，但立即闪开各自的目光。因为我们都从对方的目光中看到了自己不想看到的意思："也许我们反而害了她？"

屋里一阵沉默。终于，一阵压抑住的啜泣，我妈拿手绢捂住嘴，拿脑袋顶着床头，以防自己哭出声来。我不知道该怎么安慰她。虽然经过胡美丽家里那场闹腾，我对我妈的敬畏已少了很多。但我知道她依然是家里的顶梁柱，不能垮。我挽住她的手臂，低声道："都怪默林，他最阴险毒辣了。哼，整个一蒙泰里尼①！"

我妈停止了啜泣，呆望着我，怔怔道："可是——我们怎么会信他的呀！"

"对，你们怎么会？"我恨恨地道，"要是我知道，要是我听说，你们以前对胡美丽那样，我绝对不会跟你们一起去找她。"

"那样？哪样？我只是……只是没回她的信，为了这个家，我只是……你要相信自己的妈妈呀！"

对着我妈那双企盼的眼睛，我正不知如何说是好，身后的那堆被窝猛地一动，小弟从里面直直地坐起，像条僵尸，发出的声音也像僵尸："我才不信！不信！胡美丽革命，你们反革命！"

我妈目瞪口呆地看着他，半晌，臂起手落，一个大耳光甩在了他的脸上。

阿梁比林花只多活了一个月，而默林也只比林花多活了不到一年。我们是在两年之后才听说他的死讯的。"八·一八"被打成反革命组织后，他逃过了通缉，偷越国境跑到越南参加了越共游击队，死在战场上。

听到他死讯时我是一名知青，在一个小山村里战天斗地。读了一些书，经历过了一些事，我对他的憎恶已大大减轻，正如我也已渐渐理解了我妈，以及那班阿姨，对她们的同情已经多于恼怨。通知他死讯的是越南方面辗转传到他家人手里的一封短柬："陈梁梅同志在海防的一次突袭行动中不幸牺牲，特此通知。又及：在他身上我们发现了一个红本本，封面上的字是'红

---

① 蒙泰里尼：小说《牛虻》中的人物，伪君子典型，一方面干着出卖亲人的勾当，一方面将自己良心的重责转嫁到别人头上。

卫兵证’,里面的名字是默林。”

梅月,如果你仍在追看我的帖子的话。你应当看到,我对你挚爱的大哥毫无不敬之意。也许我的记性不够好,也许我的文字不够准确,但我是真诚的。我只想写出我所听闻我所亲眼看到的他:一个我曾仰慕也曾不齿的天才,我只想理解在他身上发生的悲剧。为什么?为什么?我想你跟我一起来解谜。

小弟,我也希望你看到这些文字。不论你在哪里。不论你曾有过怎样伤痛荒诞的童年,那不是我们父母的错,也不是哪一个人的错。他们说过很多假话,他们骗过你也骗过很多人,但那是为了保护你呀,为什么你就不能明白呢?现在,父亲已经死了,母亲也死了。他们都是念叨着你的名字去世的。

谢三毛我知道你就是那个名叫“呼尔乎悠”的网友,我不怪你。我知道你心中的伤痛。但心中的伤痛是不可能逃避的,我不能,你也不能。不管是你不想我见你妈还是你妈不想见我,我都可以理解。我只想请你转告我的小谢阿姨:不管怎么说,她尽力了。我一直敬重她。

不过我最希望的还是,我儿大路能够耐心读完这篇文字。孩子,你是跟我一起看见了胡美丽的。令我决心开写这些文字的动力主要是你,我希望你能够理解,为何我看到那个怪异老太——真人也好,幽灵也好——会有那样奇怪的表情。

（原刊《收获》第6期）